南开大学中外文明交叉科学中心研究项目

中国叙事文化学研究报告

宁稼雨 主编

IV

2018—2023

梁晓萍　赵　红
李春燕　孙国江

副主编

天津出版传媒集团
天津人民出版社

图书在版编目（CIP）数据

中国叙事文化学研究报告 . Ⅳ, 2018—2023 / 宁稼
雨主编 ; 梁晓萍等副主编 . -- 天津 : 天津人民出版社,
2024.6
　　ISBN 978-7-201-20328-7

　　Ⅰ . ①中… Ⅱ . ①宁… ②梁… Ⅲ . ①中国文学—叙
事文学—古典文学研究—文集 Ⅳ . ①I206.2-53

中国国家版本馆 CIP 数据核字(2024)第 063737 号

中国叙事文化学研究报告 Ⅳ（2018—2023）

ZHONGGUO XUSHI WENHUA XUE YANJIU BAOGAO Ⅳ（2018—2023）

出　　版	天津人民出版社
出 版 人	刘锦泉
地　　址	天津市和平区西康路 35 号康岳大厦
邮政编码	300051
邮购电话	(022)23332469
电子信箱	reader@tjrmcbs.com

策　　划	沈海涛　金晓芸
责任编辑	金晓芸
特约编辑	郭金梦
装帧设计	明轩文化·王　烨

印　　刷	天津海顺印业包装有限公司
经　　销	新华书店
开　　本	710 毫米×1000 毫米　1/16
印　　张	32
字　　数	480 千字
版次印次	2024 年 6 月第 1 版　2024 年 6 月第 1 次印刷
定　　价	99.00 元

总论
欲穷千里目，更上一层楼
——中国叙事文化学第四时段（2018—2023）

宁稼雨

到2017年，经历近二十五年打磨历练的中国叙事文化学已经形成了比较完整的理论体系和操作程序，并且已经取得令人瞩目的成绩，在学界产生了比较广泛的影响。从表面上看，似乎已经到了比较圆满的程度。但从前三个时段遗留的问题和多年来对实践的掌控与把握中，我们还是能够意识到仍有继续提升的空间。于是，从2018年至2023年，中国叙事文化学又开启了新的征程。

一、人才培养与科学研究生态环境分析

生态环境是开展人才培养和科学研究的基础条件。在多年的教学和科研实践中，我们对中国叙事文化学研究人才培养与科研生态环境有了进一步的认识：生态环境分为主观与客观两个部分，虽然客观条件无法改变，但如何充分利用使其尽可能达到最佳状态，却是主观努力的作用所在。为此，我们在多年积累的基础上，根据中国叙事文化学发展进程中的具体情况，通过能动地调整和补充相关策略步骤，尽量优化中国叙事文化学的生态环境，为中国叙事文化学走向更高水平做出了积极准备。

（一）人才培养教学环境的可喜变化

第四时段在人才培养与教学环境方面有两个重要变化。其一是，我从2019年开始恢复研究生招生。2017年底我申报的国家社科基金重大项目获

得批准立项，按南开大学的人事制度，因年龄原因停止招生的国家重大项目首席专家可以恢复招生。这样，我中断两年的研究生招生得以恢复，使中国叙事文化学研究的人才培养工作能够继续开展。其二是，从2020年开始，南开大学博士研究生的学制从三年改为四年。这为中国叙事文化学的人才培养和教学工作赢得了更多的时间。与此同时，我本人的研究生招生也产生了连锁效应。因为南开大学文学院的研究生课程有"导师教学组统筹合作制"（即同一导师教学组学生共享选课），所以与我指导的研究生一同听课的，还有同一导师教学组内其他导师的学生。因此人才培养的辐射效应也同时得以恢复。

这些可喜变化与以往其他业已形成的各种有利因素（教学对象、教学内容等）相结合，使中国叙事文化学人才培养及教学工作能够在原有基础上继续进行，同时为人才培养和教学环境的提升提供了客观条件。

（二）成果展示园地的进一步开发和强化

以《天中学刊》"中国叙事文化学研究"栏目为主体和代表的成果展示园地，是多年来中国叙事文化学稳步前进的重要推手。为进一步深入推动中国叙事文化学研究的发展，提高中国叙事文化学研究的学术质量，从第四时段起，我们又继续开辟了新的成果展示园地。其中有两项力度很大的举措：一是在核心期刊开办新的中国叙事文化学栏目，二是编纂出版中国叙事文化学研究论文集。

新开办的栏目均为一次性栏目，分布在两家刊物，稿件内容各有侧重。一家是《南开学报》，共收录三篇文章，基本是从宏观层面，从整体上总结、分析和评价中国叙事文化学研究的价值、特色和局限；另一家是《文学与文化》，也收录三篇文章，主要从理论和个案研究两个方面，围绕中国叙事文化学研究的文献覆盖范围和采用策略进行分析和论述。这两组文章，从更高层面推动了中国叙事文化学研究的深入开展，并将之引向了更加精深的层次。

为纪念开设"中国叙事文化学研究"栏目六周年，《天中学刊》原主编朱占青和副主编刘小兵经过不懈努力，筹措经费，编纂了《中国叙事文化学研究文丛》。该文丛于2021年由河南人民出版社出版，共收 "中国叙事文化学研究"栏目前五年刊载的全部文章，共百余篇。该文丛是中国叙事文化学研究成果的一次重要的集中展示，也是西方主题学研究中国化的一次成功的成果展示。

二、继续拓展课堂教学的深度和广度

2019年，我恢复了研究生招生；次年起，南开大学博士研究生的学制由三年改为四年。这两个变化不仅为中国叙事文化学的人才培养工作继续提供了培养对象，而且为中国叙事文化学的课堂教学和相关研究实践提供了更加充裕的时间，为进一步提高课堂教学和课外实践质量提供了保证。

（一）继续更新课堂教学内容

继第二、第三时段先后对课堂教学内容进行更新之后，第四时段也做出较大规模的调整。具体做法是在2016年版教案的第二章"叙事文化学的对象"和第三章"个案故事类型的文献搜集方法"之间，增加一章"叙事文化学文献搜集的覆盖范围及其文化属性"。增加这一章的主要意图是强化对中国叙事文化学研究的重要基础——文献搜集的重视，并对其属性进行深入挖掘，从固化的文献材料本身去挖掘其文化属性，为中国叙事文化学的文化学研究奠定基础。其主要亮点之一是对于中国叙事文化学研究文献材料类别的梳理划分。此前的教案和文章对于中国叙事文化学研究的文献搜集提出了"不设门槛"的宏观目标，其目的是突破前贤在研究戏曲小说同源关系时对文献材料的关注基本仅限于戏曲小说文献这一局限，将研究对象的文献范围从戏曲小说扩大到无限广泛。但尚未对这无限广泛的文献做出明确清晰的分类和文化属性定位。这次增加的一章则集中解决了这个问题。首次将中国叙事文化学研究的主要文献分为"经史子部文献""集部文献""通俗文学文献"三个部分，从而对浩如烟海的中国叙事文化学对象文献材料做出了清晰明确的类别划分。亮点之二是依据我本人提出的中国文化"三段说"，将"经史子部文献""集部文献""通俗文学文献"的文化属性分别定位为"帝王文化""士人文化""市民文化"，从而为后续叙事文化学个案故事类型的文化分析做出初步的文化属性评价提供参照。这是中国叙事文化学研究文献搜集工作的一大进步。

在教学课件方面，在2016年教学课件的基础上，2020年教学课件新增补了一章内容，并对课件重新做了修订和排版，包括：更换课件模板，调整课件的字号、行距、版式，调整修订全部文字内容等。更新后的课件不但更加醒目，而且内容也更加完备。

（二）继续加强网络等渠道的教学互动交流

利用网络等渠道进行教学互动交流是中国叙事文化学教学的传统。到第四时段，这一传统方式又进一步得到强化。具体举措主要包括：把通过网络园地进行作业提交和课程互动作为制度加以固定，所有相关作业均在网站论坛进行提交、共享和评阅；又建立了课程学员微信群，用以进行日常教学和相关信息的沟通交流。通过这些形式，师生之间、同学之间能够进行顺畅交流，保证了教学任务的正常完成，并在很大程度上提高了教学效率。

三、学位论文写作更臻完备充赡

第三时段后期我的研究生招生工作停止了两年，使得该时段南开大学校内的学位论文数量减少，但校外学位论文数量的增加在很大程度上抵消了这方面的不利影响。该时段学位论文大致表现出如下特点：

（一）作者队伍更加壮大

尽管南开大学本校的学位论文写作队伍有所缩小，但在校外采用中国叙事文化学方法进行论文写作者却有增无减。据不完全统计，在2018—2023年，相关的南开大学博士学位论文有三篇、硕士学位论文有七篇，而校外硕士学位论文竟然有来自七所学校的九篇。这充分说明中国叙事文化学研究方法的影响力和辐射作用正在逐年提升，我们所希望的中国叙事文化学研究方法能够被广泛应用的局面，正在逐渐变为现实。

（二）选题状况呈现优劣互见、两极分化

随着校外作者队伍的扩大和学位论文的增多，论文选题形成规模，校内外选题的比较就具有了操作空间。

南开大学本校研究生与校外作者在基本理论和操作程序方面所受训练不同，因而二者在选题方面存在明显差异。这给中国叙事文化学进一步发展提出了一些警示。

从选题层级看，这一时段南开大学的学位论文全部为个案故事类型研究，体现了对中国叙事文化学基本研究模式的恪守。按照中国叙事文化学对个案故事类型研究的定义，个案故事类型研究应该涵盖该故事自始至终的全部文献材料和文化属性指向。但校外作者由于没有受过这方面的系统训练，对该宗旨不甚清楚，于是在选题层级的把握上出现了某些模糊指向。如《中国人鱼故事中女性角色的历史变迁与文化意蕴》（广西师范大学2020年硕士论文）一文，有两处与中国叙事文化学主张的个案故事研究规则不相吻合。其一，"中国人鱼故事"这个题目并非具体的个案故事类型（因为"中国人鱼故事"系由若干具体的个案人鱼故事组成的二级题目）；其二，"女性角色"只是人鱼故事中的一种角色，而不是全部角色。如果跳出中国叙事文化学研究的范围，这样的研究并非没有意义，但从中国叙事文化学个案故事类型研究的本色看，该选题则显得不够纯正。

从选题的规模看，即使同样都是个案故事，也有规模大小和学位论文实际体量的差异。一般来说，博士学位论文比较适宜规模较大的个案选题，如刘邦故事、伍子胥故事（南开大学2018—2021年博士论文）。如果用这两个选题写硕士学位论文，就会难以充分完成。如《王昭君故事的传承与流变》（渤海大学2019年硕士论文），该故事虽然属于个案故事，但其涉及的文献材料极其丰厚，主题演变十分复杂，硕士学位论文显然难以穷尽和驾驭。所以按照硕士论文的一般体量规模，比较适合像孙膑故事、豫让故事、韩愈故事、韩信故事、郭子仪故事（南开大学2018—2021年硕士论文）这样的选题规模。

（三）论文写作模式的两种状况

从论文框架来看，中国叙事文化学个案故事类型一般包括文献综述和文化分析两个部分。经过此前三个时段的摸索实践，到本时段，南开大学校内的博士学位论文一般采用"文献综述+横向文化分析+文献附录"的形式，硕士学位论文也基本相同，只是"文献附录"一项或有或无。相比之下，校外学位论文则一般缺少对于该故事类型文献方面的专门的挖掘、梳理和描述。这反映出校外同类学位论文对中国叙事文化学个案故事文献搜集"竭泽而渔""集千万本"的理念原则尚不够明确。

从论文文化分析来看，经过近三十年的积累，南开大学本校的学位论文基本形成比较固定的文化分析模式，即将全文分为几个文化分析侧面，每个文化分析侧面中按时间顺序纵向进行陈述分析。但校外同类学位论文则相对比较随意，一般采用按时代顺序进行综合分析的方式，很少对一个个案故事类型进行多方位的文化内涵分析。

从以上情况可以看出，是否受过专门的中国叙事文化学研究方法训练和实践指导，与学位论文写作质量的高低有比较明显的关联。这说明中国叙事文化学研究质量要取得更大、更普遍的提升，对写作者进行相关知识和能力培训已经是当务之急。

四、提高认识，总结成绩，扩大影响

第四时段尽管不长，但好似瓜熟蒂落，此前近三十年的积累和孕育到了收获季节，一派丰收景象。其中一个重要理念因素就是我们把总结成绩、汇总成果、扩大影响作为一项重要工作来做，并在这方面取得了令人瞩目的成绩。

（一）调整增补专栏文章类型

《天中学刊》所设"中国叙事文化学研究"栏目一直主要由两类文章组成，一是中国叙事文化学理论，二是中国叙事文化学个案故事类型研究。这两部分是中国叙事文化学研究的主体内容，对于构建和夯实中国叙事文化学研究成果的实体大厦至关重要。为进一步加强理论与个案故事类型研究的内在关联，把中国叙事文化学理论研究落到实处，总结个案故事类型研究的学术成就，预示个案故事类型研究的发展方向，从2018年起，《天中学刊》"中国叙事文化学研究"栏目增补了一种文章类型，即从理论分析角度就某个个案故事类型研究做总结和展望。这类文章的作者基本为我本人指导的博士研究生，文章内容大致为其所作博士学位论文绪论的学术前沿动态综述部分。博士学位论文有较高的原创性要求，而保证原创性的基础就是对既往研究进行全面的信息把握和高屋建瓴的分析判断，在此基础上才有可能对研究对象做鞭辟入里的深刻分析。因此这类文章不仅对所属

个案故事类型的研究具有深刻全面的指导意义，而且也为中国叙事文化学整体的研究思想和理论构建提供了有益的借鉴和参照。

（二）汇编专栏论文集

《天中学刊》所设"中国叙事文化学研究"栏目起步于第三时段，从蹒跚起步到稳步成长，为中国叙事文化学积累了重要的系列学术成果。为总结经验，《天中学刊》决定以编纂论文集的形式集中展示这些成果。第一辑共三册，名为《中国叙事文化学研究文丛》（河南人民出版社，2021年版）。书中收录了专栏前五年所刊发的全部文章，共一百余篇。这套文丛的出版，不但展示了中国叙事文化学研究的众多成果，扩大了其影响，而且也为学界采用中国叙事文化学研究方法进行实践提供了众多具体的参照样本。

（三）深入进行中国叙事文化学理论专题探讨

任何一种学术研究方法都离不开理论层面的支撑，唯其如此，才有可能持续发展、走向深入。从学理角度不断思考、深入探索，一直是中国叙事文化学研究不曾放弃的追求。为进一步践行这一初衷，使中国叙事文化学研究的理论体系更加完善和合理，我们在第四时段更加注意探索中国叙事文化学的学术价值和理论体系。

一方面是从学术史的角度回顾中国叙事文化学研究方法的发展脉络，评估其学术价值与发展潜力。本时段这方面研究成果的主要特点是，在以往研究的基础上，从更深的层次和更广的角度探索中国叙事文化学的体系逻辑和得失。洪树华《中国叙事文化学研究回顾与展望》（《天中学刊》2019年第4期）全面总结梳理了中国叙事文化学在各个方面的进展和成绩；王齐洲《"中国叙事文化学"的破土与茁长》（《南开学报》2020年第3期）一文在充分肯定中国叙事文化学在辨析20世纪以来中国古代叙事文学研究领域"西体中用"格局造成某些与中国本土叙事文学现状不甚吻合这一事实的基础上，提出用故事类型研究补充或取代来自西方的文体史和作家作品研究的合理性。同时也指出，中国叙事文化学研究仍存在某些瑕疵，其实根源在于其体系框架的圆融性还不够，其理论建设还有可以完善的余地；连心达《叙事文化学研究中的中国学术精神》（《南开学报》2020年第3期）则从中西方学术精神对比的角度，分析并肯定了中国叙事文化学勇于走出西方学术体系的堡垒，探索中国学术精神的可贵；宁稼雨《学术史视域下中国叙事文化学研究的得与失》（《南开学报》2020年第3期）则走进中国叙事文化学内部，以学术史的眼光，总结梳理中国叙事文化学研究从理论框架到各个操作程序的条理，如个案故事类型的入门条件、题材分类和类型比重问题、个案故事类型学位论文的结构框架，等等，既总结其成绩优势，又提出可能的发展目标；宁稼雨《中国叙事文化学研究最初十年回顾与总结》（《天中学刊》2020年第5期）则从历史角度，总结回顾中国叙事文化学从起步到发展的历程。

另一方面是就中国叙事文化学的理论、概念、内涵中的某些具体问题进行更加深入的探索。宁稼雨《叙事文化学文献搜集的覆盖范围与文化属性》（《文学与文化》2021年第2期）集中探讨了中国叙事文化学个案故事类型研究的文献搜集问题。文献基础全面扎实、在文献材料方面不设门槛、以"竭泽而渔"的理念穷尽文献材料这三点，是中国叙事文化学区别于以往古代小说戏曲故事同源关系研究的关键。但这只是一个宏观目标，怎样把"竭泽而渔"落到实处，仍然有待明确和具体化。在近三十年摸索实践的基础上，这篇文章将中国叙事文化学研究的文献覆盖范围总结为"经史子部文献""集部文献""通俗文学文献""金石文献"四个类别，并以其所提出的中国文化"三段说"为理论依据，将其中三种纸本文献的文化属性分别依次对应为"帝王文化属性""士人文化属性""市民文化属性"。这样，既为中国叙事文化学个案故事类型研究的文献搜集范围在理论上做出明确界定和阐述，又为个案故事类型研究的具体操作指明了具体方向，有助于研究者在文献搜集方面明确指向，有的放矢。陈维昭《三大文化生态与中国叙事文化学》（《文学与文化》2021年第2期）一文，则从经史古文生态、书场文化生态和科举文化生态三个角度来解读中国叙事文化学的文献生成土壤，与上述宁稼雨文有某些共性。李春燕《〈磨尘鉴〉传奇对于唐明皇故事研究的新价值——兼谈中国叙事文化学文献搜集方法的实践意义》（《文学与文化》2021年第2期）一文，从一个具体个案故事研究操作实践的角度，阐述了中国叙事文化学研究文献搜集方法的实践意义。经过这样的深入探讨，中国叙事文化学个案故事类型研究文献搜集工作无论是在学理体系方面，还是在具体操作实践方面，都更加明确清晰了。

（四）全面总结中国叙事文化学取得成功的经验模式

从白手起家到逐渐成为一种成功的古代叙事文学研究方法，其间不乏坎坷坦途。科学总结这一研究范式的经验和教训，不仅有利于中国叙事文化学研究本身的持续稳定发展，而且也会为学界其他领域的研究提供一定的借鉴和启示。为此，我们在第四时段突出了对中国叙事文化学成长过程中成功经验的总结。从中国叙事文化学走过的道路来看，我们认为最重要的一条经验就是：始终以中国叙事文化学研究的学术研究作为龙头，带动其他所有环节，探索出一个集科研、教学、学位论文、成果推宣为一体的科研与教学相结合的新型模式。2021年，我们在南开大学申报了一个从研究生教学角度切入的科研立项，项目名称是"探索科研、教学、论文、成果推宣四位一体研究生培养模式"，获得批准。该项目梳理和总结了以中国叙事文化学为中心的学术研究理念，在进行课堂教学、学位论文写作指导和学术成果推广宣传时逐渐形成的四位一体的研究生培养模式。该项目成果报告《探索科研教学论文推宣四位一体研究生培养模式》发表于《中国大学教学》2021年第5期，为中国叙事文化学研究人才培养工作总结提炼出一条清晰的路径，同时也从新的角度丰富了中国叙事文化学研究的理论体系。

（五）举办专题学术会议，进一步扩大影响

中国叙事文化学起步于1994年，到2023年已经走过近三十个年头。在此期间中国叙事文化学研究已经逐步完善了自身的理论体系和操作程序，培养了一大批专业研究人员，推出了一大批研究成果，在学界产生了较大的积极影响。为进一步推动中国叙事文化学的发展，扩大其影响力，南开大学文学院与黄淮学院《天中学刊》编辑部于2019年8月在黄淮学院举办了"中国古代叙事文献与文化高层论坛"。该论坛汇集了国内知名专家和专业学者，就中国叙事文化学研究的理论和方法问题展开多方面的研讨。会后《中国社会科学报》等多家新闻媒体都报道了会议情况，从而进一步扩大了中国叙事文化学的社会影响。中国叙事文化学由此振奋精神，从新的起点出发，进入更高的平台和学术视域。

目　录

理论建设 / 253

4

学术背景

回顾成绩，省思展望

——中国叙事文化学第四时段总结报告（2018—2023）

赵红

时间的指针从容而平稳地旋转至2023年，站在发展的节点上回望中国叙事文化学近三十年成长、壮大的历程，一路伴随其理论体系日益充实完整、研究实践不断丰富完善的，是其声势的扩大和影响的深化。宁稼雨教授思路清晰，目标明确，立意高远，以学者的学术本位意识和文化担当精神所提出的"中国叙事文化学"的理论体系和开展的相关研究实践，得到了学界同人的极大关注和充分肯定。

一

自2012年《天中学刊》杂志设立由宁稼雨教授作为特邀主持人的"中国叙事文化学研究"专栏以来，十余年间吸引了郭英德、齐裕焜、张国风、程国赋、陈文新、王齐洲、董国炎、苗怀明、纪德君、万晴川、胡胜、魏崇新、李桂奎、王平、杜贵晨、刘畅、伊永文、张培锋等相关学术研究领域的众多大家名宿参与到论说、评介中国叙事文化学研究的学术对话中来。此外，还有连心达、陈维昭等知名学者发表在《南开学报（哲学社会科学版）》《文学与文化》等期刊上的述评文章。这些热烈的学术交流和频繁的学术互动将中国叙事文化学这一极具宁稼雨教授个性化特色的学术凝思和治学实践拓展为众眼热观、众声新议的聚合式学术活动，不仅促进了中国叙事文化学自身的良性发展与持续深化，也增进了学界对中国叙事文化学的理解与接纳，使中国叙事文化学获得了较为宽容的学术空间。综观评论诸家积极的理论回应，大致可归纳为以下几种代表性观点：

首先，从学理阐发的角度对中国叙事文化学的理论内涵与研究方法进行诠释和评议。中国叙事文化学是针对以中国古代小说、戏曲为主的传统叙事文学研究而提出的新理论、新方法，以期克服古代文学研究尤其是古代叙事文学研究长期因文体史和单个作家作品之间的研究壁垒而产生的跨时代、跨文体、跨文本的故事主题单元研究的割裂问题。郭英德先生抓住了肯綮所在，将中国叙事文化学的基本学理依据浓缩为"中国""叙事""文化"三个关键词，认为其以"中国"为本位，将西方的主题学研究"中国化"，在某种意义上是向传统的主题学研究回归，即聚焦于包括人物形象、题材类型、情节单元在内的叙事文学故事主题研究；他还认为其将学术眼光从一般意义上的民间文学转向更为广阔的个体叙事文学文献，着重以"事义"作为文学主题研究的焦点，有效地接续了中国文学理论的悠久传统。中国叙事文化学一方面"密切关注叙事文学故事主题的纵向演变过程，注重'竭泽而渔'地穷尽同一故事主题的所有文献资料，描绘出同一故事主题形态传承与变异的轨迹和状貌，并力图从中推衍出环环相扣的历史发展逻辑"，另一方面"密切关注叙事文学故事主题的横向展开背景，注重揭示同一故事主题及其演变历程的社会文化内涵，并力图提炼或升华出对中国社会文化特征的思考"。①魏崇新先生也关注到中国叙事文化学致力于突破传统叙事文学研究局限于作家、作品的孤立研究模式，将理论核心紧扣"故事"与"主题类型"两个关键词，拆除叙事文体之间的壁障，打破叙事文学的时空界限，以凸显叙事文化学的内涵与功能。"中国叙事文化学以叙事文本的文献研究为基础，以叙事故事主题类型的个案研究为核心，转换研究视角，聚合故事类型，考察主题流变，分析叙事模式，探讨文化意蕴，深化理论意识，形成了一套行之有效、简洁明晰且具有可操作性的理论方法。"②显然，中国叙事文化学是以主题类型统摄中国传统叙事文本的故事叙述，从整体视角着眼更易于在宏观上梳理叙事文本故事之间的异

---

① 参见郭英德：《构建中国叙事文化学的学理依据》，《天中学刊》2012年第3期。

② 魏崇新：《建构以故事主题类型为核心的中国叙事文化学——评宁稼雨教授的中国叙事文化学研究》，《天中学刊》2019年第3期。

同和流变，也更利于探讨各种故事主题类型所蕴含的文化意义，进而发掘和总结中国叙事文学的概念和方法。中国叙事文化学在个案研究的具体操作中所运用的实践方法，有向传统继承，有向西方借鉴，更有自觉求变和自主创新。继承顾颉刚先生《孟姜女故事的转变》一文的研究路径，将传统考据学方法与西方实证主义方法相结合，解读中国叙事文学故事主题的演变。借鉴划分西方民间故事主题类型的"AT分类法"，依据中国叙事文学故事主题类型的属性和内容进行主题分类。在求变创新上，正如王平先生所论，中国叙事文化学既采用文献考据之法，对某一故事主题类型进行"地毯式"的文献搜索，一切相关材料尽在掌握；又采用要素解析之法，找出同一主题类型的某一要素在不同文本中的流变、异同情况，以便对其所蕴含的文化意义进行挖掘和梳理；最后整合为归纳概括之法，提炼出能够贯通该故事主题的所有材料、要素的核心灵魂，用以统摄研究的全部过程。三种方法可谓是前后贯穿，层层递进，逐步深入，便于操作。①中国叙事文化学为中国叙事文学乃至中国文学史的研究提供的一双"法眼"，是以旧学之器的考据手法为分辨最初的"叙事类型"奠定学术基础，再运用西方主题学的研究成果并予以改造，即在西方主题学的内容中植入中国的"叙事类型"，再对主题学加以超越的研究方法。其以中国学术为主体，兼采西方学术之长以建立自己的体系。伊永文先生借由评价宁稼雨教授编撰出版的《先唐叙事文学故事主题类型索引》一书对此予以充分说明，"他从先秦始，将具有故事性质的基本素材揽入怀中，截断众流，眼光平等，从纷纭繁杂中分出天地、神怪、人物、器物、动物、事件等六大类，基本涵盖了'叙事类型'的内容，这看去颇有'主题学'的余韵，实则他用中国考据功夫充填"，追本溯源，条分缕析，"扎扎实实地成为'叙事类型'的铺路石"。②

其次，从范式转型的角度对中国叙事文化学的学术创新和研究优势给予认同和肯定。范式的概念和理论是美国著名科学哲学家托马斯·库恩提

---

① 参见王平：《中国叙事文化学的研究对象、方法与意义》，《天中学刊》2017年第3期。

② 参见伊永文：《新知归学转深沉》，《天中学刊》2014年第4期。

出并在《科学革命的结构》中系统阐述的，其本质就是一种理论体系、理论框架，彰显着总体性、全局性、宏观性的面对问题、分析问题、解决问题的思维模式。学术研究中的某一种范式，是受到时代、范畴、认知水平、价值观念等主客观因素制约和影响的，不可能一直适用，永远有效。当时代变迁、范畴调整、认知水平更新、价值观念改变，范式转型便成为必然，归根结底这是学术研究整体思维方式的转换。宁稼雨教授倡导的中国叙事文化学正是旨在扭转20世纪以来包括中国叙事文学研究在内的中国学术研究的"西体中用"范式，将其转化为中西结合、"中体西用"的新范式。具体而言，"将叙事学理论与中国传统文化的视野、文史结合的研究方法相结合，强调以中学为'体'，以西学为'用'，也就是说立足于中国文学的创作实际，突出中国文学的主体地位和价值，以西方文学理论来为我所用，拓宽研究视野"①。沿袭使用了一个多世纪的中国叙事文学研究的学术范式之所以亟待转型，根本症结还在于"西体中用"的问题。尽管一些西传而来的理论和方法能够为学界所用是经过反复筛选和自主选择的结果，这些理论和方法也确实拓展了中国古代小说、戏曲研究的领域，提供了以往中国学者不曾涉及的观察视角，但研究愈深入，存在的问题也暴露得愈突出。一味地将一些外来理论和方法模式化、简单化地套用在中国文学作品上，会遮蔽作品自身的丰富性，将研究变成一种机械化的、技术性的套路，非常不利于揭示作品的特性，挖掘作品的深度。研究者必须对中国文学的本土特性与民族风格有更多认同，尊重中国文学自身的发展实际，才能建立民族本位的中国文学研究体系，而这恰恰与宁稼雨教授提出的建构"中体西用"的中国叙事文化学研究范式相契合。"宁稼雨先生所主张的中国叙事文化学，是一种在完成了对西方主题学吸收、借鉴、本土化基础之上形成的具有民族特色的研究模式"，"它试图引导我们将目光从文本上拉回，而将研究对象还原为故事"，"如果以故事为先，将文本作为故事演化过程中参与主题形成与表达的一系列坐标点，无论是对于文本个体还是彼此间关

---

① 程国赋：《拓宽古代叙事文学研究视野的成功实践——评宁稼雨教授倡导的"中国叙事文化学"》，《天中学刊》2014年第1期。

系的认知，无疑都是具有启发意义的。这种研究模式，不仅可以重新串联经典文本，更可以在一个更高的维度上重新整合既有的文本系统，从更高品位的互文视野来从事相关研究"。①苗怀明先生对此也有明确认识，他指出，从理论资源来看，中国叙事文化学吸收叙事学理论中的合理、有效成分，着力探讨故事讲述背后的演变轨迹与社会文化内涵，这是从理论层面对中国叙事文化学进行系统、深入的建构；同时，又借鉴主题学的研究方法，将其从民间文学引入文人创作的研究中，是结合中国小说、戏曲自身的实际，将新的视角和方法应用到文学现象、具体作品的解读中。由此，中国叙事文化学是一种具有开放性、包容性的理论和方法。②毫无疑问，作为宁稼雨教授学术思想的有机组成部分，中国叙事文化学所实现的研究范式转型是21世纪在中国叙事文学乃至中国古代文学领域中较为成功的一次学术范式转换。这有赖于宁稼雨教授对于范式转型主动的、积极的、寻求突破的思考和探求，既有从西方主题学到中国叙事文化学转换的这一宏观理论层面的宏大构思，又不缺乏微观和技术层面的具体步骤的落实，即变"一个单一的故事研究"为"一个完整的故事类型研究"。正是在这个意义上，中国叙事文化学"不仅为中国古代叙事文化研究开辟了一个全新的领域，提供了新的范式，还为理论思维方式、思维素养的研究提供了一个可靠的、成功的学术范本"③。

最后，从学术精神的高度对中国叙事文化学的学术追求和学术价值予以称许和褒赞。有些评价关注中国叙事文化学中"叙事"与"文化"的关系，强调叙事作为一种文化现象的重要性，突出故事主题类型的文化性，从而发掘同一故事类型的古今演变和单元故事在历代流变背后蕴含的历史文化意蕴，甚至从"心史"的视角来探索某些故事类型背后隐含的人物心态、心境以揭示某一叙事主题在不同时代所具有的不同文化内涵及其经典意义；有些评价则注重中国叙事文化学将研究对象锁定为历史事件、历史人物、文学作品乃至诗文典故等，又着眼于"叙事"，透过故事主题类型这

---

① 参见胡胜：《尝试与创获——中国叙事文化学的理论建构》，《天中学刊》2015年第3期。

② 参见苗怀明：《建立民族本位的中国叙事文化学》，《天中学刊》2015年第6期。

③ 刘畅：《范式转型视角下的中国叙事文化学研究》，《天中学刊》2018年第3期。

个独特的视角切入中国叙事文学,既要求文献的全面性和总体性,也明确文献在不同历史时期发生的变化,哪怕是其中粗略短小、一言半语的片段,也已然融入了时代、作者、作品的新内容,因而具有阐释学意义上的文化价值。从这些方面对中国叙事文化学展开的述评,或者仍停留在学术理路的认识和探究上,或者还盘桓于对方法论的解析和讨论中,未能在更高的学术站位透彻、精辟地把握中国叙事文化学的学术精神和学术价值。这个缺憾在连心达先生的《叙事文化学研究中的中国学术精神》一文中得到弥补。①该文章认为,中国叙事文化学在两个方面体现了中国传统人文精神。其一,故事主题类型研究的实践性是对文学经验的高强度直接感知。因为叙事主题类型研究的"中体"特性,究其实质是对现象世界的全身心感知和参与的求实精神。就总体规划层面而言,材料的搜集分类过程也是故事主题"类之模型"慢慢生长成型、分析工作的方向愈加清晰、基本论点逐渐形成的过程;就操作层面而言,宁稼雨教授将文本流传的时间跨度、体裁覆盖面、类型的文化意蕴三个互相关联的入选标准作为确定一个故事类型是否能够真正成为个案研究研究对象的评判原则,强调综合、关联和流动,就避免了拆分、片面和固定。其二,故事主题类型研究的有机整体观是对大结构、大关系的系统把握。因为每一个故事主题类型个案都是由或新或旧、或大或小、或重或轻的多个作品组成的一个即使不完全"理想",亦已自足自适的相对完整的体系,同时又是一个由于有新因素的参与而不断生长变化和自我调适的鲜活有机整体。正是这种有机整体感,使得主题类型研究可以突破和超越文体和单篇作品范围的界限,把文体不同而各自独立的文本视为一个系列整体。这不是选择而是必然,被跨越的也不只是个体故事之间,更是体裁之间甚至是学科之间一条条人为的分界线。总之,以单元故事为基础的主题类型研究为包括小说、戏曲等叙事文体在内的文学研究打开了一扇新窗户,提供了一个新视域,许多原本不容易被发现的现象之间的联系,以及作品中能启发新思维的有意义的细节,有可能在对

---

① 参见连心达:《叙事文化学研究中的中国学术精神》,《南开学报(哲学社会科学版)》2020年第3期。

主题类型这种文化因子扭结的观察中被揭示出来。正如纪德君先生所言，中国叙事文化学能够真正将叙事文学作品贯通起来，借助"故事主题类型"这一核心要素，发现其在叙事上的共通性，从而有效地进行共时性剖析与历时性探察，切实完成跨文本、跨文体乃至跨学科研究，由此探寻中国叙事文学故事发生、发展的规律，其着眼点亦在于此。①中国叙事文化学的提出作为学术研究的理论自觉，是一个学者成熟的标志。宁稼雨教授以无愧于时代的理论担当和思想勇气，站在历史发展与学术变革的高度锐意创新，恰如冯仲平先生所盛赞："宁稼雨多年来不忘初心，坚持古代文学研究的理论与方法的发明张扬，始终将理论方法与学术实践相结合，尤其是对中国叙事文化学理论的探索建构、批评实践和群体培育，引领了当代学术研究的趋势和方向，展示了中国古代文学研究的高端水准和前沿锋芒，同时也体现了他本人及其所培育的学术团队之于古代文学研究的鲜明风格和个性，以卓越的研究实绩证明了理论方法的重要性和以之指导学术实践的必要性。"②诚不虚也。

二

宁稼雨教授提出并建构的中国叙事文化学经过近三十年的发展已蔚为大观，从概念辨析到原则确立，再到研究方法、路径的选择，层层推进，科学而又具操作性，具有方法论创新的意义，取得了不俗的研究成绩。如果说学界的多位大方之家对此予以高度肯定和热情赞誉是源于他们学术理念上的彼此吻合交叉，或学术追求上的相互砥砺生发，带有同声相应、同气相求的意味，那么在认识乃至评价中国叙事文化学这一新的学术范式和研究方法时，因为了解不充分、理解有偏差而产生一定的误解或分歧，也是在所难免的。由此而形成的学术争鸣和学术论辩，未尝不是对学术真谛的探索，这使中国叙事文化学的内涵和外延更加清楚明晰。所谓理愈辩愈明，道愈论愈清，也是学术研究的应有之义。

① 参见纪德君：《建构中国叙事文化学，培植新的学术生长点》，《天中学刊》，2016年第1期。
② 冯仲平：《宁稼雨教授的学术追求——以叙事文化学研究的理论与实践为视角》，《天中学刊》2017年第4期。

张培锋先生曾发表《关于叙事文化学研究的若干思考》一文，针对中国叙事文化学的研究模式和既有成果提出疑问与建议，并以个案研究"高祖还乡"作为例证，指出中国叙事文化学研究中的部分著述，论述的多是研究者选取的叙事故事所表现的文化内涵，而对于"叙事文化"，即叙事作为一种文化现象自身的内涵却少有揭示。同时，叙事类型的演变，又大体可以分为简单发挥、局部改造、颠覆性改造三个层面，"笔者心目中的'叙事文化学'，不应该把今人的观点套用在古人身上，而应该采取一种超越的态度，根据已有史料，真正还原每个时期作品背后表现出来的不同心态，从而揭示其真正的文化内涵，即使这个内涵并非今人愿意接受的，也必须无条件接受，这才叫尊重历史。"[1]对此，宁稼雨教授撰文予以积极回应。宁文主要从三个问题切入来进行反驳。其一，是关于中国叙事文化学选材和对"叙事文化"本质的理解问题。"叙事作为一种文化现象自身的内涵"不是一个独立存在的实体，其只能通过"研究者选取的叙述故事表现出的文化内涵"去承载、去体现。张文将"研究者选取的叙述故事"和"叙事文化"作为两种对立或者并列关系来理解，人为割裂、分离二者似有叠床架屋之嫌。其二，是个案故事类型文献材料的叙事文化学意义问题。中国叙事文化学从个案主题研究出发，对具体、特定的个案故事做地毯式的"竭泽而渔"的文献挖掘和掌握，以期使用尽可能充分的材料来了解认识和分析论证。即使是那些基本沿袭前人文字或只是作为典故出现的诗文亦不能放弃，因为沿袭和用典本身就是文化发生过程的符号，也是个案故事整体文化链条中的有机组成部分。而事实上，与一般史传材料相比，诗文典故的情况更为复杂，斟酌使用并以之为诗文意象，其中的匠心是值得重视的。其三，是中国叙事文化学研究应该持有的历史观问题。从哲学的角度看，事物矛盾对立双方中，必有一方居主导位置，对事物的发展走向起决定性作用。"个别"和"例外"等特殊现象需要关注，但不能为此而动摇对"一般"规律的把握。[2]一种学术理论的提出固然不易，但要使其经受住理

① 张培锋：《关于叙事文化学研究的若干思考——以"高祖还乡"叙事演化为例》，《天中学刊》2016年第6期。

② 参见宁稼雨：《对〈关于叙事文化学研究的若干思考〉的回应意见》，《天中学刊》2017年第1期。

性的拷问和实践的检验而不断发展壮大，以至于成为被广泛接受的成熟理论，还需要走更长的路，付出更多的心血。中国叙事文化学并非不证自明的理论，其不仅需要被论证，还需要排除各种可能的误解，以减轻理论的阻力。关于中国叙事文化学理论和实践的学术争鸣和学术论辩，恰好有利于其内涵不甚清晰之处和逻辑欠严密之处被正视与完善，从而促进中国叙事文化学的发展成熟。

当然，也有不少一直关注、关心中国叙事文化学的学者，从自身的研究视野、研究专长出发，为中国叙事文化学的理论建设提出意见或建议。这些意见或建议并不一定都适用或都有效，但仍然具有参考价值和借鉴意义，带给中国叙事文化学颇多启发。现列举有代表性的几例加以说明：万晴川先生指出，中国叙事文化学研究仍有大量工作可做，不但要揭示同一故事主题及其演变历程的社会文化内涵，还要深入阐释不同的文化形态对叙事人称、叙事视角、叙事节奏、叙事顺序等方面所产生的影响。重视民间信仰、预叙方式、巫术灵物等是中国古典小说异于西方小说、形成中华民族品格的重要因素，关注这些将有益于中国叙事文化学研究向纵深发展。[①]李桂奎先生点明，尽管"中国叙事文化学"这一理论体系已经涉及叙事、叙事文学、叙事文化等多个层面，但仍不免存在由大题小做带来的问题，存在命题偏大与口径偏小的矛盾，加之"主题类型"分析使得具体研究容易流于套路化。因此，研究可以进一步向"事情类型""事理类型"延展、升华，即打破一人一事的"故事类型"限制，用爱恨情仇、悲欢离合、物是人非等"事情类型"来统摄叙事主题研究，又用一个"理"字作为骨架来梳理建构中国叙事文化学理论新体系，以期围绕"事件""事情""事理"三位一体做文章，使"中国叙事文化学"的学术工程更趋完善。[②]王齐洲先生认为，就中国叙事文学研究中的小说研究而言，20世纪的主要问题不在于作家作品研究范式的制约和影响，而是西方小说观念带来的对中国古代小说门类的扭曲和伤害。"中国叙事文化学"是要回归中国叙事文化的

---

① 参见万晴川：《努力建构具有中国特色的叙事学理论——宁稼雨教授的叙事文化学研究述评》，《天中学刊》2017年第6期。

② 参见李桂奎：《热眼旁观"中国叙事文化学"》，《天中学刊》2018年第4期。

本位，尊重既往的一切历史事实，那么，"中体西用"的"中体"就应该是中国文化本位之"体"，"叙事学""主题学"等西方理论只是研究这些本体之"用"。在此基础上尽量容纳所有能够阐明中国叙事文化本体特质的学术路径和研究方法，包括"文学体裁研究"和"作家作品研究"，唯其如此，中国叙事文化学才能够成为21世纪研究中国叙事文学的成熟理论。①

外界的论说和评价纷繁复杂，有肯定也有质疑，有赞赏也有批评，有启发也有误解，见仁见智，不一而足。这样众声喧哗的研讨热潮给中国叙事文化学研究营造了积极、健康的外部学术环境，也更激起了力倡者与践行者思想的火花，使其不沉醉在既有成绩里，不迷失于众说纷纭中，而是以理性的、主动的态度面对不足，以严谨的、客观的作风解决问题。《学术史视域下中国叙事文化学研究的得与失》一文可谓是宁稼雨教授给出的最全面、最有力的回答。②文章从学术史的角度回溯了中国叙事文化学从酝酿到实践的历程，再一次为其概念内涵定性。首先明确中国叙事文化学研究是针对以小说、戏曲为主的中国古代叙事文学研究提出并实践的一种新方法；其次阐明其理论依据和研究内容，指出中国叙事文化学参考借鉴了西方民间文学主题学的研究方法，以故事类型为研究中国叙事文学的出发点，在梳理中国叙事文学故事类型的基础上，对其中重要个案类型做系统深入的研究；最后说明其理论价值和研究意义，以对中国叙事文化学的探索作为反思20世纪中国学术全面西方化问题，寻找中国叙事文学研究新领域的开始。文章更具高度和深意之处在于，其深刻认识到尽管中国叙事文化学相关理论的提出和实践前后经历了近三十年，已基本上形成了比较完整的研究体系，也产生了一批研究成果，但从全面调整和更新20世纪以来中国叙事文学研究"西学中用"研究范式的格局上看，仍是"路漫漫其修远兮"，需要吾辈学人继续"上下求索"。基于此，宁稼雨教授在文末总结了当前中国叙事文化学研究存在的主要问题并给出了解决方案。其一，是中

---

① 参见王齐洲：《"中国叙事文化学"的破土与茁长》，《南开学报（哲学社会科学版）》2020年第3期。

② 参见宁稼雨：《学术史视域下中国叙事文化学研究的得与失》，《南开学报（哲学社会科学版）》2020年第3期。

国叙事文化学作为一种对于目前研究具有补充价值甚至可能具有潜在革命性的新研究范式，尚未引起学界足够的关注。今后需要加强中国叙事文化学示范性出版物建设，加强以中国叙事文化学研究为主题的学术交流，加强中国叙事文化学研究的网络园地建设。其二，是索引编制。《先唐叙事文学故事主题类型索引》出版之后，亟须尽快启动其他朝代段落的索引编制工作。其三，是个案故事类型系列研究。在继续完善个案故事类型系列尤其是"动物"和"器物"类别研究的同时，还要在文献搜集方面付出更多努力（如爬梳明清、近代文人别集等），也要在文化分析方面更灵活、更多元地关注研究对象的生动性和独特性。其四，是关于中国叙事文化学研究的理论体系建构和学术评价。后续应该强化对中国叙事文化学体系框架的细部打磨，以及对具体操作方法和步骤的理论探讨。概而言之，宁稼雨教授希望通过此文在对近三十年来中国叙事文化学的全面总结和反思的基础上，引起学界更多同人的关注，推动中国叙事文化学走向更加深广的局面。

显然，仅有总体性的认识和概述性的言说是远远不够的，若要真正妥善解决实际研究中一个个具体而微的问题，必须落实到行之有效的操作方法和实施步骤上。宁稼雨教授思考不竭，笔耕不辍，在2017—2023年间陆续发表多篇文章，既有宏观层面的理论深化，也有微观层面的方法实践，为中国叙事文化学注入了发展活力，也使其相关研究不断得以完善和拓展。综观这些系列文章，大体可以划分为两类。

首先，是理论认识的深化，为中国叙事文化学研究个案故事主题文化内涵的深入挖掘提供更为广阔的考察空间。其中，以《中国传统文化"三段说"刍论》（《求索》2017年第3期）和《中国文化"三段说"背景下的中国文学嬗变》（《中原文化研究》2019年第2期）两篇文章为代表。宁稼雨教授用帝王、士人、市民的文化"三段说"来取代以往的雅、俗文化"二分说"。帝王文化时期是中国传统文化的形成和奠基时期，礼制和官制、以帝王利益为核心的意识形态建设、文学艺术和建筑领域构成帝王文化的主体建构。士人文化时期是中国传统文化的成熟和繁荣时期，魏晋以来崛起的门阀士族和科举制度及伴随其出现的文学艺术的独立和繁荣，是帝王文化转向士人文化的明显标志。市民文化时期是中国传统文化的转型和深化时期，以市民为主体的城市文化氛围的形成，多种以市民阶层为主要服务对象的文化样式以及相应的意识形态建设，构成了市民文化的主体。宁稼雨教授继而以帝王文化、士人文化、市民文化三种主要文化形态为参照标准，梳理中国文学的嬗变过程，即在帝王文化背景下的先秦两汉文学具有鲜明的体现帝王阶层意志的特点，而随着士族文人的人格独立，在士人文化背景下的魏晋至唐宋文学经历了从实用性文学向审美性文学的发展，直至在市民文化背景下的元明清文学实现了从抒情文学向叙事文学的转变，市民成为文学的创作主体和接受主体，叙事文学的发展达到前所未有的高度。这种对中国传统文化认识的新视角，有助于对中国传统文化的诸多问题做出全新的诠释，也有助于把握和审视中国文学演进的阶段变化和内在动因，对中国叙事文化学研究中厘清作者的情愫抒发和作品的时代映射，发掘单元故事在各种叙事文学的历时流变中所包含的历史文化意蕴，都具有重要价值。值得注意的是，陈维昭先生撰文积极回应了宁稼雨教授的观点。陈文论及，所谓"叙事文的文化生态"是指叙事文本赖以生产、传播的文化环境，其研究所要关注的是叙事文本与共生环境中其他文化形态之间的有机联系，在生态系统中考察叙事文的本质、规则和功能。而中国叙事文本曾生存于三种文化生态之中——经史古文生态、书场文化生态和科举文化生态。这三种文化生态不仅是前后承接的关系，而且是层层叠加、积淀的关系。中国叙事文化学研究应该让叙事文本回归到其原初所生存的文化生态中，在生态关联中考察其性质、形态、功能及变异，获取真实的知识。把叙事学研究建立在这种考察结果的基础上，这样的叙事文化学才能够更接近中国文化本身。①两位学者虽然研究的对象和内容不一致，但研究结论殊途同归，都为中国叙事文化学研究的纵深发展指出方向。

其次，是研究方法的细化，为中国叙事文化学研究"竭泽而渔"地搜集文献、获取材料找寻更为有效的下沉路径。其中，以《目录学与故事类型的文献搜集——中国叙事文化学研究丛谈之七》（《天中学刊》2016年第3期）、《索引与故事类型研究文献搜集》（《天中学刊》2018年第6期）和

---

① 参见陈维昭：《三大文化生态与中国叙事文化学》，《文学与文化》2021年第2期。

《叙事文化学文献搜集的覆盖范围与文化属性》（《文学与文化》2021年第2期）三篇文章为代表。前两篇文章重在梳理和归纳文献查找、材料取得的具体线索和途径，前者从目录的角度提出，历代正史目录学著作、带有目录学性质的笔记、明清时期小说戏曲书目、现代人所著通俗小说戏曲与讲唱文学目录、现代人所编综合性小说书目等，都含有中国古代叙事文学故事类型研究的相关文献和材料；后者，从索引的角度提出，类书文献索引、史传文献索引、集部文献索引、研究论著索引等，这些纸本文献索引的使用均有其必要性，对于故事类型研究的文献搜索与采集仍有不可替代的价值。第三篇文章则是在前两篇文章的基础上，重在从学理的角度阐述和论证文献搜集的学术理路和地位价值，并分别从经史子部、集部、通俗文学的文本属性及实物材料四个方面论述其文献搜集的覆盖范围，再结合帝王文化、士人文化、市民文化三个方面对应解读和分析经史子部文献、集部文献、通俗文学文献的文化属性，借以明确中国叙事文化学研究的文献搜集工作的理论依据与实践意义。正如宁稼雨教授所言，从"集千万本"的求全理念出发，全面梳理叙事文学文献各个部分的性质、作用和价值，进而从社会历史文化属性认知的角度审视、观照各种类型叙事文学文献的文化价值，这正体现了对中国叙事文化学故事类型研究文献搜集问题的最新认识。

中国叙事文化学从构想草创到初步形成较为完整、系统的研究范式，已经接近三十年。业已取得的阶段性成果固然可喜可慰，但未来的前进之路必然更加曲折漫长。除了以更多的学术耐心和更深的学术韧性继续开拓，奋力前行，我们别无选择，毕竟这是时代的学术召唤，更是学者的学术担当。

相关论文著作目录

论文

1. 李桂奎：《热眼旁观"中国叙事文化学"》，《天中学刊》2018年第4期。

2. 宁稼雨：《索引与故事类型研究文献搜集》，《天中学刊》2018年第6期。

3. 赫云：《中国传统艺术母题、主题与叙事理论关系研究》，《东南大学学报（哲学社会科学版）》2018年第4期。

4. 漆凌云：《他山之石与本土之根：故事类型学在中国的译介与研究》，《民族文学研究》2018年第4期。

5. 陈思瑾：《中国叙事文化学研究的学习与应用》，《天中学刊》2019年第3期。

6. 魏崇新：《建构以故事主题类型为核心的中国叙事文化学——评宁稼雨教授的中国叙事文化学研究》，《天中学刊》2019年第3期。

7. 洪树华：《中国叙事文化学研究回顾与展望》，《天中学刊》2019年第4期。

8. 张清俐、南天：《推动叙事文化学研究走向纵深》，《中国社会科学报》2019年8月16日。

9. 宁稼雨：《中国文化"三段说"背景下的中国文学嬗变》，《中原文化研究》2019年第2期。

10. 宁稼雨：《中国历代文艺评论价值评价主体及其评价特色》，《学术研究》2019年第1期。

11. 王立、黎彦彦：《文学主题学"大文科"观念基本规则及学术规范——以李福清佛经母题影响研究为例》，《河北学刊》2019年第6期。

12. 孟昭毅：《饶宗颐比较神话学与主题学研究》，《北方工业大学学报》2019年第1期。

13.程家遑：《民间艺术主题学研究的路径与方法——以"鱼"母题研究为例》，《美术教育研究》2019年第17期。

14.赵敏俐：《主题学研究的历史轨迹与创新追求——写在王立教授〈文学主题学研究史论〉前面》，《大连大学学报》2019年第4期。

15.李连荣：《试析西藏"异常诞生"母题故事的民俗文化内涵》，《西藏研究》2019年第6期。

16.董晓萍：《历史经典中的民俗母题》，《北京师范大学学报（社会科学版）》2019年第5期。

17.漆凌云、万建中：《"母题"概念再反思——兼论故事学的术语体系》，《民俗研究》2019年第4期。

18.漆凌云：《中国民间故事研究七十年述评》，《民间文化论坛》2019年第3期。

19.黄永林：《追踪民间故事建构故事学体系——刘守华民间故事研究评述》，《民族文学研究》2019年第2期。

20.刘昶：《幽默故事类型浅析——以唐代〈启颜录〉为例》，《贵阳学院学报(社会科学版)》2019年第3期。

21.陈宏：《特色栏目与学术新范式平台的建立——〈天中学刊〉"中国叙事文化学研究"专栏评议》，《天中学刊》2020年第1期。

22.宁稼雨：《学术史视域下中国叙事文化学研究的得与失》，《社会科学文摘》2020年第8期。

23.李万营：《中国叙事文化学的早期理论探索》，《天中学刊》2020年第5期。

24.宁稼雨：《中国叙事文化学研究最初十年回顾与总结》，《天中学刊》2020年第5期。

25.鲁小俊：《博观约取厚积薄发——宁稼雨教授的学术研究领域及其成就》，《关东学刊》2020年第5期。

26.宁稼雨：《我的学术之路（九）：步入学术正轨三十年的三个研究领域》，《广西职业技术学院学报》2020年第2期。

27.赫云：《原型、母题在艺术主题学体系中的关系研究》，《东南大学学报（哲学社会科学版）》2020年第2期。

28. 黄永林、邹蓓、袁渊：《我国民间文学对国外理论的借鉴与创新（1979—2000）》，《文化遗产》2020年第2期。

29. 康丽：《从"故事流"到"类型丛"：中国故事学研究的术语生产与视角转向》，《民族艺术》2020年第4期。

30. 漆凌云：《立足本体：故事研究向叙事本位的回归》，《民族艺术》2020年第6期。

31. 梁晓萍：《从课程建设入手创建中国叙事文化学研究》，《天中学刊》2021年第1期。

32. 赵红：《中国叙事文化学研究的缘起和背景》，《天中学刊》2021年第1期。

33. 宁稼雨：《探索科研教学论文推宣四位一体研究生培养模式》，《中国大学教学》2021年第5期。

34. 弗雷德里克·戈尔丁、王立、程铂智：《西欧文学中的那耳客索斯母题——与主题学相关的几个问题》，《辽东学院学报（社会科学版）》2021年第1期。

著 作

1. 董晓萍：《跨文化民俗体裁学 新疆史诗故事群研究》，中国大百科全书出版社2018年版。

2. 王宪昭：《中国创世神话母题实例与索引》，中国社会科学出版社2018年版。

3. 张余、范金荣：《山西民间故事情节类型索引》，商务印书馆2018年版。

4. 刘玮：《元明戏曲与唐传奇的历史因缘》，中华书局2019年版。

5. 陈建宪：《中国洪水再殖型神话研究：母题分析法的一个案例》，陕西师范大学出版总社2019年版。

6. 杨宗红：《明清白话短篇小说的文学地理研究》，中华书局2019年版。

7. 王宪昭：《中国多民族同源神话研究》，暨南大学出版社2020年版。

8. 孙国江：《六朝志怪小说的故事类型及其文化意蕴研究》，百花文艺出版社2021年版。

热眼旁观"中国叙事文化学"

李桂奎

摘要：经过十多年的努力，宁稼雨提出并建构的"中国叙事文化学"已蔚为大观。笔者通过热眼旁观，清醒地意识到这一理论体系在构建"主题类型"叙事原理方面已成为精彩看点，而其努力践行的"中体西用"学术范式则成为这一理论体系建构的闪光点。当然，放眼展望，这一理论体系仍存在诸多新增长点，期待有所延展。笔者建言，从"事情类型""事理类型"层面打开局面，或许会使得"中国叙事文化学"这项宏大工程显得更宏伟壮观。

关键词：叙事文化学；主题类型；中体西用；"理、事、情"

经过十多年磨一剑的不懈努力，宁稼雨提出并建构的"中国叙事文化学"理论体系业已产生较大反响，引起了众多学人的围观与热议。笔者由于长期从事中国小说叙事写人研究，因而对"中国叙事文化学"的进程及相关成果一直是热眼关注，而今情不自禁地将旁观所得略陈一二，以求教于宁先生及学界广大同人。

一、精彩看点：构建"主题类型"叙事原理

研究文学叙事，抓住"故事"进行"主题类型"分析，便抓住了关键。宁稼雨提出"中国叙事文化学"命题，即抓住了这一突破口，目标较明确，理路较清晰。从其近些年来的代表性成果来看，可谓理论构建与应用全面开花。

首先，就其理论构建成果来看，《主题学与中国叙事文化学的建构》（《中州学刊》2007年第1期）、《故事主题类型研究与学术视角换代——关于构建中国叙事文化学的学术设想》（《山西大学学报》2012年第3期）、《中国叙事文化学与"中体西用"范式重建》（《南开学报》2016年第4期），加之在《天中学刊》先后发表的"中国叙事文化学研究丛谈"系列文章等，如此一路下来，宁稼雨及其团队成员打破了长期以来固守文体因素的做法，进而打破了同一故事仅仅局限于同一文体的壁垒，紧紧围绕中国传统经典"故事"探讨"叙事"问题，再加上他们努力用"故事主题类型"将戏曲、小说以及其他叙事作品贯通起来，实现前后一脉的谱系建构。这无疑是抓住了问题的关键，因而也就有了这样一批富有创见的成果。

从这一理论的实践及应用看，"中国叙事文化学"的用场之大和可操作性之强已经逐渐显现。宁稼雨于2005年主持完成了国家社科基金项目"六朝叙事文学的主题类型研究"，2011年出版了《先唐叙事文学故事主题类型索引》一书。此外，一系列应用该理论，并标明"以中国叙事文化学为依据"的"×××故事及其研究现状与前景展望"系列论文陆续推出，创意迭现。比如，按照这一理论梳理苏秦故事，便可将这一人物故事整合到"落魄—发迹"传奇经历以及世态炎凉体验上来；用这一理论审视马周故事的来龙去脉，同样可以看出"落魄—发迹"叙事主题类型的魅力，重新发掘古代文人"发迹变泰"故事的经典意义；以该理论来领略汉武帝故事的系列叙述，可以看到其功业与风流之于叙事的兴味；运用此理论来系统研究唐明皇故事，梳理各情节单元的演变轨迹，可以提炼出"人鬼情未了"的审美价值，以及梨园文化的内在关联。在运用"中国叙事文化学"所展开的这些系列故事的梳理中，笔者非常赞赏有的学者开始采取"心史"视角来探索某些"故事类型"背后隐含的人物心态、心境，这非常有利于深入揭示某一叙事主题在不同时代所具有的不同文化内涵及其经典意义。

综合各类成果可见，宁稼雨提出并倡导的"中国叙事文化学"实际上主要开展了两项彼此相关联的工作：其一是编制"中国叙事文学故事主题类型索引"；其二是对各个故事主题类型进行个案梳理和研究。这一系列研究提醒我们，宁稼雨是咬定"故事类型"这一关键不放松的，他也是一直在试图努力科学合理地确定故事类型的分类原则并逐渐付诸实施的。

二、闪光点：践行"中体西用"学术范式

从"名"与"实"的视角看，"中国叙事文化学"首先是"中国的"，然后又是凸显"文化"的，因此，在抓住"故事主题类型"这一关键的同时，宁稼雨特别注重理论构建的本土化。他确立的"中体西用"理念使得"中国叙事文化学"构建基本上做到了名副其实。

自20世纪叙事学进入中国后，在许多人饥不择食的套用过程中，也有不少有识之士注重将其中国化，注重从"文化战略"上重建这一理论体系。如赵毅衡《苦恼的叙述者：中国小说的叙述形式与中国文化》以文学与文化的关系为鹄的，讨论叙述形式问题，努力追求中西合璧，具体深入。又如杨义《中国叙事学》在导言中也确立了"叙事理论与文化战略"相结合的研究宗旨，参照西方自20世纪60年代以来的叙事学理论，致力于中国文学的经验和智慧研究。还有，谭君强《叙事理论与审美文化》致力于探索叙述文本中所存在的审美价值意义，倡导建构审美文化叙述学，注重透过形式意义探索叙述文本在社会历史、精神心理、文化积淀等层面的意义，即广义上的文化意义。基于这样一些研究，宁稼雨推出了《中国叙事文化学与中国学术体系重建》《故事主题类型研究与学术视角换代——关于构建中国叙事文化学的学术设想》《主题学与中国叙事文化学的建构》等系列论文，强调"叙事文化"即叙事作为一种文化现象的重要性，致力于用"中体西用"的文化价值观重建中国文论体系，开创了一种新的学术范式。他所谓的"叙事文化学"，首先立足于民间故事，通过大量民间故事演变的搜集与梳理，突出"故事主题类型"的"文化性"。说起来，这种学术理路，前人也曾有所践行，如顾颉刚的《孟姜女故事的转变》就曾导夫先路，但由于没有叙事理论做支撑，因而没能系统稳健地展开。较之各类所谓的"中国叙事学"研究，"中国叙事文化学"包含着更为强烈也更为扎实的面向传统重建体系的诉求。较之于西方主题学，"中国叙事文化学"已将学术眼光从一般意义上的民间文学叙事，转向包括史传、叙事诗文、小说、戏曲、说唱等在内的更为广阔的个体文学叙事，既可发掘同一故事类型的古

今演变，又可发掘单元故事在历代流变背后蕴含的历史文化意蕴，其创新性不言而喻。

在理论体系构建的理念与方法论上，宁稼雨反复强调"中体西用"，即以中国本土的资源为本体，借鉴西方主题学、叙事学等理论，以为我所用。对他的这番努力与坚守，许多学人也已经看到，有的学者称之为"西学中用的全新尝试"，即拿"西方叙事学"与"西方主题学"为我所用，从而建构中国化的叙事文化学。稍加留心，我们不难发现，宁稼雨对"中体西用"理念的贯彻是非常自觉的，也是一以贯之的，当然他也是带着批判的眼光来大胆追求革新的。在《木斋〈古诗十九首〉研究与古代叙事文学研究的更新思考》一文中，他已开始对以王国维《红楼梦评论》和《宋元戏曲考》为代表的"西体中用"学术范式的不足与局限进行反思，并试图通过"叙事文化学"建构，以"中体西用"学术范式取而代之。①继而，宁稼雨还曾将王国维和鲁迅开创的 20 世纪叙事文学研究范式总结为文学体裁研究、作家作品研究两个方面，并表示要通过"中国叙事文化学"的构建打破这一不合时宜的"西体中用"研究局面。②尤其是《中国叙事文化学与"中体西用"范式重建》一文，可以视为宁稼雨"中体西用"研究理念的宣言书。在这篇文章中，宁稼雨首先肯定了以"西体中用"为核心取向的中西合璧思潮也一度发挥过作用，尤其是在学术研究方面，较之全盘西化，其更能够表现中国文化之本来样态。然而，时过境迁，20 世纪以来的"西体中用"学术格局不能再坚守下去了，21 世纪必将是"中体西用"的时代。宁稼雨指出："通过反省20世纪以来'西体中用'背景下叙事文学研究范式的局限，并分析中国叙事文化学弥补其局限的作用所在，即可对'中体西用'文化价值观作用下中国叙事文化学研究的体系重建做摸索尝试，从而结束'西体中用'为主导的旧学术范式。"③虽然这话说得有点绝对，但体

① 参见宁稼雨：《木斋〈古诗十九首〉研究与古代叙事文学研究的更新思考》，《社会科学研究》2010年第2期。

② 参见宁稼雨：《故事主题类型研究与学术视角换代：关于构建中国叙事文化学的学术设想》，《山西大学学报（哲学社会科学版）》2012年第3期。

③ 宁稼雨：《中国叙事文化学与"中体西用"范式重建》，《南开学报（哲学社会科学版）》2016年第4期。

现了宁稼雨大胆革新的理论勇气及其体现时代精神的学术追求。另外，他提出了这样一套具体实施方案：首先，调动一切文献考据手段，对该故事主题类型进行地毯式的材料搜索；其次，在对已经掌握的尽可能多的材料进行充分阅读的基础上，对该个案故事主题类型进行要素解析；最后，对该故事主题类型的特色和价值做全局的归纳和提炼，并进入具体成文的收尾阶段。①这套操作方案符合学术规律，而且也是传统学术理路的延伸，必将成为"中国叙事文化学"这一学术工程的有力保障。

而今，"中国叙事文化学"的构建已渐入佳境，其具体应用也顺风顺水，其原因主要在于学术理路的切实可行。

三、可增长点：延展到"事情""事理"

当然，尽管"中国叙事文化学"这一理论体系已涉及叙事、叙事文学、叙事文化等多个层面，工程已够宏大，但仍不免存在由大题小做带来的美中不足。从目前所见研究成果看，存在命题偏大与口径偏小的矛盾，再加"主题类型"分析，使得具体研究容易流于套路化。笔者感到，主题学、类型学应该是宁稼雨建构"中国叙事文化学"的起点，而非落脚处。也就是说，"中国叙事文化学"研究和应用不能仅停留于各类历史名人故事在小说、戏曲、说唱等叙事文学形态的文献搜集、整理层次上，也不要仅停留于故事主题的梳理上，而要进一步向"事情类型""事理类型"延展、升华。

我们获悉，在宁稼雨的规划中，仅博士论文即涉及人神之恋主题、嫦娥后羿神话、恶神故事、东坡故事、济公故事、汉武帝故事、大禹故事、唐明皇故事、武则天故事、隋炀帝故事、张良故事等；硕士论文则有步非烟故事、风尘三侠故事、关盼盼故事、红叶传书故事、黄粱梦故事、红线女故事、柳毅传书故事、刘晨阮肇故事、柳永故事、李慧娘故事、绿珠故事、孟光故事、木兰故事、弄玉故事、聂隐娘故事、秋胡戏妻故事、苏小

---

① 参见宁稼雨：《中国叙事文化学与"中体西用"范式重建》，《南开学报（哲学社会科学版）》2016年第4期。

小故事、谢小娥故事、西施故事、卓文君故事等。①虽然目前来看，研究空间广阔，规模庞大，但是若按照同一模式持续研究下去，依然会出现"竭泽而渔"的情况。因为取决于人物的故事主题类型虽然不少，但依然是有限的，尤其是经典人物故事，相对来讲更是屈指可数。一旦这些人物故事类型的研究基本完成，"中国叙事文化学"就面临生存空间告罄的危机。

要保持基业长青，笔者通过放眼展望，尤其是受到清代叶燮《原诗》论及诗学本体时所提出的"理、事、情"三要素启发，这里试图对今后的"中国叙事文化学"建设提供两条建议，以供宁先生参考。

其一，由"事件"或"故事"主题类型向"事情"主题类型延展。在现代心理学中，情感划分为情绪和感情。相对而言，情绪主要指短时间的喜怒哀乐、怨慕忧愁；而感情则主要指长期性的爱恨情仇、悲欢离合。为此，我们不妨打破一人一事的"故事类型"限制，用爱恨情仇、悲欢离合、物是人非等"事情类型"来统摄叙事主题研究。比如，从《史记·滑稽列传》中淳于髡对齐威王的劝告，到《红楼梦》一开始一僧一道的对话，以及笼罩全书的纲——"乐极生悲"主题，它既包含人生喜怒哀乐之情，又叙述突转性的事，还以某种哲理意蕴取胜。再如，"物是人非"是唐宋文人最敏感的话题之一，因为它表达的是有情之人的无常和无情之物的永恒这一人类悲哀。如何表达？借助叙事。尤其是从崔护《题都城南庄》开始的"去年"抒情模式，最具表达效果。继而有韦应物《寄李儋元锡》"去年花里逢君别，今日花开又一年"，欧阳修《生查子·元夕》"去年元夜时""今年元夜时"，晏殊《蝶恋花》"去年天气旧亭台"，以及晏几道接二连三地写"今年老去年"（《破阵子》）"去年春恨却来时"（《临江仙》），如此反复书写，是由于"去年"这一主题的独特意蕴。同时，由"昨夜"这一时间构建的故事也不少，借此抒发"物是人非"的感慨最有力度。类似带有情感的叙事主题还有很多，都有待发掘。

其二，用"事理"类型来统摄主题类型，同时对"中国叙事文化学"进行学理升华。与西方叙事理论相比较，中国叙事最讲究头头是道、井井

---

① 参见刘杰：《中国叙事文化学：西学中用的全新研究方法》，《人民政协报》，2013年4月1日。

有条，于是我们可用一个"理"字作为骨架来梳理构建中国叙事文化学理论新体系。这个"理"字不是与"情"对立的"理"，其本义是物质本身的纹路、层次以及客观事物本身的次序，如"心理""肌理""条理""事理"等，符合叙事次序安排的"时间律原则"。而"理"还有一个义项，即指事物的规律以及是非得失的标准、根据，即所谓的"理由""理据"，这符合叙事结构安排的"因果律原则"。再者，"事理"指的是事件发生所合乎的情理逻辑："事"是说一个人所遇到的或发生的琐事、杂事、人情世故；"理"就是这些事中应当所具备的道理、逻辑。于是"中国叙事文化学"建构又可借鉴"事理学"研究的成果。另外，"理"还包含"梳理"的意思，所谓"理出头绪"正是叙事之技之一。从学理和文化渊源上看，墨家所提出的"辞以理长"（《大取》）、荀子所提出的"言必当理"（《儒效》）等观念，都可以成为中国叙事文化学构建的话语基础。特别看重"情理"一词的后世小说评点，也可以成为中国叙事文化学"事理"主题构建的骨架。

概而言之，宁稼雨立足于本土，本着"中体西用"理念，通过借鉴西方"主题学""叙事学"等研究成果，发挥传统考据等中国传统学术之长，初步构建起以"故事类型"为主体的"中国叙事文化学"理论体系，成果已蔚为大观。如果进一步打开视野，该领域研究范围拓展以及理论提升的空间仍然很大，不妨围绕"事件""事情""事理"三位一体做文章，从而使得"中国叙事文化学"学术工程更趋完善。

原载《天中学刊》2018年第4期

中国叙事文化学研究回顾与展望

洪树华

摘要：中国叙事文化学由宁稼雨首先提出。经过多年不懈努力，宁稼雨在中国叙事文化学研究方面取得了令人瞩目的成绩。在学理探讨方面，他首先明晰主题学与中国叙事文化学之间的关系，确立中国叙事文化学的叙事文学故事类型，探讨与中国叙事文化学研究相关的诸多问题，并致力于故事主题类型的个案研究。近十几年来，一批中青年学者也投入中国叙事文学的个案研究之中，取得了丰硕的成果。宁稼雨倡导的中国叙事文化学引起了学界的普遍关注和浓厚兴趣，在当今学界的意义确实是不可忽视的。

关键词：宁稼雨；主题学；叙事学；故事主题类型；中国叙事文化学

近十几年来，中国叙事文化学引起了学界的注意及重视。国内学者一致认为中国叙事文化学理论是由宁稼雨提出的，如中国人民大学张国风所说："近年来，南开大学文学院宁稼雨借鉴西方主题学研究方法，吸收国内主题学研究成果，结合中国文学的实际，首创中国叙事文化学，并提出了相关的理论框架……"[①]扬州大学董国炎认为："宁稼雨还撰写主题学和叙事文化学研究的理论文章，第一次正式提出'中国叙事文化学'这个名

---

① 张国风：《中国小说、戏曲研究新视角——简评宁稼雨中国叙事文化学理论》，《天中学刊》2012年第4期。

称。"①南京大学苗怀明说："从理论资源来看，宁稼雨首倡的中国叙事文化学借鉴吸收了叙事学、主题学的理论和方法。"②宁稼雨及其他学者经过多年不懈努力，在中国叙事文化学研究方面取得了令人瞩目的成绩。本文拟对近十几年来的中国叙事文化学研究做一番梳理与审视。

一

　　如前所述，中国叙事文化学是由宁稼雨提倡的。宁稼雨不是随意而发，而是经过精心思索、不断实践摸索之后提出的。早在 2009 年宁稼雨就指出："近些年来，学界人们已经厌倦并唾弃那些要么新学科、动辄新体系大而空的空疏学风，期待并倡导扎实而实事求是的学风。鉴于此，有关中国叙事文化学学科建设的设想，尽管从十几年前就已经开始，并一直在尽力实践和摸索，但一直希望能以一个具体而实在的成果作为具有说服力的奠基和准备。"③事实上，从 20 世纪 90 年代开始，宁稼雨就一直从事魏晋南北朝的小说研究，经过多年的潜心治学，先后出版了《魏晋风度——中古文人生活行为的文化意蕴》（东方出版社 1992 年版）、《传神阿堵，游心太玄——六朝小说的文体与文化研究》（百花文艺出版社 2002 年版）、《魏晋士人人格精神——〈世说新语〉的士人精神史研究》（南开大学出版社 2003年版）、《魏晋名士风流》（中华书局 2007 年版）等。这些研究成果为后来中国叙事文化学理论的提出奠定了扎实的基础。多年前宁稼雨针对构建中国叙事文化学提出了初步设想，他认为，作为中国化的主题学研究，有必要在借鉴西方主题学研究框架体系的基础上，从中国文学的实际出发，构建中国化的主题学研究。这就是他数年来思考并努力为之经营的中国叙事文化学。中国叙事文化学构成之一是索引编制，构成之二是个案研究。④数年之后，宁稼雨针对中国叙事文化学的工作做出了明晰的归纳，他说："中国叙事文化学研究分为三个层面的工作，其一为故事主题类型索引编制，

　　① 董国炎：《谈叙事文化学研究的推进》，《天中学刊》2012 年第 6 期。
　　② 苗怀明：《建立民族本位的中国叙事文化学》，《天中学刊》2015 年第 6 期。
　　③ 宁稼雨：《关于构建中国叙事文化学的设想》，《厦门教育学院学报》2009 年第 1 期。
　　④ 参见宁稼雨：《关于构建中国叙事文化学的设想》，《厦门教育学院学报》2009 年第 1 期。

其二为故事主题类型个案研究，其三是中国叙事文化学的理论研究。三者相互关联，互为因果。索引编制是基础，个案研究是主体，理论研究是指南。"①那么，经过十几年的努力，中国叙事文化学的工作做到何种程度呢？可以肯定的是有关中国叙事文化学的研究卓有成效，主要体现在以下几个方面：

（一）关于中国叙事文化学的学理探讨

作为中国叙事文化学的倡导者，宁稼雨一方面笔耕不辍，致力于中国古代小说的具体问题研究，另一方面始终不忘中国叙事文化学的学理探讨。

首先，明晰主题学与中国叙事文化学之间的关系。主题学是比较文学的方法之一，自传入中国之后，受到专家、学者的高度重视，如王立就在主题学研究上卓有成就，著有《中国文学主题学》等。那么，何谓"主题学"？陈鹏翔在《主题学研究与中国文学》一文中说："如果要给它下个定义的话，那么我们可以这么说：主题学研究是比较文学的一个部门，它集中在对个别主题、母题，尤其是神话（广义）人物主题做追溯探源的工作，并对不同时代作家（包括无名氏作者）如何利用同一个主题或母题来抒发积愫以及反映时代，做深入的探讨。"②此外，陈鹏翔还对母题与主题做了说明，他说："除了上提母题与意象、象征一些微妙的关系外，母题与主题的关系也得略为厘清。主题学中的主题通常由个别的或特定的人物来代表，例如攸里息斯即为追寻的具体化，耶稣或艾多尼斯（Adonis）为生死再生此一原型的缩影等。母题我认为是由两个或两个以上不断出现的意象所构成，因为往复出现，故常能当作象征来看待。"③然而，主题学毕竟是外来的学术研究方法，它的研究对象主要是民间故事，与中国传统的研究方法大不相同。宁稼雨认为："主题学和中国叙事文化学研究之间是师生关系，但不是替代关系，后者是在借鉴西方主题学研究方法，结合中国叙事文学文本现状和文化传统的基础上形成的，以故事主题类型作为研究对象。其

① 宁稼雨：《关于个案故事类型研究的入选标准与把握原则——中国叙事文化学研究丛谈之六》，《天中学刊》2015年第4期。

② 陈鹏翔：《主题学研究与中国文学》，《主题学研究论文集》，东大图书有限公司1983年版。

③ 陈鹏翔：《主题学研究与中国文学》，《主题学研究论文集》，东大图书有限公司1983年版。

意义不仅是研究范围的扩大，更有在转换研究方法基础上创建中国叙事文化学这一新的学术增长点的作用。"①宁稼雨非常清晰地指出了主题学与中国叙事文化学之间的关系。他把中国叙事文化学视为中国化的主题学，认为："作为中国化的主题学研究，有必要在借鉴西方主题学研究框架体系的基础上，从中国文学的实际出发，构建中国化的主题学研究，这就是笔者数年来思考并努力为之经营的中国叙事文化学。"②宁稼雨还专门撰写《中国叙事文化学与西方主题学异同关系何在？——中国叙事文化学研究丛谈之二》一文，分析中国叙事文化学与西方主题学之间的异同关系。他在该文中阐述，中国叙事文化学的理论母本来自西方主题学，这个从属关系决定了二者天然的密切关系，因此二者必然具有相似相通点。但相似、相通不等于完全等同，没有翻新变异也就失去了中国叙事文化学存在的意义。进而他对中国叙事文化学与西方主题学的异同关系做了细致探讨。他指出：主题学的研究对象主要是民间故事，中国叙事文化学的研究对象主要是以中国古代小说戏曲为主要体裁的书面叙事文学作品；在流传方式和过程上，小说戏曲与民间故事非常相似——同一故事类型在不同时间空间传播中有不同表现形式。最终，他总结说："由于民间故事与中国古代书面叙事文学之间有多种相似性，所以使中国叙事学借鉴西方主题学方法成为可能；同时，由于民间故事与书面文学之间存在差异，主题学不能全面反映揭示和解读中国民间故事和书面叙事文学，所以需要在借鉴主题学研究的基础上对其进行合理改造，使之适合中国古代叙事文学的研究。这就是中国叙事文化学与西方主题学研究方法之间的异同关系所在。"③可以肯定地说，宁稼雨长期以来在吸收、借鉴西方主题学研究方法的基础上，吸纳国内主题学的研究成果，联系中国文学的实际情形，将主题学研究予以中国化，进而提出了中国叙事文化学。

---

① 宁稼雨：《中国叙事文化学研究为何要"以中为体，以西为用"——中国叙事文化学研究丛谈之一》，《天中学刊》2012年第4期。

② 宁稼雨：《关于构建中国叙事文化学的设想》，《厦门教育学院学报》2009年第1期。

③ 宁稼雨：《中国叙事文化学与西方主题学异同关系何在？——中国叙事文化学研究丛谈之二》，《天中学刊》2012年第6期。

其次，确立中国叙事文化学的叙事文学故事类型。关于故事的分类，引起学者关注更多的是"AT分类法"，即20世纪初芬兰学派的代表人物阿尔奈和美国学者汤普森对民间故事所做的分类工作。宁稼雨在认识到汤普森和阿尔奈的"AT分类法"（对世界民间故事的类型做了全面总结和归纳）的局限的基础上，又在丁乃通《中国民间故事类型索引》和艾伯华《中国民间故事类型》等著作的启发下，确立了中国叙事文化学的叙事文学故事类型编制方案，他说："吸收前人成就，从中国叙事文学的实际出发，创立'中国叙事文学故事主题类型索引'。"①他还认为，故事类型是中国叙事文化学研究的主体对象，所以科学合理地确定故事类型的分类原则是中国叙事文化学研究的首要工作和任务②。早在2007年或者更早，宁稼雨就有编制以中国书面叙事文学为主的"中国叙事文学故事主题类型索引"的想法，他在《主题学与中国叙事文化学的构建》一文中指出，在故事主题类型索引的体系框架上不能机械照搬"AT分类法"，要另起炉灶。他在金荣华的《六朝志怪小说情节单元分类索引》的基础上做了新的探索和尝试，在编制《六朝叙事文学故事主题类型索引》时，把故事主题分为6类：天地类、神怪类、人物类、器物类、动物类、事件类。其中，天地类，包括起源、变异、灵异、纠纷、灾害、征兆、时令共7个小类，34个故事；神怪类，包括起源、矛盾、统治、生活、异国等22个小类，597个故事；人物类，包括农耕、家庭、君臣、政务等41个小类，1278个故事；器物类，包括天物、造物、异物、怪物等21个小类，169个故事；动物类，包括生变、帮助、奇异、征兆等13个小类，共118个故事；事件类，包括人神关系、天人关系、人鬼关系、战争、习俗等12个小类，719个故事。③后来，宁稼雨在《故事主题类型研究与学术视角换代》一文中把"以中为体"的中国叙事文化学分为两个互相关联的组成部分：第一，编制"中国叙事文学故事

---

① 宁稼雨：《从"AT分类法"到中国叙事文化学的故事类型分类——中国叙事文化学研究丛谈之五》，《天中学刊》2015年第1期。

② 参见宁稼雨：《从"AT分类法"到中国叙事文化学的故事类型分类——中国叙事文化学研究丛谈之五》，《天中学刊》2015年第1期。

③ 参见宁稼雨：《主题学与中国叙事文化学的构建》，《中州学刊》2007年第1期。

主题类型索引"；第二，对各个故事主题类型进行个案梳理和研究。其具体设想和进展情况是：首先编制《六朝叙事文学故事主题类型索引》，作为整个中国叙事文化学工程建设的起步工作，并且重申了上述故事主题类型分类的构想。①宁稼雨把以中国书面叙事文学为主的"中国叙事文学故事主题类型索引"的编制视为中国叙事文化学的构成部分之一。笔者认为，由于索引的编制处于探索初期，上述分类是否完全合理，归类是否恰当，也都值得商榷和探讨。不过，毋庸置疑的是，中国叙事文化学的文体由古代小说、戏曲、叙事诗文及相关的史传等构成。作为中国叙事文化学的倡导者，宁稼雨在文献搜集方面下了很大的功夫，完成了先唐叙事文学故事的整理工作，出版了《先唐叙事文学故事主题类型索引》一书，对先唐叙事文学中的故事主题类型进行了全面梳理与归纳。面对如此浩繁的作品，宁稼雨能够多年潜心细读，挖掘出2900多个故事，并予以归类和总结，实属不易。

再次，探讨与中国叙事文化学研究相关的诸多问题。如关于中国叙事文化学与叙事学的联系，宁稼雨已注意到中国叙事文化学是叙事文学乃至叙事学研究的一个组成部分，并声称要明确界定中国叙事文化学中的"叙事"理念。他在《叙事·叙事文学·叙事文化——中国叙事文化学与叙事学的关联与特质》一文中指出，中国叙事文化学这一概念的基本意义是文体意义，兼及方法的意义。二者之间产生关联的纽带则是"叙事"与"文化"之间偏正语法关系的解读，即所谓"中国叙事文化学"是关于中国古代叙事文学文体的文化学研究。这样的研究视角本身的方法意义正是叙事文学走向中国本土化的尝试探索之一。进而，宁稼雨对中国叙事文化学学科所涉及的叙事、叙事文学、叙事文化三个层面分别从狭义、广义的角度予以详细阐释②。如此一来，中国叙事文化学所涉及的叙事、叙事文学、叙事文化就不再含混不清，读者也从宁稼雨的阐释中大致明确了中国叙事文

---

① 参见宁稼雨：《故事主题类型研究与学术视角换代——关于构建中国叙事文化学的学术设想》，《山西大学学报（哲学社会科学版）》2012年第3期。

② 参见宁稼雨：《叙事·叙事文学·叙事文化——中国叙事文化学与叙事学的关联与特质》，《天中学刊》2014年第3期。

化学与叙事学不可避免的联系。又如文本类型与中国叙事文化学的联系，宁稼雨在《文本研究类型与中国叙事文化学的关联作用》一文中认为，中国叙事文化学的核心视角是故事类型，而就书面叙事文学而言，故事类型最基本的构成单元是同一类型中不同故事的文本；中国叙事文化学的中心任务就是对不同时间和空间中形成的故事文本进行比对和分析研究。对文本的关注是中国叙事文化学的起点；因此，以文本研究为纽带，应该能够找到一些古今中外叙事文学研究之间的有机关联。他根据文本研究时间状态的不同，把文本研究大致分为文本前研究、文本自身研究、文本后研究三种类型，并对这三种类型做了细致地分析、论述。尤其值得一提的是，宁稼雨非常重视文本文献研究，认为文本自身的真实性对中国叙事文化学研究具有十分重要的作用，他强调中国叙事文化学的任务重心是对同一故事类型不同文本形态做出梳理和解读分析。没有对每一文本真实年代和原貌的准确厘定，中国叙事文化学的一切后续工作都是劳而无功的。于是，如何正确判断每个文本的真实年代和真实原貌，就成为一切研究的起点和基础。他还深刻认识到文本鉴赏角度的重要性，重视从文本鉴赏角度对文本进行赏析、评价、品味、挖掘其中蕴含的深层含义和艺术韵味。这是中国古代具有悠久传统的研究方法，也是中国文本批评、文本研究的主要方法，它肇始于汉魏六朝的人物品藻活动。人的审美、自然的审美和文学艺术的审美三位一体，构成了具有中国特色的文学艺术鉴赏传统。这个传统为中国叙事文化学提供了得天独厚的文本解读程式，使中国叙事文化学的文本解读有了坚实厚重的参照依据。①再如目录学与故事类型的文献搜集方面，宁稼雨认为，叙事文化学研究与传统小说戏曲同源研究最大的不同就是它超越了小说戏曲这两种主要的叙事文学文体，把研究视野扩大到与每个故事类型相关的任何文献材料。这就需要对相关的各种文体、文献材料进行系统的挖掘梳理，而通过目录学来查找各种文献的线索又是必需的渠道。他还认为，目录学对故事类型研究最基本的作用就是"辨章学术，考镜源流"。在这方面，作用比较大的仍然是传统的正史的"艺文志"（"经

---

① 参见宁稼雨：《文本研究类型与中国叙事文化学的关联作用》，《天中学刊》2013年第6期。

籍志"）和私家藏书目录。同时，近现代以来几代学者共同鼎力协作，在古代叙事文学目录学方面取得重大进展，也给叙事文学故事类型的文献搜集提供了很大便利。①宁稼雨所说的与中国古代叙事文学故事类型研究相关的文献包括历代正史目录学著作、带有目录学性质的笔记、明清时期小说戏曲书目、现代人所著通俗小说戏曲与讲唱文学目录、现代人所著文言小说书目、现代人编综合性小说书目等。宁稼雨对各个时期的目录学著作所做的介绍，实为中国叙事文化学研究的起步工作，给相关学者提供了有益的帮助。另外，宁稼雨还对个案故事类型研究的入选标准与把握原则做了分析，主要包括：文本流传的时间跨度、文本流传的体裁覆盖面、个案故事类型的文化意蕴构成等。同时他认为，从个案故事类型的入选标准角度来看，还需要处理好两方面的问题：一是能否入选为个案故事类型的研究行列；二是在可以入选研究的个案故事类型中，在研究规模的预估上会有怎样的差别。②

（二）关于中国叙事文化学故事主题类型的个案研究

作为中国叙事文化学的倡导者，宁稼雨除了不断发表文章探讨中国叙事文化学的理论话题，还十分重视对故事主题类型的研究。他说："故事主题类型研究不是空穴来风和白手起家，而是在借鉴西方主题学研究方法，并结合中国叙事文学文本现状和文化传统的基础上综合形成的。以故事主题类型作为叙事文学作品的研究对象，其意义不仅仅是研究范围的扩大，更有其在转换研究方法基础之上创建中国叙事文化学这一新的学术增长点的作用。"③宁稼雨发表了一系列有关中国叙事文化学故事主题类型的个案研究论文，如《女娲造人（造物）神话的文学移位》（《东方丛刊》2006年第2期）、《孟姜女故事的演变及其文化意蕴》（《文史知识》2008年第6期）、《女娲女皇神话的夭折》（《山西大学学报》2007年第1期）、《女娲神

① 参见宁稼雨：《目录学与故事类型的文献搜集》，《天中学刊》2016年第3期。
② 参见宁稼雨：《关于个案故事类型研究的入选标准与把握原则——中国叙事文化学研究丛谈之六》，《天中学刊》2015年第4期。
③ 宁稼雨：《故事主题类型研究与学术视角换代：关于构建中国叙事文化学的学术设想》，《山西大学学报（哲学社会科学版）》2012年第3期。

话的文学移位》(《文学遗产》2009年第3期)、《文学移位：精卫神话英雄主题的形成与消歇》(《社会科学研究》2017年第3期)、《精卫神话冤魂主题的文学移位》(《社会科学研究》2018年第4期)等，以女娲神话、精卫神话、孟姜女传说作为研究的对象，具体分析其中的故事演变及其文化意蕴。这样的分析和考察，与主题学研究有契合之处。几年前，宁稼雨说："一个偶然的机会，我见到台湾学者陈鹏翔主编的《主题学研究论文集》，并由此线索了解了海外主题学研究的基本状况。我深受触动，并感觉把主题学研究引入中国叙事文化学研究应该大有文章可做。最基本的理由是主题学的研究对象——民间故事和中国古代叙事文学在故事形态的多变性方面有着极大的相似性。"①陈鹏翔主编的《主题学研究论文集》收入了21篇论文（内有两篇同名），其中《王昭君故事的演变》《杨妃故事的发展及与之有关之文学》《梁祝故事的渊源与发展》《祝英台故事叙论》《从西施说到梁祝——略论民间故事的基型触发和孳乳展延》《韩凭夫妇故事的来源与流传》《孟姜女故事的转变》《西王母故事的衍变》《历代王昭君诗歌在主题上的转变》等文章涉及神话传说、历史人物故事的演变。这些研究成果对宁稼雨触动很深，唤起了他把主题学研究引入中国叙事文化学研究的想法。

除了宁稼雨致力于故事主题类型的个案研究外，近十几年来一批中青年学者也投入中国叙事文学的个案研究中，取得了丰硕的成果。这些成果主要有梁晓萍的《韩凭夫妇故事流变中的文人旨趣》(《盐城师范学院学报》2001年第3期)、《西施故事的叙事模式与女祸论之隐喻》(《天津师范大学学报》2003年增刊)、《艳遇西施故事流变与其文化心理》(《文学与文化》2006年第12期)，孙国江的《古代"桑女"文化原型的演变及其影响下的"秋胡戏妻"故事研究》(《辽宁师专学报》2009年第3期)、《负锁主题故事的原型及其演变》(《求索》2010年第8期)、《大禹治水传说的历史地域化演变》(《天中学刊》2012年第4期)，刘杰的《先秦两汉介子推故事的演变》(《晋中学院学报》2009年第1期)、《宋前目连故事的流变及其

① 宁稼雨：《中国叙事文化学研究为何要"以中为体，以西为用"：中国叙事文化学研究丛谈之一》，《天中学刊》2012年第4期。

文化阐释》（《敦煌学辑刊》2009年第1期）、《汉武帝求仙故事的演变及其文化分析》（《天中学刊》2015年第6期），夏习英的《绿珠故事的演变与美女祸水论》（《九江学院学报》2012年第2期）、《绿珠故事的演变及其文化内涵》（与宁稼雨合作完成，《厦门教育学院学报》2009年第2期），张雪的《清代木兰故事婚恋主题的演变及其文化内涵》（《文艺评论》2013年第4期）、《木兰易装故事的文本演变及其文化内涵》（《天中学刊》2013年第3期）、《木兰故事的孝文化演变及其文化内涵》（《天中学刊》2014年第6期），杜文平的《西王母会君故事的文本演变及其文化内涵》（《青海社会科学》2013年第6期）、《东方朔偷桃故事的演变及其文化阐释》（《天中学刊》2013年第1期），郭茜的《论东坡转世故事之流变及其文化意蕴》（《河南师范大学学报》2013年第6期），姜乃菡的《钟馗嫁妹故事的流变及其文化内涵》（《民族文学研究》2013年第5期）、《步非烟故事的文本演变及其文化内涵》（《天中学刊》2013年第4期），李万营的《由鼓盆到劈棺——论庄子鼓盆故事在戏曲小说中的流变及其文化意蕴》（《湖北社会科学》2016年第3期）、《明武宗游幸猎艳故事的文本演变及其文化意蕴》（《天中学刊》2016年第1期），许中荣的《苏秦故事的文本演变及其文化内涵》（《天中学刊》2016年第3期），詹凌菲的《李师师故事的演变与古代青楼文化》（《天中学刊》2012年第4期），李春燕的《"人面桃花"故事的演变与文化内涵》（《九江学院学报》2012年第2期）、《恩报观念影响下的燕子楼故事之演变》（《语文学刊》2010年第23期）、《梅妃故事的文本演变与文化内涵》（《语文学刊》2015年第20期）、《燕子楼故事的演变与思慕美人情结》（《厦门教育学院学报》2009年第2期）、《唐明皇游月宫故事的文本演变与文化内涵》（《天中学刊》2013年第6期）等。上述所列的成果都是对中国古代叙事文学的个案研究，它们大多数出自宁稼雨带领的青年学者团队，如此众多的成果确实令人惊叹。他们的硕士、博士论文都是以中国古代叙事作品中的故事为选题，如吕堃的《济公故事演变及其文化阐释》（2009年）、郭茜的《东坡故事的流变及其文化意蕴》（2009年）、刘杰的《汉武帝故事及其文化阐释》（2010年）、韩林的《武则天故事的文本演变与文化内涵》（2012年）、张雪的《木兰故事的文本演变与文化

内涵》（2013 年）、刘莉的《隋炀帝故事的文本演变与文化内涵》（2013
年）、姜乃菡的《钟馗故事的文本演变及其文化内涵》（2014 年）、李悠罗的
《张良故事文本演变及其文化内涵》（2014 年）、杜文平的《西王母故事的文
本演变及文化内涵》（2014 年）等。他们在宁先生的悉心指导下，对各自感
兴趣的话题做了文本故事演变的细致梳理，进而深入探讨了其中的文化内
涵。可以这样说，中国叙事文化学的个案研究是目前学术界的研究热点
之一。

二

宁稼雨大力提倡的中国叙事文化学在学术界引起了普遍关注和浓厚兴
趣。如张国风说："宁稼雨提出的中国叙事文化学，本质上是一种新的方法
论。这种方法论从主题学中继承了一个基本的思路，那就是不再以作品为
研究的单元，而是以情节、人物、意象作为研究的单元，着重探讨其独立
的演变轨迹。其新意在于力图对故事、人物、意象的演变做出文化的解释，
并且试图借这种研究将小说、戏曲和诗文打通，将叙事文学的各种形式打
通，将其统摄到文化的背景之中。"①郭英德说："从宁稼雨及其研究团队所
取得的成果可以看出，将西方的主题学研究'中国化'，从而构建中国叙事
文化学的理论体系，其基本的学理依据可以浓缩为三个关键词，即'中国'
'叙事''文化'。"②陈文新说："近年来，宁稼雨教授大力提倡叙事文化学，
不仅自己身体力行，还指导他的诸多博士——一群青年才俊，一起探索，
辛勤耕耘，已经取得不少成果。他们的贡献，具有多方面的意义，而我想
强调的是，中国古典小说领域的这种叙事文化学研究，有助于拓展中西会
通之路。"③从上述专家、学者的评论看，宁稼雨所倡导的中国叙事文化学
在当今学术界的意义确实是不言而喻的。

诚然，中国叙事文化学是在主题学的启迪之下形成的，它强调的是中

① 张国风：《中国小说、戏曲研究新视角：简评宁稼雨中国叙事文化学理论》，《天中学刊》
2012 年第 4 期。

② 郭英德：《构建中国叙事文化学的学理依据》，《天中学刊》2012 年第 3 期。

③ 陈文新：《叙事文化学有助于拓展中西会通之路》，《天中学刊》2012 年第 3 期。

西结合，以中为体，以西为用，借鉴叙事学理论，重点关注中国叙事文化学的故事主题类型。然而，中国叙事文化学要成为一门独立的学科，尚有很多工作要做。

其一，撰写《中国叙事文化学》的理论著作。一门学科的产生，离不开学者大力倡导，离不开理论著作的弘扬，尤其是具有完整体系的理论专著。以中国叙事学为例，迄今为止笔者所见的理论著作就有杨义的《中国叙事学》（人民出版社1997年版）、美国学者浦安迪的《中国叙事学》（北京大学出版社1996年版）、罗书华的《中国叙事之学：结构、历史与比较的维度》（中国社会科学出版社2008年版）、傅修延的《中国叙事学》（北京大学出版社2015年版）等。又如叙事学，就有胡亚敏的《叙事学》（华中师范大学出版社2004年版）、谭君强的《叙事学导论：从经典叙事学到后经典叙事学》（高等教育出版社2008年版）、美国学者杰拉德·普林斯的《叙事学：叙事的形式与功能》（中国人民大学出版社2013年版）等。中国叙事学或叙事学，能够成为一门学科，与以上理论著作的支撑密切相关。一门学科的形成与存在，需要有一部奠基之作。那么，宁稼雨提倡的中国叙事文化学要真正成为一门学科，目前最急迫的是要有一部理论著作。其实，早在2009年宁稼雨就注意到这点，他说："在类型索引和个案分析实践摸索和经验总结的基础上，撰写《中国叙事文化学》一书，从理论上总结中国叙事文化学的概念定义、方法使用、对象范围，以及对于中国叙事文化学故事发生发展变化规律的整体观照。这一工作目前尚在准备阶段，但中国叙事文化学能否建设成功并且成熟定型，最终却要取决于它。"[1]笔者相信宁稼雨的《中国叙事文化学》会在不久的将来会呈现在读者眼前。

其二，成立相关的学会或研究会。为了便于学术交流，促进学科的发展，成立相关的学会或研究会也是不可忽视的。从目前国内的学术组织看，中国唐代文学学会、中国古代文学理论学会、中国中外文艺理论学会、中国叙事学学会等都是很好的例子。这些学会机构的成员少则一百人，多则三四百人，这些成员对学会机构的发展做出了自己的贡献。鉴于目前的态

---

[1] 宁稼雨：《关于构建中国叙事文化学的设想》，《厦门教育学院学报》2009年第1期。

势，笔者建议：先成立中国叙事文化学研究会或中国叙事文化学研究中心，挂靠南开大学文学院。待时机成熟，研究队伍壮大，再成立中国叙事文化学学会，或者成为中国叙事学学会之下的分属机构——中国叙事文化学研究会，并且每两年举行定期或不定期的学术会议，吸纳新成员，积极开展学术交流活动。

综上所述，宁稼雨提倡的中国叙事文化学至今已走过十几年的历程，无论是学理探讨，还是故事主题类型的个案研究，都有不少的成果。毋庸置疑的是，中国叙事文化学在学术界赢得了专家的一致好评。

原载《天中学刊》2019年第4期

范式转型视角下的中国叙事文化学研究

刘畅

摘要：学术呼唤创新，当旧的范式达到极限，不再能够容纳新的思想和方式之时，范式的转型也就不可避免，这在人文社会学科研究中具有普遍性。从这个视角观照中国叙事文化学研究，可见其不仅为中国古代叙事文化研究开拓了空间，提供了新的范式，还为理论思维方式、思维素养的研究提供了一个极为可靠的、成功的学术范本。

关键词：中国叙事文化学；理论思维素养；范式转型

一

具有创新意识的概念命名是创新思维的关键所在。概念命名在学术之所以重要，是因为任何具备理论含量的思维活动都是以概念、术语、命题、范畴等作为最基本的单位来进行的，要研究一个学术理论问题，总要围绕着一个或几个概念或范畴来进行，总要集中在某几个甚至一个概念上。宁稼雨教授融汇中西古今，创建"中国叙事文化学"，其学术贡献首先是提出了一个可供延伸讨论的概念。在某种意义上，学术是否具有创新性，关键看作者是否提出了新颖的、重要的核心学术概念。[①]从这个角度来衡量，宁稼雨是具备这种创新能力的。此外，他不仅提出了这一概念，而且能够将其转化或升华为一种范式，并在学术实践中付诸实施，在自己及其他学术

---

① 参见刘畅：《从传播学的几个发现看创新思维素养》，《当代传播》2013年第2期。

同人、学生弟子的具体实践中，这种范式不仅已初具规模，而且日益产生影响。其中，概念的确立、材料的梳理、文献的把握、历史脉络的融会贯通、西学中用的具体实践、个案的剖解，一一具备，构成了中国叙事文化学的完整体系。对于宁稼雨的这种学术努力和明显的收效，相关评论已多，本文主要想从"范式转型"的角度谈谈建构中国叙事文化学的意义。在笔者的认识中，"范式转型"属于理论思维素养的一种，居于较高的理论思维层次。为更好地培养研究生的理论思维能力，笔者曾试图编写一部名为《理论思维素养教程》的小书，把"思维素养"作为一个系统的研究对象，翻检旧作，触发新意，其思路大致如下：

在《社会学的想象力》一书中，美国社会学学家米尔斯曾试图揭示作为一个优秀的社会学学者所应具备的思维素养，即"是一种心智的品质，这种品质可帮助他们利用信息增进理性，从而使他们能看清世事，以及或许就发生在他们之间的事情的清晰全貌。我想要描述的正是这种品质，它可能会被记者和学者，艺术家和公众，科学家和编辑们所逐渐期待，可以称之为社会学的想象力"[①]。同样的道理，任何领域的优秀研究者也需要具备一种"理论思维素养"。他山之石，可以攻玉，认真总结并学习这种素养，对培养我们自身的创新能力不无启发与借鉴。学术创新需要能力，而这种能力的形成取决于特定的理论思维素养。素养，素质之涵养；素养，平素之培养。天才难以学习、模仿，而素养、素质却可以学而时习之，有意培养。思维素养既非凭空产生，也非难以企及，而是体现出一定的可后天习得、可操作的规律性。认真揣摩、学习、领会进而模仿这些规律，将别人的经验成果"内化"为自己的思维创新能力，就是对理论思维素养的培养。《理论思维素养教程》名为"教程"，意在培养学生的理论思维素养，尤其适用于人文社科研究领域的本科与研究生教学。本书征引、列举大量学术理论创新的实例，有极强的操作性和实际应用价值，有别于纯粹的哲学性质的理论教材。具体而言，《理论思维素养教程》所包含的范畴大致包括体

---

① ［美］C.赖特·米尔斯：《社会学的想象力》，陈强、张永强译，生活·读书·新知三联书店2001年版，第3页。

验升华、命名整合、概念区分、寓言假说、文本细读、比喻延伸、中观思维、范式转型八个层次。

在《理论思维素养》的体系中，"范式转型"居于顶端，是一种较高级的思维能力。我们谈学术研究，要基于长期的资料积累，否则研究就会成为"三无"产品——"无本之木，无源之水，无米之炊"；但是有了丰厚的材料积累，如果没有理论思维的支撑和引领，没有对事物的概括与抽象，也会缺乏宏观的高度和对事物的系统把握。在此，"范式转型"无疑是一个优秀学者应该具备的理论思维能力。如果从这个视角来观照宁稼雨等学者的中国叙事文化学研究，似乎还有超出其特定的古代文学领域及对象的特殊意义与价值。

二

范式，英语表述为 paradigm，一般而言，是指一种看待问题、处理问题的整体模式。具体到学术领域，它是指一种全局性的、宏观的、总体的看待问题的方式。如果把思维对象细分为概念、范畴和范式，范式则居于最高层面。一种学术研究范式，只能满足一种特定的时代要求，随着时代变迁，价值观、观察视角会发生转变，研究范式也会发生变化。具体到某一学科，萧功秦认为，历史学中的范式提供了对历史人物、事件、问题与矛盾做出解释的基本路径与框架，它为研究者提供了一个评价事物的价值坐标系，所有的历史事物与人物活动，都在这个坐标系中确定了位置。正是在这个意义上我们可以说，不同时代的人们对历史所做出解释的不同可以看作人们思考历史时所采取的范式不同。任何时代的历史解释与编写，都自觉不自觉地受某种特定理论框架的支配或影响。①

例如对于中国近代史的研究范式，萧功秦就指出：

> 中国近代史的传统范式，可以说是两种范式的结合，一是农民革

---

① 参见萧功秦：《转型政治学与近代中国社会变革研究的范式转换》，《新哲学》第二辑，大象出版社2004年版，第291页。

命范式，二是反帝反殖民主义范式……中国近代史还存在着另外的角度，其中最为重要的，对于当代中国人更具有现实意义的，是文明冲突角度与现代化角度。一部中国近代史，是传统文化与西方近代文化碰撞、冲突与融合的过程。同时，又是在冲突与融合中自觉不自觉地走向现代化的过程……①

1991年12月25日，苏联总统戈尔巴乔夫宣布辞职，苏联最高苏维埃于次日通过决议宣布苏联停止存在，叶利钦所领导的俄罗斯联邦继承苏联的国际地位。随着苏联解体，社会主义与资本主义在社会制度和意识形态方面的全面对抗也不复存在，这一划时代的历史事件也导致了国际政治中一种思维范式的转换，其代表就是美国学者塞缪尔·亨廷顿关于"文明的冲突"将取代"意识形态冲突"的思想。亨廷顿曾专门批判了被他称为"终结主义"的范式——冷战的终结、历史的终结、哲学的终结、发达工业国家之间战争的终结，等等。他指出，未来世界不仅冲突没有终结，反而会加剧，主要表现为"文明的冲突"。从"意识形态的冲突"到"文明的冲突"，从"终结论"到"冲突论"，就是一种研究范式的转换。在此，亨廷顿不仅提出了这种宏观上的判断，还有具体的微观的分析和划分，即究竟是哪些文明未来会卷入冲突，他分析说：

> 今后，文明的属性将日益显得重要。世界格局在很大程度上取决于七大文明或八大文明的相互作用。它们包括：西方文明、儒家文明、日本文明、伊斯兰文明、印度文明、斯拉夫—东正教文明、拉美文明，可能还有非洲文明。今后最重要的冲突将围绕着区别这些不同文明的文化差异界线而爆发……这些分歧是几百年来的产物。这些分歧不会迅速消失。这些分歧比政治思想和政治体制的差异更为基本。分歧不一定意味着冲突，而冲突也不一定意味着暴力。但是，多少个世纪以

---

① 萧功秦：《转型政治学与近代中国社会变革研究的范式转换》，《新哲学》第二辑，大象出版社2004年版，第291页。

来，文明的差异造成了最漫长、最残暴的冲突。①

历史的发展，尤其是2001年"9·11"这一标志性的"文明的冲突"事件的出现，以及目前美国、北约与俄罗斯之间愈演愈烈的矛盾争斗，都证明了亨廷顿判断的正确。其判断的正确，从学术或理论思维的角度看，是建立在范式转换层次上对问题的思考。

要之，范式转换，说到底是整体思维方式的转换。作为一个人文社科研究人员，其研究的成败，不仅取决于知识和经验的积累，还应有思维方式和切入视角。如果一个学者的思维方式和整体视角没有发生变化，即使掌握了很多资料，写了很多论著，仍无真正的理论创新。笔者以为，欲理解宁稼雨建构的中国叙事文化学，一个较好的观察视角就是将其置于范式转型这一大的思维素养的背景之下，才能更好地见出其价值与意义。除以上所举的例证外，学术领域不乏这样导致研究发生质变的范式转型的范例。

例如，罗宗强率先提出的"中国古代文学思想史"范式。众所周知，在中国古典文学研究领域，罗宗强首先提出"文学思想史"这一概念。他的这一思想是在对两个已知学科——文学史和文学理论批评史的学术比较思维中产生的。在《隋唐五代文学思想史》引言部分，罗宗强仔细辨析了传统文学批评和文学理论在解释文学现象方面的不足，文学批评和文学理论都是表述文学思想的通常形式，"但是，文学思想不仅仅反映在文学批评和文学理论著作里，它还大量反映在文学创作中"②。他认为，既然文学作品也是寻绎、总结、升华文学思想的对象，那么，在中国文学史和传统的中国文学理论和文学批评之间，还应存在着一个中间地带。这一地带既有文学理论和文学批评的性质，也应有文学史的参与，它兼有文学理论、文学史研究的性质，但又很难再用这些传统概念来指称和命名，更为科学和准确的命名应是"文学思想史"。在大量研究原始材料的基础上，罗宗强明确指出："文学思想史应该是一个独立的学科，它与文学批评史、文学理论

---

① ［美］塞缪尔·亨廷顿：《各种文明的碰撞》，《改革》1993年6期。
② 罗宗强：《隋唐五代文学思想史·引言》，上海古籍出版社1986年版，第2页。

史既有联系又有区别。"①其原因在于很多文学思想不仅体现在已经成型的文学理论范畴之中，所以，"文学思想史的研究对象显然比文学理论批评史更为广泛。文学理论与批评当然反映了文学思想，是文学思想史研究的主要对象。但是，文学思想除了反映在文学批评与文学理论中之外，它大量地反映在文学创作里。有的时期，理论与批评可能相对沉寂，而文学思想的新潮流却是异常活跃的。如果只研究文学批评与理论，不从文学创作的发展趋向研究文学思想，那么我们可能就会把极其重要的文学思想的发展段落忽略了。同样的道理，有的文学家可能没有或很少有文学理论的表述，但他的创作所反映的文学思想却是异常重要的。这样的例子在中国文学思想史上为数不少……"②此外，文学思想史研究与文学史研究也有区别，罗宗强指出："同是研究一种文学现象，文学史研究的是这种现象本身，而文学思想史研究的是这种现象所反映的文学思想……它只注意文学现象中那些反映出新的文学思想倾向的部分，而忽略其余。"③就这样，罗宗强在已有的两个传统学——文学史和文学理论批评史——的中间地带又发现了一个大有潜力的新领域，他将其命名为"文学思想史"，从而发展成一个新学科。这种现象，在人文社会科学的研究中，不是一个个案，而是带有普遍性。这样，罗宗强就在中国古代文学原有范式——古代文学史、古代文学理论批评史之外，又创建了一个新的学科——中国文学思想史，为相关研究开拓出了新的空间。这无疑是一次较为成功、影响也比较大的学术范式转换。

另外，还特别值得一提的是刘泽华所提出的"王权主义"的中国政治思想史研究范式。这一范式的提出，与刘泽华注重整体性、全局性的思维方式有关，而如前所说，这种思维方式恰恰是"范式转型"的关键。从政治哲学高度研究古代思想史，重视普遍性、全局性、纲纽性的问题，积极发现、主动寻找并建立新的研究范畴，是以刘泽华为学术带头人的南开大学中国古代政治思想史研究的一大特色。早在20世纪80年代，刘泽华就提出了"政治哲学"问题，其《中国政治思想史研究对象和方法问题》一文

---

① 罗宗强：《宋代文学思想史》序，中华书局1995年版，第2页。
② 罗宗强：《宋代文学思想史》序，中华书局1995年版，第3页。
③ 罗宗强：《宋代文学思想史》序，中华书局1995年版，第5页。

说："就中国先秦的政治思想理论看，政治思想与哲学思想浑然为一体。人们常说'哲学是时代的精华'。所谓精华是说哲学的认识是深刻的，且具有普遍性。在政治思想史的研究中，我们不难发现，各个流派和不同人物的认识有深浅精粗之分，这种认识上差别最明显的标志之一是哲理化的程度不同。缺乏哲理的政治思想，一般地说属于直观性的认识。先秦诸子中的多数，为了充分和深入论述他们的政治思想，特别注意哲理性的认识……从先秦政治思想史看，政治哲学问题具有特殊重要的意义，是应该花大气力研究的课题之一。"①正是具备这种总体性、全局性的哲学高度，他才能够提出一个具有创新性的学术核心概念——王权主义。换言之，"王权主义"就是刘先生研究中国古代政治思想史的新范式。在后来出版的《中国的王权主义》中，刘泽华再次提到这一问题："如果说传统政治文化侧重社会政治价值研究，政治哲学则主要研究政治思维方式和形而上学的抽象。政治哲学不仅在研究政治思想史时会遇到，在研究中国整个历史时也会遇到。政治哲学是政治思想的最高抽象，同时又反过来成为社会政治控制的理论系统，它在实际上所起的控制作用有时可能比政治硬件还有效，因为它已成为人们的精神规范和不可逾越的框框。我认为必须把政治哲学作为独立的领域来看待，这就需要从中国思想史中抽象出特有的政治哲学命题、范畴，要研究我们祖宗的政治思维方式。"②这种"抽象"的结果就是"王权主义"。对此，刘泽华在1988年出版的《专制权力与中国社会》一书中指出："古代政治权力支配着社会的一切方面，支配着社会的资源、资料和财富，支配着农、工、商业和文化、教育、科学、技术，支配着一切社会成员的得失荣辱甚至生死。在这里，从物到人，从躯体到灵魂，都程度不同地听凭政治权力的驱使。我们认为，考察中国古代历史，不可不留意政治权力在古代社会中的这种特殊位置与作用。"③

　　甚至有人称呼以刘泽华为学术带头人的学术共同体为"王权主义学

---

① 刘泽华：《中国传统政治思想反思》，生活·读书·新知三联书店1987年版，第2页。

② 刘泽华：《中国的王权主义：传统社会与思想特点考察》序，上海人民出版社2000年版，第3页。

③ 刘泽华：《专制权力与中国社会》前言，天津古籍出版社2005年版，第2页。

派"："这个学派的学术旨趣集中在中国古代政治思想史研究领域，而王权主义历史观是其解读中国古代政治思想的分析工具，故称其为王权主义学派。"①

从"范式转型"的角度看，刘泽华所提出的"王权主义"解释体系，无疑是一次成功的学术范式转型，将自己与其他研究范式（阶级斗争范式、革命范式）鲜明地区别开来。

三

以上列举的范式转型范例包括历史学、文学思想史、古代政治思想史，但其内在本质精神的共性是一样的，即范式转型与学术创新有着密切的联系。略微了解一下相关范式转型的知识，颇有助于对中国叙事文化学研究意义的理解。

笔者认为，同以上所举的几个范式转型的成功范例一样，宁稼雨的中国叙事文化学研究，是在中国古代文学及小说研究领域中较为成功的一次范式转换，具有一种总体性意义。可以说范式转型也是宁稼雨学术思想的有机组成部分。

这首先体现在宁稼雨对于范式转型的思考是积极的、主动的、寻求突破的，更为可贵的是这种积极主动的突破精神，首先是从一种哲学宏观的高度入手的，例如中西文化交融的宏观高度②。

如前所论，范式居于思维素养的高位，是一种全局性、宏观、总体地看待问题的方式。注重宏观层面，必然就会重视普遍性、全局性、纲纽性的问题，这实际是一个问题的两个方面。很明显，宁稼雨所思考的如何实

---

① 李振宏：《中国政治思想史研究中的王权主义学派》，《文史哲》2013年第4期。

② 宁稼雨在《主题学与中国叙事文化学的构建》中指出："中国文化在与外来文化交融方面的一个重要特色，就是在吸收借鉴基础上的为我所用，从而使中国文化呈现出兼收并蓄而又个性鲜明的特点。……作为比较文学的方法之一，主题学在世界民间文学研究方面取得了举世瞩目的成就和重大影响。它在传入中国之后，也引起了学者们相当的关注，并取得了诸多成果。但随着研究的深入，这种外来的学术研究方法如何像佛教促成禅宗、马克思主义促成毛泽东思想那样，激发促成中国化的主题学研究，或者说主题学研究在中国如何从西体中用转而为中体西用，也就理应成为中国学者急切关注的问题。（《中州学刊》2007年第1期）

现一种中西文化的转换无疑就处于这个层面，具有一种全局性的意义，这从他所列举的"佛教促成禅宗、马克思主义促成毛泽东思想"的全局性转换即可看出，从中亦可见出他胸中对于从西方"主题学"到"中国叙事文化学"转换的宏大构思。正是从这种宏观高度出发，宁稼雨明显感觉到，在中国叙事文化和主题学研究领域，范式转换已到了一个刻不容缓的学术时间节点。例如他曾指出：

> 总之，20世纪以来西方文化思潮影响下形成的中国现代学术体系已经伴随我们走过了百年的历程。由于它在中国学术的现代化转型的过程中产生过至关重要的作用，所以无论是从感情的角度，还是惯性的作用，人们对它一时难以割舍是情理之中的。但是，如同儿童身体成长了，衣服也要随之变大一样，我们跨入21世纪已经十多年了，已经没有理由继续恪守西方模式的学术范型。当然，沿用了一个世纪的学术范式要想改弦易辙绝非易事。除了在观念上难以一夜间更新换代外，一整套的学术范式更新不仅需要理论层面的逐步深入探讨，还需要很多技术层面的具体构想。不能奢望一篇文章解决所有的问题。笔者把自己的中国叙事文化学构想和研究视为跨越这条冰河的先期尝试，希望能激发更多的人产生这种"冰河意识"和"过河意识"，共同打造新世纪中国体系的学术范式。[1]

在这段文字中，集中体现了宁稼雨对于范式转换的理性思考，不仅在语言使用上是如此，并且由此涉及一个更为广阔的学术背景，即近代以来西学东渐并日益占据压倒性优势的学术大势。中间还夹杂着"文革"结束之后西方学术理论思想的大量涌入，在某种程度上塑造、制约甚至决定着中国某些学科的学术走向，其中也包括中国古代文学研究领域。在此学术大势下，不少学者已经形成了一种学术惯性，欲转换之、改造之，实为不

---

① 宁稼雨：《中国叙事文化学与"中体西用"范式重建》，《南开学报（哲学社会科学版）》2016年第4期。

易。这不仅是因为缺乏宏观层面的观照与思考，还有微观层面的具体技术问题。换言之，欲实现范式转换，仅有一个宏观的、创新的想法是远远不够的，更为重要的是微观和技术层面的实施与落实，即以何种手段、什么方法、哪些范畴、哪些步骤去实现中国叙事文化学这一目标。显然，宁稼雨对此也有缜密的考虑。基于以上宏观的分析，他还从微观和技术层面确立了实现这种范式转型的入手处和未来开拓延伸的方向，即变"一个单一的故事研究"而为"一个完整的故事类型研究"：

> 如果以上描述能够成立，那么文体史和作家作品的研究就会暴露出它们对于故事类型这一中国叙事文学内在实体的忽略和疏离。显而易见，一个故事类型通常要跨越若干朝代，跨越若干文体，跨越若干作品，而呈现出一种集体整合现象。如果只是把研究目光只盯在一种文体或一部作品上，那么对于一个完整的故事类型来说，无疑就会产生忽略甚至割裂的效果，从而导致一种离开故事类型这一最能体现中国叙事文学内在实体价值的研究局面。而造成这一结果的根本原因就是以西方文学研究体系中文体和作家作品为核心取向的范式。所以，从文体史和作家作品研究回到故事类型研究既是对传统的文体史和作家作品研究的补充和更新，更是对于20世纪以来"西体中用"学术格局的颠覆和对于21世纪"中体西用"学术格局的追求和探索。①

故事和作品是叙事文学研究的基本单位。传统的中国古代小说研究，是以作品和作家为本位的，其要面对的是一个个具体的故事，如孟姜女、关羽、曹操、岳飞等人的故事。传统的研究，也只是关注这些故事本身及其演变。但正如宁稼雨指出的，由于中国古代历史悠久、文体复杂、作品众多，这些故事在滥觞、成型、流传及演变过程中，会呈现极为复杂的现象，一个故事在其成型、流传、演变及再流传的过程中，往往折射出其时

---

① 宁稼雨：《木斋〈古诗十九首〉研究与古代叙事文学研究的更新思考》，《社会科学研究》2010年第2期。

代、环境与社会的诸多思想风貌及文化现象；而这种联系，前人往往是注意不够的，即使有些人注意到了，也是零星的、散碎的、不成体系的，因而更难以形成一种关于"叙事文化学"的整体构思。宁稼雨提出中国叙事文化学的可贵之处在于，他以深厚的积累、缜密的思维、充足的文献为基础，注意到作品与时代、作品与社会、作品与文化、作品与思想之间隐秘的联系。这种联系，是一种客观的历史存在，而挖掘出这种存在，实现"中体西用"，则需要学者主观的努力。更具体地说，需要一些更为细致的研究方法。在这方面，宁稼雨也提出了相应的技术处理方式。例如，在《故事主题类型研究与学术视角换代——关于构建中国叙事文化学的学术设想》一文中，宁稼雨将其所构建的中国叙事文化学立足于两个互有关联的组成部分：第一，编制"中国叙事文学故事主题类型索引"；第二，对各个故事主题类型进行个案梳理和研究，在广泛占有文献资料的基础上进行主题类型研究。同时，他认为并不是所有的主题类型都具有个案研究价值。具有研究价值的个案故事类型大致需要满足三个方面的条件：其一，在文本的分布上应该有一定的数量规模，一般来说应该不少于三五个带有故事性的文本；其二，在文体的分布上应该不少于三种，其中至少有两种叙事性故事文本；其三，在时间的跨度上应该不少于三个朝代。只有能同时具备以上三个条件，该个案故事主题类型系列才可以构成一个值得关注研究的个案对象。[①]至此，无论从宏观上，还是微观上，"中国文化叙事学"的具体研究对象就十分清晰了，相关研究也就有了努力的方向。

要之，如上所述，范式是指一种总体的、宏观的、全局性地看待问题的思维模式。如果把思维对象细分为概念、范畴和范式，范式居于最高层面，是一种较高级的思维能力。从这个视角来观照中国叙事文化学研究，可以说，它不仅为中国古代叙事文化研究开辟了一个全新的领域，提供了新的范式，还为理论思维方式、思维素养的研究提供了一个可靠的、成功的学术范本。另外，还要指出的是，中国叙事文化学的范式转型对于学术

---

① 参见宁稼雨：《故事主题类型研究与学术视角换代》,《山西大学学报（哲学社会科学版）》2012年第5期。

研究和学术建设还有特殊意义，即：以此为中心，已经逐步形成了一个以宁稼雨为中心的学术群体，其成果及其评论有一个稳定的学术刊物，即《天中学刊》，吸引着志趣相同的研究生和相关学者广泛参与其中，从倡导一种学术思路，到形成一种学术氛围，影响范围在不断扩大。宁稼雨的学术努力正在形成一种学派，即"中国叙事文化学派"。而验之学术史，一个学派的形成与确立需要这样几个条件：一种具有学术原创力的研究范式，一位或几位提出了这种范式的研究者，一本较为稳定的学术刊物，一个志同道合的、具有一定规模的学术群体，以及不断扩大的学术影响。以此来观察以宁稼雨为学术带头人的中国叙事文化学研究，显然已经具备了这些特征。当然，这或许已是另一篇文章的内容了。

原载《天中学刊》2018年第3期

《中国洪水再殖型神话研究：母题分析法的一个案例》前言

陈建宪

> 我们仅仅知道一门唯一的科学，即历史科学。历史可以
> 从两方面来考察，可以把它划分为自然史和人类史。但这两
> 方面是密切相联的；只要有人存在，自然史和人类史就彼此
> 相互制约。
>
> ——马克思、恩格斯

自从人类诞生于这个星球，不知道有多少人丧生于洪水之中。21 世纪以来，2004 年印度洋海啸，2011 年日本海啸，都使得数十万鲜活的生命在洪水中瞬间消失。这样惨痛的记忆，在人类几千年的历史中屡见不鲜。那些在灾难中侥幸逃生的人，将洪水事件代代传讲，形成了一种独特的集体口头叙事，就是洪水故事。在这些故事中，我们总能看到神灵的身影，他们既是洪水的制造者又是洪水的治理者，既是人类的创造者又是人类的毁灭者，所以人们习惯地称这类故事为洪水神话。

本书所说的洪水神话，指的是一个故事类型，用故事学的术语来说，叫作洪水灭世后人类再繁衍的故事，简称"洪水再殖型故事"。这个故事类型的中心母题有两个：一是毁灭大地的洪水，二是洪水中侥幸逃生的遗民再次繁衍出人类来。围绕着这两个中心母题，全世界的洪水再殖型神话形成了许多亚型和变体。这些亚型和变体，既呈现了人类与自然恒久不变的互动律则，又潜藏着文明史上剪不断理还乱的族群关系。

洪水神话是世界上流传最广泛的民间故事类型之一，正如美国加州大学伯克利分校的著名民俗学教授阿兰·邓迪斯（Alan Dundes）所说："在世界上所有的神话中，大概没有哪一个像洪水神话那样，引起了有史以来若干世纪的人们的注意。的确，不可胜数的图书、专著和文章为这个神话而作。以数量而言，洪水神话无疑是过去被研究得最多的叙事作品。没有哪个神话或哪个民间故事、民间传说，像这个关于一场灾难性洪水的故事这样，被人们加以细致深入地研究。"①

　　1989年10月，邓迪斯教授伉俪访问华中师范大学，将他编著的《洪水神话》（The Flood Myth）惠赠笔者。这部西方学界有关洪水神话研究的经典论文汇编，引起了笔者的极大兴趣：洪水神话中究竟有什么东西，吸引着那么多学者将他们的生命消耗在对这个神话的苦苦探究上呢？为什么世界上那么多国家、那么多民族的学者们，都对洪水神话情有独钟呢？

　　笔者本以为在阅读邓迪斯教授所编文集后，可以满足自己的好奇心。然而事实却正相反：这些来自世界各地的学术精英以无数心血凝成的研究成果，向笔者展开的是一个神秘的知识深渊。在人类许多族群都传讲的这个神话中，隐藏着无数被时间吞噬了的秘密。而最为神秘的莫过于：在人类早已脱离了蒙昧时代的今天，洪水神话仍在处于不同社会发展阶段、信奉不同宗教的族群中广泛传讲，其中的母题更是在各种艺术形式中反复再现。人类对洪水神话的兴趣，并没有随着时光的流逝而消退。人事代谢，故事依旧，似乎人类有一个共同的灵魂，潜藏在洪水神话之中，活动在洪水神话之中。

　　阅读邓著过程中，笔者发现，对在中国广为人知的洪水神话，西方学界知之甚少。笔者试着检索中国各族流传的洪水神话文本，结果令人瞠目。在中国当代大规模的民间文学采录活动所编引的作品集中，洪水神话随处

---

　　① Alan Dundes, ed., *The Flood Myth*, University of Califormia Press, Berkeley, Los Angeles, London, 1988, p.1.该书是一本论文集，书中汇集了一百多年来世界各国学者研究洪水神话的一些代表作。作为这个研究计划的一部分，笔者已和研究生们一起将全书42万多字译出，阿兰·邓迪斯教授积极主动地帮助我们联系解决了它在中国出版的版权问题。中译本几经曲折，于2013年经过谢国先教授的精心校对，由陕西师范大学出版总社出版，总算可以告慰这位杰出学者的在天之灵。

可见。笔者曾浏览过《中国民间故事集成》全部省卷和《中国歌谣集成》部分省卷，查检过贵州、辽宁、湖北等省的各县市全套民间文学资料集（共数百种）和其他省市的零散资料集（几十种），发现了大量相关资料。仅笔者建立的文本数据库，就收录了中国四十多个民族中流传着的六百八十二篇洪水再殖型故事。这还只是笔者个人眼界所及，不啻冰山一角。就中国洪水神话的时间深度、地域跨度和异文数量而言，不要说西方学界，就是一个中国的故事学家，他了解的故事世界也是极有限的。

为了满足自己的好奇心，自1990年以来，笔者在教学之余，一直留心搜求中国洪水神话的不同异文，以及有关中外洪水神话研究的著作与论文。承蒙诸多师友帮助，集腋成裘，资料积累终于达到了相当规模。2005年，笔者的学位论文《论中国洪水故事圈——关于568篇异文的结构分析》通过了博士学位答辩，被评为当年湖北省的优秀博士论文。许多师友一直催促笔者将此论文整理出版，但迟迟没有问世，一则因为笔者的拖延个性，二则因为总是感到现有研究尚很粗浅。今天，笔者对这个著名故事已做了长达三十多年的追踪，自己也从一个血气方刚的青年学者，变成了一个退休的老叟，是应该有个阶段性的了结了。不然，实在是对不起众多帮助和关心过笔者的人。

值得欣慰的是，由于长期追踪洪水神话，又在多年高校教学过程中对民间故事的基本理论加以探究，所以这本书可以说是方法与个案的结合、一般与特殊的结合。笔者希望自己的这些试探，对民间故事基本理论有所贡献。但究竟做得如何，只能交由时间这个无情的法官裁判了。

选自陈建宪《中国洪水再殖型神话研究：母题分析法的一个案例》
陕西师范大学出版总社2019年版

中国叙事文学主题学研究的新探索

——《六朝志怪小说的故事类型及其文化意蕴研究》序

宁稼雨

主题学研究源自19世纪德国民间文学研究，经过西方学者的不断增补，形成以"AT分类法"为故事分类体系，以个案故事为具体研究单位，以故事传播路径范围和文化意蕴挖掘为基本研究范式的民间故事研究模式，成为世界民间文学研究的通行方法。二百年来，这一方法不仅在民间文学研究领域盛行发展，而且也逐渐扩大影响范围，产生巨大的"滚雪球"效应，从空间范围到内在方法都促成很多新的研究领域和研究成果。孙国江博士这部《六朝志怪小说的故事类型及其文化意蕴研究》就是这些新成果中的一例。

一种经典的学术研究方法具有开放性和延展性，它能够在保持基本内核的前提下，根据研究者自身的研究兴趣与目的，针对不同的研究对象对其进行更新和调整，成为一种能够解决新问题、新对象的新方法。主题学研究在中国大陆传播实践的过程，大抵就是在保持其固有研究对象内涵的基础上，不断出现针对不同研究对象而将主题学固有方法进行更新调整的过程。

从保持主题学研究固有方法格局的角度看，使用主题学的方法在中国民间故事研究领域出现了一系列重要成果。如丁乃通教授的《中国民间故事主题类型索引》，沿用西方主题学通用的"AT分类法"，是主题学研究方法在中国民间文学研究领域的具体应用和传承。相关大量采用主题学方法进行民间故事研究的案例也是这个套路。

除了沿用主题学方法对作为口头文学的民间故事进行研究之外，主题学研究方法在研究中国文学方面一个重要变化就是将其应用于书面文学的抒情诗领域。这一工作肇始于台湾学者陈鹏翔教授所编《主题学研究论文集》。这本论文集给人一个突出印象，就是在保持主题学原有方法的民间文学研究的基础上，拓宽研究领域和视野，将主题学研究方法应用于书面文学的诗歌领域。编者在前言中陈言："主题学研究不是一个封闭和固定的研究模式，而应该具有开放性和延展性，有待发展完善的动态系统。"从这个主旨出发，该论文集不仅收录了采用主题学方法研究中国民间故事的文章，而且还锐意开拓，收录数量可观的用主题学方法研究中国抒情诗的论文。这一举措起到了引导和推动中国文学的主题学研究热潮，从20世纪80年代开始，中国学界从几个不同方向，出现一股化用主题学方法研究解决中国文学的潮流和相关成果。其中民间文学的主题学研究方面有祁连休先生的《中国民间故事主题类型索引》和吴光正先生的民间传说故事个案研究，书面诗文方面的主题学研究有王立先生的中国文学意象主题学研究。我本人从20世纪90年代开始倡导的中国叙事文化学研究则是用主题学方法对于中国叙事文学的故事类型研究。

该书作者孙国江博士是我指导的学生。他的硕士和博士论文均使用我提出的叙事文化学研究方法做个案的故事类型研究。可以说，他对主题学方法的原理和实践已经是相当熟悉了。可是他仍然还不满足于从我这里学到的知识和研究方法，还想继续开拓，去寻找用主题学方法研究中国叙事文学的新渠道途径。于是便有了与这本书相关的项目申报和最终成果。

那么，本书作者所追寻探索的研究方法与传统的主题学研究，以及借鉴主题学进行的诗文领域的意象主题研究，还有我本人倡导的中国叙事文化学研究有什么异同和特色呢？

厘清这几个问题的关键是分清几个重要概念，他们分别是研究对象的文体情况和形态的层级情况。

区分文体，就是区分出几种借鉴主题学研究的方法在研究对象方面的文体差异。这方面的情况相对比较清晰，民间文学的主题学研究主要关注民间故事，意象主题学研究主要关注诗文，我的叙事文化学研究主要关注涵盖各种文体的叙事文学故事类型。

区分对象形态的层级情况，就是区分集中借鉴主题学研究方法研究对象的形态层级定位。民间文学的主题学研究和意象主题学研究的形态定位都是"意象"层级，即它的单位研究对象不是一个具体的个案故事，而是若干同类个案故事构成的主题意象。如民间故事类型中的"生死之交""上天入地"，意象主题研究中"复仇主题""黄昏主题"都不是以一个具体个案故事为研究单位，而是一个具体个案故事的上一层级的主题群和意象群。

叙事文化学的对象层级分为四个级别：最高一级是宏观大类（分为"天地""神怪""人物""器物""动物""事件"六类），最低一级为具体的个案故事，中间则是从大类向具体个案故事过渡的两个层级。如"干宝父妾复生"个案故事，从大到小四个层级的递进关系是"神怪—神异—复生—干宝父妾复生"，"鹄奔亭女鬼"个案故事从大到小四个层级的递进关系是"神怪—鬼魅—冤魂—鹄奔亭女鬼"。

了解了这一情况，再来看国江这本书，就可以发现，本书对于研究对象的文体定位是明确具体的，即六朝文言志怪小说。但在研究对象的形态层级方面却表现出与以往几种研究都有所不同的新尝试。它把"六朝志怪小说"分为"精怪故事""鬼神故事""预言故事""宗教故事""博物故事"等五种类型。这样的定位既不是叙事文化学个案故事研究关注的具体个案故事类型，也不是意象主题研究关注的"生死之交""黄昏主题"这样更宏大一些的形态单位。

该书"六朝志怪小说"这个总体范围相当于叙事文化学研究故事类型分类的第一层级"神怪"，而下面一层的"精怪""鬼神""预言""宗教""博物"则相当于叙事文化学分类的第二层级。这样的层级定位介于民间文学主题学和诗文意象主题学大意象层级与叙事文化学研究具体个案故事类型（第四层级）之间，体现和反映出作者对于主题学研究在叙事文学研究领域中层级定位的新思考与实践，是主题学研究开放性和延展性实践探索的又一有益和成功尝试。

该书的具体研究既体现了这个总体定位的格局，又能在很多问题上体现出在前人相关研究基础上的新进展，体现出该书学术价值的实绩。

以往六朝志怪小说研究主要成果基本集中在文体史的研究和具体的作家、作品的研究。该书稿在吸收和借鉴前人研究成果的基础上，着重从六朝志怪故事的主题、母题和故事类型等方面对六朝志怪小说进行研究和探讨，进而分析了六朝志怪小说中的主题类型故事背后所蕴含的独特文化意蕴，这是该书稿在研究方法、研究视角和研究思路方面的独特之处和创新之处。主题学和故事类型学是比较文学和民间文学研究中的两种常用方法，将这两种方法相结合，并应用于六朝志怪小说的研究之中，这一选题角度具有理论意义和创新价值。

该书稿从六朝志怪小说的文本情况和时代背景出发，在了解和掌握前人研究成果以及六朝志怪小说相关作品基本情况的基础上，运用主题学和故事类型学的研究方法，深入探讨了六朝志怪小说中主要故事的主题类型与社会历史文化背景之间的关系，并以主题类型故事为线索，对六朝志怪故事的社会历史文化内涵和文化意蕴进行了分析。总体来看，该书稿的六朝小说故事类型研究能够做到立意明确、观点新颖、见解独特、逻辑清晰。

故事主题类型作为叙事文学作品的一种集结方式，具有单篇作品和文体研究无法包容的属性和特点。打破作品和文体的限制，对主题类型故事的形态和特征进行分析，是进一步进行文化分析的基础。在很长的一段时间里，国内的一些学者在运用西方的文学方法进行中国本土文本的研究方面，总体上还存在着用中国的文学素材来迎合西方学术框架的问题。如何打破西方学术框架的束缚，建立"中学为体、西学为用"的学术研究思路，是值得我们长期思考的问题。从这一层面来看，可以说该书稿的研究进行了可贵的探索和尝试。

从研究材料的角度来看，故事类型的研究首先需要"竭泽而渔"的文献搜集力度，研究者需要对研究对象的文本情况有清晰全面的把握。该书稿注意到了文献问题对于主题类型故事研究的重要性，在成果的第一章中首先对研究过程中所涉及的六朝志怪小说作品进行了叙录，奠定了后文研究的文献基础，使得后文的文化分析部分能够做到有的放矢。

在具体的故事类型研究和文化意蕴分析中，该书稿将六朝志怪小说中的主要故事按照故事主题类型分为五大主题，每个主题下面又选取了具体的故事类型和故事文本进行分析，分别探讨了这五大主题故事中的具体故事类型与原始信仰、巫鬼传统、谶纬思想、佛教道教传播以及中外文化交流等文化方面的关系，抓住了六朝志怪小说的独特文化内涵。六朝时期是中国文化的一个重要发展阶段，这一时期的许多叙事文学故事所蕴含的文化意蕴拥有深厚的内涵，因此难以进行简单的共性类型分析。该书稿通过对六朝志怪小说中具体的故事类型进行研究，分析了不同故事类型与上古神话、民间巫术、鬼神信仰、谶纬思想、佛教道教传播、中外文化交流等历史背景的关系，深入挖掘了不同故事类型得以产生、发展和演变的历史根源，分析了促使同一类型的故事文本在不同作者笔下产生变化的历史文化动因。

从目前的情况来看，在对于六朝小说的研究中，以《世说新语》为代表的志人小说与六朝社会历史文化的关系研究方面已经取得了丰硕的成果。但是，对于志怪小说与当时的社会历史文化的关系，尤其是与佛教道教文化的内在关联方面，还缺乏深层意义的观照和研究。该书稿的第五章中，讨论了六朝志怪小说中"法术疗病"故事和"断肢复续"故事与当时的道教和佛教传播的关系，可以看作是六朝志怪小说与宗教文化关系研究方面的积极探索。

尤其是其中对于《搜神记》中"赵公明参佐"故事背后道教文化内涵的考察，取得了较为新颖的见解和认识。此外，该书稿的第四章中关于预言故事与士族家族政治神话及士族崛起背景的分析，也同样参考和借鉴了志人小说研究中关于六朝社会历史文化研究的方法和成果，将志怪小说中的故事类型与士人文化、士人家族兴衰的历史背景相联系，尝试把两个方面的文化解读进行合成观照，形成了自己独特的观点。

因为该书研究范围为断代式研究，所以对于故事类型演变过程的梳理和研究局限于六朝这一历史时期及志怪小说这一文体的内部。这样虽然能够自成格局和体系，但对于故事类型本身在中国文化中发展、传承和演变的阶段性和系统性特征来说，就难以发现同一故事主题在不同时代、不同文体中的不同表现，如何解决这样的矛盾问题，这是作者下一步应该思考和解决的深层问题。

国江为人低调笃实，治学扎实深入。博士毕业不久就获得国家社科基金青年项目，经过几年努力，项目顺利完成。值得提出并注意的是，与很多青年学者毕业后以博士学位论文作为自己申报项目和学术研究的主攻基础不同，这个项目并不是国江博士学位毕业论文（他的博士学位毕业论文题目是《大禹神话的故事演变与文化意蕴》）的选题和内容范围，而是比博士学位论文的研究范围有了更广泛的内容。这等于是离开自己相对比较熟悉的博士论文知识范围，去开拓更加深广的学术研究领域。对于一位刚毕业不久的博士来说无疑具有相当大的挑战性。从书稿内容看，可以说国江成功应对了这个挑战。这除了证明该项目书稿的成功之外，同时也证明国江在学术研究方面具有比较大的提升潜力和空间。余对此寄予厚望焉！

选自孙国江《六朝志怪小说的故事类型及其文化意蕴研究》
百花文艺出版社2021年版

课堂教学

中国叙事文化学的提质增效

——2018—2023课程的主体自觉与"双文"路径

梁晓萍

中国叙事文化学经过近三十年的理论探索与研究实践，已经拥有了比较成熟的理论体系和操作程序，可谓是步入了正轨，并在学术界产生了比较广泛的影响。不过，宁稼雨教授并不以此自矜，而是清楚地意识到了中国叙事文化学"无论是操作实践还是理论探索，都还有进一步挖掘深化的空间和必要"[①]。

笔者共收集这一时期的九种中国叙事文化学课程笔记，分别由曲晶、孟玉洁、任卫洁、张慧、陆倩、祖琦、徐竹雅筠、杨沫南八位硕士或博士记录，根据听课时间可分为五个版本：曲晶、孟玉洁的2018年版，任卫洁的2019年版，张慧、陆倩的2020年版，祖琦、徐竹雅筠、杨沫南的2021年版及任卫洁的2022年版。2018年版和2019年版笔记的主体内容与2012—2017年间的笔记一致，分为"绪论""叙事文化""叙事文化学的对象""个案故事的文献搜集""故事类型的文化批评""叙事文化学与比较文学""叙事文化学具体操作的方式和方法"七个部分，但从2020年版笔记开始，增加了新的第三章"叙事文化学的文献覆盖与文化属性"，将原第七章更名为"附录：中国叙事文化学学位论文写作范式"，可见宁稼雨教授对课程内容的凝结提炼与对中国叙事文化学研究的最新认识。

与前三个发展阶段的开宗立派、遍地生花相比，2018—2023年间中国叙事文化学研究呈现体系完备、精雕细琢的态势。笔者曾将2012—2017年

[①] 宁稼雨：《叙事文化学文献搜集的覆盖范围与文化属性》，《文学与文化》2021年第2期。

间叙事文化学课程与研究之间的关系概括为"内涵式发展",那么2018—2023年间叙事文化学课程在持续内涵式发展的同时,有意识地在明确自身定位、调整研究重心、完善研究模式等方面继续开掘,着力开拓新发展空间,力争实现提质增效,落实中国叙事文化学研究人才的培优和整体研究质量的提升。

一、坚守创新定位,培育主体自觉

中国叙事文化学的创建,缘起于对中国古代小说、戏剧研究史和研究方法的反思与突围,自问世之日起就带有浓厚的创新色彩。从1994年至2017年,中国叙事文化学较好地通过课程建设实现了规模扩张。根据不完全统计,截至2017年,叙事文化学研究者在各类刊物上发表论文二百九十余篇,撰写硕博士论文五十五篇,出版专著三部。2018年之后,宁稼雨教授响应国家研究生教育"高质量发展"的时代要求,就中国叙事文化学如何继续深化和提升质量做出了相应探索。

在授课过程和学术文章中,宁稼雨教授反复强调了20世纪以来中国古代小说和戏曲研究在取得丰硕成果之外暴露出来的龃龉与脱节问题,"作为中国古代叙事文学主要形态的故事类型,本身往往跨越诸多文体和作家作品,但因文体史和作家作品研究的方法限制而遭到割裂"[①],要求学生对中西方学术研究范式与叙事文学研究的"不合榫"现象进行反思,明确和坚守中国叙事文化学的创新本色——借鉴西方主题学方法,克服西方研究范式弊端,面向中国叙事文学故事形态。

当然,经过此前二十多年的探索,中国叙事文化学的综合研究已相对成熟,不仅编制了《先唐叙事文学故事主题类型索引》,其理论框架也通过在《天中学刊》《南开学报(哲学社会科学版)》《文学与文化》等刊物开设的专栏以及宁稼雨教授与李桂奎、陈维昭、连心达等学者的学术研讨成功搭建,明确了叙事文化学研究与同样受到西方主题学研究方法影响的民间故事研究及文学意象主题研究之间的分野与异同。因此,宁稼雨教授要

---

① 宁稼雨:《叙事文化学文献搜集的覆盖范围与文化属性》,《文学与文化》2021年第2期。

求学生集中攻克中国叙事文化学的个案研究。在2020年版教案中，他第一次对故事类型的总体数量进行了摸底估计，要求学生对唐前至清代的约三万个故事类型进行全方位的系统研究，即对个案故事类型进行系统的文献挖掘和多角度的文化意蕴分析。宁教授指出："这三万个故事类型应该是叙事文化学研究对象的全部家底，是梁启超所谓'集千万本'的总数所在。这个数字尽管已经非常保守，但与前贤所统计出来的大约一千种相比，已经有了巨大飞跃。"①

可见，2018—2023年的中国叙事文化学课程配合中国叙事文化学研究的提质增效，就如何坚持创新、"中体西用"为学生勾勒了事业蓝图和研究程序：一、梳理中国古代叙事文学故事类型的主要类别与大体数目；二、选择其中有研究价值的故事类型进行不分文体和载体的地毯式文献挖掘；三、细读文本，归纳该故事类型在纵向历时发展和横向地域传播过程中的形态异同；四、分析总结形成该故事类型所有形态异同变化的内在历史文化和文学动因。②之所以如此，是因为在高质量的研究人才培优过程中，导师的系统规划、精心设计与研究生的认同激发、积极参与缺一不可。宁教授多次明晰中国叙事文化学研究的重点与具体要求，系统规划其研究路径和研究生长点，以此促使研究生维持学术训练的"注意力"，使学生能够基于自身知识积累和专业背景建立积极的学术预期，进而通过较好控制研究过程提升研究自信心，获得自我满足。笔者认为，以上种种做法的最终旨归是实现研究人才的主体自觉，而研究人才的培优恰恰正是中国叙事文化学提质增效的重要基础。

二、以文献材料为本，进行地毯式搜集

宁稼雨教授在中国叙事文化学课程教学与学术训练当中，向来重视文献功底的培养。笔者曾对1994—2004年、2005—2011年、2012—2017年三个阶段各版笔记中所涉及的文献数目进行过详细统计，此处不再赘述。值

---

① 宁稼雨：《叙事文化学文献搜集的覆盖范围与文化属性》，《文学与文化》2021年第2期。

② 参见《东西问丨宁稼雨：中国古代叙事文学研究是否应由"西"回到"东"？》，中国新闻网，2022年4月4日。https://www.chinanews.com.cn/cul/2022/04-04/9719618.shtml.

得我们注意的是2020年版笔记中宁稼雨教授授课重心的调整。如果将此前文献材料的授课内容名之为"中微观教学",那么2020年版笔记的文献材料授课记录用"宏观推进"来形容则恰如其分。

2020年版笔记增补了第三章"叙事文化学的文献覆盖与文化属性",分为"文献搜集在叙事文化学研究工作中的地位作用""叙事文化学文献覆盖特征、范围与价值分析""叙事文学故事文献的社会文化属性"三节。在课堂上,他明确指出与以往戏曲小说同源关系研究的文献搜集相比,中国叙事文学故事类型的文献搜集工作具有明显的"集千万本"特征,要求学生继承乾嘉学派考据学和西方实证主义研究方法,量化故事类型文献搜集,进行地毯式搜集,做到"竭泽而渔"和"一网打尽"。对地毯式文献搜集的重视,向来被中国叙事文化学奉为明确的研究理念和研究目标,只不过2020年版笔记和宁教授其后的文章进一步突出了文献材料的四分结构和产生顺序:

> 中国叙事文化学个案故事研究类型研究的地毯式文献搜集将其扩大为四个部分——经史子部文献、集部文献、通俗文学文献、文物材料,力求达到"集千万本"的"竭泽而渔"目标。这大致是四种文献时间产生发展的顺序,但从叙事文学故事类型的条件看,通俗文学文献又是其主体部分。①

在关于四个部分文献范围、特征和作用的讲述中,宁稼雨教授强调了以下要点:

其一,经史子部文献是中国古代主流文化的中坚载体,是制约和影响中国历史文化典籍产生发展的重要杠杆,通常以故事渊源典故的形式出现,需要加以搜集汇总和贯通使用;

其二,通俗文学文献包括以叙述故事为主的戏曲(南戏、诸宫调、杂剧、传奇、地方戏)、小说(文言小说、白话小说)和讲唱文学(弹词、宝

---

① 宁稼雨:《叙事文化学文献搜集的覆盖范围与文化属性》,《文学与文化》2021年第2期。

卷、鼓词、子弟书）等多种形式。一个故事类型能否成为个案研究对象，很大程度上取决于叙事故事文本数量的多寡；

其三，集部文献主要指与故事类型相关的诗歌、散文、词曲等文学作品，应重点关注两种形式，"一是对神话故事或历史人物和事件，以及叙事文学故事直接进行吟咏评价；二是以典故等形式对叙事文学故事进行共鸣和回应"①；

其四，文物材料分为纸质文献记载实物（各地文物遗址）和真实实物（现存历史文物），是很多故事类型的重要参考和佐证，在以往相关研究中较为少见，但叙事文化学研究不应忽视。

宁稼雨教授认为"竭泽而渔""一网打尽"式的文献爬梳工作，是故事类型文化分析的必要前提。换而言之，以文献材料为本，进行地毯式搜集是叙事文化学研究的必由之路。

三、以文化"三段说"为本，进行动因解读

早在2017年，宁稼雨教授就提出了中国传统文化"三段说"，建议用帝王文化、士人文化、市民文化"三段说"来取代习见的雅俗文化（或精英文化、大众文化）"二分说"，认为肇始于先秦两汉时期的帝王文化是中国传统文化的形成阶段，它"为中国传统文化奠定了基本格局，也规定了中国传统文化的核心要素"②，代表了中国政治文化精神；隆盛于魏晋南北朝至唐宋时期的士人文化是中国传统文化的成熟阶段，代表了中国艺术文化精神；繁荣于元明清时期的市民文化是中国传统文化的转型阶段，代表了中国生活文化精神。"从帝王到士人再到市民，三者似乎构成了核心价值观念的接力，而文化的面貌也随着这种接力的轨迹发生相应的变化。"③

无独有偶，随着中国叙事文化学研究的深入，宁稼雨教授发现叙事文学故事文本中的三种纸本文献——经史子部文献、集部文献、通俗文学文献恰好与中国传统文化"三段说"相吻合，而文物材料也与三种纸本文献

---

① 宁稼雨：《叙事文化学文献搜集的覆盖范围与文化属性》，《文学与文化》2021年第2期。
② 宁稼雨：《中国传统文化"三段说"刍论》，《求索》2017年第3期。
③ 宁稼雨：《中国传统文化"三段说"刍论》，《求索》2017年第3期。

各有关联。因此，在2020年版笔记中，他建议学生以"三段说"为本，解读经过考证与梳理的采集文献，分析各类文献本身的文化价值属性。随后，他又在《叙事文化学文献搜集的覆盖范围与文化属性》一文中对此进行了详细说明①，提出以"三段说"为本进行文化动因剖析，需要虑及以下要素：

1.经部文献是帝王文化精神的核心，虽然其文体特征与叙事文学故事形式有显著差异，但其精神内涵却几乎影响着所有文学形态；

2.史部文献作为经部文献的附庸，是合乎帝王文化价值标准的叙事典范，直接规定或影响了叙事文学帝王题材故事类型的题材选择和叙事偏好，分析帝王故事的演变轨迹应以史部文献为坐标；

3.子部文献意在为帝王建言献策，在各陈其说的过程中附带大量与帝王大业相关的寓言故事，其对国计民生的关注意识很大程度上制约了故事类型的传承演变；

4.集部文献和通俗文学文献中的文言小说皆是体现士人文化精神的文体形式，二者从叙事与抒情两个不同角度表现出士人文化对于叙事文学故事类型的参与和影响，与此同时文言小说又与其他通俗文学文献形式相关联，成为连接士人文学与市民文学的重要链条；

5.通俗文学文献与史部史传文学、集部叙事诗共同构成故事类型文献系统的核心，对叙事故事的完整系统程度有极其重要和显著的影响，而代表市民文化精神的通俗文学文献则是文化动因分析的主体要件，在文化属性分析当中需要准确把握各部分文献的权重。

2018—2023年间的中国叙事文化学课程基于宁稼雨教授多年倡导的"中体西用"学术范式和"集千万本"的求全理念，坚守创新定位，重新审视文献搜集和文化分析之间的互动关系，强调以文献搜集和文化"三段说"为本，进一步完善了叙事文化学的研究模式，极大助成了研究者的主体自觉，必将有益于中国叙事文化学研究质量的提升和影响的扩大。

---

① 参见宁稼雨：《叙事文化学文献搜集的覆盖范围与文化属性》，《文学与文化》2021年第2期。

2018—2021年课程教案节选

绪论

一、古代文学研究应该注意的三个问题

1.传统方法的研究范式：义理、考据

2.中西方研究方法的异同

3.正确处理方法的"体""用"关系

二、叙事作品的研究的程序与属性

对于研究对象——文学作品，我们应该视之为一个文本固化现象，过程分为三个阶段：文本生成之前、文本、文本生成之后。以文本为研究对象，叙事文学作品的研究总体上可以分为以下三大部分：

1.对文本自身的研究（中西方有差异）

（1）中国传统的文本研究主要从文献学和文本鉴赏两个角度切入；

（2）西方研究方法。

2."前文本"研究（研究文本产生之前的相关问题——各种社会因素对文本的作用与影响）

3."后文本"研究

三、从主题学到中国叙事文化学

中国叙事文化学的初步构想（从先秦到"五四"）：

1.中国叙事文学故事主题类型索引；

2.个案故事的主题类型研究；

3.中国叙事文化学的理论探索。

第一章　叙事文化

第二章　叙事文化学的对象

第一节　关于故事主题类型的确定（略）

第二节　个案主题类型的确定和整理

就某一个案来说，要关注它的时空分布情况以及背后的原因，具体应充分考虑是否具备以下条件：首先，时间分布情况，这一点是充分考虑到主题学基本准则，主题学最关心的是文本在不同时间的分布情况，以及为何这样研究；其次，从空间上考虑文体的因素，对个案来说，个体分布越广越多，对个案研究就越有利；最后，围绕故事的分布，考虑有关的思想文化分析和艺术表现形态。

第三章　叙事文化学的文献覆盖与文化属性

第一节　文献搜集在叙事文化学研究工作中的地位作用

一、地位

叙事文化学研究包括综合研究和个案研究两个部分，综合研究包括故事类型索引编制和基础理论建设，而个案研究的任务则是对个案故事进行全方位的系统研究。其中主要环节包括：确定个案故事类型，对该个案故事类型进行系统文献挖掘，在梳理相关文献材料的基础上对该故事类型的发展演变状况进行文化意蕴分析。其中对个案故事类型进行系统文献挖掘是整个研究工作中重要和关键的环节，也是整个研究进程中的基础工作。

二、制约背景

叙事文化学研究方法受到了西方主题学研究方法的影响，是将西方主题学研究方法移用于中国文学研究的尝试之一。目前中国学术界采用西方主题学方法进行中国文学研究，主要表现在三个方向：

一是在民间文学研究领域继续采用主题学研究方法进行民间故事研究；

二是把主题学方法应用于包括诗文和叙事文学作品在内的意象主题研究（意象主题研究论文集文章，大连大学王力老师研究，如黄昏、复仇、恋母等主题）；

三是在中国叙事文学领域中用主题学方法进行故事类型主题研究，即叙事文化学的研究方法。

三个方向的核心不在同一研究层面，叙事文化学低一个层面，意象主题在其之上，例如《搜神记》的"三王墓""眉间尺"故事（复仇型故事），叙事文化学研究是把后世改编材料收集起来进行研究，而复仇主题研究则是集合更多类似"三王墓"的故事。

文献搜集程度也不一样。"眉间尺"故事材料范围有限，复仇主题研究没有必要"竭泽而渔"，搜集基本材料，大面上的材料有说服力就可以了。

以上三个方向研究视角不同，对研究对象原始文献资源的获取方式和程度要求也有明显区别（叙事文化学应用"竭泽而渔""一网打尽"的文献搜集方式）。

第二节　叙事文化学文献覆盖特征与范围（略）

第三节　故事类型研究文献"集千万本"
的覆盖范围与价值分析

"集千万本"的说法来自梁启超的《中国历史研究法》，史学研究要达到"集千万本"的目标，穷尽文献材料。

叙事文学同题材故事的跨体裁研究，并非始于叙事文化学的故事类型研究。基于中国古代以小说戏曲为主体的叙事文学自身基本同步发展的事实，20世纪以来取得迅猛发展的通俗小说戏曲研究的重要实绩就是小说与戏曲同源关系的研究。其中既包括大量个案戏曲小说故事同源关系研究，也包括很多这类研究的汇集成果。

故事类型文献搜集工作分两个部分：一是总体故事类型的数字摸底统计，二是具体个案故事类型的地毯式文献搜集。

一、数字摸底统计

所谓摸底就是明确研究对象文献搜集工作的总体目标范围。

目前中国古代叙事文学故事类型的总数尚未有具体的统计数字，但可以推测出大体数字。朱一玄、宁稼雨、陈桂声编撰的《中国古代小说总目提要》收文言小说2192种，白话小说1389种，共计3581种。但这个数字的单位是书名，每部书里面还有相当数量的个案故事类型。而文言小说一部书中所含有的个案故事目前也难以尽数。根据这个情况保守推测，如果一部书中含有10个个案故事类型的话，那么与小说有关的个案故事类型至少有3万种。加上戏曲、史传、民间故事等其他文献与小说文献相加，去其重复，保守数字也应该不少于5万。

这一工作的实践操作程序就是编制"中国叙事文学故事主题类型索引"。该索引计划分六编（唐前、隋唐五代、宋代、金元、明代、清代）。

前贤在个案故事戏曲小说同源关系研究中所使用的文献材料主要是以戏曲小说为主的叙事文学故事文本，而中国叙事文化学个案故事类型研究的地毯式文献搜集将其扩大为四个部分：经史子部文献、集部文献、通俗文学文献（主体，含戏曲小说和讲唱文学）、文物材料，力求达到"集千万本""竭泽而渔"的目标。这四部分的排序也大致是这四种文献产生发展的时间顺序，但从构成叙事文学故事类型的条件看，通俗文学文献又是其主体部分。

二、通俗文学文献

限定词：叙事文学故事类型的通俗文学文献

神话学研究最早是历史学研究，更早更远古的历史通过神话传说流传。研究者把神话材料当作历史学依据看待，如顾颉刚的"古史辨派"和近些年的文化人类学研究、宗教文化史研究等都忽略了文学研究的价值，这正是西方原型批评所要解决的问题。

西方原型批评：神话是一个民族在文字未产生时期靠口头记载的历史记忆，而文明时期，神话产生的土壤（社会历史）还不存在，但这些神话故事成为一颗颗文学种子，继而产生文学再生物，比如以《圣经》为原型的各种作品，就限定在"神话"题材渊源。

中国叙事文学形式的成熟和繁荣大大晚于西方，大约在魏晋南北朝时才开始萌发，唐宋才进入成熟和繁荣阶段。而且其中各种体裁不断变更和繁衍，这就要求文献搜集工作需要充分掌握体裁发展演变的知识。通俗文学文献中戏曲文献文本包括南戏、诸宫调、杂剧、传奇，以及各种地方戏等；小说包括文言小说和白话小说两部分。文言小说题材上大致包括志怪、传奇、志人三种，体裁上大致包括"世说体"和杂记体；白话小说大致包括长篇章回体小说和短篇话本体小说。讲唱文学形式主要包括弹词、宝卷、鼓词、子弟书等。文言杂记体小说与子部和史部中部分笔记体作品形态相似，有些甚至难以入类。

• 说明

1.严格来讲，文言小说不属于通俗文学文献，应该属于子部。但子部更多以说理性为主，文言小说在叙事方面与通俗文学较为相近。

2.文言杂记体小说，非"世说体"，文献载体形态以笔记方式呈现，与其他如杂记体史传、杂史、考据笔记等形态接近，情况复杂，要注意。

因为叙事文学类型本身的缘故，以上提到的叙事文学的各种文献文本形式中，通俗文学文献最为重要。一个故事类型何以能够确定为个案研究对象，其关键在于其中叙事故事文本数量的多少。

三、经史子部文献

经史子部文献貌似距离叙事文学故事较远，但因为它是代表中国古代主流文化的中坚载体，所以实际上是制约和影响包括集部文献和叙事文学故事文本在内的中国历史文化典籍产生发展的重要杠杆。它作为文本文献在叙事文学故事文本中通常以故事渊源典故的形式出现。因为这个缘故，前贤的相关研究对这方面文献也能给予足够的关注，但角度和力度则与叙事文化学不尽相同。

经部文献在中国古代典籍中具有特殊地位。从其内容本身看，如果说史部、子部、集部代表了文史哲三类基本文献的话，那么经部则属于从文史哲典籍中优选出来的经典。这种经典性使它在叙事文学文本中可以作为终极的诠释标准和价值准绳。虽然它在叙事文学文本中出现机会不多，但具有举足轻重的地位。

史部文献与叙事文学关联甚为密切。其史传文学部分本身就是叙事文学的组成部分，与其他叙事故事文本共同构成叙事文学文献的主体部分；其正史部分往往与后代叙事文学故事文本互为表里，或者成为后代叙事文学的故事题材的渊薮，或者与很多以真实历史人物为题材的叙事故事文本互文参照，成为后代叙事文学发展兴盛的强大推手；其野史杂史部分有很多生动形象的故事，往往与部分文言笔记小说相互杂糅，难分彼此。其委婉详尽的陈述和某些虚构因素成为很多正统史学家从史学角度诟病的对象，但却为历史文献向叙事文学的转变提供了巨大的动力。

以上史部三个部分中，前贤比较关注的是前两部分的人物传记部分，而对第三部分（野史和杂史）关注不够。如《诗经》属于文学，《左传》属于历史，《易经》《论语》属于哲学。

子部文献与叙事文学的关联也有着千丝万缕的关联。前贤或有关注不够之处。第一，文言小说中有相当一部分作品被历代公私书目中子部小说家类著录，本身就属于子部文献；第二，先秦两汉子部文献中的大量寓言故事不仅本身就是重要的叙事文学故事资源，而且也是催生中国小说的重要推动力；第三，除了小说家之外，子部杂家、杂学、杂考等门类文献中也或有与叙事文学故事文本相关者；第四，子部类书文献也是包括叙事文学故事文献在内历代很多典籍重要的辑佚和校勘资源。

以上四个部分的子部文献，前贤虽不无关注采用，但往往是从不同角度切断分别使用，未能将其视为一个整体汇集采用到一个既定对象（个案）

当中。叙事文化学故事类型研究则将其汇总，综合搜集，贯通使用。

四、集部文献

集部文献主要是指与叙事文学故事类型相关的，以诗歌、散文、词曲等抒情文学作品为主的文献。这类文献的产生有两种形式（动因），一是对神话故事或历史人物和事件，以及叙事文学故事直接进行吟咏评价；二是以典故等形式对叙事文学故事进行回应。这两种形式除了自身的文学价值之外，也与以上所有叙事文学故事类型相关文献构成一个文献体系，成为叙事文学故事类型文献的重要组成部分。这部分文献与叙事文学故事文本情况相似，也是前贤在对叙事文学故事进行源流研究时文献搜集的一个盲区。

以上纸质文献主要就现存版本文献而言，除此之外，还有一个共同问题，就是辑佚补缺。因为各种缘故，所有的纸本文献都存在亡佚的可能，而亡佚的文献一般又不可能完全消亡殆尽。那么这些残存文献的钩沉辑佚工作，就是保证叙事文学故事文本最大程度的完整，实现"集千万本"目标的重要措施。

五、文物材料

文物材料与以上文献有所不同，又有所关联。实物文献大致可分两部分，一为纸质文献记载者，二为真实实物者。

纸质文献记载的实物中，史部（含方志）所记实物多为各地文物遗址，而子部史部各类笔记中所记实物则包罗万象，堪称取之不尽的实物文献渊薮。

真实实物为现存历史文物，既包括建筑遗址，也包括各类器物。

这些实物文物与叙事文学故事的关联主要在于，它们是很多叙事文学故事文本的重要参考佐证材料，如很多真实历史人物的庙宇、塔寺，居住或使用过的建筑器物等。这些实物文物本来是所在故事类型完整材料体系中的重要组成部分，但前贤的研究中将其与叙事文学故事类型连接汇总、作为故事类型研究材料者却较少见到。

第四节　叙事文学故事文献的社会文化属性

就叙事文化学研究的程序而言，文献搜集本身不是研究的最终目的。其最终目的是在对已采集文献进行考证梳理后，对其文献形态异同变化进行文化动因方面的解读分析。那么，在进行这项终极工作之前，对各类文献本身的文化价值属性进行探索评估，也是应有之义。

一、"经史子部文献"与帝王文化精神

"经史子部文献"对应的是先秦两汉时期的中国帝王文化。这个时期中国文化的主旋律就是帝王文化精神，而经史子部文献则是构建帝王文化精神的主体工程。帝王文化的基本内涵、基本规则、基本概念和范畴，在经史子部文献中得到全面反映。就其与叙事文学故事关联的文化属性而言，几种类型文献分别从不同方面彰显帝王文化精神对叙事文学故事类型的制约。

经部文献是帝王文化精神的核心。从文体特征上看，经部文献似乎与叙事文学故事形式距离遥远，但在精神内涵上却从整体上制约着包括叙事文学故事在内的几乎所有文学形态。帝王文化的系统构建应该得力于西周时期从社会制度到文化思想全面形成的以等级制度为基础、以宗法观念为理念、以天子为社会至尊的系统封建社会形态。

史部文献作为经部文献的附庸，是按帝王文化的价值标准描述帝王文化背景下社会历史发展过程的标准叙述典范。早在经部文献中，《左传》《公羊传》《谷梁传》对《春秋》从不同角度展开的解读和翻写，已经成为史部典籍泛帝王观念的范例。到了汉代，纪传体史书的确立更是从制度上为帝王树碑立传铺平了道路。

以帝王为中心的纪传体书写叙述模式不但成为史书的正宗，而且也直接影响了叙事文学故事的题材选择和叙事偏好。以帝王为主人公的历史题材在古代戏曲小说中占有很大比重，以此为基础，叙事文化学故事类型中形成一个帝王主题系列。在帝王系列故事类型中，史部文献在所有文献材料中起到了原典和坐标的作用：史部文献中的帝王记载是各帝王故事类型中的原始记录，其他文献材料需要以它为坐标进行梳理比较，分析帝王故

事所发生的演变轨迹。史部文献因而成为帝王题材故事类型的聚焦核心。

子部文献起于春秋战国时期诸子各陈其说，而百家争鸣的初衷则是殊途同归，均在为帝王建言献策。与之密切相关，为达此论说目的而附带的大量寓言故事也往往与帝王大业关联。因此，就子部文献对叙事文学故事类型的影响来说，这种在帝王文化中心观念作用下产生的对于国家政治问题的关注意识，成为历代叙事文学故事类型传承过程中的重要制约力量。

小说、戏曲等通俗文学中对于国家政治的关心，不论在任何政治情况下，都可能与受史传文学影响相关。因此，经部、史部、子部三种文献从不同角度向全社会灌输了非常强烈的帝王文化精神，这一精神在叙事文学故事文本中产生了极为深远的影响。

二、"集部文献"与士人文化精神

中国士人文化起自魏晋，经隋唐而至宋代。无独有偶，这个时段也正是中国集部文献从无到有，并发展到蔚为大观的过程。集部文献产生发展的过程，也是士人文化精神孕育、产生、成熟的过程。集部文献也成为叙事文学故事类型传承文献的重要组成部分。

六朝之前，中国尚未形成"文学自觉"和"文学独立"的局面，反映在目录学著作中，《汉书·艺文志》中列有"诗赋略"，尚未出现"集部"名称和类目。汉魏以降，随着门阀士族崛起，士族文人群体人格独立，文学从各种实用性文体中解放出来，出现更大数量纯文学性质的诗赋作品。

"集部文献"定名定类使士人文化的规模化表述有了集中的园地和阵营，同时也使士人文化参与叙事文学故事类型表述有了重要实践渠道。集部文献中，士人文化参与叙事文学故事文本的主要形式是诗歌、词曲和散文。它们被应用于叙事文学故事类型文本写作的主要形式有两种：一种是直接进行诗词散文形式的叙事文学故事类型写作，如《长恨歌》《圆圆曲》等；另一种是大量地把叙事文学故事原型作为诗词散文典故使用。

这两种形式都是非常典型的以士人文化的视角参与叙事文学故事书写。第一种情况属于直接用抒情诗方式书写的叙事文学故事，只是与戏曲小说载体各异而已，其文献价值自不待言。第二种是用诗词散文方式把叙事文学故事作为典故使用。对于其是否能够作为叙事文化学故事类型研究的文献材料来进行研究，学界有不同看法。我们从"集千万本"的原则出发，并且同时认为每条典故材料的使用都有其不同的创作背景和文学意象所指，这是故事类型文化分析的重要组成部分，故不可忽略。

魏晋南北朝时期的小说具备了一些基本的要素：人物、情节、环境。士人文化精神的集中体现是《世说新语》，"世说体"可谓"三点一线"："三点"是作者、作品的反映对象（写作对象）、读者，"线"是文人士大夫——作者、对象、读者都是文人士大夫。

三、通俗文学文献与市民文化精神

宋至元的文学发展是一个"过渡"的过程，且有主次之分。

从宋代开始，随着中国城市经济繁荣而出现的市民文化，以迅猛的态势高速发展，到元明清时期取代士人文化，成为中国社会文化舞台的主角。以通俗小说戏曲为代表的大量俗文学作品，成为体现市民文化精神的重要载体，主要表现在以下几个方面：

其一，受到社会各界（各个阶层）高度关注；

其二，以商品形式进入社会消费层面，更加扩大了其影响力；

其三，通俗文学文献是构成一个故事类型文献系统的核心和主体要件。

相比之下，从故事的完整系统程度来说，除史部文献中史传文学部分和集部文献中的叙事诗部分外，其他经史子部文献的隐性影响和集部文献的典故使用均只涉及个案故事类型整体文献系统中的局部。而以戏曲和小说为主的通俗文学文献才是构成叙事文学故事类型文献的核心。了解这一情况，不仅有助于把握通俗文学文献本身的文化属性，而且对于把握叙事文学故事类型文献各部分比重，也至关重要。

第四章　个案故事类型的文献搜集方法（略）

第五章　故事类型的文化批评（略）

第六章　叙事文化学与比较文学（略）

2021 年课件节选

绪论

缘起：关于古代文学研究方法的思考，学术研究和学位论文写作的困境——方法的老化。

研究方法问题的回顾：五四运动时期、1949 年之后、20 世纪 80 年代、21 世纪以来。

一、古代文学研究应注意的三个问题

1. 传统方法的研究范式（义理、考据）
2. 中西方研究的异同
同：研究对象相同，如版本学研究等；
异：意识形态、文化背景的差异。
3. 正确处理方法问题的"体用"关系
从"西体中用"到"中体西用"。

二、叙事文学作品的文本研究类型

对于研究对象——文学作品，我们应该视之为一个文本的固化现象。

文本的形成发生过程分三个阶段：文本生成之前、文本、文本生成之后。

以文本为研究对象，叙事文学作品的研究程序总体上可以分为以下三大部分：

1.文本研究

针对文本自身的研究，中西有别。

（1）中国传统研究方法的两种切入角度

一是从文献学的角度，对文本自身的真实性做出判断，主要从校勘、版本、训诂等角度探求文本原貌，力求还原文本真实情况。这大致属于古籍整理工作，是一切研究的前提和基础。

二是从文本鉴赏的角度对文本进行赏析，评价、品味、挖掘其中蕴含的深层含义和艺术韵味。这个传统方法由汉魏六朝的人物品藻引发开来。

（2）西方研究方法

西方的文本研究，主要关注作品自身，如文字、韵律等问题，而很少关注作品意义以外的东西，仅仅是从文本自身来挖掘欣赏，如新批评、形式主义批评等。

了解中西两方各自的特点、差异，可以相互对比、参考借鉴，对研究有所帮助。在做文本研究前要先了解两种研究方法的特点和差异。

东方的文献学研究和历史还原法用于确定作品发生的时间，明确文本的年代归属，这是一切研究的前提和基础。在研究过程中要善于发现对自身研究有用的东西。

2.前文本研究（文本产生之前的相关研究）

主要研究文本形成之前各种社会因素对文本所起的作用和产生的影响。

中国传统的前文本研究：一是对文本创作者的背景研究，了解作家生平思想，研究作者和文本的形成是否具有直接关系，作者为什么写这部作品等问题，"知人论世"。二是对于文本形成之前的源头的了解和研究。这在叙事文学研究中尤其值得重视，如诗词研究中的本事研究，小说、戏曲研究中的源流关系等，如谭正璧先生的《三言两拍资料》。

西方有关前文本的研究，对于中国的叙事文学主题学的研究有一些启示，比如荣格的"集体无意识说""积淀说"，研究看似没有关系的事件、因素和对作家作品潜移默化的影响。

前文本研究关注的是文本生成的因素、文本的渊源等。

3.后文本研究

与前文本的研究密切相关。"前文本""后文本"研究在中国一直为人所关注，研究前后文本的相互关联及其影响、作用。西方后文本研究与中国传统后文本研究的区别在于它注意文本接受者的作用，认为作品完成之后便与作者无关了。

后文本研究注重创作之后的渊源、关系，文本诞生后在一定程度上与文本原貌有所差异。后文本研究是文本产生之后社会效果的反响，即一个作品产生之后，随之而来的相关作品屡见不鲜。如中国小说里面的续书现象，"世说体""聊斋体""阅微体"等。另外，一本小说成功，相关的改编和搬演也会随之而来，如"三国戏""水浒戏"之类。

三、从主题学到中国叙事文化学

1.西方主题学研究

（1）西方主题学的研究概况

西方主题学有一二百年的历史，源于民间文学，指的是针对民间文学的一种特殊研究方法。

民间文学口头传承的特点，造就了民间文学内容的多样性、复杂性，因此也有失真的、有差误的地方。正因为民间文学有此特点，主题学研究的任务就是弄清同一题材的民间故事在不同历史时期、不同的地域传承中产生的差异性。而这种差异性产生自某一文化的制约和当时的历史文化背景。不仅是口头传承本身的差异，而更多是文化背景的制约。

主题学把研究任务规定为弄清同一主题故事曾有着怎样的形态变化、时间空间上的变化。我们要学会分析产生这种变化、形成这种状况的背景和原因，在做好单个民间故事的基础上，梳理众多的民间故事，从而形成一个整体性的研究。

（2）相关成果

汤普森的《世界民间故事分类学》，把世界民间故事分成几个大类，然后在大类下再分有小类。借助不同模式，了解不同地域故事的流传。把每个故事分成一个代号，带有符号的性质。这部经典著作所产生的分类法，简称为"AT分类法"。

（3）主题学在中国民间文学研究中的应用

［美］丁乃通《中国民间故事类型索引》

［德］艾伯华《中国民间故事类型》

祁连休《中国古代民间故事类型研究》

（4）主题学研究的大致程序

编制分类索引和具体个案研究。

（5）主题学应用于中国叙事文学研究的局限性

一是研究对象的差异。叙事文学在文本对象上和民间文学完全是两回事，前者以书面文学为主，后者的对象是非书面的、口头的。

二是这些书主要以西方民间故事为主，对东方、中国的了解远远不够。

2.中国叙事文学借鉴主题学的可行性

（1）"以中为体，以西为用"的需要

借用民间文学的主题学方法来研究古代叙事文学，这是基本的思路。

研究中国叙事文学，为什么可以借助这个研究方法呢？我们先回归到"体"和"用"的关系上。外国主题学研究以西方民间文学为主，以欧洲为主；丁乃通等学者使用的材料，也是远远不够的，既不能反映出中国民间故事的全貌，也不能反映出跟中国民间故事相关的研究问题。

（2）古代叙事文学作品的部分民间传说属性

它们是对民间故事的记录，比如"三言"，再如文言小说《夷坚志》，都是记录别人的传说或者故事。

（3）演变形态的相似性

中国叙事文学作品表现在不同时期、不同文本的书面差异，民间故事则表现为不同时期和地域内口头传承的不同。

在题材范围领域，叙事文化学的研究对象不是仅用小说、戏曲这两种文体样式可以概括的，除此之外，还有大量其他文体，如诗歌、散文、史传文学等。

相较于以往的小说、戏曲研究，中国叙事文化学研究是完全不同的，是一个全新的研究体系。

3.中国叙事文化学的初步构想

（1）中国叙事文学故事主题类型索引；

（2）个案故事的主题类型研究；

（3）中国叙事文化学的理论探索。

4.相关参考书目

［美］丁乃通《中国民间故事类型索引》（春风文艺出版社、中国民间文艺出版社）

［德］艾伯华《中国民间故事类型》商务印书馆

祁连休《中国古代民间故事类型研究》河北教育出版社

金荣华《六朝志怪小说情节单元分类索引》中国口传文学学会

陈鹏翔主编《主题学研究论文集》东大图书有限公司

《世界各国民间故事类型索引述评》（论文）《刘魁立民俗学论集》上海文艺出版社

第一章　叙事文化

第一节　关于叙事

叙事广义和狭义的概念

广义上，不需加以限定，范围较宽，叙事就是叙述故事；狭义上，叙事具有限定性。

西方学者华莱士·马丁：“叙事是一个未来的计划，或对未来的计划。”（《当代叙事学》）没有明确规定和说明叙事的概念。

国内学者徐岱：“叙事即采用特定的言语表达方式来讲述一个故事。”（《小说叙事学》）

需要注意“特定的言语表达方式”与“故事”这两个词的含义。

“特定的言语表达方式”，是就文学语言表达而言。这种特定的语言表达方式，是划分文学与非文学的界限。仅就故事而言是区分不开文学与非文学的。

讲述一个“故事”，是讲述对对象做了说明，文学意义上带有情节性的、有完整时间流程的故事。

以"特定的言语"加以区分，至少在理论上是可以成立的。还要特别注意的是，文学意义上的"故事"具有虚构的情节，具有相对完整的时间流程。就一般意义上的叙述完整故事而言，有时具有其中的某项条件也可被研究利用：如诗词中某个典故的使用，虽没有交代完整的故事，但可以成为大叙事中从属的某个成分。

一方面，叙事文学特别关注时间流程，而诗词散文中的大部分作品以抒情为主，采用特定的心境角度，表现一种心理情感的释放。这需要我们对二者做出自觉区分。

另一方面，对非叙事文学也要予以关注。首先，它起到对比、映衬的作用；其次，非叙事文学与某故事具有某种渊源关系，如史记与后代小说、戏曲上的渊源关系；最后，叙事性文学与非叙事性文学的界限有时也比较模糊。笔记、野史尤甚。

因此，要做到"宁宽勿严"，毕竟我们关注的并不单是文学，还有文化。

对叙事概念的界定，涉及文学观念的宽严问题。所谓的叙事文学作品，如小说、戏剧、史传文学等，都有一个宽严的尺度。元杂剧、传奇类作品没有人质疑过它们是不是文学，《三国演义》《红楼梦》"三言""二拍"亦是如此。但是文言小说不同，哪些文言是小说哪些不是，文人历来对此有不同的看法。

- 很多笔记体作品沙中有金
- 文言小说书目的收录标准与叙事界定

第二节　关于叙事文学

1.叙事与文学的关系

狭义的叙事有限定性，它本身属于文学。苏联美学家卡冈在《艺术形态学》中写道："在叙事中，文学获得某种内在的纯洁性，确证自己完全不依赖于其他艺术的影响，显示它的特殊的、自身的、为它所单独固有的艺术可能性……中长篇小说成为叙事文学存在的理想形式。"

从文体方面看，叙事是一种体裁概念，指小说戏剧、叙事散文等。但不能简单划线。从文体看可能不属于叙事文体的诗词散文，以及其他文献或文物中的大量相关材料，也需要做相应了解。

叙述故事构成叙事文学存在的必要前提。在文学作品中，叙事文学最主要的表现形式是以描述时间、故事为主，有一定叙述历程性的小说和戏曲。

小说与戏曲同样强调历时性，与民间故事既存在共性又有一定差异。很多笔记小说中收录了民间故事，而大部分古代民间故事只能通过书面渠道得以保存。

这需要注意两个问题：第一，民间故事具备多种变化形态，我们看到的记录只是众多版本中的一种，不能代表其全貌；第二，与民间故事联姻的也只是叙事文学中的部分作品，也不能代表叙事文学的全貌。这也涉及了叙述与叙说的关系。

2.叙述与叙说的关系

叙述是用书面的形式陈述一个故事，叙说主要是一种口头的语言表达方式。两者的差异在日常生活中也是存在的。同样叙述一个事件，一个人可以说得很文雅，也可以说得很口语化、民间化。但是，在文学的领域里，两者的区分是重要的，正是有了这种区分，也才使得小说成功地从它的胚胎中分离出来，成为一种文学的样式。

关于民间故事和小说，我们既要关注书面文学，又要看到口头传承的民间故事，从两方面出发，对具体的个案进行研究考证。主题学研究就要从书面和口头两方面研究文本的变异现象。

3.中国古代叙事文学的范围

（1）文体内和文体外的双重关注

文体内要关注比较明确的叙事文学体裁如小说、戏曲、史传等；文体外要关注本身不属于叙事文学，但和叙事文学有着密切关系的文献，如诗词、文物等。

在叙事文学之外对于历史学、民俗学等学科中与叙事学有关资料的关注是中国叙事文化学研究叙事文学的新角度。这与中国叙事文化学的性质有关：

中国叙事文化学首先关注材料的丰富性，其次致力于对于这些材料在文本上的不同寻求文化内涵上的解读。每一个故事在某个时代内不同体裁的材料的分布并不是均衡的，这就需要其他材料来补充，防止材料的断层。

（2）表达方式上具备文学叙事特征的作品与一般叙说的材料要加以区分，且要同时关注

（3）书面文学和口头文学的区分与关注

书面文学是我们关注的主体，口头文学是我们参考的对象。但有时书面文学与口头文学的区别不是很明显，很多书面文学作品只是口头文学的记录而已，如《搜神记》《夷坚志》《聊斋志异》。

第三节 关于叙事文化

1.欧洲史诗文化和东方史传文化的对比

史诗文化强调矛盾冲突的范畴，史传文化和史诗文化的一个巨大区别就是史诗文化肯定矛盾的对立，从冲突中去感受文化的内涵。

史传文化往往从矛盾双方的和谐性来把握和处理相关的文化属性。要了解受史传文化圈影响的叙事文化，就要求我们必须从史传文化自身的特征来关注和审视。

2.叙事文学的文化内涵

对于叙事文学的个案单元（作品），首先要关注的是它的历史文化内涵问题，它所集结的文化要素是什么。这是文学自身的文化属性决定的。

3.叙事文学文化内涵的动态属性

应该特别强调的是叙事文化的历史演变动态的流动性轨迹，因为历史是一个过程，历史的变化必然会投影到受它影响的个案作品上。

某一个叙事文学作品可能会经历漫长的历史过程，那么它的内涵必然会发生变化。我们从文化的角度审视它的时候，要关注它外部形态的变化，如文本文字的增删、人物的添加等，通过这些或大或小的现象把握它之所以如此的原因，如我们熟知的"昭君故事"。

当一个故事发生形态变化时，它本身的文学要素变化也要随之关注，如叙事文学语言的变化。我们要关注特定语言表达方式的变化和它所要强

调的文化关联是什么。

4.文学形式的"意味性"

对文学的形式和技巧不能狭隘和孤立地看待，要认真全面地把握。

第二章　叙事文化学的对象

第一节　关于故事主题类型的确定

一、主题学的方案

对主题学的研究首先要确定民间故事类型的分类，在此基础上对个案的主题演变做研究。

"AT分类法"将民间故事分为五类：动物故事、一般故事、笑话故事、程式故事、难以分类的故事。

不能照搬"AT分类法"的原因："AT分类法"研究的是口头的民间故事，而我们研究的是书面文学。前者是以西方尤其是欧洲民间文学为主要研究对象的，与我们的也迥然不同。因此，我们不能按照"AT分类法"进行研究，但是不妨借鉴一下。

二、前人关于中国文学主题类型的方案

中国民间故事：丁乃通《中国民间故事类型索引》
照搬"AT分类法"
中国小说：金荣华《六朝志怪小说情节单元分类索引》
没有采用"AT分类法"，采用中国传统的类书分类法。

利弊参半。利：参照依据，分类方式是以中为体，以西为用的思维方法和角度。弊：a.没注意到类书涉及的材料基本以名词性的单词、词组为主（因为类书是给古人提供写诗填词的工具），这种名词性的词组和叙事文学所关注的情节是分离、淡漠的（因为情节所表现的是过程，是动词形态）；b.所使用的材料很有限，只收录了六朝时二十种左右的志怪小说，对于志人小说完全没有收入。

三、叙事文化学的处理方案

吸收前人成就，从中国叙事文学的实际出发，创立中国叙事文学故事主题类型索引。

- 与"AT分类法"有区别（包括受"AT分类法"影响的索引）
- 与金荣华的也有区别，不采用类书的分类方法。

我们的方法，原则上是以中为体、以西为用、中西结合，对"AT分类法"有所借鉴，对金荣华的索引页给予充分的注意，把中国叙事文学分六大类。

每个故事下面都有一个六位数的故事代码：前两位表示大的类型名称，中间两位指的大类型下面小的类别的代码，最后两位是这个故事在本类型故事中的顺序代码。代码标注故事的名称是什么。在名称下面，第一个是故事的梗概，后有主题词，然后是故事的出处——有多少个作品记录了这个故事，接下来论述此故事对其他故事的影响和与其他故事的关联。

最后一步工作：对个案的主题学研究。对具体个案故事做全面发掘文献材料之工作，尽量做到"竭泽而渔"；然后，在此基础上对各个时期的流传情况进行梳理，勾勒其发展轨迹，并从文学角度与文化角度作出解释。

第二节　个案主题类型的确定与整理

1.个案故事类型的基本条件

就某一个案来说，要关注它的时空分布情况及背后的原因。具体应充分考虑其是否具备以下条件：

第一，时间分布情况。这一点充分考虑到主题学的基本准则。主题学最关心的是文本在不同时间的分布情况，以及为何这样研究。

第二，从空间上考虑文体的因素。对个案来说，文体分布得越广，对个案研究越有利。

第三，围绕故事的分布考虑有关的思想文化分析和艺术表现形态。

2.关于个案类型的选择和梳理

无论是在时间、空间还是在思想内涵上，我们应奉行一个总的原则：

全局把握，总体驾驭。在此精神指导下，应注意的是个案变化走势的动态过程，注意故事在发展的每一个阶段和前一阶段的差异。

第三章　叙事文化学的文献覆盖与文化属性（略）

第四章　个案故事类型的文献搜集方法

第一节　目录学与故事类型文献

目录学为传统治学门径，它与故事类型关系密切。

目录学中多数是按书的性质来分类的，除帮助我们根据已知书目查询其下落外，还可以从该书所处类目的位置去旁及其他的同类书目情况，从而获得该书的有关信息。

从目录学的角度来看，关注到具体的个案时，要尽可能地翻阅目录学著作，从书名中查找与研究个案相关联的作品的踪迹：

·已知书名的，查找索引中的书名；

·未知书名的，先明确对象范围，对目录学的基本分类模式有了解。

在此基础上，在传统分类模式中，看哪些门类与我们所研究的个案（叙事类课题）相关。

正史的目录学著作需要关注的是和个案相关的目录学类目，在正史的"艺文志""经籍志"中，大概要参考两个方面的内容：一是子部，如小说家类、杂家类；二是史部的著作。

从《汉书》开始，我们应该对所有正史的"经籍志""艺文志"了解熟悉。另外，作补的也应关注。清代学者对经籍志、艺文志所做的研究考订，主要集中在《二十五史补编》（中华书局本）。

第五章　故事类型的文化批评

从形态观察入手，在充分的文献资料依据的基础上，对个案故事进行表格式线索梳理：

第一是有关个案故事外在形态变化的解释图，横向为该故事类型的各构成要素，如情节、人物等，纵向为该个案故事各文献材料的时间排列；

第二是个案历史文化内涵的演变线索；

第三是文学载体特定的艺术表现方式的演变轨迹。

· 故事与历史相关记载的关系

注意作为文学的故事，与历史记载在多大程度上吻合、多大程度上离合，以及文化渗透的幅度和不同时代的创作者及其本人经历的关系。

有相当一部分小说和文学作品与政治事件有关系。

故事类型的流变，如果与某一政治文化侧面有关，则要观察该侧面在该故事类型中的投影。用故事流变解读政治文化流变，要积极辨认，但不能太牵强。

· 故事与思想宗教的关系

故事和思想或宗教等意识形态方面的关联需要具体把握，有无关系及程度不同。问题有可能在文人笔下突出，也可能走到民间市井的时候又淡化。在内容里有哪些涉及思想、宗教、文化的内容。

对待这些问题的理想状态是做好充分的积累，厘清内容与文化方面的关系。

有些了解但不够清楚，通过一些渠道能找到相应的参考材料。达到这一步，不会太遗漏。

· 故事所体现出的文学要素的变化

各种文学体裁，表述描写方式的变化，人物形象、情节结构等，需要找出这些要素的流变轨迹。

· 把握全局的动态过程：研究从最初到后来的动态发展过程。

· 有的故事在某个历史阶段其变化停滞了，后来又复活或者就此打住，应将这种现象也看作一个值得探讨的现象去研究。

2018年硕士课堂笔记节选（一）

曲晶

第一章　叙事文化

第一节　关于叙事

此"叙事"与"叙事学"之"叙事"不完全是一个概念，指叙事文学作品的文化解读，中国叙事文学作品的文学和文化解读。

一、叙事广义和狭义的概念

广义的"叙事"（不需加以界定，范围较宽，叙事就是叙述故事）指一般的叙述事情，包括文学的、非文学的。

狭义的"叙事"是指文学的叙事，具有限定性。

国内学者一般认为叙事是采取特定的言语表达方式来讲述一个故事。就一般意义上的叙述完整故事而言，有时具有其中的某项条件也可被研究利用：如诗词中某个典故的使用，虽没有完整地交代故事，但也可以成为大叙事中的某个构成。

二、叙事文学与非叙事文学的联系和区别

叙事文学特别关注时间流程，而诗词散文中大部分作品以抒情为主，采用特定的心境角度，来表现一种心理情感的释放。首先，非叙事文学作品起到对比和映衬的作用。其次，非叙事文学作品与某故事具有某种渊源关系，如史记与后代小说、戏曲的渊源关系。最后，叙事性文学作品与非叙事性文学作品的界限也比较模糊，笔记、野史尤甚。因此，要做到"宁宽勿严"，毕竟我们关注的并不单是文学，还有文化。

对叙事概念的界定，涉及文学观念的宽严问题，所谓叙事文学作品都有一个宽严尺度，文言小说历来争议颇多。

（一）很多笔记体作品沙中有金，如《梦溪笔谈》。

（二）文言小说书目的收录标准与叙事界定。中国古代小说概念模糊（主要是笔记体造成的模糊），哪些书算文言小说需要仔细厘清。（与白话小说文体特征明确的情况不同，文言小说中的笔记体决定了小说与其他内容的杂糅。因此如何定性文言小说的文体性质是明确叙事界限的重要问题之一。）

对于叙事范围的广狭宽窄问题，关注的重点是我们要挖掘那些有价值的成分，使他们不致被遗忘。

第二节　关于叙事文学

一、叙事与文学的关系

狭义的叙事有限定性，它本身属于文学。

叙事是一种体裁的概念，是指小说戏曲、叙事散文等。但不能简单划线，从文体看其他不属于叙事文体的诗词散文或是其他文献材料中或多或少有叙事成分的，都与叙事文学发展有关联。比如《西游记》，可从元代瓷枕中有唐僧师徒四人形象推测西游故事在此时已经定型。小南一郎著、孙昌武先生译的《中国的神话传说与古小说》中认为，材料远超文本，各种文物上的图案或铜镜纹饰图像等都有利用价值。这些文物性材料，非文字、非书面的材料也与叙事文学的发展有着重要关联，不应忽略。

叙述故事是构成叙事文学的必要前提：在文学作品中，叙事文学最主要的表现形式是以描述时间、故事为主，有一定叙述历程性的小说戏曲。小说戏曲同样强调历时性，与民间故事既有共性又有一定差异，很多笔记体小说收录了民间故事，而绝大多数古代民间故事只能通过书面渠道得以保存。

在此应该注意，首先，民间故事具备多种变化形态，我们看到的记录只是众多版本中的一种，不能代表全貌。其次，与民间故事"联姻"的也只是叙事文学中的部分作品，不能代表叙事文学全貌。

二、叙述与叙说的关系

叙说文学因口头传承，有了很大的变异性，是随意性和变异性的结合。叙事较为稳定，相对于叙说变化较少，但也有版本变化。

关于民间文学和小说，既要关注书面文学，又要看到口头传承的民间故事现象，从两方面出发，对具体个案进行研究考证。主题学研究就要从书面和口头两方面研究文本的变异现象。

三、中国古代叙事文学的范围

（一）文体内和文体外的双重关注。

文体内要关注比较明确的叙事文学体裁如小说、戏曲、史传等；文体外要关注本身不属于叙事文学但和叙事文学有着密切关系的文献，如诗词、文物文献等。

（二）表达方式上，具备叙事特征的作品与一般叙说的材料要加以区分，且要同时关注。

（三）注意书面文学与口头传承的区别。

第三节　关于叙事文化

一、欧洲史诗文化和东方史传文化的对比

史传文化往往从矛盾对方的和谐性来把握和处理相关的文化属性，要了解史传文化圈影响的叙事文化，要求我们从史传文化自身特征去关注和审视。

二、叙事文学的文化内涵

（一）对于叙事文学的个案单元（作品），首先要关注其历史内涵，它所集结的文化要素是什么。

（二）叙事文学文化内涵的动态性（叙事文化学的灵魂和生命）：应该特别强调的是叙事文化历史演变动态的流动性轨迹，因为历史是一个过程，历史的变化必然会投影到受它影响的个案作品上。

某一故事类型的文化内涵并不是铁板一块，而是具有动态的流动性。"动态"不仅体现为差异性，也体现为延续性。不同历史时期对某一故事的认同与表现，本身有说服力。动态性研究是叙事文化学的主导和灵魂，过去的小说戏曲同源研究很少涉及。当我们从文化学角度审视它的时候，要关注其外部形态的变化（如文本文字的增删、人物的添加等），通过或大或小的现象把握其变化原因。文学研究和文化研究不能割裂，但文化研究不可代替文学研究。当故事形态发生变化时，也要关注相关文学要素的变化（如体裁、叙事语言的变动）。我们要关注特定语言表达方式的变化和它所要强调的文化的关联是什么，一定时期的文学形式、文学手法的发展变化给同时代的文本形态变化提供了什么契机，怎样通过文学手段实现文化的传达？

三、文学形式的"意味性"

文体、形态等方面的变化，对主题演变方面有影响。

例如同是王昭君题材，在元杂剧中，马致远的《汉宫秋》中对于昏庸奸臣的批判，是作者对元代历史的隐喻，反映的是元代之情事，借助元杂剧，"一本四折，一人主唱"的特点，明快显豁淋漓尽致地表情达意。同时也因为元杂剧更为通俗化，传播更为广泛，更为底层群众喜闻乐见，所以王昭君故事在马致远笔下集大成。相较于诗词作品，杂剧形式上的特点显而易见。

2018年硕士课堂笔记节选（二）

孟玉洁

绪论

自1994年起，中国叙事文化学在不断探索中走过了二十余年的时间，这是对20世纪以来既定的古代文学研究不断进行质疑和突破的过程。

研究背景：从研究历史看，中国叙事文学主要指小说戏曲，其文体出现晚于抒情文学，而学界对于中国古代叙事文学的研究也远远滞后于对抒情文学的关注。

我国古代小说戏曲研究可以分为三个阶段：

• 明清之前，对小说戏曲的研究零散、不成系统，多出现于笔记中。诗文领域，是鉴赏式的研究。

• 明清以来，小说戏曲研究渐多，最为完整系统的研究范式即为评点式鉴赏，如李贽、金圣叹等对经典小说进行的点评、批注。（随意性强）

• 20世纪的一百年间，西方的学术、思想的大量传入促成全新研究局面的形成。鲁迅、王国维、胡适等人尝试并确立了新的研究范式，主要体现为两方面：其一为小说戏曲文体史研究，如《中国小说史略》《宋元戏曲考》；其二为作家作品研究，如胡适对白话小说的考证。其后，小说戏曲领域的文体史、体裁史、作家作品研究等，都没有超出二者范围。

然而，中国叙事文学除作家作品外，还有另外存在的串联形式，即故事类型，它们跨越了文体的界限。但长久以来，不论是现有的小说史研究还是戏曲史研究都无法进行跨越文体的完整研究，这就意味着需要一种全新的研究范式来应对，叙事文化学研究范式就是为此而生。叙事文化学的研究主体既不是文体也不是作家作品，而是故事类型研究，从而也就弥补了20世纪以来古代小说和戏曲研究的不足。

缘起：

• 关于中国古代文学研究方法的思考。（以往的研究范式是作家和作品的研究，往往形成一种老套的模式，对作家生平进行考证，对作品进行梳理，分析其成就及影响，研究视野大体一致，有封顶的限制。如关于李白的研究，写出新意很难，材料的补充更加难。可见，对作家、作品、文学流派的研究，可写范围则是越来越小。）

初衷是解决和弥补文体史研究、作家作品的研究很容易形成的缺陷，即对故事类型的忽略。同一个故事类型，可以是跨越文体的，如《西厢记》，同时，又是跨越作家作品的。

小说、戏曲同源关系研究有人做过，客观来说，有其进步性，也有局限性。如对《西厢记》的研究，有段景明先生的三部曲，除了这三部以外，还有笔记、诗词等。叙事文化学则是把和《西厢记》有关系的材料全部搜罗到手。

• 学术研究和学位论文的困境（没有题目可写）。困境的焦点在于方法老化。在文体、作家作品方面，无人涉足的领域很少。

关于方法的老化，正如前面所讲，明清以前，叙事文学研究为零散的、只言片语的鉴赏式研究；明清时期为评点式研究，其系统性、体系性、逻辑性不强；20世纪以来，借用西方严格科学的方法和范式，形成的文体史研究和作家作品研究。

走向困境的原因是，文体和作家作品这两个领域的研究掩盖了一个问题，即叙事文学的形态构成单元不是单一文体或作家作品，而是以故事类型为构成单元。这就要求我们跨越不同作品和文体的界限。

• 对于以往研究方法的思考。

一、古代文学研究应该注意的三个问题

1.传统方法的研究范式：义理、考据

2.中西方研究方法的异同

资本主义、马克思主义视角，均属西方范式。

文化差异导致产生分歧，产生三种态势：彼此排斥、相安无事、兼而有之。

（1）相同点：研究对象相同，如版本学研究，研究方法相同或相似。

（2）不同点：由于文化背景上的差异而导致的意识形态的不同，对文学作品内容细节的把握和理解有别。

如国学、汉学之别：国学是国人对于我国传统文化的反省、回顾、研究；汉学则偏重于外国人对我国国学范围领域的研究。（对于同一问题会有不同的理解、判断和结论，对相关的学术理念，由于角度的不同，会有误解、误差。）

意识形态：西方有些文化研究不单纯是学术研究，而与政治、历史有关，如殖民文化，如西方文化中心论——认为世界上的文化有先进落后之分，最先进的文化在西方，其他地方的文化应该向西方学习。

3.正确处理方法的"体""用"关系。

二、叙事文学作品的文本研究类型

对于研究对象——文学作品，我们应该视之为一个文本固化现象。

文本形成过程分为三个阶段：文本生成之前、文本、文本生成之后。

三、从主题学到中国叙事文化学

1.主题学研究任务：同一主题故事曾有怎样的形态变化、时间、空间上的变化，我们要学会分析产生这种变化的原因；在做好单个民间故事基础上，全局性地描述民间故事，从而形成一个完整的研究。

（1）相关研究成果

汤普森《世界民间故事分类学》

（2）主题学在中国民间文学研究的应用

丁乃通《中国民间故事类型索引》（完全采用AT分类法，证明AT分类法可以应用于中国民间文学。）

艾伯华《中国民间故事类型》（修正了AT分类法类目设置的不合理。）

祁连休《中国古代民间故事类型研究》（没有采用AT分类法。）

三者弥补了AT分类法无涉中国故事的缺失，但仍站在民间文学研究立场。金荣华依据文本作品，不属于民间文学研究范畴。

（陈鹏翔《主题学研究论文集》东大图书有限公司1983年版）

（3）主题学研究的大致程序

编制分类索引（AT分类法，民间故事的全面梳理）

具体个案研究

（4）主题学对于中国叙事文学研究的局限性

一是研究对象的差异，叙事文学在文本对象上和民间文学完全是两回事，前者以书面文学为主，后者对象是非书面的、口头的。从方法上来看，民间故事的主要方法是采风和田野调查，文字记载只是采风和田野调查的留存形式。这种记载的重心是故事的内容，至于记载的口吻、叙事的角度等表现形式因素，往往都受到陈述者和笔录者的个人因素影响。而陈述者和笔录者的记录又与其生活环境有关。地域的广阔和时间的流逝所造成的文化背景差异应该是民间故事出现形态差异的主要原因。因此在某种程度上可以这么认为：造成民间故事同一故事类型多种演绎形态情况的，往往不是故事陈述和笔录者的自觉文学创造，而是由于口头传承过程中的传送失真而形成的形态差异。

二是这些书主要以西方民间故事为主，对东方、对中国的了解远远不够。

2.中国叙事文学借鉴主题学的可行性

现状：按照这种方法角度来研究中国文学的论著虽然尚在起步阶段，但已取得丰硕成果（诸如王立《中国文学主题学》、吴光正《中国古代小说的原型与母题》以及数量可观的论文等）。但平心而论，这些研究从总体上看，仍然处在以中国文学的素材来证明迎合西方主题学的框架的"西体中用"的阶段。中国化的主题学研究，有必要在借鉴西方主题学研究框架体系的基础上，从中国文学的实际出发，建构中国化的主题学研究。

主题学研究应该分为两个方面。一是对研究对象的范围进行调查摸底和合理分类，二是对各种类型的故事进行特定方法和角度的分析。在这两个方面西方主题学都为我们提供了坚实良好的基础和实践经验，但也都有从"西体"过渡到"中体"的必要。

（1）"以中为体，以西为用"

（2）古代叙事文学作品的部分民间传说属性

古代民间故事在流传过程中所呈现的反复出现和形态差异的规律，必然在书面小说文献中留下痕迹。比如著名的"韩凭夫妇"故事，最早收录者为

98

曹玉《列异传》，两晋时期干宝《搜神记》和袁山松《郡国志》也有记载，唐代以后转引或演绎这个故事的文献就更多了，李亢《独异志》、刘恂《岭表录异》、俗赋《韩朋赋》《寰宇记》《物类相感志》《天中记》、彭大翼《山堂肆考》，以及李白、李商隐的诗歌，庾吉甫的杂剧等均有记载。与之相关的文献也有不少。可见从一定意义上可以说，古代民间故事那种同一故事在其发展演变过程中的多种形态展示过程，往往是通过书面文体的叙事文学体裁来实现的。作为古代民间故事主要渊薮的古代小说，与民间故事同样具有一个故事演变为多种形态的属性。

(3) 演变形态的相似性

中国古代叙事文学作品中也有许多不是来自民间，而是来自文人独创，或者是文人间的社会历史逸闻。很多这类叙事文学作品和民间故事同样具有同一故事类型有多种文本演绎且形态各异的状况。同一故事类型的若干不同形态体现在：中国叙事文学作品表现在不同时期、不同文本的书面差异。民间故事则表现为不同时间和地域的口头传承的不同。中国叙事文学作品同一故事类型多种演绎形态这一普遍现象中还出现了民间故事与文人改编独创两种方式相互交融的情况。

3.中国叙事文化学的初步构想（从先秦到"五四"）

一是源于中国古代叙事文学本身存在由故事类型构成的形态特点；二是来自外国研究范式的启发。

(1) 中国叙事文学故事主题类型索引

(2) 个案故事的主题类型研究

研究主题类型的方法和角度——在范围对象方面"以中为体"的中国叙事文化学的目标既不是母题情节类型，也不是完整的一部作品，而是具体的单元故事，那么随之而来的就是方法和角度上的变化。按照"西学为体"的主题学研究方法，母题、主题这些情节事件的模式是研究的重点要点。这种方法和角度对于民间故事和叙事文学故事的一般性和共性研究是有效的。它可以集中关注研究同一类型故事的演变差异及作者们在抒发情愫和反映时代方面的共同特征。但如果用这种方法来处理单元故事，就会有一定局限。"以中为体"的中国叙事文化学所关注的单元故事，在解读分析的时候会涉及很多具体情节发生变化的文化意蕴的挖掘分析。这显然不是能用一种较为笼统和一般性、模式性的分析所能奏效的。历史悠久、文化底蕴深厚的中国，其叙事文学故事所蕴含的文化意蕴非常深厚，绝非一般性的共性类型分析所能完全奏效的。

(3) 中国叙事文化学的理论探索

范例：1924年顾颉刚先生《孟姜女故事的转变》

《天中学刊》上刊载的相关论文

4.中国古代叙事文本化学相关的参考书目

[美]丁乃通著，《中国民间故事类型索引》，武汉:华中师范大学出版社，2008年。

[德]艾伯华著，王燕生、周祖生译，《中国民间故事类型》，北京:商务印书馆，1999年。

祁连休著，《中国古代民间故事类型研究》(上中下卷)，石家庄:河北教育出版社，2007年。

金荣华著，《六朝志怪小说情节单元分类索引》，中国口传文学学会，2007年。

陈鹏翔编，《主题学研究论文集》，台北:东大图书有限公司，1983年初版(2004年重版)。

刘魁立著，《世界各国民间故事情节类型索引述评》，《民间文学论坛》创刊号，1982年。(中国民俗学网)

刘魁立著，《刘魁立民俗学论集》，上海:上海文艺出版社，1998年。

第二章　叙事文化学的对象
第一节　关于故事主题类型的确定

一、主题学方案

对故事主题的研究首先要确定民间故事类型的分类，在此基础上对个案的主题演变做研究。

AT分类法将民间故事分为五类：动物故事、一般故事、笑话故事、程式故事、难以分类的故事。

金荣华《六朝志怪小说情节单元分类索引》，研究对象是书面文学。分类采用类书分类法，以名词、名词性词组来命名。而叙事强调动作性、过程性，类书分类法不能完全涵盖叙事类型，湮没了故事情节。

不能照搬AT分类法的原因：AT分类法研究的是口头的民间故事，而我们研究的是书面文学。前者是以西方尤其是欧洲民间文学为主要研究对象的，与我们的也迥然不同。所以，我们不能按照AT分类法进行研究，但是不妨借鉴一下。(AT分类不具有同类可比性，不同类比较则会出现交叉的问题，论文的小节要同类可比。)

二、前人关于中国文学主题类型的处理

中国民间故事：丁乃通《中国民间故事类型索引》

照搬AT分类法（典型西体中用）

中国小说：金荣华《六朝志怪小说情节单元分类索引》

没有采用AT分类法，采用中国传统的类书分类法，利弊参半。

利：参照依据，分类方式是"以中为体，以西为用"的思维方法和角度。

弊：一是没注意到类书涉及的材料，基本以名词性的单词、词组为主（因为类书是给古人提供写诗填词的工具），如日、月、车、马、果、木等，这种名词的词组和叙事文学的关注情节是分离的、淡漠的（因为情节所表现的是过程，是动词形态）；二是所使用的材料很有限，只收录了六朝二十种左右的志怪小说，对于志人小说完全没有收入。

三、叙事文化学的处理方案

吸收前人成就，从中国叙事文学的实际出发，创立中国叙事文学故事主题类型索引。

不用类书的分类方法。我们的方法是"以中为体，以西为用"，中西结合，对AT分类法借鉴，对金荣华的分类索引也给予充分注意，把中国的叙事文学分六大类：天地类、神怪类、人物类、器物类、动物类、事件类。

最后一步：个案的主题学研究。首先，对具体个案故事做全面发掘，文献材料工作尽量做到"竭泽而渔"；其次，在此基础上，对各个时期的流变情况进行梳理，勾勒其发展轨迹，并从文学角度与文化角度做出解释。

第四章　故事类型的文化批评

第一节　文化分析的基本准备

找材料只是第一步，文化分析应建立在对研究对象已有历史材料的确认和梳理上。

1.材料年代的考订确认（这是研究的基础和前提，需要慎之又慎；有必要在作品中找内证；其成果可能成为研究的出彩点、创新点）对材料的考订极为重要，这是这个时期文化分析的基础，否则对材料的解读将无法成立。注意材料的"转引"问题，转引者的时代和被转引者的时代都应该予以关注；"转引"现象本身也值得进行文化层面的探讨。

2.故事类型文化背景的一般梳理：要系统地对故事相关的多方面文化背景进行梳理。在了解材料的同时从不同侧面（爱情、婚恋、科举、君臣、宗教、政治、经济、民俗、地域、民族、思想、阶层、雅俗、民情）了解其文化背景。

要从形态上观察，在充分的文献材料的基础上对个案故事进行表格式的线索梳理。表格可以清晰表现故事变化，反映历时性的动态过程，形成整体的把握，后面每一章的文化分析都以表格的形态变化为依据，不能抛开形态变化另起炉灶。

一是有关个案故事外在形态的解释图，横向为该故事的要素，如情节、人物等，纵向为按时间排列的个案文献材料。

二是个案故事文化内涵的演变线索，如宗教、政治或士人心态等，是在上述基础上梳理出的几个文化侧面。（做论文要考虑：怎样反映？"点"在哪？不同时期整个中国的这种文化有什么内涵？）再将文本中所体现的与之比较，看是吻合还是变异。（宗教、士人心态、政治背景、社会风俗）

三是文学载体特定的艺术表现方式的演变轨迹。讲述同一个故事有哪些文体，不同文体如何表现、如何演变。文化演变通过怎样的文学形式得以表现？文学文体演变（如传奇小说、章回小说的出现）对于故事演变的作用？

第二节　文化分析的角度简介

文化分析不能离开故事材料本身，要注意大局和局部。任何一个文化角度都不是静止孤立的，有产生发展的过程，有具体的表现形态。

注意故事类型中的演变线索，先要考虑历史、社会、宗教总体的发展线索，掌握全过程。忌平板、静止。

（对故事类型做出同与异的分析。）

操作：不能就文化分析来谈文化分析，要有感而发。给所有形态变化一个理由，以此为出发点，否则不会深度阐发。

讲义只是笼统介绍，具体故事文化角度可能是现成的，又或者不是。要反复调整，可能会出现矛盾。一个文化角度的设定应有一定量的材料作为基础，构成过程研究的可行性。

（1）故事与历史相关记载的关系

文学上的故事，与历史记载在多大程度上吻合、多大程度上背离？文化渗透程度的不同与创作者及其经历的关系随着年代的不同，背离程度有什么规律？

有一点需要注意，若故事的主人公是历史上的真实人物，则必须有故事与历史记载相对照这样一个步骤。而且史书范围不仅限于正史，其他史书也应包括在内。在此过程中还要注意，不要只关心故事的变化，故事没有发生变化的那部分也应给予足够的重视。

注意信史（有据可查的史料）和心史（史书中无此事此人的确切记录，但有"投影"、痕迹）。如元代文学中的文人地位，"九儒十丐"曾引起学术争辩，涉及信史与心史的问题。"九儒十丐"可能不是官方说法，但却是事实。

关于故事主人公的时间依据，文本时间是故事发生时间，还是作者的时代背景？王昭君是汉朝人，马致远是元朝人。既要同时考虑，又要区分开，才能谈出文化演变内涵。

这一类题目的要求：从信史入手，找最原始的史书记载，以之为坐标，与后面各种文献对比，发现变化（有多大偏离），由信史走向文学，出结果。

（2）故事和政治的关系

操作：

其一，题材本身有政治性，抓最初政治内涵。

其二，作者作品有政治性，可能是后代增加的政治色彩，和原本的题材有关。

其三，作品本身的政治性被消解（也可能反之）。

其四，政治主题的分化。昭君故事的爱国主题，由对抗自杀到民族团结；或有忠奸斗争。

（3）故事类型与思想和宗教的关系

操作：系统了解思想史、宗教史。叙事文学的思想、宗教不易被后人领悟。一个故事原始形态的思想宗教内涵与后面演绎的思想宗教内涵的走势有差别，类于与历史的关系。（任何一个时代都有雅俗对立。唐宋士人文化为主，明清市民文化为主。）

（4）故事类型与社会生活

先对这些问题最好的理想状态是做好充分的积累，厘清内容与文化方面的关系。

若有些了解但不够清楚，通过一些渠道能找到相应的参考材料。达到这步，不会有太多遗漏。

（5）故事所体现的文学要素的变化

操作不同于前面的文化分析，大致两种方案：文学要素可放在每个文化分析的后面，作该章最后一节（各时段形态变化的文化动因和文学解读——文化展示是通过什么文学方式实现的）；也可把所有文学化内容另加一章。

第三节　文化分析的注意事项

把握全局的动态过程，研究从最初到后来的动态发展过程。全局、动态皆为"灵魂词汇"，贯通始终。

全局：每章之间的逻辑联系。

动态：故事A起点怎样，到B、C各又如何，要描述。

再给动态变化寻找文化、文学的理由。

有的故事在某个历史阶段变化停滞了，后来又复活或者就此停止。这种"变与不变"也值得作为一个问题去探讨。历史、政治、思想、宗教并不是始终呈现变化形态，有些文化方面根深蒂固，如忠孝节义，制约了故事形态变化。

中国叙事文化学学位论文写作范式

绪论：研究缘起，故事类型本身的描述；价值评价（文学、文化等方面）；研究现状。

第一章是文献综述，按照文献学的写法，材料出处要有根有据，版本、时间、流传情况都要有。例如某故事出自某书，除了介绍这本书（把握限度，如史记汉书有张良的内容，但无须过多谈论司马迁、班固），还要说明其中哪些故事有关联，对大致的情节要素变化做一个提要式的介绍。

文献综述排列方式有两种。一种是按照时代先后，另一种是按照故事材料的文本类型。可采用两者兼顾的方式，以时代为主线，在其下按照文体类型进一步说明。如果某些文献的时代归属有争议，在文献综述中要特别留意。

两个层面：文献梳理和材料简单归纳。

一个时代、故事出现过哪些主要人物，文献材料、故事形态产生变化的痕迹（表格）。

文献综述的第二种方式：分开，客观资料放后边做附录，生成演变状态放前面。

第二章开始可以采用两种模式：

一种是按问题性质划分，例如道教、士人心态、婚姻爱情等，章节下应按朝代纵向排列（多数人用）；

另一种是按纵向时代线索划分（一时代一章），章节下应是横向的问题的线索。

不同角度视方便而定。

2019年硕士课堂笔记节选

任卫洁

第三章　个案故事的文献搜集

第二节　索引与故事类型文献

一、索引概述

索引不是中国传统的方式，是近现代以来随着西方文化的传入而引进的。索引与目录学查找是相辅相成的，但是二者又有很大的区别。

成果：哈佛燕京学社引得编纂处的系列成果。

（一）索引的类型

1.关于类书的索引（主题词索引、引书索引——查看文献原始出处）

2.关于史传的索引（查人名用，查一个人的传记资料）

3.关于集部的索引（具体作家、具体作品、明确作品题目）

4.关于子书的索引（研究论述——查找子书原文）

5.关于论文的索引（学术期刊数字化之前的论文编索引）

注：经部索引也很重要。

（二）索引的编制和查找方式

1.编制方式：

（1）书名和篇名索引（集部、类书）

（2）人名索引（史传，既包含了作品著者也包含了作品主人公）

（3）主题词索引（这类少些，但用处较大）

（4）全文索引（信息量最大，可以逐字索引，如十三经索引、文选索引、世说索引等，对定量分析很有用）

2.检索方式：主要是四角号码，目前也有一部分是哈佛燕京学社引得编纂处中国字度撷法，此外还有音序、笔画方式。

二、关于类书的索引

（一）类书综合介绍

类书是文学成熟的产物，最初《皇览》的出现大体伴随着文学的独立。六朝文学以前实用性文学与文学界限不清，骈文、赋出现后，大量使用典故，类书由此出现，便于写文、写诗时查找各种资料。门类按宇宙、社会、人生排列。类书保存了失传的文献，同时可用于查找故事类型、类目信息。（作用：以类相从，同类内容集中；对故事类型查找来说，较为有用的渠道；七侠作品的钩沉、补佚。）

1.《类书简说》，刘叶秋，上海古籍出版社，1980年。介绍历代重要类书基本情况，通俗小册子。

2.《中国古代的类书》，胡道静，中华书局，1981年，2005年再版。此书只写到宋代，介绍得不如刘书，但更为深入。

3.《类书流别》，张涤华，商务印书馆，1985年。颇具类书书目的性质，收书较全。

（二）唐代类书

1.《初学记》：该书较完整、系统，故事、事件两两相对，散文材料多。

[唐]徐坚等编，中华书局，1962年排印本。前三册正文，第四册索引。

《初学记索引》，许逸民编，中华书局，1980年。分词目索引和引书索引两部分。

2.《艺文类聚》：体例与《初学记》相近，但规模更大，诗文材料多，可以从大类别中查找相关内容。

[唐]欧阳询等撰，汪绍楹校，上海古籍出版社，1999年第二版。附有词目和引书索引。

《艺文类聚人名书名篇名索引》，李剑雄、刘德权合编，台北大化书局，1980年。

3.《北堂书钞》，[唐]虞世南编，[清]孔广陶校注，《北堂书钞》由北京中国书店据光绪南海孔氏刊本影印，精装一册，1989年出版。附有索引，但不完善。该书范围又有扩展，比《初学记》《艺文类聚》多了社会、政治内容。

《北堂书钞》二册精装本，学苑出版社，2003年。

日本学者山田孝雄编有《北堂书钞引书索引》，1973年名古屋采华书林出版，1975年台北文海出版有限公司重印。

4.《白孔六帖:外三种》影印本，[唐]白居易原本，[宋]孔传续撰，上海古籍出版社，1992年。此书性质和《北堂书钞》相近，有四库本，无排印本，无索引。

《白孔六帖（附索隐）》，台北新兴书局，1971年。该书系根据明嘉靖壬午(1522年)覆宋刻本于1971年影印，原本藏台湾"国防"研究院图书馆。该书由于历史上流传稀少，故新兴书局在版权页上标明："欢迎翻印，以广流传"。

傅增湘曾得南宋绍兴刻本《白氏六帖事类集》三十卷，1987年，由文物出版社影印出版。

台北故宫博物院藏南宋乾道二年（1166年）韩仲通泉州刊本《孔氏六帖》，为海内孤本。宋理宗淳祐四年（1244年），衢州太守杨伯嵒又撰《六帖补》二十卷付刊，为白、孔两书之续。

四本以注闻名的：裴松之的《三国志》注本、刘孝标的《世说新语》注本、郦道元《水经注》、李善的《文选》注本。

（三）宋代类书索引

1.《太平御览》：

燕京引得处编有《太平御览引得》，包括篇目和引书引得。

2.《太平广记》：以小说为主，有中华书局标点本。

燕京引得处编有引得。中华书局另编有《太平广记索引》，包括篇名索引和引书索引，与原编引得体例一致，内容更精确。

《太平御览引得、太平广记篇目及引书引得》洪业、聂崇歧等，据哈佛燕京学社引得编纂处原版影印，上海古籍出版社，1990年。

《太平广记索引》，中华书局，1996年：加入了人名索引。

《太平广记》有1962年汪绍楹校点排印本，张国风又从台湾引进宋刻本，由北京燕山出版社出版，索引尚未编出。

3.吴淑编著《事类赋》：事事相对为主，偏重于社会风俗。

《事类赋注》[宋]吴淑撰注，冀勤等校点。中华书局，1989年。

程毅中校点本（中华书局）后面附有索引，包括篇名索引和引书索引。

《子部：新编类意集解诸子琼林、事类赋》，苏应龙等，北京图书馆古籍珍本丛刊第75册，北京：书目文献出版社，1988年。

4.《海录碎事》：录有失传的文言小说。作为一部中型类书，它为读者提供检索语词典故、风物、制度之便；书中保留的宋代以前的散佚古书片段，还可用于辑佚；所引诗文，对校勘古书也有一定参考价值。

上海古籍影印四库本，无索引。

《海录碎事》（影印本），[宋]叶廷珪撰，上海古籍出版社，1991年。

上海辞书出版社，1998年，编有排印本和书索引。

《海录碎事》，[宋]叶廷珪撰，李之亮校点，中华书局，2002年。有索引。

5.《锦绣万花谷》规模较大，内容繁杂，有相当多的小说材料。无索引。

上海辞书出版社，1992年12月影印本，无索引。

《锦绣万花谷》上海古籍出版社，1991年8月。（四库类书丛刊）

[宋]佚名编《锦绣万花谷》（精装4册），广陵书社，2008年影印。

6.《事林广记》：有百科性质。

长泽规矩也编《岁华纪丽·书叙指南·事林广记》上海古籍出版，1990年。

[宋]陈元靓，中华书局影印本，1999年，有索引。

（四）明清类书

1.《永乐大典》：与唐宋类书相比，《永乐大典》的突出特点是收录了通俗小说、戏曲资料。其中《朴通事谚解》提及唐僧取经故事，有助于了解《西游记》流传阶段、版本情况。另外，很多古人文集已失传，均从《永乐大典》辑录，如《汉魏六朝百三名家集》中的作品。

有《永乐大典引书索引》，尚未见篇名和人名索引。

2.《古今图书集成》：规模最大的一部类书，有台湾编电子版及索引，为百科全书体。《古今图书集成》时间晚于《永乐大典》，规模虽大，编者所见文献已不及前者丰富。

[清]陈梦雷编纂，蒋廷锡校订，《古今图书集成》（全82册16开精装本），中华书局，巴蜀书社，1985年。

[日]泷泽俊亮编，《古今图书集成分类索引》，大连：右文阁，1933年。

香港牟润孙等编，《古今图书集成中明人传记索引》，香港：明代传记编纂委员会，1963年。

石锦等编，《古今图书集成索引》，台北：文星书店，1964年。

[日]瓶尾武编集，《古今图书集成引用书目稿（历象汇编干象典）》，樱美林大学文学部中国文学研究室，1972年至1977年，3册。

杨家骆主编、孙先助总整理，《古今图书集成各部列传综合索引》，台北：鼎文书局，1988年。

3.《渊鉴类函》：更偏重于文学和文化方面，影印本但无索引。有其他类书中未见之书，可见新材料。

张英、王士禛等著，《渊鉴类函》（全12册），据文渊阁《四库全书》本影印，上海古籍出版社，2008年。另有中国书店影印本40册。

三、关于史传的索引

主要是人物传记资料的索引，分两部分：一是正史的人物传记索引，二是正史之外的人物传记资料索引。

可用来检索作家生平事迹，作品中人物（历史人物）。

要培养两个能力：

给一个陌生书名，找到关于它的第一手资料（著录、版本情况）。

给一个陌生人名，找到关于它的第一手资料（《中国文学家大辞典》可视为二手资料）。

局限：不是所有历史人物都有传记索引；现在使用的索引可能存在局限性，有未收的书。

（一）正史部分

1.《二十四史纪传人名索引》，张忱石、吴树平编，中华书局1980年版。可查有本纪、传的人物。

2.《二十四史人名索引》，张忱石、吴树平编，中华书局1998年。依据中华书局标点本二十四史，每一史都有单行的人名索引，1997年做过整体缩印本。后《资治通鉴》《续资治通鉴》亦出。正史中人名都可查到，每种史书单排，注意一些跨越朝代的人物要多查几本索引，本朝代和其他朝代相关的也要注意。

3.《二十五史纪传人名索引》，上海古籍出版社、上海书店1990年出版。是为上述两个出版社联合影印的《二十五史》与《清史稿》专门编制的配套索引。

（二）非正史部分（与研究方向关联更大）

1.《燕京引得处索引》（朝代、材料覆盖面不够）上海古籍出版社，1986年。

(1)《四十七种宋代传记综合引得》

(2)《辽金元传记三十种综合引得》

(3)《八十九种明代传记综合引得》

(4)《三十三种清代传记综合引得》

2.《四十七种宋代传记、辽金元传记三十种、八十九种明代传记、三十三种清代传记综合引得》（精装本），洪业等编纂，上海古籍出版社缩印本合刊本，1986年。

（三）其他

1.《唐五代人物传记资料综合索引》傅璇琮、张忱石、许逸民编，中华书局，1982年。收录人物近三万人，引用书达八十三种。全书包括姓名索引和字号索引。

所据多为野史、杂史、笔记等，正史信息少。

2.《唐五代五十二种笔记小说人名索引》方积六、吴冬秀编，中华书局，1992年。可与上面的书结合使用，但需注意本书中人物不全是历史人物（文言小说大部分取真实历史人物，不同于白话小说），"唐五代"为人物时代，小说大多为宋代作品。（特点是范围集中，以《太平广记》《类说》《说郛》《朝野佥载》等五十二种唐五代笔记小说为检索范围，正史不收。）

3.《宋人传记资料索引》（全6册），昌彼得等编，王德毅增订，北京中华书局，1988年。本书据鼎文书局1977年增订版影印。本书采录各种典籍五百余种，搜罗人物达二万二千人。使用不少个人年谱、行状、墓志，覆盖面广；所收录人物凡有事迹可述者，均据所集资料写成小传。本索引的第六册有《宋人别名字号封谥索引》。

4.《元人传记资料索引》（全5册），王德毅、李荣村、潘柏澄编，台北新文丰出版公司，1979年。北京中华书局，1987年影印。（补充：此书的收书范围包括正史与非正史；此书的突破在于材料里面使用了人的碑传、行传；加了小传。）

5.《明人传记资料索引》，台湾"中央图书馆"编（以老式注音法编排），台北"国立中央图书馆"，1965年。北京中华书局，1987影印。

以上三种台湾学者所编的索引把传主的生平也进行了简要的介绍，因此又有了人名词典的作用。

6.《清史列传》中华书局排印本，1987年。后所附人名索引。

7.《〈清史稿〉纪表传人名索引》何英芳编，中华书局，1996年。

注：唐前资料整理难度大，清代人物、材料繁多，以上传记索引乃至电子检索不能解决全部问题。

（四）碑传部分

1.《汉魏南北朝墓志汇编》，赵超编，天津古籍出版社，2008年。

2.《千唐志斋藏志》，共三册，河南文物研究所编，文物出版社，1984年。本书收录千唐志斋所藏西晋至民国的墓志拓片共一千三百六十余件（现存最多）。

3.《唐代墓志汇编》，周绍良等编，上海古籍出版社，1992年，附索引。

4.《唐代墓志汇编续集》，周绍良等编，上海古籍出版社，2001年。本书共汇集到新出土唐代墓志1564方。为《唐代墓志汇编》的续集。目录以编年为序，可供从年号检索，后有附录姓名索引。

5.《清代碑传全集》（2册），[清]钱仪吉等，上海古籍出版社，1987年。该书将《碑传集》（钱仪吉编）、《续碑传集》（缪荃荪辑）、《碑传集补》（闵尔昌纂录）、《碑传集三编》（汪北镛）四编合为一书。对于清代人物资料有重要补充作用。

另有：

《新出魏晋南北朝墓志疏证》罗新、叶炜著中华书局，2005年。本书所收魏晋南北朝墓志，起三国之始（220年），迄隋末（618年），收赵万里《汉魏南北朝墓志集释》及赵超《汉魏南北朝墓志汇编》两书未收者。

《隋唐五代墓志汇编（全30卷）》，吴树平、吴宁欧编，天津古籍出版社，1992年。共收隋唐五代墓志拓本五千余种，按收藏地域和单位分为以下九部：《洛阳卷》《河南卷》《陕西卷》《北京卷》（附《辽宁卷》）《北京大学卷》《河北卷》《山西卷》《江苏山东卷》《新疆卷》这些卷已把现存的绝大多数隋唐五代墓志囊括其中。以图版为主，或有转译为文字。志文清晰，附有说明文字，对墓志的出土时间、地点、撰人、书丹人、收藏等情况详为介绍。

（五）方志部分

1.《中国地方志宋代人物资料索引》，沈治宏、王蓉贵编撰，四川辞书出版社，1997年。

2.《中国地方志宋代人物资料索引续编》，沈治宏、王蓉贵编撰，四川辞书出版社，2002年。

3.《北京天津地方志人物传记索引》，高秀芳等编，北京大学出版社，1987年。

另有：《宋元方志传记索引》，朱士嘉，中华书局，1963年。

（六）书注索引

1.《〈世说新语〉索引》（引文+注文），〔日〕高桥清，广岛大学，《中文研究丛刊》第6号，1959年。

2.《水经注引得》，洪业、聂崇岐、李书春、田继综、马锡用，上海古籍出版社，1987年。

3.《文选注引书引得》，洪业等编，上海古籍出版社，1990年版。本书为原哈佛燕京学社编印的二种《文选注》引得的重印本。《文选注引书引得》《文选篇目及著者引得》，"燕京引得编纂处"1937年出版。"引得"以《四部丛刊》本为准。

《文选李善注索引》，〔日〕斯波六郎，上海古籍出版社，1987年。

4.《三国志及裴注综合引得》，洪业等编纂，上海古籍出版社，1988年。

2020年博士课堂笔记节选

张慧

绪论

缘起：关于古代文学研究方法的思考

· 学术研究和学位论文的困境

困境的焦点：方法的老化。选题问题难度的大，很大程度上源于研究方法的老旧，如个人研究、专著研究。

· 研究方法讨论问题的回顾

研究对象：古代叙事文学。传统研究特征：从零散分散不系统到系统化的评点研究，如明清时期的李卓吾、毛宗岗父子、脂砚斋。

明清以前，叙事文学的产生晚于抒情文学，多被史部取代；魏晋至隋唐，叙事文学逐渐萌生、成熟，如志怪小说、志人小说、唐传奇出现。

一、古代文学研究应注意的三个问题

（一）传统方法的研究范式

"古、今文经学之分"

义理：侧重观点思辨、论证；考据：注重文献事实。

（二）中西方研究的异同

要全面、全局地考虑问题，进行总体判断。

中西方研究的异同即价值认同方面产生的区别。文化的差异总会产生分歧，总体讲存在三种态势：彼此排斥、相安无事、兼而有之。

（三）正确处理方法问题的"体用关系"

"西体中用"，即基于中国传统材料借用西方理论建构中国学术体系，近代文学研究及目前的叙事学研究仍以"西体"为主。"中体西用"如冯友兰的

《中国哲学史》。"哲学"概念的引入，如宇宙论、道德论、价值论、认识论等，建构中国哲学体系；"西体中用"如叙事文学借鉴西方理论中的文体史、作家作品研究方法，西方的理论能够帮助完善体系的严密性、科学性。

"中体西用"，以中国文化、文学现象构成的学术体系、基本格局，借鉴西方学术体系以完善中国特色学术体系，以增强完善性、严谨性。

二、叙事文学作品的文本研究类型

研究对象——文学作品、文本的固化现象（相对的）。

文本形成过程三阶段：文本生成之前——文本——文本生成之后。

三、从故事主题学到中国叙事文化学

中国叙事文化学，改造后的中国化的一种主题学研究方法。

第二章　叙事文化学的对象

第一节　关于故事主题类型的确定

一、主题学的方案

首先明确，主题学的出发点不一样，它要做的是民间故事的分类。但之所以提到，是因为跟我们的研究有关系。

对主题学的研究前提首先要确定民间故事类型的分类，在此基础上对个案的主题演变做研究。

二、前人关于中国文学主题类型的处理

以民间故事为主

（一）中国民间故事

（1）丁乃通《中国民间故事类型索引》

照搬AT分类法；在AT分类法基础上，增补了很多中国民间故事类型。

（2）祁连休：没照搬AT分类法；文献材料资源多于丁乃通，如正史、野史等素材，大体上根据民间故事性质进行区分，补充了很多民间故事材料——但仍然是民间故事主题索引，不包括书面尤其是文人创作。

（二）中国小说

金荣华《六朝志怪小说情节类型索引》没有采用AT分类法，采用中国传统的类书分类法（按照事物名称对象的属性，天地自然、社会、器具等，以名词、名词性词组为划分依据）。

利弊参半

利：参照依据，分类方式是以中为体，以西为用的思维方法和角度。

弊：类书涉及的材料基本以名词性的单词、词组为主（因为类书是给古人提供写诗填词的工具，比如日、月、车、马），这种名词性的词组和叙事文学所关注的情节是分离的、淡漠的（因为情节所表现的是过程，是动词形态）。而叙事强调动态性、过程性，类书分类法不能完全涵盖叙事类型，湮没了故事情节；所使用的材料有限，只收录六朝时期二十种左右的志怪小说，对志人小说完全没有收录。其他作品就更有限了，资源范围太狭窄了。

三、叙事文学的处理方案

吸收前人成就，从中国叙事文学的实际出发，创立中国叙事文学故事主题类型索引。与AT分类法有区别（包括受AT分类法影响的索引）——口头与书面区别，使用文献资源不同；与金荣华分类法有区别，不采用类书的分类方法，吸收以中为体以西为用的思想。

我们处理故事类型的方法是以中为体，以西为用，中西结合，借鉴各家。对AT分类法有所借鉴，对金荣华的索引也给予充分的注意，把中国叙事文学分为六大类。需要注意的是，分段编写故事类型索引，不利于全面系统地观照把握演变历时较长的个案故事，造成故事演变史的割裂。

第二节　个案主题类型的确定和整理

一、个案故事类型的基本条件

就某一个个案来说，我们主要关注他的时空分布情况及背后的原因。具体应充分考虑其是否具备以下条件：

第一，时间分布情况，这一点是充分考虑到主题学基本准则。主题学最关心的是文本在不同时间分布情况，以及为何这样研究。一般情况下不少于两个朝代。

第二，从空间上考虑文体的因素，对个案来说，文体分布越广越多，对个案研究越有利。对小说、戏曲主要样式要给予足够的关注，小说、戏曲文本不少于两个——主体支撑（特别是白话小说和戏曲，笔记小说考虑较少）小说、戏曲外，其他材料多多益善。

有些故事跨度比较大，在某个时段以某种特定文体记录故事集中出现，在其他时代阶段则出现短缺问题，比如石崇绿珠故事，最早出现在《世说新语》，诗文作品很多，但直到宋代才出现《绿珠传》；再比如司马相如故事，唐宋时期叙事文本很少很少，几乎为零，但有大量诗词作品，到了元明清，白话戏曲小说又大量出现。

第三，围绕故事的分布，考虑有关的思想文化分析和艺术表现形态。艺术表现形态即文学体裁样式分析，重点关注文学体裁的更迭对故事演变有何种影响，或者说文体样式发挥了何种作用。

二、关于个案类型的选择和梳理

无论是在时间空间内涵思想上，我们应奉行一个基本原则：全局把握、总体驾驭。注意：个案动态变化走势的动态过程（以动态的眼光把握故事的轨迹），注意故事在发展的每一个阶段和前一阶段的差异。

文本的时代跨越、体裁跨越、思想文化的动态变化，都影响着文本的演变，因此要引入动态分析。

第四章　故事类型的文化批评

文化批评的方法并不少见，但是需要明确作为叙事文化学故事类型的文化批评指的是什么。

根据叙事文化学的前期工作，对一个既定的故事类型做充分的文献搜集挖掘工作，然后在此基础上进行文化分析。最核心的要义是在一个既定的故事类型发展演变的过程中，由于该故事类型文本形态的差异的多样性，导致此故事类型在演变过程中呈现多种形态演变的路径和方式。

其中有两种常见的形态：一是静态的状况，指其中有部分情节、人物、描写等没有太多的文本的改动，属于一种沿袭的情况；二是动态的状况，文本出现很大的变化与歧义，既有情节的变化，又有文本形态的变化包括文学体裁等。故事类型的文化分析就是要给故事类型的静态或动态的状况，作出科学的学理、逻辑分析。

第一节　文化分析的基本准备

文化分析应该建立在研究对象的已有历史材料的确认和梳理上。

（一）材料年代的考订确认（一切文化研究的基础和准备）

每一份材料都要弄清楚准确可靠的年代，若不能明确，至少要确定其大致的时间段落。故事的所有的演变的线索形态需要弄清楚，从主题学到叙事文化学；所有的材料各个时期材料形态的异同变化的历史文化等方面的原因理清楚。这是做文化批评必要的前提条件。

（二）故事类型文化背景的一般梳理

首先从形态观察入手，在充分的文献资料依据基础上，对个案故事进行表格式线索梳理。第一是有关个案故事外在形态变化的解释图，横向为该故事类型的各构成要素，如情节、人物；纵向为该个案故事各文献材料的时间排列；第二是个案历史文化内涵的演变线索，有可能进行文化分析的视角，比如道教文化、政治主题、君臣关系、爱情主题等；第三是文学载体特定的艺术表现方式的演变轨迹。

第二节　文化分析的角度简介

（一）故事与历史相关记载的关系——史实、社会背景方面

"历史相关记载"主要指史实。注意作为文学的故事，与历史记载多大程度上吻合，多大程度上相悖，以及文化渗透的幅度和不同时代的创作者及其本人经历的关系。

历史上真实的人物或事件，例如历代帝王、苏轼、济公等，故事类型是作为文学现象的存在，必然会有文学非现实的虚构成分。同时出现真实的历史记载与虚构的文学手法，研究要首先弄清楚最原始的历史记载的母本、原本是什么，以其为参照对象衡量后来的非史实部分，与故事的原貌相比发生了哪些变化，要以动态的眼光来观察。

（二）故事和政治的关系

有相当一部分小说和文学作品与政治事件有关系。

故事类型的流变，如果与某一政治文化侧面有关，则要观察该侧面在该故事类型中的投影。用故事流变解读政治文化流变，要积极辨认，但不能太牵强。通俗文学作品的政治表现可能要外露些，文人作品则相对隐晦些。

（三）故事与思想宗教的关系

故事和思想或宗教等意识形态方面的关联，需要具体把握，在内容里有哪些涉及思想、宗教、文化的内容，涉及程度如何，有可能在文人笔下突出，也可能走到民间市井的时候又淡化。

118

（四）故事与社会生活 —— 具体的场景、程序等

故事和社会生活，尤其是民俗风情。故事中表现普遍且值得我们关注的问题，个案故事本身的发生年代都是固定的。如卓文君的故事发生在汉代，但却有不同的人去写，风俗民情就会表现不同。作家往往根据自己的生活经验写到作品里去。这些社会生活习俗对于文本所在时代的主题变化有什么样的作用。

（五）故事所体现的文学要素的变化

各种文学体裁，表述描写方式的变化，人物形象、情节结构等，需要找出这些要素的流变轨迹。

第三节　文化分析的注意事项

首先要把握全局的动态过程，研究从最初到后来的动态发展过程。其次要注意故事发展的不均衡性，一是文化发展的不均衡，如宗教影响的强与弱；二是文学文体要素的不均衡。

第五章　叙事文化学与比较文学

比较文学中有两大学派，即影响研究（法国学派）和平行研究（美国学派）都可借鉴，其中后者对叙事文化学更有意义。因为后者本身是纵式研究，叙事文化学也是纵向研究。

第一节　影响研究与叙事文化学研究

影响研究：把时间上两种及两种以上的作家作品作为研究的视角，与叙事文化学相似。

一、影响研究的类型和模式

二、影响的对象和视角

影响关注对象流动、走动过程。人们对行走对象观察角度不一样，结论亦不同。从三角度来看：放送者：流传学；传递者：媒介学；接受者：渊源学。三者视角不同，形成独立价值的领域。

第二节　平行研究与叙事文化学

平行研究起源较晚发源于美国，又称美国学派，是横向的研究。关注表面上看起来无关系的不同时期、民族的文学作品在主题、题材、文体、情节人物等方面的文学要素实际存在，可共同追寻的相似相异的地方，从比较中

发现某种规律。

1.主题学

主题学最初面对的是民间文学，可借鉴的一面：研究方法的总体格局主要源于民间文学的研究；借用民间文学的研究方法，应用于书面文学。

民间文学领域的主题学：刘守华，华中师大，比较正统地借用西方；从比较文学领域做中国古代文学，王立《中国文学主题学》。

二者与中国叙事文化学相同的是都以中国书面文学为研究对象，不同的是王立研究意象层面与材料全面程度。

2.题材学

同一题材在不同民族、地域呈现的不同形态，关注其本身的历史文化学意义，集中在民间文学领域。相同题材的辨析，集中在神话学、民俗学方面，这与我们就同一题材的关注有直接关系。

3.文类学

文学中相同文体种类关联研究。

4.类型学

不同时期不同民族同一类型的作家作品、人物故事等相关问题的研究，同中求异的研究。

5.比较诗学

整体构架对文学主题学建立的启发（印象的关联）

第六章 叙事文化学具体操作的方式和方法

需注意叙事文化学与其他研究方法相比有三个特色：

其一，一般小说戏曲同源研究，材料挖掘不彻底，而叙事文化学力求"竭泽而渔"。

其二，在内容分析上其他研究方法很少有深入到文化研究的多方位、多角度。

其三，很少有论著对如此大系统中的文类样式更新做出描述和分析。

对象界定（选题）：该对象的研究现状，明确逻辑的目的归属，有价值有意义。对象必须首先是具体的个案故事，与意象的故事群区分开来，其次是研究对象必须具备一定规模和较大的时间跨度、文体、文种跨度。

2020年硕士课堂笔记节选

陆倩

第三章　个案故事的文献搜集
第一节　目录学与故事类型文献

目录学为传统治学门径，它与故事类型关系密切。

一、带有目录学性质的笔记

（一）南宋吴自牧著《梦粱录》，二十卷。

该书记录南宋都城临安（今杭州）城市风貌，内容丰赡翔实。该书卷二十《伎乐》《百戏伎艺》《角抵》《小说讲经史》诸条中记录大量南宋时期都城临安讲唱与各种技艺表演的内容，包括很多表演艺人姓名、表演内容名称等。其中有若干材料具有叙事文学目录学的补缺作用。

（二）南宋周密著《武林旧事》，十卷。

该书也是记录南宋都城临安城市风貌的笔记。书中详细记载当时从宫廷制度旧闻到山川自然、市井风俗。其中不乏戏曲史料。卷六"诸色伎艺人"条著录的演史、杂剧、影戏、角抵、散要等55类、521位名艺人的姓名或艺名，卷十"官本杂剧段数"门著录280本杂剧剧目，对于文学、艺术和戏曲史的研究，尤为珍贵。如所著录"莺莺六幺""赤壁鏖兵"等官本杂剧虽已失传，但可了解相关故事的流变轨迹。以"莺莺六幺"为例，尽管这只是杂剧名称，没有留下故事内容。但这个名称却给"西厢"故事的发展历程提供了阶段性的痕迹证明。它足以说明，在南宋时期，"西厢"故事已经在勾栏瓦肆广泛讲唱演出，成为《莺莺传》和"董西厢""王西厢"之间重要的故事演变阶段。

（三）《醉翁谈录》（南宋·罗烨，上海:古典文学出版社，1957年版）

此书主要记载南宋时说话、说书和当时勾栏瓦肆、说书人的状况，列举许多宋代说话话本的名录，这些原本绝大多数亡佚，对了解宋代话本的名称，有很大的帮助，可以填补历史的传承，在演变过程中是很重要的，它是一个故事流传链条中不可或缺的部分。如所著录"莺莺六幺""赤壁鏖兵"等虽已失传，但可了解相关故事的流变轨迹。此书通常认为是宋代的罗烨所著，但近年来有些学者据日本原书提出疑问，认为可能是元代人的作品。

提点：

1.佚失的版本也应被记录，它们也是文学发展变化链条中不可缺失的部分。任何材料，包括佚失的信息都有存在的价值。

2.赵元任"说有易，说无难"，绝对的话不要轻易说，除非铁证如山。

3.《西厢记》的演变历程：会真记——莺莺传（话本，见于《醉翁谈录·甲集卷一·舌耕叙引·小说引子》）、莺莺六幺（宋官本杂剧，见于宋末元初周密《武林旧事》卷十）——董西厢——王西厢，但有人会忽视或者不知道《莺莺传》话本、《莺莺六幺》。

（四）《辍耕录》（元末明初陶宗仪，中华书局，2004年），全称《南村辍耕录》，虽然是一部笔记，但收录了许多讲唱文学作品，特别是院本和杂剧的名称。有杂俎性质，"凡六合之内，朝野之间，天理人事，有关于风化者，皆粹而录之"。这部书记录了宋元时期的政治、经济、社会、文化、掌故、典章、文物还有小说、戏剧、书画和有关的诗词本事之类。还有相当篇幅记录了与说唱有关的故事，戏曲文学（院本，杂剧），其中不乏某些故事类型的阶段记忆。所收故事可能无文字形态，仅为口头讲唱，或已佚；有梗概记录，如"我来也"。

（五）《万历野获编》（[明]沈德符，中华书局，2012年），该书记述起于明初，迄于万历末年，内容包括明代典章制度、人物事件、典故遗闻、阶级斗争、统治阶级内部纷争、民族关系、对外关系、山川风物、经史子集、工艺技术、释道宗教、神仙鬼怪等诸多方面，尤详于明朝典章制度和典故遗闻。其中不少有关小说戏曲的材料（名称和故事内容）。但有相当一部分内容提到了讲唱文学，小说话本的名称、名录。

二、明清时期小说戏曲书目

（一）晁瑮《宝文堂书目》（此书必备）此书是以收录通俗白话小说作品著

称的私人目录学著作，其中第三卷全是白话小说和戏曲作品的名录。（另，图书馆有《晁氏宝文堂书目》，《徐氏红雨楼书目》，上海古籍出版社，2006年）

（二）高儒《百川书志》（此书必备）较早收录古代白话小说与戏曲著作的私家目录。（另图书馆有：《百川书志》，《古今书刻》上海古籍出版社，2006年）

（三）赵琦美《脉望馆书目》，与前两部性质相似，特点是收录戏曲作品为主，是我们研究明代及明以前的戏曲作品的相当重要的目录书。《脉望馆抄校本古今杂剧》，原本今藏中国国家图书馆，影印收入《古本戏曲丛刊》第四集。

（四）钱曾《也是园书目》，以收录白话小说著称，专门列有戏曲小说部，其中有十六种宋代的词话，现都亡佚。钱曾《也是园古今杂剧考》，专收戏曲作品，且有考证，孙楷第整理。孙楷第全集。

（五）《曲海总目提要》，近代武进人董康。作者据《乐府考略》和《传奇汇考》编之，共46卷，著录传奇杂剧684种。《曲海总目提要》汇集了自元代至清代乾隆年间近700种戏曲剧目，叙述了它们的情节，并辑录了很多考证资料，为今人研究古代戏曲提供了丰富的资料，成了一部重要工具书。但很多已失传，今人只能窥见大概，疏于考证，剧名和作者，或张冠李戴，或主观误定；有的剧情介绍与原作相距很远，应用时需加以考订。流传的《曲海总目提要》有：

董康，《曲海总目提要》（上中下），人民文学出版社，1959年。

北婴编，《曲海总目提要补编》，人民文学出版社，1959年。

[清]黄文晹原本，董康校订，《曲海总目提要》上下册（影印本），天津市古籍书店，1992年。

三、现代人所著通俗小说戏曲与讲唱文学目录

（一）孙楷第，《中国通俗小说书目》，人民文学出版社，1982年。

全书7卷，有大家秀高《增补中国通俗小说书目》（日本汲古书院，1987年）可做补充。

（二）江苏省社会科学院明清小说研究中心，《中国通俗小说总目提要》，中国文联出版公司，1990年

（三）傅惜华（1907—1970）编著：

《元代杂剧全目》6卷，作家出版社，1957年。

《明代杂剧全目》3卷，作家出版社，1958年。

《明代传奇全目》6卷，人民文学出版社，1959年。

《清代杂剧全目》10卷，人民文学出版社，1981年。

以时代、戏曲剧种为线索，主要对各时期作品进行简单介绍。

（四）庄一拂，《古典戏曲存目汇考》（上中下三册），上海古籍出版社，1982年12月。收录作品较全，材料明确，有对故事源流的介绍。

（五）李修生，《古本戏曲剧目提要》，北京文化艺术出版社，1997年12月。所收为现存作品，介绍情节内容的梗概，无评价。

（六）王森然，《中国剧目辞典》，河北教育出版社，1997年。目前收录作品最全，且包括许多地方戏剧目。

（七）郭英德编著，《明清传奇叙录》，河北教育出版社，1997年7月。主要收传奇作品，内容较全，是明清传奇现今做得最好的。

（八）罗锦堂编著，《中国戏曲总目汇编》，香港万有图书公司出版，1966年。

（九）张棣华，《善本剧曲经眼录》，台北文史哲出版社，1976年。收"中央图书馆"典藏或保管的善本书共计1081册。

（十）邵曾祺编著，《元明北杂剧总目考略》，中州古籍出版社出版，1985年。

（十一）郭精锐、陈伟武、麦耘、仇江编著，《车王府曲本提要》，中山大学出版社，1989年12月。

（十二）梁淑安、姚柯夫编著，《中国近代传奇杂剧经眼录》，北京书目文献出版社，1996年10月。

（十三）陶君起《京剧剧目初探》，中华书局，2008年。

（十四）吴平、回达强主编《历代戏曲目录丛刊》（全10册），广陵书社，2009年。该丛书将若干戏曲目录汇集，方便学者使用，尤其编者还能将部分非专门目录学中的戏曲目录学材料钩稽摘录出来，方便读者使用。

（十五）谭正璧，《弹词叙录》，《木鱼歌潮州歌叙录·曲海蠡测》，上海古籍出版社，2012年。本书仿《曲海总目提要》等书，体例以叙录弹词内容为主，兼及作者、版本、成书年代、本事来源及同题材的其他文学作品，是查询弹词的重要工具书。

（十六）车锡伦，《中国宝卷总目》，北京燕山出版社，2000年。

该书共收国内及海外公私104种所藏的1585种宝卷版本，5000余种宝卷异名1100余个，大致以囊括中国国内和日本，俄之公私收藏欧美各国亦多所顾及，其数量之巨已经完备。该书在每种宝卷下均具简单的题解，列出可考之的编撰者、宗教归属、异名及可供参见的宝卷卷名。每种宝卷版本尽可能注明其出版或抄写的年代及与事者、姓名、册书、序跋、目录，以及收藏者等情况使用者，只要知道某宝卷之名（正名或异名），即可查出该宝卷流传版本及收藏等情况，为保卷研究必备工具书。

（十七）李豫等编，《中国鼓词总目》，山西古籍出版社，2011年。

（十八）咎红宇，张仲伟著，李雪梅译，《清代八旗子弟书总目提要》，三哥出版社，2010年9月。

（十九）黄仕忠、李芳、关瑾华著，《新编子弟书总目》，广西师范大学出版社，2012年12月。（傅惜华编《子弟书总目》）

四、现代人所著文言小说书目

文言小说书目，可追溯到《汉书艺文志》小说家类。

（一）《古小说简目》，程毅中著，中华书局，1981年。介绍从先秦到唐五代的小说著录和现存版本的情况，没有内容提要。

其特点有二：收录编者认为是小说的作品，时间跨度为宋代之前，因宋代以后不易辨别是否为文言小说；简目后面附有存目辨证，对小说年代归属进行考证。弄清年代归属很重要，这是文化分析的先决条件。

（二）《中国文言小说书目》，袁行霈、侯忠义主编，北京大学出版社，1981年。从时间断限上看此书一直收到近代，主要是汇集各家著录中小说家的内容，收录丛书本较多。有著录，版本，无提要，主要是依从古代目录学对小说的理解，对小说概念没有辨析。

（三）《唐五代志怪传奇叙录》，李剑国著，南开大学出版社，1993年。《宋代志怪传奇叙录》，李剑国著，南开大学出版社，1997年。对故事来源有介绍考订。持点：断代，对以前或者以后的收录不全。

（四）《中国文言小说总目提要》，宁稼雨著，齐鲁书社，1996年。借鉴前人成果，范围从古代到近代，体例上介绍作者、内容梗概和版本源流。持点：有提要，通代，对小说概念的理解较之上述更透彻、明晰，标准适中。

五、现代人编综合性小说书目

（一）《中国古代小说百科全书》（修订本），刘世德主编，中国大百科全书出版社，第3版，2006年9月1日。百科全书体，收文言、白话小说，也包括作家、术语，虽有书目作用，但不是纯粹书目，收录范围从严。

（二）《中国古典小说大辞典》，刘叶秋、朱一玄、张守谦、姜东赋共任主编，河北人民出版社，1998年。

近于百科全书，不仅介绍小说作品，也有相关术语和学术成果，如《红楼梦》一个版本一个词条，非常细致，此为目录学之外的意义。该书1990年完成，于出版社搁置数年。20世纪80年代末之前的研究著作，都有词条。

（三）《中国古代小说总目》，石昌渝主编，山西教育出版社，2004年。

包括三卷，分别是文言卷、白话卷和索引卷。持色在索引卷，有两个持点：白话和文言编在一索引，跨越文体界限，通过索引可以找到与小说有关的文言、白话小说的条目；每一词条里面所有的人名、书名，全部标出索引。最好使用的索引。全文式的索引。同时，版本信息最为周详，目前所见最详尽的，约请国外专家，涉及大量海外图书馆馆藏书目。

（四）《中国古代小说总目提要》，朱一玄、宁稼雨、陈桂声主编，人民文学出版社2005年。从规模上看没有以上几部书大，但是从数量上看收录作品最多。其中，通俗小说部分可代替《话本叙录》。文言小说部分有对于《中国文言小说总目提要》的增补修改，但《中国古代小说总目提要》中的文言小说截至1911年，《中国文言小说总目提要》截至1919年。

注：一些三流以下小说作品借助工具书掌握信息，若深入研究则需读原书，甚至几种版本。

第四节　丛书、类书与故事类型材料

一、关于古籍版本的查找顺序与方法

版本遴选顺序：

首选今人整理本，即现今学者整理过的古人作品；

126

其次是最早的单行原刻本，也就是该书籍最早刻录时的版本；

再次是丛书本，需要注意的是慎重使用四库全书本。如果在资料收集中遇到亡佚的书籍，则需要进行辑佚，这有可能会成为论文中的创新点。但是要注意对于前人的辑佚成果要慎重使用，不可盲从。参照前人整理本，尤其是清代。

（一）今人整理本查找方法

可通过网络、图书馆寻得。

（二）古籍原刻本查找方法

1.《中国善本古籍书目》

2.《中国善本书提要》《中国善本书提要补编》

3.《"国立中央图书馆"善本书目》，该书籍为台湾图书馆的善本书目，使用价值高。《"国立故宫博物院"善本旧籍总目》，1983年。《故宫善本书影初编》1929年。《北平图书馆善本书目》，人民文学出版社，2011年。

注：关注国内外各大图书馆书目。国家图书馆善本、普通古籍书目已全部上网；南开大学图书馆工具厅有北大、北师大、人大、中国科学院、山大、复旦、中山大学、山西大学、西南大学、贵州师范大学、香港中文、法兰西学院汉学研究所善本书目。

4.对于善本古籍，可查询《四库简明目录标注》。本书收录清代乾隆以前的书籍，交代版本，并介绍《四库全书》所录书籍的其他版本情况，是一本重要的资料。

5.《贩书偶记》，其作者为孙殿起，该书籍收录乾隆以后的书籍，补充《四库建明目录标注》的缺失。《贩书偶记续编》，孙殿起学生雷梦水编，共收录6000余种清代图书，是《贩书偶记》的补充。基本上是清代的著述总目。

（三）古籍丛书工具书与查找方法

丛书一般认为产生于宋代，是一种特殊的图书汇集方式，与总集既有联系又有区别。总集是单一文体的汇集，丛书多包罗几种文体。古籍在丛书本中的存在程度、数量普遍高于单行本。进行版本查阅，丛书很重要。除通俗文学（民歌、鼓词、弹词等）以外，古籍十有八九都可在丛书中找到线索。

介绍丛书的专书似无，相关基础知识介绍可参考《中国丛书综录》前言、

《丛书集成初编》等。

1. 《中国丛书综录》

2. 《中国丛书综录补正》

3. 《中国丛书广录》

4. 《中国丛书综录续编》

5. 《四库存目标注》

以下四库系列丛书均有总目：

《四库全书存目丛书》《四库全书存目丛书补编》《四库禁毁书丛刊》《续修四库全书》，《四库未收书辑刊》。

6. 《丛书集成初编》，商务印书馆，1935—1937年。（非常实用！）

迄今为止最大的丛书，丛书的丛书，分类出版，大约汇集100种。

《丛书集成初编总目索引》

7. 电子丛书

（四）以小说为主的丛书

1. 《古今说海》，明人陆辑编，基本上是古代文言小说丛书，该书主要收录古代文言小说130余种，是比较可靠的一个丛书。

2. 《虞初志》，明人所编，作者存疑。所收作品主要是唐代以来的传奇小说，以优秀爱情题材传奇小说名篇为主。此书问世之后，清代在小说史上出现了"虞初系列"小说，都是以模仿《虞初志》的规模、体制编辑成书，如《虞初新志》《广虞初志》《虞初续志》等。

3. "顾氏"系列，指明人顾元庆所编的几部重要小说丛书。其中《顾氏文房小说》，收四十多种文言小说，都是比较好的版本，且经过作者校勘，大部分为单篇传奇，也有成本的书的节选，刊于嘉靖年间；《广四十家小说》，相对于《顾氏文房小说》所收四十种而言，同样收书四十种，以汉唐以来文言小说为主，元明以前重要的文言小说收入了不少，如《神异经》《绿珠内传》等；《顾氏明朝四十家小说》则是在前面两部的基础上以明代为主。"顾氏"系列是我们查找汉唐以来文言小说的重要版本。顾元庆以后，又有袁褧将《广四十家小说》和《明四十家小说》合刊，称为《前后四十家小说》。

4. 《烟霞小说》，范钦编，主要收文言小说作品，范围是明代以来的吴中地区的名人逸事，规模不大，具体面目可以参考《丛书综录》。其持点是所收录的作品有些未见于其他书，具有较高的版本价值。

5.《稗海》，商濬编，主要是以文言小说为主，范围是从六朝到宋元的小说作品，收四十多种，题材大概是志怪、志人小说。但有些书的收录存在问题，如将唐代八卷本《搜神记》误入干宝《搜神记》，还有许多作者名字有错误，因此使用的时候需要注意。

6.《合刻三志》，主要收魏晋以来的志怪小说，其中很多是改编和摘录，但很多稀见书的版本只有此书才有。

7.《笔记小说大观》，此书共有四种版本。

8.《古今说部丛书》，辑录了自汉代至清代的历史文献三百余种，规模约等于笔记小说大观，内容涉及民俗、历史、社会等学科，有一定的版本价值。

9.《说库》，收书二百多种，每书前面有简介，收书范围和《笔记小说大观》《古今说部丛书》有重叠。最初为巾箱本，20世纪80年代浙江古籍影印了此书。

10.《晋唐小说畅观》，明代马俊良编，载于《龙威秘书》第四集，所收为晋代到唐代的文言小说，版本价值高。

11.《唐人说荟》，尽量不用。

12.《宋人小说》，商务印书馆以涵芬楼的名义影印的宋代文言小说，数量有限但价值较高。

以上介绍的丛书，大部分都可以在《丛书综录》上查到详细的子目。而关于小说、戏曲的丛书远远不止于此，有些丛书并非专收小说，如《百川学海》《学津讨源》《津逮秘书》《涵芬楼秘籍》等，其中实际上有很多小说作品。

二、海外小说戏曲收藏

（一）双红堂小说戏曲

日本法政大学教授长泽规矩也的旧藏。

（二）早稻田大学藏汉文古典小说作品25种

（三）哈佛燕京图书馆藏齐如山专藏57种

（四）台湾善本戏曲丛刊

（五）《子弟书全集》（全10卷精装），黄仕忠、李芳、关瑾华编，社会科学文献出版社，2012年。

（六）《稀见旧版曲艺曲本丛刊》，北京图书馆出版社组织搜集、整理、出版。

2021年博士课堂笔记节选（一）

徐竹雅筠

第三章　叙事文化学的文献覆盖与文化属性

第一节　文献搜集的地位作用

叙事文化学研究分为综合研究（索引编制、理论建设）和个案研究，以文献收集为基础。

制约背景

西方主题学移用：民间文学领域、意象主题学（诗文和叙事）。例如：黄昏主题、复仇主题。（与中国叙事文化学不在一个层面上。例如《三王墓》，故事主题研究）

文献资源的获取方式和程度要求不同。中国叙事文化学的优势是直观可视，可操作、可控，有可能"竭泽而渔"，更具有说服力。

第二节　文献覆盖特征与范围

一、文献采集特征：有主人公的具体故事

民间故事：生死之交

意象研究：复仇主题

叙事文化学：昭君故事

二、基本原则："竭泽而渔，一网打尽"

三、学理依据：

（一）民间故事研究：意象研究，对象模糊。叙事文化学：能够确定。主要标志主人公姓名，相应的故事情节结构是明确的。

（二）乾嘉考据与西方实证主义的共同原则

（三）做故事类型文化分析的必要前提：数字摸底统计

明确研究对象整体工作目标范围（目前做推测性工作）

依据：书名和故事类型交叉情况；同一个故事类型材料分散在不同书中。

如果一部书有十个个案类型（保守），与小说有关的故事类型在三万种以上，总体不少于五万种。根据这个情况，首先从全局看，做到对总数胸中有数。

1.唐前启蒙阶段已有两千五百多个故事，唐后进入繁荣期后应更多，大概三万种。

2.前人：大致只使用戏曲小说故事文本其中主体部分。

3.最新：地毯式文献搜集。经史子部、集部、通俗文学文献、文物材料，达到全面覆盖纸本与实物。

集部单独使用，因主流目录学大多将通俗文学、讲唱文学文献排除在外，单独区分，实际上通俗文学文献应为研究主体。经史子部、集部材料被通俗文学文献吸收演变，加上文物材料中独创的故事。文物文献以材质区分。

四、通俗文学文献

（一）通俗文学背景与文言小说背景是不是一样的。

1.戏剧：南戏、诸宫调、杂剧、地方戏。

2.文言小说：志怪、传奇、志人，世说体、杂记体与史部笔记相似。

3.白话小说：章回体、话本体。

4.讲唱文学：宝卷、弹词。

（二）神话研究是历史研究，用有关神话的原始材料来证明历史的存在。（不一定被承认）；文化人类学研究、宗教文化史研究，除本身价值外，有文学研究价值。

原型批评：神话是一个民族无文字时代的历史记忆。有了文明的历史后，神话土壤不复存在，成为文学的种子，成为文学再生物。例如，圣经是西方现代文学的题材渊薮。

中国学者大多还未关注到这类现象（已有《诸神的复活》）。以前的神话学做的是往前的溯源工作，叙事文化学做的是探流的工作，打破传统概念的束缚。

（三）前期的历史材料，是后代明清时期的文本原型或结构框架。

叙事文字文献缺失与否，会影响神话研究的完整性。例如，之前女娲补天故事的研究忽略了明清戏曲小说。

在历史真实原型的基础上产生的故事、文人独创的故事类型文献挖掘的空间仍很大。

五、经史子部文献

（一）中国古代的主流文献，所有中国古代的文学都会受其影响制约，在通俗文学中以故事渊源典故形式出现。

经部：文史哲中精选出的，以儒家价值观为标准，叙事文本中的终极的标准阐释与评价依据，有一锤定音的作用。子部：哲学思想。史部：史学思想。集部：文学。

（二）史部

文学的品格，是叙事文学的背景和组成部分，和其他叙事文本一同构成叙事文学主体部分。故事中真实的历史人物事件，要从史书中吸取为第一手目标，正史与后代文本互为表里，或成为渊薮或互文参照。

野史杂史部分，有许多生动的故事与文言小说难分彼此，其虚构性成为史学所诟病的对象，为历史文献向文学的转变提供了动力。

汉代人的小说观念与今不同：小说家最早被收录于子部，而非讲故事的文体，而且被认为是不入流的，只是街谈巷语丛残小语，一直延续到六朝时期才与今日观念有所接壤，早期小说借鉴依靠了史书的传统。（文字与史异同关系）

志人小说：真实历史人物，真实的历史原型。

志怪小说：超现实的人和事情，唐前的志怪作者与目录学家，都认为是史的一种，早期小说观念中无现实与非现实之分，叙事文学发展受到史传思维的强大约束力的影响。

前人使用正史较多，对野史杂史关注不够。

（三）子部

与叙事文学的关系错综复杂。

文言小说被目录小说家著录，小说本身属子部。

与史部演变有类似的情况，通过讲寓言故事来说明道理，是小说创作的源头推动力，子部故事与道理的寓言故事影响小说的体制。例如：《晏子春秋》

《说苑》《新序》。

杂家类文献有的与叙事文学文本相关，以典故形式或故事形式在后代故事中出现。

例如：《汉书·艺文志》十五家小说有的与史较近，其他家以"子"为名，说明子部小说家与之相关。

子部类书，是小说故事的集合，是很多典籍重要的辑佚校勘资源，唐宋时期的类书中的文献大部分失传，从类书中看到才知存在。鲁迅《古小说钩沉》大量使用类书来集辑佚，失传的可看到。现存的可用来作版本校勘，大部分类书只是摘录，现存书籍的版本可用类书校勘。目前类书使用不理想，日本学者关注较多。

把这些材料作为一个整体汇总运用到具体的个案故事中，综合地加以使用。

（四）集部

对故事的直接吟咏；以典故方法与故事共鸣，共同构成文献体系。

此类文献在叙事学研究中被前人忽略，不能别除，只要与故事类型有关，就有链条式的"意象价值"，抒情性的文学的不同意象所指，意象演变也是主题演变的一部分。例如：高祖还乡典故不同身份的人有不同取向。

共同问题：辑佚补缺，都存在亡佚的可能，做到最大程度的完整，需要地毯式"竭泽而渔"。

（五）文物材料

纸质实物、史书与方志中记载下来的实物。

子部史部笔记中所记实物及类书，但很难搜索到，应使用工具书。

建筑遗址、器物等。

作用：参考佐证材料。例如庙宗、塔寺、器物，是叙事文化字完整材料体系中的重要组成部分，可双向交叉对比。例如小南一郎的西王母研究、取经瓷枕、桃花扇故居等。

第三节　叙事文学文献的社会文化属性

研究程序目标：文化动因分析（终极目标）

明确：文献本身已固定，没有倾向，而使用文献的作者一般有个人倾向。

所以评估探索只是大致分析，不能绝对化，并非某种文献一定代表某种思想倾向。

一、经史子部文献

主要体现帝王文化精神，先秦两汉时期的主角，构建帝王文化精神的主体工程。

反映陈述：基本内涵、规则、概念、范畴。

（一）经部文献

非文体特征，而是精神制约。在精神内涵上是所有文字的掣肘力量，以宗法观念为核心，以天子为社会至尊系统的封建社会形态。

（二）史部文献

经部的附庸，帝王文化价值下社会历史发展叙述的典范。

例如，汉代纪传体史书确立——为帝王树碑立传。

汉代之后《资治通鉴》等编年体史书，对帝王中心的突出不如纪传体。

纪传体：1.成为后代撰史的规则，史书的正宗。2.古代戏曲小说的题材，选择和叙事偏好（以帝王为主人公）。

把以往的正史通过通俗文学的方式复写，叙事故事类型形成帝王故事主题系列（史书的通俗化）（"说三分"、说汉书、历史剧、三国戏）。

史部文献起到原典和坐标的作用：从真实帝王到文学演绎。

史部作为原始记录，文学文本所有变化都要与史书对比，体现文学化程度。

（三）子部文献

从百家争鸣到为帝王献言献策，对帝王文化有依赖。

为了达到论说目的产生的寓言故事与帝王大业关联，影响了小说、戏剧对政治问题的关注的传统。

史部、子部杂类笔记文献中有大量与文献故事类型有关材料。

（四）集部文献：士人文化精神

魏晋、隋唐、宋代：集部文献从无到有再到蔚为大观。

《汉书》无集部，集部出现有赖文学独立，有了增设类别的必要。士人文化精神孕育、产生、成熟。文献继承。

《隋书·经籍志》，将诗赋略改为集部。是士人文化取代帝王文化的标志。

1.诗歌、词曲、散文，都是直接写作：叙事诗（例如：长恨歌）或使用典故（普遍）。

以士人文化的视角，参与叙事文学故事书写的内涵与载体，每次使用有不同背景与意象所指，受到历史环境的影响。

2.文言小说（士人）、白话小说（市民）

作者、读者、内容，三位一体士人文学的典范样式。例如：《世说新语》；唐传奇源于科举考试展现文学才华，是文备众体的文学样式，反映士人的生活与思想、追求。

与通俗文学关联，成为士人文学连接市民文学的纽带。一个具体的故事类型的材料内部当中出现了哪些具体的白话和文言作品的交流？独立的文体演变视域更明确清晰。

3.通俗文学文献与市民文化精神

宋代开始孕育，城市经济繁荣、市民文化需求出现，到元明清取代士人文化。

社会高度专注市民文学，一方面其中有碍统治的内容遭到禁毁，针对通俗文学有悖传统道德、有碍统治的内容，上到帝王下到地方都曾有禁令，作家遭到诋毁；另一方面帝王个人也在阅读。

有识之士认识到通俗小说的价值，给予高度肯定。例如：李贽"为《西厢记》为《水浒传》"论，对前后七子"文必秦汉，诗必盛唐"论的反对，代表进化论的观念。通俗文学创作受王学左派泰州学派思想影响，李贽的思想成为明代后期主流的文化思想。

以商品形式进入社会消费层面，开阔了市场范围和读者层面，扩大了影响力，进入市民文化后才能出现，从小众走向大众。

通俗文学文献之构成一个故事类型文献系统的核心和主体的要件。因为叙事文学是时间艺术，以叙事进程为核心要旨，其他文献只涉及局部，通俗文学影响到故事类型发展的全过程。史传，通俗文学、叙事诗最重要。

附：论文写作范式

要求：超过两个朝代，通俗文学文本白话小说或戏曲，故事类型主人公不少于两个文本。

绪论：研究缘起

对象界定：该对象的研究现状，明确逻辑的目的的归属，有价值有意义（前人情况——我的价值）。

第一章内容：文献综述。按照文献学的方法，采用叙录体或提要体按时代顺序排列材料，要有根据，交代其版本、时代、流传状况。（注意叙述要有根据）一定要交代材料的来源出处，尤其是有争议的地方。一定要注意材料的时期断代，有些书不完全与研究对象相关，要交代一本书中有关于研究对象的部分，对内容做大致提要。讲清楚每份文献与故事主题类型的关系。或将这部分放在附录中，附录：原始文献形态。

第二章内容：按问题性质划分，如道教、士人心态、婚姻爱情，章节下按时代纵向排列。一张表格陈述异同变化轨迹。

第一节对此文化现象做概述梳理要注意与故事相关。第二节开始按时间顺序排列。

按纵向时代排列，章下是问题的线索，如第二章唐宋时期的某某故事，下面的节分某某主题，不同的章节主题有不同侧重。

文学体裁文化分析，所有框架之后单列一章。

文体对文本的作用：说话艺术出现，扩大了表现力。

2021年博士课堂笔记节选（二）

杨沫南

第三章　个案故事的文献搜集
第三节　总集与故事类型材料

总集本是集部以诗文为核心的集库，后世也包括小说，以文言小说居多，白话小说较少。总集与丛书界限不清，要注意其内容。

一、古代小说总集

《异闻集》（参考《古小说简目》附录）编者陈翰原有十卷已佚。《太平广记》曾转录其作品，鲁迅《唐宋传奇集》所选唐人作品有二十二篇曾见《异闻集》，可见其地位。（注意：留心发现《异闻集》佚文，不论是观点还是材料都可发现创新内容。）

《丽情集》二十卷已佚，见《郡斋读书志》小说类著录。可见四十二篇遗文，大部分为唐代作品，有一些爱情名篇。

《绀珠集》朱胜非编（存疑），是文言小说的选本。其序写于宋绍兴七年，因此应该是南北宋之交编成。此书的主要内容是摘录前代的文言笔记小说，包括史传作品。每一条故事都加上标题，并注明出处。这对我们辑佚的工作有很大帮助，引书中所收一半以上作品都已亡佚。《绀珠集》带有类书性质，是为了汇集掌故和词语，因此引用的语句上往往与原书有出入。

《类说》曾慥编。其编纂时间、性质和规模与《绀珠集》很相似，成书大约是在绍兴六年，有宋、明刻本和四库本。所收书数量在二百五十多种，几乎比《绀珠集》多一倍，以小说为主，兼收杂史、佛典、道书、农书、花卉、茶道等，因此在校勘、辑佚方面的作用较大，但《类说》也同样存在着文字上与原书相比失真的现象。

《绿窗新话》皇都风月主人编。这可能是历史上最早使用笔名的，其收书范围主要是文言传奇小说，在历史上起到了和《太平广记》同样重要的作用，《醉翁谈录》即将其与《太平广记》并举，认为是说书艺人的必备书。此书所收大部分为唐宋小说精品，共收一百五十四篇传奇小说，其中相当一部分作品已经佚失。《绿窗新话》是小说传承的重要一站，是我们主题学研究需要重视的一部作品集。明清小说中以爱情为主的"剪灯"系列，《国色天香》等皆可溯源于《绿窗新话》。有复印本。

《青琐高议》刘斧编。是宋代志怪传奇小说的选本。主要是志怪传奇，又杂有少量的诗文和议论性作品。其中价值较高的是一些宋代爱情和家庭题材作品，有些名篇首见于该书，如《谭意哥记》《越娘记》等。从主题学的角度来看，此书也是故事演变过程中的一个重要阶段，其在宋和宋以后的小说选本的发展中影响很大，宋以后的小说丛书、类书多引此书，如《续夷坚志》《情史》《说郛》等。《醉翁谈录》中所提到的作品也有相当一部分见于此书。

注意：《青琐高议》对后来的小说戏曲有直接传承关系。

《醉翁谈录》罗烨，有些属于作品性质，对了解故事源流有帮助。

《清平山堂话本》《京本通俗小说》有时间争议。

注意：宋元作品集，使用时注意其时间问题。

"三言""二拍"参考使用谭正璧《三言二拍资料》，此书考订每一篇材料，非常重要（研究主题演变时用）。

二、今人编著的古代小说总集

《古本小说丛刊》，中华书局编，选用重要小说的好的版本，收书二百多种，有些书有几个版本都一并收入。

《古本小说集成》，上海古籍出版社编，收书二百多种，与《古本小说丛刊》有重复和交叉。主要以白话小说为主，也有少量的文言小说。

《明清善本小说丛刊》，台湾天一出版社编，20世纪90年代编成，其规模和价值都相当大，包括文言和白话两部分。

《中国话本大系》，江苏古籍出版社编，专收话本小说，选用比较好的版本，有些是介于白话通俗小说之间的，如《绣谷春容》也编入其中。

《中国古代珍稀本小说》，春风文艺出版社编，主要使用原大连"满铁"

图书馆的藏书，20世纪70年代末80年代初开始出版，最初以单册形式发行，90年代重新汇编成正编十册、续编二十册的丛书，每册收书三到五种。

《明代小说辑刊》，巴蜀书社编，出过三辑，每辑四本，共十二本。主要收明代白话通俗小说。

《古艳稀品丛刊》。

《思无邪汇宝》，陈庆浩、陈益源主编，影印加排印，有些很珍贵的书，如《姑妄言》皆收入其中。

《古小说丛刊》，中华书局从20世纪70年代陆续出版的一套丛书，以文言笔记小说为主，如《集异记》《宣室志》皆收入其中，后改名为《古体小说丛刊》。用的时候需注意，此丛书中同一书因出版时间的不同在版本上也是有差异的。

《中国小说史料丛刊》，人民文学出版社，大约从20世纪70年代末80年代初开始发行，以排印点校的形式出版，以白话为主，兼收文言。

《全唐小说》，山东文艺出版社王汝涛编，作品均为交代出处，所收录小说大多来自《太平广记》，但多有遗漏，研究时尽量不要采用。

三、戏曲总集

《六十种曲》，毛晋编。主要收传奇作品，范围是元明以来的作品，明代为主。

《古本戏曲丛刊》，郑振铎主持编纂，戏曲作品总集。

《缀白裘》，收入比较通俗的作品，也包括一些小调和民歌，中华书局有排印本。

《盛明杂剧》，明人所编明代杂剧总集。

《清人杂剧》，郑振铎编，共三辑。

《古名家杂剧四十种》《续古名家杂剧二十种》，前者以元代为主，后者元明兼收，是比较早的线装本子。

《孤本元明杂剧》，中华书局影印，大32开四大本。

《元刊杂剧三十种》，是确定的元代刊印的作品，中华书局有排印本。

《杂剧选》（《脉望馆抄校本古今杂剧》），明代藏书家赵琦美所编，大部分皆为抄本，大概有二百多种，都是元明时期杂剧。

《古今名剧合选》，明代孟称舜所编，近人吴梅也编有同名集子。

《全元戏曲》，王季思主编，人民文学出版社出版。河北教育也出过一套《全元曲》，包括杂剧和散曲，由河北师大几位老师主编。

《全元曲》，河北教育出版社，收录杂剧散曲。

第四节　丛书、类书与故事类型材料

关于古籍版本的查找顺序与方法

版本遴选：今人整理本－最早的单行原刻本（善本）－丛书本

（亡佚的从他书中辑佚）

注意：《全国新书目》1949年开始每年一本。

善本：嘉庆以前、有名人批校等。

一、古籍原刻本查找方法

《中国善本古籍书目》此书有两个版本，一为上海古籍本，此为首印本，没有书名索引。二为线装书局的重排本，可以进行书名索引，直接查找书名，版本和收藏情况。

《四库简明目录标注》（重要），此书交代书籍的版本，清乾隆以前的书。

《台湾"国立图书馆"善本书目》海外善本，好版本书收录于此。

《贩书偶记》，孙殿起收录尤多乾隆后版本，查清后期书有重要价值，上海古籍出版社1982年版。

《贩书偶记续编》，雷梦永编。

另：历代藏书家的私人书目如《藏园群书经眼录》。

二、古籍丛书工具书与查找方法

《中国丛书综录》，上海古籍出版社（重要），共三本。先从第三本开始用，有书名及作者索引。第一本：以丛书为单位排列，例如《百川学海》，记录其收哪些书，排列下来，包括馆藏单位；第二本：以书名为单位排列，记录哪些丛书收录该书。

《中国丛书综录补正》，江苏广陵古籍刻印社1984年，阳海清编纂，蒋孝达校订。补充《中国丛书综录》，这两部书不收现代排印本。

《中国丛书广录》，湖北人民出版社1999年（重要），古代现代都收，如《中国珍稀本小说》

《中国丛书综录续编》，施廷镛编撰，北京图书馆出版社2003年。

《丛书集成》，丛书的汇集部分排印部分影印，对每一种书都有简单提要可查其编号，此目录重要。

三、以小说为主的丛书

《古今说海》，明人陆楫编，基本上是古代文言小说丛书，有线装本也有排印本，收作品一百三十多种，与前面所说《绀珠集》《类说》相比，此书所收书都是原书原貌，很少删改。

《虞初志》，明人所编，题汤显祖，所收作品主要是唐代以来的传奇小说，以优秀爱情题材传奇小说名篇为主。20世纪80年代上海有排印本。此书问世之后，在小说史上出现了"虞初系列"小说，都是以模仿《虞初志》的规模、体制，如《虞初新志》《广虞初志》《虞初续志》等，20世纪80年代上海书店都曾影印过，但从后来几种的编纂来看，编者的文体概念十分模糊，收入了很多难以说是小说的作品。

"顾氏"系列，指明人顾元庆所编的几部重要小说丛书，包括《顾氏文房小说》，收四十多种文言小说，都是比较好的版本，且经过作者校勘，大部分为单篇传奇，也有成本的书的节选，刊于嘉靖年间，1935年商务印书馆影印过；《广四十家小说》，相对于《顾氏文房小说》所收四十种而言，同样收书四十种，以汉唐以来文言小说为主，元明以前重要的文言小说收入了不少，如《神异经》《绿珠内传》等；《顾氏明朝四十家小说》，在前面两部的基础上以明代为主。"顾氏"系列是我们查找汉唐以来文言小说的重要版本，顾元庆以后，又有袁褧将《广四十家小说》和《明四十家小说》合刊，称为《前后四十家小说》。

《烟霞小说》范钦编，主要收文言小说作品，范围是明代以来的吴中地区的名人逸事，规模不大，具体面目可以参考《丛书综录》，有一些作品不见于其他书，另外一些书和其他书所收的文字上有差别。

《稗海》商濬编，主要是以文言小说为主，范围是从六朝到宋元的小说作品，收四十多种，题材大概是志怪、志人小说，但有些书的收录存在问题，如将唐代八卷本《搜神记》误入干宝《搜神记》，还有许多作者名字有错误，因此我们使用的时候需要注意。

《合刻三志》主要收魏晋以来的志怪小说，其中很多是改编和摘录，但是有很多稀见书的版本只有《合刻三志》中有。此书只有一套，藏中国科学院图书馆，《丛书综录》上面可以查到篇目。

《笔记小说大观》叫这个名字的书有四种，最早的是民国初年上海进步书局编的，收书二百多种，每书前有提要，有一定的文献价值，但不足之处在于错误较多，如其中的《夜雨秋灯录》就是一个只有原书三分之一左右篇幅的残本。20世纪80年代中期，广陵刻印社影印过此书。第二种是台湾新星书局出的，收书两千多种，但所有的书都没有交代版本出处，而且所收书大部分都是常见书。第三种是河北教育出版社出的一套，规模上和台湾那套差不多，两千多种，采用影印的方式，保留了原貌。但此套书的问题在于编者小说观念和界限淡薄，收书标准比较宽泛，许多不是小说的作品也收入其中，但另一方面，其中许多书在版本上很有价值，如很难见到的《在野迩言》即在其中。但是其中唐宋部分的书大量影印《四库全书》，令整套书失色不少。第四种是上海古籍出版社出的断代的《笔记小说大观》，为标点本，收常见书，但校勘工作做得比较潦草。（补充笔记知识：既是一种文体名称，也是一种书籍分类方式，晚明小品发展来的随手而记的文体。刘叶秋先生《历代笔记概述》中将其分为三类：小说性质的笔记，例如《搜神记》《世说新语》；野史性质的历史琐闻；学术性、考辨性的文章）。

《古今说部丛书》，和进步书局《笔记小说大观》规模差不多，收书二百多种，有一定的版本价值，20世纪80年代上海文艺出版社影印过此书。

《说库》，收书二百多种，每书前面有简介，收书范围和《笔记小说大观》《古今说部丛书》有重叠，最初为巾箱本，20世纪80年代浙江古籍影印了此书。

以上是规模较大的丛书，下面再介绍几种线装刻本：

《晋唐小说畅观》，所收为晋代到唐代的文言小说，版本较好。

《唐人说荟》，又名《唐代丛书》，主要收唐代小说，量较大，收书较多，但版本不佳。

《宋人小说》，商务印书馆以涵芬楼的名义影印的宋代文言小说，数量有限，但价值较高。

《清代笔记丛刊》，又名《清人说荟》，可补《笔记小说大观》收书之不足，线装书局刊印。

四、海外小说戏曲收藏

双红堂小说戏曲：双红堂文库系日本法政大学教授长泽规矩也的旧藏。

双红堂小说部分172种

双红堂戏曲部分852种

早稻田大学藏汉文古典小说作品25种

《哈佛燕京图书馆藏齐如山小说戏曲文献汇刊》

台湾《善本戏曲丛刊》

2021年硕士课堂笔记节选

祖琦

第三章 叙事文化学的文献覆盖与文化属性
第一节 文献搜集在叙事文化学研究工作中的地位作用

一、地位

叙事文化学研究包括综合研究和个案研究两个部分，综合研究包括故事类型索引编制和基础理论建设，而个案研究的任务则是对个案故事进行全方位的系统研究。个案研究的主要环节包括：确定个案故事类型，对该个案故事类型进行系统文献挖掘，在梳理相关文献材料的基础上对该故事类型的发展演变状况进行文化意蕴分析。其中对个案故事类型进行系统文献挖掘是整个研究工作中重要和关键环节，也是整个研究进程中的基础工作。

二、制约背景

叙事文化学研究方法受到了西方主题学研究方法的影响，是将西方主题学研究方法移用于中国文学研究的尝试之一。目前中国学术界采用西方主题学方法进行中国文学研究，主要表现在三个方向：

一是民间文学研究领域继续采用主题学研究方法进行民间故事研究；二是把主题方法应用于包括诗文和叙事文学作品在内的意象主题研究，如黄昏主题、复仇主题、恋母主题等，此部分可参考大连大学王立老师意象主题研究论文集文章；三是在中国叙事文学领域中用主题学方法进行故事类型主题研究，即叙事文化学的研究方法。

其中，主题学研究与叙事文学研究的核心差异是二者不在同一研究层面，叙事文化学低一个层面，意象主题在其之上，例如《搜神记》中的三王墓、眉间尺故事，叙事文化学的研究方法是把后世对这一故事的改编材料进行收

145

集研究，而主题学研究则研究"复仇主题"，集合更多类似"三王墓"的故事进行分析。此外，二者文献搜集程度也不一样，作为个案研究的"眉间尺"故事材料范围有限，研究对象具有直观的可操控、可视性；而复仇主题研究是否有必要"竭泽而渔"呢？答案是没必要的，只要搜集基本材料，使得大面上的材料有说服力就可以了。

以上三个方向研究视角不同，对研究对象原始文献资源的获取方式和程度要求也有明显区别。叙事文化学更多突出"竭泽而渔、一网打尽"的文献搜集方式。

第三节　故事类型研究文献"集千万本"的覆盖范围与价值分析

故事类型文献搜集分两个部分：一是总体故事类型数字摸底统计，二是具体个案故事类型的地毯式文献搜集。所谓"摸底"就是明确研究对象文献搜集工作的总体目标范围。叙事文化学的故事类型研究在文献搜集方面与前人的不同，首先就在于从全局着眼，搜集统计出中国古代叙事文学作品中个案故事类型的总数，做到对研究对象的全局全貌胸中有数。

这一工作的实践操作程序就是编制"中国叙事文学故事主题类型索引"。

前贤在个案故事戏曲小说同源关系研究中所使用的文献材料主要是以戏曲小说为主的叙事文学故事文本，而中国叙事文化学个案故事类型研究地毯式文献搜集将其扩大为四个部分：经史子部文献、集部文献、通俗文学文献、文物材料，力求达到"集千万本"的"竭泽而渔"目标。这大致是四种文献产生发展的时间顺序，但从构成叙事文学故事类型的条件看，通俗文学文献又是其主体部分。

一、通俗文学文献

限定词：叙事文学故事类型的通俗文学文献

神话学研究，最早是历史学研究，更早更远古的历史通过神话传说流传，研究者把神话材料当作历史学依据看待，如顾颉刚"古史辨派"，还有近些年的"文化人类学"研究、宗教文化史研究等，这些研究都忽略了文学研究的价值，这正是西方原型批评所要解决的问题。以西方原型批评研究方法看，神话是一个民族在文字未产生时靠口头记载的历史记忆，而文明时期，神话产生的土壤不复存在，但这些神话故事成为一个个文学种子即文学再生物，比如以《圣经》为原型的各种作品，限定在"神话"题材渊源。

中国叙事文学形式成熟和繁荣大大晚于西方，大约从魏晋南北朝时才开始萌发，唐宋才进入成熟和繁荣时段。通俗文学文献中戏曲文献文本包括南戏、诸宫调、杂剧、传奇，以及各种地方戏等；小说包括文言小说和白话小说两部分。文言小说题材上大致包括志怪、传奇、志人三种，体裁上大致包括"世说体"和杂记体小说；白话小说大致包括长篇章回体小说和短篇话本体小说。讲唱文学形式主要包括弹词、宝卷、鼓词、子弟书等。文言杂记体小说与子部和史部中部分笔记体作品形态相似，有些甚至难以入类。

还需要说明的是，首先，严格来讲，文言小说不属于通俗文学文献，应该属于子部，但子部更多以说理性为主，文言小说在叙事方面与通俗文学较为相近。其次，文言杂记体小说，非世说体，文献载体形态以笔记方式呈现，与其他如杂记体史传、杂史、考据笔记等形态接近，情况复杂，要多加注意。

通俗叙事故事文本的缺失，必然导致对所在故事类型的整体认知和整体评估的空缺。如先贤关于女娲补天神话的研究，主要征引秦汉时期典籍文献，对唐代之前散见的女娲神话进行历史学、宗教学、文化人类学的考察分析，几乎完全忽略元明清时期戏曲小说文献的价值和作用。

二、经史子部文献

经部文献在中国古代典籍中具有特殊地位。从其内容本身看，如果说史部、子部、集部代表了文史哲三类基本文献的话，那么经部则属于从文史哲典籍中优选出来的经典和精粹。这种经典性使它在叙事文学文本中的地位属于终极的诠释标准和价值准绳。虽然它在叙事文学文本中出现机会不多，但具有举足轻重的地位。

史部文献与叙事文学关联甚为密切和直接。其史传文学部分本身就是叙事文学的组成部分，与其他叙事故事文本共同构成叙事文学文献的主体部分；其正史部分往往与后代叙事文学故事文本互为表里，或者成为后代叙事文学的故事题材渊薮，或者与很多以真实历史人物为题材的叙事故事文本成为互文参照，成为后代叙事文学发展、兴盛的强大推手；其野史杂史部分有很多生动形象的故事，往往与部分文言笔记小说相互杂糅，难分彼此。其委婉详尽陈述和某些虚构因素成为很多正统史学家从史学角度诟病的对象，但却为历史文献向叙事文学的转变提供了巨大的动力和潜力。以上史部三个部分中，前贤比较关注的是前两部分的人物传记部分，而对野史和杂史关注不够。

子部文献与叙事文学的关联也是错综复杂，千丝万缕。前贤或有关注不够之处。第一，文言小说中有相当一部分作品被历代公私书目中子部小说家类著录，本身就属于子部文献；第二，先秦两汉子部文献中大量寓言故事不仅本身就是重要的叙事文学故事资源，而且也是催生中国小说生成的重要推动力增补；第三，除了小说家之外，子部杂家、杂学、杂考等门类文献中也或有与叙事文学故事文本相关者；第四，子部类书文献也是包括叙事文学故事文献在内历代很多典籍重要的辑佚和校勘资源。类书中收录了很多小说文献，特别是早期的小说文献。现在所能见到的类书征引文献中，许多原书已失传；鲁迅所著的《古小说钩沉》中至少有四分之三是来自类书的文献材料。历代类书中摘录保存大量古代文献材料，对于已经亡佚的文献来说，这些文献材料具有辑佚作用；对于有现存版本的文献来说，又具有重要校勘价值。

以上四个部分子部文献前贤虽不无关注采用，但往往是从不同角度切断分别使用，未能将其视为一个宏观整体汇集采用到一个既定对象（个案）当中。

三、集部文献

集部文献主要是指与叙事文学故事类型相关的以诗歌、散文、词曲等抒情性文学作品为主的文献。

因为各种缘故，所有的纸本文献都存在亡佚的可能，而亡佚的文献一般又不可能完全消亡殆尽。那么把这些残存文献钩沉辑佚，是保证叙事文学故事文本做到最大程度完整、实现"集千万本"目标的重要措施。

四、文物材料

文物材料与以上三种文献有所不同，又有所关联。实物文献大约分两部分，一为纸质文献记载者，二为真实实物者。

纸质文献记载实物中，史部（含方志）所记实物多为各地文物遗址，而子部史部各类笔记中所记实物则包罗万象，堪称取之不尽的实物文献渊薮。如笔记与类书，类书规模越大，分类越细，如《太平御览》中以"器皿"作为小类名称；笔记属于文人消遣，实物性文献记载如《香祖笔记》。

148

这些实物文物与叙事文学故事的关联主要在于，它们是很多叙事文学故事文本的重要参考佐证材料。

第四节　叙事文学故事文献的社会文化属性

就叙事文化学研究程序目标而言，文献搜集的最终目的是对采集文献进行考证梳理后，对其文献形态异同变化进行文化动因的解读分析。那么，在进行这项终极工作之前，对各类文献本身的文化价值属性进行探索评估，也是十分有必要的。

一、"经史子部文献"与帝王文化精神

"经史子部文献"对应的是先秦两汉时期的中国帝王文化。这个时期中国文化的主旋律就是帝王文化精神，而经史子部文献则是构建帝王文化精神的主体工程。帝王文化的基本内涵，基本规则，基本概念和范畴，在经史子部文献中得到全面反映。就其与叙事文学故事关联的文化属性而言，几种类型文献分别从几个不同方面彰显出帝王文化精神对叙事文学故事类型的制约。

史部文献作为经部文献的附庸，是按帝王文化的价值标准描述帝王文化背景下社会历史发展过程的标准叙述典范。史部文献中的帝王记载是各帝王故事类型中的原始记录，其他文献材料需要以它为坐标进行梳理比较，分析帝王故事所发生的演变线索轨迹，因而成为帝王题材故事类型的聚焦核心。在叙事文化学个案研究的帝王系列中，已经完成的研究有刘邦故事、曹操故事、唐明皇故事、汉武帝故事等。另外在选题时，不要忘了故事类型原点、起点，即正史对帝王的原始记录。

子部文献起于春秋战国时期诸子各陈其说，而百家争鸣的初衷则是殊途同归，均在为帝王建言献策，贡献自己认为最佳"君人南面之术"。与之密切相关，为达此论说目的而附带的大量寓言故事也往往与帝王大业关联。因此，就子部文献对叙事文学故事类型的影响来说，这种帝王文化中心观念作用下产生的对国家政治问题的关注意识成为历代叙事文学故事类型传承过程中的重要制约力量。小说、戏曲等通俗文学中对于国家政治的关心，不论在任何政治情况下，可能受史传文学影响关系密切。

因此，经部、史部、子部三种文献从不同角度向全社会灌输了非常强烈的帝王文化精神，这一精神在叙事文学故事文本中产生了极为深远的影响。

二、"集部文献"与士人文化精神

中国士人文化起自魏晋，经隋唐而至宋代。无独有偶，这个时段也正是中国集部文献从无到有，并发展到蔚为大观的过程。集部文献产生发展的过程，也是士人文化精神孕育产生成熟，并且也成为叙事文学故事类型传承文献的重要组成部分。

"集部文献"定名定类使士人文化的规模表述有了集中的园地和阵营，同时也成为士人文化参与叙事文学故事类型表述实践的重要渠道。

这两种形式都是非常典型的以士人文化的视角，参与叙事文学故事书写的内涵与载体。第一种情况属于直接用抒情诗方式书写的叙事文学故事，只是与戏曲小说载体各异而已，其文献价值意义自不待言。第二种用诗词散文方式把叙事文学故事作为典故使用是否能够成为叙事文化学故事类型研究的文献材料来进行研究使用，学界有不同看法。我们从"集千万本"的原则出发，并且同时认为每条典故材料的使用有其不同的创作背景和文学意象所指，是故事类型文化分析的重要组成部分，故不可忽略（参见张培锋：《关于叙事文化学研究的若干思考——以"高祖还乡"叙事演化为例》，《天中学刊》2016年第6期；宁稼雨：《对〈关于叙事文化学研究的若干思考〉的回应意见》，《天中学刊》2017年第1期）。

除了以上集部文献所含诗词散文外，体现士人文化精神的文体形式还包括文言小说。魏晋南北朝时期的小说具备了一些基本的要素，人物、情节、环境。这时期的《世说新语》是士人文化精神的集中体现。"世说体"的显著特征是"三点一线"，"三点"指作者、作品的反映对象（写作对象）、读者，"线"是文人士大夫，作者是文人士大夫、对象是文人士大夫、读者也是文人士大夫。

三、通俗文学文献与市民文化精神

从宋代开始，随着中国城市经济繁荣而出现的市民文化需求，以迅猛的态势高速发展，到元明清时期取代士人文化，成为中国社会文化舞台的主角。以通俗小说戏曲为代表的大量俗文学作品，成为体现市民文化精神的重要载体，主要表现在以下几个方面：

其一，受到社会各界高度关注。明中后期开始出现文学或文化的退化论的讨论，李贽提到的"诗何必古选"针对的就是当时的主流"文必秦汉、诗必盛唐"说法。李贽是用一种进步的观点来看待文学的发展，每一个时代都有传达这个时代核心的价值理念与社会主流的文学载体，这就是时代的声音，不能将其以先后的顺序来评价决定，不是越早的越好，要看最能体现这个时代声音的。

其二，以商品形式进入社会消费层面，更加扩大其影响力。明代开始出现大量书坊和出版家，其出版印刷物中有大量通俗文学作品被作为商品进行营销。这一情况大大开拓了通俗文学的市场范围和读者层面，使通俗文学产生了巨大的社会影响力。

其三，通俗文学文献是构成一个故事类型文献系统的核心和主体要件。从上文得知，从"集千万本"的标准来衡量要求，一个故事类型中需要覆盖经史子部文献、集部文献，通俗文学文献、文物材料等四个方面。但在这四个方面中，代表市民文化精神的通俗文学文献又是其中重中之重，是核心和主体要件。因为叙事文学是一种时间艺术，以叙事时间进程为核心要旨。

相比之下，从故事的完整系统程度来说，除史部文献中史传文学部分和集部文献中叙事诗部分外，其他经史子部文献的隐性影响和集部文献的典故使用均只涉及个案故事类型整体文献系统中的局部和个别部分。而以戏曲和小说为主的通俗文学文献（加上史部史传文学和集部叙事诗）才是构成叙事文学故事类型的文献核心（参见宁稼雨：《关于个案故事类型研究的入选标准与把握原则——中国叙事文化学研究丛谈之六》，《天中学刊》2015年第4期）。了解这一情况，不仅有助于把握了解通俗文学文献本身的文化属性，而且对于叙事文学故事类型文献各部分权重比的认知把握，也至关重要。

附：中国叙事文化学学位论文写作范式

一、论文的选题方向：古代叙事文学故事类型研究

首先掌握AT分类法，参阅《世界民间故事类型索引》。推荐使用《中国叙事文学主题故事索引》一书，书中已经搜集2000多个故事类型，但并不是都可以用来做个案研究的，要考虑怎么遴选合适的故事类型进行下一步的研究。

可以通过以下几个基本入选条件考虑故事类型是否合适：

（一）时间上，纵向事件跨度，不少于两个朝代，产生变化的空间时段；

151

（二）空间上，主要强调文体，关注通俗文学文献，故事类型中小说戏曲，故事类型的主人公出现在通俗文学作品中的情况一般不少于两个文本；

（三）故事类型研究的类型目前有几个大的方面：

1.神话类型，用原型批评的方法来研究中国古代神话演变的线索历程，作为叙事文化学研究的一个类型，如精卫神话、女娲神话、嫦娥神话等；

2.历史人物（真实），比较容易出选题，已写过的学位论文数量较多，如帝王类型的汉武帝、唐明皇、曹操等，历史文化名人如苏轼、项明、伍子胥、张良、司马相如、花木兰等，传说人物的王昭君、孟姜女等；

3.虚构文学人物，纯文学虚构人物还没有过；

4.事件型故事类型（非人物非神话），主要集中在硕士论文中，如红叶题诗、柳毅传书等。

以上几个方面基本覆盖古代叙事文化学故事类型的大部分。可以参考以上的内容进行划分梳理。

二、论文格式

在绪论部分需要理清研究现状、选题原因等。第一步要对研究的对象进行界定，包括该对象的研究现状，明确逻辑的目的归属，要有价值有意义。在范围确定之后，就这个范围而言，学界的研究动态如何。在对研究动态进行述评时，既要有"述"即叙述，大家都做过什么；也要有"评"，前人的工作做得如何，好在哪儿，不足在哪儿。评的部分要在逻辑上直接关联到后面的内容。关键是哪些地方做得还不足，这些不足才是我们选题价值所在。然后再说明从哪些地方、采用何种方法进行创新。

目前在绪论部分出现的比较明显的问题是缺乏逻辑性。要先明确研究对象是什么，研究对象从何而来，研究历程是怎样的，前人的研究情况如何。现状的梳理完成后，应该有一个评价、评论，哪些地方是成就，哪些地方还存在问题。在前人研究所出现的不足部分中，才能体现出自己研究的价值所在。

2022年博士课堂笔记节选

任卫洁

第一章　叙事文化

第一节　关于叙事

（此"叙事"与"叙事学"之"叙事"不完全是一个概念。叙事文学作品的文化解读，中国叙事文学作品的文学和文化解读。）

一、叙事广义和狭义的概念

广义的"叙事"（不需加以界定，范围较宽，叙事就是叙述故事）：一般的叙述事情，包括文学的、非文学的。

狭义的"叙事"：作为文学的叙事，是根据生活现象，进行虚构性、想象性的过程。

1.西方学者：

华莱士·马丁《当代叙事学》："叙事是一个未来的计划，或对未来的计划，不仅仅是文学研究。"所谓"未来"应该指的是它的延伸性和扩展性，而"不仅仅是文学研究"显然已经把研究的视角伸向文学所从属的大文化视野，这也是叙事学从经典走向后经典的依据所在。

【把叙事与没有发生过的事情相关联——虚构。通过意念中虚拟的概念营造没有发生过的事件】

2.国内学者：

一般认为叙事是采取特定的言语表达方式来讲述一个故事。"叙事即采用特定的言语表达方式来讲述一个故事。"（徐岱《小说叙事学》）

"特定的言语"是指文学的语言表达，是划分文学与非文学的界限。仅就故事而言是区分不开文学与非文学的。以"特定的言语"加以区分，至少是在理论上可以成立的。按一般理解，广义的文学表达方式包括记叙、说明、议论、描写、抒情。其中至少记叙和描写两项是专指叙事文学的，但其他三项与叙事文学"特定的言语"也有关系。就中国文学实际情况而言，这种"特定的言语"也与抒情文学有关，如诗词典故的使用，虽没有完整交代故事，但可以成为大叙事中从属的某个单元构成。所以，虽然文学意义上的"故事"一般指具有虚构的情节，具有相对完整的时间流程，但就故事类型的完整、系统程度而言，有时具有其中的某项条件因素也是不可忽视的环节。

【魏晋南北朝时期，出现了文学自觉，对文体进行了分工。在此之前，《史记》被称为"史家之绝唱，无韵之离骚"；特定的文学表达方式，文学史学混一；后来的分开是强行的。把表达方式集中在文学领域，区别文学与非文学。六朝时期，骈文、赋得到大力倡扬，即特定的文学表达方式。文学家向世人证明，用这种方式写作是文学，后来逐渐将文学的表达方式拓展到叙事文学领域。文学的特定的表达方式是区分文学与非文学的区别。六朝小说不具备文学的特定的语言表达能力，所以不被认为是小说，自唐传奇才具备，"始有意为小说"，文言小说、白话小说和戏曲都是就叙事文学领域而言比较成熟的具有区分度的明显标志的属于叙事文学自己的表达方式】

"讲述一个故事"，是对对象做了说明，文学意义上带有情节性的、有完整时间的，时间流程的过程故事。

【与绘画雕塑作对比，造型艺术是空间艺术。叙事文学的本质属性是一种时间的艺术】

狭义的叙事，应该用文学的特定的言语表达方式叙述时间的过程。(如：西厢记的过程，捉放曹的过程等)

对待叙事，要有主次之分，但是不能局限于狭义的主要地位，广义的叙事部分有许多部分可以被狭义的部分借鉴吸收的。诗词中的用典，不是以叙事为初衷，不具有狭义的叙事性，但是却为整个故事的演变发展过程中作为文学与文化的符号，如王昭君故事。

二、叙事与非叙事文学的联系与区别

(故事、非故事涉及形态文本的问题，关注的广泛性是叙事文化学的持色。不能用叙事与非叙事将很多类型材料排除在外。一方面，自觉做出区分。另一方面，对非叙事文学也要加以关注。)

广义"叙事"是对狭义"叙事"的补充和延伸。一方面，叙事文学特别关注时间流程（即便不关注，也与时间流程有关），而诗词散文中大部分作品以抒情为主，采用特定心境角度，表现一种心理情感的释放，需要对二者做出自觉区分。另一方面，对于非叙事文学作品也应该加以关注，非叙事文学作品的缺失可能会导致故事进程的断层。原因如下：

首先，抒情文学也有叙事功能，如《孔雀东南飞》《木兰诗》《长恨歌》《琵琶行》等。再如嵇康《琴赋》中提到："下逮谣俗，蔡氏五曲，《王昭》《楚妃》，《千里》《别鹤》。犹有一切，承间簉乏，亦有可观者焉。"这里的"蔡氏五曲"等即指王昭君故事在汉代发展的一个重要转变作品——蔡邕《琴操》，可见这一情节要素生成与传播的历史轨迹。

其次，非叙事文学作品起到对比和映衬的作用，如咏西厢故事的诗词曲；或非叙事文学与某故事具有渊源关系，如史记和后代小说、戏曲，可与已有故事类型共筑体系。

再次，叙事性文学作品与非叙事性文学作品的界限也比较模糊，文言笔记、小说、野史尤甚。(白话小说的界限很清楚，形态、体制包括章回小说和话本小说；戏曲领域也是如此，虽然在弹词、鼓词界限可能不清，但是与其他文体的区分是很清楚的。叙事文学中，白话小说和戏曲的界限是很清晰。文言小说则不然，文学与非文学杂糅在一起，尤其与笔记。唐传奇的辨识度还是比较明显的，难分的是笔记体的文言小说，如《搜神记》《世说新语》《容斋随笔》《梦溪笔谈》等。因为笔记是一种书写的形式，可以随笔而记写小说，也可以写其他内容。)因此，要做到"宁宽勿严"，毕竟我们关注的并不单是文学，还有文化。

对叙事概念的界定，涉及文学观念的宽严问题。所谓的叙事文学作品，如小说、戏剧、史传文学等，都有一个宽严的尺度。元杂剧、传奇类作品没有人质疑过它们是不是文学，《三国演义》《红楼梦》"三言""二拍"亦是如此。但是文言小说不同，哪些文言是小说，哪些不是，文人历来对此有不同的看法。

1.很多笔记体作品中"沙中有金"。

《梦溪笔谈》中同时含有科技、历史、社会和精彩的叙事文学作品，如卷一的王俊民状元故事，被认为是王魁故事的较早记载；卷十三记录古代审盗方法，与《聊斋志异》中《胭脂》一篇相似，或为蒲松龄所本；卷二十四记门神钟馗，为钟馗故事的较早记载。《齐东野语》为杂俎类笔记，一般被当作史料，70%的内容不能算是小说，但其中有一些流传很广的故事，如王魁负心、陆游唐婉的故事（钗头凤故事）等。

2.文言小说书目的收录标准与叙事界定。

中国古代小说概念模糊（主要是笔记体造成的模糊），哪些书算文言小说需要仔细厘清。（与白话小说文体特征明确的情况不同，文言小说中的笔记体决定小说与其他内容的杂糅。因此如何定性文言小说的文体性质是明确叙事界限的重要问题之一。）

正统目录学著作中，"小说"指子部小说。四库馆臣认为史书重军国大事，小说写辞章细故；同一事件，表述不同，可能列入不同门类，但仍有出入于两者之间、归属模糊的书籍。

【程毅忠《古小说简目》与袁行霈、侯忠义《中国文言小说书目》之比较】

后者要宽泛很多，古代小说的观念不同，完全采用客观的方法，不管古今多大的差别出入，完全尊重古人，以历代公私书目中是否收录为准。前者则以狭义的小说观念进行主观评价。时间截至隋唐五代，作者认为五代以后文言小说概念复杂，文学与非文学界限模糊，因此宋代以后没有从书目的角度进行编制，而是搜检大量文言和笔记的有文学性的作品，编订《古体小说钞》，将笔记小说中的精彩片段摘录出来，而不纠结于一整本书是否全部为小说。

【文言小说性质的工具书的评判标准都是不一样，最纯粹的应该属于李剑国《唐五代志怪传奇叙录》及《宋代志怪传奇叙录》；石昌渝的《中国古代小说总目》前宽后严；宁稼雨《中国文言小说总目提要》在概念上兼顾今古，既收录古代概念上的小说，也收录今人认为有小说意味的书。将未收入正文的作品收入副录，编为"别除书目""伪讹书目"，实事求是。】

156

对于叙事范围的广狭宽窄问题，不能一刀切，绝对化，我们不需要在一本书是不是小说这个问题上纠缠，重要的是我们要挖掘那些有价值的成分，使他们不致被遗忘。

第二节　关于叙事文学

一、叙事与文学的关系

狭义的叙事有限定性，它本身属于文学。苏联学者卡冈在《艺术形态学》提出："在叙事中，文学获得某种内在的纯洁性，确证自己完全不依赖于艺术的影响，显示它的特殊的自身的为它单独固有的艺术可能性。而在叙事文学内部，中长篇小说又成为叙事文学存在的理想形式。"（文言小说、戏曲等内容被排除在外，有西方特色和印象，注意把握区分）

这里对叙事含义表述过于偏重其狭义性，尤其是把叙事文学仅仅锁定为中长篇小说显然过于偏狭。但除了中长篇小说之外还有哪些文体属于叙事文学营垒，其判断标准何在，还需要思考择定。如同广义叙事与狭义叙事构成了叙事事件的双重架构一样，在叙事文学概念的反省中，也需要从广义狭义两个方面来思考和追寻其整体的构造关系。表面上看，学界争论的一些热点问题如"叙事"与"叙述"术语使用问题似乎与此有关，但实际上关系不大。因为"叙事"与"叙述"关系的讨论只是在争论对同一对象应该冠以哪个相应符号而已。更值得去思考的问题是这一对象本身的容量程度问题，因为这才是中国叙事文化学对于自己的研究对象进行科学界定的正确聚焦点。这里有两方面的问题需要合理明确定位。第一，对于中国古代文学来说，卡冈说的"中长篇小说"主要指章回小说。这显然不足以容纳文体意义上中国古代叙事文学全貌。中国古代叙事文学的范围至少还应该包括话本小说、戏曲与讲唱文学，以及大量史传、散文等。如果说这只是对中国古代"叙事文学"狭义理解的话，那么对于中国叙事文化学来说，"叙事文学"的范围显然还是不够广泛和宏阔，还需要从更大的范围去寻找其原料基地。（典故的出现，不能仅理解为抒情文学现象，而应为叙事文学的延展和扩大。诗歌和散文赋予典故以情景、剪影式的片段和意义，相当于电影的某一幅剧照。）

从文体方面看，诚然，叙事文学是一个文体概念，指的是小说、戏曲、叙事散文等，即所谓狭义叙事文学范围。但不能简单划线，从文体看其他不属于叙事文体的诗词散文以及其他文献或事物中的大量相关材料，需要做相应了解。或是其他文献材料中或多或少有叙事成分的，都与叙事文学发展有关联。【如元代瓷枕中绘有唐僧师徒四人形象，由此可确认故事已经成型。孙昌武先生翻译的小南一郎（研究西王母的学者）的《中国的神话传说和古小说》中认为，材料远超文本，各种文物上的图案，或铜镜纹饰图像等都有利用价值。这些文物性材料，非文字、非书面的材料也与叙事文学的发展有着重要关联，不应忽略。叙事文化学，小说戏曲为主体（肉），其他为辅（调味品）。】

叙述故事是构成叙事文学的必要前提：在文学作品中，叙事文学最主要的表现形式是描述时间、故事为主，有一定叙述历程性的小说戏曲。小说戏曲同样强调历时性，与民间故事既有共性又有一定差异，很多笔记小说收录了民间故事，而绝大多数古代民间故事只能通过书面渠道得以保存。此外，我们看到的故事只是一种版本，不能代表全貌。与民间文学联姻的也只是叙事文学作品中的部分作品，也不能代表叙事文学作品的全貌。

二、叙事与叙说的关系【叙述与叙说的关系】

叙述是用书面的形式陈述一个故事；叙说主要是一种口头的语言表达方式。两者的差异在日常生活中也是存在的。同样叙述一个事件，一个人可以说得很文雅，也可以说得很口语化、民间化。但是，在文学的领域里，两者的区分是重要的，正是有了这种区分，也才使得小说成功地从它的胚胎中分离出来，成为一种文学的样式。

叙事文学还有一个自身独有的特征，即书面文学与口头文学的相互作用，共同推演。如果说诗词等抒情文学必须与吟诵相伴随的话，那么小说戏曲等叙事文学则必须与民间口头流传相伴随，二者水乳交融，你中有我，我中有你，共同的叙事底色构成它们相伴随的基础。因为叙述故事是构成叙事文学的必要前提：在文学作品中，叙事文学是时间的艺术，是以描述时间历程为基本责任的。在这一点上，无论是书面叙事文学的小说戏曲，还是口头文学的民间故事，都是殊途同归。二者不但在内容上相互吸收，而且绝大多数古代民间故事只能通过书面渠道得以保存。此外，我们看到的书面叙事文学故事通常只是一个版本，不能代表全貌，只有更多的与之相关的民间故事传说与其内容相参照，才能看出故事的整体面貌。当然，与民间文学联姻的也只是书面叙事文学作品中的部分作品，不能代表叙事文学作品的全貌。

然而，书面文学与口头文学毕竟不能完全等同，区分二者各自的特质无论是对中国叙事文化学整体的宏观认识，还是具体的个案故事类型研究，都同样必要。叙事是用书面形式陈述一个故事，叙说主要是一种口头语言表达方式。在文学领域中，正是由于两者的区分，使得小说成功地从它的口头传承阶段进入书面文学样式：神话传说/诸子寓言/史传文学/辞赋文学（早期为对话体）。

叙说文学因口头传承，有了很大的变异性，是随意性和变异性的结合；叙事（述）较为稳定，相对于叙说变化较少，但也有版本变化。

关于民间文学和小说，既要关注书面文学，又要看到口头传承的民间故事现象，从两方面出发，对具体个案进行研究考证，主题学研究就要从书面和口头两方面研究文本的变异现象。

虚构分为文学的虚构（文学的，主动的）与传闻的失实（被动的，非有意的），文学虚构不同于民间流传中的"走样"，"走样"是一种不自觉的失真。有学者将传闻的失实误认为有意的文学的虚构。

三、中国古代叙事文学的范围

（一）文体内和文体外的双重关注：

文体内要关注比较明确的叙事文学体裁如小说、戏曲、史传等；文体外要关注本身不属于叙事文学，但和叙事文学有着非常密切关系的文献，如诗词、文物等。

在叙事文学之外，对于历史学、民俗学等学科中与叙事学有关资料的关注是从中国叙事文化学角度对于叙事文学研究的新角度。我们的进步突出表现在视野的扩大，包括非叙事文学，甚至非文学。这与中国叙事文化学的性质有关，首先中国叙事文化学关注材料的丰富性；其次是叙事文化学致力于对于这些材料在文本上的不同寻求文化内涵上的解读，而每一个故事在某个时代内，不同体裁的材料的分布并不是均衡的，这就需要各种其他材料来对其补充，防止材料的断层。（如西厢故事在元稹、董解元和王实甫之间几百年有无积累、演变的情况，不能仅关注这几部作品。）

（二）在表达方式上，具备叙事特征的作品与一般叙说的材料要加以区分，且同时关注。（要有主次之分，主是纯粹的以叙事文学为主的材料；次指其他相关材料）

（三）注意书面文学与口头传承的区别。书面文学是我们关注的主体，口头文学作品是我们参考的对象。但有时书面文学与口头文学的区别不是很明显，很多书面文学作品只是口头文学的记录而已，如《搜神记》《夷坚志》《聊斋志异》等。

第三节　关于叙事文化

【对叙事文化的定位；叙事、叙事文学、叙事文化的递进关系】

一、关于叙事文化的界定和属性（从文化的构成、属性等几个角度入手简单了解，目的是辨析叙事与文化相联系的原因。）

（一）文化：文化的定义很多，普遍认可的一个定义是：(1) 由人工所创造的产品，与自然（原始、本来）对立。(2) 人工创造的对象是自然（木石山水）和社会现象（人类的社会历史的发展所做出的人工的描述反映）。

文化所包含的内容可以分为两个最基本的层面，一个是物质的，一个是精神的。如果加以细分，文化则包括物质的、精神的与制度（社会制度——人类社会的发展演变的带有浓厚的文化色彩的属性。）甚而有人在其中加入了风俗，认为它不属于严格的精神产品（有形可见的），是人们在潜意识中形成的。

（二）叙事与文化的关联

1.物质与叙事的关系：自然现象可以成为叙事和叙事文学的表现对象。（山水诗、绘画）

2.精神与叙事的关系：在精神层面的文化中，主要包括思想、文学艺术、宗教等诸多方面的内容。通过某种载体的方式把人类社会的某种认知概括总结出来。叙事应该是作为精神层面的文化现象的一个组成部分。（文学）

3.制度与叙事的关系：本身没有直接关联，制度却是我们进行叙事或者进行叙事文学不可回避的重要的社会背景。因为无论要叙述任何事，都离不开故事本身的社会背景与社会制度。

4.风俗与叙事的关系：这是更为重要的关系。从风俗的角度而言，不定型的非书面化的东西。在没有录像机、照相机的年代没有办法完整记录，我们正是凭借叙事的产品加以了解。史书、绘画等可能有所提及，但是关于古代风俗的记录，数量最大的当属文学作品。实际上应该是通过作家的描绘，折射出当时的时代场景。（文学理论中的大量表述）

叙事和文化有着非常紧密的关联。所以，从这个角度来看，叙事文化不是凭空而来。我们通过这样的拆解，也能够看到叙事文化不是随便拼凑的，而是有一定科学道理的。这样一来，再进行概括，我们把历史上各种叙事的现象或者叙事文学的现象，可以看作是一种文化研究的对象。

在各种各样的文化审视的过程中，思想文化是所有社会文化中最重要的带有掌控性的杠杆，统领影响其他所有的文化。（如了解魏晋文化就必须了解玄学。）思想文化是从思想的层面了解文化，研究关照审视总结；建筑文化、书法文化、绘画文化等均是如此。当文化前面被冠以一种特殊的社会现象，这也就构成了文化研究的一种独特的视角。不同的具体的文化研究从其他方面从不同角度为思想文化提供支撑。叙事是诸多层面的重要角度。

（三）文学的文化学研究

文学可否做文化学研究？反对派认为文学研究应该回归文学自身。离开文学的研究，叫历史学研究。

作为文化的组成部分，叙事文学的文化属性本是不言自明的。但长期以来包括叙事文学在内的文学的文化研究没有得到足够重视。随着叙事学从经典向后经典的转变，叙事文学的文化学研究意义开始受到重视。从操作层面看，跨越狭义的叙事文学樊篱，从广义大文学的视野来进行叙事文学的取景观摄，这本身就已经使叙事文学研究具有了文化研究的性质。这一点不仅为中国叙事文化学所恪守，也是近些年来叙事学研究的一个新动向。傅修延（研究方向是比较文学和叙事学《叙事》丛刊主编）在《先秦叙事研究——关于中国叙事传统的形成》一书中意识到，叙事学研究的范畴应该突破小说甚至文学叙事，他强调："凡是含有叙事成分的先秦文献都在本文的考察范围之内。……任何含有叙事意味的信息传递，无论画事、说事、唱事、问事、铭事、感事、演事，还是甲骨、青铜、神话、史籍以及民间文艺，甚至包括'表事'的汉字本身，都在本书的讨论之列。"这与中国叙事文化学对于叙事文学范围的理解可谓心有灵犀。赵毅衡则从理论高度将此现象总结为广义叙述学，他认为叙事学从经典到后经典，一个显著的特色就是发生了叙述转向，叙事学研究从单纯的小说模式转向了文化模式。小说叙事模式显然已不足以解释这种新现象。广义叙述学是要建立一种涵括各种体裁、各门学科的广义理论 的叙事学。它将不再以小说模式为中心，虚构或非虚构的叙事如广播新闻、电视广告、梦都纳入叙事研究的考察范畴。这样一来，中国叙事文化学的广义叙事文学观念就不再是孤军奋战，而是从属于广义叙述学的一块重要试验田，也是西方叙事学中国本土化的一个尝试。

二、欧洲的史诗文化（《荷马史诗》）与中国的史传文化（几乎没有类似的史诗，但很早就有了史书）。

区别：史诗文化强调矛盾冲突（古希腊悲剧）的范畴，史传文化和史诗文化的一个巨大区别就是史诗文化肯定矛盾的对立，从冲突中去感受文化的内涵和矛盾的对立（社会变革的时代，突出特征就是由原始社会进入到城邦社会，其间很突出的变化是血缘的纽带的淡化。社会前进就是要与之前的时代进行切割分离，矛盾冲突是很重要的表现（如"俄狄浦斯情结"：血缘关系的结束）矛盾冲突的精神反映在社会的各个方面，文学、哲学……到黑格尔到达极致，用矛盾冲突感知社会的方方面面），史传文化强调从矛盾双方的和谐性来把握和处理相关的文化属性（维护血缘关系，帝王的传承谱系：最多改朝换代，但也不过是换了一家的血缘而已。社会发生了很大的变化，分封制、井田制。但根本上仍旧依靠血缘关系传承维系）。史诗相对随意、浪漫，史传在编年中体现系统、逻辑。要了解受史传文化圈影响的叙事文化，就要求我们必须从史传文化自身的特征来关注和审视。

注意：要加强从零散琐碎的文化现象中归纳问题、推导结论的能力。

三、叙事文学的文化内涵【文学与文化的关系】

提问：叙事是指什么？文化是指什么？叙事文化是指什么？叙事文化学的"叙事"与"叙事学"的"叙事"的区别是什么？

叙事学是一个很大的圈子，按照叙事学的概念和要求衡量和判断研究，通过何种叙述方式完成叙事任务。有较多的叙事概念（主体叙事、客体叙事；全知叙事、限知叙事，有理论体系）研究叙事文学中的一种艺术的陈述方式，故事是怎样讲的，使用什么手段讲的。

叙事文化学的"叙事""文化""叙事"主要是指文体的概念，叙事文学作品；后面的文化是指文化研究。是指对叙事文体作品的文化研究。【命名问题：叙事文学和中国故事类型研究——后一种命名不会产生这种误解；叙事文化学则说明了故事类型研究最重要的属性】

1.对于叙事文学的个案单元（作品），首先要关注其历史内涵，它所集结的文化要素是什么。这是文学自身的文化属性决定的。（文学有文化的属性，所以我们可以从文化的角度研究文学，关于文学的文化研究这是一个问题。有一种观点看法认为不应该用文化研究取代文学研究。我们首先应该有一个共识，学术研究尤其是社会科学研究，社会科学鼓励用同样的材料、条件，通过研究者的不同角度，应该有不同的结论，结论越多越好。对文学与文化关系的讨论是不是唯一。不反对进行纯文学的研究，但也不能因此否定文学的文化研究。文化研究是文学院最突出的特点，南开版的文学史教材强调文化研究。对于文学的文化研究，不必持怀疑否定的态度。）叙事文学的文学研究关注各个历史时期的社会文化对于叙事文学的影响，在全面掌握其广义叙事文本材料的基础上，努力挖掘这些材料背后的历史文化蕴含。比如西王母故事中的道教与寿庆文化内涵，木兰故事的易装文化内涵，唐明皇故事的帝妃恋情文化等。

2.关注叙事文化内涵的动态性【叙事文化学的生命线】

（形态的多样性、情节的变化、作者的思想寄托——历史文化内涵、文学形式本身所产生的影响。）

叙事文化学的研究对象是由若干单篇作品所形成的故事类型，应该特别强调的是叙事文化的历史演变动态的流动性轨迹，因为历史是一个过程，历史的变化必然会投影到受它影响的个案作品上。某一故事类型的文化内涵并不是铁板一块的，而是具有动态的流动性。文化内涵的动态性是文化学研究的灵魂所在。

（1）某一叙事文学作品可能会经历漫长的历史过程（跨越时间范围和空间范围），历史的变化投影在个案作品上，那么它的内涵必然会发生变化。我们从文化学角度审视它的时候，要关注它外部形态的变化，如文本文字的增删、人物的添加等。通过或大或小的现象把握原因。如我们熟知的"昭君故事"。

【借鉴西方主题学研究的本质】

【叙事文化学要解决"为什么"的问题】当一个故事发生形态变化时，它本身的文学要素也要随之变化，如叙事文学语言的变化，我们要关注特定的语言表达方式的变化和它所要强调的文化的关联是什么？一定时期的文学形式、文学手法的发展变化给同时代的文本形态变化提供了什么契机？怎样通过文学手段实现文化的传达？——历史文化的制约、小说、戏曲、变文、诗歌等文学体裁的制约。叙事文学样式的发展变化对故事类型的形态发展变化会产生怎样的影响。（王昭君故事最早是史传文学，故事记录最早在诗歌和笔记小说，作品群的出现是在白话小说和戏曲等通俗文学流行的时候。杂剧和章回体的叙述方式的影响，是文化分析的特定的方面和角度——杂剧中表现的文化精神与小说中的文化精神是不同的：文化三段论——戏曲、小说是伴随着市民文化而兴起的新的市民阶层。与诗文作家代表的士人群体是不同的）

注："动态"不仅体现为差异性，也体现为延续性。不同历史时期对某一故事的认同与表现，本身有说服力。（不可忽略了可能的稳定性，稳定性的部分也有文化研究的价值。）

延续性：某一段故事情节在一段时间内变化小，不可简单从一个层面写；面对跨越时代、历史的稳定，要揭示不变的道理。以往有人静态地把某一代的故事分四主题概括，不可。先摆事实（变在哪，不变在哪），再找原因。

动态性研究是叙事文化学的主导和灵魂，过去小说戏曲同源研究很少涉及。

(2) 文学、文化研究不能割裂，但文化研究不可代替文学研究。当一个故事发生形态上的变化时，它本身的文学要素（语言、体裁）也要随之关注。如叙事文学语言的变化，我们要关注特定语言表达方式和它强调的文化要素的关联，文学发展对故事类型变化的影响，要关注体制要素。戏曲、白话小说体制未成熟，许多故事类型只能粗陈梗概。戏曲、白话小说的产生发展为故事类型形成规模提供机遇和可能。

3. 文学形式的"意味"性。

对文学的形式和技巧不能狭隘和孤立地看待，要认真全面地把握研究对象，不妨参照国内外的理论研究，英国批评家克莱夫·贝尔"一切真实的艺术都是有意味的形式，艺术意味的形式能使人产生审美情感"。【如：京剧的脸谱：程式化的形式中包含了某种内容的含义；章回体的形式：最初是因为说话艺术中的"讲史"类的结束语"且听下回分解"这种形式，章回体的结构带着浓厚的史传叙事的传统，这种形式暗示着宏大的故事】

对于"有意味的形式"，李泽厚曾有过解释，早期先民们在墙壁上或者器具上制作的图案和花纹，原本可能只是一头牛或者一个锄头，但是到后来，它已经不再是图案本身，而有了一种美的含义。【内容到内涵】这种情况对于叙事文学来说，就是要努力寻找每次形态变化的美学和艺术含义。（李泽厚："形式的意义化"，如先民器物的花纹，不再是图案本身，而有了美的含义，有了形式感。再如绘图上的"二方连续"，同一纹样何两个方面延续、复制，最初是内容，久之被形式化；看到图案，已忽视了最初的内容。有意味的形式，可理解为从内容积淀而成的文学艺术形式，例如章回小说中的说话痕迹。一个单元故事的变化表现了什么，每次的变化是故事的美学和艺术含义的变化。（对于叙事文学来说，就要努力寻找每次形态变化的美学和艺术含义。）

例如，同是王昭君题材，在元杂剧中，马致远的《汉宫秋》中对于昏庸奸臣的批判，是作者对元代历史的隐喻，反映的是元代之情事，倚助于元杂剧"一本四折，一人主唱"的特点，明快显豁淋漓尽致地表情达意。同时也因为元杂剧更为通俗化，传播广泛，更为底层群众喜闻乐见，所以因为这艺术形式，昭君故事在马致远笔下集大成。相对于诗词作品，杂剧形式上的特点显而易见。

要有两条线：文化历史线、形式艺术线。

第六章　叙事文化学具体操作的方式和方法

*1.*论文选题方向：古代叙事文学故事类型研究

需要大概了解叙事文化学的故事类型有什么区分（叙事文化学的研究对象，事实上文学作品中存在的故事类型；从研究者的角度所作的关于故事类型研究的一种方法——对象本身的情况，研究者的主动选择和操作方法；从第一个方面来看，参看《先唐故事类型主题索引》虽然时间断限在先唐，大致分类后续应该一致，从研究的角度，所作故事类型研究的相关问题——不是《先唐故事类型主题索引》的所有内容都需要做个案研究，要注意门槛和条件）

故事类型研究的类型：神话类型、真实人物（比较容易出选题的部分，也是数量最多的，主要指帝王及历史文化名人。如偏重于文化的人物苏轼，偏重于智谋武功的人物项羽、伍子胥、张良、司马相如、花木兰等）、传说人物（如王昭君、孟姜女）、文学人物（虚构，似乎还没有）、事件性的故事类型（如红叶题诗、柳毅传书等）。

有些故事类型不是没有前人研究过，但叙事文化学有三个特色：

其一，一般小说戏曲同源研究，材料挖掘不彻底。叙事文化学力求竭泽而渔。

其二，在内容分析上很少有人深入到文化研究的多方位、多角度。

其三，很少有论著对如此大系统中的文类样式更新做出描述和分析。

对象界定（选题）：该对象的研究现状，明确逻辑的目的归属，有价值有意义；对象必须是具体的个案故事，与意象的故事群区分开来，其次是研究对象必须具备一定规模和较大的时间跨度、文体、文种跨度。

学位论文

影响外扩，步入正轨

——2018—2023 年间的中国叙事文化学个案故事类型研究学位论文实践探索

李春燕

一、个案故事类型研究学位论文概述

2018—2023 年是中国叙事文化学研究步入正轨的时期，其间共完成个案故事类型研究硕、博士学位论文二十余篇。这些成果以南开大学宁稼雨教授指导的博士、硕士学位论文为基本构成。同期，扬州大学等高校的硕士研究生所做的以个案故事类型研究为选题的学位论文数量大增，可见中国叙事文化学研究的影响持续向外扩展，科研、教学、论文、成果推宣四位一体的研究生培养模式作用显现。个案故事类型研究成果的持续发表，"中国叙事文化学"研究专栏的创设，以及《中国叙事文化学研究文丛》的出版，共同推动中国叙事文化学研究步入正轨。

2018—2023 年这一时段，南开大学博士、硕士研究生完成的个案故事类型研究学位论文，基本情况如下：

表 1　2018—2023 年间南开大学中国叙事文化学博士学位论文一览

题目	作者	完成时间
《伍子胥故事的文本演变与文化意蕴》	南开大学 2015 级博士研究生陈玉平	2018 年
《刘邦故事的文本演变与文化意蕴》	南开大学 2016 级博士研究生李彦敏	2021 年
《姜子牙故事的文本演变及其文化意蕴》	南开大学 2019 级博士研究生张慧	2023 年

表2 2018—2023 年间南开大学中国叙事文化学硕士学位论文一览

题目	作者	完成时间
《孙膑故事演变及其文化意蕴分析》	南开大学 2016 级硕士研究生李莹	2019 年
《豫让故事的文本演变及文化分析》	南开大学 2017 级硕士研究生曲晶	2020 年
《韩愈故事的文本演变及其文化分析》	南开大学 2017 级硕士研究生孟玉洁	2020 年
《韩信故事文本流变及其文化阐释》	南开大学 2018 级硕士研究生任卫洁	2021 年
《郭子仪故事的文本演变与文化意蕴》	南开大学 2018 级硕士研究生张莹莹	2021 年
《白居易〈琵琶行〉故事的文本演变及其文化意蕴》	南开大学 2019 级硕士研究生陆倩	2022 年
《霍小玉故事的文本演变及其文化意蕴》	南开大学 2020 级硕士研究生祖琦	2023 年

　　本时段的中国叙事文化学个案研究成果，除了上述博士、硕士的学位论文，还有宁稼雨教授指导的博士、硕士所发表的个案故事研究相关论文。2021 年 5 月出版的《中国叙事文化学研究文丛》，收录了 2012—2020 年间《天中学刊》"中国叙事文化学研究"专栏的一百余篇文章。这些文章分为三类：一是基础类的个案故事类型研究，二是部分重要个案故事类型的研究综述和展望，三是关于叙事文化学研究总体的理论性文章。其中宁稼雨教授指导的学生所做的与学位论文、课程作业相关的个案研究占到半数以上。个案故事类型研究学位论文成为很多学生的科研入门。

　　从宁稼雨老师指导的学生到南开大学部分硕博士研究生，再到其他院校的研究生，中国叙事文化学研究的影响持续向外辐射，个案故事类型研究学位论文选题越来越多。如广西大学 2017 级硕士研究生陈柳，就曾在"中国叙事文化学研究"专栏发表论文《谢小娥故事的文本流变及其文化内涵》（《天中学刊》2020 年第 1 期），其毕业论文选择裴航故事进行文本流变研究，并梳理故事主题、人物形象嬗变，分析故事的文化内涵，完成《裴航故事文本流变研究》一文。从正文引用和参考文献来看，宁稼雨教授的《文本研究类型与中国叙事文化学的关联作用》《叙事·叙事文学·叙事文化——中国叙事文化学与叙事学的关联与特质》等文章对其论文写作产生了影响。

其他高校的个案故事类型研究学位论文数量，很难完全统计。仅就知网和万方数据收录的硕士论文进行检索可知，本时段其他高校个案故事类型研究硕士学位论文主要有以下十篇（详见下表）。这些选题涉及文本的跨度不一，指导老师各不相同，可见高校导师、研究生对个案故事类型研究选题价值的认可是比较普遍的。

表3　2018—2021年间其他高校中国叙事文化学研究硕士学位论文举要

题目	作者	院校	完成时间
《何文秀故事演变研究》	刘梦爽	扬州大学	2018年
《唐至清代聂隐娘故事流变及文化意蕴研究》	郭可可	扬州大学	2018年
《董永遇仙故事跨文本研究》	蒋蔚	陕西理工大学	2019年
《"麻姑献寿"传说的形成及文本流变》	王昭宇	东华理工大学	2019年
《王昭君故事的传承与流变》	薛凡	渤海大学	2019年
《裴航故事文本流变研究》	陈柳	广西大学	2020年
《历代"越女剑"故事研究》	吴时鼎	重庆大学	2020年
《中国人鱼故事中女性角色的历史变迁与文化意蕴》	莫惠岚	广西师范大学	2020年
《朱买臣故事流变研究》	纪亚兰	扬州大学	2021年
《先秦两汉吕望故事研究》	卢奴静	西北师范大学	2021年

二、个案故事类型研究学位论文选题分析

本时段，南开大学宁稼雨教授指导的学生所做的个案故事类型研究选题集中在帝王和历史人物故事类型，而其他高校的个案故事类型研究选题相对分散，有神话传说故事类型、历史人物类型和文学人物故事类型三种。因本时段时间较短，加之其他高校的个案故事类型研究学位论文与南开大学宁稼雨教授指导学生所做的个案故事类型研究学位论文的写法越来越接近，因此，进行选题分析时，本时段兼顾分析其他高校的个案故事类型研究论文选题，通过对比，不难看出中国叙事文化学的个案故事类型研究在选题标准方面的探索意义。

（一）选题内容与入类情况分析

关于个案故事选题分类及研究对象的层级，宁稼雨教授指出："叙事文化学的对象层级分为四个级别，最高一级是宏观大类，分为'天地''神怪''人物''器物''动物''事件'六类；最低一级为具体的个案故事类型，中间则是从大类向具体个案故事过渡的层级。"①按照以上标准，2018—2023年这一时段中国叙事文化学的学位论文选题，均为个案故事类型研究。

其中大多为历史人物类故事。《先唐叙事文学故事主题类型索引》的文献来源，以叙事文学文献为主，其他文史文献为辅，因此这些源于历史文献的故事很多未收入索引中。按照一般标准看，本时段的博士论文选题分别属于帝王主题类（刘邦）和历史名人主题类（伍子胥、姜子牙），硕士论文选题主要集中在历史名人主题类（孙膑、豫让、韩愈、韩信、郭子仪等）。

这些故事产生的时代不一，从先秦到中唐，规格体制各有不同。博士学位论文的选题故事产生的时代早、文献材料文体跨度大、文学演绎程度较高。如伍子胥、刘邦、姜子牙均为知名历史人物，他们的故事，具有流传较广、文学演绎程度较高的特点。伍子胥故事情节多元，可分为复仇故事、逃亡故事、忠谏故事、潮神故事等多个主题系列，伍子胥形象充满矛盾性和复杂性。刘邦故事包括斩蛇起义故事、高祖还乡故事、戚夫人故事等，具有多元的情节构成。在姜子牙故事中，其由人到神的身份转变，以及史学家、文人等不同叙述主体对其展开的多维演绎，使姜子牙不仅成为士人政治理想"帝王师"的代表，在政治与文化（道教）、官方与民间的互动中形成了不同神格主导的姜子牙文化信仰。

南开大学的硕士学位论文选题，故事内容充实，文化影响力大。如豫让故事，其核心情节是豫让刺杀赵襄子为其主君智伯复仇，豫让吞炭、斩衣三跃、赤桥伏击、"士为知己者死，女为悦己者容"等都是由此衍生出的典故。孙膑故事包括与庞涓斗智、田忌赛马、减灶惑敌、马陵复仇等故事

---

① 宁稼雨：《随孙国江走进六朝志怪小说》，《博览群书》2021年第7期。

类型。韩信故事包含发迹变泰故事、报答漂母故事、萧何月下追韩信故事等，与韩信有关的成语，有胯下之辱、一诺千金、暗度陈仓、半渡而击、十面埋伏、多多益善等。韩愈故事以爱才故事、贬谪故事为主要内容，形成"推敲""蓝关走雪"等典故。郭子仪故事以拜寿故事、打金枝故事最为知名。知名历史人物故事的文学演绎，让他们成为一种文化符号。豫让、孙膑、韩愈，成为地域文化的名片，同时也是民间信仰的神灵。

其他高校的个案故事研究学位论文选题，历史人物类故事有王昭君故事、朱买臣故事；董永遇仙、麻姑献寿更偏神话传说；文学人物主题故事中，人鱼故事、越女剑故事产生年代较早，聂隐娘、裴航故事产生于唐代传奇小说中，何文秀故事产生于明代。

（二）选题特点分析

随着中国叙事文化学个案故事类型研究选题规模判定标准的不断完善，学位论文的选题逐渐有章可循。大、中、小三种规模的选题，分别对应博士、硕士、学士三种学位论文的体量。经过前三个时段的选题和写作实践，个案故事类型选题原则运用得比较圆熟，此前"个案故事类型的覆盖范围比较全面，形成了几个比较集中、有一定规模的题材类型系列群。目前主要的题材类型系列群有：神话题材系列、历代帝王题材系列、历史人物题材系列、文学人物形象题材系列。根据题材系列的角度不同，也逐渐形成不同题材系列的不同研究路径特色"①。

本时段整体选题特点如下：

1.综合考量，选题恰当

随着中国叙事文化学对论文选题的梳理总结不断深化，研究生对论文选题的规模大小、价值高低，有了更准确的判断，从而能够更有效地选题。陈玉平说："关于中国叙事文化学个案的入选标准，宁先生从文本流传的时间跨度，体裁覆盖面，个案故事类型的文化意蕴构成三方面进行考察，以伍子胥故事来说，流传时间从春秋晚期到清代；体裁覆盖史传、戏曲、小

---

① 宁稼雨：《学术史视域下中国叙事文化学研究的得与失》，《南开学报（哲学社会科学版）》2020年第3期。

说、说唱文学；文化意蕴构成包括忠君文化、复仇文化、地域文化、民间信仰四个部分。这三个方面的因素综合考量，伍子胥故事在个案故事类型里属于规模较大的，十分适合用来做博士论文。"①

前三个时段，博士论文中的神话传说故事选题和历史人物故事选题比较集中，硕士论文中则是文学人物类型故事选题较多。本时段，对于宁稼雨教授指导的学生而言，随着个案故事研究选题标准的不断完善，学位论文成果的持续积累，可供参考的经验、教训越来越多，选题上的认知盲点越来越少。研究生在充分认识学位论文选题重要性，尤其是博士毕业论文对于个人今后科研发展重要性的前提下，综合分析考量选题价值、难易程度、与个人能力的契合度、预期成果的产出率，以及今后成果推宣的难易度等各种因素，并结合自己的研究兴趣点选题。

同期的外校硕士论文选题，存在选题偏大、界定不充分等问题。如王昭君故事，无论是知名度、故事演变的时间跨度，还是文本材料的数量，都适合做成博士论文，且在2004年，南京师范大学张文德已经完成《王昭君故事传承与嬗变》的博士论文。董永遇仙故事也是如此，2004年南京师范大学纪永贵有《中国口头文化遗产——董永遇仙传说研究》的博士论文。个案故事研究最理想的状态是"小题大做"，有充分学术积累者选取小故事做精深研究。但在一些学位论文写作实践中，情况恰恰相反。在选题之初，研究生怕无话可说，因此选了偏大规模的题目，在具体研究时，由于学术判断或研究经验欠缺，要么收集材料不全，要么对于收集到的非经典作品，无法给出合乎实际的文学、文化价值定位，研究效果会大打折扣。

2.聚焦有话题的历史政治名人

本时段的选题，聚焦于历史人物故事，和传统的"就某一特定历史人物或某一篇具体作品做与之相关的文史互证研究"不同，叙事文化学研究"更为关注作为一个个案故事类型完整的文献材料和文化学、文学解读"②。这一时期的选题，包括帝王、武将、军事家、刺客、文坛领袖，从历史到

① 陈玉平：《伍子胥故事的文本演变与文化意蕴》，南开大学博士学位论文，2018年。
② 宁稼雨：《学术史视域下中国叙事文化学研究的得与失》，《南开学报（哲学社会科学版）》2020年第3期。

文学，他们的经历，都有足够生发故事的空间。文本故事产生年代早，故事形态多样，流传甚广，文化内涵丰富。

有争议、有话题的历史人物，如伍子胥，他是春秋时期有名的历史人物，他先是为父报仇，掘墓鞭尸，后为国尽忠，鸱夷沉江。千载之后，他仍然是一个广受争议的话题，中国古代的历史传记、小说戏曲、民间传说、出土文物之中保留了大量的伍子胥故事。刘邦作为汉代开国皇帝，他有历史功绩，《大风歌》证明他的文学才能，元散曲《高祖还乡》具有文学感染力；此外，草根出身，斩白蛇起义等传说，楚汉争霸的历史传奇，以及与之相关的吕后、戚夫人故事，信息体量大，具有从历史向文学演进的能力。韩信作为西汉开国功臣，战功赫赫，其人生经历具有以下要素：低微的出身、巨大的功勋和离奇的死亡。这些要素促使历史故事进入文学演绎。"中兴唐室第一人"郭子仪，有平定安史之乱的大功，富贵长寿、子孙显达，是人生圆满的代名词，《打金枝》《满床笏》传承至今。

3.选题研究具有现实应用价值

知名历史人物如杨贵妃、花木兰、姜子牙、济公等，已是经典影视题材，2017年有陈凯歌导演的奇幻电影《妖猫传》，2020年有动画电影《姜子牙》《花木兰》，2021年有动画电影《济公之降龙降世》，2023年有电影《封神》等。

2015年推出的手机网络游戏《王者荣耀》，人物角色大部分来源于中国历史人物。女娲、西施、嫦娥、后羿、花木兰、武则天、杨玉环、曹操、项羽、张良、荆轲，以及本时段论文选题中出现的刘邦、孙膑、韩信都出现在游戏中，但有不同于历史人物的身份设定。"《王者荣耀》作为一款英雄召唤类游戏，截至2019年初共推出八十九个游戏人物，其中七十五个取材于中国传统历史神话人物，游戏与文化彼此渗透，相互交融，游戏用户在玩游戏的过程中，难免会受到游戏世界中审美、文化偏向，甚至是价值观、世界观的影响。"①

---

① 张玲：《〈王者荣耀〉的传统人物再造与受众认知改变研究——基于媒介记忆视角》，安徽大学硕士学位论文，2019年。

弘扬中华优秀传统文化，需要对中国传统文化进行创造性转化、创新性发展。中国叙事文化学个案故事选题，从这个意义上考量，选取有知名度、作为文化符号存在的历史名人故事进行文献、文本、文化研究，一方面正本清源，以防历史人物故事在商业性应用中跑偏；一方面可以为促进文化产业发展，尤其是拉动地方经济文化发展贡献自己的研究智慧。这方面的成绩，如李春燕硕士学位论文研究关盼盼燕子楼故事，2012年发表《燕子意象与燕子楼故事的文化意蕴》，2018年被徐州园林局主办的《徐派园林研究》第1期全文转载。科研成果服务地方文化发展的成果显现。本时段的学位论文选题，伍子胥故事与楚文化、吴越文化关联密切，可以说伍子胥是苏州的历史文化名片。同理，刘邦之于徐州，韩愈之于潮州，也有这样的意义。

三、个案研究学位论文写作模式分析

经过近三十年的探索，中国叙事文化学个案研究学位论文写作模式经历了从"文学文献+文化内涵"向"故事演变+文化内涵+文献附录"的升级。这一写作模式清晰再现了个案故事研究所做的三个方面的工作，即首先围绕个案故事主题，打破文体、贯穿时代，进行全面地故事文献发掘整理，成果放在"文献附录"部分；其次对故事文本进行考索、解读，梳理故事的形态演变，注意不同时代故事文本在情节、人物、意象方面的离合变异，成果放在论文第一章故事形态演变部分；最后对故事情节、人物、意象等的异同变化做出文化学、文学的根源挖掘和原因解析，确定故事演变的文化主题，分章论述，放在论文的文化内涵分析章节。立足于文献基础，应用嵌套式结构，进行螺旋式的升华，从而将文献、文学、文化研究融为一体。

（一）文献综录和故事形态演变梳理的进一步细化

中国叙事文化学在文献材料搜集方面提出的目标和理念是"竭泽而渔"和"一网打尽"。为此，宁稼雨教授将文献搜集的覆盖范围分为四个部分：经史子部文献、集部文献、通俗文学文献和文物材料。文献综录和文本形态梳理，是为确保故事文化主题研究的细致深入。本时段的论文，在写作

上均贯彻了这一理念。最突出的代表是2023年完成的博士论文《姜子牙故事的文本演变及其文化意蕴》，该论文在文献和文本形态梳理方面，共设置了三部分内容：

首先是第一章的姜子牙故事相关文献述略，下分四节，分别从通俗文学文献、经史子部文献、集部文献、文物材料的角度搜集历代姜子牙故事文本。这一做法的目的是从故事类型全局、整体着眼，搜集统计出中国古代叙事文学作品中姜子牙故事文本的总数，对姜子牙故事文献群有一个宏观整体的了解与把握。

其次是第五章姜子牙故事文本演变的文体形态分析，下设三节，分别为先秦两汉时期、六朝及唐宋时期、元明清时期，以时间为序分析姜子牙故事在不同文学形式中的表现及其与中国古代文体发展演进之间的关联性。"中国叙事文化学个案故事文献群主要是由不同文体形态书写的文本构成的，这就意味着姜子牙个案故事的文本演变研究必须关注古代文体的发展、流变，探讨姜子牙故事文本形态的差异及其文化意蕴的变化在各种文体形态中是如何呈现的，以及姜子牙故事形态及其文化内涵的演变与不同文体形式、文学表现之间具有怎样的关联性与对应关系。"

最后是附录，该部分为姜子牙故事流变文献综录，是对姜子牙故事流变相关的文本文献的整理综录。这部分的结构安排基本以第一章《姜子牙故事相关文献述略》的章节设计为标准，先对相关书籍进行大略介绍，然后概述书中涉及姜子牙故事流变的内容。

文献基础扎实是这一写作模式的显著特色，个案故事研究建立在广泛而全面的文献收集基础之上，这一工作成果广泛体现在论文附录中，如《伍子胥故事的文本演变与文化意蕴》附有四十五页的文献资料；《豫让故事的文本演变及文化分析》的附录将豫让故事诗词文资料汇总，以表格形式呈现诗词文的关键句，简洁明了；《郭子仪故事的文本演变与文化意蕴》在附录中罗列了主要作品情况，把朝代、文本类型、书名、作者、存佚情况、人物位次、其他人物、主要故事情节列入表格中，简明清晰。注重文物材料的收集这一点在学位论文中亦有所体现，《豫让故事的文本演变及文化分析》的附录中有相关石刻画像材料；《韩愈故事的文本演变及其文化分析》的第五章，论及对韩愈的物化崇拜，文内附有灵山寺留衣亭、马嘶岩、韩山、韩江、韩文公祠等文物遗址图片。

领会"文学文献+文化分析"论文写作模式的精神要义，遵守研究的基本操作程序，结合选题的实际情况，在不同文章中灵活处理文献材料，一方面确保了学位论文的顺利写作，另一方面也大大丰富了个案故事学位论文写作模式的运用实践，通过更多创造性的尝试，为完善个案故事学位论文研究提供了更多可能性。

随着对论文选题类型梳理总结的不断深化，历史题材人物个案故事论文在文献和故事形态梳理上不断细化，形成一些基本的操作模式——附录部分的文献分时段、按照文类进行排列。划分时段的依据则是人物故事文本形态的阶段性特征。如伍子胥故事文献分成三段，分别是先秦到西汉时期，东汉到唐宋时期和元明清时期，而这三个时期也分别是伍子胥故事流传的历史文本时期、历史文本向文学文本过渡时期和文学文本时期。孙膑故事形态演变，先秦两汉时期是史传文本，唐宋时期由史传进入文学文本，元明时期孙膑故事在民间文学中爆发，清代孙膑故事在小说戏曲中稳定发展。在故事形态演变的具体阶段中，梳理故事在人物、情节和文本形态方面的特征，并在章末设置小结，分析故事形态演进的特点。伍子胥故事研究、郭子仪故事研究均是如此，在这种体系化的论文写作模式当中，把文本形态演变、故事情节演变和人物形象演变进行了纵向梳理，分析更加细致，便于总体把握。

值得注意的是，从2014年的部分论文开始，第一章主要写故事形态演变综述，这一做法在本时段得到了继承。除了关注故事内容（情节、人物、意象）等内在因素的演变，也关注外在因素，即文本形态的演变。知名历史人物故事的文本演变，大体都经历了一个从史传进入文人文学，再扩及至民间文学的过程。把握这一特征，便于从史学文化、文人文化、书场文学、戏曲文化等方面切入故事的文化内涵分析。

（二）在对比中看文化分析对个案故事论文写作的重要性

中国叙事文化学个案故事学位论文写作的主体是文化分析部分。在"文学文献+文化分析"这一论文写作模式中，文献综录、故事形态演变梳理、文化主题分析三个步骤是递进关系，前一步对后一步来说具有铺垫意义。而文化主题分析，是前两步工作的目的，是论文写作的重中之重。可以说中国叙事文化学个案故事研究的宗旨，就是在于揭示故事流变的文化内涵。

中国叙事文化学学位论文的框架结构，自第一时段起，便形成了文化分析主导型和故事演变阶段主导型两种模式。前者先按时代顺序综述文献、梳理演变轨迹，然后选择若干文化主题进行故事演变原因分析。后者的论文主体构成是个案故事演变的几个时段，每个时段先列故事文本文献，再做文化内涵分析。从写作实践看，截至2023年8月，宁稼雨教授指导的二十二篇博士学位论文和四十篇硕士学位论文，大多采用文化分析主导型结构，仅2001年完成的硕士论文《卓文君私奔司马相如故事的流变》采用故事演变阶段主导型的论文框架结构。两种结构没有高下之分，从贯彻"文学文献+文化分析"的研究思路看，无论是在文化主题中分时代梳理的"先横后纵"，还是在故事演变阶段中分析文化侧面的"先纵后横"，其首要任务都是把该故事类型在不同时间和文学载体中所发生的形态变异情况梳理清楚，把流变的原因分析清楚。

通过多年的研究摸索和写作实践，文化分析主导型结构的个案研究学位论文，在文化分析章节的设置上，逐渐形成了一定之规：

从规模数量上看，文化分析一般有二至六章，其中博士论文的文化分析在三到六章之间，四章最为多见，即至少从四个文化主题切入，分析故事演变的文化意蕴；硕士论文一般是二至四章的文化分析，三章最为多见。

从内容设置上看，文化主题分析章节内，逐步形成了一种结构方式，普遍就横向的文化主题进行时代纵深分析，即先横后纵：确定文化主题后，第一节为本主题溯源，在此基础上，分析在这一主题影响下个案故事表现出的变化，按时代分阶段呈现，以此为顺序在后面设立小节。

表4 2018—2023年间南开大学博士、硕士论文章节结构及内容一览

论文题目	主要章节			
	故事形态演变综述	文化内涵分析		
《伍子胥故事的文本演变与文化意蕴》	伍子胥故事形态历史演变综述	伍子胥故事与复仇文化	伍子胥故事与忠君文化	伍子胥故事与地域文化	伍子胥故事与伍子胥信仰
《刘邦故事的文本演变与文化意蕴》	刘邦故事文献综述	刘邦故事与政治文化	刘邦故事与神秘文化	刘邦故事与帝妃文化	刘邦故事与楚文化
《姜子牙故事的文本演变及其文化意蕴》	第一章 姜子牙故事相关文献述略 第五章 姜子牙故事文本演变的文体形态分析	"受命"与"放杀":姜子牙与武王伐纣故事的正统性论辩	"帝师"与"帝臣":姜子牙故事与士人政治理想	政治·道教·民间:姜子牙故事与文化信仰流变	
《孙膑故事演变及其文化意蕴》	孙膑故事形态演变综述	孙膑故事与复仇精神	孙膑故事与军师形象	孙膑故事与地域文化	
《豫让故事的文本演变及文化分析》	豫让故事形态流变综述	豫让故事与复仇文化	豫让故事与忠君文化	豫让故事与侠义精神	豫让故事与地域文化
《韩愈故事的文本演变及其文化分析》	韩愈故事文献综述	作为历史人物的韩愈	韩愈故事与忠君思想	韩愈故事仙话化与神仙道教度脱主题	韩愈故事与地域文化
《韩信故事文本流变及其文化阐释》	韩信故事演变文本形态叙录	韩信故事中的君臣遇合主题	韩信故事中的报恩酬情主题	韩信故事中的悲冤主题	
《郭子仪故事的文本演变与文化意蕴》	郭子仪故事的文本形态演变	郭子仪故事中的忠君主题	郭子仪故事中的智谋主题	郭子仪故事中的富贵寿考主题	
《白居易〈琵琶行〉故事的文本演变及其文化意蕴》	白居易《琵琶行》故事演变的文本形态叙录	白居易《琵琶行》故事中的才子佳人主题	白居易《琵琶行》故事中的功名际遇主题	白居易《琵琶行》故事中的女性忠贞主题	
《霍小玉故事的文本演变及其文化意蕴》	霍小玉故事文本形态演变综述	霍小玉故事中的婚恋主题	霍小玉故事与豪侠主题	霍小玉故事与民俗文化	

180

本时段南开大学宁稼雨教授所指导学生的中国叙事文化学个案故事学位论文写作，是对"故事演变+文化内涵+文献附录"写作模式的进一步实践。与同时期其他个案故事学位论文对比，这一写作模式重视个案故事文化内涵挖掘的特色便显而易见。

同期校外的个案故事学位论文，有如下特点：

第一，论文题目的命名上，这些论文大多重视故事演变，标注故事演变和文化意蕴研究的，九篇中仅有聂隐娘故事和人鱼故事两篇，其他篇目多以"××故事流变研究"命名。

第二，在论文框架结构上，大多采用故事演变阶段主导型模式，如《唐至清代聂隐娘故事流变及文化意蕴研究》共四章，每章的题目分别是："唐：聂隐娘故事的发端""宋元：聂隐娘故事的低迷""明清：聂隐娘故事的复兴""聂隐娘故事对后世的影响"；《何文秀故事演变研究》前五章分别研究明代、清代前期、清代后期、民国时期、当代的何文秀故事，第六章归纳何文秀故事演变的轨辙；《朱买臣故事流变研究》以故事本事、魏晋到宋的故事发展、元代的故事变异、明清的故事转变、民间书写新载体五章结构全文；《中国人鱼故事中女性角色的历史变迁与文化意蕴》中，以《山海经》、汉魏六朝、唐代、宋代以降分章；《"麻姑献寿"传说的形成及文本流变》以魏晋、唐代、宋元、明清分章；《王昭君故事的传承与流变》共三章，以两汉、唐五代和元明清区分，章节命名考虑到时代与文体演变的因素。

第三，具体内容写作中，有对故事演变文化意蕴不同程度的研究。研究故事流变，必然涉及故事主题、情节、人物形象变化的原因分析，这形成了故事演变的文化内涵。文化内涵分析在这些个案研究论文的题目、结构框架中虽表现不明显，但在正文中都不同程度地涉及。如《"麻姑献寿"传说的形成及文本流变》对魏晋麻姑女仙形象确立进行了形象转变原因的分析，论述明清"麻姑献寿"传说定型和广泛传播，对形象演变和传播原因进行了分析；《董永遇仙故事跨文本研究》在第五章中专门分析了董永遇仙故事的文化意蕴。《唐至清代聂隐娘故事流变及文化意蕴研究》前三章每章最后一节，都是文化意蕴分析。

第四，研究方法上，这些研究在不同程度上受到了中国叙事文化学研究的影响。最值得关注的是《裴航故事文本流变研究》一文，标题虽未明示文化内涵研究，论文乃是"故事演变+文化内涵+文献附录"的结构。论文前两章是裴航故事的起源与文本演变，划分宋元为发展期，明代为繁荣期，清代为式微期。第三章题目为"道与情：裴航故事主题嬗变论"，下面分析了裴航故事的主题，并从道教意蕴的嬗变、爱情主题的演变方面分析故事内涵。第四章题为"裴航故事人物形象与文化内涵嬗变"，下列裴航形象与士人心态的投射、云英形象与女性心理、月老形象与姻缘命定的观念三节，从三个文化主题研究裴航故事的文化内涵。附录有三部分内容，分别是冯梦龙对裴航故事的眉批、裴航故事叙事文本历代载录表和使用裴航典故的诗词统计表。作者陈柳在《天中学刊》"中国叙事文化学研究"专栏发表过论文，在学位论文中也引用了宁稼雨教授的文章，可见其对中国叙事文化学研究方法的认可与接受。

四、学位论文写作模式展望

2018—2023时段是"文学文献+文化分析"学位论文写作模式全面实践、影响外扩、成果产出的时期。"故事演变+文化内涵+文献附录"论文结构模式进一步得到实践，故事演变梳理更加细致，文献附录方式也有了创新。最为可喜的是，已有校外研究生自觉接受中国叙事文化学论文写作模式，出色完成了个案故事研究学位论文。这一步意义重大，标志着中国叙事文化学作为一种研究范式，已对学界产生了积极而深刻的影响，这星星之火，有望达到燎原之势。

近三十年来，中国叙事文化学个案研究在写作实践中不断思考改进，吸收各方面的批评意见，自我革新，不断提升、进步。自1994—2004时段形成的"文学文献+文化分析"学位论文写作模式，在2012—2017时段实现了升级改版。"故事演变+文化内涵+文献附录"的学位论文写作模式，是个案故事研究操作方法的生动体现，从学术史视域看，这一写作模式具有研究范式意义，"立基于西方学术范式的古代小说戏曲研究以文体史和作家作品研究为主，其暴露出的问题是由若干种文体和作家作品构成的中国叙事文学故事类型单元（如'西厢记'故事、王昭君故事）因此被割裂。为了克服上述弊端，叙事文化学参考借鉴了西方民间文学主题学研究方法，以故事类型为研究中国叙事文学的出发点，在梳理中国叙事文学故事类型的基础上，对其中重要个案类型做系统深入研究。并把这种探索作为反思20世纪中国学术全面西方化的问题弊端，寻找中国叙事文学研究新领域的开始"①。

意在扭转传统文体史、作家作品研究造成的中国叙事文学故事单元被割裂的状况，中国叙事文化学个案故事研究贯穿时代、打破文体，力图揭示故事演变的文化内涵，其本质是对个案故事进行系统、综合研究，视角新颖、理念先进，"文学文献+文化分析"写作模式在实践中不断改进，展望如下：

首先，文献收集不以时代、文体为限制，追求面宽、量大，务求穷尽、齐全。立足文献基础，这一点，无论在宁稼雨教授指导的学位论文，还是其他个案故事学位论文中，都得到了充分实践。研究思路被打开，跨时代、跨文本的个案故事研究成果越来越多，质量不断提升。

其次，故事形态演变梳理，既考虑故事的内容因素，即情节单元、人物形象、主题意象等，又关注外在的文本载体形态因素。关注文学作品的情节、人物、主题，在具体操作上有和传统研究一致的地方。研究实践表明，学术创新很难绕开传统研究直接进入新的领地，只有在扎实掌握文体史、作家作品研究的基础上运用新方法，才能达到更好的效果。学位论文写作模式对"故事演变"处理的调整，以中国叙事文化学研究对传统文体史、作家作品研究基础性作用的认识为前提。故事演变形态梳理是发现问题的环节，只有梳理得全面、细致，才能为后面的文化分析提供开阔的视角与充足的研究空间。

最后，文化分析作为研究目的，务求立论合理，阐发精深。本时段学位论文的文化分析关注故事演变的地域文化特征，既追求理论研究价值，

---

① 宁稼雨：《学术史视域下中国叙事文化学研究的得与失》，《南开学报（哲学社会科学版）》2020年第3期。

又兼顾研究的现实意义，体现出鲜明的特色。陈维昭教授指出，"'中国叙事文化学'指的是叙事文学的文化学研究"，"中国叙事文本曾生存于三种文化生态之中——经史古文生态、书场文化生态和科举文化生态。这三种文化生态不仅是前后承接的关系，而且是层层叠加积淀的关系。中国叙事文化学研究应该首先让叙事文本回归到它们原初所生存的文化生态中，在生态关联中考察其性质、形态、功能及变异，获取真实的知识。把叙事学研究建立在这种考察结果的基础上，这样的叙事文化学或许能够更接近中国文化本身"。①听取多方意见和建议，把个案故事文化意蕴的阐发建立在更坚实的文学史、文化史研究基础上，中国叙事文化学个案故事学位论文写作必然能在培养人才、引领学术研究范式方面发挥更加重要的作用。

---

① 陈维昭：《三大文化生态与中国叙事文化学》，《文学与文化》2021年第2期。

学位论文目录

2018 年

一、南开大学学位论文

博士学位论文
陈玉平：《伍子胥故事的文本演变与文化意蕴》

二、其他学校学位论文

硕士学位论文
1.刘梦爽：《何文秀故事流变研究》，扬州大学
2.郭可可：《唐至清代聂隐娘故事流变及文化意蕴研究》，扬州大学

2019 年

一、南开大学学位论文

硕士学位论文
李莹：《孙膑故事演变及其文化意蕴》

二、其他学校学位论文

硕士学位论文
1.薛凡：《王昭君故事的传承与流变》，渤海大学
2.王昭宇：《"麻姑献寿"传说的形成及文本流变》，东华理工大学
3.蒋蔚：《董永遇仙故事跨文本研究》，陕西理工大学

2020 年

一、南开大学学位论文

硕士学位论文
1.曲晶：《豫让故事的文本演变及文化分析》
2.孟玉洁：《韩愈故事的文本演变及其文化分析》

二、其他学校学位论文

硕士学位论文
1.陈柳：《裴航故事文本流变研究》，广西大学
2.吴时鼎：《历代"越女剑"故事研究》，重庆大学
3.莫惠岚：《中国人鱼故事中女性角色的历史变迁与文化意蕴》，广西师范大学

2021 年

一、南开大学学位论文

博士学位论文
李彦敏：《刘邦故事的文本演变与文化意蕴》
硕士学位论文
1.任卫洁：《韩信故事文本流变及其文化阐释》
2.张莹莹：《郭子仪故事的文本演变与文化意蕴》

二、其他学校学位论文

硕士学位论文
纪亚兰：《朱买臣故事流变研究》，扬州大学

2022 年

一、南开大学学位论文

硕士学位论文

陆倩：《白居易〈琵琶行〉故事的文本演变及其文化意蕴》

2023 年

一、南开大学学位论文

博士学位论文

张慧：《姜子牙故事的文本演变及其文化意蕴》

硕士学位论文

祖琦：《霍小玉故事的文本演变及其文化意蕴》

伍子胥故事的文本演变与文化意蕴（附节选）

2018年南开大学博士学位论文　　陈玉平

摘要

　　伍子胥是春秋时期有名的历史人物，他先是为父报仇，掘墓鞭尸；后为国尽忠，鸱夷沉江。千载之后，他仍然是一个被广泛争议的话题，中国古代的历史传记、小说戏曲、民间传说、出土文物之中保留了大量的伍子胥故事。随着时代更迭，伍子胥故事的文本形态、基本情节、人物形象都发生了变化。本文通过中国叙事文化学的研究方法，对伍子胥故事的流变轨迹做出梳理，试从社会、历史与文化中找出发生演变的原因，这对于更好地审视中国传统文化意义重大。本文分六个部分来分析伍子胥故事的演变。

　　绪论分三个方面。一是选题依据和研究范围。伍子胥研究在文献整理、流变演化、文化挖掘方面还有开拓的空间。研究以历时性研究为主，兼作共时性研究，研究民间信仰部分运用道教与佛教的相关资料。二是简要分析研究现状。三是研究的方法与大体思路构架。

　　第一章将伍子胥故事的演变发展划分为三个不同的时期，分别是先秦到西汉，伍子胥故事的历史文本期；东汉至唐宋，历史文本向文学文本的过渡期；元明清，伍子胥故事的文学

---

　　* 本部分选录论文为该时段较具代表性的学位论文作品。为全面展示中国叙事文化学研究发展脉络，依据时间顺序和作者所属院校情况进行排序。

文本时期。分别从人物、情节、文本形态三个方面予以考察，找出历代文本演化中这三个要素发生的变化，并以此为依据，展开文化意蕴的挖掘工作。

第二章分析伍子胥故事与复仇文化，复仇可以说是伍子胥故事最重要的主题。伍子胥一生最壮怀激烈的事就是完成了复仇大业。中国古代的复仇文化源远流长，从先秦至明清，不同时期人们对复仇的看法各异，这也是造成历代伍子胥复仇形象不同的原因。本章试图在全面掌握伍子胥复仇形象演变动态的基础之上，通过对中国古代的复仇制度、复仇思想、复仇风俗的考察，寻绎出文学史上的伍子胥复仇故事发生变化的原因。先秦伍子胥复仇故事中残留着原始血亲复仇思维的遗芥，两汉则受经学的影响较深。唐代官方法律禁止复仇，《伍子胥变文》反映了民间激昂复仇情绪的暗涌。元代不公平的社会现状为复仇行为的发生提供土壤，元代戏曲中亦有所表现。明清两代对于复仇多了一份理性的思考。本章最后对历史上围绕伍子胥复仇而展开的不同意见做出梳理和归纳。

第三章论述伍子胥故事与忠君文化。忠君观念是封建道德体系的主要支柱，伍子胥入吴之后，竭力辅佐吴王，尽谏而亡，遂被树为千古忠臣的典范。先秦诸子、两汉史籍、唐宋诗文、元明戏曲、清代地方戏中对伍子胥的忠君事迹多有描写，并且各有不同。本章试图从伍子胥极忠进谏这一经典个案入手，对中国古代的忠君文化做一个全面系统的考察。

第四章分析伍子胥与地域文化。伍子胥生于楚国贵族之家，饱受楚文化熏陶与浸染。他所采取的复仇模式与楚文化有着密切的关系，入吴之后他的治国理政之道也能看到楚文化的痕迹。伍子胥同样对吴越文化的发展做出了贡献，在吴越地区，春秋时期他修建阖闾大城（即今天的苏州古城），是早期吴越文明的奠基者。唐宋时期，吴越地区伍子胥水神信仰繁荣，主要承担着司潮治水的重任。元明清时期，伍子胥逐步演化为当地的土神，被戏谑成五分其须的大汉，并与杜拾遗发生了姻缘。苏州地区端午节的风俗亦多与伍子胥有关。

第五章剖析伍子胥与民间信仰。民间的伍子胥信仰萌芽成型于春秋战国至隋代，成熟发展于唐宋，元明两代有所衰落，清代迎来复兴。伍子胥神的功能也发生了数次演变，作为水神他主要保佑渡江涉水和调节风雨。在地方土神信仰中，伍子胥亦与时俱进地发展出保佑士子科举得第和化解冤案的功能。伍子胥信仰发展过程中也受到了佛道两教的影响，佛教利用伍子胥的事迹来宣扬佛法灵验，道教则把其纳入了自己的神仙谱系之中。

目录

节选

春秋时期作为中国历史上的乱世，风云变幻，英雄辈出，伍子胥在这段波起云涌的历史中实在是不得不提的人物。伍子胥（？—公元前484年）史有其人，名员，出生于楚国，今天的湖北监利县，楚大夫伍奢次子，因入吴后封于申地，也称申胥。

清人王摅《谒伍相祠》中"报父有心终覆楚，杀身无计可存吴"概括了他一生的行迹。春秋后期，列国争雄，在这特殊的历史情境之下，伍子胥以过人的心智，忍辱负重，以一个普通人的身份为父兄向国君复仇，最终完成从匹夫以抗万乘的壮举。春秋战国之后，随着大一统封建王朝君权日益巩固，君权似乎不可撼动和冒犯，因此，伍员借助他国之力而为父兄雪耻复仇的事迹，在后世看来更像一个快意恩仇的传说。史书首开先河，《左传》《国语》《史记》《越绝书》《吴越春秋》，对伍子胥有着从粗陈梗概到浓墨铺排的叙述和记录。与之相应，当时的诸子各家，对于伍员都各有评说，如《庄子》《荀子》《墨子》《韩非子》《吕氏春秋》等。某种意义上，先秦著述里蕴含着中国传统文化的基因图谱，越是靠近原点，辐射生发的可能性就越大。伍子胥作为中国历史几何原点的人物，频繁地出现在人们的视野之中，或作为浓缩的典故，如和比干剖心并称的子胥抉目，和屈原投江并称的子胥沉水；或作为成语，在人们日常的语汇中口耳相传，如一夜白头，千金小姐，倒行逆施等。因为他在逃亡中曾吹箫乞食，后人更是冠之于乞丐的祖师爷的名号。

　　除此之外，后世的文人墨客对伍子胥事迹进行加工改编，踵事而增华，从春秋至清代，一直都颇为繁荣。伍子胥故事从先秦两汉的以史传为主要载体逐渐演变成以文学文本为主要载体，进而完成了从历史人物到文学人物的演变。伍子胥实在是一个有生命力的人物，他身上有强烈的宿命感和悲剧色彩，人们把很多原本不属于他的故事堆垛辐辏这个英雄身上，似乎英雄人物身上有的优点他都得具备才算圆满，天生异相，力能扛鼎。元杂剧的书会才人，甚至忽略历史常识，故意将他置身于秦穆公时代，生生拉上十八国诸侯，上演十八国临潼斗宝的好戏。一方面，伍子胥变成类型化的标本人物，成了人们形容英雄的范本。如赵振铎就认为《说唐传》的伍云召前半生的故事，与伍子胥相类似，是作者根据伍子胥故事略加变化而臆造的。另一方面，不同的时代环境，社会思潮，不同的创造者和接受群体，都会对伍子胥故事的流传产生不同的影响。《史记》对伍子胥性格的刻画有着公羊学的思想渊源；唐代的《伍子胥变文》，反映了唐代民间血亲复仇的盛行；孟称舜的《二胥记》中伍子胥的唱词【油葫芦】【后庭花】表面是对楚平王的指责，其里是对明末时局的写照，表达的是对崇祯帝的不满；清代丁耀亢则认为伍子胥犯上作乱，把他进专诸之事当作弑君来看，则是清代思想专制加强的表现。

　　同时，关于伍子胥的人物评价，历朝历代都有大量的散文、奏议、策论，对于他尽忠和复仇之事褒贬不一，各抒己见。比较有名的如唐宋八大家，似乎都要对此表个态。苏轼有《伍子胥论》，王安石有《伍子胥庙铭》。《伍员论》《伍员复仇论》这样的篇目在明清士人的文集里数不胜数。至于那些为数众多的围绕吴越争霸的咏史怀古的诗作，更是离不开伍子胥，姑苏、麋鹿、抉目、鞭尸等字眼频繁出现，让无数文人墨客借伍子胥和其吴越争霸的故事一发怀古之幽思。

何文秀故事演变研究

2018年扬州大学硕士学位论文　刘梦爽

摘要

　　何文秀故事讲述了明嘉靖年间的世家公子何文秀，在经受了抄家、流浪、陷害、入狱、发迹等一系列的遭遇后，终得报仇雪恨、夫妻团圆的故事。何文秀故事自明代产生以来，在民间得到了广泛的流传，传奇、宝卷、弹词、道情、鼓词、木鱼书、地方戏曲、通俗小说、歌谣等体裁中均有讲述何文秀故事的曲（剧）目。明代、清代前期、清代后期、民国时期、当代五个阶段，何文秀故事的演变呈现不同的状态。每一阶段的何文秀故事，呈现了人物形象、故事情节、主题思想等方面的不同倾向。

　　第一章主要分析何文秀故事在明代的演变情况。明代是何文秀故事的起源阶段，出现了两部讲述何文秀故事的同名传奇作品：心一山人的《何文秀玉钗记》和陈则清的《何文秀玉钗记》。首先，通过对《何文秀玉钗记》作为何文秀故事的起源进行考证和分析，两部《何文秀玉钗记》的创作时间均为明嘉靖至万历年间，陈则清的《何文秀玉钗记》成书在前，心一山人的《何文秀玉钗记》成书在后。其次，探究了何文秀故事在明代产生的背景。何文秀故事是在明代中后期贪官污吏横行、江南地区重赋、才子佳人创作盛行等背景下产生的。最后，对两部《何文秀玉钗记》存在的雅俗差异进行比较。在人物形象方面，分别塑造了义夫节妇的"完美"形象和生动复杂的"不完美"形象；在故事情节方面，分别描述了文人生活和世俗生活的不同场景。

第二章主要阐述何文秀故事在清代前期的演变情况。清代前期是何文秀故事的定型阶段，这一阶段人物角色设置基本确立，故事情节基本一致，传播途径也逐渐多样。何文秀故事特征主要表现为：塑造了封建道德下男女主人公的"完人"形象，突出了故事的悲剧色彩，故事中表现出多重的主题。

第三章主要探究何文秀故事在清代后期的演变情况。清代后期的何文秀故事中，主人公何文秀不再是忠孝两全的儒生形象，而是风流且多疑的纨绔子弟，这是其形象变异的一个表现。故事中还着重描写了众多的女性角色，突出女性形象的魅力。此外，清代后期的何文秀故事中突出了惩恶扬善的主题。清代后期何文秀故事的演变与世家子弟腐化堕落的生活状态、女性解放思潮的兴起、底层百姓对光明的期盼等因素有着密切的关系。

第四章主要阐释何文秀故事在民国时期的演变情况。民国时期的何文秀故事表现出艳情化的趋势。此外，故事中还突出了官民之间的矛盾和人性的冷漠、丑恶。民国时期何文秀故事的演变，与以上海为中心淫靡的社会风气、军阀混战的社会环境以及草菅人命的黑暗现实等因素息息相关。

第五章主要分析何文秀故事在当代的演变情况。在当代，何文秀故事主要以折子戏形式流行的故事有《桑园访妻》《哭牌算命》等。此外，故事在演变的过程中，逐渐实现与"才子佳人""失印复归""西厢"等故事的借鉴与融合。故事中还通过方言俚语、风俗习惯、地理环境的描写，表现出明显的地域特征。第六章主要梳理了何文秀故事的演变轨辙。纵观何文秀故事，主人公何文秀的形象逐渐立体和丰满，故事的情节不断被丰富和完善，惩恶扬善的主题却一以贯之。

目录

唐至清代聂隐娘故事流变及文化意蕴研究

2018年扬州大学硕士学位论文　郭可可

摘要

　　聂隐娘是我国唐代以来文学作品中著名的女侠形象。本文通过梳理唐至清代各个朝代中有关聂隐娘故事的文献，分析其流传及嬗变，研究其蕴含的文化意蕴，并尝试挖掘其社会功用与时代价值。

　　唐代是聂隐娘故事的起源期。裴铏的《传奇·聂隐娘》是聂隐娘故事的源头。《聂隐娘》具有丰富的文化内涵。在侠义文化方面，与同时代侠义小说相比，聂隐娘身份由刺客向侠客转变；在武功技法描绘方面，同时代侠女小说多为写实，《聂隐娘》偏向写意；在道教文化方面，《聂隐娘》蕴含了道家隐逸思想、道教神仙信仰，以及折纸成驴术、隐身变形术和神行术等道教术法。宋元是聂隐娘故事流传的低迷期。聂隐娘故事除完整辑录于《太平广记》，其他均零星见于各类话本小说集、笔记小说集和志怪小说集，呈现出失传、误传或者片段流传的状态。宋代重文轻武的基本国策，崇文尚教的社会背景，以及宋元两代市井文学勃兴、民众趋于喜尚源于现实侠客形象的文化生态，直接导致了聂隐娘故事的文化意蕴与时代政策、文化土壤和市民精神榫鼓不应，从而影响其在当时的流传。明清聂隐娘故事兴盛开来。多部文言小说集收录《聂隐娘》，聂隐娘故事在小说、戏曲、诗歌等文体中都有表现。此时聂隐娘故事呈现两种演变形式，一是以尤侗《黑白卫》为代表，这类作品对故事的内容不断加以丰富与完善；二是以《仙侠五花剑》《女仙外史》《女昆仑》《黄河远》等为代表，聂隐娘形象开始挣脱原有故事文本，作为作品中的重要人物，与其内容情节相融合。就侠客形象而言，聂隐娘身上的血腥与冷酷已逐渐淡化，主要充当拯救者的角色，多次救人于危难；成为正直官员的守护者，帮助良臣诛杀奸臣。就道教文化而言，聂隐娘故事依然加以保留，且道教神仙信仰有了新发展，聂隐娘已经修炼成为神仙；有些作品已注意到镜与道教之间的密切关联，以道教的镜剑相合来安排隐娘的姻缘。就侠义文化而言，聂隐娘故事中扶危救困的侠义精神一以贯之，且在明清时期逐渐表现出家国情怀、遗民心态。

千年以来，聂隐娘故事流传不辍，散发着独特的艺术魅力，显现出惩恶劝善的文化价值，具有强大的生命力，对后世的文学创作、对后人的精神世界产生了颇为深远的影响。

目录

孙膑故事演变及其文化意蕴

2019年南开大学硕士学位论文　李莹

摘要

孙膑在人才辈出的春秋战国之时以其无双的军事智慧闻名，也因其与庞涓荡气回肠的刖足之恨在春秋战国故事中独占一席之地。田忌赛马、减灶惑敌、马陵复仇等故事不断为后人所演绎。从时间跨度上看，战国是故事的发生时期，先秦只在零散的文章中有所记载，西汉时期被司马迁收入《史记》，唐宋时期多在诗词文章中以典故的形式出现，到了市民文学发达的元明清时期，孙膑故事开始骤然增多。从体裁上看，孙膑故事在正史、诗词、文章、杂剧、传奇、戏曲、小说等各种体裁形式中均有体现，尤其在民间文学方面基本囊括了当时主流的体裁类型。从故事特点上看，"智慧""复仇"等主题在孙膑故事中被重点描写，呈现出不同的时代特征。本文拟以中国叙事文化学的方法对孙膑故事进行梳理，窥见故事流变的线索，解读故事流变后深藏的文化内蕴。第一章梳理孙膑故事自先秦到清代的流变，详细叙述孙膑文本的演变全貌，并对各文本进行简要的介绍。第二章试图从文人对孙膑故事中复仇情节的描写窥见不同时代对复仇的态度，以及文人对这一特殊行为赋予的含义。第三章尝试描述各个朝代的文人在孙膑故事中蕴含的心理和理想。第四章从地域文化的角度出发，梳理孙膑故事发展过程中，不同的水土为故事带来的变化。

目录

王昭君故事的传承与流变

2019年渤海大学硕士学位论文　薛凡

摘要

　　中国自古以来就是一个多民族的国家，和亲是处理民族关系的重要手段。和亲在中国的历史源远流长，在维护民族关系的过程中发挥了举足轻重的作用。千百年来，和亲政策在中国相沿不断，和亲公主更为世人所称颂，其中，尤以昭君和亲最为著名。昭君出塞发生于西汉元帝时，班固在《汉书》中对这一历史事件进行了简略的记载。此后，经过后世文人的再创作，昭君出塞这一历史事件被赋予了更丰富的文学内涵，昭君和亲的故事频繁地出现在小说、诗歌、戏曲等文学作品中。昭君形象从史书中汉宫掖庭里的一个平凡宫人，经过文人和民间艺人不断地加工和创作最终得以丰富和发展，在文学作品中成为中国古代和亲史上功不可没的民族英雄。正是源于创作者对于昭君故事题材源源不断的热情，昭君故事在千百年的历史长河中得以不断地更新、演化，始终保持着鲜活的文学艺术价值和生命力，使得昭君出塞的故事在中国文学史上形成了一条完整的创作链条。昭君故事是不断向前发展演变的，不同时代文化背景、不同的文人所创作出的昭君文学作品被赋予了不同的文学意蕴，折射出纷繁多样的时代文化风貌。和亲背景下的昭君出塞经历了从史实走向文学、从史书走向舞台、从文人墨客走向民间大众的演变，无疑向世人展示了昭君故事题材千百年来在创作者主观情感和时代文化的内外因素影响下的发展轨迹。

目录

引言

"麻姑献寿"传说的形成及文本流变

2019年东华理工大学硕士学位论文　王昭宇

摘要

　　麻姑是道教的著名女仙，其故事自魏晋时期就广泛流传，麻姑的故事历经时代的演变，为后世留下了"沧海桑田""麻姑掷米"等美丽的传说。"麻姑献寿"是麻姑作为寿仙神格最具代表性的传说。麻姑女仙最早出现在魏晋时期的《列异传》中，但是"麻姑献寿"传说的形成较晚，在麻姑相关故事的流传过程中，本文较关注其中最具神采的"麻姑献寿"传说的形成及传播轨迹。

　　全文分为绪论、正文、结语，共三个部分。其中正文部分分为四个章节。绪论部分首先探讨"麻姑献寿"传说形成和传播研究的价值，其次是整理有关"麻姑"故事研究的成果，介绍本文的研究意义以及创新点。

　　正文部分第一章主要论述魏晋时期麻姑女仙形象的确立。文章首先论述麻姑原型的缘起与流变，通过分析《列异传》的成书状况来探讨麻姑女仙最初的发源地，然后将《列异传》与《神仙传》中麻姑故事做对比分析，讨论魏晋时期麻姑形象的改变。

　　第二章论述麻姑与唐人的长生观。麻姑信仰在唐代兴起，《全唐诗》中沧海桑田典故的频繁使用反映了唐代文人对于生命短暂的忧患，体现了焦灼的时间观念，在这种时间观念下唐代文人借助麻姑形象或麻姑故事表达长生诉求。本章通过整理《全唐诗》中关于麻姑的记录，探讨唐诗中麻姑形象被赋予的长生主题，进而确定麻姑寿仙神格形成于唐代。

第三章论述"麻姑献寿"传说的成型。宋元时期麻姑信仰的正统化已经完善，麻姑的身份随着麻姑信仰的发展有所提升，"麻姑献寿"传说基本成型。通过整理《全宋诗》和《全宋词》中关于麻姑的记录，发现在宋元祝寿文学中已经能看到"麻姑""王母"和"献寿"三个要素同时出现的情况，"麻姑"形象与宴饮祷寿的关联基本建立，"麻姑献寿"传说的雏形由此形成。同时在传说形成的基础下，麻姑形象也发生着细微的改变，"麻姑掷米""麻姑爪"典故在宋元文学中也有所发展，这些是文学文本中麻姑故事的记载和传播，都为"麻姑献寿"传说在之后的通俗文学文本中的发展和成熟繁盛奠定了基础。

第四章主要论述明清时期"麻姑献寿"传说定型和广泛传播的现象。"麻姑献寿"的传播表现在明清时期文学的各个领域。"麻姑献寿"传说最终在许善长《茯苓仙》传奇中得以定型。最后总结出"麻姑献寿"传说在明清得以广泛传播主要有四点原因：首先麻姑信仰的兴盛使得"麻姑献寿"传说广为流传，其次是麻姑女仙美丽与长生并存的独特特质刺激着文人的创作，再次《麻姑集》的出现极大繁荣了麻姑文学，最后明清时期通俗文学的发展为本就流传于民间的"麻姑献寿"传说提供了丰富的表现形式。

结语总结了"麻姑献寿"传说的形成和流变融合了文学、宗教、社会等因素。不同历史时期不同的社会环境与文学特征，推动了"麻姑献寿"传说的形成和传播。

目录

董永遇仙故事跨文本研究

2019年陕西理工大学硕士学位论文　蒋蔚

摘要

　　董永遇仙故事作为知名度较高的传说，在各个时代不同文体中均有所改编。由古代到现代，故事经历了形成、发展与定型的阶段。董永遇仙故事在古代通过画像石、变文、话本、传奇与宝卷进行改编与传播。在近现代，以黄梅戏为代表的地方戏、电影和电视剧等新型传播媒介对董永遇仙故事进行重写与传播。不同时代背景、不同文体特征下的董永遇仙故事均有自身特点，对故事整体的发展流变起到一定程度的促进作用。

　　早期汉代武梁祠画像石上的董永故事与《搜神记》中的董永遇仙故事，一方面建立了故事的基本架构，另一方面也为后世其他创作者改编重写这一故事提供了蓝本与一定的思路。唐代的《董永变文》是董永遇仙故事演变过程中极具代表性的文本之一。对于董永遇仙故事而言，孝感一直是贯穿始终的故事主题。随着故事的逐渐发展，受创作者与观众的影响，董永遇仙故事除了进一步强调传统的孝道主题外，在《董永变文》中出现的爱情主题萌芽，对董永遇仙故事后期的改编与重写而言有着里程碑式的影响。在话本《董永遇仙传》与传奇《织锦记》中，董永遇仙故事有了很大程度的改编，其中最明显的两点便是董永与七仙女之间爱情关系的强化以及一系列政治因素的加入。对爱情关系的强化是董永遇仙故事发展的一贯趋势，而政治因素则带有鲜明的时代印记。《董永变文》与《董永孝子宝卷》同为讲唱文学作品，虽都有对孝道思想的强调，但《董永孝子宝卷》里更增添了对佛家因果报应思想、劝人修行主题的强调，更有追求自由爱情的主题思想。这些多样化的主题更有利于故事在民间广泛流传。

从新本黄梅戏《天仙配》开始，董永遇仙故事的发展进入稳定的新时期。趋于固定的情节加上深入人心的角色形象，人物的说白台词与黄梅戏唱腔的双重创新，不仅赋予《天仙配》唱段上的变革，也为整个董永遇仙故事的传播带来新鲜感。与此同时，董永遇仙故事在地方戏中也有长足发展。汉水流域董永戏曲在人物形象方面有走向世俗化的趋势，故事的主题思想也逐渐从"孝"到"情"迁移。

通过现代传媒技术的改编，董永遇仙故事有了比传统戏曲更丰富的观赏感受。电影特有拍摄手法与特效的加入，使整个故事更鲜活、更生动，也更符合新一代观众的审美爱好。在电影《天仙配》中，悲剧爱情成为新时期董永遇仙故事重点关注与改编的内容。作为当代社会快节奏的产物，电视剧《天仙配》与《欢天喜地七仙女》虽仍以董永遇仙故事作为模板，但过多的叙事线索完全削弱了董永与仙女二人的核心地位。剧中为了丰富故事内容，过于密集频繁地制造相似的矛盾冲突也使观众审美疲劳。

董永遇仙故事拥有丰富的文化意蕴，其鼓励追求自由爱情，鼓励反抗强权统治的思想对普通人而言相当具有鼓舞作用。董永遇仙故事的诞生带有鲜明的封建社会的影子，它的流变跨越黄河与长江两大文化中心，传播范围几乎遍及全国。随着其发展与流变，故事的主题挣脱了封建社会的枷锁，拥有了先进的思想内涵。董永遇仙故事在当代除了与各类传媒手段结合，拍摄成电影、电视剧作品以外，还应大力发展与其相关的旅游资源。这不仅能使董永遇仙故事焕发新生机，同时也能扩大相关城市的知名度与美誉度，进而提升其文化软实力，达到双赢的效果。

目录

豫让故事的文本演变及文化分析

2020年南开大学硕士学位论文　曲晶

摘要

　　豫让，历史上著名的刺客之一，春秋战国时期晋国人，生卒年不详，是晋国正卿智伯瑶的家臣。晋出公二十二年（公元前453年），赵、韩、魏联手在晋阳之战中攻打智氏，智伯瑶兵败身亡。豫让因誓为其主智伯报仇而进行了一系列刺杀赵襄子的行为，此后豫让为主复仇的故事多次出现在各种体裁的作品中。豫让的故事跨越若干朝代、若干文体，但目前对于豫让故事的研究探索只是停留在人物形象分析和浅层、单一的文化分析层面，整体的故事类型研究被割裂，缺乏系统性，有很多文献材料还未进入到学术研究的视野，跨文体的研究几乎没有，故事流变背后的文化成因尚待探察，在广度和深度上存在进一步的研究空间。本文运用叙事文化学的研究方法，竭泽而渔地搜集并整理豫让故事相关材料，梳理豫让故事的文本流变情况，在此基础上进行文化主题的探索和文化内涵分析。

　　绪论部分是对选题意义、研究现状、研究方法等方面的分析和总结。首先明确选题意义和选题目的，对20世纪以来的豫让故事研究做整体的概括，在此基础上，总结前人研究成果，反思其中的局限和问题。提出运用中国叙事文化学的研究方法，竭泽而渔地挖掘与豫让故事相关的材料，系统梳理豫让故事文本的发展演变轨迹，并在此基础上做出合理的文化分析。

第一章为豫让故事的形态演变综述。第一、二、三节分别以先秦两汉、唐宋、元明清为序，叙述豫让故事在历史发展过程中的文本演变，第四节叙述豫让故事文字资料之外的材料和相关历史遗迹。

第二章为豫让故事与复仇文化。复仇主题是豫让故事的核心，故事本身便是以豫让为主复仇的形式而存在的，豫让两次刺杀赵襄子为主复仇的过程也是故事的高潮，从史传文学中的平铺直叙到后世对于豫让复仇故事的正面与负面评价等，都可以从中窥见在特定时期下人们对"复仇"的心态演变及其发展轨迹。

第三章为豫让故事与忠君文化。豫让故事有着"以国士待我，我以国士报之"的独特性。豫让与智伯有着独特的关系，豫让二易其主，后事智伯，不惜伤害自身也要为智伯复仇的行为几乎可以说是独一无二的。本章主要通过与荆轲、聂政等其他刺客和其主君关系的对比，突出豫让故事中独特的忠君文化。

第四章为豫让故事与侠义精神。豫让"士为知己者死"的侠义精神历来被一些文人墨客所推崇。侠义精神在不同的时代有着不同的文化内涵，豫让故事在不同时代的不同侧重点及相关情节的变化可以看出不同时期对于侠义精神的理解。本章主要分析豫让故事中的侠义精神和豫让从游士到刺客身份的转变，并探讨豫让身份转变背后所蕴含的侠义精神。

第五章为豫让故事与地域文化。豫让故事于晋地发生，但其产生之后在很多地域流传，豫让故事相关的一系列遗迹和一些非文本材料都可以看作是豫让故事相关的地域文化。包括三家分晋之后，晋地被韩、赵、魏三家所分，豫让故事在流传过程中或多或少也受到韩文化、赵文化、魏文化的影响。

目录

韩愈故事的文本演变及其文化分析

2020年南开大学硕士学位论文　孟玉洁

摘要

在漫长的文学发展过程中，韩愈，唐代著名的文学家、思想家，由历史书写逐渐转为文学书写。从最初的笔记小说，到明清的杂剧、传奇，白话小说，再到近现代人创作的具有现代性思想的文学作品，在这些文学故事书写中，韩愈不再是刚正不阿，敢于死谏的单一形象，他夹杂着崇高与卑微，勇敢与胆怯，入世与求仙多副面孔。学界对于韩愈的研究多集中在其诗文创作、哲学思想、政治家身份，并且这些研究已经取得了很高的成就。但即便如此，通过回顾韩愈研究学术史不难发现，韩愈故事方面的研究寥寥无几。本文立足于中国叙事文化学的研究理论，以叙事文化学的研究方法论为指导，以叙事文学为重点研究对象，兼及诗文、书画等体裁，致力于对韩愈故事的全面收集，并对这些故事做动态演变分析，以求从文化视角分析韩愈故事演变的原因。

本文主要分为五个部分，第一部分是韩愈故事文本演变综述，分别从中晚唐五代、两宋、元明清三个大的历史阶段整理韩愈故事相关文献并作简要介绍，以求呈现全面的、清晰的韩愈故事文本；第二部分分析韩愈人物形象从正史到文学书写的演变，目的在于探寻韩愈形象的演变端倪；第三部分是结合韩愈故事分析"忠君文化"，审视韩愈故事演变与

"忠君思想"之关系；第四部分是将韩愈故事演变纳入道教度脱文化中，分析韩愈故事仙话化的内在原因。第五部分为韩愈与潮州地域文化研究，韩愈被贬潮州是韩愈一生的大事，其在潮州的文治武功也为正史所记载，在文学书写中颇有神异色彩，甚至有韩愈潮州封神的说法。

韩愈故事肇始于唐五代，延续至明清，由最初的笔记小说裂变为杂剧、传奇、白话小说、鼓词、道情。该故事创造力之旺盛，使人不得不对其倾注好奇心，付诸研究行动。笔者欲通过分析这些故事，还原韩愈完整之形象，为叙事文化学研究路径再添砖瓦。

目录

裴航故事文本流变研究

2020年广西大学硕士学位论文　陈柳

摘要

　　裴航故事源于晚唐时期裴铏创作的传奇小说《裴航》，讲述了凡人裴航与仙女云英相遇成婚的故事。唐传奇《裴航》以其优美的格调、奇幻诡谲的故事情节，在后世备受文人青睐，不仅成为许多诗文典故的来源，还多次被改编为话本、戏曲。后世对唐传奇《裴航》进行重写、改编的一系列叙事文本，构成了裴航故事的庞大体系。后人在重构裴航故事时，往往将其所在时代的思想融入故事中，从而赋予裴航故事新的面貌。经过千年的流传，历经小说、话本、杂剧等多种文学形式的传播，裴航故事的主题、情节、人物形象等内容经历了一个复杂的流变过程，裴航故事也因此具有体裁的多样性、故事发展演变的延续性以及故事内涵的丰富性等特点。

　　本文以古代文学中的裴航故事为研究对象，运用计量统计、比较分析、社会历史批评等方法，在厘清裴航故事历代叙事文本的基础上，对故事的发生、发展、传播和演变过程进行纵向的梳理与研究，总结不同时期裴航故事文本流变的特点，探究文本流变背后思想、文化等多方面的内涵。

　　具体论文共分为四个部分：

　　第一部分，对作者裴铏的生平经历与小说创作经历进行考察，并深入分析《裴航》的故事内容、叙事模式与艺术特色。作者在沿袭了前人文学中凡人遇仙题材与人神相恋的文学传统的同时，还采用了民间故事中的"难题求婚"叙事模式，增添了情节的曲折性与故事的传奇性。

第二部分，对历代裴航故事的叙事文本进行全面的搜集和梳理，总结故事在各时期的流变特点，探讨裴航故事的文本流变轨迹，力求能够客观地反映裴航故事文本变化的动态。

第三部分，在厘清裴航故事文本的基础上，对故事主题的嬗变进行研究。在文本流变过程中，故事原本的宗教意蕴得到延伸，而在文本传播因素的影响下，裴航故事爱情主题亦开始衍生。

第四部分，以《裴航》《蓝桥玉杵记》《蓝桥驿》这三部作品为对象，对故事中的人物形象与文化内涵进行解读。

目录

刘邦故事的文本演变与文化意蕴（附节选）

2021年南开大学博士学位论文　李彦敏

摘要

　　刘邦是一个饱受争议的人物，由一介布衣到开国皇帝，关于刘邦的评价毁誉参半，刘邦的故事丰富多彩，自古至今流传不衰。在是非褒贬不一中，在故事情节的流变中，刘邦不再是单纯的历史人物，也不是纯粹的文学形象，而是一个寄托了人们爱恨情仇、蕴含着丰富文化意蕴的文化形象、文化符号。本文研究刘邦故事的嬗变轨迹采用的是中国叙事文化学的思路与方法，试从社会、历史与文化中找出发生演变的原因，发掘其中蕴含的文化意蕴，这对于更好地审视中国传统文化具有非常重要的意义。本文分六个部分来分析刘邦故事的演变。

　　绪论由三个部分组成。第一部分是选题简介，第二部分梳理和总结了刘邦研究的现状，最后针对研究的不足和薄弱环节提出了以中国叙事文化学的研究思路与方法来研究刘邦故事，掌握丰富的文献材料，以故事情节的演变为核心，以期达成研究目的。

　　第一章为文献综述。按照时代发展的先后顺序，把和刘邦故事有关的文献划分为四个阶段：汉魏晋时期、唐宋时期、元明清时期和民国时期，梳理每一个阶段与刘邦故事相关的所有文献，做简要概括，对刘邦故事的文本进行宏观把握，目的在于揭示各情节内部演变的趋势。

第二章以政治文化为主，抓住人物评判这个刘邦故事流变的核心问题，论述刘邦故事的流变与人物评判问题。史书中既有对刘邦政治形象的正面评判也有负面评判，但还是以正面评判为主，认为刘邦是仁而爱人的仁君形象。汉魏晋六朝时期刘邦的形象定型为贤明君主，唐宋时期对刘邦的评价依然以褒扬为主，到了元代刘邦形象则出现了变为"流氓无赖"的颠覆性转变，明清时期对刘邦的评价又出现了由"流氓"到"神化"的转变。刘邦所受到的评判与不同历史时期的政治意识、思想文化和社会环境等因素是密不可分的。

第三章刘邦故事与神秘文化。刘邦充满传奇的一生中，伴随着很多神秘文化的内容。史书中汉魏晋时期便以相术、龙颜、云气、赤帝斩白蛇等神秘内容来神化刘邦的合法帝王位置；唐宋时期沿袭了这种说法，到了元明清时期有关刘邦的神秘文化更多的是通过佛教思想反映出来，神秘文化是封建帝王常用的将其政权神圣化的一种手段，刘邦故事也不例外。

第四章以刘邦与后妃之间的爱情故事为主要研究对象，分析不同时期刘邦与后妃之间情感故事的演变过程，并分析情感发生变化所蕴含的文化意义。刘邦与后妃之间的爱情故事源自汉代史传作品，魏晋南北朝时期，帝妃爱情故事颇受瞩目，文学创作成分开始增加，丰富了刘邦情感故事；唐宋时期，刘邦帝妃爱情故事受到文人士大夫的青睐，文学创作色彩浓厚，融入了文人的审美观念；元明清时期，帝妃爱情故事有了新的发展变化，向世俗化和民间化发展，有了圆满团圆的美好结局。

第五章是刘邦故事中的楚文化。首先是对楚文化精神作了概述，分析了司马迁和刘邦身上承载的楚文化精神，特别是刘邦，对楚文化精神的传承与发展起了巨大的作用。在不同的历史发展阶段，楚文化精神表现出不同的影响。体现在刘邦故事中的侧重点亦有所不同，唐宋时期崇尚以楚文化为代表的老庄思想，特别是唐代崇尚老子的思想，同时屈骚精神对唐宋时期刘邦故事的创作也产生了很大影响，体现在诗人对贤明君主的赞美与歌颂。明清时期则是老庄思想对李贽"童心说"的影响，促使刘邦故事转向"个性"和"情"的抒写。

目录

节选

绪　论

一、选题简介

刘邦的事迹首见于史书《楚汉春秋》《史记》《汉书》《资治通鉴》等典籍中。这段内容丰富的历史留给后人无限的遐想和阐释的空间，作为主角的刘邦更是成了千变万化的演绎对象，生前叱咤风云，死后瑕瑜互见，毁誉参半，有人认为他是一代明君，一代贤主，而有人认为他是"流氓""无赖"。不管怎么评价，他也是中国历史上第一位由平民登上帝位的皇帝，开创了大汉四百年的基业，这本身就是一个传奇。作为一代帝王，他被后代君王唐太宗、宋太祖和明太祖奉为典范加以学习。刘邦故事在不同时代的文学作品中被频繁地塑造，表现出不同的形象。

后世的文人墨客对刘邦故事不断加工润色，使人物形象逐渐变得丰满，从汉代到清代刘邦的事迹在文人笔下从未停歇过，一直繁荣昌盛。两汉时期的作品是史传为主，到了唐宋时期逐渐变成以文学文本为主的转变，唐宋时期出现了大量关于刘邦的诗词作品，其中多以正面形象为主，除此之外还出现了唐代变文如《汉将王陵变》《季布骂阵词文》等。宋代出现了大量歌颂刘邦的散文，如苏辙《三国论》、苏轼的《上皇帝书》，等等。到了元代有关刘邦的杂剧繁荣起来了，代表的杂剧就有几部。再到明代的小说《全汉志传》等，尤以甄伟的《西汉演义》最为著名，再到清代的清宫大戏《楚汉春秋》、徐石麒的杂剧《大转轮》等这些不同形式的载体完成了从历史人物到文学人物丰富多彩的演变。刘邦作为历史上第一位平民帝王，他的传奇从他一出生就注定了与众不同，史书记载刘邦是母亲和"龙"的结晶。中国封建社会的帝王讲究天命神授。贤明君王的降生与常人不同，上天会有各种不同的异象征兆给予回应，如此才能做到名正言顺，众望所归。《史记》记载刘邦龙颜，左股有七十二黑子。从中可以看出刘邦是"龙子"并非凡人，这些带有宗教和神秘色彩的故事影响深远，给历朝历代铺排繁衍刘邦事迹留下了丰富的素材和广阔的阐释空间。刘邦故事内容的丰富性在不同时代环境和社会思潮的影响下产生了不同的时代效果和文化底蕴。承载刘邦故事的文本丰富多样包括史传、戏曲、策论、诗词、小说、散文、方志等各种文献载体。后世文人通过这些载体展开丰富的想象力创作改编润色了刘邦故事，使得刘邦故事在发展演变过程中体现了不同的审美观和价值观，赋予其不同的文化内涵。

之前有关刘邦故事的研究论述并不多，即使有也是局限在某一朝某一代的研究，缺乏对刘邦故事体系的梳理和宏观把控，目前没有发现文章或硕博论文对刘邦故事不同时代文本变化、人物形象变化的梳理，因此，在全面梳理材料的基础之上，对刘邦故事的相关主题进行文化上的分析是极其有价值有意义的课题。

本文研究刘邦故事的思路与中国叙事文化学研究的方法与思路恰好吻合，本文希望做到：

首先，本文根据时代发展的先后顺序，刻画出不同单元故事情节演变的轨迹，利用文献学和传统考据学等方法，尽力做到"竭泽而渔"，对刘邦故事进行全方位的文本梳理。

其次，通过对文献的梳理，归纳出单元情节的变化，找出其中的原因，分析背后隐藏的文化底蕴。

最后，本文选定刘邦故事文本演变及其文化意蕴为研究对象，希望有一定的学术价值，对于传播刘邦故事起到积极的推动作用。也希望为中国叙事文化学贡献一份微薄的力量。

二、研究现状

刘邦，一个划时代的人物，创建了中国历史上的西汉王朝，为大汉王朝四百多年的稳固江山打下了坚实的基础，使得中国封建社会登上第一个高峰。作为中国历史上第一个草莽皇帝，出身平民而又贵为帝王，刘邦留给后人无尽的遐想。伟人毛泽东对刘邦也有很高的评价，这一点和史学家对刘邦的赞美是一致的，都认为刘邦是从谏如流、宽宏大度的一代枭雄。毛泽东认为刘邦战胜项羽，有必然的原因。自司马迁的《史记》问世以来，楚汉之争这段史实以及人物品评从未间断过，特别是对刘邦的评价各执一词，备受争议，在学术界几度掀起热潮。关于刘邦的研究成果颇为丰硕，本文试从以下几个方面梳理刘邦故事的研究概况。

（一）有关刘邦身世及生平事迹的研究

（二）刘邦史传形象与文学作品研究

（三）刘邦故事的比较研究

（四）刘邦与楚文化的研究

（五）境外对刘邦的研究和文献

三、选题价值

帝王形象研究的特殊价值在于其地位的独特性，以及强烈的政治影响力。从以上研究成果来看，尽管刘邦故事研究在古代文学领域取得一定的成绩，但仍然存在着诸多问题，有待弥补。

首先，对于刘邦故事的研究大多都局限在某一个朝代，没有系统地梳理。刘邦故事在不同时代的演变轨迹，特别是文献梳理远远不够，如笔记小说、戏曲、弹词等方面的材料很少有人去搜集整理。凡是与刘邦故事相关的材料，如诗词歌赋、小说戏曲、野史正史、出土文物等，都作为本文研究的范围。本文力求在挖掘材料方面做到"竭泽而渔"，力求使艺术成就参差不齐，良莠不齐的各种文本呈现在本文之中。

其次，就刘邦故事总体演变来说它是一个动态的而非静止的。不同时代有不同的变化，人物有增减，情节有变动，而把刘邦故事从秦末汉初到明清，甚至到民国期间的演变、发展、变化过程做一个系统梳理是非常有意义的一项研究。本文以刘邦故事的流变为主，以故事主题研究为中心，探寻其背后暗含的文化意蕴。

最后，不同文体之间的刘邦故事缺乏相互之间的联系，不能把刘邦故事体现在不同文体之中，如诗歌、小说、戏曲等，另外对不同时代文本的变化原因没有明确的阐释，或蜻蜓点水一带而过，本文将对这些变化做深入细致的剖析解读，力求挖掘出其中所蕴含的文化内涵。

鉴于刘邦故事研究现状，还有不足之处需要弥补，而中国叙事文化学的研究方法正好弥补了这个缺陷。

中国叙事文化学是宁稼雨先生提出的，一方面以西方主题学为基础，另一方面再结合中国叙事文学的实际情况而提出的可行的方法。这是一种"以中为体""以西为用"的切实可行的研究方法。宁先生在《中国叙事文化学与"中体西用"范式重建》一文中有详细论述。先生认为20世纪中国叙事文学研究主要以小说、戏曲为主，代表人物以王国维和鲁迅为主，这种研究虽然取得了一定的成绩，但也存在着缺点，"这个研究取代了以往小说戏曲领域零散批评和评点式研究，把中国叙事文学研究融入世界叙事文学研究的轨道中，可谓功莫大焉。但随着叙事文学研究的深入，文体史和作家作品研究就逐渐暴露出它与中国叙事文学本身的固有本质之间的隔阂"。基于此，先生提出"以中为体，以西为用"的中国叙事文化学。

中国叙事文化学是在借鉴西方主题学合理因素的基础上产生的。主题学最早发端于19世纪德国格林兄弟所研究的民间文学，主要以主题、母题为对象分析民间故事的演变，意在探讨不同时代、不同地域、不同文化环境对同一题材的民间故事和传说的发展变化。其中有代表性的人物就是阿尔奈和汤普森，以及他们所做的民间故事类型研究的"AT分类法"。西方主题学研究方法为中国叙事文化学提供了可参考的思路。中国叙事文化学研究的视野广泛不仅仅局限于传统意义的戏曲、小说等文本，而是扩展到诗歌、史传、散文等各类文体和作品。在研究范式上，以故事主题类型为中心，宁先生论述道："故事主题类型的核心构成要素是情节和人物及其相关意象。但他们与单一的相应范畴所指有所不同，它更需要注意的是同一要素不同阶段形态变异的动态走势。故事主题类型中的情节更多需要关注的是在同一主题类型中不同文本在情节形态方面的异同对比。因为只有清晰地厘定不同文本故事情节的形态差异，才能为故事主题类型的文化分析提供可能。与之相类，故事主题类型中的人物既要关注同一人物在该类型故事演变过程中的流变轨迹，也要注意该故事流变过程中各个人物形象的出没消长线索，从而为文化分析寻找契机。显而易见，它与单篇作品和文体研究所关注的情节人物最大区别就是离开了单一情节和人物，去关注多个作品中同一情节和人物的异同轨迹。正是这些情节和人物在不同作品中的变异轨迹，才能为整个该故事主题类型的动态文化分析提供依据和素材。"宁稼雨先生接着论述道："1924年顾颉刚先生《孟姜女故事的转变》一文，在时间上和德国人提出主题学方法的时间大致相同，但表现出明显的中国特色。其中最为精彩之处，就是他几乎能把孟姜女故事每一次变化的痕迹都在所处时代的历史文化土壤中找到令人信服的答案。这种以传统的历史考据学方法，再结合西方实证主义的方法来解读和切入中国叙事文学故事主题的主要途径，显得十分清晰和明快，应当成为我们以中为体的中国叙事文化学研究的范本和楷模。"

综上，本文采用中国叙事文化学方法，梳理有关刘邦故事的文献资料，力求对刘邦故事相关资料做竭泽而渔的搜索，体裁涉及史传、小说、戏曲、方志、说唱等，文化意蕴从刘邦故事演变的复杂政治内涵演绎、情感世界的抒写、神秘文化、地域文化多个角度切入，探讨相关故事情节的发展演变轨迹与隐藏在其后的文化意蕴的相互关系，对于研究刘邦故事与传统文化的解读是大有裨益的。

第一章　刘邦故事文献综述

刘邦故事主要是指以刘邦为主要叙事角色的故事体系，其主要内容是在秦末起义、楚汉之争中刘邦作为主要人物灭秦灭项成为绝对的赢家，从而建立了西汉王朝，开创了大汉四百年基业。纵观刘邦故事生成与演变的趋势，表现为历史典籍、笔记传闻、继而走向文学演绎。

本章以时代为顺序，基本上划分为汉魏晋时期、唐宋时期、元明清时期和民国时期四个发展阶段。综述历代的刘邦故事文献材料，并梳理出刘邦故事各情节单元的演进轨迹。

第二章　刘邦故事与政治文化

政治文化的概念最早出现在18世纪末，政治文化作为现代政治学的概念，始于20世纪50年代，但是政治文化的存在却历史悠远。早在中国春秋战国时期就已经产生了政治文化，著名的有道家、儒家、法家等派。西方的政治文化则以柏拉图、亚里士多德为代表，政治文化是反映一切政治现象的文化的总和。政治文化的内容主要包括政治思想、政治心理、政治评价等。本文主要讨论政治评价，即对一个人在品质、思想、道德行为等方面做出评价。"人物品藻""人物品评"也属于人物评判的活动。刘劭的《人物志》便是这种品评的系统理论著作。

人物评判大体分为生前和死后两种评判活动。死后的评判主要有谥号（主要指地位较高的人）、墓志、传记等。不同时代对人物评判的标准也是不同的，汉末以来除了看重人物的道德节操以外，还从智慧、才能等方面品评人物。东汉时期对文人的评判主要是清议。清议产生在桓、灵时代，《后汉书》卷六七《党锢列传》描绘了清议的时代背景。这段话把清议之风产生的原因说得很清楚了。中国古代人物评判的标准大概从德、才、功、形等方面。不同时代的评判标准是不一样的，"曹魏时期名家学者刘劭《人物志》一书中提出以'平淡无味'为核心的人物品评最高价值标准，不仅成为魏晋玄学'贵无'学说的主要理论来源，而且为后代士人文化背景下以价值认知为文艺评论取向规则奠定了坚实基础"。刘劭的《人物志》以评论人物优劣为主，提出人的五德，中华文化自古就注重德的重要性，《尚书》中贤臣皋陶提出了"九德"，孔子也提出"礼""仁"为道德品性的标准；刘邵提出选拔人在才性方面的标准应该是才、德并举，晋代人们思想活跃，对人物品评极为盛行，这些名士抛开名教以任自然，抛弃传统的礼仪道德束缚，自由自在地品评人物之美，对人物美的品评主要表现在风姿、风采以及风韵方面。《世说新语》一书就是典型的代表。《世说新语》中的人物品藻充分体现了魏晋士人的精神风貌和审美情趣，以及对生命之美的不懈追求，对生命之美的追求体现在魏晋士人对人的容貌、举止、衣着等外在人体美的品评上。李泽厚先生指出《世说新语》"重点展示的是内在的智慧，高超的精神，脱俗的言行，漂亮的风貌"。宗白华先生亦指出："'世说新语时代'尤沉醉于人物的容貌、器识、肉体与精神的美。"汉末魏初时期社会戡乱、战争不断，诸侯四起，有识之士求贤若渴，此时人物品评的标准是以"才"为主，曹操就大声疾呼："今天下尚未定，此特求贤之急时也，今天下得无有被褐怀玉，而钓于渭滨者乎？又得无有盗嫂受金而未遇无知者乎？二三子其佐我明扬仄陋，唯才是举，吾得而用之。"曹操品评人物的首要标准是"唯才是举"。曹操认为，如若身处太平盛世，君主可以精挑细选贤人君子来做官，但处于乱世之中，君主必须重用有才能之人，对于德行往往是无法苛求了。

对于古代历史人物特别是君王的评判往往是在死后通过谥号得以体现，也就是"盖棺论定"，但是"盖棺"未必能够"论定"，伴随历史的发展，时代思潮的巨大变化，对于人物评判的标准也会随之发生很大的变化，在前一个时代所得的定论，随着时间的推移到了下一个时代评判的标准发生了变化，这种所谓的定论就被推翻否定了。因此对于某个历史人物的评判，就成了反观古代历史文化变迁的反射镜。

刘邦故事流变中对于刘邦的评判即如此，从不同时代对刘邦的定论中，可以窥见不同时代的文化潮流和时代脉搏的走向。

第三章 刘邦故事与神秘文化

在刘邦故事中，刘邦从起义直至成为帝王，遵循着一个造神的传统，也出现了很多关于刘邦的神奇故事，如梦征、相术、云气、预言等神秘文化的内容。这些，不仅仅是统治者个人需要，在当时的封建社会中，很多人都需要，于是统治者利用这些神秘现象对王权加以神化，一方面增加王权的正统性，另一方面也借此增加皇权的威慑力。这样的文化造势的套路也会被雄心勃勃的政治家用来为改朝换代制造舆论。刘邦故事中的神秘情节内容在流变的过程中，呈现出不同时代的神秘文化的不同意蕴。

第四章 刘邦故事与帝妃文化

在帝妃爱情中，帝妃之间的关系既是夫妻关系也是君臣关系，妃子在帝王面前称自己为"臣妾"，所谓"君要臣死，臣不得不死"可见帝妃地位的不平等性。因此，在描写帝妃爱情的文学作品中有两类主题会引起人们的兴趣，一类是描写妃子不得恩宠的怨恨与苦闷，另一类是描写帝妃之间真挚热烈的情感和生死相依。这两类主题在刘邦的爱情生活中体现得淋漓尽致，吕后在刘邦那里受到了冷落属于第一类，而刘邦宠爱戚夫人，他们之间的真挚爱情属于第二类。帝妃爱情的第二个特点是深受政治因素的影响。帝妃的情爱发展到极致，导致的后果便直接影响到江山社稷的安危与政治的兴衰。最著名的例子就是唐明皇和杨贵妃的爱情了，杨贵妃是集"三千宠爱在一身"的宠妃，可见明皇对杨贵妃的爱是刻骨铭心的，这种爱最终招致了"安史之乱"，当个人情感与江山社稷发生冲突时，即使是拥有至高无上权力的帝王也只能选择国家和民族的利益为主。当帝王与国家的命运联系在一起时，他也只能选择江山社稷，而放弃美人，杨贵妃成了政治的牺牲品，唐明皇也只能接受自己"占了情场，弛了朝纲"所带来的灾祸。在刘邦的爱情故事中，吕后因为失宠把更多的精力用在了参与政治上，所杀功臣多为吕后所为，在刘邦去世后她临朝称制达八年之久，她开启了汉代外戚专权的先河，在她去世后又引来了一场血雨腥风的政治风波。

第五章　刘邦故事与楚文化

　　就地域文化的影响来说，刘邦主要受楚文化的浸润较深。刘邦出生于沛丰邑（今江苏丰县）中阳里，因为当时的沛县已经属于楚国的疆域，楚国是他的父母之邦，因此在刘邦的身上打上了楚文化的印记，包括他习惯说楚语、穿楚衣，喜楚舞、楚歌等。刘邦的治国理念也受楚文化的影响很深，不同时期体现出不同的影响，汉魏晋时期刘邦很好地继承了楚文化并把楚文化的精髓发挥到极致；唐宋时期楚文化对文人影响较深，特别是老庄道家哲学和屈原的浪漫主义思想对唐宋文人的创作起到了推波助澜的作用；元明清时期就文学而论依然受楚文化的影响很深，楚文化作为一种区域文化对后世的影响源远流长，值得我们去探讨和研究。

余　论

　　本文用四个主题文化来概说刘邦故事，未免有遗漏，刘邦这个曾经叱咤沙场的风云人物随着时间的流逝成为令人瞩目的历史人物，任由后人评说。历史在人们的评论中向前的步伐从未停止过，历史人物也在人们的评说中或名垂青史、万古流芳或名声扫地、丑声远播。对于刘邦的是非功过的评说复杂多样，值得探讨。

　　纵观刘邦的一生充满了传奇色彩，故事情节丰富多彩，摇曳多姿，史书中的刘邦是其母和蛟龙的结晶，具有真龙天子的容颜，而且为人豁达大度、仁而爱人，但是不爱劳动，喜欢喝酒和美女。而且醉卧时周围常有龙出现，后来当了亭长，在押解刑徒途中释放之，接着提三尺宝剑斩蛇起义，沛县起兵，后入关灭秦，与百姓约法三章，鸿门宴上险遭不测最后脱险，受封汉王镇守汉中，楚汉战争中以鸿沟为界，垓下之战打败项羽统一了天下，定都长安、建立西汉，分封诸王、励精图治，铲除异己、白马之盟，平定叛乱、大风歌起。刘邦一生的写照主要集中在《史记·高祖本纪》中，概括了刘邦从一个微不足道的布衣到威震天下的帝王轨迹，就连伟人毛主席也认为刘邦是"封建皇帝里边最厉害的一个。"后人对刘邦的评判比较复杂，上至帝王将相、中至文人墨客、下至黎民百姓不同的阶层对刘邦的评价是不一样的，但历史上的政治人物对刘邦的评判多以赞美为主，在汉魏晋和唐宋时期这种评判特别明显，大都以贤明君主的形象为主，到了元代则出现了极为复杂的变化，刘邦从先前的仁君变为"流氓无赖"，而到了明清时期刘邦的形象又被神化，又变成一代贤王的形象。

刘邦与神秘文化有着不解之缘，从他一出生就注定了与众不同，充满了神秘色彩。他是龙子，真龙天子，也就是将来的帝王命运，一出生腿上就有七十二黑子，醉卧周围常有龙显现，他隐藏的地方有"云气"缭绕，他是赤帝子提三尺宝剑醉斩白蛇即白帝子，还有通过神秘的相术看出刘邦就是未来的帝王等。一切迹象表明刘邦就是真龙天子的命。纵观中国封建社会2000多年历史，皇帝与龙之间有了一种神秘关系，其目的是把皇帝打扮成现实生活中的"真龙天子"，竭力营造神秘的政治氛围，树立皇帝的政治权威，加强思想统治，自从刘邦被说成是真龙天子之后，历代封建王朝都继承了汉初统治集团这种做法，从此神秘文化便与帝王有了不解之缘。

作为帝王的刘邦情感生活极为丰富，先是因为相貌不凡被吕后之父看中遂把女儿嫁给了刘邦，刘邦在征战沙场时偶然和戚夫人相遇从此对戚夫人宠爱一生，戚夫人不仅年轻美貌而且能歌善舞，刘邦对音乐也极其酷爱，善于击筑，和戚夫人是灵魂伴侣，音乐知音。戚夫人以其女性的柔情和音乐才华抚慰了身经百战刘邦的内心世界，二人形影不离，如胶似漆，爱得炽热爱得彻底，帝王也是平常人也有丰富的感情。刘邦也有恻隐之心，对于薄姬是因同情而临幸，但改变了薄姬一生的命运，使她成为最圆满的太后。刘邦对于父亲也是孝子，特别是他当了皇帝后，把老父亲接到宫中，尊父亲为太上皇，却发现太公时常闷闷不乐，经询问得知，原来刘太公想念家乡的父老和那里的生活方式，虽然处在深宫，享受着荣华富贵，却觉得没有乐趣，于是刘邦仿照家乡的模样，在长安附近修建了一座新城——新丰。把家乡的父老乡亲都搬到新丰。因为新丰和家乡的格局一模一样，所以，连鸡犬都能找得到回家的道路，刘太公非常高兴。可见一代帝王刘邦的孝心。

在刘邦故事的流变过程中，不同的文学体裁发挥了不同的作用，史传的记载为故事发生流变提供了原始资料，诗歌、散文的吟咏和抒写，以及戏曲、小说对故事情节的铺排和敷衍，基本是在史传的基础上进行的，即使情节有新内容的变化，也基本以史书为依据的，或者依据史书中的只言片语加工、虚构、敷衍而成。史书中的材料成为刘邦故事流变过程中的主要依据。诗歌、散文相比戏曲、小说在叙事性方面略显单薄，但诗歌强烈的主观抒情性以及散文犀利的议论性都为刘邦故事的流变发挥了很大的作用，小说、戏曲的加入使得刘邦故事的流变更加成熟与完善。表现在故事情节的逻辑性更加清晰明了，人物形象的塑造更加生动鲜活，叙事的节奏收放自如、张弛有度，情感的表达爱憎分明、恰到好处。

在刘邦故事流变过程中，刘邦作为故事流变的核心人物，受到的评判也是褒贬不一、毁誉参半的。刘邦作为一种文学形象、文化符号，随时间的流变而流变，在不同时期、不同阶段、不同评论者口中都有不同形象，都赋予不同的文化意蕴。

韩信故事文本流变及其文化阐释

2021年南开大学硕士学位论文　任卫洁

摘要

　　韩信是中国古代的重要军事家之一。从汉初《史记》对韩信故事的记载开始，历代多有文学作品对韩信故事进行演绎。从韩信故事的演变中大致可以窥见古代军事家故事的演变轨迹。韩信故事的演变不仅仅与军事相关，还与政治社会背景、民间通俗文化和文学艺术的发展有关。因此本文以韩信故事相关文本为基础，深层探讨文学文本与文化内蕴之间的互动关系。

　　全文结构分为五部分。第一部分为绪论，简要回顾了20世纪以来的韩信研究；第二部分为韩信故事文本的演变形态叙录，以汉唐、宋元以及明清为时间断限，梳理韩信故事在不同文本形态中的演变轨迹；第三部分主要着眼于韩信得遇明主，完成从布衣贫士到登坛拜将的变泰发迹经历，并从中提取出"君臣遇合"这一主题，探究不同历史背景下对这一经历的不同书写及背后原因；第四部分集中于韩信报恩酬情故事，透过韩信"千金酬漂母""知己报萧何""忠心不分汉"的故事，审视韩信受恩报恩情节的文学书写及与中国报恩文化之间的关系；第五部分通过韩信赫赫战功与身死钟室的巨大反差，以"悲冤主题"为核心，探究韩信故事衍生的转世复仇主题以及封建集权时代功臣的出路问题。

　　本文在前人研究的基础上，首次以中国叙事文化学的角度观照韩信故事。韩信故事由最初的史传记载裂变为小说、杂剧、传奇、鼓词，其生命力之旺盛令人惊叹。本文通过分析韩信故事演变的形态，试图还原韩信在中国文学中真实形象，分析其演变背后的原因，为中国叙事文化学的提供又一个案研究。

目录

郭子仪故事的文本演变与文化意蕴

2021年南开大学硕士学位论文　　张莹莹

摘要

　　郭子仪，主要活动于唐玄宗、肃宗、代宗、德宗四朝，封汾阳王，被尊为"尚父"，图形凌烟阁。在军事上，郭子仪一生征战为国，平安史之乱，收复两京；多次平定藩镇、吐蕃之乱，为唐代中兴第一人。在政治上，多次遭鱼朝恩、程元振等人的谗言陷害而被罢兵权，子仪毫无怨念，召之就道。郭子仪以其忠君之心、平叛之功与明哲之智位极人臣、结亲皇室、富贵长寿、子孙绵延。其八子七婿，俱在朝为官，家族兴盛至极。自唐始，郭子仪的传奇故事进入文学文本领域，历经唐五代、宋元、明清而愈加兴盛，其故事体裁涵盖史书、诗文、小说、戏曲、杂剧、影词、鼓词、子弟书等领域，在文字记录之外尚有绘画、雕刻等形式的存在，跨域广，内容丰富。

　　新中国成立以来学术界对于郭子仪的研究主要集中家族历史考证、单个经典故事文本的研究以及对郭子仪个人的人物评价方面。目前的研究主要存在四个方面的不足：其一，对郭子仪故事文本的把握不全面、民间文学文本搜集不够全面；其二，只关注单个故事文本，未从历史发展脉络中对郭子仪故事整体进行把握；其三，对郭子仪人物形象的研究不够深入，人物评论相对片面化；其四，对郭子仪故事流传的社会心理、文化主题没有进行深入的探讨与分析。基于此，本文的创新之处在于以叙事文化学为指导，对郭子仪故事文本进行了较为全面整体的把握，对郭子仪故事文本进行源流演变梳理，关注故事中的动态变化，进而从文化视角分析郭子仪故事演变的文化内涵，并在横向对比中把握历史真实的郭子仪形象，在纵向发展中展现郭子仪人物形象的演变。

本文第一章对郭子仪故事的文本演变情况，按照唐五代、宋元、明清的顺序进行梳理。第二章至第五章对郭子仪故事主题展开分析，忠君、智谋、富贵寿考三个主题之间相互嵌套，由其忠君之志而奋起行伍，立下赫赫军功；由其明哲之智谋，郭子仪得以富贵终老。由此，文中第二章关注郭子仪故事的忠君主题，从郭子仪赫赫战功、几遭谮毁召之就道的故事描写中感知郭子仪的忠君之心；第三章写郭子仪故事的智谋主题，关注军事智谋与政治智谋；第四章对郭子仪故事中的富贵寿考主题展开论述，从酢功封赏、郭子仪拜寿、打金枝的流传看郭子仪故事的转向；第五章给出结论。

目录

朱买臣故事流变研究

2021年扬州大学硕士学位论文　纪亚兰

摘要

　　朱买臣故事在流传中渐次凸显了两大主题，一是朱买臣起于微贱后位列九卿"否极泰来"，一是朱买臣见弃于妻。朱买臣故事初见于《汉书》记载，本事较为简略。及至唐代，此故事在文人士子笔下得到缓慢发展。他们用朱买臣的事例自我激励，感叹世事无常。此时文人笔记中关于朱买臣的记载大多符合本事。宋元之后，朱买臣故事出现了空前的发展。尤其在明清两代，它成为跨越多种文本体式的题材。文本书写的朱买臣故事细节逐渐完整、故事冲突强烈，得以在民间广泛传播。此时期，朱买臣便不再仅是史书中的传主，而是流传于大街小巷，为大众所耳熟能详的传奇人物。本文以时间跨度为纲，分析朱买臣故事在不同时代的发展，以及在相应时代文学样式中的故事特点。

　　绪论部分爬梳了目前学界关于朱买臣故事的研究现状，以此探索朱买臣故事可深入研究之处，点明本课题的研究目的和意义。

　　第一章主要考证历史中的朱买臣其人其事，在此基础上分析古代婚姻关系中的婚变弃夫现象，为下文探究此故事在后世流传过程中发生转变的原因奠定基础。

　　第二章主要梳理从汉至宋的发展阶段中，不同时期文人对朱买臣故事的解读。从汉至唐，文人笔记、诗文中的朱买臣故事主要侧重于其前穷后达的发迹经历，这期间朱买臣这一人物被符号化。至于宋代，朱买臣故事有了进一步的发展，此时文人关注的不仅仅是朱买臣，也将开始将目光投向买臣妻。

第三章以元杂剧《朱太守风雪渔樵记》为中心，以元代特殊的政治背景为线，分析杂剧中蕴含的文人退隐与入仕的矛盾心态，以及此杂剧在朱买臣故事流变中的开创性的价值。

第四章的分析跨越明清时期，此阶段朱买臣故事的传播以戏曲、小说为主。《烂柯山》传奇的出世开辟了朱买臣故事传播的另一条线索。本章主要通过对戏曲与小说的研究，探索朱买臣故事在进一步传播中人物形象的成熟与发展。

第五章主要分析清以后朱买臣故事在戏曲改编、说唱文学、民间传说等方面的发展情况。

目录

白居易《琵琶行》故事的文本演变及其文化意蕴

2022年南开大学硕士学位论文　陆倩

摘要

《琵琶行》一诗作为白居易谪居江州期间的代表诗歌，流传甚广，由此诗结合白居易生平改编演绎的戏剧故事也不在少数。从元代马致远的《青衫泪》开始，历代都有文学作品对白居易的《琵琶行》故事进行演绎，塑造出各不相同的白居易与琵琶女形象。从白居易《琵琶行》故事的演变中可以发现妓女与文人故事的演变轨迹。《琵琶行》故事的演变与各个历史时期社会的政治、经济、文化背景息息相关，故事情节和人物的变化也反映出作者不同的创作心态。本文以白居易《琵琶行》故事的相关文本材料为基础，从不同主题角度着手深入探讨文学文本变化的动态原因，揭示故事演变背后的文化意蕴。

本文共分为五个部分。第一部分为绪论，简要回顾20世纪以来的白居易及其《琵琶行》故事研究情况，明确选题缘由、创新之处、研究意义目的及方法；第二部分为白居易《琵琶行》故事演变的文本形态叙录，分唐五代、宋元、明清三个时期，按文本体裁梳理《琵琶行》故事在不同文本形态中演变轨迹；第三部分着眼于《琵琶行》故事中的爱情叙事，从中提炼出"才子佳人"主题，探究不同时代背景下这一主题的书写表现及影响其变化的原因；第四部分从文人功名意识观念角度出发，从科举制度、文人贬谪、隐逸情怀三个方面审视《琵琶行》故事中白居易人物的功名情结变化；第五部分通过琵琶女的忠贞形象变化，探讨自唐宋元至明清时期女性贞节观的强化表现，以及这一背景下以琵琶女为代表的妓女群体如何将自身纳入传统的道德规范之中。

本文采用中国叙事文化学的研究方法，立足于不同类型的《琵琶行》故事文本，围绕"才子佳人""功名际遇""女性忠贞"三个主题展开探讨和论述。通过梳理和分析白居易《琵琶行》故事演变的文本，从不同视角看待文本变化的表现，探讨文本故事细节发生变化的原因，为中国叙事文化学增加一个新的研究案例。

目录

姜子牙故事的文本演变及其文化意蕴（附节选）

摘要

　　姜子牙，商末周初人。其人发生了由人到神的身份转变，相关历史"事件"经由叙述成为"故事"。史学家、文人、民间百姓等不同叙述主体，在叙述模式、审美倾向等方面的差异，决定了姜子牙故事的多维演绎与多种文化意蕴。论文引入新的学术研究方法——中国叙事文化学，基于前贤相关成果，在姜子牙故事研究方面取得了一些突破。其一，继续突破学科、文体的界限，以更广阔的视野搜集了更丰富的材料，将相关研究的文献搜集范围扩大为四个部分，为实现姜子牙故事文本更为全面、系统的研究提供了坚实的文献基础；其二，转变中国古代叙事文学以人物形象为中心的研究思路，以故事情节主题单元为中心，关注故事的动态流变，解释其中所蕴含的文化内涵；其三，结合中国古代文体的变迁，追踪姜子牙故事形态变异是如何通过文学书写来完成的。

　　论文共设五章，首先确定论文研究的文献基础；其次从姜子牙故事文本演变涉及的三个重要文化主题切入，分析文本演变的深层文化动因；再者分析姜子牙故事演变及相关文化内涵变化与各种文体形态之间的具体关联。

　　第一章从四个方面概述历代姜子牙故事文本的形态及演变，即姜子牙故事经史子部文献、集部文献、通俗文学文献、文物材料。其中，姜子牙故事通俗文学文献，是叙事文学个案故事类型的主体部分。

第二章从"受命""放杀"观念切入，审视历代关于姜子牙与武王伐纣故事正统性的论辩。官方正统叙事确定了武王伐纣"受命"的主流观点，但一直受到武王伐纣"放杀"观点的反驳，于是便产生了大量关于武王伐纣伦理争议的文本。在经史子集部文献中，姜子牙与武王伐纣故事的书写主要是阐发先秦经典，对故事本身的叙事关注相对较少；在通俗文学文本中，相关书写是基于正统叙事观念，通过叙事结构与故事情节的虚构，消解了武王伐纣"放杀"的伦理困境。

第三章是从"帝臣"与"帝师"的视角，探究历代姜子牙故事文本中蕴藏的士人政治理想。从先秦到明清，姜子牙故事文本都被寄予了浓厚的"帝王师"理想。先秦时期，诸子对姜子牙"君臣问对""变泰发迹"等故事的编撰是发展伊始。两汉时期，儒家对相关故事的整合与书写是一种叙事积淀，而且这一时期姜子牙进入儒家"帝王师"文教谱系，即意味着士人相关书写的长久性普遍性。唐宋时期，文人对姜子牙故事的典故化书写是一种叙事的横向延展与传播，典故与对偶的高频次书写促使姜子牙与相关事迹及伊吕等并称的高度黏合、定型。元明清时期，姜子牙故事文本演变进入繁盛阶段，文人在通俗文学中塑造的姜子牙形象，寄托了更为鲜明的"帝王师"政治理想。

第四章从政治、道教、民间三种不同维度，考索历代姜子牙故事文本演变中姜子牙文化信仰流变脉络。在政治与道教、官方与民间的互动下，中国古代不同时段形成了不同神格主导的姜子牙文化信仰。春秋战国时期，姜子牙成为齐国的祖先神信仰，此后一直存续民间；唐宋及辽金元时期，姜子牙武神信仰经历了迅速发展及逐渐衰落的流变过程，与此同时，道教吸纳武神姜子牙进入道教神仙谱系，姜子牙被赋予道教神仙神格；明清时期，武庙罢祀，姜子牙官方武神信仰消失，但在官方与民间礼俗互动下，地方太公庙先贤崇拜与家宅保护神民风习俗刺激了姜子牙在民间信仰中的高涨。

第五章进行姜子牙故事文本演变的文体形态分析。其关键点在于考索姜子牙故事文本及其文化意蕴的演变在不同文学形式中是如何表现的，以及其与中国古代文体发展演进之间的关联性。

目录

节选

第一章　姜子牙故事相关文献述略

姜子牙，商周时人，相关史迹在后世的流传过程中其身份属性发生了由人向神的转变。身份、事迹的不确定性、神秘性、传奇性、复杂性等决定了姜子牙故事研究的难度与价值，当前学界积累了丰硕的相关研究成果，研究方法、研究视角也在不断更新，但尚有值得深入研究之处。本文试图引入新的学术研究方法——中国叙事文化学，重新审视姜子牙故事文本的历史流变。在姜子牙故事的以往研究中，个案故事的戏曲小说同源关系等叙事文学研究方法与中国叙事文化学的故事类型研究最为相似，二者都是跨体裁研究，但二者的区别也比较明显，其中重要一点即文献搜集的不同。首先，姜子牙故事的叙事文化学研究是从故事类型全局、整体着眼，搜集统计出中国古代叙事文学作品中姜子牙故事文本的总数，对姜子牙故事文献群有一个宏观整体的了解与把握；而个案故事的叙事文学跨体裁研究在文献搜集时较少有全局把控的步骤。其次，个案故事戏曲小说同源关系研究的文献材料基础是以戏曲、小说为主的叙事文学故事文本。与之不同，中国叙事文化学姜子牙故事类型研究的文献搜集范围外延扩大为四个部分——姜子牙故事经史子部文献、姜子牙故事集部文献、姜子牙故事通俗文学文献、姜子牙故事文物材料，力求达到地毯式搜集"竭泽而渔"的目标。这四种故事文献类型产生发展的时间先后顺序与姜子牙故事流变进程大体一致，而从构成姜子牙叙事文化学个案故事类型的条件来看，姜子牙故事的叙事文学文本尤为关键重要，其中叙事文学代表性的文献类型——通俗文学文献则是姜子牙故事文献群的主要关注对象。

第二章 "受命"与"放杀"：姜子牙与武王伐纣故事的正统性论辩

中国古代政权更迭易代之际，战争的政治属性与新政权合法性正当性的确定是新朝亟待解决的关键问题，而追溯历史，将政权置于历代盛朝中评判是否具有历史合法性是最常见且有效的政治手段。姜子牙故事的主体部分——武王伐纣事件，其属性的判定不仅关乎周朝政权的性质与存在基础，而且与后世政权更迭存续关联密切。所以，在姜子牙故事的历时演变过程中，武王伐纣故事的正统性论辩是非常突出的内容。

第三章 "帝师"与"帝臣"：姜子牙故事与士人政治理想

中国古代政治与文化传统中，"帝王师"观念是非常重要的一个文化关键词。"帝者臣，名臣，其实师也"是中国古代士人的政治理想追求，构建了君臣之间的理想互动关系与理想的帝王形象、"帝师"形象，与儒家政治思想的发展演变关系密切。姜子牙故事流变过程中，"帝王师"观念贯穿始终，尤其体现在姜子牙故事中的"君臣相遇""变泰发迹""布衣将相"等重要主题上，相关叙事文学书写寄托了士人"帝王师"的政治理想。

第四章 政治·道教·民间：姜子牙故事与文化信仰流变

中国古代文化信仰是中国传统文化中的一个重要侧面，是与西方宗教信仰迥然不同的一种信仰模式。在中国传统信仰文化中，一种思想转化为一种信仰的过程是非常复杂的，技术化实践化等主观性操作与信仰群体的知识、思想等客观性状况都是必要性条件。一种信仰的正式形成往往意味着庙宇、祠堂等信仰者会集地或祭拜处所的固定化与祭拜形式或仪式的程序化；而祭拜处所、祭拜意识的固定，则预示着信仰的生成，同时也意味着作为实践的仪式同时也是一种作为观念的仪式，即祭礼的背后隐含着一定的文化信仰观念。姜子牙信仰是中国传统文化信仰中不可忽视的一种，经历了国家信仰与民间信仰的复杂流变历程一直延续至今，这也就暗示了相关研究的复杂程度与难度系数之高。此次考察姜子牙故事与文化信仰的流变，主要以相关庙祠及固定场所的祭祀或祭拜切入，呈现姜子牙信仰在中国古代传统文化信仰中的历时与共时面貌以及政治与道教、官方与民间历史互动背景下的演变形态。

第五章　姜子牙故事文本演变的文体形态分析

中国古代文学及古代文论的发展历程中，强烈的文体意识贯穿始终，"辨体为先"或"体制为先"作为一种传统主流观念深刻影响着文学创作与文学批评。中国叙事文化学个案故事文献群主要是由不同文体形态书写的文本构成的，这就意味着姜子牙个案故事的文本演变研究必须关注古代文体的发展、流变，探讨姜子牙故事文本形态的差异及其文化意蕴的变化在各种文体形态中是如何呈现的，以及姜子牙故事形态及其文化蕴涵的演变与不同文体形式、文学表现之间具有怎样的关联性与对应关系。具体来说，正统观念、帝王师观念下及文化信仰流变中姜子牙故事的文本演变是由何种样式、形态的文体呈现出来的，以及后者对前者的影响。

余论　姜子牙故事的影像化改编

姜子牙故事的改编活动在中国古代历史上持续进行，在当下依然经久不衰，但不同时代环境下故事改编呈现出差异明显的形态样貌，尤其表现在媒介形式上。大体来说，中国古代姜子牙故事的改编活动是以语言文字为本位的媒体形式推进故事文本的演变，叙事情节与人物刻画的逐渐丰富、完善促成了姜子牙故事经典文本——《封神演义》的问世，此后戏曲、讲唱文学等通俗文学文体对姜子牙故事的改编大多是一种重复性、承继性书写。而近代以来，随着经济的发展与科技的进步，"读图时代"悄然而至，视觉影像新媒体逐渐替代文字成为新型主流媒介形式，姜子牙故事的改编活动逐渐演变为小说原典《封神演义》的跨媒介改编，以视觉影像为本位的更新、变异书写迅速刺激了姜子牙"封神"题材的改编热潮与"封神"热门IP的衍生、孵化。据大略统计，近代以来《封神演义》经典的影视化改编有八十一种，游戏改编有数十种。自1927年《封神榜》系列的三部曲问世，姜子牙"封神"故事迅速成为影像改编的热门题材，中国、新加坡、日本等多方力量的涌入促使《封神演义》影视化"再生产"的发展态势愈来愈迅猛，仅21世纪以来的一二十年间就至少出现了四十五种"封神"题材的影视作品。姜子牙故事在传统社会的文本演变是本文的重点研究对象，但从事物的发展规律来看，对当下社会中这种显著现象的观照也是非常必要且有益的。

附录　姜子牙故事流变文献综录

该附录是对姜子牙故事流变相关的文本文献进行的整理综录。

对于姜子牙故事的文献资料整理，学界成果已经比较丰富，房立中《姜太公全书》、仝晰纲与王耀祖《姜太公研究资料汇编》等书的重要贡献及部分不足已在文章绪论的研究现状中有所介绍，这些成果对于本文的文献综录均有借鉴意义。另外，古代通俗文学文体的书目及书目提要类工具书也是本文文献综录的重要参考书目。如古代小说相关书目，孙楷第《中国通俗小说书目》，江苏省社会科学院明清小说研究中心《中国通俗小说总目提要》，宁稼雨《中国文言小说总目提要》，石昌渝《中国古代小说总目》，朱一玄、宁稼雨、陈桂声《中国古代小说总目提要》，等等；戏曲类相关书目，庄一拂《古典戏曲存目汇考》，董康《曲海总目提要》，北婴《曲海总目提要补编》，傅惜华《明代传奇全目》《明代杂剧全目》《清代杂剧全目》，李修生《古本戏曲剧目提要》，郭英德《明清传奇综录》，王森然《中国剧目辞典》，陶君起《京剧剧目初探》等；讲唱文学类相关书目，刘复、李家瑞《中国俗曲总目稿》，傅惜华《子弟书总目》，黄仕忠、李芳、关瑾华《新编子弟书总目》，李豫等《中国鼓词总目》，谭正璧、谭寻《鼓词叙录》，郭精锐等《车王府曲本提要》，盛志梅《中国弹词书目知见综录》，等等。再者，中国基本古籍库、中国俗文学库等电子资源数据库也为本文文献综录的编写帮助良多。对于前贤成果，本人谨致以崇高敬意，文献综录部分的参考借鉴之处不再一一说明。

姜子牙故事流变文献综录的结构安排基本以第一章《姜子牙故事相关文献述略》的章节设计为标准，首先对相关书籍进行大略介绍，其次概述书中涉及姜子牙故事流变的内容。

霍小玉故事的文本演变及其文化意蕴

2023年南开大学硕士学位论文　祖琦

摘要

　　霍小玉是唐代传奇名篇《霍小玉传》中的女主人公，她的痴情和刚烈从古至今引发了无数人的慨叹，霍小玉故事也得以代代相传。自唐代诞生以来，历经宋元明清直至近代，霍小玉故事不断被改编，一直活跃在文人笔下与戏剧舞台。本文运用叙事文化学研究方法，从不同时代不同类型的霍小玉故事相关文献材料出发，分析故事的文本演变，从恋爱婚姻、豪侠主题、民俗文化三个角度探讨霍小玉故事不同历史时期的文化意蕴，以丰富中国叙事文化学的个案研究。

　　本文绪论部分简要回顾20世纪以来的霍小玉故事研究现状，明确选题的价值与意义。正文第一章为霍小玉故事的文本演变形态综述，按照唐五代、宋元、明清的时代顺序，对不同故事文本体裁进行文献梳理；第二章探讨霍小玉故事中的婚恋主题，以霍小玉与李益的婚恋经历为线索，不同时代对于霍李婚恋及薄幸的看法在多种因素的影响下体现出差异；第三章分析霍小玉故事中的豪侠主题，从霍小玉与李益爱情受阻后，黄衫豪侠相助的角度入手，唐宋以来不同文本对于黄衫客人物的塑造折射出侠观念的发展及新变；第四章主要分析霍小玉故事中的民俗文化，一方面围绕霍小玉冤魂复仇情节的变化探讨民间的鬼神崇拜，另一方面则从民间上元观灯习俗看霍小玉故事中对于上元节日场景的文学书写。

结语部分对各章观点进行总结，归纳霍小玉故事所具有的独特性，以动态的视角从故事的情节内容和文化内涵上说明霍小玉故事在文学史上的特殊地位，展望霍小玉故事的进一步研究。

目录

理论建设

回顾总结与开拓创新

——中国叙事文化学第四生长时段的理论展望

孙国江

2018—2023 年，是中国叙事文化学理论建设的第四阶段，也是本次报告所回顾的最新阶段。尽管只有短短六年的时间，此阶段却是中国叙事文化学完成理论定型与进行回顾总结的重要时期。以"中国古代叙事文献与文化高层论坛"的召开和《中国叙事文化学研究文丛》的出版为标志，中国叙事文化学的研究产生了越来越广泛的学术影响，也受到了学界泰斗和许多学术新秀的普遍关注，在得到了很多业内学者肯定的同时，也催生出越来越多富有创见的学术成果。可以说，这一阶段既是对中国叙事文化学研究近三十年理论建设的重要总结，也是对中国叙事文化学未来不断发展、开拓创新的奠基。

一、本阶段中国叙事文化学相关研究成果概况

经过近三十年的实践摸索与学术探寻，经历了前三个阶段的积累与沉淀，中国叙事文化学研究终于迎来了学术成熟期，从模糊的理论探索逐渐步入成熟的理论定型。中国叙事文化学作为中国古代叙事文学研究的一种新理论和新方法，最终形成了一套完整的理论体系和操作程序，从朦胧零散的状态发展到自觉的、拥有完整体系的状态。

在此阶段，宁稼雨教授先后发表了《中国历代文艺评论价值评价主体及其评价特色》《中国文化"三段说"背景下的中国文学嬗变》《我的学术之路（九）：步入学术正轨三十年的三个研究领域》《学术史视域下中国叙

事文化学研究的得与失》《中国叙事文化学研究最初十年回顾与总结》《叙事文化学文献搜集的覆盖范围与文化属性》《探索科研教学论文推宣四位一体研究生培养模式》《随孙国江走进六朝志怪小说》《叙事文化学故事类型研究论纲》等多篇文章，并出版了著作《诸神的复活——中国神话的文学移位》。在这些文章中，宁稼雨教授结合自己的研究经历，系统总结了中国叙事文化学近三十年来从无到有的发展历程，并对中国叙事文化学的理论框架进行了系统归纳和总结。其中，《诸神的复活——中国神话的文学移位》一书作为中国叙事文化学在神话研究领域的个案研究成果代表，在学术界取得了良好的反响。

"中国古代叙事文献与文化高层论坛"的成功召开与《中国叙事文化学文丛》的出版是中国叙事文化学研究第四阶段理论建设方面的两件大事，标志着中国叙事文化学研究从前期的理论探索阶段正式走入了成果丰硕的理论成熟阶段。随着中国叙事文化学研究成果的不断丰富和学术影响力的不断扩大，学术界同人对中国叙事文化学的关注也越来越多。2019年8月，《中国社会科学报》刊登了张清俐、南天撰写的《推动叙事文化学研究走向纵深》一文，全面系统地推介了中国叙事文化学的研究体系和研究方法。许多学界同人也对中国叙事文化学的研究成果和理论建设成就给予了很高的评价，如魏崇新教授的《建构以故事主题类型为核心的中国叙事文化学——评宁稼雨教授的中国叙事文化学研究》，陈宏副教授的《特色栏目与学术新范式平台的建立——〈天中学刊〉"中国叙事文化学研究"专栏评议》，连心达教授的《叙事文化学研究中的中国学术精神》，王齐洲教授的《"中国叙事文化学"的破土与苗长》，鲁小俊教授的《博观约取、厚积薄发——宁稼雨教授的学术研究领域及其成就》，陈维昭教授的《三大文化生态与中国叙事文化学》等文章，在介绍和评价中国叙事文化学的同时，也对中国叙事文化学的未来发展提出了期许。

与此同时，此阶段运用中国叙事文化学进行个案研究的新成果也不断涌现，其中论著方面有孙国江《六朝志怪小说的故事类型及其文化意蕴研究》一书，论文方面则有梁晓萍《从庙堂之高到江湖之远——骊姬故事的古今流变》，闵永军《朱子故事的流传及文化内涵研究》，李春燕《"德艺双馨"与唐明皇梨园弟子故事的文学演变》，柏桢《赵氏孤儿故事的演变与忠义文化》，孟玉洁《〈无双传〉故事的文本演变及文化分析》，石麟、陈红艳《中山狼故事的流传及其历史背景和文化意蕴》，陈柳《谢小娥故事的文本流变及其文化内涵》，王林飞《包公故事文本形态演变述评》，刘杰《汉武帝爱情故事的演变及其文化背景》，韩林《官方话语对历史人物评价的影响——以安金藏故事为例》等文章。

此外，许多学者还以中国叙事文化学为依据，进行了个案研究的题材综述和前景展望，如杜文平《西王母故事研究综述与前景展望——以中国叙事文化学为依据》，汪泽《从"富贵异心"到"才拥双艳"——相如聘妾与长门买赋故事关联演变的叙事文化学分析》，陈玉平《伍子胥故事研究综述及其前景展望——以中国叙事文化学为依据》，李春燕《〈磨尘鉴〉传奇对于唐明皇故事研究的新价值——兼谈中国叙事文化学文献搜集方法的实践意义》等文章，都是此类研究成果的代表。

这一时期还涌现出许多对中国叙事文化学理论和研究方法进行回顾和总结的文章，如洪树华《中国叙事文化学研究回顾与展望》，陈思瑾《中国叙事文化学研究的学习与应用》，李万营《中国叙事文化学的早期理论探索》，李春燕《在学位论文实践中探索中国叙事文化学个案研究》，梁晓萍《从课程建设入手创建中国叙事文化学研究》，赵红《中国叙事文化学研究的缘起和背景》等。

二、中国叙事文化学研究的理论定型与经验总结

正如宁稼雨教授所说："中国叙事文化学研究是针对以小说戏曲为主的中国古代叙事文学研究提出并实践的一种新方法。"①中国叙事文化学理论建构首先要思考的一个根本问题就是有关"中体西用"的问题，这也是中国叙事文化学理论建构的首要问题。一百年前，以王国维、鲁迅的论著为代表的叙事文学研究范式，是近代以来西方文化影响中国学术界的缩影。这一范式曾对中国学术研究起到过积极的推动作用，但在后来的发展中，

---

① 宁稼雨：《学术史视域下中国叙事文化学研究的得与失》，《社会科学文摘》2020年第8期。

其自身的弊端也逐渐暴露出来：这一范式本质上是把西方文化背景下的学术体系全面移入中国，将西方学术架构推行至中国学术研究的各个层面。这一倾向贯穿近代文、史、哲研究的各个领域、各个方面。以文学研究为例，20世纪以来的中国叙事文学研究范式主要可以归入两个方面：一是文学体裁研究，二是作家作品研究。这种范式，从内涵上来说，是"全盘西化"的文化背景对中国古代叙事文学研究领域的制约和掣肘。因此，反拨20世纪以来受西方学术文化思潮影响而形成的学术范式理念，找回"中体西用"的学术道路，就成了中国叙事文化学理论建构的首要任务。

中国叙事文化学最初的设计，就是为了打破立基于西方学术范式的、以文体史和作家作品研究为主的古代叙事文学研究套路，重新建立一套符合中国传统叙事文学特点的学术理论范式。中国叙事文化学在借鉴西方民间文学主题学研究方法的基础上，以故事主题类型为研究中国叙事文学的出发点，建立了一套索引编制、个案研究和理论探讨相互依托的研究体系，并在三个领域分别展开了探索与尝试。早在1990年前后，宁稼雨教授就提出"以中为体，以西为用"的主张，努力寻找主题学的研究方法在中国古代叙事文学研究方面的落脚点——个案故事主题类型研究。经过前三个阶段的探索与尝试，中国叙事文化学在索引编制和个案研究方面均取得了不俗的成绩，并为中国叙事文化学的理论建设打下了良好的基础。通过在理论方面的不断摸索以及在研究生培养与课堂教学方面的实践，中国叙事文化学逐渐形成了一整套行之有效的学术方法与操作程序。

作为中国古代叙事文学主要形态的故事类型，其本身往往跨越文本与作品，而以往的文体史研究和作家作品研究却割裂了中国古代叙事文学作品的这一属性。同时，中国古代的叙事文学作品又不同于一般的民间故事，其存世的文本数量在不同的历史时期里是相对有限的。因此，对于中国叙事文化学的文献搜集工作，宁稼雨教授提出了"竭泽而渔"和"一网打尽"两个原则。"'竭泽而渔'与'一网打尽'是故事类型文化分析的必要前提。主题学研究的核心灵魂就是对研究对象不同时间和空间范围中诸多形态变化做出历史文化动因的解读分析。这一主旨工作在民间故事研究和抒情诗意象主题研究中因其各自属性而无法从根本上落实。但故事类型研究则具备了这个条件，所以它的文化分析工作就要求前期的文献搜集尽可能锱铢无遗，从而为文化分析奠定坚实充分的文献材料基础。"①

具体到某个故事类型的个案研究，其文献搜集的工作又可以分为两个部分：一是总体故事类型的数字摸底统计，二是具体个案故事类型的地毯式文献搜集。所谓总体故事类型的数字摸底统计，即明确研究对象文献搜集工作的总体目标范围。宁稼雨教授编制的《先唐叙事文学故事主题类型索引》为唐代以前的叙事文学作品的个案故事研究提供了故事类型数字摸底统计工作的材料宝库，而未来在《先唐叙事文学故事主题类型索引》基础上继续进行编制的另外五编故事类型索引（隋唐五代、宋代、金元、明代、清代）将为中国叙事文化学的个案研究提供更加清晰的对象范围与演进脉络，使得故事类型的个案研究能够做到全局清晰、心中有数，最终实现"集千万本"的宏伟目标。

个案故事的地毯式文献搜集，则需要研究者有较为扎实和全面的中国古代叙事文学文献研究基础。一方面需要研究者熟悉经、史、子、集四部文献的存佚状况和搜集使用方法；另一方面更需要研究者对作为中国古代叙事文学重要载体的通俗文学文献的情况熟稔于心，对中国古代小说、戏曲、讲唱文学等叙事文学文献的基本情况有较为全面的了解。此外，还需要研究者对新发现的文物材料，如出土文献、壁画、器物等有所了解。只有全面掌握了某一故事类型所涉及的材料，才能够深入梳理该故事类型在中国古代叙事文学作品中的发展演变轨迹，从而进行有效分析。

需要指出的是，文献梳理并非中国叙事文化学研究的最终目的。中国叙事文化学的研究旨在通过文献的梳理和比对，发现文献形态异同变化背后的文化动因，并对这些文化动因进行解读，以期发掘其背后的文化意蕴。中国叙事文化学研究，就是要全面梳理叙事文学文献各个部分的性质和作用，从社会历史文化属性认知的角度审视各种类型叙事文学文献的文化价值，进而从文化角度分析同一故事类型在不同历史时期发生演变的文化动因与独特意蕴。

---

① 宁稼雨：《叙事文化学文献搜集的覆盖范围与文化属性》，《文学与文化》2021年第2期。

在中国叙事文化学理论建设的第四阶段，对于运用中国叙事文化学研究方法进行故事类型的文化意蕴分析，宁稼雨教授在《中国文化"三段说"背景下的中国文学嬗变》和《中国历代文艺评论价值评价主体及其评价特色》两篇文章中提出中国古代文化经历了帝王文化、士人文化和市民文化三个发展阶段，不同的文化发展阶段对应着不同类型和特征的文献。他提出，"中国古代文化发展过程从进入文明社会开始，按照文化的社会属性划分，大致分为帝王、士人和市民三个时段。这三个时段和相应主体既是中国社会文化色块交错更替的历时进程，也是中国古代文艺批评的社会基础和评价主体的主要构成"①，"从先秦两汉，经魏晋唐宋，再到元明清，伴随中国文化舞台'帝王—士人—市民'的三段演化，中国文学大致经历了与文化舞台同步变化的演进轨迹。清晰梳理从文化到文学的重心转移过程，对于宏观把握中国历史文化走向及其对文学的统摄作用，掌握文学史上诸多文学现象的背后动因，都具有不可替代的参照作用"②。同一个故事类型的不同文本，可能穿越了不同的文化发展阶段，呈现不同的文化特质和文化意蕴。

总之，中国叙事文化学经过近三十年的发展，发展出索引编制、个案研究和理论探讨相互依托的研究体系，形成了一整套完善的理论体系和研究方法，推动了相关理论探索和个案研究的不断发展。

三、"中国古代叙事文献与文化高层论坛"的召开和《中国叙事文化学研究文丛》的出版

2019年8月，由南开大学文学院、黄淮学院文化传媒学院、《天中学刊》编辑部主办的"中国古代叙事文献与文化高层论坛"在河南省驻马店市黄淮学院召开。这次论坛的核心主题是总结和交流与中国叙事文化学研究有关的学术信息。论坛期间，与会代表和嘉宾高度评价了中国叙事文化学研究方法在中国古代叙事文学研究方法探索方面所取得的成就。

---

① 宁稼雨：《中国历代文艺评论价值评价主体及其评价特色》，《学术研究》2019年第1期。
② 宁稼雨：《中国文化"三段说"背景下的中国文学嬗变》，《中原文化研究》2019年第7期。

在研讨会的开幕式上，宁稼雨教授做了"中国叙事文化学研究回顾、述评与展望"的主题发言，宁稼雨教授总结了近三十年来中国叙事文化学从筚路蓝缕的开创期到走向成熟的定型期的探索过程，强调中国叙事文化学的研究要从中国叙事文学的实际出发，建构符合中国叙事文学自身特征的研究范式。宁稼雨教授介绍了中国叙事文化学研究工作的三个层面，其一是故事主题类型索引编制，其二是故事主题类型个案研究，其三是中国叙事文化学的理论研究。三者相互关联，互为因果。索引编制是基础，个案研究是主体，理论研究是指南。

中国社会科学院文学研究所研究员张国星先生高度肯定了中国叙事文化学取得的成就，他指出世界各国各地不同文化的地方特色所形成的文学形态各有不同，形成的文化属性差异既是客观事实，也是文学研究实现创新的重要突破口。中国叙事文化学研究打开了这个突破口，剥离了西方学术范式藩篱，回归了"中体西用"的主体格局，这正是中国叙事文化学研究的学理所在。

华中师范大学王齐洲教授也高度评价了中国叙事文化学取得的研究成果，他认为中国叙事文化学的研究吸收了叙事学、主题学、文化学、人类学、神话学、民俗学等多学科的理论成果，是21世纪中国叙事文学研究的内在要求，旨在回归中国叙事文化的本位属性，尊重既往的一切历史事实，反映了中国学术界尤其是中国小说研究者的学术本位意识和文化担当精神。王齐洲教授进一步从中国古代小说概念的复杂性这一角度入手，认为小说这一概念理解的纠缠困扰现象正体现了中国古代叙事文学研究的理论困境，而中国叙事文化学的研究为解决这些复杂困扰提供了积极的思路。

河北师范大学王长华教授也高度肯定了中国叙事文化学取得的理论成就，并特别强调，以南开大学为代表的学术研究团队与《天中学刊》之间的栏目建设合作，实际上为国内高水平大学的学术实力与地方普通院校学报之间紧密合作，共同打造高水平、有特色的学术成果展示平台探索了一条新路，也为中国叙事文化学研究的成功推介奠定了基础。

南京大学苗怀明教授充分肯定了中国叙事文化学研究对中国古代叙事文学研究方法论更新的积极作用。以此为基础，苗怀明教授又以《红楼梦》

的叙事调控艺术为例，提出中国叙事文化学研究可以向纵深细微处开拓发展的可行建议。

论坛进行过程中，来自全国多个高校和研究机构的六十余位学者围绕中国叙事文化学和中国古代叙事文学文献的相关话题进行了讨论，许多优秀的个案研究成果也通过论坛得到了展示和交流。论坛结束后，主办方邀请宁稼雨教授做了题为"中国叙事文化学研究的原理与实践"的专场报告会。《中国社会科学报》、中国社会科学网以及国内诸多家新闻媒体报道了论坛信息和主题内容。

与"中国古代叙事文献与文化高层论坛"相呼应，《中国叙事文化学研究文丛》的出版则是中国叙事文化学第四阶段理论建设中的另一件大事，也是中国叙事文化学在走过三十年历程之后的一次学术成果的集结。《中国叙事文化学研究文丛》依托于《天中学刊》的"中国叙事文化学研究"专栏，收录了中国古代叙事文学研究领域著名的专家学者、高校教师和青年研究者运用中国叙事文化学进行理论探讨和个案研究的成果。《中国叙事文化学研究文丛》目前已经出版三册，是2012—2021年期间在《天中学刊》"中国叙事文化学研究"专栏发表的中国叙事文化学研究成果的一次宝贵集结，也是迄今为止中国第一部叙事文化学研究方面的主题论文集。正如宁稼雨教授所说："它是中国学者借鉴西方主题学研究方法，将其移植应用于中国古代叙事文学研究的成功尝试，标志着中国叙事文化学研究已经由朦胧零散提升到自觉和体系完整的阶段。……本文丛的出版，将会为广大中国叙事文化学研究者和爱好者提供比较系统和规模化的研究参考范例，将会极大推动中国叙事文化学研究向纵深发展。"[1]

《天中学刊》"中国叙事文化学研究"专栏长达十年的辛苦建设与耕耘为刊物建设与学术研究的结合提供了可资借鉴的良好范例，而《中国叙事文化学研究文丛》的出版更是这种良好范例最终的成果结晶。正如南开大学陈宏副教授所说："正因为'中国叙事文化学研究'专栏是围绕新的研究

---

① 宁稼雨：《总结成绩，展望未来》，《中国叙事文化学研究文丛》（一），河南人民出版社2021年版。

范式而设立的，此特色专栏与一般以学术问题为中心的专栏，在建设思路上有着截然不同的路径。""学术研究的创新，新研究范式的提出，最终一定要体现在研究成果上。从这一点看，典范性研究文本的出现，意味着相关的研究范式得到了具体的应用和实践，方法策略、研究路径也得到最直观地检验。鉴于中国叙事文化学研究框架宏大，其理论生发点众多，相关的成果也层出不穷，那么就更需要创作出一批具有典型意义、对后来之研究有指导意义的研究文本，以规矩相关的研究群落，落实可操作的研究方法等。"①

四、回顾型研究成果的涌现与个案研究的承续发展

在中国叙事文化学理论方法的指引下，许多新的个案研究成果也不断涌现，呈现出承续发展的良好局面。

在回顾总结中国叙事文化学发展历程的文章中，洪树华《中国叙事文化学研究回顾与展望》一文回顾了中国叙事文化学从理论建构的初创阶段一路走到成熟和完善阶段的过程，总结了中国叙事文化学理论与方法的成就与贡献，梳理了不同发展阶段在中国叙事文化学的指导下诞生的研究成果。赵红《中国叙事文化学研究的缘起和背景》一文梳理并总结了中国叙事文化学创立的缘起，并分析了中国叙事文化学创立之初面临的研究背景、研究环境和需要解决的实际问题。梁晓萍《从课程建设入手创建中国叙事文化学研究》一文介绍了中国叙事文化学课堂教学的主要内容，并对中国叙事文化学课堂内容的未来建设与方法创新提出了展望。李春燕《在学位论文实践中探索中国叙事文化学个案研究》一文回顾了中国叙事文化学在其发展的初期，通过课堂教学指导学位论文选题与研究，逐步形成了行之有效的理论框架与学术方法的过程。李万营《中国叙事文化学的早期理论探索》一文回顾总结了1994—2004年中国叙事文化学依托于课堂教学，从理论设想逐渐摸索出成熟的研究思路和研究方法的过程，并对中国叙事文

---

① 陈宏：《特色栏目与学术新范式平台的建立——〈天中学刊〉"中国叙事文化学研究"专栏评议》，《天中学刊》2020年第1期。

化学的发展前景进行了展望。陈思瑾《中国叙事文化学研究的学习与应用》一文分享了自己接受和学习中国叙事文化学的过程，介绍了中国叙事文化学研究方法对自己走向研究道路的影响。

中国叙事文化学来源于课堂教学的实践，走过艰难坎坷的初创期，最终迎来了稳固的成熟期。正如宁稼雨教授在《探索科研教学论文推宣四位一体研究生培养模式》一文中所做的总结中提及的："从1993年开始，我本人一直致力于中国古代叙事文学研究方法的更新探索，并始终把这种探索与研究生课程教学、学业指导、学位论文指导，以及教学成果推宣密切捆绑，同步进行，建立了基于中国叙事文化学研究为核心的'传统文化与文学'硕士学位专业方向和'中国叙事文化学研究'博士招生方向。……围绕中国叙事文化学研究这一中心，我们努力从科研、课程、学业和学位论文指导，以及教学培养成果推宣四个方面探索一体化研究生培养模式。"①

在中国叙事文化学的指引下，这一时期中国叙事文化学的个案研究也呈现推陈出新、承续发展的良好局面。杜文平《西王母故事研究综述与前景展望——以中国叙事文化学为依据》一文梳理了西王母故事的研究背景，分析了运用中国叙事文化学进行西王母故事研究的意义、价值和可行性。汪泽《从"富贵异心"到"才拥双艳"——相如聘妾与长门买赋故事关联演变的叙事文化学分析》一文讨论了司马相如故事在不同时代的演变及故事背后反映出的婚恋文化观念。陈玉平《伍子胥故事研究综述及其前景展望——以中国叙事文化学为依据》一文分析了伍子胥故事从历史文本到文学作品的演变过程，运用中国叙事文化学的研究方法讨论了伍子胥故事的演变及其文化意蕴。梁晓萍《从庙堂之高到江湖之远——骊姬故事的古今流变》运用中国叙事文化学的研究方法分析了骊姬故事的古今流变及其背后的文化意蕴。闵永军《朱子故事的流传及文化内涵研究》一文分析了朱熹形象的生成演变过程及其文化意蕴。李春燕《"德艺双馨"与唐明皇梨园弟子故事的文学演变》分析了唐明皇梨园弟子故事在后世文学作品中的演变过程和文化意蕴。柏桢《赵氏孤儿故事的演变与忠义文化》一文梳理

---

① 宁稼雨：《探索科研教学论文推宣四位一体研究生培养模式》，《中国大学教学》2021年第5期。

了赵氏孤儿故事的文本演变过程，进而分析了其背后的忠义文化意蕴。孟玉洁《〈无双传〉故事的文本演变及文化分析》运用中国叙事文化学的方法分析了无双故事的演变历程和文化意蕴。石麟、陈红艳《中山狼故事的流传及其历史背景和文化意蕴》分析了中山狼故事的演变过程。陈柳《谢小娥故事的文本流变及其文化内涵》探讨了谢小娥故事的演变历程和文化意蕴。王林飞《包公故事文本形态演变述评》一文运用中国叙事文化学的方法讨论了包公故事的演变历程。刘杰《汉武帝爱情故事的演变及其文化背景》一文分析了汉武帝爱情故事的演变过程和文化意蕴。韩林《官方话语对历史人物评价的影响——以安金藏故事为例》运用中国叙事文化学的方法从话语权的角度分析了安金藏故事的文化内涵。

五、中国叙事文化学研究第四阶段理论建设的评价与展望

中国叙事文化学走过了近三十年的风风雨雨，在不断进行回顾与总结的同时，也得到了学术界的普遍关注。这也激励着中国叙事文化学在未来的发展道路上不断总结成绩、反省不足，继续向纵深发展。

北京外国语大学魏崇新教授在《建构以故事主题类型为核心的中国叙事文化学——评宁稼雨教授的中国叙事文化学研究》一文中高度肯定了中国叙事文化学故事主题类型研究通过对考察同一故事要素在不同阶段的形态变异还原故事创作的内在动因、阐发叙事现象的文化意义这一研究思路，他指出："宁稼雨创建中国叙事文化学，志在扭转以中国文学素材迎合西方理论的现象，改变中国叙事文学创作与叙事理论创造不平衡的现状，在借鉴西方相关理论方法的基础上，从中国文学实际出发建构中国化的叙事文化学，使叙事学理论从'西体中用'转为'中体西用'。这种学术研究体现出研究者自觉的理论探索精神。"①

美国登尼森大学连心达教授在《叙事文化学研究中的中国学术精神》一文中强调了中国叙事文化学的研究方法体现了中国传统的人文精神，是

---

① 魏崇新：《建构以故事主题类型为核心的中国叙事文化学——评宁稼雨教授的中国叙事文化学研究》，《天中学刊》2019年第3期。

对大结构、大关系的整体有机把握，为中国叙事文学的研究提供了新材料、新角度。连心达教授指出："宁稼雨所致力的中国叙事主题类型研究，某种意义上正是对鲁迅等知识精英在向西方学习问题上某些病急乱投医的做法的反思和纠正，反映了当代学人对中国学术乃至中国文化之前途的忧虑、思考和关怀。从一个侧面亦可看出，21世纪的中国学人可以较为从容地认清道路、思考民族文化的发展方向和学术话语权的问题了。"①

王齐洲教授在《"中国叙事文化学"的破土与苗长》一文中认为中国叙事文化学研究方法的建构是中国学术界尤其是中国小说研究者的学术本位意识和文化担当精神，也是天时、地利、人和作用的结果，但王齐洲教授也指出中国叙事文化学的理论建构尚需要更深入的论证，以确定其内涵与外延，还需要排除各种可能的误解，以减轻理论的阻力和压力。他同时也提出了对于中国叙事文化学未来发展的期待，"宁稼雨教授提倡的'中国叙事文化学'是要回归中国叙事文化的本位，尊重既往的一切历史事实，他所提倡的'中体西用'的'中体'就应该是中国文化本位之'体'，他所借用的'叙事学''主题学'等西方的理论只是研究这些本体之'用'，在此基础上尽量容纳一切能够阐明中国叙事文化本体特质的学术路径和研究方法，包括'文学体裁研究'和'作家作品研究'，那么，'中国叙事文化学'就能够苗壮成长，成为21世纪研究中国叙事文学研究的成熟理论"②。

武汉大学鲁小俊教授在《博观约取，厚积薄发——宁稼雨教授的学术研究领域及其成就》一文中介绍了宁稼雨教授的学术经历和学术成就，回顾了宁稼雨教授在古代文言小说研究、古典文学与文化的关系研究、中国叙事文化学研究三个方面所做出的杰出贡献，并高度肯定了中国叙事文化学在中国古代叙事文学研究领域取得的成绩。同时，鲁小俊教授也提出了对于中国叙事文化学未来发展的期待和希望："一是如果能将其总结、集中和纳入中国叙事文学故事类型研究的整体当中，其学术价值应该更加突出；

① 连心达：《叙事文化学研究中的中国学术精神》，《南开学报（哲学社会科学版）》2020年第3期。

② 王齐洲：《"中国叙事文化学"的破土与苗长》，《南开学报（哲学社会科学版）》2020年第3期。

二是如果能在类型索引和个案分析实践摸索和经验总结的基础上，撰写《中国叙事文化学》一书，从理论上总结中国叙事文化学的概念定义、方法使用、对象范围，以及对于中国叙事文学故事发生发展变化规律的整体观照，将会使该领域取得更加重大的突破。"①

复旦大学陈维昭研究员《三大文化生态与中国叙事文化学》一文从中国叙事文本的三种文化生态角度入手，分析了中国叙事文化学在叙事文学学术视野拓展方面取得的成绩，并从古文生态、书场文化生态和科举文化生态三个方面分别论述了不同文化生态下古代叙事文学的特征及其与中国叙事文化学的关系。陈维昭研究员认为："宁稼雨先生的中国叙事文化学的中心任务是捕捉、分析不同时空中形成的故事文本在故事类型上的同一性。这种对跨时空的文本同一性的分析深刻地揭示了由故事范型所积淀的民族文化心理、审美心理，这种研究突破了新中国成立后三十年的文学研究模式，为当下的文学研究拓展提供了卓有成效的尝试。"②

学界专家和同行的评价与肯定，是中国叙事文化学不断向前发展的动力。在理论探索的第四阶段，中国叙事文化学的理论建设一方面回顾和总结前面三个阶段学理发展取得的经验，另一方面也对未来的发展进行着设想与预期。在《学术史视域下中国叙事文化学研究的得与失》一文中，宁稼雨教授回顾了中国叙事文化学几十年来的发展历程，总结了中国叙事文化学的基本理论框架。经过近三十年的发展，中国叙事文化学已经取得了不小的成绩，但未来仍有很大的发展空间，正如宁稼雨教授所说："经过近三十年的摸索，中国叙事文化学的理论体系大体完成基本框架构建，一些重要的理论命题和相关内涵阐述也基本完成。""中国叙事文化学作为一种对于目前研究具有补充价值甚至可能具有潜在革命性的新研究范式，尚未引起学界足够的关注和投入。作为一种新的研究方法，中国叙事文化学已经在学界产生一定影响，但这个影响的力度和广度还比较有限，有很大的

---

①鲁小俊：《博观约取，厚积薄发———宁稼雨教授的学术研究领域及其成就》，《关东学刊》2020年第5期。

②陈维昭：《三大文化生态与中国叙事文化学》，《文学与文化》2021年第2期。

提升空间。"①

　　在中国叙事文化学理论建设的第四阶段，中国叙事文化学完成了对自身理论的回顾、总结、反思与沉淀，梳理出了更为完整清晰的研究方法和理论脉络。在未来的发展中，中国叙事文化学必将产生更大的学术影响，取得更为辉煌的学术成就。

---

　　①宁稼雨：《学术史视域下中国叙事文化学研究的得与失》，《社会科学文摘》2020年第8期。

相关论文著作目录

论文

1. 宁稼雨：《精卫神话冤魂主题的文学移位》，《社会科学研究》2018年第4期。

2. 冯圆圆：《〈子不语〉"女化男"母题探析》，《九江学院学报（社会科学版）》2018年第4期。

3. 李万营：《曹操故事研究综述及其前景展望——以中国叙事文化学为依据》，《天中学刊》2018年第1期。

4. 李春燕：《论唐明皇故事传奇书写的秘闻化、艳情化态势》，《殷都学刊》2018年第1期。

5. 李春燕：《唐明皇君臣故事演变及其文化内涵》，《天中学刊》2018年第4期。

6. 李彦敏：《貂蝉故事的文本演变及其文化意蕴》，《天中学刊》2018年第6期。

7. 李莹：《范张鸡黍故事的文本演变及其文化分析》，《天中学刊》2018年第3期。

8. 杨程远：《燕青故事的文本流变及其文化意蕴》，《天中学刊》2018年第1期。

9. 张雪：《木兰故事研究综述与前景展望》，《天中学刊》2018年第4期。

10. 周清叶：《"追逐而遭遗弃"母题的置换变形——〈一路阳光〉的故事类型分析》，《北方民族大学学报》2018年第3期。

11. 夏习英：《浅谈绿珠故事殉情主题的嬗变》，《名作欣赏》2018年第36期。

12. 徐金龙、许秋伊：《"替死鬼"故事类型研究》，《长江大学学报（社会科学版）》2018年第3期。

13. 郭丹阳：《"父女妥协"与"男性依赖"——中朝父女类型民间故事女性形象比较》，《文艺争鸣》2018年第12期。

14. 郭茜：《中国叙事文化学视域下的东坡故事研究》，《天中学刊》2018年第3期。

15. 韩林：《武则天故事的研究回顾及其前景展望——以中国叙事文化学为依据》，《天中学刊》2018年第6期。

16. 谢衣旦·海来提：《维吾尔民间故事〈一双金鞋〉故事类型与母题分析》，《大众文艺》2018年第22期。

17. 王立、黎彦彦：《近20年来中国古代小说戏曲中乱离重逢故事研究综述》，《湖州师范学院学报》2019年第11期。

18. 白帆：《清代白蛇传年画与蛇女故事——民间美术中的民间叙事书写管窥》，《美术观察》2019年第12期。

19. 朱婧薇：《中国鼠婚故事研究90年》，《民俗研究》2019年第2期。

20. 任宽：《西南地区虎故事类型研究》，《歌海》2019年第6期。

21. 杜文平：《西王母故事研究综述与前景展望——以中国叙事文化学为依据》，《天中学刊》2019年第1期。

22. 李春燕：《"德艺双馨"与唐明皇梨园弟子故事的文学演变》，《天中学刊》2019年第3期。

23. 何卉：《论唐代小说中女性还魂复仇故事类型在后世叙事文学中的流变》，《文学与文化》2019年第4期。

24. 闵永军：《朱子故事的流传及文化内涵研究》，《天中学刊》2019年第6期。

25. 汪泽：《从"富贵异心"到"才拥双艳"——相如聘妾与长门买赋故事关联演变的叙事文化学分析》，《天中学刊》2019年第4期。

26. 陈玉平：《伍子胥故事研究综述及其前景展望——以中国叙事文化学为依据》，《天中学刊》2019年第4期。

27. 周丽晨：《"龙子祭母型故事"及其文化意蕴》，《平顶山学院学报》2019年第4期。

28. 柏桢：《赵氏孤儿故事的演变与忠义文化》，《天中学刊》2019年第1期。

29.贺滟波、刘光洁：《"白毛女"故事源流考》，《民族文学研究》2019年第2期。

30.高艳芳：《灰姑娘型故事的叙事结构探讨》，《湖北社会科学》2019年第2期。

31.黄永林：《追踪民间故事 建构故事学体系——刘守华民间故事研究评述》，《民族文学研究》2019年第2期。

32.梁晓萍：《从庙堂之高到江湖之远——骊姬故事的古今流变》，《天中学刊》2019年第6期。

33.董晓萍：《大工匠神鲁班故事新论——从跨文化民间叙事学的角度切入》，《西北民族研究》2019年第3期。

34.王齐洲：《"中国叙事文化学"的破土与茁长》，《南开学报（哲学社会科学版）》2020年第3期。

35.王相飞：《徽州机智人物故事类型》，《黄山学院学报》2020年第2期。

36.乌日古木勒：《蒙古族北斗七星神话与信仰》，《民族文学研究》2020年第4期。

37.石麟、陈红艳：《中山狼故事的流传及其历史背景和文化意蕴》，《天中学刊》2020年第3期。

38.宁稼雨：《学术史视域下中国叙事文化学研究的得与失》，《南开学报（哲学社会科学版）》2020年第3期。

39.朱佳艺：《传说形态学的"双核结构"——以无支祁传说为例》，《民族艺术》2020年第6期。

40.任建伟：《"怪异儿"类型故事形态结构分析》，《绥化学院学报》2020年第6期。

41.闫岑、葛永海：《论明清小说中的"契约叙事"及其文化蕴涵》，《明清小说研究》2020年第2期。

42.杨玲：《论〈诗经〉"共衣"文学主题的生成与〈红楼梦〉"共衣"情节》，《南宁师范大学学报（哲学社会科学版）》2020年第4期。

43.连心达：《叙事文化学研究中的中国学术精神》，《南开学报（哲学社会科学版）》2020年第3期。

44.张云：《论民间故事"刘伶醉酒"的历史传承》，《石家庄学院学报》2020年第2期。

45.陈柳：《谢小娥故事的文本流变及其文化内涵》，《天中学刊》2020年第1期。

46.孟玉洁：《〈无双传〉故事的文本演变及文化分析》，《天中学刊》2020年第3期。

47.钟高翔：《40年来中国蛇郎故事研究的方法论探索》，《社会科学动态》2020年第8期。

48.桂玉燕：《"龙女报恩"故事类型文本的形态结构》，《寻根》2020年第2期。

49.高尚学：《广西民间艺术刘三姐的主题学研究》，《南方文坛》2020年第2期。

50.黄浩：《"人鬼恋"型故事研究》，《韶关学院学报》2020年第1期。

51.韩雷，崔何：《"云中落绣鞋"故事类型研究》，《河池学院学报》2020年第2期。

52.慈华：《刘知远故事的类型化及其成因》，《文史知识》2020年第5期。

53.廖贞：《多元文化视野下的西王母研究述评》，《青海社会科学》2020年第4期。

54.谭旭东、张杏莲：《〈搜神记〉中"死而复生"故事的文学价值论析》，《关东学刊》2020年第1期。

55.丁晓辉：《洪水神话研究的中国链环——读〈中国洪水再殖型神话研究——母题分析法的一个案例〉》，《长江大学学报（社会科学版）》2021年第2期。

56.王立、吴浩：《"一饭之恩必报"母题之演变——报恩与饥饿文化关系新探》，《河北学刊》2021年第1期。

57.王林飞：《包公故事文本形态演变述评》，《厦门广播电视大学学报》

2021年第2期。

58. 史伟丽：《近20年中国民间故事论文研究综述》，《德州学院学报》2021年第1期。

59. 宁稼雨：《叙事文化学文献搜集的覆盖范围与文化属性》，《文学与文化》2021年第2期。

60. 宁稼雨：《随孙国江走进六朝志怪小说》，《博览群书》2021年第7期。

61. 曲晶：《二桃杀三士故事的文本演变及文化意蕴》，《天中学刊》2021年第5期。

62. 刘杰：《汉武帝爱情故事的演变及其文化背景》，《天中学刊》2021年第3期。

63. 刘春艳：《近百年中国傻女婿故事研究述评》，《民族文学研究》2021年第1期。

64. 李春燕：《〈磨尘鉴〉传奇对于唐明皇故事研究的新价值——兼谈中国叙事文化学文献搜集方法的实践意义》，《文学与文化》2021年第2期。

65. 杨艳如：《包公"奇生"故事的演变及其文化意蕴》，《民间文化论坛》2021年第1期。

66. 张慧：《"竹叶舟"故事的文本演变及其文化蕴涵》，《厦门广播电视大学学报》2021年第3期。

67. 陈维昭：《三大文化生态与中国叙事文化学》，《文学与文化》2021年第2期。

68. 林继富：《中国"神箭早发"故事类型的地域想象》，《文化遗产》2021年第1期。

69. 胡颖、张俊福：《〈三言二拍〉梦象叙事及其文化学意义》，《甘肃社会科学》2021年第1期。

70. 郭倩倩：《〈酉阳杂俎·梦篇〉故事类型研究》，《西部学刊》2021年第1期。

71. 韩林：《官方话语对历史人物评价的影响——以安金藏故事为例》，《天中学刊》2021年第3期。

72. 丁晓辉：《海南青梅传说与中国民间故事类型》，《南海学刊》2022年第2期。

73. 马培红：《朝向整体：金荣华先生民间文学思想研究》，《华中学术》2022年第4期。

74. 王立：《满族子弟书良将守城母题的文化史内蕴》，《山西大学学报（哲学社会科学版）》2022年第5期。

75. 王宪昭、其乐格乐：《大禹神话母题的结构、流变与应用》，《神话研究集刊》2022年第2期。

76. 王宪昭：《神话母题在传承中的演变——以盘古神话叙事为例》，《社会科学家》2022年第2期。

77. 井长海：《〈左传〉的口头叙事研究——以重耳故事为例》，《民俗研究》2022年第1期。

78. 乌日古木勒：《关敬吾的故事研究与历史研究方法——以日本异类婚故事研究为例》，《民族艺术》2022年第3期。

79. 卢晓娜：《潮汕地区创祖故事的类型及文化意蕴》，《岭南文史》2022年第1期。

80. 付娜：《康巴藏族民间故事中自然崇拜及其特点》，《文学教育（上）》2022年第4期。

81. 冯鸣阳、赵泾铂：《唐代笔记中"画通灵"故事的书写：类型、特点及成因》，《美术观察》2022年第4期。

82. 宁稼雨、李彦敏：《故事类型研究对传统史传与叙事文学研究的超越——以刘邦故事研究为例》，《天中学刊》2022年第1期。

83. 朱家钰：《幻想故事中相助者的情节类型及功能》，《艺术与民俗》2022年第1期。

84. 朱家钰：《幻想故事中赠与者的类型和功能》，《民族文学研究》2022年第6期。

85. 乔英斐：《中国龙王信仰的发生与定型》，《民俗研究》2022年第1期。

86. 乔治·菲茨赫伯特、赵婉彤：《〈格萨尔〉史诗中的神性基质与文化嬗变：论格萨尔天神降世母题》，《西北民族大学学报（哲学社会科学版）》2022年第3期。

87.任卫洁：《陈抟故事文本流变及其文化意蕴》，《天中学刊》2022年第1期。

88.刘爱华：《多民族互构：毛衣女故事的演进与流布》，《民族文学研究》2022年第5期。

89.刘梦颖：《从民族交融看南侗地区侗族营造叙事的类型与意义》，《民族文学研究》2022年第6期。

90.刘曦文：《从"女中名士"到"巾帼悲歌"——谢道韫故事文本演变及历史文化探析》，《新纪实》2022年第18期。

91.江玉：《佤族"螺女"型故事探析》，《保山学院学报》2022年第4期。

92.许雨婷：《中国神话母题体系的本土化建构及当下意义——评王宪昭〈中国神话母题W编目〉》，《人文》2022年第2期。

93.孙爽、萨仁托雅：《〈格斯尔〉"地狱救母"故事的母题分析》，《内蒙古民族大学学报（社会科学版）》2022年第6期。

94.李传军：《历史与传说的双重变奏——青岛秦始皇传说的历史演变和文化动因》，《民俗研究》2022年第6期。

95.李若熙：《青莲镇李白民间故事类型及其价值述略》，《杜甫研究学刊》2022年第2期。

96.李星星：《中国"两母争子"故事的多民族演绎》，《人文论丛》2022年第2期。

97.杨庆杰，刘心怡：《〈柳毅传〉重写过程中报恩母题与"龙女"形象的嬗变》，《汕头大学学报（人文社会科学版）》2022年第6期。

98.吴新锋、林恺雯：《徐文长机智人物故事与传说的转换——以AT1577B盲人挨打型为例》，《民俗研究》2023年第4期。

99.何丹：《麟凤形象演变与东夷之关系》，《民族文学研究》2022年第2期。

100.张玉莲：《中古道教仙传中的"考验择徒"母题》，《中国传记评论》2022 年第 2 期。

101. 阿兰·邓迪斯、刘月宇：《母题位变体的象征对等：一种民间故事分析方法》，《民间文化论坛》2022 年第 3 期。

102. 阿兰·邓迪斯、郭倩倩：《民间故事结构研究：从菲位单位到着位单位》，《民间文化论坛》2022 年第 3 期。

103. 陈佳乐、王永：《元代东坡戏的场景本事与母题发展》，《海南热带海洋学院学报》。

104. 陈昭玉：《"层级型"民间故事及其形态特征——以"黄粱梦"故事类型为例》，《艺术与民俗》2022 年第 1 期。

105. 陈祖英：《福建当代螺女型故事结构形态分析》，《湖北工程学院学报》2022 年第 2 期。

106. 陈祖英：《螺女型故事研究综述》，《天中学刊》2022 年第 2 期。

107. 陈强：《阿凡提故事的多元文化考释》，《中国非物质文化遗产》2022 年第 3 期。

108. 林继富、马培红：《刘守华民间故事学理论体系建构——以"类型"为中心的讨论》，《长江文艺评论》2022 年第 6 期。

109. 林银花：《朝鲜民族洪水故事类型之研究》，《韩国语教学与研究》2022 年第 2 期。

110. 罗立群：《干将莫邪传说演变路径及文化意蕴》，《天中学刊》2022 年第 6 期。

111. 赵红：《在相关领域吸收与剥离中自张一军——中国叙事文化学第二生长时段的学术背景》，《天中学刊》2022 年第 5 期。

112. 钟俊昆、白烨琳：《〈中国民间故事集成·福建卷〉中的客家民间故事传说》，《古田干部学院学报》2022 年第 3 期。

113. 胥志强、张素素：《兄弟纠葛故事的诗学分析》，《歌海》2022 年第 1 期。

114. 徐竹雅筠：《"十五贯"故事文本演变与文化内涵》，《天中学刊》2022 年第 3 期。

115. 海力波：《黄帝铸鼎飞升故事三神器母题与欧亚草原青铜文明》，

《民族艺术》2022年第4期。

116.商梦圆：《舜象传说与中国兄弟分家型故事的探究》，《文学教育（下）》2022年第11期。

117.盖佳择：《霞浦"箭垛人物"林瞪公神话原型考屑》，《神话研究集刊》2022年第2期。

118.斯竹林：《论梁祝大小传统写本"同冢"母题的重构》，《嘉兴学院学报》2022年第3期。

119.董秀团、段淑洁：《云南少数民族孤儿故事的分类与结构模式识别》，《文化遗产》2022年第3期。

120.董晓萍：《民俗学中国化的一块基石——论钟敬文的故事学研究》，《民俗研究》2022年第6期。

121.董晓萍：《经典民俗学的基本问题与主要发现》，《西北民族研究》2022年第5期。

122.程浩芯：《信仰传说的文本定型——〈崔府君神异录〉研究》，《民族文学研究》2022年第2期。

123.鲍震培、吴艳艳：《俗文学中鹦哥孝母故事演变及文化意蕴》，《天中学刊》2022年第3期。

124.鲍震培：《从概念到方法：关于曲艺与说唱文学关系与研究的一些思考》，《常熟理工学院学报》2022年第6期。

125.慈华：《江流儿故事类型与民间"报冤"心态》，《戏曲研究》2022年第1期。

126.熊威、张琴：《鲁班传说与中华文化认同——以西南少数民族为例》，《民族文学研究》2022年第4期。

127.熊野、令狐蓉：《桐梓文昌戏戏剧故事母题与流播》，《戏剧之家》2022年第14期。

128.樊小玲：《中国"鬼母育儿"型故事的历史源流与地域流布》，《长江大学学报（社会科学版）》2022年第3期。

129.马俊慧、王涛：《母题：〈聊斋志异〉故事类型与情节单元》，《蒲松龄研究》2023年第2期。

130. 王杰文：《复杂类型及其表演——以打哑谜的故事（AT924）为例》，《民俗研究》2023年第4期。

131. 王婧琦：《明清时期山海关孟姜女故事流变与望夫石母题的融合》，《文学艺术周刊》2023年第12期。

132. 王紫薇、黄涛：《"所罗门的判决"型刘伯温故事探析》，《温州职业技术学院学报》2023年第1期。

133. 卞梦薇：《从格林兄弟的〈忧伤圣女〉看中国北方民族"无手少女"型故事的流传和变异》，《民族文学研究》2023年第6期。

134. 左怡兵：《西梁女国故事的生成与演化考述》，《民族文学研究》2023年第1期。

135. 宁稼雨：《叙事文化学故事类型研究论纲》，《山西大学学报（哲学社会科学版）》2023年第6期。

136. 吕小蓬：《越南汉文小说使华故事的情节类型研究》，《国际汉学》2023年第4期。

137. 华云松：《辽宁关公故事传播考》，《天中学刊》2023年第4期。

138. 刘莉：《隋炀帝故事神秘文化主题的文本演变及内涵》，《天中学刊》2023年第1期。

139. 刘涛：《闽南董奉神话传说考述》，《神话研究集刊》2023年第1期。

140. 严曼华：《民间故事复合型母题的复合特点及其限度——以中国灰姑娘故事为例》，《民族艺术》2023年第2期。

141. 李建明：《包公文学文本演变鸟瞰》，《天中学刊》2023年第3期。

142. 李舒涵：《传统文化中蛾类崇拜所寄托的生死化身母题》，《文化遗产》2023年第3期。

143. 杨久红：《杜子春故事演变与文化意蕴》，《天中学刊》2023年第5期。

144. 汪梦媛：《"郭巨埋儿"民间故事类型的精神分析学解读》，《名作欣赏》2023年第8期。

145. 陈金文：《论刘守华在民间故事学建设上的成就》，《河池学院学报》2023年第1期。

146.陈泳超：《"历史演进"的传说学方法论——重新对话顾颉刚孟姜女研究》，《民族文学研究》2023年第4期。

147.陈昭玉：《民间故事母题链与故事变异模式关系研究》，《民间文化论坛》2023年第6期。

148.罗华鑫：《21世纪以来民间故事研究现状与趋势——基于CiteSpace的可视化分析》，《新楚文化》2023年第15期。

149.孟昭毅、梁玥：《宁稼雨中国叙事文化学研究平议》，《天中学刊》2023年第1期。

150.孟昭毅：《主题学在德国的发生学意蕴》，《天津师范大学学报（社会科学版）》2022年第2期。

151.赵新萍：《〈水经注〉视域下的魏晋南北朝鬼怪文化》，《文化创新比较研究》2023年第6期。

152.施爱东：《学术研究的课题边界：以故事史研究为例》，《民俗研究》2023年第3期。

153.黄永林：《"求好运"类故事的人类共同价值与人类命运共同体构建》，《外国文学研究》2023年第2期。

154.梁晓萍：《中国叙事文化学研究的源头活水——相关课程教学对研究的推动与提升》，《天中学刊》2023年第3期。

155.董晓萍：《中印故事再研究——钟敬文与季羡林合作的一段学术史》，《中国政法大学学报》2023年第4期。

156.谭智：《颜真卿仙化故事的流变及其文化内涵》，《天中学刊》2023年第5期。

著作

1.郭茜：《苏东坡故事流变研究》，人民出版社2018年版。

2.韩林：《武则天形象的文化建构及阐释》，中国社会科学出版社2018年版。

3. 杨栋：《夏禹神话研究》，中华书局2019年版。

4. 段渝：《大禹研究文选》，四川人民出版社2019年版。

5. 宁稼雨等：《诸神的复活——中国神话的文学移位》，中华书局2020年版。

6. 朱占青、刘小兵：《中国叙事文化学研究文丛》，河南人民出版社2021年版。

7. 王京、熊惠：《尧舜神话基本数据辑录——基于中国神话母题W编目》，上海书店出版社2022年版。

8. 王京：《女娲神话基本数据辑录——基于中国神话母题W编目》，上海书店出版社2022年版。

9. 王宪昭：《神农·炎帝神话基本数据辑录——基于中国神话母题W编目》，上海书店出版社2022年版。

10. 王宪昭：《盘瓠神话基本数据辑录——基于中国神话母题W编目》，上海书店出版社2022年版。

11. 毕旭玲：《大禹创世神话图像谱系》，上海人民出版社2022年版。

12. 毕旭玲：《文明起源的建构——大中华创世神话时间谱系》，上海人民出版社2022年版。

13. 苏娟：《盘古创世神话图像谱系》，上海人民出版社2022年版。

14. 李鹏：《中国多民族文化起源神话比较研究》，上海人民出版社2022年版。

15. 吴娟：《印度佛教中阿阇世王故事传统研究》，中国藏学出版社2022年版。

16. 余红艳：《民间传说景观叙事谱系与景观生产研究：以"白蛇传传说"为考察中心》，上海交通大学出版社2022年版。

17. 张劲锋：《〈战国策〉苏秦、张仪故事研究》，广陵书社2022年版。

18. 赵逵夫：《"牛郎织女"传说研究》，人民出版社2022年版。

19. 刘刚、李翚：《宋玉赋地理、宋玉遗迹传说田野调查与研究》，商务印书馆2023年版。

20.张栋:《新时期以来小说神话叙事研究》,武汉大学出版社2023年版。

21.赵逵夫、田有、隆滟、张银:《主流与分流——牛郎织女传说和七夕节俗的传播与分化研究》,人民出版社2023年版。

22.胡胜:《〈西游记〉与西游故事的传播、演化》,中华书局2023年版。

23.程国军:《忠孝理念与因果故事——丝路河西宝卷研究》,商务印书馆2023年版。

精卫神话冤魂主题的文学移位

宁稼雨

摘要：作为民族神话英雄主角的精卫，其冤魂结局恰好是中国专制体制下英雄末路的真实写照。早期神话原型中的精卫英雄含冤而死是先民在每每遭受自然"惩罚"而被迫改变命运之写照，而文明社会中精卫神话冤魂主题则是封建专制体制排抑英雄的历史现实反映。这一变化正是精卫神话冤魂主题文学移位的演变轨迹。精卫冤魂主题意象与专制制度背景促成的悲悯、感伤审美情怀具有很大的共鸣点，因此得到更加广泛的接受和书写，成为精卫神话文学移位过程中的一个亮点。

曹操故事研究综述及其前景展望
——以中国叙事文化学为依据

李万营

摘要：曹操故事具有文本丰富、内容复杂、倾向鲜明、影响深远等特点。20世纪以来，曹操故事研究主要是从历史人物形象、文学人物形象等角度来展开的，虽然取得了较为丰硕的成果，但由于受到学科、文体、材料的限制，以及以人物为中心的研究思路的束缚，还存在许多问题。以中国叙事文化学的方法思路研究曹操故事，具有广阔的学术前景。

论唐明皇故事传奇书写的秘闻化、艳情化态势

李春燕

摘要：帝王故事的传奇书写是我国古代小说、戏曲的重要表现题材。唐明皇是个传奇帝王，其故事包括后妃故事、君臣故事、好道故事、梨园故事等四类内容，其中尤以唐明皇杨贵妃故事最为知名。起于晚唐五代的笔记杂录、盛行于宋元小说戏曲中的唐明皇后妃故事，关注宫闱秘事，附会安杨私通，编织唐明皇情史，渲染后宫行乐，乃至意淫杨妃，表现出鲜明的秘闻化、艳情化写作态势，在《开元天宝遗事》《杨太真外传》《骊山记》《温泉记》《梅妃传》《天宝遗事诸宫调》中表现突出，有力地推进了唐明皇故事的传奇书写。

唐明皇君臣故事演变及其文化内涵

李春燕

摘要：唐明皇君臣故事，以君臣相得故事、知遇与贬谪李白故事、明皇为士人赐婚故事为主要内容，文本形态多样，历代流传不息。其中的帝王与文人互动，再现政统与道统之间的角力。势道关系的亲疏离合影响了唐明皇君臣故事的传奇书写，"明皇情结"亦影响了唐明皇文学形象的塑造。

貂蝉故事的文本演变及其文化意蕴

李彦敏

摘要：貂蝉形象经历了一个从无到有，从简到繁，从缺乏内在精神到独立存在的演变过程，跨越了多种文体，人物形象和故事情节发生了明显变化。运用中国叙事文化学的研究思路和方法，对貂蝉故事文本演变过程进行梳理，从中可以探究隐藏在其后的文化意蕴。

范张鸡黍故事的文本演变及其文化分析

李莹

摘要：范张交友故事自后汉生成以来被视为重信守义的代名词，衍生出正史、诗歌、话本、杂剧等多种体裁形式，其人物形象和故事情节有明显改变。信义与友情始终是贯穿范张鸡黍故事演变的重要主题。采用中国叙事文化学的研究方法，梳理范张故事的演变过程，从中可以窥见故事叙述变化背后的文化内涵。

燕青故事的文本流变及其文化意蕴

杨程远

摘要：燕青形象在水浒故事中有着较为重要的地位。从宋元笔记、戏曲，到明代的《水浒传》文本，再到清代、近代的续书和戏曲，燕青的形象经历了很大的变化。运用叙事文化学的思路方法对燕青故事进行梳理，可以透视这一人物自身性格内涵的演变与不同时代文化意蕴的差异。

木兰故事研究综述与前景展望

张雪

摘要： 木兰故事传播久远，影响深广。20世纪以来学界关于《木兰诗》年代考证、木兰故里、木兰故事主题等方面的研究取得了丰硕成果，但也存在不足。中国叙事文化学可以为木兰故事的研究提供新的学术增长点。将木兰故事放到整个古代文化的总体中去考察，对挖掘其在整个中国传统文化中的地位和作用等具有重要意义。

浅谈绿珠故事殉情主题的嬗变

夏习英

摘要： 历史上的绿珠只有一个，而在不同时代不同作家笔下的绿珠都是对绿珠故事的"各种解释"，都是根据自身的利益和经验对绿珠故事做出的"自己的解释"。有情者讴歌绿珠痴情，感恩者赞扬绿珠知恩图报，对女性又爱又畏惧者把"祸水"无情地泼在无辜的绿珠身上。绿珠故事在通俗文学作品中，更多地向市民阶层的欣赏情趣审美标准靠拢。

中国叙事文化学视域下的东坡故事研究

郭茜

摘要： 苏轼是中国文化史中的巨擘。关于东坡故事，自其生前至其身后从未断绝，且数量庞大、内容丰富、文体众多。以中国叙事文化学的视域来研究东坡故事，既搜集、校勘、保存原始文献，又将东坡故事放入整个民族文化的整体中去考察，对于研究东坡故事的流变、挖掘其在中国文化中所蕴含的内容和意义等方面都有重要的作用。

武则天故事的研究回顾及其前景展望

——以中国叙事文化学为依据

韩林

摘要： 武则天故事的研究文献具有材料的多样性、流传的广泛性、内涵的丰富性三个特点。20世纪以来武则天故事研究取得了丰硕的成果，但也存在一些问题。中国叙事文化学可以为武则天故事的研究提供新思路。从中国古代文化的大背景中去考察，能更清楚地了解历史人物的移位现象，对于深入研究武则天在中国传统文化中的地位和影响具有学术意义。

"德艺双馨"与唐明皇梨园弟子故事的文学演变

李春燕

摘要： "德艺双馨"艺人故事源远流长，可追溯至唐明皇梨园弟子故事。唐五代时期相关故事资料零散，故事以表现宫廷梨园艺人的技艺、节操与命运沉浮为主要内容，德、艺分述，偏重技艺。宋元以来，"娱乐祸国"论抬头，梨园弟子故事明显轻艺重德，"海清殉节"的故事得到重视。明末《磨尘鉴》传奇演绎梨园弟子故事，德、艺合流，塑造了"德艺双馨"的艺人形象。"德艺双馨"的艺人故事，可为现代艺人提供本土文化参照，助其更好地理解与践行"德艺双馨"。

论唐代小说中女性还魂复仇故事类型在后世叙事文学中的流变

何卉

摘要：唐代小说受害女性还魂复仇的故事类型在后世叙事文学中发生三点变化：其一，唐代小说中还魂向主母复仇的故事类型在宋代叙事作品中比较多见，但在明清叙事作品中却寥寥无几。其二，唐代小说中，受害女性还魂报复其夫（或情人）的原因是始乱终杀；而宋代及其以后的作品中，报仇原因却变为始乱终弃。其三，唐代小说中，女性还魂报仇的对象多为其夫（情人）或当家主母；而元明清时期的叙事作品中，复仇对象主要是刁官猾吏、地痞流氓。

朱子故事的流传及文化内涵研究

闵永军

摘要：朱熹是伟大的思想家、教育家，被尊为朱子，配享孔庙。因其巨大的影响力，在相关正史中的记载之外，朱子传说在文人笔记、小说家言及民间故事传说等叙事文学领域前后相继，传播广远。从中国叙事文化学的研究角度出发，可以窥见朱子故事流传的路径及故事背后的文化蕴涵。

伍子胥故事研究综述及其前景展望

——以中国叙事文化学为依据

陈玉平

摘要：伍子胥故事具有文本多样、内容丰富、多学科交叉等特点。20世纪以来，伍子胥故事研究主要从历史文本中的伍子胥、文学作品中的伍子胥等角度展开，虽然取得了较为丰硕的成果，但由于受学科、文体、材料的制约，以及以作家作品和人物为中心的研究思路的束缚，还存在许多不足。正因如此，引进中国叙事文化学这一新的研究思路，能使伍子胥故事研究产生新的学术生长点，并拓展出广阔的学术空间。

赵氏孤儿故事的演变与忠义文化

柏桢

摘要：赵氏孤儿故事之所以能历经千年流传至今，最重要的原因恐怕还是故事中众多忠臣义士不畏难、不惧死的大义行为给了人们太多感动。这种立志锄奸或者在恩主大仇未报时挺身而出的人格力量与中国古代忠义文化密不可分。先唐时期，赵氏孤儿故事由对义文化的着重描绘转变为忠义文化并重的叙述格局；唐宋时期对忠义思想褒扬的背后隐藏着文化心态的差异；元明清时期传播赵氏孤儿故事的文学样式主要为杂剧、传奇、小说等，从中可以管窥当时社会对忠君思想的强调和存续心理的凸显。

中山狼故事的流传及其历史背景和文化意蕴

石麟、陈红艳

摘要： 中山狼故事在明清两代的戏曲小说等俗文学作品中流传甚广，这个故事以及它所形成的意象究竟表达了什么样的思想，这种思想是否具有强烈的现实意义和恒久的文化意味，要弄清这些问题，必须了解"中山狼"赖以生存的历史背景。党派之争、宦官专权、特务政治三大因素的结合，造成了明代社会最为黑暗腐朽的一页；而这种黑暗政治特别容易产生忘恩负义甚至恩将仇报的"中山狼"式的邪恶小人。由这种黑暗政治所"栽培"的特殊艺术形象——中山狼，不仅被当时的戏曲小说作家写进自己的作品，也在后世的文学创作中留下了深刻的印记，具有极其深刻的文化意蕴。

谢小娥故事的文本流变及其文化内涵

陈柳

摘要： 谢小娥故事最早见于唐代李公佐的传奇小说《谢小娥传》，历经千年流传，故事主题、情节、人物形象等经历了一个复杂的流变过程。唐宋时期，谢小娥作为一个符合封建社会伦理道德的贞节楷模从小说文本逐渐进入到史传中；明清时期，在个性解放思潮的影响下，文人开始对谢小娥的智慧与勇气进行歌颂。采用中国叙事文化学的方法对谢小娥故事进行梳理，可以揭示这一故事在不同时期的演变以及文化内涵的变异。

二桃杀三士故事的文本演变及文化意蕴

曲晶

摘要：二桃杀三士故事自从春秋时期出现之后，衍生出了画像、话本、小说、诗歌等多种体裁形式，在发展过程中文本也发生了或多或少的变化。运用中国叙事文化学的研究方法，梳理二桃杀三士故事的文本演变过程，可以窥见故事叙述变化背后的文化意蕴。

包公"奇生"故事的演变及其文化意蕴

杨艳如

摘要：包公"奇生"故事在民间的流传演变是一个不断扩增的过程。宋代至民国时期，包公"奇生"故事经民间不断编排、搬演，以话本、戏曲、小说和说唱等多种文学样式流传，故事内容渐趋丰富，情节不断增饰变化。从包公"奇生"前的梦兆和"奇生"后的奇相异态、弃子不死、动物庇佑免除伤害等故事情节来看，包公"奇生"故事承继了英雄奇异诞生母题，并与中国古代英雄诞生故事存在共有的叙事模式，反映了中国人普遍的英雄崇拜心理和"尚黑"文化。考察和分析包公"奇生"故事的演变过程，挖掘包公"奇生"故事潜藏的文化意蕴，对于探究英雄诞生故事的叙事模式及其文化背景具有重要的学术意义。

"竹叶舟"故事的文本演变及其文化蕴涵

张慧

摘要："人生如梦"思想自庄子提出后,诗文书写不断,唐代后介入传奇书写,《枕中记》是其代表,"竹叶舟"故事亦衍生于此时。自唐以降,"竹叶舟"故事相关文献记载颇多,而且被演绎为多种不同体裁的文本形式,诸如话本、杂剧、传奇等,并影响了日本川端康成《竹叶舟》微型小说的创作。"竹叶舟"故事最早的文本形态是文人书写的志怪小说,暗含着儒家文化传统下士人的精神诉求,后演变为道教色彩浓重的神仙道化剧,又经历怀疑、反叛道教的改编,及佛教介入的故事重写。由唐至清,儒释道思想对"竹叶舟"故事的文本演绎影响颇大。

官方话语对历史人物评价的影响
——以安金藏故事为例

韩林

摘要:在传统文化中,有些历史人物被后世塑造成固定的文化符号,这种符号化的人物已经不是真实的历史存在,而是承载了政治标准、道德评价及理想信念的象征性存在。武则天统治时期,安金藏为了给皇嗣李旦鸣冤而剖心以证。故事从唐代流传至今,大约经历了三个发展阶段。安金藏的行为使他成为"忠""孝""悌"等儒家伦理的化身。这与帝王的褒奖、史家的推动、维护正统的思想密切相关。统治者以官方名义表彰儒家道德观念杰出的践行者,以构建主流意识,引导社会舆论,维护统治秩序。

朝向整体：金荣华先生民间文学思想研究

马培红

摘要：台湾民间文学研究者金荣华从整体性视角出发，在民间文学采录整理的科学实践与文献资料系统梳理的基础上，接续阿尔奈、汤普森和丁乃通的学术传统，建构具有中国特色的民间文学资料体系，形成了对民间文学的关联性、层次性的整体认识。金荣华透过民间文学在学者交往与知识联系中强化国家认同，在民族特色与多民族关系中凝铸民族认同，在民众生活实践与民间文学关系中理解生活世界，进而揭示民间文学之于国家、民族、生活的意旨。他的民间文学研究就是对保存台湾民间文学资料，构筑台湾民间文学知识谱系，践行中国民间文学国家话语，着力将中国置于世界民间文学体系以彰显世界民间文学"中国光彩"的整体呈现。

大禹神话母题的结构、流变与应用

王宪昭、其乐格乐

摘要：大禹神话作为中华民族文化祖先型神话的代表性神话，其产生时间久远，且内容十分丰富。因此本文从叙事结构、流传与演变、当今文化实践等三方面对大禹神话母题进行了细致的分析。大禹神话母题的丰富性会形成不同的叙事类型，通过叙事类型的细分，我们可以把大禹神话母题划分为名称性母题、语境性母题、情节性母题、概念性母题四个类型。关于大禹神话母题的流传，我们主要从流传时间、流传地域、流传民族三方面进行了分析。大禹神话母题在流传的过程中会随着语境的变化发生一些演变，因此本文在综合了大禹神话母题的内容和形式的前提下，从母题表述、母题性质、母题内涵的演变进行了分析。大禹神话母题需要顺应时代需求，通过神话母题数字化与数据化建设更好地实现当今文化实践，在传统文化的"双创"中发挥出积极作用。

神话母题在传承中的演变
——以盘古神话叙事为例

王宪昭

摘要：神话母题的演变是神话传承中一种常见现象。文章以文化祖先型神话中具有代表性的盘古神话为例，在学理层面探讨了神话母题演变与母题层级结构的关系，阐释了神话母题表述的变化、神话母题内涵的延伸、神话母题性质的演变等几种情形，分析了神话载体、神话讲述人、神话传承民俗环境以及神话研究成果等对神话母题演变的影响。

故事类型研究对传统史传与叙事文学研究的超越
——以刘邦故事研究为例

宁稼雨、李彦敏

摘要：刘邦故事影响深远，自汉代产生，延续至今，形成了独特的故事体系。20世纪以来，刘邦故事研究主要从历史文本中的刘邦、文学作品中的刘邦等视角展开阐述，虽有丰硕的成果，但由于受文体、学科等研究视角的限制，未能跨越学科界限，把包括史传和文学文本中的刘邦故事视为一个整体进行宏观研究。相比之下，以故事类型研究为核心的中国叙事文化学研究为刘邦故事研究提供新的学术增长点，可以开拓出更为广阔的学术空间。

陈抟故事文本流变及其文化意蕴

任卫洁

摘要：陈抟是生活在唐末宋初的著名隐士，并伴有服气修道行为。在道教典籍记录之外，陈抟故事也在文人笔记、小说、戏曲等文学体裁中被记录并衍变。以中国叙事文学的方法入手分析陈抟故事，可见其文化意蕴经历了由隐入道、进而为仙的发展阶段。从这个意义上而言，陈抟故事的发展演变是士大夫文化、宗教文化以及市民文化对中国隐逸传统不同接受的缩影。

从"女中名士"到"巾帼悲歌"
——谢道韫故事文本演变及历史文化探析

刘曦文

摘要：谢道韫是东晋著名女诗人，历来为人推崇。本文通过叙事文化学研究方法，发现谢道韫及其典故逸事在时代更迭中不断发展。从魏晋到唐宋，在统治阶级意志和社会文化影响下，谢道韫故事从史书片语到故事架构完整，从单一叙述到拥有独立、丰满的精神内核；明清时期，谢道韫故事在男女作家各自性别视角的审视下得到了差异明显且带有浓厚性别色彩的书写和改编。

历史与传说的双重变奏

——青岛秦始皇传说的历史演变和文化动因

李传军

摘要：历史传说是民众对历史的记述和评价，是民众参与建构历史的一种载体，体现了民众对特定历史事件和历史人物的记忆和理解。地处青岛的琅琊台是秦始皇东巡的重要历史文化遗存，自古以来就流传着丰富的秦始皇传说。这些传说既有丰厚的历史依据，也有本地民众的再创造。青岛秦始皇传说发展演变的历史逻辑，体现了大历史与小历史的统一与背反。在传说中研究和探寻民众的历史情感、态度和价值观，可以深化对传说的历史价值的认知。

《柳毅传》重写过程中报恩母题与"龙女"形象的嬗变

杨庆杰、刘心怡

摘要：《柳毅传》是唐代文学家李朝威创作的一篇脍炙人口的文学作品，在文学界获得长期关注，后世据以重新创作者为数众多。在《柳毅传》一次次的重写过程中，故事女主人公"龙女"的形象不断得到完善与丰富，呈现出平民化、世俗化与主体性增强的变化特征。与此同时，《柳毅传》嬗变过程中叙事重点的转移与主题的选择导致报恩母题的书写在后世作品中逐渐淡化，这一变化趋势从思想层面证实了小说作品流变过程中市井化的倾向。

麟凤形象演变与东夷之关系

何丹

摘要：以麟、凤、龟、龙为内容的"四灵"概念，与历史上的族群关系和文化发展息息相关。麟凤与龟龙作为祥瑞而各成一组的语言习惯，分别源于东方之夷与中原之夏的象征。麟凤山居与龟龙水居的特点，是两族早期生存环境与文化面貌的反映。麟、凤作为飞鸟与走兽之首，标志着它们被视作灵物，这又伴随着崇鸟与崇兽部族分别形成的过程。麟、凤从众多氏族神话的动物祖先中脱颖而出，最终成为兽、鸟部族联盟的象征；部族联盟的地理方位居于东方，主要以狩猎为生，因此获得了东夷的称谓。被视为东夷祖先的太暤、少暤，即部族形成之后的鸟族首领；帝俊则是鸟兽部族联盟形成之后的东夷首领。在东夷内部，鸟族地位高于兽族，凤、麟作为二族的灵物，便相应地产生了主从之分。

螺女型故事研究综述

陈祖英

摘要：螺女型故事是在中国广为流传的民间故事之一。自20世纪初以来，众多学者不仅对螺女型故事的类型和母题进行划分，对故事的起源和形态演变展开分析，而且对故事的文化内涵进行深入阐述。虽然螺女型故事研究已取得了丰硕的研究成果，但仍存在不足。希望今后能加强螺女型故事的横向扩展和当代传承的研究，增加对螺女传说的研究。

刘守华民间故事学理论体系建构

——以"类型"为中心的讨论

林继富、马培红

摘要：中国故事学体系建设离不开众多学人的砥砺奋进，刘守华无疑是其中的佼佼者。他成绩卓著、先人一着、可点石成金，为中国民间故事学理论体系建构作出了奠基性贡献。自1956年他在《长江文艺》发表《论民间讽刺故事》，就开始对民间故事展开多角度、多侧面学术研究，聚焦艺术世界、梳理民间故事史，走向故事诗学等在他的民间故事学体系中熠熠生辉，而这些探索离不开对类型的理解、借鉴、融入与深化。不管是勾勒故事生活史、展现故事艺术光彩还是探求民族、宗教与故事关系，他的民间故事的类型思维贯穿始终，成就"最突出"。"类型"是刘守华故事学理论体系的重要着力点，在多年研究中已如毛细血管一样融于他的民间故事研究中，上升为一种理所当然的分析思维，并将他从事的民间故事研究引向诗学叙事。目前对其类型研究的讨论往往是分散的，并没有系统的民间故事学理论体系的类型研究成果。因此，系统理解以"类型"为中心的刘守华故事学理论建构，不仅可以呈现他与众多学人交往中，与时代同频共振中的类型研究脉络，更重要的是可以丰富刘守华故事学研究体系。

干将莫邪传说演变路径及文化意蕴

罗立群

摘要：干将莫邪传说由来已久，汉魏六朝期间，其发展演变路径有二：一是以伦理复仇为主题内容；二是以神剑的锻造、离合幻化为情节主干。干将莫邪传说蕴含着中华民族传统的伦理复仇的文化诉求、惩恶扬善的侠义精神、阴阳和合的哲理思维以及崇剑文化心理。

在相关领域吸收与剥离中自张一军
——中国叙事文化学第二生长时段的学术背景

赵红

摘要：由宁稼雨教授大力倡导并积极推动的中国叙事文化学研究，经过10年的稳步推进，进入理论探索的深水区。2004—2012年，通过对古代小说及戏曲、主题学、叙事学等相关领域研究方法的吸收、借鉴和融会、创新，中国叙事文化学的理论内涵更加明晰，研究方法更加具体，特色更加鲜明，彰显了理论的深刻性和方法的可行性。

"十五贯"故事文本演变与文化内涵

徐竹雅筠

摘要：《错斩崔宁》初为宋人话本，后经明代冯梦龙改编为拟话本小说《十五贯戏言成巧祸》。明末清初苏州派作家朱素臣将《错斩崔宁》与诸多历史人物故事加以融合、整理，重新编排为传奇《十五贯》，后被演绎为秦腔、京剧、鼓词、弹词等多种不同体裁的文本形式。运用中国叙事文化学的研究方法，对历代"十五贯"故事的文本演变进行梳理，可以探其背后蕴涵的文化意旨。

霞浦"箭垛人物"林瞪公神话原型考屑

盖佳择

摘要： 在福建霞浦、浙江苍南等地长期流传着关于林氏宗祖林瞪公的传说，传说中瞪公是同山道士，又是弃俗入"明教门"，与师父孙绵"习传道教"，修成正果，获得宋帝敕封。在林瞪身上可明显看到明、道二重色彩，当地明门、道门皆援以为神。然关于林瞪的事迹传说，基本都是道教或巫教性的，如学艺、救火、祷雨、收四元帅等，这些故实多半是有意建构出来以神化瞪公的，笔者详考则发现其多可在《太平广记》等笔记小说中觅得类似情节，显见为同一母题的不同变体。而如瞪公等长期为乡族拜为神仙者，师公中代不乏人，瞪公信仰所以能在闽浙等不同地方广泛流传，当与其宗族、继嗣师公等的广泛迁徙有关。

俗文学中鹦哥孝母故事演变及文化意蕴

鲍震培、吴艳艳

摘要： 俗文学中鹦哥孝母故事的文本演变值得研究。通过对明代成化年间说唱词话《莺哥行孝义传》、清代《鹦哥宝卷》（常州、镇江宝卷，河西宝卷）、西宁贤孝《白鹦哥吊孝》等俗文学文本的比对，梳理鹦哥孝母叙事的发展演变，分析其故事来源、母题情节、主题深化、文学形象等叙事要素，可以发掘鹦哥孝母叙事文本的经典化和鹦哥形象所承载的文化意义。

从概念到方法：关于曲艺与说唱文学关系与研究的一些思考

鲍震培

摘要：当下在越来越多的文章中看到曲艺与说唱文学被混用的情况，或为益事，说明学术理论与当代艺术实践相结合的有为态度。那么这两个概念与范畴的相通相融与隔阂之处是什么？如何打通曲艺研究与说唱文学研究的界限？本文按照学科的原理，从历史的来源与现状的考察中发现，曲艺与说唱文学虽然属于艺术和文学两个学科领域，但是仍然有打通界限的必要，尤其处于薄弱地位的曲艺研究更需要俗文学学者的介入，文章还考察了曲艺研究与戏曲研究的差距及借鉴关系，最后从方法论角度指出曲艺与说唱文学研究的交汇点和学术生长点。

明清时期山海关孟姜女故事流变与望夫石母题的融合

王婧琦

摘要：位于往来东三省必经的关隘要地的山海关，坐落着一座依山傍海的孟姜女庙，庙内有一块望夫石，流传于河北北部、辽宁地区的孟姜女故事多与这块望夫石相关，也让这里的故事三百余年来流传不衰。本文对明清时期流传于山海关地区的孟姜女故事进行整理和分析，探索其和望夫石传说融合关系的文化心理成因。

300

西梁女国故事的生成与演化考述

左怡兵

摘要：在讲述唐僧师徒西天取经历程的诸多文本中，"女国"故事独具特色，不仅取材自渊源久远的传说，亦有确凿可证的史实依据。作为集大成之作，世德堂本《西游记》所载的西梁女国故事却出现了情节脱落与逻辑断层。以跨文类的多元视角追溯《西游记》写定前的各类取经故事文本，厘清《大唐西域记》所载的"东女国"是取经故事中诸多"女国"的历史原型，有助于还原脱落情节的生成方式与叙事逻辑，由此亦可呈现西梁女国故事从历史书写到文学想象的生成、传播及演化过程。

辽宁关公故事传播考

华云松

摘要：关公故事在辽宁的传播可以上溯到唐代，并兴盛于清代至民国时期，包括英雄故事、神异故事、衍生故事三大类型，传播内容真实性与多义性并存。辽宁民间艺人是关公故事传播的生力军，文人则充当了把关人的角色。关公故事在辽宁的传播具有强大的地域文化认同功能，主要体现为与当地民风民俗、历史事件的巧妙融合。

隋炀帝故事神秘文化主题的文本演变及内涵

刘莉

摘要：隋炀帝十分重视神秘文化，对其持一种既利用又控制防范的态度。在有关隋炀帝的文学作品中，神秘文化主题得到进一步渲染，使得隋炀帝故事充满了神秘与宿命色彩。隋唐五代的隋炀帝故事多借相人术为新皇登基做舆论准备；宋元时期的隋炀帝故事借世俗化的梦征指责隋炀帝必将因失德身死国亡；明清时期的隋炀帝故事则在批判隋炀帝的同时，借助轮回果报观念凸显了"情"的可贵。

包公文学文本演变鸟瞰

李建明

摘要：包公文学自宋朝诞生以来，出现了丰富多样的故事文本，这些故事大多是一种重写或改编。从包公题材小说、戏曲故事情节的相互移植和因袭化用中，可以考察包公文学题材流变之迹及相关文学形象、故事情节和主题逐渐形成演变的过程。包公的形象经历了从正直的判官、不畏权豪势要的斗士、封建卫道士到忠心耿耿国家栋梁的演变。包公故事情节的丰富与发展，表现了历代创作者对历史事件与人物的评论、对现实政治与社会的关怀。包公文学的主题演变则表现为伦理意识的不断强化。

杜子春故事演变与文化意蕴

杨久红

摘要：杜子春故事源于《大唐西域记》中的烈士池故事，在历代文人改编创作下，杜子春故事经历了唐传奇、拟话本、戏曲等多种形态。随着故事情节、人物形象的发展演变，杜子春故事中的宗教思想、市民观念、女性意识等意涵不断丰富更新。文学因素也对故事的演变具有重要影响，俗文学样式促使人物关系更加复杂、情节更加丰富。杜子春故事在不同文本中反映出不同的文化意蕴。

论刘守华在民间故事学建设上的成就

陈金文

摘要：刘守华在民间故事学研究方面，用力最勤，成就最大。他为中国民间故事史的编写确立了体例，解决了关键性难题，提供了示范；他长期坚持民间故事研究，特别重视对研究方法论的探讨，尤其注重对民间故事类型学与比较故事学研究方法的倡导与推广，为我国民间故事学研究的发展奠定了基础，拓宽了道路。

“历史演进”的传说学方法论
——重新对话顾颉刚孟姜女研究

陈泳超

摘要：顾颉刚的孟姜女研究是中国现代民间文学研究史

上的经典，它创造了一个卓有成效的传说研究范式，只是站在学术发展的今天，其中亦有可商榷之处。施爱东指出该范式的核心问题在于"一源单线"的理论假设，这是目前最具影响力的方法论检讨。但这一批评是基于故事学的立场，将孟姜女叙事主要当作单纯的动词性情节序列。而孟姜女首先是传说，传说学对于"历史演进"研究的基本方法，除了关注情节之外，更强调核心名词的规约效用。所以，对于那些具有真实性之人或物的传说而言"，一源发生"是合法的，传说的演进过程应该呈现出"一源多线"的构型。民间文学的记录史永远无法还原其真实的生命史，却是映现生命史的优选途径，它随时准备根据新材料而重新调整。对于或残缺或庞杂的历史记录，除了顾颉刚建构的"历史的系统"和"地域的系统"之外，或许还可以在情境推原、建设多个维度的子系统等方面展开更多尝试。

民间故事母题链与故事变异模式关系研究

摘要：母题链作为形态分析单位，能够为观察民间故事形态提供与"类型""母题"不同精度的切入点。在刘魁立提出的"生命树"视角下，进一步将母题链分为"开放母题链"和"封闭母题链"两类，以弥补原有"积极母题链"与"消极母题链"概念的应用缺陷。相似母题链在不同故事类型中分属"开放"或"封闭"形态母题链时，将导致其链接情况与发达程度出现差异，从而影响故事生命树的整体特征，呈现出多样化、非"树"型的形态。"狗耕田"和"蛇郎"故事提供了观察这两类母题链的优秀样本，通过对故事母题链中人物关系、逻辑关系的分析，"生命树"绘制方法能够相应优化，以使其在包含复杂母题链的故事类型中保持良好的直观性与有效性，对故事形态与生长机制的理解得以向前推进。

主题学在德国的发生学意蕴

孟昭毅

摘要：作为比较文学重要领域的主题学，最早发端于德国。18世纪德国民族文化艺术的繁荣为此准备了温床。18世纪末到19世纪初，德国民俗学研究形成热潮。以赫尔德为首的德意志语文学学者们在"民族文学""世界文学"的双重视野下，发现了比较文学这一兼容的交感区域。到19世纪末，科赫将主题学研究的内容纳入比较文学的范畴。日耳曼语文学中严谨的实证主义学风，也促进了主题学研究的壮大。到20世纪下半叶，比较文学主题学在世界范围内开始积极、全面地发展。主题学的发展史，显现出了发生学思想的历史主义特征。

学术研究的课题边界：以故事史研究为例

施爱东

摘要：课题边界是科研主体对于课题内容、主题、素材、范畴，以及所使用的理论、方法的限制性规定。课题边界可以分为取材边界和讨论边界，取材边界一定程度上规定和制约着讨论边界。取材边界应该具有特异性、排他性和可操作性。对于边缘地带两可之间的素材，应该制定一套外迁或者内迁的取舍规则。具体研究中的课题边界是相对设置的，可以根据研究者的判断进行宽窄调整，但无论宽还是窄，都应该对取材的范围界限作出合乎逻辑的说明，同时在研究工作中坚持标准的同一性。如果将课题边界视作理想的学术边界，那么操作边界就是落实理想的应用边界。操作边界往往表现为一种抽样方法，严肃的学术研究倾向于整群抽样法和类型抽样法。操作边界是一种从属于课题边界的过渡方案，不具有学术自足性，后期的学术讨论还应回到课题边界。

中国叙事文化学研究的源头活水
——相关课程教学对研究的推动与提升

梁晓萍

摘要：宁稼雨教授在2005—2011年中国叙事文化学课程教学中，坚持其创设初衷，与1994—2004年相比表现出明显的"以课促学、以课促研"的科教融合特色。他在传承中国古代文史研究学术传统的基础上，一方面以学术思想研究为切入点，聚焦科研创新，鼓励学生进行理论思辨；另一方面授人以渔，通过叙事文化学研究方法的传授和对个案研究的关注，要求学生做到课上研讨和课下实践相结合，对以往相关研究进行反思和突破，从而探索新的学术之路。

颜真卿仙化故事的流变及其文化内涵

谭智

摘要：颜真卿作为唐代名臣和书法家，在死后开始被仙化。有关他的仙化故事自中唐末期产生后不断演变，在各个时期呈现出不同的面貌。唐宋笔记小说中的颜真卿仙化故事体制虽短，却体现了文人对它的精巧加工和艺术化处理。元明仙传在承继唐宋以来的故事情节基础之上，又赋予其鲜明的宗教色彩，使颜真卿正式进入道教的神仙谱系之中。明清戏曲则对其篇幅和情节进行了扩充和延展，人物刻画的重心也发生了转移，并以该故事宣扬因果报应。颜真卿仙化故事的演变历程不仅反映了中国古代小说、戏曲创作观念的变化，更说明了故事文本和人物形象无不受到社会思潮、文学观念、宗教思想的综合影响，是时代文化与文学发展共同作用的结果。

从庙堂之高到江湖之远

——骊姬故事的古今流变（节选）

梁晓萍

摘要： 骊姬故事作为春秋时期"女祸论"的经典事例，向来不为人所重。采用主题学和叙事文化学方法，系统而完整地梳理有关史籍、诗词、小说、戏剧、影视剧创作，对骊姬故事从先秦至当代的流变进行考察与分析，可以发现该故事经历了史籍的定型化、诗词的符号化、小说的丰富化、戏剧的舞台化、影视剧的颠覆化等发展阶段；骊姬故事逐渐从精英阶层的庙堂文化向平民阶层的江湖文化扩展，并最终融入了大众文化。

关键词： 女祸；骊姬；故事流变；文化意蕴；叙事文化学

骊姬故事最早见于史籍"春秋三传"、《国语》《史记》《列女传》的记载当中，诸书所记载的故事面貌由简而繁，逐渐首尾完具，可见史家记录该事出于丰富"女祸论"之目的。

（一）《左传》

"春秋三传"当中所记载的骊姬故事以《左传》最早①：

---

① 目前对《左传》《春秋公羊传》《春秋谷梁传》和《国语》的成书年代都尚无定论，不过大部分学者认为《左传》大约成书于春秋末年，而"春秋三传"成书年代大致相同，《国语》则成书于战国初年，故将"春秋三传"置于《国语》前讨论。

初，晋献公欲以骊姬为夫人，卜之，不吉；筮之，吉。公曰："从筮。"卜人曰："筮短龟长，不如从长。且其繇曰：'专之渝，攘公之羭。一薰一莸，十年尚犹有臭。'必不可！"弗听，立之。生奚齐，其娣生卓子。

及将立奚齐，既与中大夫成谋，姬谓大子曰："君梦齐姜，必速祭之！"大子祭于曲沃，归胙于公。公田，姬置诸宫六日。公至，毒而献之。公祭之地，地坟；与犬，犬毙；与小臣，小臣亦毙。姬泣曰："贼由大子。"大子奔新城。公杀其傅杜原款。

或谓大子："子辞，君必辩焉。"大子曰："君非姬氏，居不安，食不饱。我辞，姬必有罪。君老矣，吾又不乐。"曰："子其行乎！"大子曰："君实不察其罪，被此名也以出，人谁纳我？"十二月，戊申，缢于新城。

姬遂谮二公子曰："皆知之。"重耳奔蒲。夷吾奔屈。①

从这段记载可以看出，故事当中的主要人物有骊姬、晋献公、卜人、申生、奚齐、重耳、夷吾。情节单元有如下几个：（1）献公欲立骊姬；（2）卜之不吉；（3）骊姬生子；（4）骊姬进谗；（5）申生出逃；（6）献公杀大子师；（7）申生自缢；（8）骊姬陷害重耳、夷吾；（9）二公子流亡。

（二）《春秋公羊传》

在《春秋公羊传·僖公十年》中并没有系统地记载骊姬故事，骊姬只是作为"里克弑二君"这一事件的附属人物出现的：

奚齐卓子者，骊姬之子也。荀息傅焉。骊姬者，国色也。献公爱之甚，欲立其子，于是杀世子申生。申生者，里克傅之……就奚齐。荀息立卓子。里克弑卓子。②

---

① 左丘明：《左传》，中华书局2007年版，第50—52页。
② 刘尚慈：《春秋公羊传译注》，中华书局2012年版，第109页。

《公羊传》中以里克为故事主角，他因为分别杀了骊姬及其妹之子奚齐和卓子而被安上弑君之名，在将晋惠公迎回宫中后被惠公所杀。其中值得关注的有两点：一是骊姬相貌甚美，是为"国色"；二是献公宠爱骊姬，欲立奚齐。

（三）《春秋谷梁传》

《春秋谷梁传》中记载的骊姬故事，与《左传》相比，主要人物和故事面貌大致相同。在情节单元方面有些小的出入。《春秋谷梁传》中没有出现"卜之不吉"和"陷害二公子"这两个情节，对《国语》有较大影响。

（四）《国语》

《国语》中记载的骊姬故事见于《晋语一》和《晋语二》，主要人物有：晋献公、骊姬、史苏、优施、里克、杜原、重耳和夷吾。《国语》保留了《左传》当中的基本情节，但增加并详写了以下情节：

1.献公伐骊戎，卜之不吉，史苏进言。《国语》交代了骊姬的身世，并将《左传》的"卜之不吉"发展成了"卜者进言"，作为"女祸论"的衍生，为"骊姬乱晋"埋下伏笔：

> 献公卜伐骊戎，史苏占之，曰："胜而不吉。"公曰："何谓也？"对曰："遇兆，挟以衔骨，齿牙为猾，戎、夏交捽。交捽，是交胜也，臣故云。且惧有口，携民，国移心焉。"公曰："何口之有！口在寡人，寡人弗受，谁敢兴之？"对曰："苟可以携，其入也必甘受，逞而不知，胡可壅也？"公弗听，遂伐骊戎，克之。获骊姬以归，立以为夫人。①

晋献公不听，后来不仅攻克骊戎，还获得了活色生香的美女骊姬，并将其立为夫人。《国语》对庆功宴时献公半开玩笑地惩罚史苏进行了描写：

> 公饮大夫酒，令司正实爵与史苏，曰："饮而无肴。夫骊戎之役，

---

① 《国语·战国策》，岳麓书社1988年版，第65页。以下所引《国语·战国策》皆据此版本，不再一一出注。

女曰'胜而不吉'，故赏女以爵，罚女以无肴。克国得妃，其有吉孰大焉!"……

饮酒出，史苏告大夫曰："有男戎必有女戎。若晋以男戎胜戎，而戎亦必以女戎胜晋，其若之何!"里克曰："何如?"史苏曰："昔夏桀伐有施，有施人以妹喜女焉，妹喜有宠，于是乎与伊尹比而亡夏。殷辛伐有苏，有苏氏以妲己女焉，妲己有宠，于是乎与胶鬲比而亡殷，周幽王伐有褒，褒人以褒姒女焉，褒姒有宠，生伯服，于是乎与虢石甫比，逐太子宜臼而立伯服。太子出奔申。申人、鄫人召西戎以伐周。周于是乎亡。今晋寡德而安俘女，又增其宠，虽当三季之王，亦不可乎?……"(《国语·战国策》，第65—66页)

史苏之所以列举妹喜亡夏、妲己亡商、褒姒亡周的史实，是为骊姬乱晋作铺垫。这个论断在后人看来更具有不容置疑的普遍性意义，以至于人们论及三代之亡或类似的问题，都会以此论断作为分析思考的逻辑前提。

《国语》详细描摹了史苏的言论，突出其忠臣形象，可见《国语》记载骊姬故事一开始即着眼于朝廷的忠奸斗争。

2.优施献计，骊姬从之。骊姬入晋之后，确实被史苏不幸言中，果然一步一步展开了"乱晋"的行动。不过，与《左传》不同，骊姬乱晋始于戏子优施的献计:

优施教骊姬夜半而泣谓公曰:"吾闻申生甚好仁而强，甚宽惠而慈于民，皆有所行之。今谓君惑于我……"(《国语·战国策》，第71页)

因为优施与骊姬有私情，所以他为骊姬出谋划策，让骊姬在夜里哭着对献公进言。

3.骊姬进谗，申生分封。骊姬果然听从了优施的意见，向献公进谗，一再强调申生对献公王位以及性命的威胁:

"今谓君惑于我，必乱国，无乃以国故而行强于君，君未终命而不

311

殁，君其若之何？盍杀我？无以一妾乱百姓。"公曰："夫岂惠其民而不惠于其父乎？"骊姬曰："妾亦惧矣，吾闻之外人之言曰：为仁与为国不同。为仁者，爱亲之谓仁；为国者，利国之谓仁。故长民者无亲，众以为亲。苟利众而百姓和，岂能惮君？以众故不敢爱亲，众况厚之，彼将恶始而美终，以晚盖者也。今夫以君为纣，若纣有良子，而先丧纣，无章其恶而厚其败。钧之以死，无以假手于武王，而其世不废，祀至于今，吾岂知纣之善否哉？君欲勿恤，其可乎？若大难至而恤之，其何及矣！"（《国语·战国策》，第71—72页）

出于君主多疑，因此献公即使再相信申生，也不免受骊姬之言的影响细细思量。

公惧曰："若何而可？"骊姬曰："君盍老而授之政。彼得政而行其欲，得其所索，乃其释君。且君其图之，自桓叔以来，孰能爱亲？唯无亲，故能兼翼。"公曰："不可与政。我以武与威，是以临诸侯。未殁而亡政，不可谓武；有子而弗胜，不可谓威。我授之政，诸侯必绝；能绝于我，必能害我。失政而害国，不可忍也。尔勿忧，吾将图之。"（《国语·战国策》，第72页）

最终献公决定坚决不交出政权，并开始对申生心生嫌隙，将偏远的曲沃地区分封给申生。

4.申生胜狄而反，骊姬阴谋失败。此后，骊姬不甘心，又施计使献公让申生去讨伐狄，骊姬以为这次申生定会战死沙场，却没想到"申生胜狄而反"，大胜而归。

5.再次谮杀申生。五年后，骊姬再次开始图谋太子之位，她认为铲除申生路上的最大障碍是忠臣里克，于是叫优施去吓唬里克，里克虽忠心却胆小怕事，于是第二天就故意从车上跌下来摔伤脚，再也不敢上朝。《国语·卷八·晋语二》详细记载了骊姬污蔑申生弑君这一过程：

骊姬谓公曰："吾闻申生之谋愈深。日，吾固告君曰得众，众不利，焉能胜狄？今秪狄之善，其志益广。孤突不顺，故不出。吾闻之，申生甚好信而强，又失言于众矣，虽欲有退，众将责焉。言不可食，众不可弭，是以深谋。君若不图，难将至矣！"公曰："吾不忘也，抑未有以致罪焉。"

……骊姬以君命命申生曰："今夕君梦齐姜，必速祠而归福。"申生许诺，乃祭于曲沃，归福于绛。公田，骊姬受福，乃置鸩于酒，置董于肉。公至，召申生献，公祭之地，地坟。申生恐而出。骊姬与犬肉，犬毙；饮小臣酒，亦毙。（《国语·战国策》，第75—76页）。

骊姬收下申生的祭品后即在其中下毒。当献公回来吩咐申生献上酒肉，献公以酒祭地时，地面振动向上鼓起，申生惊恐地逃走。骊姬继而以肉喂狗，命近侍饮酒，二者俱亡。

6.献公杀太子师，申生出逃，骊姬痛斥，申生自缢。晋献公猜忌申生，下令杀死申生的师傅杜原款，申生逃至新城。申生出逃以后，骊姬又跑到新城哭诉与指责他：

骊姬见申生而哭之。曰："有父忍之，况国人乎？忍父而求好人，人孰好之？杀父以求利人，人孰利之？皆民之所恶也，难以长生！"骊姬退，申生乃雉经于新城之庙。将死，乃使猛足言于孤突曰："申生有罪，不听伯氏，以至于死。申生不敢爱其死，虽然，吾君老矣，国家多难，伯氏不出，奈吾君何？伯氏苟出而图吾君，申生受赐以至于死，虽死何悔！"是以谥为共君。（《国语·战国策》，第77页）

骊姬以父子大义痛斥申生，骊姬走后，申生在祖庙里上吊自杀。

7.骊姬陷害重耳、夷吾，二公子流亡。申生虽死，献公仍有两个出色的儿子重耳和夷吾，这两个人同样威胁着奚齐的地位。于是骊姬着手陷害二人：

骊姬既杀太子申生，又谮二公子曰："重耳、夷吾与知共君之事。"（《国语·战国策》，第77页）

骊姬以二公子参与申生谋害献公之事进谗，使二公子被迫流亡至狄、梁二国。

公令阉楚刺重耳，重耳逃于狄；令贾华制夷吾，夷吾逃于梁。尽逐群公子，乃立奚齐焉。始为令，国无公族焉。（《国语·战国策》，第77页）

二公子出逃以后，骊姬子奚齐成了太子，晋国再无晋献公的族人。

8.骊姬被杀。与《左传》不同，《国语》交代了骊姬的结局：

于是杀奚齐、卓子及骊姬，而请君于秦。（《国语·战国策》，第81页）

《国语》中的这个情节单元十分简单，以一句话交代了骊姬及其子都被杀，王位归于重耳，为"女色祸国"又提供了一个典型事例，也为忠奸斗争、忠必胜奸画上了圆满的句号。

总而言之，相比《左传》而言，《国语》对骊姬故事的描述更加详细与生动，不仅增加了史苏、优施等有名有姓的人物，而且补充了骊姬的身世和入晋经过以及优施献计、骊姬图谋王位的详细过程，对申生和骊姬的互动也进行了虚构。骊姬用毒酒污蔑陷害申生的这一细节使骊姬故事不再是单调刻板的"女色误国"，而具有了一定程度的复仇元素，情节演变更加符合情理，也为献公真正地相信申生弑父及进一步疏远二公子做了铺垫。骊姬结局的补充虽然简单，但是使故事更为完整。

原载《天中学刊》2019年第6期

西王母故事研究综述与前景展望

——以中国叙事文化学为依据（节选）

杜文平

摘要： 自战国以降，西王母故事散见于中国古代诸子、史传、诗歌、宗教经籍、小说、戏剧、民间讲唱文学等多种文学样式中，文本分布极为零散，时代跨度大且大多文学色彩不强。因此前人对西王母的研究大多基于文献学和考古学，真正意义上的文学研究不多。中国叙事文化学方法论的应用，可以打破时代、文体和单篇文学作品的藩篱，如针对西王母故事的研究，可以在文献爬梳整理基础之上抽出王母会君、王母献授及王母开宴三大故事类型，在对其进行文本分析的基础上，深刻挖掘文本流变背后的文化内涵。

关键词： 中国叙事文化学；西王母故事；研究综述；前景展望

西王母是中国古代神话女神的代表。鲁迅在《中国小说史略》中说："中国之神话与传说，今尚无集录为专书者，仅散见于古籍，而《山海经》中特多……其最为世间所知，常引为故实者，有昆仑山与西王母。"①经历了神话传说、道教仙话以及文学通俗化的改造，西王母故事所涉及的文化领域异常广泛，如文学、艺术、宗教等方面。但是迄今为止，西王母研究仍然处在千头万绪、不成系统的状态下。正如叶舒宪所说："由于各种分歧

---

① 鲁迅：《中国小说史略》，上海古籍出版社1998年版，第7页。

矛盾的记载，彼此抵牾的功能纷纷加诸这位西王母头上，以至于使她成了古今争议最多、身份和性质最不明确的一个神话人物。"①尽管现今笼罩在西王母身上的迷雾还没有完全散去，但是20世纪以来，尤其是近二三十年，多种研究方法的使用和多学科的介入，使得关于西王母故事的研究取得了丰硕成果，兹将相关研究成果整理如下，并从中国叙事文化学的角度对该研究予以展望。

一、西王母故事研究成果综述

（一）基于文献整理的西王母故事研究

以文献资料为基础的研究是传统意义上的西王母故事研究，自20世纪初至今一直长盛不衰。根据关注点的不同该研究又可以包括这样几类：西王母地望研究、西王母原型研究以及西王母信仰研究。

1.西王母地望研究

20世纪初，基于对中国人种起源问题的关注，许多学者利用古文献来考证"西王母"的种族和地望。他们大多持有"中国人种西来说"，认为西王母本源于西亚地区。章炳麟在《訄书·序种姓》中认为"西母"即"西膜"："至周穆王始从河宗柏夭，礼致河典，以极西土。其《传》言西膜者，西米特科，旧曰西膜，亚细亚及前后巴比伦，皆其种人。"②蒋智由《中国人种考》以西王母传说来证明"中国人种西来之说"，考证玉山与昆仑的地理位置，确定了西王母国的大体范围。丁谦在《穆天子传地理考证》中认为西王母国即古代加勒底国，西王母则是其国的月神。顾实《穆天子传西征讲疏》，用数十万言证明穆天子西征见西王母皆为事实，他在自序中说道："穆天子所见之西王母，即穆天子之女，建邦于西方者，在今波斯之第希兰附近。故穆天子也，西王母也，皆我民族上古男女有至伟大活动之能力者也。"③他将《穆天子传》看作是周穆王的起居注，西王母是周穆王派去安抚边疆的。这种判断过于武断，已为后学所否定。刘师培《穆天子传

---

① 叶舒宪：《中国神话哲学》，中国社会科学出版社1992年版，第83页。
② 徐复：《訄书详注》，上海古籍出版社2000年版，第236页。
③ 顾实：《穆天子传西征讲疏》，商务印书馆1934年版，第3页。

补释》考证穆天子西巡路线及西王母之名，认为"西王母"本是西方地名，后由于东西民族交往而逐渐东移。此外，日本学者小川琢治有文章《昆仑与西王母》，探究了西王母在《山海经》《穆天子传》《列子》中逐渐神仙化的过程，认为《穆天子传》中的"西王母"本是西方女王，后逐渐诗化、仙化而成为女神。

五四运动以后，对西王母种族地望的研究以岑仲勉和张星烺为代表。岑仲勉的《〈穆天子传〉西征地理概测》考证昆仑地名，并且对比突厥语、粟特语，认为西王母即"王权"，西王母之种族即"西膜"。张星烺在《中西交通史料汇编》中考证穆王西征，认为西王母邦在撒马尔罕附近，此外，他还驳斥了蒋智由、丁谦、顾实等人的西王母起源"西来说"，通过对古代典籍的考证，认为"其国之必在于阗西北也"。何光岳在《青海社会科学》1990年第6期发表的《西王母的来源和迁徙》，通过参考大量古籍记载，认为西王母本为虞幕有虞氏的一个分支，夏代中叶后西迁至祁连山南山，约为春秋时期西王母又西迁新疆，汉代以后西王母故事演变为神话传说。启良在《湘潭大学学报》1994年第3期发表的《西王母神话考辨》借助古文献和人类学材料，对"昆仑"和"西王母"进行了新的考释，驳斥了昆仑位于东方和西王母是东方女神的观点，认为西王母崇拜是古代西北地区先民的生殖崇拜，昆仑山则是先民幻想的生命之山。民俗学者刘宗迪在论文《昆仑原型考》中认为"《山海经》中之昆仑，它原本并非指西方世界的一座自然高山，而只是一座人工建筑物，这座建筑物就是古观象台，亦即明堂"①。刘宗迪在另外一篇论文《西王母神话的本土渊源》中对《山海经》中的地域和汉代西王母信仰的地域进行了新的考证，认为"西王母完全是东方本土之女神，而非迢遥而来的西方异族之神"②。

2.西王母原型研究

历代典籍中对"西王母"的记载大多含混不清，而小说家之言更是难以让人信服，于是"西王母"原型便具有多种解释的可能。自20世纪初开

---

① 刘宗迪：《昆仑原型考：〈山海经〉研究之五》，《民族艺术》2003年第3期。

② 刘宗迪：《西王母神话的本土渊源》，《湖北民族学院学报（哲学社会科学版）》2004年第1期。

始，学者们就一直致力于对西王母原型的探究。

凌纯声在《"中央研究院"民族学研究所集刊》1966年第22期发表的《昆仑丘与西王母》中引用各家说法和大量史料，对《山海经》和其他古文献中的昆仑丘进行了考证，又对诸多学者关于西王母的不同说法进行了梳理——或为神名，或为国名，或为王名，或为族名。此文具有较高的史料价值。朱芳圃《中国古代神话与史实》之《西王母》篇整理了西王母传说在历代典籍中的演变过程，并通过大量文献的搜集整理来考释"西王母"之称的文化内涵，认为西表示方位，王有神义，母为貘之音假，后羿见西王母故事则是东夷部族与貘族文化融合的反映。[1]饶宗颐《谈古代神明的性别——东母西母说》一文从殷代祀典的"东母西母"说起，认为战国称"东皇西皇"，并且以东西分别指阳与阴，这才有了后来的东王公和西王母。张振犁在《宝鸡文理学院学报（社会科学版）》2002年第1期发表的《西王母神话与中原文化的交融》一文则从原始神话在不同的环境下产生变异的角度入手，认为西王母本是西方貘族供奉的图腾神话，传入中原后产生了变异，如"风后岭""黄帝修城"在神格、职能等方面有所改变且带有原始农耕文化的色彩。

崔永红在《青海民族学院学报》2003年第4期发表的《西王母考》结合前人研究成果，对西王母进行了较为系统的考述，并认为《山海经》中的西王母形象可能与雅文化有关。此文为西王母原型的研究提供了新的角度。美国佛罗里达大学人类学教授施传刚在《青海社会科学》2011年第1期发表的《西王母及中国女神崇拜的人类学意义》，从中国的西王母信仰入手，认为与其他文化中的女神崇拜比较而言，中国女神神格的独立性值得关注。

除此之外，近年关于这个问题进行探讨的论文还有很多，比较有代表性的有沈天水的《西王母原型探》，王卫东、曾煜的《西王母原型新探——上古巫文化研究之四》，李小玲《西王母原型：善与恶的统一》，张勤的《西王母原型：生与死的统一》等文章。

---

[1] 参见朱芳圃：《中国古代神话与史实》，中州书画社1982年版，第145、161页。

3.西王母信仰研究

西王母信仰是中国古代社会尤其是汉代社会一个突出的文化现象，是研究西王母故事的学者所关注的视角之一。

王子今、周苏平的《汉代民间的西王母崇拜》一文通过分析汉代民间的西王母崇拜来探查汉代民间的社会观念形态和社会礼俗风尚。周静的《西汉时期的西王母信仰》一文认为西汉时期的西王母信仰是介于古代神话和东汉道教之间的一种过渡性的神灵崇拜。作者梳理文献、考古两方面的材料，结合西汉时期社会和思想状况，探究西王母信仰在西汉由兴而盛、由盛而衰的内在原因。魏崴的《四川汉代西王母崇拜现象透视》一文，通过四川出土的汉代文物来考察汉代西王母崇拜，认为汉代统治者所推崇的神仙思想与四川本土的神仙信仰相结合是四川汉代西王母崇拜的内在原因。汪小洋的《论汉代西王母信仰的宗教性质转移》关注点与前人有所不同，他认为："西王母信仰的宗教品质，在汉代经历了两个转移：通过从自然宗教的信仰向人为宗教的信仰转移和上流社会宗教信仰向民间宗教信仰的转移，西王母信仰完成了在汉代的宗教品质升华，提升了汉代宗教发展的宗教品质，并以此直接促进了道教的产生。"[①]

相对于大陆学者对汉代西王母信仰的关注，台湾学者对现今台湾社会的"瑶池金母"信仰予以极大注意。1997年台湾嘉义南华管理学院宗教文化研究中心所编《西王母信仰》一书对这一问题进行了深入探讨，如郑志明《台湾瑶池金母信仰研究》一文认为台湾"瑶池金母"信仰属于中国民间信仰，既有道教神仙传说的色彩，又以罗教无生老母为信仰核心；魏光霞《台湾西王母信仰的类型研究》一文将现今西王母信仰的神格按照类型分为七类：准金母型、类玄玄上人型、师徒型、无生老母型、准地母型、地母下辖型、多母型。

（二）基于考古发现的西王母研究

得力于半个多世纪以来考古工作得到的丰富材料，西王母研究有了新的研究角度和研究方法。以考古发现和文物研究作为基础的西王母研究，

---

① 汪小洋：《论汉代西王母信仰的宗教性质转移》，《浙江社会科学》2009年第1期。

不仅弥补了传统文献研究的不足，而且赋予这个研究课题以更加深刻的文化内涵。

国外的研究成果如日本京都大学教授林巳奈夫1976年出版的《汉代文物》，较早从汉代文物的角度出发探讨这个问题。巫鸿《武梁祠：中国古代画像艺术的思想性》一书以山东嘉祥县武梁祠内的图像作为研究对象，考察武梁祠石刻与汉代思想和社会之间的关系。巫鸿在该书的第四章《山墙：神仙世界》中，结合武梁祠西壁山墙的西王母画像以及可靠的古代典籍材料，揭示了汉代的阴阳观念、长生信仰以及西汉晚期的西王母崇拜等。美国学者简·詹姆斯于1995年发表论文《汉代西王母的图像志研究》，侧重于西王母图像的社会背景和象征意义。

其他成果还有美国学者包华石的《早期中国的艺术与政治表达》，美国学者柯素芝的《宗教超越与神圣激情——中国中古时代的西王母》，等等。

国内学者以文物研究为着眼点的西王母研究大多是单类文物的研究。首先是对汉代画像石、画像砖研究。李锦山在《中原文物》1994年第4期发表的《西王母题材画像石及其相关问题》，将西王母题材画像石按照内容分为几大类，如西王母与侍奉仙人，西王母与灵禽瑞兽，东王公与西王母，西王母与得道仙人等，并结合古籍中的西王母神话，认为西王母题材画像石的大量出现是汉代崇道媚仙思想的产物。顾森在《中原文物》1996年增刊发表的《汉画中"西王母"的图像研究》，将西王母图式划分为繁式、简式和象征式，并对西王母图式中的九尾狐、伏羲女娲、龙虎座等艺术表现形式的内在含义进行深刻探讨，认为西王母图像是"渴望生命的图式"。李立《汉墓神画研究——神话与神话艺术精神的考察与分析》一书第九章《汉墓神画西王母形象的"鸟化"演变与神话西王母的仙化》，通过研究汉墓神画中的西王母形象，探究其与汉代神话传说中西王母形象的关系及其所体现的神话艺术价值和神话艺术精神。刘志远、余德章、刘文杰的《画像砖（石）中的神话题材》一书则结合文献中西王母的传说，对汉代画像石中的西王母进行考释。其次是关于汉代铜镜及铜镜铭文研究。管维良在《江汉考古》1983年第3期发表的《汉魏六朝铜镜中神兽图像及有关铭文考释》一文，结合汉镜铭文中出现的"东王公、西王母"，认为汉镜上的神兽图像及铭文与道教信仰有着密不可分的关系。李淞《论汉代艺术中的西王母图像》一书是近年来国内具有总结意义的西王母图像研究著作，其研究对象包括汉代画像石、画像砖、壁画、铜镜、玉器、漆画等，继承了之前国内外学者关于汉代西王母图像的研究成果，并"通过建立图像与文献、图像与环境、图像与背景、图像与图像之间的整体联系来历史地阐释图像"①。

尽管近年来以考古发现作为基础的西王母研究成果丰硕，但大多数就文物谈文物，或就文物谈历史，极少涉及文学领域的西王母故事。

（三）西王母故事研究

虽然基于文献整理和考古发现的西王母研究并不完全属于文学研究，但却给西王母故事的文学研究提供了翔实的史料和新颖的角度。文学领域对西王母故事的研究，大多立足于西王母神话，对其进行神话流变的梳理、分期以及文化阐释。

五四运动以后，西方的文化人类学、神话学、民俗学等学术思潮涌入中国，以鲁迅、茅盾、吴晗、吕思勉为代表的学者引进西方的学术方法开始对西王母故事进行探讨。

鲁迅在《中国小说史略》中对比了《山海经》与《穆天子传》中的西王母形象，认为后者"其状已颇近于人王"，为西王母神话的演变研究开了先河。1929年茅盾在《中国神话研究ABC》第三章《演化与解释》中，以西王母神话作为"演化"的例证，认为西王母的神话演化"经过了三个时期"②。1935年谭正璧在《中国小说发达史》第二章第四节《西王母故事的演化与东王公》中，梳理了西王母故事在古代神话与汉代神仙故事中的演变脉络。③1936年陈梦家于《燕京学报》发表《古文字中之商周祭祀》一文，考证殷墟卜辞中的"西母"就是"西王母"的前身。这一说法为后来的许多学者所继承。

历史学家吴晗受"古史辨"史学思想影响很大，他关于西王母的文章

---

① 李淞：《论汉代艺术中的西王母图像》，湖南教育出版社2000年版，第310页。
② 茅盾：《中国神话研究ABC》，世界书局1929年版，第65页。
③ 参见谭正璧：《中国小说发达史》，光明书局1935年版，第76页。

有三篇：《西王母与西戎——西王母与昆仑山之一》《西王母的传说》《西王母与牛郎织女的故事》，今都收于《吴晗文集》。吴晗借用"层累造史说"来解读西王母神话，其观点具有启发性。他不仅通过文献的整理对西王母传说的演变进行历时性梳理，而且还对西王母故事在横向上所涉及的其他几个方面进行阐释，如羿与嫦娥、王母上寿、西王母与西戎等，较前人的研究更为丰满和立体。

方诗铭在《东方杂志》1946年第14期发表的《西王母传说考——汉人求仙之思想与西王母》一文，引用多部秦汉典籍和汉镜铭文来论证了汉代求仙思想与西王母故事之间的关系。同年，郑振铎出版了《民族文话》一书，其中《穆王西征记》一篇谈及西王母的形象："大似一个女神或女巫，和河宗伯天的性质有些相同。"[①]

1974年，日本学者小南一郎在日本京都大学《东方学报》发表论文《西王母与七夕传说》，后被孙昌武译为中文，收于《中国的神话传说与古小说》一书。小南一郎继承了"京都学派"重资料考据的传统，同时运用了多种新的研究方法，如民族学、宗教学、比较学派以及结构主义的方法对西王母进行研究，将西王母的发展分为两大阶段：一是东汉以前的"原西王母"阶段，二是东汉以后与"东王公"相对的"西王母"阶段，并对故事发展中所蕴含的社会的、历史的意义进行了阐释。

袁珂在《中国神话史》中提到了西王母神话的演变，重点梳理《山海经》一书中西王母形象的演变以及西王母的仙化过程，以此证明"广义神话的合理性"，"不但原始社会以后不同的阶级社会可以产生新神话，原始社会的神话人物经历不同的阶级社会也会产生不同的演变"[②]。

孙昌武在《诗苑仙踪：诗歌与神仙信仰》一书中对西王母如何由上古传说中的女神演化为后世的女仙进行了阐释，强调了西王母信仰与早期的道教信仰有所不同。

施爱东在《民俗研究》2011年第3期发表的《"弃胜加冠"西王

---

① 郑振铎：《民族文话》，国际文化服务社1946年版，第27页。
② 袁珂：《中国神话史》，上海文艺出版社1988年版，第51页。

母——兼论顾颉刚"层累造史说"的加法与减法》中，用顾颉刚的"层累造史说"来分析西王母形象的变迁，通过对不同时代西王母故事中仪仗、居所、仪容、座驾、歌声、社会关系等细枝末节的对比，来说明西王母故事变迁中"质变"与"量变"的复杂关系。

此外，台湾学者的研究成果也值得关注。施芳雅《西王母故事的衍变》一文将西王母故事分为三个衍变阶段：神话传说阶段、道教传说阶段、文学艺术和民间信仰阶段。郑志明《西王母神话的宗教衍变——神话中的通俗思想》一书对西王母神话的历史流变加以探研，将西王母神话分为三个阶段：先秦至两汉神话传说中的西王母，东汉末年至宋代道教经传中的西王母，明代至今民间宗教结社信仰的西王母①。魏光霞有《西王母与道教信仰》《西王母与神仙信仰》两篇文章，相关论述也较为透彻。

20世纪以来，西王母研究是文学、神话学、历史学、民俗学乃至宗教学共同关注的重大课题，既有的研究著作卷帙浩繁。但是若从文学研究的角度进行审视，绝大部分学者对最基本的文学文本重视不足，或者说，极少有学者将散见于史籍中的西王母故事当作文学作品来考察，使得现有研究成果大多文学性不足，甚至多数不属于严格意义上的文学研究。

同时，现有的西王母研究多集中于唐代以前，对唐代以后的文献重视不足。当然，这与西王母故事的实际情况有关——西王母故事在唐代基本定型，后世少有变动，且唐以后的西王母故事涉及材料和问题千头万绪，梳理不易。但是，为了文化研究的统一性和连贯性，应该把唐以后的西王母故事也纳入研究范畴。

原载《天中学刊》2019年第1期

---

① 郑志明：《中国社会与宗教：通俗思想的研究》，台湾学生书局1986年版。

从"富贵异心"到"才拥双艳"
——相如聘妾与长门买赋故事关联演变的叙事文化学分析（节选）

汪泽

　　摘要：作为司马相如人生故事的两个片段，"茂陵聘妾"与"长门买赋"由分而合，其间的逻辑纽带和思想关联伴随时代背景渐次发生变化。以中国叙事文化学为理论依据，可以看出不同时代的作者将故事情节要素的组织提炼与婚恋文化及人情世风的演变状况相适应，也同文学体裁自身的更新发展有关。

　　关键词：司马相如；聘妾；长门；富贵异心；才拥双艳

　　作为司马相如人生故事的两个重要片段，"茂陵聘妾"与"长门买赋"不仅常被诗人词客引为典故，也广泛流传于通俗文艺与民间故事之中。事实上，两个故事片段皆不见于正史，诞生之初亦无逻辑关联。东晋葛洪《西京杂记》卷三载"相如将聘茂陵人女为妾，卓文君作《白头吟》以自绝，相如乃止"[①]，是"茂陵聘妾"故事的最初记载。卓文君《白头吟》有题无辞，刘宋沈约《宋书·志·乐》恰有同名古词五解，表达女子遭弃哀怨之意，不题撰人。"长门买赋"见于梁萧统《昭明文选》所录《长门赋》

序言："孝武皇帝陈皇后时得幸，颇妒。别在长门宫，愁闷悲思。闻蜀郡成都司马相如天下工为文，奉黄金百斤为相如文君取酒，因于解悲愁之辞。而相如为文以悟主上，陈皇后复得亲幸。"[1]

《史记》所载相如文君婚恋始末为以上两故事之前奏。《司马相如列传》称相如家贫无业，应临邛令王吉之邀客居都亭。王吉缪恭相如，富人卓王孙以之为贵客，邀至家中宴饮。王孙有女文君，新寡好音，相如以琴挑之。文君亦心悦相如，与之夜奔，归成都。相如家徒四壁，王孙怒而不与分钱。相如携文君还临邛，令文君当垆酤酒，自着犊鼻裈涤器市中；王孙耻而杜门，经亲友相劝，不得已分其资财，相如文君始富居成都。后相如因辞赋得幸拜官、荣归蜀地，王孙自往和解，悔使文君晚嫁相如。

从基本的情节要素来看，"茂陵聘妾"与"长门买赋"表现出趋同性，各自讲述了一段婚姻破镜重圆的故事，"重圆"的主动权掌握在男性手中，而令其回心转意的关键皆在于女方诗文的感发。更有趣的是，两个故事中共同出现的历史人物司马相如扮演了截然相反的角色，前者为负心的夫君，后者为弃妇的代言。在司马相如故事的传播与重释过程中，二者由分而合，其间的逻辑纽带与思想关联伴随时代背景渐次发生变化。本文以中国叙事文化学为方法论依据，通过相关故事文本梳理和文化、文学内涵阐释，对"相如聘妾"与"长门买赋"故事的关联演变加以分析。

一、唐宋——富贵异心

（一）唐代——"文君欢爱从此毕"

按照诗歌发展的客观规律，相如、文君生活的西汉前期，尚不可能出现如《宋书》之《白头吟》一般成熟整饬的五言诗。但题名及内容的相关性不可避免地使其发生了混淆。初唐李善《文选注》云：

> 《西京杂记》曰："司马相如将娉茂陵一女为妾，文君作《白头吟》以自绝，相如乃止。"沈约《宋书》，古辞《白头吟》曰："凄凄重凄

①　萧统著，李善注：《文选》，上海古籍出版社1986年版，第712页。

凄，嫁娶不须啼。愿得一心人，白头不相离。"①

从现存材料来看，李善首次将匿名古词《白头吟》的著作权给予卓文君，使其融入了相如文君婚恋故事体系。这一误读得到了后人的追随与响应，《白头吟》与司马相如故事共同流传，并产生了不容小视的经典作用；后世出现的一系列同题诗作，大多咏写相如文君情事而模拟古词怨弃之意。行至唐代，李白作《白头吟》二首，将"长门买赋"与"茂陵聘妾"两个故事前后连缀，置于因果链条之中：

> 此时阿娇正娇妒，独坐长门愁日暮。但愿君恩顾妾深，岂惜黄金将买赋。相如作赋得黄金，丈夫好新多异心。一朝将聘茂陵女，文君因赠白头吟。（其一）
> 闻道阿娇失恩宠，千金买赋要君王。相如不忆贫贱日，官高金多聘私室。茂陵姝子皆见求，文君欢爱从此毕。（其二）②

"阿娇"为志怪小说《汉武故事》中陈皇后闺名，"千金"为《文选·长门赋序》"黄金百斤"之变。李白笔下，长门作赋得金（加之谒帝拜官）成为相如异心聘妾的直接动因。在中国传统社会，这一逻辑关系的设立确有合理之处。战国时期，《韩非子·内储说下》即有寓言称：

> 卫人有夫妻祷者，而祝曰："使我无得百束布。"其夫曰："何少也？"对曰："益是，子将以买妾。"③

《三国志·魏书》裴松之注引佚史《典略》曰：

> 上洛都尉王琰获高干，以功封侯；其妻哭于室，以为琰富贵将更娶妾

---

① 萧统著，李善注：《文选》，上海古籍出版社1986年版，第1327页。
② 《全唐诗》，中华书局1999年版，第247—248页。
③ 张觉：《韩非子译注》，上海古籍出版社2007年版，第361页。

媵而夺己爱故也。①

《资治通鉴·唐纪·太宗永徽六年》记唐高宗朝许敬宗宣言：

> 田舍翁多收十斛麦，尚欲易妇……②

韩非本意在于证实人与人之间的利益相异之理，《典略》之文常被引作妻妾互妒之典，许敬宗为高宗改立武后张目，但皆从客观上揭示出世人于经济条件、政治地位改善后置妾易妻行为之普遍，风习之恒久。唐代社会思想开放、经济繁荣，歌宴享乐之风盛行，姬妾仵蓄的规模亦极庞大。在《旧唐书》中，妓妾之有无多寡俨然成为评判贵族官宦奢靡与否的标准：

> 孝恭性奢豪，重游宴，歌姬舞女百有余人。
> 博乂有妓妾数百人……骄侈无比。
> 林甫晚年溺于声妓，姬侍盈房。
> 载在相位多年，权倾四海……名姝、异乐，禁中无者有之。兄弟各贮妓妾于室……
> 专事奢靡，广修第宅，多畜妓妾，以逞其志。
> 稹长庆二年为德州刺史，广赍金宝仆妾以行。
> 罩少清苦贞退……位至相国……家无媵妾，人皆仰其素风。
> 公著清俭守道……无妓妾声乐之好。③

可见"姝子皆见求"，对于"官高金多"者而言，绝非夸张。晚唐崔道融《长门怨》云："长门花泣一枝春，争奈君恩别处新。错把黄金买词赋，相如自是薄情人。"④"薄情"指茂陵一事。相如异心聘妾与武帝"君恩别

---

① 陈寿：《三国志》，中华书局1964年版，第207页。
② 司马光：《资治通鉴》，中华书局1956年版，第6292页。
③ 刘昫：《旧唐书》，中华书局1975年版，第2349—4937页。
④ 《全唐诗》，中华书局1999年版，第8288页。

处"同为喜新厌旧的薄情之举，请薄情文人作赋感悟薄情帝王，错施黄金亦不能复幸。李白诗以因果关系罗织情节，而崔氏关注到司马相如在茂陵聘妾与长门买赋二事中截然对立的角色意义，突出负心男子为弃妇代言写怨的反讽色彩，促进了两个故事在思想层面的合流。

（二）宋代——"文君见弃如束薪"

宋代题名《白头吟》的诗歌作品继承了太白笔下司马相如富贵异心的内涵。南宋王炎诗云："临邛旧事不记省，千金多买青蛾眉。"[①]王铚诗以文君口吻道出："我方失意天地窄，君视浮云江海宽……我怜秀色茂陵女，既有新人须有故。请把阿娇作近喻，到底君王不重顾。若知此事为当然，千金莫换长门赋。"[②]曹勋亦有《白头吟》："相如素贫贱，羽翼依文君。一朝富贵擅名价，文君见弃如束薪。"[③]

以上诸作中，曹勋诗最值得关注。其诗字面未及"长门""茂陵"二事，然"富贵""名价""文君见弃"与其意旨类同。而通过细节对比，亦可发现曹勋诗与以李白诗为代表的同题作品之间存在着内部差异。同样从相如文君婚恋故事的历史原型出发，李白渲染出二人贫贱相守的挚爱深情，"文君欢爱从此毕"偏重于相如在精神层面的移情别恋；曹勋却强调了初时女强男弱的经济依附关系，"文君见弃如束薪"更具现实弃妇的意味，道义谴责的力度更强，文君形象也更显憔悴无助。在某种程度上，曹勋诗似赋予了相如婚变故事"书生负心"的时代主题。

赵宋王朝实行文官政治，素有"满朝朱紫贵，尽是读书人"之称，且科考规则更为成熟，以"弥封"维护公平公正，杜绝知举徇私，不尚家世背景，中第即授官，贫寒书生进身仕途的可能性大于前后历朝，"朝为田舍郎，暮登天子堂"的身份转换令其他阶层艳羡不已。显宦富豪抱着巩固地位、扩张势力的目的，亦积极拉拢新晋士子，"榜下择婿"渐成风气。宋彭乘《墨客挥犀》称：

---

① 《全宋诗》，北京大学出版社1998年版，第29689页。以下所引《全宋诗》皆据此版本。

② 《全宋诗》，第21286页。

③ 《全宋诗》，第21040页。

今人于榜下择婿号脔婿……其间或有意不愿而为贵势豪族拥逼不得辞者。有一新先辈，少年有风姿，为贵族之有势力者所慕，命十数仆拥至其第。少年欣然而行，略不辞逊。既至，观者如堵。须臾，有衣金紫者出，曰："某惟一女，亦不至丑陋，愿配君子，可乎？"少年鞠躬，谢曰："寒微得托迹高门，固幸。待归家试与妻子商量，看如何？"众皆大笑而散。①

此事亦见于范正敏《遁斋闲览》，盖为小说家言。但在博人一笑的同时，这条轶闻引申出一个严峻的问题——若寒门新贵在中第之前已有妻室，然面对"脔婿"之行，难免有人或难禁跻身上流、平步青云的诱惑，或迫于权势的压力，抛弃贫贱之妻而另结婚姻。以此造成的家庭悲剧引起了社会关注，"书生负心"成为通俗文学的一大主题。据明代徐渭《南词叙录》记载，宋光宗年间的永嘉杂剧以《赵贞女蔡二郎》《王魁负桂英》居首，二者皆为书生婚变悲剧；在"宋元旧篇"中所录《林招得三负心》《陈叔万三负心》等，或为同类题材。现存早期南戏《张协状元》亦演书生负心故事，以张协与贫女复合而终。这些故事虽结局有别，但书生孤贫之际得发妻扶持资助，及至高中厌妻弃妻的情节模式极为近似，书生形象亦极为不堪。由此证实了此类题材的流行性以及大众对文士发迹易妻行为的普遍愤恨。

《西京杂记》中司马相如欲聘茂陵女的轶事本未涉及人物的经济、政治状况，且虽聘妾但未弃妻。曹勋在延续李白诗"富贵异心"思路的同时，突出了相如贫时得助、发迹弃妻的情节要素，或许正是将对贫女、桂英、赵五娘等糟糠弃妻的同情之泪洒给了卓文君。宋代话本《风月瑞仙亭》敷演相如文君情事，现存残本不含婚变情节，但相如进京面圣之前，文君的反复告诫始终围绕着"苟富贵，勿相忘"的主题：

文君曰："日后富贵，则怕忘了瑞仙亭上与日前布衣时节！"相如曰："……小生怎敢忘恩负义！"文君曰："如今世情至薄，有等蹈德守

---

① 彭乘：《墨客挥犀》，中华书局2002年版，第284页。

礼，有等背义忘恩者。"相如曰："长卿决不为此！"文君曰："秀才每也有两般：有'君子儒'，不论贫富，志行不私；有那'小人儒'，贫时又一般，富时就忘了贫时。"长卿曰："人非草木禽兽，小姐放心！"文君又嘱："非妾心多，只怕你得志忘了我！"

  夫妻二人不忍相别。文君嘱曰："此时已遂题桥志，莫负当垆涤器人！"①

  《风月瑞仙亭》极具代表性地迎合了罗烨《醉翁谈录·小说开辟》对民间说话之内容意图的概括——"噇发迹话，使寒门发愤；讲负心底，令奸汉包羞"②。民间艺人对"小说"内涵的理解，再次印证了宋代士人发迹弃妻之社会问题对文艺领域的深刻影响。

原载《天中学刊》2019年第4期

---

① 洪楩：《清平山堂话本》，上海古籍出版社1987年版，第43—44页。
② 罗烨：《醉翁谈录》，古典文学出版社1957年版，第5页。

《无双传》故事的文本演变及文化分析（节选）

孟玉洁

摘要：《太平广记》卷四八六《杂传记》引《无双传》，题薛调撰，其故事演绎仙客和无双在藩镇动乱时的爱情故事以及古押衙出手相助的侠义心肠。《无双传》故事生动，紧扣一"情"字，情节离奇，围绕一"奇"字，乃唐传奇中少见的"离奇"作品。《无双传》问世之后，被收入各种小说选集，广为流传，或进入诗词作品，成为传咏典故。到了元明清时期，《无双传》故事则被重新改编为传奇、杂剧和小说等各类文学作品继续传播。

关键词：《无双传》故事；文本梳理；文化分析

刘勰《文心雕龙·时序》曰："故知文变染乎世情，兴废系乎时序，原始以要终，虽百世可知也。"①一种文学样式的发展变化或多或少都带有时代的烙印，而这种烙印里又带有文化基因，无双故事的演变是多重文化因素作用的结果。"在漫长的中国封建社会中，小说在人们心目中的地位，比诗、骚、史书低得多，被视为'街谈巷语'，具有较强的随意性，作者能够更自由地形容、发挥。与其他文体相比，小说的涵盖面更广，它可以大胆虚构、幻设、'鬼物假托'，这些都是诗、骚、史书不能与之相比的，也就是说，小说可以比诗、骚、史书更方便地表达作者的寄托。"②以小说为代

---

① 王运熙、周锋：《文心雕龙译注》，上海古籍出版社2016年版，第407页。
② 卞孝萱：《唐人小说与政治》，《卞孝萱文集》，凤凰出版社2010年版，第8页。

表的叙事文学通常融入了作者的真实寄托，关联着时代的士人心态和审美理想。在文学的演进过程中，《无双传》故事文本演变轨迹经历了以下几个阶段：

一、唐代：刀光剑影里的传奇豪侠故事

薛调《无双传》以历史上真实存在的泾原兵变为背景，再现了唐中后期藩镇割据、社会动荡的局面。在兵乱中薛调的叔父薛济丧生，这件事对薛调的父亲薛膺影响特别大。《新唐书·薛苹传》所附的薛膺事迹："其弟齐佐兴元李绛幕府，绛遇害，齐死于难。膺闻，不及请，驰赴之，哀甚，闻者垂泣。"[1]薛调无形中也受到这件事的影响，加上薛调的大半生都在动乱中度过，看惯了杀戮与血腥，所以创作《无双传》来表达他对唐朝命运的思考。在薛调笔下，仙客早年丧父，随母亲到舅舅刘震家居住，关于王仙客的家事与家世，薛调没有做过多交代。长期居住在舅舅家的仙客对表妹无双产生了情愫，仙客母在病中为仙客求娶无双，却遭到刘震的婉拒："姊宜安静自颐养，无以他事自扰。"[2]后仙客母亡，归家守孝，孝满复到舅家，刘震已经官至尚书租庸吏，而无双已经出落得"资质明艳，若神仙中人"。仙客求娶之心更切，殷勤对待舅父舅母，但还是未能如愿。后泾原兵变，朝廷倾覆，刘震在这种危急情况下把无双许配给仙客，但几经周折刘震夫妇身死，无双没入掖庭，仙客、无双咫尺天涯。后仙客归襄阳，村居三年。兵乱平后，仙客入京寻找无双，得旧苍头塞鸿，无双婢女采蘋，仙客知遇京兆尹李齐运。后来仙客派塞鸿打探园陵洒扫的宫女，在其中发现了无双并得到了无双的书信，从信中得知富平县古押衙是人间有心人，能救无双出掖庭。于是仙客访得古押衙，赠予金银珠宝，但并没有开口提救无双之事，后古生问仙客，仙客才以实告之，古生答应愿为之一试，半年后古生带回无双，为了保证仙客、无双的安全，古生杀十余人，然后自尽，无双与仙客终老故乡，结局是圆满的，但却透露出几丝悲凉。

---

① 欧阳修、宋祁等：《新唐书》，中华书局1999年版，第5045页。
② 李剑国：《唐五代传奇集》，中华书局2015年版，第2170页。

唐人"始有意为小说",艺术上追求"奇"——奇人奇事,明人胡应麟读完此故事后叹曰:"《王仙客》亦唐人小说,事大奇而不情,盖润饰之过,或乌有、无是类不可知。"①薛调《无双传》在描写上非常细腻,如描写王仙客的几次哭:当仙客得知想要逃出城的刘尚书夫妇和无双被扣押时,他"失声痛哭";当三年后重返京城遇到旧使塞鸿"握手垂涕";当仙客得知刘尚书夫妇被处极刑,无双没入掖庭时"哀怨号绝",欲哭无泪;当读到无双的书信时"茹恨泣下";当古押衙愿为仙客一试时"仙客泣拜";当得知无双被毒死后"仙客号哭"。每一次哭,蕴含的感情都不一样。虽然传奇的题目是《无双传》,但对无双的描写并没有占很大篇幅,而是相当精炼。例如,当无双见到塞鸿时,开口便问"郎健否",可以看出她对仙客的深沉爱恋。她机智留书,让仙客去寻古押衙,笔墨不多,但聪慧美丽的形象已入木三分。在叙事上悬念叠生,文中古押衙身世神秘,他假传圣旨,骗过官吏,拥有起死回生的药酒,偷出无双,杀掉所有知情的人,甚至削掉自己的头颅,奇之又奇。古押衙在文中颇有战国刺客豫让的影子,大义凛然,视侠义如生命。读之令人不忘。

《无双传》中仙客、无双因兵乱而不得不分离,这是对藩镇割据带给普通百姓伤痛的真实描写。若是没有这场兵乱,仙客、无双一家也许能过上平静的生活,不至于骨肉分离,有情人难成眷属。在这种环境下,读书人不得不思考国家命运与普通人生活的关系。作品通过仙客对无双的寻找,寄托了希望社会安定、不再有藩镇叛乱的愿望。作品中设定了古押衙这一角色,极具神秘色彩。为报仙客知遇之恩,不惜身死。古押衙这一角色,也许是薛调在乱世中希望出现的一类英雄人物。古押衙之死,换取了无双、仙客的团圆,结局是悲凉的,揭露了现实社会的令人悲愤、迷茫。

二、宋代:理性主义下的平实记载

《无双传》全文充满了奇幻色彩,但到了宋人笔下,奇幻色彩褪去,现实成分增加。宋代对于无双故事的再创作不多,但是很多文人在辑录《无

---

① 胡应麟:《少室山房笔丛》,上海书店2009年版,第434页。

双传》时对故事多有改写。前文提到的曾慥《类说》卷二十九引《丽情集》所载《无双仙客》，宋祝穆撰《事文类聚》后集卷十四人伦部"义士还妻"条，宋谢维新编《事类备要》前集卷二十八亲属门记无双、仙客事，宋佚名《锦绣万花谷》卷十四及卷十六记无双事，宋佚名《古今类事》卷十七墓兆门有《无双遭变》一篇，这些文集所收大抵是改编自《太平广记》，是非常具有时代特征的改编。仙客、无双故事进入宋人文集后，篇幅上大体上是减少的，被删去了很多细节描写，有些甚至存在逻辑不通的问题。曾慥《类说》里的《无双仙客》，内容上就很简洁，与《无双传》相比，风格上平缓质实，描写上删除了很多情感表达的抒写，如仙客几无哭处，人物形象塑造缺乏个性，故事平铺直叙。文中值得注意的地方是仙客与无双自幼订了婚约，但在《无双传》中，作者对二人是否定有婚约并无明确记述，只是在文中有一句"我舅氏岂以位尊官而废旧约耶"，但舅氏却说"向前亦未许之"云云。在宋人笔下仙客与无双从小便订婚约，笔者以为是出于宋代礼教之防的考虑。从语言上看，宋人加工过的《无双传》缺少文采，鲁迅曾经指出："宋一代文人之为志怪，既平实而乏文彩，其传奇，又多托往事而避近闻，拟古且远不逮，更无独创可言矣。"①这种创作态度反映到对前人故事的收集整理上则是删除他们认为不符合实际情况的地方，或者根据自己的理解修改其中的细节。如：罗烨《醉翁谈录》之《无双王仙客终谐》，当仙客得知婚事不成时，不是悲痛，而是"恨之"，这里的王仙客更像一个普通人，因为得不到而生恨；在唐传奇中，仙客走归襄阳是因为官兵搜捕；在罗烨笔下，仙客见无双无法出城就直接回去了。这样看来，似乎仙客对于无双爱的分量没有唐传奇重。仙客、无双故事在宋代逐步走向世俗化。到了明代，世俗化更加明显，同时由于文学体裁上的变化，故事也发生了很多新变。

三、明代：主情浪漫思潮下的真情至上故事

明代是仙客、无双故事新变的时期，这种新变不仅体现在故事体裁上，

---

① 鲁迅：《中国小说史略》，上海古籍出版社2001年版，第71页。

还体现在审美倾向、故事内容、人物形象、文化意蕴等各方面。代表作品为明人陆采的传奇《明珠记》，由小说到传奇，体裁的不同是故事新变的一个重要原因。

明代中后期推崇个性解放，尚"情"，尚"俗"，在传奇的创作方面有着"十部传奇九相思"之说，才子与佳人之间爱情至上，仙客、无双故事也被打上了时代烙印。

原载《天中学刊》2020年第3期

包公故事文本形态演变述评（节选）

王林飞

摘要：包公故事文本形态的演变，按时代可分为宋、元、明、清四个时期。宋代是包公从历史人物步入故事人物、文学人物的阶段，为后世戏曲小说形象的塑造积累了经验。元代记载包公故事的文本有史书、笔记小说、文人诗集，而主要集中于元杂剧。明代关于包公故事的文本很多，不仅史类著作、笔记类、文言小说继续记录包公的相关事迹，而且诗文集里对包公的评判也多起来。在明代小说、戏曲里，对宋元话本和戏剧中包公的形象有进一步的发展。清代的包公创作不仅文学种类齐全、数量剧多，而且思想艺术成就高，是包公故事创作发展的最高峰。

关键词：包公故事；文本；演变

一、宋：包公故事萌芽期

宋代是包公从历史人物步入故事人物、文学人物的阶段，也是包公艺术形象发展史上的萌芽阶段。宋代史传关于包公的记载，有《两朝国史·包拯传》、李焘《续资治通鉴长编》、张田《孝肃包公奏议集》、吴奎《孝肃包公墓志铭》、曾巩《包拯传》、王称《东都事略》等。根据这些记载，可约略知包公生平履历。包拯（999—1062），字希仁，北宋庐州（今合肥）人。参加科举考试中进士后未曾就职，十年不仕，尽孝双亲。辗转任职，为官清廉公正，忧劳国事，关心民生。嘉祐六年（1061），任枢密副使，后卒于位，谥号孝肃。

历史记载和包拯奏议等文献，刻画了包公如下特征：直言进谏，刚正不阿。包公奏议有多篇直言不讳，点名道姓检举朝中官员。其三弹王逵、七劾张尧佐成为佳话。关心百姓、廉洁奉公。多次上奏折，建议减轻百姓赋税。任职端州按数量进贡端砚，离任时不持一砚。知人善任、精于断案。苏涣任县令时秉公判案，包公赞叹其才干远贤于言事官，擢提点利州路刑狱。正史记录包公仅有判断牛舌案一则，实则包公断案故事很多，不止断牛舌一桩案，否则包公也不会被后世推为断案如神的人物。包公刚出仕做官时，就写过一首明志诗，题为《书端州郡斋壁》，表明自己的志向。

据《包拯墓志铭》记载，包公有智断金钱纠纷案。有两人相聚喝酒，甲酒量好，身上带有黄金，恐怕遗失，就让不能饮酒的乙代为保管。醒后甲向乙索要，乙矢口否认。甲向包拯起诉，包拯秘密派人去乙家里取黄金。乙家以为案发，交出黄金，于是乙俯首就擒。说明包公断案讲究方法和重视证据。

王巩《甲申杂记》、王明清《玉照新志》记录了包公声名传播四域，连少数民族也崇拜其正直忠义。司马光的《涑水记闻》、吕希哲《吕氏杂记》、吕本中《童蒙训》、彭乘《墨客挥犀》、周密《癸辛杂识》、曾敏行《独醒杂志》、王铚《默记》、邵伯温《邵氏闻见录》等都记载了包公故事。

作为一位孝子忠臣，包公为官清廉，辗转任职，关心百姓，以自己的实际行动赢得后人的纪念和尊敬。由于包公的名气极其响亮，民众创造了一些跟包公有关的词汇和俗语。《野客丛书》和《铁围山丛谈》记述"包弹"的来历与流传。而"关节不到，有阎罗包老"等歌谣使包公故事在民间信仰中迅速滋长。

包公还在科举和教育中发挥着不可估量的作用。《古今源流至论》为科举考试而编撰的类书，收录包公事迹多条。理学大家朱熹用包公不结交富人的事例教育自己的学生，将包公的诗作刻于白鹿洞，作为书院的警言格句。朱熹还编著《五朝名臣言行录》收录包公事迹，作为从政为官的典范。

北宋治平三年（1066），庐州兴化寺僧人仁岳为感激包公知遇之恩，

"以其居之西偏屋辟而为祠，立公之像"①，得到全州士人民众赞同，合肥太守张环亲自题写《孝肃祠堂记》。这是目前所知最早由官民合修的包公祠堂，距离包公去世仅四年。北宋英宗时期状元彭汝砺《和谒孝肃祠堂》诗云："樵牧万家歌旧泽，簪绅百拜望英资。"②表达了士绅阶层和普罗大众对包公的敬仰。北宋神宗皇帝怀念包公的忠诚刚正，下诏命画工绘像，置于祖庙，配享先帝。包公祠庙祭祀在各地更加兴盛。

南宋僧人净善重集的《禅林宝训》记载了二人推让百两白金，包拯断案，捐赠给京城寺观修冥福以荐亡者。凡夫俗子犹能疏财慕义，佛门弟子更应有廉耻意识。包公的影响力和号召力扩展到佛教界。

宋代包公故事的文本还包括两宋文人别集、诗话等体裁。包公同时代的很多文人，在诗文集里不吝称赞包公。宋杨蟠作有《喜闻中丞包公称职有书》，说明包公当时已经很有知名度了。宋黄公度《包公堂》和《清心堂》两首诗则反证了包公在端州为官深得民心。北宋文坛盟主欧阳修对包公称誉有加，赞扬包公"少有孝行，闻于乡里；晚有直节，著在朝廷"③。文彦博、苏轼、司马光、曾巩等人也撰文称颂包公。尽管包公处于新旧党争的漩涡，终因正直廉明而被各方接纳和推崇。阮阅《诗话总龟后集》、胡仔编《苕溪渔隐丛话》前集与后集都收录了包公事迹。

此时，包公形象的描述文学色彩淡薄，但包公孝亲忠君、清廉为官的因素成为文艺创作者主要的投射点。随着都市商业的繁华、勾栏瓦肆的活跃、城市中下层民众消费观念的变更，包公故事在宋话本、金院本杂剧里现身，正式跨入通俗文学的领域，包公形象逐渐出现新的转变。

宋代话本中的包公故事存有五种：《红绡密约张生负李氏娘》《合同文字记》《宋四公大闹禁魂张》《三现身包龙图断冤》《闹樊楼多情周胜仙》。五个故事包括了世俗生活中的婚姻矛盾、财产纠纷、社会治安等 家庭问题。其中《三现身包龙图断冤》写包公初步具备了"日间断人，夜间断鬼"的神判功能。宋代包公戏有《三献身》《烧花新水》《蝴蝶梦》《刁包待制》，

---

① 包拯著，杨国宜校注：《包拯集校注》，黄山书社1999年版，第310页。
② 傅璇琮：《全宋诗》第16册，北京大学出版社1998年版，第16册，第10554页。
③ 欧阳修著，李逸安点校：《欧阳修全集》，中华书局2001年版，第1694页。

金院本有《陈驴儿风雪包待制》，可惜已失传。

金代文学家元好问《续夷坚志》有《包女得嫁》篇，谓包公因正直主东岳速报司。《金刚般若波罗蜜经感应传·霍参军》写霍参军诵持金刚经，忽见厅下地裂，涌出已成为速报司的包龙图。包公对霍参军宣扬因果报应观念。包公从历史人物成为文学艺术形象，迅速引起朝野上下的关注，是有其深刻的思想文化根基的。

当然，包公形象不是完美无缺的。欧阳修即看重包公无私公正的品格，但也指出包公的缺点。包拯担任三司有蹊田夺牛之嫌，这是包公学问不深的表现。宋人笔记并非一味正面描写包公的故事。沈括《梦溪笔谈》有包公被衙吏欺骗故事；陈师道《后山谈丛》记录仁宗对包公的看法有所改变；《后山谈丛》还记述包公任职开封府时的一些措施对酒楼造成消极影响；《邵氏闻见录》记述邸吏报包拯拜参政，竟有人认为朝廷从此进入多事之秋，表达对包公为官的不满；王铚《默记》卷上有华阴县令姚嗣宗戏弄包拯事。可见这时的包公形象还非常朴实，没有神化的色彩。

宋人的笔记小说和诗文主要刻画包公作为能臣干吏的形象，这当中既有政治文化因素，也有道德伦理因素。而宋人的正史记录，类似史书性质的笔记小说素材积累，文人的诗文评判，使得包公逐渐从政治、伦理层面上升到文学创作的关注对象。杨义先生认为，中国古典小说的兴起与发展直至壮大，一直与小说的"多祖"现象有着密切的关系。从小说发生学着眼，神话和子书的作用虽然相当显著，但"从小说长期演变和成熟上看，史书影响则更为深远"，尤其是"小说家多从史籍中讨教叙事的章法，已经成为我国古代的重要传统"①。宋代包公艺术形象虽处于萌芽阶段，但与底层民众产生共鸣，开启了后世包公故事通俗化、大众化的历程。包公成为叙事文学中新的母题形象，为后世戏曲小说形象的塑造积累了经验。

二、元：包公故事奠基期

元代记载包公故事的文本有史书、笔记小说、文人诗集，而主要集中

① 杨义：《杨义文存 第6卷 中国古典小说史论》，人民出版社1998年版，第16页。

于元杂剧。杂剧在元代的兴盛，绝非偶然。文学体裁的演进与王权政治的更迭、士人心态的转变、社会经济的发展密切相关。包公人物形象在元代出现变异性，由历史人物变成戏剧人物，以新的面貌登上舞台，敢于跟骄横跋扈的权豪势要做斗争，寄托了民众的诸多期望。

元代编纂的《宋史·包拯传》记录包拯主要生平事迹，整部《宋史》涉及包拯的史实多达二十六卷。张光祖《言行龟鉴》记录包公事迹公三则，延续包公榜样的典型效应。马端临《文献通考》收录《包孝肃奏议》，对包公奏议章节安排、时间排序表示不满，对包公弹劾张方平与宋祁三司使表示怀疑。《归潜志》记金朝王翛然为官清正，执法严明，人称赞其为官远胜包拯。笔记小说《南村辍耕录》记载姚天福因判双钉案，被誉为元代包公。

同样，包公故事在私塾教育中有重要作用。《纯正蒙求》收录包公家训。吴澄《吴文正集》记北平冯窦二家之子，相互推让黄金。两则材料偏重于包公的历史教育意义。作为公平正义的象征，民众对包公寄予厚望。

王挟撰《包孝肃公祠记》，记包公在端州（今肇庆）政绩斐然，人们称颂至今，值得为官者效法。金履祥《仁山文集》指出包公虽贤能却有父子相弃事，修身养德者当引以为戒。王恽写有《赞颂题名碑》《题萧斋诗卷两首》《觅风字歙砚诗赠侍其府尹》四首诗赞美包公的高风亮节和正气浩然。这些描写延续了宋代真实历史中的包公。元朝士绅民众欣赏包拯立朝刚毅，笑比河清的特征，为杂剧作家拓展包公清官形象奠定坚实的基础。

元杂剧比较成功地塑造出包公的艺术形象。南戏中的包公戏八种，《包待制陈州粜米》《王月英元夜下留鞋》《才子佳人误元宵》《包待制判断盆儿鬼》《包待制捉旋风》《神奴儿》等六种亡佚。只有《小孙屠》尚存，有《永乐大典戏文三种》本。《林招得》，《宋元戏文辑佚》存佚曲三支。元杂剧包公戏亡佚十种，《灰栏记》《糊涂包待制》《包待制七勘货郎莫》《仁宗认母》《包待制三勘蝴蝶梦》《犯押狱盆吊小孙屠》《包待制判断烟花鬼》《风雪包待制》《包待制勘双丁》《包待制智赚三件宝》《小孙屠》。

元杂剧包公戏存十二种。《蝴蝶梦》《合同文字》《后庭花》《鲁斋郎》《生金阁》《留鞋记》《陈州粜米》《盆儿鬼》《神奴儿》《鲠直张千替杀妻》《小张屠焚儿救母》《灰阑记》，对包公清官形象、忠孝主题、民间信仰等方面的传播起了重要的媒介作用。包公担任主角的只有《后庭花》《生金阁》《陈州粜米》三种。其余九种，包公戏份不多，一般是直接出场断案。

与宋代记录包公事迹的文本相比，元杂剧继续扩充包公清官形象。包公在打击权贵方面，内容情节比较详细，断案描写比较详细。鲁斋郎、庞衙内等权势人物最终被正法，替广大民众尽抒压迫之怨。在具体断案时，包公会从实际情况出发，结合情、理、法，褒扬忠孝，尤其对孝子格外宽宥。如《蝴蝶梦》包公保全王氏三兄弟，《合同文字》包公奖励刘安住孝行，《小张屠焚儿救母》里，担任东岳速报司的包公救下小张屠的儿子。包公不仅依靠智慧破案。还借助梦境和冤魂来协助断案。在口耳相传中，包公形象日益深入人心。作为象征符号，包公是铁面无私、不畏权势、疾恶如仇的标杆，主持着正义和公道。

美国学者沃尔特·翁说："千百年来，从口语到文字、印刷术再到电子技术对语词处理的变迁过程，深刻地影响并基本决定了语言艺术样式的变化，同时也影响决定了人物描写和情节结构的方式。"[1]艺术媒介的变化，使得包公形象的塑造在元杂剧阶段也发生了重要的变化。包公从早期话本的历史人物清官演变成为故事形象清官。这一戏剧形象又反过来影响民间文学中包公的形象，促成了精英文学与民间文学的双向流通，包公传说得到有机整合。同时，包公形象在流变中，在大体稳定的基础上呈现出差异性和怪异性。

原载《厦门广播电视大学学报》2021年第2期

---

① ［美］沃尔特·翁：《口语文化与书面文化》，何道宽译，北京大学出版社2008年版，第122页。

汉武帝爱情故事的演变及其文化背景（节选）

刘杰

摘要： 汉武帝爱情故事的发展演变先后经历了两汉、魏晋南北朝、隋唐五代和宋元明清几个时期，受到史官思想、宗教观念、士人思想和市民生活的影响，历代汉武帝爱情故事呈现了各自不同的特点。

关键词： 汉武帝爱情故事；史官视野；道教色彩；士人理想；世俗化

一、两汉：史官视野中的汉武帝爱情故事

汉武帝爱情故事最早主要见于《史记·孝武本纪》《汉书·武帝纪》和《汉书·外戚列传》等历史典籍。汉武帝后妃，史书记载比较详细的有陈阿娇、卫子夫、王夫人、李夫人、钩弋夫人等。以上诸人被汉武帝宠幸的原因各有特点，结局也不尽相同。

（一）政治联姻：武帝与陈阿娇的爱情

陈阿娇出身高贵，武帝即位时，她便被立为皇后。纵观中国文学史，汉武帝与陈阿娇的爱情生活为文人津津乐道的内容有二：一为金屋藏娇；二为千金买赋。然而这两件事并不见于史书记载，史书所记的汉武阿娇爱情故事，并不像后人传诵的那样充满两小无猜的童真和凄婉悲戚的哀怨，而是处处显示出两人的结合基本属于一场政治联姻。《汉书》记载：

长公主嫖有女，欲与太子为妃，栗姬妒，而景帝诸美人皆因长公主见得贵幸，栗姬日怨怒，谢长主，不许。长主欲与王夫人，王夫人许之。会薄皇后废，长公主日谮栗姬短。景帝尝属诸姬子，曰："吾百岁后，善视之。"栗姬怒不肯应，言不逊，景帝心衔之而未发也。长公主日誉王夫人男之美，帝亦自贤之。又耳曩者所梦日符，计未有所定。王夫人又阴使人趣大臣立栗姬为皇后。①

显然，在史书记载中，汉武帝与陈阿娇之间与其说是爱情故事，不如说是一场政治婚姻。后世文学据此演义，不断突出金屋藏娇与千金买赋的故事，爱情成分才逐渐凸显。

（二）几经波折：汉武帝与卫子夫的爱情

卫子夫出身卑微，因偶然机会入宫。卫子夫受宠后，带来了整个卫氏家族的兴盛。元朔元年卫子夫生男据，遂被立为皇后。元朔、元狩年间卫氏家族势力盛极一时，尤其以卫青、霍去病为代表，成为打击匈奴的领军人物。卫青与平阳公主的婚姻则进一步巩固了卫氏家族与王权的关系。然好景不长，随着卫子夫的年老色衰，汉武帝很快另有新宠——史书记载先后有赵之王夫人、中山李夫人、尹婕好和钩弋夫人等。但是由于母以子贵，此后卫子夫一段时间内仍然保留皇后身份和地位。征和二年，卫皇后因太子谋反事被收玺绶，随即自杀。卫子夫不因政治原因而始，却因政治原因而终。此前霍去病、卫青也已先后去世，显赫一时的卫氏家族逐渐淡出历史舞台。

（三）情深意切：汉武帝与李夫人的爱情

李夫人，因其兄李延年和平阳公主推荐被汉武帝宠幸，汉武帝与李夫人的爱情生活，《汉书》中记载了两个片段：其一是李夫人病中拒绝与汉武帝相见；其二是李夫人病逝后，武帝为其招魂。两个片段情节感人，颇能表现汉武帝对李夫人的一往情深，因此常常为后世文学所引用。汉武帝招魂的事件，《史记·孝武本纪》这样记载：

---

① 班固：《汉书》，中华书局1962年版，第3946页。

上有所幸王夫人，夫人卒，少翁以方术阖夜致王夫人及灶鬼之貌云，天子自帷中望见焉。①

齐怀王闳之母王夫人在卫子夫之后、李夫人之前见宠于武帝。《汉书》对此也有记载，《汉书》中，汉武帝招魂的对象变为李夫人，并且明确由方士齐人少翁主持，对事件过程也有比较详细的描写。

（四）旷世奇缘：汉武帝与钩弋夫人的爱情

众多皇妃当中，武帝与钩弋夫人的爱情故事无疑是最富神奇色彩的，钩弋的出场即蒙上了一层神奇的色彩，《汉书》记载：

孝武钩弋赵婕妤，昭帝母也，家在河间。武帝巡狩过河间，望气者言此有奇女，天子亟使召之。既至，女两手皆拳，上自披之，手即时伸。由是得幸，号曰拳夫人。②

整个过程充满奇幻色彩，这极有可能是属下精心安排的一场奇遇。之后又有奇怪的事情发生在钩弋夫人身上，妊娠十四月乃生，汉武帝由此命其所生门曰尧母门，所生之子即后来的昭帝，《汉书》记载："上常言'类我'，又感其生与众异，甚奇爱之，心欲立焉。"这极有可能是一处倒因为果的记载，汉武帝想立钩弋之子为皇太子，才编造出其妊娠十四月乃生的神话。

关于钩弋夫人去世，《汉书》记载模棱两可，先记载武帝欲立钩弋夫人之子为太子，又担心其年迟母少，恐女主颛恣乱国家。钩弋夫人无故被武帝赐死，只因为"子为储君，母当赐死"，是封建社会立储规律的牺牲品。从与汉武帝相识，到最后去世，钩弋夫人的人生经历始终充满了离奇色彩。

综上，汉武帝宠幸过的皇后妃子有陈阿娇、卫子夫、王夫人、李夫人、

---

① 司马迁：《史记》，中华书局1959年版，第458页。
② 班固：《汉书》，中华书局1962年版，第3956页。

尹婕妤、钩弋夫人等，史籍记载较详细的有陈阿娇、卫子夫、李夫人和钩弋夫人四人。汉武帝与皇妃的爱情生活有一共同特点：爱情并不限于男女之情，大都涉及政治事件。如汉武帝与陈阿娇的婚姻本来就是政治斗争的产物；卫子夫受宠，带来了卫氏家族的显赫，之后又因巫蛊之祸土崩瓦解；李夫人得宠则使李延年、李广利分别被封为协律都尉和贰师将军。唯一没有卷入政治漩涡的钩弋夫人，最后也因政治原因被汉武帝赐死。

二、魏晋南北朝：充满道教色彩的汉武爱情故事

魏晋南北朝时期，汉武帝爱情故事主要见于小说笔记类文献，以《汉武故事》《汉武内传》《汉武洞冥记》《十洲记》为主，亦散见于《三秦记》《列仙传》《博物志》《搜神记》《西京杂记》《拾遗记》等。汉末以来，尤其是魏晋南北朝时期，汉武帝故事由历史记载转入宗教传说和文学叙事。叙事者的身份发生了变化，叙事视角和叙事态度也随之改变，汉武帝爱情故事在魏晋南北朝时期最为明显的变化就是往往以道教背景为依托，充满了宗教色彩，体现了道教对汉武帝故事的吸收和改造，下面分别从道教方术和女仙降授两个情节分析道教文化对汉武帝爱情故事的影响。

（一）汉武帝爱情故事与道教方术

汉末魏晋南北朝时期，武帝爱情故事主要涉及李夫人和钩弋夫人，其中多处加入了道教方术的成分。钩弋夫人故事本来就充满了神奇色彩，汉末以来，《汉武故事》《博物志》《搜神记》等小说在史料的基础上，又加入了一些新的元素，主要包括两点：第一，钩弋夫人解黄帝素女之术；第二，钩弋夫人尸解仙化。《汉武故事》有一段记录钩弋夫人的文字，据《古小说钩沉》本摘录如下：

> （钩弋夫人）由是得幸，为拳夫人。进为婕妤，居钩弋宫。解黄帝素女之术……既殡，香闻十里余，因葬云陵。上哀悼，又疑非常人，发冢，空棺无尸，唯衣履存焉。起通灵台于甘泉，常有一青鸟集台上

往来，至宣帝时乃止。①

在《博物志》与《搜神记》等小说中也有相似内容。黄帝素女与尸解属于道教方术，前者为房中养生之术，后者为得道成仙之术。汉武帝与李夫人的爱情故事本来就具有方术色彩，在魏晋南北朝时期，这一色彩被进一步强化。以《搜神记》《拾遗记》为代表的魏晋南北朝小说对汉武帝爱情故事中招魂情节的叙述，一方面有其历史本事依托；另一方面又受当时社会文化背景影响。至于其中出现的入海寻潜英之石，为李夫人依图刻形的情节，则是魏晋文人以道教文化为背景整合汉武帝爱情故事的结果。

（二）汉武帝爱情故事与女仙降授

汉末以来，汉武帝故事中多次出现了汉武帝与女仙交往的情节，《幽明录》记载：

> 汉武帝在甘泉宫，有玉女降，常与帝围棋相娱。女风姿端正，帝密悦，乃欲逼之。女因唾帝面而去，遂病疮经年。故《汉书》云："避暑甘泉宫"，正其时也。②

简短的文字包含了女仙降授的基本情节，可以概括为以下几条：一是玉女降甘泉宫，常与武帝相娱；二是武帝欣赏玉女的美貌，对其无礼；三是玉女惩罚武帝；四是武帝谢罪，得到玉女原谅。如果不考虑小说主人公身份差异的话，我们可以从魏晋南北朝的小说中发现很多类似的情节。其中影响最大的是西王母降授汉武帝的故事，西王母降授汉武帝故事从汉末以来颇为流行，《汉武故事》《博物志》等小说中都有记载，《汉武内传》则是专门叙述该故事的小说。

《汉武内传》与同时代道教典籍《真诰》都是女仙降授的道教类作品，其中有很多相似之处。首先是降授的场景描写，《真诰》中六月二十五日紫

---

① 鲁迅：《古小说钩沉》，《鲁迅辑录古籍丛编》，人民文学出版社1999年版，第439—440页。
② 鲁迅：《古小说钩沉》，《鲁迅辑录古籍丛编》，人民文学出版社1999年版，第180页。

微夫人带着一位神女降至杨羲家，场景描写与《汉武内传》中的西王母下降的场面极为相似，尤其是女神的外形，大概具有当时女仙的共同属性。其次是降授的方式也极其相似。《汉武内传》与《真诰》在记载降授过程中，都有大段的仙真规诫内容，这些内容一般由韵散两种文体组合完成。再次是两部作品中都有仙真向凡人馈赠礼品的描写。另外，在对待男女情欲的态度上，二者也比较相似。尽管《真诰》中充满了房中术的隐语，但作品对纵情男女声色之欲的生活方式持否定态度。《真诰》和《汉武内传》等道教典籍对待男女情欲的态度，大致能反映魏晋时期方仙道对汉末民间道教粗鄙教规的整理和改造。

总之，魏晋南北朝时期，汉武帝故事中多次出现汉武帝与女仙的交往，最为典型的是西王母降授汉武帝的故事。汉武帝故事体系中出现汉武帝与女仙交往的情节，是受当时道教神话中人神恋爱故事影响，这正是魏晋小说家对汉武帝故事体系的贡献之一。至此，汉武帝的爱情故事不仅包括汉武帝与几位皇妃之间的关系，还包括汉武帝与神女之间的关系。

原载《天中学刊》2021年第3期

学术史视域下中国叙事文化学研究的得与失

宁稼雨

摘要：中国叙事文化学是针对以小说戏曲为主的中国古代叙事文学研究提出并实践的一种新方法。这一研究范式以故事类型为研究中国叙事文学的出发点，在梳理中国叙事文学故事类型的基础上，对其中重要个案类型做系统深入研究。相关理论提出和实践前后历经近三十年，已基本上形成了比较完整的研究体系，产生了一批研究成果。尽管经过长期的操作实践证明这一范式具有学理性和可行性，但从全面调整和更新20世纪以来中国叙事文学研究"西学中用"研究范式的格局上看，显然还有漫长的路要走。

关键词：中国叙事文化学；回顾；述评；展望

中国叙事文化学研究是针对以小说戏曲为主的中国古代叙事文学研究提出并实践的一种新方法。其核心要点是：立基于西方学术范式的古代小说戏曲研究以文体史和作家作品研究为主，其暴露出的问题是由若干种文体和作家作品构成的中国叙事文学故事类型单元（如"西厢记"故事、王昭君故事）因此被割裂。为了克服上述弊端，叙事文化学参考借鉴了西方民间文学主题学研究方法，以故事类型为研究中国叙事文学的出发点，在梳理中国叙事文学故事类型的基础上对其中重要个案类型做系统深入研究，并把这种探索作为反思20世纪中国学术全面西方化问题、寻找中国叙事文学研究新领域的开始。现将中国叙事文化学研究酝酿和实践做一个学术史意义上的回溯，同时加以理论审视与展望。

一

中国叙事文化学研究方法的萌生，始于20世纪80年代的方法论讨论热潮。其中既有各种新方法的走马灯式登场，也有各种新名词的狂轰滥炸。开放性、创新性之外，方法论热潮所存在的弊端则主要体现在生搬硬套、生吞活剥。这些表面现象所折射出的深层实质是中西"体用关系"定位问题，也就是说，仍然没有跳出鸦片战争以来"全盘西化""西体中用"文化价值取向的窠臼。经过那段热潮之后，学界开始走向新的反思和探索。客观来看，对于外来研究方法，可以用三个尺度来衡量其是否具备操作性：其一，是否弄清其原理和适用对象；其二，是否适用中国本土的研究对象；其三，在用于中国本土研究对象时是否具有调整可塑性。如果具备这三个条件，外来方法在中国的使用应该没有问题。

在1990年前后，笔者在当时的南开大学中文系资料室找到一本中国台湾学者陈鹏翔先生主编的《主题学研究论文集》①。这本论文集包括陈鹏翔先生本人和其他学者（包括已故学者顾颉刚先生）关于主题学研究的理论阐述和个案研究文章，是中国大陆学者较早了解主题学研究的重要文献渠道。后来从事与中国文学主题学研究有关的学者多从该书受益。通过该书线索，笔者进一步了解了西方主题学研究的基本内涵和发展过程，受到很大的启发，并且从中萌生了中国叙事文化学研究最初的意念。

以上文所述外来研究方法的可操作标准对主题学研究路径加以审视，可发现该研究策略对中国古代叙事文学研究既有积极的启示作用，也有不合榫之处。其积极启示在于：主题学的研究对象民间故事与中国古代叙事文学在个体单元故事形态上具有很大相似性——同一故事具有多种不同演绎形态，这个根本点的相似为中国叙事文化学借用主题学研究方法提供了基础和可能。其不合榫之处有两点：一是在故事传播形态上，主题学的研究对象民间故事为口头传承，而以小说戏曲为主体的中国叙事文学主要为

<hr>

① 陈鹏翔：《主题学研究论文集》，东大图书有限公司1983年版。

书面文学；二是主题学研究的视域主要在西方，作为其工作基础的"AT分类法"以西方民间故事为研究范本，中国古代叙事文学既不同于书面形态的西方小说戏剧，更不同于西方口头形态的西方民间故事。① 以上两个因素导致这样的理念产生：一方面，主题学研究对以小说戏曲为主体的中国古代叙事文学，具有重要启示和借鉴作用；另一方面，中国古代叙事文学研究不能完全照搬主题学研究的理念和方法，需要根据中国本体需要加以调整改造。质言之，借用主题学方法研究中国古代叙事文学需要更换20世纪以来"以西为体，以中为用"的传统定势，代之以"以中为体，以西为用"的规则。这也正是中国叙事文化学和一般性借鉴使用西方主题学方法研究中国文学之研究路径存在的根本不同。②

在对主题学研究基本原理和相关文献进行研读，基本掌握其原理大要和具体方法基础上，笔者又着重就该方法对于研究中国古代叙事文学的可行性进行反复思考，并找到用主题学方法研究中国古代叙事文学的具体突破口和落脚点——个案故事主题类型研究。采用主题学研究方法，对中国古代叙事文学个案故事类型进行文献挖掘梳理和文化文学意蕴分析，不但为主题学研究的中国化找到切实可行的操作路径，同时也是对20世纪以来受西方学术理念影响、以文体史和作家作品研究为主要范式造成与中国小说戏曲自身形态特征产生某些龃龉这一情况进行的反思，是在中国叙事文学领域探索"中体西用"新范式的一次重要尝试。③

二

在此基础上，笔者就中国叙事文化学研究的理论基础与操作实践，开始了摸索和实践的过程。这一学术过程大致分两步走。

第一步是通过研究生培养和教学，逐步构建中国叙事文化学研究的理

---

① 参见宁稼雨：《中国叙事文化学与西方主题学异同关系何在？——中国叙事文化学研究丛谈之二》，《天中学刊》2012年第6期。

② 参见宁稼雨：《中国叙事文化学研究为什么要"以中为体，以西为用"？——中国叙事文化学研究丛谈之一》，《天中学刊》2012年第4期。

③ 参见宁稼雨：《中国叙事文化学与"中体西用"范式重建》，《南开学报》2016年第4期。

论框架，进行操作实践。先是从20世纪90年代初指导硕士研究生开始，到21世纪初指导博士生之后，主要通过研究生教学和培养实践，摸索中国叙事文化学研究的整体框架和具体环节。其中一方面是为本专业方向所有选课研究生（博士生）开设了"中国文学主题学研究"（"中国叙事文化学研究"）课程，系统讲授中国叙事文化学研究方法思路；另一方面则是迄今为止，笔者所指导的研究生学位论文选题，均围绕中国叙事文化学研究的个案研究进行。

第二步是在第一步摸索实践的基础上开始系统研究，并组织推出关于中国叙事文化学研究的相关成果。经过大约十年的思考和摸索实践，从21世纪初开始，中国叙事文化学研究开始陆续向学界推出系列成果，同时也陆续受到学界同行的评价并进行交流。除了一些文章零散发表在各类学术刊物之外，《厦门教育学院学报》和《九江学院学报》分别于2009年和2012年为中国叙事文化学研究提供三期共九篇文章的篇幅，文章以个案故事类型研究为主，兼及少量叙事文化学研究理论方面的文章。自2012年开始，《天中学刊》设立"中国叙事文化学研究"特色专栏，每年四期，每期约有三篇文章。截至2018年年底，已经刊发文章近八十篇。除了以上渠道外，其他学术刊物还有一些零散论文，与叙事文化学研究方法基本一致，姑且也纳入进来。这些文章分为三类：一类是基础类的个案故事类型研究，二是部分重要个案故事类型的研究综述和展望，三是关于叙事文化学研究总体的理论性文章。除此之外，作为叙事文化学研究整体工作及基础工作的索引编制也有了阶段性重要成果，这部分工作下文将加以详述。

在参考借鉴西方主题学研究，并充分考虑中国叙事文学形态和研究需要的基础上，中国叙事文化学的整体构架在索引编制、个案研究和理论探讨三个领域展开探索。

"索引编制"是要解决中国古代叙事文学故事类型的全部"家底"问题，即按照中国叙事文化学研究对于个案故事类型的基本定义，摸清从先秦至明清中国古代叙事文学故事类型的全部数量，并按照中国叙事文化学研究的体系需要，将其进行分类编号，便于中国叙事文化学长久研究的检索和参考。这项工作已经取得重要的阶段性成果，《先唐叙事文学故事主题类型索引》①已经编制完成并出版，唐代以后的故事主题类型索引也在规划筹备中。

个案故事类型研究是立基于索引编制，在索引所列诸多故事类型中选取构成个案研究条件者进行深入研究。其中包括对该故事类型"竭泽而渔"式的文献挖掘和梳理之后对其进行历史文化和文学动因的解读。作为个案研究工作的摸索尝试，笔者首先在中国古代神话研究领域采用这种方法进行研究。神话领域的个案叙事文化学研究，除了参照主题学方法进行文献挖掘和文化分析外，还借鉴吸收了弗莱以神话的文学移位为核心的原型批评方法。其基本思路就是把以往中国神话研究从考古学、历史学、文化人类学研究拉回到文学研究的轨道上，即将研究的重心从视神话为呈露人类远古时期历史生存样貌的史料，变而为一颗颗孳生文学果实的种子，不仅关心种子的样貌，更去关注研究种子所结出各种丰硕果实的情况——这就是把研究延伸至神话故事在后代各种文学体裁中的变体上。②而这种研究与中国叙事文化学研究的全部程序完全一致，所以堪称中国叙事文化学研究的试验田。作为试验田的样本，笔者于2007年承担了国家社科基金一般项目"中国神话的文学移位研究"。该项目对中国古代主要神话故事在历代文学园地中的演变文献进行全方位搜集梳理，在此基础上，着重研究分析神话故事在历代文学中的演变形态及背后的文化动因。这是中国叙事文化学研究本身的一次重要尝试和演练。③经过几年的实践，笔者所指导的研究生学位论文大体上形成了一个中国叙事文化学个案故事研究的系列。这些论文的实践操作为中国叙事文化学研究积累了丰富的经验，也为这一新的研究范畴的丰富和完善探索出很多有价值的内容。

理论探讨虽然从起步时期就开始了，但为了验证体系的科学性和实际操作的可行性，中国叙事文化学的理论方法和研究策略一直处于边搭建、边实践、边调整、边完善的过程中。大体而言，可以分为微观、宏观两个探索方向：

---

① 国家社科基金一般项目结项成果，南开大学出版社2011年出版。

② 参见宁稼雨：《"中体西用"：关于中国神话文学移位研究的思考》，《学术研究》2014年第9期。

③ 国家社科基金一般项目"中国神话的文学移位研究"，中华书局2020年出版。

一是方法论更新，跳出传统小说戏曲研究拘泥于文体史和作家作品研究这一旧范式的窠臼，寻找从故事类型角度入手的新研究方法。因为从故事类型研究角度看，由诸多文体和作家作品所构成的某个案故事类型，往往容易被文体史和作家作品研究的视角所忽略，造成个案故事类型完整体系的割裂。而叙事文化学视角下的故事类型研究需要把个案故事类型本身视为一个跨越诸多文体和诸多作家作品的文学链条整体，其中既包括"竭泽而渔"式的全面文献挖掘，也包括对个案故事演变发展中情节、人物变化的梳理，乃至对这种变化作出文化和文学的系统阐释。这种研究方式在一定程度上将对文体史和作家作品研究的不足之处进行补救。①

二是力图将这一新研究路径提升至学术范式主体回归的层面。20世纪以来，针对西方学术范式的"移植"行为，不限于中国文学研究领域，也包括人文社会科学的各个领域。一方面，西方学术范式的引进，促成了本土学术研究的现代化。另一方面，随着学科体系精细化和繁密化，西方学术范式与中国本土研究对象之间的错位和不合得以显现。针对此一现象，笔者赞同葛兆光先生的观点，他以冯友兰先生的《中国哲学史》为例，说明"哲学史"这一西方学科体系和研究范式在应用于中国相应研究对象时所面临的尴尬，因而放弃使用"哲学史"的名称和范式，代之以"思想史"。②类似情况在社会科学其他领域也逐渐受到关注和议论。由此可见，在叙事文学研究领域采用故事类型研究取代文体史和作家作品研究，这一研究范式的转型，就不仅仅是孤立现象，而是一个普遍性问题：20世纪以来在"西体中用"背景下形成的社会科学研究范式，已到了需要从整体格局上加以反思、调整乃至更新的时候了。③

三

经过近三十年的思考和实践，中国叙事文化学已经基本上形成了比较完整的研究体系，产生了一批研究成果。下面从三个方面对之进行理论梳理。

---

① 参见宁稼雨：《主题学与中国叙事文化学的构建》，《中州学刊》2007年第1期。

② 参见葛兆光：《思想史的写法》，《中国思想史》第1卷，复旦大学出版社1998年版。

③ 参见宁稼雨：《中国叙事文化学与"中体西用"范式重建》，《南开学报》2016年第4期。

（一）索引编制方面

在西方主题学研究范式中，索引编制是整个主题学研究的基础工程。如同"AT分类法"对于主题学研究的奠基作用一样，叙事文化学研究把囊括整个中国古代叙事文学故事类型的索引编制作为重要的基础工作。叙事文化学研究在这方面已有的成果为《先唐叙事文学故事主题类型索引》，该索引的主要特色有以下几点：

首先是"中体西用"的理念原则。为系统研究个案故事类型的需要，把研究对象从整体上进行分类编号，这种方法始自西方主题学研究的"AT分类法"。但在参考借鉴时是全盘照搬还是根据实际情况改造加工，涉及从理论到实践各个层面的导向原则，必须明确界定。从理论层面看，这既是一种学术范式的基础，也是衡量创新与否的标尺；从实践层面看，作为叙事文化学研究的基础工程，方法需要与诸多个案故事类型之间取得"默契"，方能具备操作价值。因此，编制中国叙事文学故事主题类型索引，必须直面中国叙事文学故事类型研究的实际需要，回到"中体西用"的本位上。[1]

其次是索引编制的分类原则和方法。"AT分类法"根据西方背景下的民间故事主题学研究需要，将浩如烟海的世界民间故事主题类型分为五个：动物故事、一般故事、笑话故事、程式故事、难以分类的故事。这种分类方法被西方民间故事研究界奉为圭臬。它之所以不能完全照搬到中国叙事文化学研究体系当中，主要有三方面的原因：第一个原因是研究对象的差异，主题学的研究对象是以口头传承为主的民间故事，而中国叙事文化学的研究对象则是以小说和戏曲为主的书面文学；第二个原因是东西方何者为重心的差别，"AT分类法"分类依据的材料来源开始先是芬兰，后来逐渐扩大到欧洲和亚洲、非洲，但重心还是在欧洲，亚洲（尤其是中国）使用材料有限，这个缺陷在艾伯华《中国民间故事类型》和丁乃通《中国民间故事类型索引》等以中国民间故事为素材的索引编制中有了根本提升和改善，但还不够全面到位；第三个原因是"AT分类法"的分类逻辑尚有改

① 参见宁稼雨：《中国叙事文化学研究为什么要"以中为体，以西为用"？——中国叙事文化学研究丛谈之一》，《天中学刊》2012年第4期。

善的余地，"AT分类法"的分类中各个类别之间不是同类可比的平行并列关系，比如"动物故事"属于物种属性，与之同类应该是"人物故事"或"器物故事"，但"笑话故事""程式故事"的类别属性与之风马牛不相及。为了解决以上三点问题，就必须根据中国叙事文学的原生形态，按照同类可比的原则加以分类。《先唐叙事文学故事主题类型索引》将中国叙事文学故事主题类型索引分为"天地""神怪""人物""器物""动物""事件"六类。这个分类既有对主题学故事分类理念的合理吸收，又根据中国叙事文学实际情况有针对性地加以改造，体现出"中体西用"的基本原则。①

再次是索引编制的系统安排。考虑到中国叙事文学历史悠久、数量众多的实际情况，为索引编制摸索经验，稳妥进行，研究程序采用先分段编制、再最终合成的次序。计划将"中国叙事文学故事主题类型索引"按照朝代顺序分为先唐、隋唐五代、宋元、明代、清代五编，待五编分别完成后合成一体。《先唐叙事文学故事主题类型索引》作为先导，基本上实践了中国叙事文化学研究的基本原则和基础理念，为后面几编的索引编制奠定了基础。

当然《先唐叙事文学故事主题类型索引》也暴露出一些不足和局限，主要有：

在全局设置方面，考虑到全部叙事文学故事类型规模浩大，为方便研究，采用了断代编制的方式。其长处是以断代为试点，全面尝试和探索叙事文化学研究索引编制的分类原则和编制方法，尽快将其投入研究使用。其短处则是因为断代编制而造成很多个案故事类型文献材料无法形成完整链条，因而影响其整体的使用效率。具体来说，先唐时期是中国叙事文学的起步和渊薮时代，产生了数量众多的个案故事类型。这些故事类型流传演变的下限，往往远超先唐时段，延伸到明清，甚至到了近代、现当代。因此断代至唐代，唐之后相关文献信息断档，使得这些故事类型的演变链条在完整性上缺失，造成研究时存在文献通览的困难。

在入选故事类型方面，仍有斟酌、补充的空间。《先唐叙事文学故事主

---

① 参见宁稼雨：《从"AT分类法"到中国叙事文化学的故事类型分类》，《天中学刊》2015年第1期。

题类型索引》考虑了文献资源来源的广泛性，采用以叙事文学文献为主，其他文史文献为辅的原则。叙事文学文献的基本来源是袁珂先生梳理的神话方面文献资源①，还有当代学者程毅中、袁行霈、侯忠义、李剑国以及笔者所做的先唐小说文献总结梳理工作②。这些成果比较系统、严谨，为先唐卷叙事文学故事类型遴选工作奠定了坚实基础。相比之下，文史文献资源因存在界限标准不一等原因，操作上存在一定难度。具体来说，像诸子文献中某些寓言性质故事，或者史书中某些历史事件记录，哪些可以入选，哪些不能入选，虽颇费思量，但仍颇有补充调整的空间。

此外，在具体个案故事类型的入类安排上，也有部分类型故事存在进一步斟酌的余地。这部分问题比较集中在"事件"类与其他门类之间的关系处理上。设立"事件"类的一个重要理由是解决其他五类（"天地""神怪""人物""器物""动物"）之间出现交叉关系的情况（如"人物"与"神怪"，"人物"与"天地"等）。但在实际操作中，类别之间交叉空间的边界还有待进一步的厘清，所以难免在实际操作中出现部分个案故事入类可商榷或者模棱两可的情况。

（二）个案故事类型研究方面

个案故事类型研究是叙事文化学研究的主体和实绩性工作。由于坚持把这一方法贯彻到研究生课程讲授和学位论文撰写过程当中，以南开大学为主体的研究团队近三十年来在个案故事类型研究方面取得较为可观的成果。至 2018 年止，共完成硕士学位论文三十二篇，博士论文二十二篇。这些个案故事类型研究大致有以下特色。

个案故事类型的覆盖范围比较全面，形成几个比较集中、有一定规模的题材类型系列群。目前主要的题材类型系列群有：神话题材系列、历代帝王题材系列、历史人物题材系列、文学人物形象题材系列。根据题材系列角度不同，也逐渐形成不同题材系列的不同研究路径特色。

---

① 袁珂：《中国古代神话》，中华书局 1960 年版。

② 程毅中：《古小说简目》，中华书局 1981 年版；袁行霈、侯忠义：《中国文言小说总目》，北京大学出版社 1981 年版；李剑国：《唐前志怪小说史》，南开大学出版社 1984 年版；宁稼雨：《中国文言小说总目提要》，齐鲁书社 1996 年版。

神话题材系列在坚持中国叙事文化学研究方法的基础上，吸收引入原型批评方法，把西方神话研究中"文学移位"方法移用于中国神话研究，开辟了中国古代神话研究的新路径。目前神话题材系列已经有了较大收获，除了完成以女娲、精卫、嫦娥、大禹、西王母、鲧、蚩尤等主要神话形象故事类型为研究核心的国家社科基金项目①之外，还有相当数量的其他神话题材故事类型研究。

　　与神话题材系列不同，历代帝王和历史人物题材系列借鉴了传统的文史互证方法，这种方法在中国学界普遍应用。从陈寅恪先生的《柳如是别传》到卞孝萱先生的唐代小说研究，都为这种研究提供了很坚实的基础。具体而言，《柳如是别传》在文献材料宏富方面对中国叙事文化学研究具有启示借鉴作用，但其书体毕竟还在史传范畴内，与现代意义上的学术研究不尽相同；《唐人小说与政治》的研究路径基本上是就单篇唐代传奇与当时社会政治背景关系进行梳理分析，不涉及故事源流演变。而中国叙事文化学研究与传统文史互证方法又有不同之处，前贤的研究基本是就某一特定历史人物或某一篇具体作品做与之相关的文史互证研究，叙事文化学研究则更为关注有关一个个案故事类型的完整文献材料和围绕其展开的文化学、文学解读：

　　　　叙事文化学对于"高祖还乡"一类真实历史人物故事类型的研究在方法上有专门的策略，以及相应的对于该故事在整体上"作为一种文化现象自身的内涵"挖掘总结的操作方案。具体方法是，以该故事的原始史书记载为基本坐标和基本参照，用来衡量和比对后来各种文本演变与故事起始点所发生的差异及其程度，用来总结其从历史原点走向文学化的历程。②

　　由此思路出发，中国叙事文化学分别从帝王和文化名人两个角度构建

---

　　① 宁稼雨主持的国家社科基金项目成果《诸神的复活——中国神话的文学移位研究》，中华书局2020年出版。

　　② 宁稼雨：《对〈关于叙事文化学研究的若干思考〉的回应意见》，《天中学刊》2017年第1期。

历史人物故事类型的题材系列。所取人物故事类型均为在历史上影响重大、故事流传较广、文学演绎程度较高者。前者如汉武帝、隋炀帝、武则天、唐明皇，后者如伍子胥、司马相如、花木兰、苏轼、岳飞等。历史人物题材系列需要把握好的要点是历史真实性与文学手法之间关系的移动轨道。在历代历史文化内涵变异和文学手法发展中去把握该故事类型的主题演变线索。

文学人物形象题材系列与神话题材、历史人物题材系列相比又有不同。一是时间顺序，与神话和历史人物题材源头甚早不同，它大体上形成于中国叙事文学初步具备规模之后。文学人物形象题材系列的源头在六朝小说，其后大量的唐传奇被演绎成为容纳了小说、戏曲、各种讲唱文学、诗文典故在内的故事类型系列。唐传奇—宋元杂剧及传奇—明清白话小说—各种诗文典故，这种流传演绎成为很多故事类型的题材文本演变程式。二是渊源背景不同，文学人物形象故事主题类型没有神话研究的历史学、文化人类学视角羁绊，也没有历史帝王和人物题材与历史事实之间的纠葛，它完全在文学自家园地中生长漫衍，以文学自身演变来诠释和注入各种故事类型演变的丰富内蕴。三是研究线路不同，神话题材系列的研究路线是从神话到文学，重心在于文学对于神话的超越和再生，在神话和文学的比对中生发研究价值。历史帝王和人物题材系列的研究路线则侧重史实与文学关系比对，在二者比对梳理和阐释中去激发研究火花。按照这个研究线路，文学人物形象题材系列现有成果涉及文献已经大致涵盖了从汉魏六朝小说、唐宋传奇、元明清戏曲、通俗白话小说，以及大量讲唱文学和诗词作品，完成了数十个个案故事类型研究，积累了相当丰富的研究经验。

（三）理论探索方面

叙事文化学研究的理论探索主要集中在对中国叙事文化学研究的整体规划和构架上，具体内容上文已经涉及。这部分相关探索已引起学界同人关注并收到了积极的理论回应。这些学术理论彼此之间或有吻合交叉，或互为砥砺生发，姑且列举几个代表性的观点。

关于索引编制。索引编制是中国叙事文化学研究的基础，学界同人对此从科学性和学术价值等方面给予了关注和肯定。如齐裕焜先生认为：《先唐叙事文学故事主题类型索引》的编制"为研究工作打下坚实的基础，提供了极大的方便"[1]。伊永文先生说：

> 为了给"叙事类型"提供一个可靠的基础，宁稼雨用《先唐叙事文学故事主题类型索引》做出回答。他从先秦始，将具有故事性质的基本素材揽入怀中，截断众流，眼光平等，从纷纭繁杂中分为天地、神怪、人物、器物、动物、事件六大类基本涵盖了"叙事类型"的内容，这看去颇有"主题学"的余韵，实则他用中国考据功夫充填。追本溯源，条分缕析，使《先唐叙事文学故事主题类型索引》扎扎实实地成了"叙事类型"的铺路石。[2]

而王平先生则对《先唐叙事文学故事主题类型索引》的分类提出建议和商榷。[3]这些评论使得中国叙事文化学研究的索引编制工作在得到肯定的同时，也发现某些调整提升空间，为这项工作的继续深入打下基础。

关于中国叙事文化学研究"中体西用"原则。倡导中国叙事文化学研究的初衷，即发现20世纪以来"西体中用"的研究方法存在不适合中国叙事文学研究之处，需要回到"中体西用"的原则上来并将其作为研究的起点来审视操作。这一观点也得到学界同人的认同和呼应。郭英德先生认为：

> 如果说主题学是以"世界"为本位，尤其是以文化意义上的"西方"为本位的，那么，中国叙事文化学则是明确地以"中国"为本位的。……而中国叙事文化学的构建，在与西方主题学进行对话的基础上，倡导以中国本土的叙事文学故事作为坚实的学术基础和丰富的研究对象。这不仅仅是理论体系立足点的简单位移，而是鲜明地体现出学术研究者的一种文化使命感，即在世界文化"众声喧哗"之中，努力唱响独具中华民族风貌的乐曲。正是这种"中国化"的特色，赋予

① 齐裕焜：《开辟叙事文学研究的新领域》，《天中学刊》2013年第3期。
② 伊永文：《新知归学转深沉》，《天中学刊》2014年第4期。
③ 参见王平：《中国叙事文化学的研究对象、方法与意义》，《天中学刊》2017年第3期。

中国叙事文化学的建构以独特的学术意义与文化意义。①

苗怀明先生则说：

> 随着中国古代文学研究的逐渐深入，研究者对中国文学本土特性与民族风格有着更多的认同，以学术史的研究为开端，从学科角度进行全面、深入的总结和反思，大家逐渐认识到，中西文学固然存在不少共性，但其彼此之间的差异更值得关注，两种文学有着各自产生和发展的社会文化语境，用西方文学的作品作为标尺来要求中国文学，用西方的文学理论硬套中国文学，必然会出现很多弊端。而令人尴尬的事实是，中国小说戏曲乃至中国文学的研究恰恰是在西方文学理论传入的背景下按照西方的学术话语体系建立起来的，可以说是存在着先天不足。这样在走过一个多世纪的坎坷经历之后，如何尊重中国文学自身的发展实际，建立民族本位的中国文学研究就成为新世纪学科发展的内在需求，中国小说戏曲的叙事研究同样存在这一问题。面对这一重要的学术转型，许多学人积极寻求突破之道，宁稼雨先生近年来大力提倡中国叙事文化学，在此方面进行了可贵的探索，为中国小说戏曲的研究提供了重要的参考和借鉴。②

通过学界同人的呼应和论证，中国叙事文化学"中体西用"的学理基础更加坚实。

关于中国叙事文化学核心研究程序学理性和有效性的学术评估。如果把中国叙事文化学研究比作一副药方，那么它所要治疗的疾病就是由于文体史研究和作家作品研究的限制，造成某些由若干文体和作家作品组合而成的个案故事类型研究被割裂的问题。它的程序就是回到个案故事类型主体位置上来，在对个案故事类型所含各种文体和作家作品文献进行"竭泽

---

① 郭英德：《构建中国叙事文化学的学理依据》，《天中学刊》2012年第3期。
② 苗怀明：《建立民族本位的中国叙事文化学》，《天中学刊》2015年第6期。

而渔"式文献挖掘和系统梳理基础上，对其演变形态过程中的各种异同现象进行文化学和文学的解读阐释。这个程序是否合乎中国叙事文学研究的实际情况，是否具有科学性，学界同人给予了很多肯定性评价。齐裕焜先生说：

> 这样叙事文化学就为我们叙事文学的研究开辟了一个新的领域。以故事类型为中心，进行跨文体跨时代的研究。从故事的源头起，力求"竭泽而渔"，把相关资料"一网打尽"；然后研究在演变的过程中，其故事情节、人物形象、社会背景的不同，探讨这些演变的深刻内涵，体现的思想情感、审美情趣的变化，以及这些变化与社会政治、经济、文化的关系。在中国古代跨文体的故事类型非常多，从大禹治水、牛郎织女这样的神话到杨贵妃、济公和尚这样的历史故事，可以说随手拈来，俯拾即是。这些课题不但有意义，而且有丰富的资料，有拓展的空间。①

王平先生则认为：

> 中国叙事文化学通过分析故事主题类型各要素在不同体裁、不同文本中的形态流变，以及在不同历史环境下的不同表现，可以窥见该故事受到时代因素的影响而发生的变异；最终提炼出贯通该故事全部材料和要素的核心灵魂，则体现出了文化对文学价值和审美价值的某种规定性。这样一来，叙事文学作品的时代价值与文化价值就得到了充分的彰显，这也正是中国叙事文化学的意义所在。②

纪德君教授提出：

---

① 齐裕焜：《开辟叙事文学研究的新领域》，《天中学刊》2013年第3期。
② 王平：《中国叙事文化学的研究对象、方法与意义》，《天中学刊》2017年第3期。

总之，建构中国叙事文化学，不仅是必要的，也是可行的，它为当下的中国叙事文学研究培植了新的学术生长点，预示了一种意义深远的学术转型。因此，我们为这一门有本土特色的中国叙事文化学的建立感到由衷地欢欣，并期待有更多的学者关注它的成长，使它早日走向成熟。①

　　通过学界同人的积极肯定，中国叙事文化学研究的基本程序不但在学理上得到肯定，而且也对学界叙事文学研究和学位论文撰写，产生了一定的积极影响。

　　关于中国叙事文化学与中国学术传统和西方学术方法的关联。由于中国叙事文化学研究与中西方文化和学术传统有着直接、密切的关联，所以，中国叙事文化学研究方法对中西方学术传统具体吸收和扬弃的程度如何，也成为学界同人评价中国叙事文化学研究的一个重要方面。董国炎教授从叙事学、主题学、叙事文化学三个阶段的演进过程来认识中国叙事文化学研究的学术史作用，认为这是叙事学研究在中国大陆学界深入发展的一个新收获。②陈文新教授从中西文化学术交流会通的角度肯定了中国叙事文化学研究的积极作用。③伊永文先生和杜贵晨先生则不约而同地认为：中国叙事文化学研究虽然吸收了西方主题学研究方法的核心方法元素，但其"竭泽而渔"的文献处理原则却彰显了雄厚和扎实的中国传统学术根基。④万晴川教授以对大陆学界对西方叙事学理论"削足适履"的反思对比中来肯定强调中国叙事文化学研究的合理性。⑤

---

　　① 纪德君：《建构中国叙事文化学,培植新的学术生长点》,《天中学刊》2016年第1期。
　　② 董国炎：《叙事学、主题学、叙事文化学——谈叙事文化学研究的推进》,《天中学刊》2012年第6期。
　　③ 陈文新：《叙事文化学有助于拓展中西会通之路》,《天中学刊》2012年第3期。
　　④ 杜贵晨：《植根传统,锐意创新——"中国叙事文化学"评介》,《天中学刊》2013年第1期；伊永文：《新知归学转深沉》,《天中学刊》2014年第4期。
　　⑤ 万晴川：《努力建构具有中国特色的叙事学理论——宁稼雨教授的叙事文化学研究述评》,《天中学刊》2017年第6期。

四

中国叙事文化学已经取得阶段性的成绩，但距离成为一种具有示范意义的研究范式，还有很大的提升和改进空间。目前存在的主要问题和解决方案有：

首先，中国叙事文化学作为一种对于目前研究具有补充价值甚至可能具有潜在革命性的新研究范式，尚未引起学界足够的关注和投入。尽管相关研究者已经完成或发表的学术论文和学位论文近300篇，《天中学刊》已经连续7年开设"中国叙事文化学研究"专栏，《九江学院学报》《厦门教育学院学报》等也分别开设过专栏，《南开学报》《社会科学研究》等刊物也陆续发表过单篇论文。《中国社会科学报》还做过专题采访报道。作为一种新的研究方法，中国叙事文化学已经在学界产生一定影响。但影响的力度和广度还比较有限，主要表现在三个方面：其一，多数学人还只是停留在观望状态，踊跃参与实践者还是相对较少。其二，近年来《天中学刊》"中国叙事文化学研究专栏"也收到一些各地学者来稿，这固然说明中国叙事文化学研究的影响所在，说明有学者也试图参与中国叙事文化学研究的实践，但通过审读这些稿件发现，由于他们对中国叙事文化学研究的核心要素和方法步骤缺乏足够的了解，其具体实践与中国叙事文化学研究方法的要求还存在一定距离。有的稿件没有分清传统叙事学与中国叙事文化学的区别，沿用传统叙事学的理论和方法，有的则没有区分传统小说戏曲研究与中国叙事文化学研究的异同所在，仍然沿用传统小说戏曲的文体史和作家作品研究范式。其三，由于对中国叙事文化学的全面情况缺少足够了解，对于该方法研究的相关成果部分存在误读和曲解的情况。

这种情况，可以从三个方面得以弥补：一是加强中国叙事文化学示范性出版物建设，创造条件编撰出版《中国叙事文化学》和《中国叙事文化学研究论文集》；二是加强以中国叙事文化学研究为主题的学术交流，包括举办学术会议、讲学访学，以及继续办好相关学术刊物专栏等；三是加强中国叙事文化学研究的网络园地建设，在以往网站、博客、论坛的基础上，争取开办以中国叙事文化学研究为主题的微信公众号。

其次，关于索引编制。《先唐叙事文学故事主题类型索引》在摸索中国叙事文化学索引编制方面已经取得成功，也得到学界同人的首肯。但从作为一门科学的研究方法角度看，还有相当大的完善空间。《先唐叙事文学故事主题类型索引》到南北朝就截止了，因而造成那些时间跨度大的故事类型文献材料的断线。这会给相关研究工作带来很大不便，也在一定程度上影响了该索引的使用效率。因此，亟须启动其他朝代段落的索引编制工作。这一点，有些学界同人的评论文章中已经提及，需要引起相关研究者重视。

再次，关于个案故事类型研究。作为中国叙事文化学研究工作的主体，个案故事类型研究已经取得丰硕成果。但从更高的标准来要求，还存在一些问题。一是个案故事题材类型系列的完善。目前这方面已经在神话题材、历代帝王和名人题材、文学人物形象四个方面取得可观成绩。但用中国叙事文化学的故事类型分类方案来衡量比对，这四个方面基本集中在"天地""神怪""人物""事件"四个类别中，剩余两个类别"动物"和"器物"中目前只有少量文章，距离形成有规模的题材类型群还有一定空间。二是在具体的研究方法程序上还有进一步打磨深化的余地。从文献搜集方面看，大量电子古籍文献的使用为个案故事类型文献搜集提供了很大方便，而那些尚未被电子数据化处理的古籍文献则成为"竭泽而渔"目标的严重软肋。从文化分析方面看，无论是个案故事类型演变阶段的划分，还是各种针对故事形态演变的文化分析，尽管有了方法本身的框架结构，但这个框架结构如果掌握不好，就很容易造成简单化、概念化，失去个案故事类型本身在解读分析方面的生动性和独特性。这两方面可能出现的问题，给操作者的职业良知和学术耐心提出了较高的要求，在难有明确定量标准的情况下，需要以良知和耐心去把工作做到最好。

最后，关于中国叙事文化学研究的理论体系建构和学术评价。经过近三十年的摸索，中国叙事文化学的理论体系大体完成基本框架构建，一些重要的理论命题和相关内涵阐述也基本完成。但如同冯仲平教授所说，理论体系是古代文学研究的"自带程序"①，中国叙事文化学研究在这方面还

---

① 冯仲平：《宁稼雨教授的学术追求——叙事文化学研究的理论与实践》，《天中学刊》2017年第4期。

有相当大的潜力和加强空间。一方面，中国叙事文化学体系框架还有很多需要进一步细化和完善之处。比如，叙事文学故事主题类型索引所收的故事类型与可进行具体个案研究操作层面的故事类型之间的关系，目前已经有了初步的门槛条件设置。这个条件和标准虽然有一定的可操作性，但其深层学理何在，其余未能进入个案研究程序的故事类型应该如何处理，都还有待发现更符合逻辑、更具科学性的解决方案。另一方面，从学界同人的理论批评文章来看，总体上比较偏重对中国叙事文化学研究进行宏观式评价和建议，但比较缺少直接就中国叙事文化学研究某些具体操作方法和步骤进行理论探讨的文章。就宏观角度的理论文章来看，对中国叙事文化学研究本身进行评价和建议的比较多，但在更宏观的高度，对于中国叙事文化学方法的提出在解决20世纪以来中国学界整体的"西学中用"范式所遇到的障碍方面所产生的意义则关注不够。解决这些问题的途径只能是围绕中国叙事文化学这一研究范式的进一步合作和切磋，把中国叙事文化学研究的理论体系建设推向成熟。

中国叙事文化学从构想到初步形成较为完整系统的研究范式和操作实践，已经接近三十年。尽管它已经过不同渠道和角度的操作实践检验，具有一定的学理性和可行性，但从全面调整和更新20世纪以来中国叙事文学研究领域"西学中用"背景下文体史和作家作品研究范式的更高格局上看，显然还有漫长的路要走，还有许多问题需要面对和解决。本文希望能在对近三十年来中国叙事文化学进行全面回顾总结和反思的基础上，吸引更多学界同人关注中国叙事文化学，推动其走向更加深广的局面。

原载《南开学报》2020年第3期

"中国叙事文化学"的破土与茁长

王齐洲

摘要:"中国叙事文化学"是新世纪中国叙事文学研究的内在要求,反映了中国学术界尤其是中国小说研究者的学术本位意识和文化担当精神,也是天时、地利、人和作用的结果。不过,这一理论尚需要更深入的论证,以确定其内涵与外延,还需要排除各种可能的误解,以减轻理论的阻力和压力。就中国叙事文学研究中的小说研究而言,20世纪的主要问题不是"作家作品研究"等研究范式的制约和影响的问题,而是西方现代小说观念所带来的对中国古代小说门类的扭曲与伤害的问题。如果"中国叙事文化学"是要回归中国叙事文化之"体",其所借用的"叙事学""主题学"等西方的理论只是研究这些本体之"用",并且尽量容纳一切能够阐明中国叙事文化特质的学术路径和研究方法,那么,"中国叙事文化学"就能够茁壮成长,成为21世纪研究中国叙事文学的成熟理论。

关键词:中国叙事文化学;叙事学;主题学;故事类型;小说观念;中体西用

21世纪以来,南开大学宁稼雨教授提出了构建"中国叙事文化学"的设想,并身体力行,发表了一批关于如何构建"中国叙事文化学"以及应用"中国叙事文化学"的理论和方法研究中国叙事文学主题类型的论著,产生了不小的影响。笔者虽然一直关注着宁稼雨教授的研究，却没有参与有关的讨论，主要是还没有看清楚、想明白。最近，抽时间系统阅读了有关著述，有了一点心得，故提出来请宁稼雨教授和学术界的朋友们指教。

一

"中国叙事文化学"的提出是新世纪中国叙事文学研究的内在要求，反映了中国学术界尤其是中国小说研究者的学术本位意识和文化担当精神，值得充分肯定。而这一要求由宁稼雨教授提出，则是天时、地利、人和作用的结果。

先说"天时"。"中国叙事文化学"吸收了叙事学、主题学、文化学、人类学、神话学、民俗学等多学科的成果，而这些学科成果主要源自20世纪80年代涌进中国的西方学术理论和学术思潮，这些学术理论和学术思潮经过绍介、理解、消化、吸收，被中国学术界接受下来并加以应用，一直延续至今，成果相当可观。而有些在当时更为风靡的学术理论和学术思潮，如"新三论"（信息论、系统论、控制论）等，则似乎没有这么幸运，慢慢淡出了人们的视线。某种理论和思潮的起伏沉浮，其中原因也许很多，但最为根本的，恐怕还是与这种理论和思潮是否切合中国学术实际、是否能够产生有影响的学术成果直接相关。就叙事学而言，尽管这一概念是由法国学者托多罗夫（T. Todorov）在1969年出版的《〈十日谈〉语法》中正式提出，但作为"关于叙事作品的科学"在西方却是长期存在的。而在中国学术界接受这一理论，将它运用于中国叙事文学尤其是中国民间故事和通俗小说的研究后，的确取得了不俗的成绩。单篇论文这里不计，仅在20世纪90年代出版的与叙事学相关的著作就有罗纲《叙事学导论》（云南人民出版社，1994年）、李庆信《跨时代的超越——红楼梦叙事艺术新论》（巴蜀书社，1995年）、杨义《中国叙事学》（人民出版社，1997年）、王彬《红楼梦叙事》（中国工人出版社，1998年）、张世君《红楼梦的空间叙事》（中国社会科学出版社，1999年），等等。

主题学研究也是如此。主题学被认为是从19世纪德国民俗学热中培养出来的一门学问，德国人原来称为"题材史"，法国人称之为"主题学"，美国学者则将其定义为"打破时空的界限来处理共同的主题"的一种研究范式。主题学很早就是西方学者的研究工具。在民俗学里，"主题"常被称为"母题"或"故事类型"。在神话学里，又被称为"原型"。芬兰民俗学者安蒂·阿尔奈（Antti Aarne）创制、美国民俗学者斯蒂思·汤普森（Stith Thompson）改进的"AT分类法"，是一套划分童话类型的分类方法，在学术界影响深远。汤普森的《世界民间故事分类学》便被视为西方民间故事类型研究的理论基础。而德裔美国学者艾伯华（Wolfram Eberhard）发表于1937年的《中国民间故事类型》，归纳出中国故事的306个类型（其中正格故事类型275个，滑稽故事类型31个）。美籍华人学者丁乃通1978年出版的《中国民间故事类型索引》，则将7000多个中国故事归纳为843个类型。这些研究成果被陆续介绍到国内[1]，促进了中国叙事文学尤其是民间故事的研究。中国台湾学者得风气之先，所获成果也较大陆为早，中国文化大学的金荣华教授是其代表，他于1984年出版的《六朝志怪小说情节单元索引》是国内最早关于小说主题索引的著作，只是他将"故事类型"改换成了"情节单元"。有些没有以主题学命名却实际上受主题学影响的研究著作也还不少，如华中师范大学著名民间文学研究专家刘守华教授的《中国民间故事史》（湖北教育出版社，1999年），就是很有代表性的著作。他在该书《绪论》中说：

> 本书的研究方法上所做的探索就是：在尽可能占有丰富故事材料的基础上，从母题、类型入手，由此及彼、由表及里地进行解析比较、综合，力求准确而深入理解故事的实质及其附着人类文化流程的"生活史"。书中选取了近20个著名故事类型用上述方法进行评述。如列入唐代的《〈田章〉和天鹅处女型故事》这一节，从被称为"天鹅处女"或"羽衣仙女"型故事的众多异文中抽取出四个最有代表性的亚

---

① 丁乃通的《中国民间故事类型索引》由郑建成等翻译，中国民间文艺出版社于1986年出版，华中师范大学出版社于2008年再版；汤普森的《世界民间故事分类学》由郑海等翻译，上海文艺出版社1991年出版；艾伯华的《中国民间故事类型》由王燕生等翻译，商务印书馆1999年初版，2017年修订再版。

型，构成历时性序列，构拟出它的"家谱"，再对包括《毛衣女》《田章》《天牛郎配夫妻》《召树屯》《诺桑王子》等许多脍炙人口之作的相关文本特色与价值进行评说。这样来审视民间故事，就有别于一般文学史的写法，而能够从微观到宏观、从静态到动态，较好地揭示出作为口头语言艺术主要样式的民间故事的特殊本质了。[1]

从刘著中可以看出，作者非常自觉地运用主题学（"母题""故事类型"）做民间故事的历时性研究，写成了中国第一部民间故事史。钟敬文先生认为"作为系统研究中国民间故事史的第一本著作，它已经具有重要的开创意义"[2]。作者的一些追求及其所采用的学术路径，是可以在宁稼雨教授的理论追求和学术路径中发现端倪的。

宁稼雨教授建构"中国叙事文化学"，正是在近几十年中国的有关研究的学术积累，当然也包括他自己研究中国古代小说的学术积累的基础上，顺应学术发展内在要求而提出的，所谓"瓜熟蒂落"，此之谓"天时"。正如托多罗夫在《〈十日谈〉语法》中提出"叙事学"并非向壁虚构一样，宁教授提倡建构"中国叙事文化学"，也非凭空设想，而是中国叙事文学研究发展到新世纪、新时代而自然发生的学术文化要求，就如埋在地下的种子遇到适合的气候条件，如水分、阳光、温度、湿度等，就要发芽破土而冲出地面一样。

"中国叙事文化学"在新世纪初之所以能够破土而出，也得益于"地利"与"人和"。所谓"地利"，宁稼雨教授所在的南开大学是中国古代小说研究的重镇，尤其是在文言小说研究方面积累深厚，他自己在1996年就出版了国内最早的一部《中国文言小说总目提要》（齐鲁书社，1996年），后来又对《世说新语》进行了精细的耕耘，加上天津地近京畿，有许多便利条件，这些地利条件能够使他得风气之先，提出富有建设性的主张。所谓"人和"，则是宁稼雨教授与小说研究界的学者们沟通频繁，有良好的人

---

① 刘守华：《中国民间故事史》，商务印书馆2012年版，第16页。

② 刘守华：《中国民间故事史》，商务印书馆2012年版，扉页。

脉关系，大家愿意参与意见，促进这一新的研究范式的健康成长。这只要看看宁稼雨教授的"中国叙事文化学"提出后，老中青三代学者的积极响应，就足以证明"人和"的重要了。

二

一种理论的提出固然重要，但它能否经受住理性的拷问和实践的检验而不断发展壮大，以致成为一种为大家所接受的成熟理论，需要走的路会很长，付出的心血一定会比提出这一理论所付出的心血更多。正好比一棵破土而出的树苗，要想茁壮成长为参天大树，除了需要充足的阳光雨露和必需的土壤肥力外，还需要经受风吹雨打，抵抗烈日严寒，与周围的植物一起生存竞争，创造适合自身成长的内生条件和外在环境。如果不能这样，它就很难长大成材。

"中国叙事文化学"的提出已经十多年了，宁稼雨教授一直在进行着理论建构和实践探索。他的立义其实是很高远的。他将王国维和鲁迅开创的20世纪中国叙事文学研究范式的要点总结为两个方面："一是文学体裁研究，二是作家作品研究。"其主要依据就是他们的经典研究论著（《红楼梦评论》《宋元戏曲考》《中国小说史略》）本身所产生的示范效应。"核心特质就是全面把西方文化背景下学术的体系移入中国"①，"从这个范式形成和内涵性质来看，毫无疑问，它是'全盘西化'文化背景对古代叙事文学研究领域制约掣肘的结果"。然而，"随着叙事文学研究的深入，文体史和作家作品研究就逐渐暴露出它与中国叙事文学的固有本质产生隔阂，因而有削足适履和隔靴搔痒的不足。它所忽略和难以解决的是中国叙事文学比较集中和普遍的跨越各种文体和跨越若干作家作品的故事类型研究"。因此，他"计划对中国叙事文学研究做一次较为彻底的改革。其核心主线是围绕故事类型来构想中国叙事文化学的研究体系和范式。故事主题类型作为叙事文学作品的一种集结方式，具有单篇作品和文体研究所无法涵盖和

---

① 宁稼雨：《中国叙事文化学与"中体西用"范式重建》，《南开学报》2016年第4期。下引本文不再出注。

包容的属性和特点。它与单篇作品和文体研究所关注的情节、人物最大区别就是离开了单一情节和人物，去关注多个作品中同一情节和人物的异同轨迹。正是这些情节和人物在不同作品中的变异轨迹，才能为整个该故事主题类型的动态文化分析提供依据和素材"。所以，"从文体史和作家作品研究回到故事类型研究既是对传统的文体史和作家作品研究的补充和更新，更是对20世纪以来'西体中用'学术格局的颠覆和对于21世纪'中体西用'学术格局的追求和探索"。

看得出来，宁稼雨教授是要用"中国叙事文化学"来"改革"20世纪传统的中国叙事文学研究范式，"颠覆"20世纪以来"西体中用"的学术旧格局，"追求和探索"并最终形成21世纪"中体西用"的学术新格局。这样宏伟的抱负是值得称赞的，它体现了中国学者的学术担当。不过，从宁稼雨教授对"中国叙事文化学"的描述中，其理论的自洽性似乎还不太够。相关的疑问是："中国叙事文化学"是一种学术理论还是一种研究范式，是一种学术策略还是一种研究方法？当然，理论、范式、策略、方法并不截然分割，也非彼此对立，但侧重点毕竟有所不同。就学术理论来说，"中国叙事文化学"的理论核心是什么？基本概念有哪些？它与西方叙事文化学（"文化主题学"）有何不同？如果没有，加上"中国"就没有意义。"中国叙事文化学"与中国"故事类型"或"故事主题类型"研究有什么区别？如果没有，为什么不用更通俗的中国故事类型研究？所有这些，都要有清楚明白的表述，要让人们真正理解"中国叙事文化学"的真谛。

其实，"中国叙事文化学"不是不证自明的，它需要理论的论证，以确定其内涵与外延，还需要排除各种可能的误解，以减轻理论的阻力和压力。如果"中国叙事文化学"是"中国的叙事文化学"，其所关注和强调的就应该是与西方不同的"中国叙事文化"的"中国"特质。而"叙事文化"不仅包括叙事文学和其他叙事文体，而且也应该包括受叙事文学影响的其他文化类型和非叙事文体，如以诗歌为代表的抒情文学。因为只有研究它们之间的相互关系和相互影响，才能更全面、更立体、更准确、更透彻地阐释中国"叙事文化"。如果"中国叙事文化学"是"中国叙事的文化学"，其所关注和强调的就应该是"中国叙事"所独具的"文化"特色。而"中国叙事"限定了其所研究的对象是中国的"叙事文学"和其他叙事文体，以诗歌为代表的抒情文学和其他非叙事文体显然不在其观察和研究范围之内，其落脚点则是"中国叙事"的文化内涵及文化特色。张培锋教授曾撰文指出："有关叙事文化学的大多数研究成果，论述的多是研究者选取的叙述故事表现出的文化内涵，而对于'叙事文化'——即叙事作为一种文化现象自身的内涵却少有揭示。"他还指出一些用典的抒情诗歌是不可以作为"中国叙事文化学"的关注对象的。① 显然，张培锋教授所理解的"中国叙事文化学"是"中国叙事的文化学"，抒情诗歌自然被排除在外。宁稼雨教授曾撰文回应，以为张培锋教授误解了"中国叙事文化学"，他认为："'叙事作为一种文化现象自身的内涵'不是一个独立存在的实体，它只能通过'研究者选取的叙述故事表现出的文化内涵'去承载、去体现。在'研究者选取的叙述故事表现出的文化内涵'中，就已经包括了'叙述作为一种文化现象自身的内涵'。"至于那些基本上沿袭前人的文字或者只是作为典故出现的诗文何以在中国叙事文化学研究中不能放弃，理由之一是："任何个案故事的材料本身都具有文化实践和文化认识的价值。它本身是否存在，是个案故事的文化发生史上两种不同的文化信号。有些材料尽管只是承袭或是用典，但这承袭和用典本身就是文化发生过程的符号。"② 很清楚，宁稼雨教授所谈的"中国叙事文化学"是"中国的叙事文化学"，一切非叙事文体，只要承载了叙事文化的因子或受其影响，便都可以作为观察和研究的对象。其实，两位教授所说都有道理，只是所指涉的概念并不一致，或者说对"中国叙事文化学"内涵的理解并不一致。这也说明，"中国叙事文化学"的理论还缺少自洽性，内涵还不甚清晰，逻辑也有欠严密，容易让人产生误解。因此，"中国叙事文化学"的苗长和成熟，还需要展开进一步深入细致的理论建设。

---

① 参见张培锋：《关于叙事文化学研究的若干思考——以"高祖还乡"叙事演化为例》，《天中学刊》2016年第6期。

② 参见宁稼雨：《对〈关于叙事文化学研究的若干思考〉的回应意见》，《天中学刊》2017年第1期。

三

宁稼雨教授提出"中国叙事文化学",是要"改革"20世纪王国维、鲁迅建立的中国叙事文学研究的旧范式,建立起21世纪中国叙事文学研究的新范式,要"颠覆"20世纪以来"西体中用"的学术旧格局,并最终形成21世纪"中体西用"的学术新格局。

说"20世纪以来的中国学术范式基本上是近代以来西方文化传入中国后'全盘西化'文化价值观作用下'西体中用'文化价值观的产物",这种判断笔者是赞成的。今日的学科分类以及学术理论、概念、范畴、方法,基本上都是从西方(经由日本)引进的,"郢书燕说"在所难免,其不能完全契合中国学术的历史实际是谁也不能否认也无法否认的。不过,在具体研究中,人们也不可能不从中国学术的具体实际出发,来落实这些引进的西方理论和方法,不然,这些西方的理论和方法就很难真正在中国学术界扎下根来,形成具有社会影响力的研究范式。中国叙事文学研究可以作为一个例证。在20世纪,不仅有王国维、鲁迅示范的"文学体裁研究"和"作家作品研究",形成了影响最大的学术研究范式;而且还有以顾颉刚《孟姜女故事的转变》为代表的一批故事主题类型研究论文,其学术成就也不容忽视,说其已经成为一种学术研究范式,自然也无不可。而无论哪种研究范式,它们虽然都受到了西方学术理论和学术思想的影响,但都照顾到了中国叙事文学的具体实际,故其学术成就也为学界所公认。笔者相信,这些能够照顾到中国叙事文学实际的学术研究范式,包括"文学体裁研究"和"作家作品研究",是不会在21世纪退出学术舞台的,它们仍然会继续被研究者们所采用,发挥其应有的作用。

这样说,并非否认20世纪用西方理论建构中国学术所带来的对中国本位文化的扭曲和伤害。恰恰相反,这种扭曲和伤害主要不体现在具体的学术路径和研究方法这些"用"的方面,而是体现在其学术思想、学科观念及其所形成的一整套学术体系这种"体"的方面。2015年底,笔者和张江教授就他所提出的"强制阐释论"有过一场学术对话,其间谈道:

我们中国现在的一套文学体系基本上都是借用西方文论来谈中国文学，合乎西方文论的保留，不合乎西方文论的去掉，要么就是重新包装、重新整理塞进西方文论的框架中去。比如中国的小说，二十五史"艺文（经籍）志"及补志共著录小说1000多部，但是我们今天讨论的小说只有几十部，这是因为绝大多数小说按西方小说概念来说根本对不上，所以不被承认。按西方观点，小说是要讲故事并且是虚构的。如刘义庆的《世说新语》是志人小说的代表，从鲁迅先生开始就是这么认为的。可我们要问，它是虚构的吗？刘义庆自称它是真实的，而且把裴启《语林》因为虚构而书不传作为鉴戒。再说志怪小说《搜神记》，记录鬼神，应该是虚构的吧，但当时人认为它是真实的，作者干宝本来是史学家，并被人称为"鬼之董狐"。董狐是春秋时著名的史官，人们认为他记录的东西真实可靠，所以《搜神记》长期被收录在史部，《隋志》《旧唐志》都在史部著录。《晋书》是唐太宗亲自主持编撰的，《晋书》就把《搜神记》里的许多故事采写进人物传记里去，郭沫若就说《晋书》是一部好看的小说，这当然是今人的观念。所以说，我们用西方这一套理论解释中国古代文学时，出现不搭界的地方太多了。①

在笔者看来，就中国叙事文学研究中的小说研究而言，20世纪的主要问题不是"作家作品研究"研究范式的制约和影响的问题，而是西方小说观念所带来的对中国古代小说门类的扭曲与伤害问题。因为前者是"用"的问题，后者是"体"的问题。如果不明中国古代小说之"体"，如何能够证明我们是在研究"中国小说"，这样的研究如何可能具有中国特色？因此，宁稼雨教授提出要在21世纪用"中体西用"代替"西体中用"，笔者是十分赞成的。事实上，20世纪初期，对于究竟什么是小说，学术界是存在明显分歧的。1932年，郑振铎在为孙楷第的《中国通俗小说书目》作序

---

① 李晓华：《关于"强制阐释"的追问和重建文论的思考——张江教授和王齐洲教授对话实录》，《江汉论坛》2016年第4期。

时曾说："对于中国小说的研究，乃是近十余年来的事。商务版的《小说丛考》和《小说考证》为最早的两部专著。但其中材料甚为凌杂。名为'小说'，而所著录者乃大半为戏曲。鲁迅先生的《中国小说史略》出，才廓清了一切谬误的见解，为中国小说的研究打定了最稳固的基础。"[1]郑氏所说的虽然是当时的事实，但却并非科学客观的结论。因为他批评《小说丛考》和《小说考证》"凌杂"而肯定《中国小说史略》"廓清了"谬误的见解，只是站在西方现代小说观念的立场上讲话，而不是站在中国传统小说观念的立场上讲话，其结论虽然符合新文化运动以来的现实需要，却并不符合中国文化本位的历史和逻辑。中国传统小说观念与西方小说观念很不一样，故小说形态也斩然有别。钱静方的《小说丛考》和蒋瑞藻的《小说考证》坚持的是中国传统小说观念，即视小说为"道听途说""稗官野史"；而鲁迅《中国小说史略》采用的是由日本引进的西方现代小说观念，指认"有一定长度的虚构的故事"为小说。由于观念的差异，他们对研究对象的把握便很不一样。我们是否可以说中国传统小说观念就一定是一种错误的小说观念，而西方现代的小说观念才是正确的小说观念呢？我们是否可以说我们的先人所认可的小说并不是小说，只有符合西方标准的那些小说才能算是小说呢？如果是这样，西方现代小说观念早已被后现代小说观念所打破。中国现时的小说观念正处在变动不居的状态，那么，现代小说又应该以什么作为标准呢？2010年，《人民文学》开辟"非虚构"专栏，陆续推出了一批 "非虚构小说"，《光明日报》文艺版也发表过不少"非虚构小说"，此外，"网络小说""手机小说"正茁壮成长，大有赶超纸质文本小说的态势，小说观念的发展和文体的变异在所难免，我们凭什么说西方现代小说观念是唯一正确的小说观念呢？我们为什么要坚持小说只能是"虚构的故事"而不能是别的东西呢？如果不是这样，那么中国传统小说观念作为一定历史时段中国人对于小说的认识，中国史志和传统目录学著作所著录的小说是当时人所认可的小说，自有其文化依据和存在的价值，我们就没有理由否定它，只能客观地承认它、历史地理解它、科学地评价它。以此反

---

[1] 孙楷第：《中国通俗小说书目》，国立北平图书馆1933年版，序。

观《中国小说史略》，它用西方现代小说观念构建的中国小说史的学术体系，是否真正尊重了中国古代小说发展的历史实际？是否以"了解之同情"的态度对待了各个历史时期真正发挥社会影响的小说家及其作品？是否真的理解了小说在中国传统文化中的真实处境和实际作用？这些重大问题显然需要我们在21世纪理性对待并认真思考，研究中国叙事文学尤其研究中国古代小说是不能回避的。当然，新世纪的"中国叙事文化学"对这些问题也是需要重视并予以解答的。

如果宁稼雨教授提倡的"中国叙事文化学"是要回归中国叙事文化的本位，尊重既往的一切历史事实，他所提倡的"中体西用"的"中体"就应该是中国文化本位之"体"，他所借用的"叙事学""主题学"等西方的理论只是研究这些本体之"用"，在此基础上尽量容纳一切能够阐明中国叙事文化本体特质的学术路径和研究方法，包括"文学体裁研究"和"作家作品研究"，那么"中国叙事文化学"就能够茁壮成长，成为21世纪研究中国叙事文学的成熟理论。宁稼雨教授如有信心，我们就有理由予以期待。

原载《南开学报》2020年第3期

叙事文化学研究中的中国学术精神

连心达

摘要： 叙事文化学在两个方面体现了中国传统人文精神：亦即对经验的高强度直接感知和对大结构、大关系的有机整体把握。作为一种内涵丰富的"文化因子纽结"，故事主题类型为旨在揭示民族文化心理、价值取向、审美习惯和思维方式的研究工作提供了新材料、新角度，开启了新可能。

关键词： 对文学经验的高强度直接感知；有机整体观；传统中国学术精神

宁稼雨教授所倡导创建的"中体西用"的中国叙事文化学之所以能在"西用"上卓有成效，是因其能克服长期以来在"师夷长技"上存在的盲目性与无自主性，而其于此领域之理论与实践方面所取得的成绩的指标性意义，尽在其对"中体"的清楚认识和坚持，以及对传统中国学术价值的成功回归。

一、故事主题类型研究的实践性——对文学经验的高强度直接感知

西方主题学研究方法，尤其是已被公认为民间文学研究"不可或缺"[1]的"阿尔奈—汤普森AT分类系统"，虽然在以"泛欧洲"为主的民间故事研究工作上行之有效，但若要运用到中国叙事文学研究上来，其普适性无

---

① Alan Dundes, "The Motif-Index and the Tale Type Index: A Critique." *Journal of Folklore Research*, Vol. 34, Issue 3, 1997, p.195.

疑会有局限。大多数论者注意到了这个由于研究对象的不同而可能产生的问题，但鲜少有人去注意这一分类体系本身的特殊性，辨析其合理与否。而宁稼雨的理论表述和实践接触到了这一方面的问题。

如宁氏所言，中国叙事文化学应包含"两个互有关联的组成部分：第一，编制'中国叙事文学故事主题类型索引'；第二，对各个故事主题类型进行个案梳理和研究"①。此处的第一方面，其实就是通过借鉴西方主题学研究特别倚重的"AT分类法"来编制自己的叙事文学故事主题类型索引的想法。宁氏的理论表述从一开始就显露出与西方主题学研究微妙的区别，强调了对研究对象的分类和对故事类型的分析这两者之间的关系是"互有关联的"。在另一处论述中，这个意思有更明确的表达："中国叙事文化学研究分为三个层面的工作，其一为故事主题类型索引编制，其二为故事主题类型个案研究，其三是中国叙事文化学的理论研究。三者相互关联，互为因果。索引编制是基础，个案研究是主体，理论研究是指南。"②此处多了"理论研究"作为指南一项，统领全局，用意不言自明；而索引编制与个案研究的关系，前者是工具、是基础，后者是主体、是目的，后者要重于前者，说得清清楚楚。这一点极为重要，因为宁氏主题学与西方主题学的指导思想和目的之差异，已经见出。

以东方之"己"度西方之"人"，我们一般会想当然地认为索引就应该是个工具，其实不然。为索引而索引的事例，一如为艺术而艺术，在西方传统中比比皆是。虽然AT分类体系建立之后，已经"引"出大量的研究成果，但那是后"索"者追出来的"无心柳"，而非先"引"者"有意"的初衷。索引有自己独立存在的意义，其与作为索引后续工作的研究是可以割裂开来的。或曰，这又有什么关系？当然有，初衷的指导思想会左右甚至决定索引的性质。在1955年版《民间文学母题索引》的序言中，汤普森就宣称，其六卷本皇皇巨著"并不企图确定叙事艺术中各种母题的心理基础或它们的结构价值，因为尽管这些因素有其价值，但我认为这种价值对于

① 宁稼雨：《中国叙事文化学与"中体西用"范式重建》，《南开学报》2016年第4期。
② 宁稼雨：《关于个案故事类型研究的入选标准与把握原则——中国叙事文化学研究丛谈之六》，《天中学刊》2015年第4期。

民间故事和神话的系统整理没有多少实际帮助"①。生怕读者不解其意，汤普森把这意思毫不含糊地再强调了一次，"虽然这样一个巨细无遗的清单（索引）可能已经为某种哲学讨论提供了良好的基础，但此索引本身却有意回避这种讨论"②。此处所谓"哲学问题"是广义的，大概是心理学、人类学、社会学，甚至文学、美学之类，或任何其他"高大上"论题。很明显，他要的东西非常简单，即纯粹的系统整理、巨细无遗的清单。

系统的整理，琐细的、面面俱到的清单，这就是个问题。阿尔奈—汤普森AT分类系统列出了2499个故事类型，分列在一个由5个大类、19个小类，小类下又有次小类、再次小类组成的叠床架屋的数字系统之中。上面提到的汤普森的《民间文学母题索引》是有别于"AT分类法"的一个母题分类体系，将23500个故事母题分列于23个种类，每个种类之下有大类，大类之下有小类，小类下有次小类，次小类之下还可再分。大类以下的项目以基本整齐的十进制架构组织排列。不可否认，这两个相互配合、条理清楚、秩序井然的分类系统，虽也隐含着项与项、类与类、项与类之间在历史时间和地理空间上的相似、重叠、对照，以及远近、亲疏等复杂关系，因而可以呈现故事类型或母题在不同时代、不同地域的发生、分布、流传与变异情况，但这种呈现的最终目的还是在明"类"之分别，以求对各个类的单一特性做更精确的定位（因此这种民间故事研究可以为社会群体身份辨别提供某种文化标识）。特别值得注意的是这两种分类系统所力求的尽可能整齐的格式和尽可能完备的容量，比如为了维持其完整全面的十进制排列架构，汤普森的母题索引编号系统还留出了不少尚无任何实际内容，必须等待将来新发现来填充的"空号"。这种对放之四海而皆准的"科学性"的向往，可以用汤普森自己的话来解释："如果试图将世界上所有传统

① Stith Thompson, *Motif-index of Folk-literature: A Classification of Narrative Elements in Folktales, Ballads, Myths, Fables, Mediaeval Romances, Exempla, Fabliaux, Jest-Books and Local Legends*, Vol. 1, Bloomington & Indianapolis: Indiana University Press, 1955, p.10.

② Stith Thompson, *Motif-index of Folk-literature: A Classification of Narrative Elements in Folktales, Ballads, Myths, Fables, Mediaeval Romances, Exempla, Fabliaux, Jest-Books and Local Legends*, Vol. 1, Bloomington & Indianapolis : Indiana University Press, 1955, p.11.

叙事材料浓缩为秩序（像科学家在处理世界性生物学现象时所做的那样），那么我们就必须对单个母题——即构成完整的叙述的分子——进行分类。"①西方文化传统中强调形下现象背后的形上理式的思维惯性，对纷繁具象背后抽象的、因而是纯粹而绝对的"真理"的执意追求表露无遗。简言之，西方主题学的分类系统体现了一种通过对现象世界的认定来达到对"规律"或"真理"掌握的思想文化潜意识。

与此相比较，以"中体"为原则的故事主题类型研究在材料的处理上大异其趣。如前所述，中国故事主题类型研究从一开始就给主题类型的分类索引工作定了调，即分类必须为个案研究服务。"正确梳理和描述分析个案故事的文化意蕴是中国叙事文化学的灵魂和要义。"②唯其如此，类如何分、索引如何编制，都要以是否能为主题类型个案的文化文学解读分析提供充分的"前提条件"为标准。在这里，看不到那种对全面的、秩序井然的、能够与生物学分类相颉颃的类型索引系统的渴望，而只有对具体类型赖以建立的主题之具体内容的"合适度"与"充分度"的要求。所以，很有意思的是，虽然目前已经有来自各方面的研究者从不同的切入点、用不同的标准来进行中国叙事文学故事主题类型的索引编制工作，但从总体上说，研究者的着力点大多落在叙事文学史上的某些明显的"富矿"地带。我们看到的是对一个个具体故事类型中的丰富的关联重叠关系的关注，而非对某种大而全的"中国版 AT 分类系统"的急迫盼望。可以设想，即使将来某一天有一个接近完整的中国叙事主题类型索引库终于在集体的努力下产生，研究者们大概也不会因其库存材料之全、之有条理、之科学而感到终极的满足，而只会因研究工作的素材有了保证而觉得心中踏实。

这也就是为什么在完备的类型索引库还没最后形成的时候，宁氏就已经在考虑如何从资料库中遴选适合进行个案分析研究的故事类型，并提出

---

① Stith Thompson, *Motif-index of Folk-literature: A Classification of Narrative Elements in Folktales, Ballads, Myths, Fables, Mediaeval Romances, Exempla, Fabliaux, Jest-Books and Local Legends*, Vol. 1, Bloomington & Indianapolis : Indiana University Press, 1955, p.10.

② 宁稼雨：《关于个案故事类型研究的入选标准与把握原则——中国叙事文化学研究丛谈之六》，《天中学刊》2015 年第 3 期。

了具体可行的遴选标准和操作方法。这种在材料的搜集分类过程中就引入对类型分析的深思熟虑，让二者从一开始就互为因果的做法，在过度重视纯粹的"系统整理"和"巨细无遗的清单"的阿尔奈—汤普森式的西方思维看来是不可想象的。这便是中国叙事主题研究"以中为体"的精神所在。不同于对事物背后的抽象秩序的求索，对生动的、事实的研究对象直接高强度地感知和参与才是类型研究的目的。认知的过程就是体验的过程。前面提到的西方主题类型分类系统极力回避的对"哲学问题"的讨论，不正是宁氏所提倡的"中体"主题类型研究的最终关切吗？

研究目的不同，其搜集材料的目光所及，也必定有异。AT分类系统想要囊括的，是所有的故事类型或故事母题，而中国故事主题类型研究要寻找的，是可作为文化文学分析的主题类型。这个"主题类型"究竟为何物，必须弄清楚，否则便会出现"对'主题''母题''原型''类型'等概念的内涵及其相互关系……各持其说，莫衷一是的现象"①。针对这一问题，宁氏提出了"单元故事"的概念——"中国叙事文化学的目标既不是母题情节类型，也不是完整的一部作品，而是具体的单元故事"②。"单元故事"是一个重要发明，具有高度实用价值，可作为中国主题类型研究中一个专门术语固定下来。

西方主题学类型研究中的基本单位是作为类别的故事类型或母题。"故事类型"（tale type）的基础是情节，其含义不难理解。作为类别，其所强调的是"类"中各分子的同质。"母题"（motif）的情况则较复杂，各家说法不尽相同，简单地说就是在故事中重复出现的，具有能引发联想的特殊含义的最小"故事意义"单位。作为类别，其强调的是"类"之主旨的重复。无论是"故事类型"还是"母题"，二者的存在意义均在其"类"之独立，无论其与他类之关系如何，都是对其作为有别于他者的"类"之身份的肯定。譬如，尽人皆知的《灰姑娘》（AT分类510A）和《白雪公主》（AT分类709）分别为两种不同的故事类型，但其中都出现了恶毒后母（母

---

① 郭英德：《构建中国叙事文化学的学理依据》，《天中学刊》2012年第3期。

② 宁稼雨：《故事主题类型研究与学术视角换代——关于构建中国叙事文化学的学术设想》，《山西大学学报》2012年第3期。

题索引S31）这一母题。《灰姑娘》中有"水晶鞋"（母题H36.1）和"逃离舞会"（母题R221）这两个《白雪公主》中没有的母题，而《白雪公主》中的"魔镜"（母题D1163）和"被毒苹果毒死"（母题S111.4）这两个母题亦为《灰姑娘》所无。

宁氏提出的"单元故事"虽也叫作"类型"，但此"类"非彼"类"，更是种模式或模型（mode），其在意的是同一个模式中所有参加者同中有异，乃至异中有异的色彩纷呈的面貌，以及这种多样之间的复杂关系。就拿宁称之为"以中为体的中国叙事文化学研究的范本和楷模"的研究对象孟姜女故事来说，其单元故事很单纯，就是"妻哭夫"。[1]在这个单元故事模式里，包含了无数个具体的"妻哭夫"故事的多样变体。其情节各异，可以"不受郊吊"，可以"哭之哀"，可以"崩城"，可以"畅其胸中"。具体追查下去，连"崩城"这一具体情节因素也有自己的演进过程，所"崩"之"城"从无名到有名，从虽有名而并不实指到实指的"长城"之"城"。故事的主角则前有《左传》之杞梁妻，后有梁武帝《河中之水》之莫愁女，当中还插了个托身于陈琳《饮马长城窟行》中的无名氏"贱妾"，一直到北宋才正名为"孟姜"。而追根寻底，却发现《诗经》里早有美女，其名"孟姜"！[2]如此，从认识论的角度看，AT分类系统要的是"分"：强调个体类型之外的相互关系（相同、相似、差异等）；而以单元故事为基本单位的中国故事主题类型学想的是"合"：重视个体类型之内各个分子之间的关联。前者通过总结加概念化的方式企图将故事提炼为公式或标尺，为西方民间故事类型的"客观"界定设立标准；后者通过联系比照组合来扩大单个故事所包含的经验内容的广度与深度。前者要剔刻出骨架，后者要丰满以血肉。一个是干净纯粹的单一，一个是剪不断理还乱的关系组合体。虽皆名"类型"，其旨趣大不相同。

当然这是极而言之的粗线条概括，具体地、局部地看，AT分类系统也有与"合"相关的因素，如故事类型在不同地域、不同时代的发生、流传、

---

① 参见宁稼雨：《故事主题类型研究与学术视角换代——关于构建中国叙事文化学的学术设想》，《天中学刊》2012年第3期。

② 顾颉刚：《孟姜女故事的转变》，《歌谣周刊》1924年11月第69号。

变异等情况的比照，然而这种"合"的主要目的还是为了"分"的明确。中国叙事文化学在面对该"分"的情况时也毫不犹豫地"分"，如《先唐叙事文学故事主题类型索引》就因材制宜，分出天地、神怪、人物、器物、动物、事件六大类。但这种分不是为分而分，或为主观想定的"目录学"架构而分，而是为了发现主题类型的聚合点，为更有效的"合"造出坚实的平台。

从类型编制的结果上看，AT分类系统为一内涵与外延都相当清晰的概括性种类的全部的完整有序的排列；而宁氏的类型设想则是数目不定、形状各异，不规则地散布在不同平面、不同处所的多层次存在。前者追求种类的全面、规整和秩序，呈现了"客观"事实或知识；后者欣赏具体的多样和丰富，再现了时空维度上活生生的经验。打个比方，AT分类系统就像一个巨大的标本室，纲目清楚、层次分明地展示着2499种鱼"类"之代表，准确地标示着其产地、存在生态等与鱼有关的事实。而中国故事主题类型学呈现的则是数目不定的、外形参差不齐的、散布在不同平面上的大大小小的"单元放生池"，每个池中活动着种属相同或相近、但个体形态有异的鱼群。这是有心的渔人从五湖四海有目的、有选择"竭泽而渔"来的收获，是同属一个单元的所有"鱼"个体的聚集地。

西方主题学的研究方法，出于西方、用于西方，固然有其自适性与合理性。但其对形而下现象背后之抽象理式的期待与痴迷的独特西方性，却不容否认。前面提到的汤普森的母题索引清单居然可以为尚未发现的母题预留空格的做法[1]，便反映了对形而上规律的信心，不禁让人想起门捷列夫元素周期表的故事。中国文化思想传统中没有这种基因，"夫子之言性与天道，不可得而闻也"（《论语·公冶长》），并不是孔子不解形而上学，面对谜一般的时空之"逝"，孔子亦有动于衷，然圣人不尚空谈，最终还是可触可感的"川"的流动，才让"逝者如斯夫"的感慨，感性地落到人心

---

[1] 与汤普森的母题索引和"AT分类法"相反，宁稼雨倡导的中国叙事文学故事主题类型索引的设计思想非常求实："本索引没有像'AT分类法'那样为所有故事编上总的顺序号，以便以后可以随意增删调整。"（宁稼雨：《故事主题类型研究与学术视角换代——关于构建中国叙事文化学的学术设想》，《天中学刊》2012年第3期。）中西思维方式的不同，昭然若揭。

实处。正如深谙中西世界观差异的汉学家安乐哲（Roger T. Ames）所言，中国人没有形而上学那一套，不认那种所谓能统摄宇宙一切的绝对秩序。从偏重理性的西方世界观的角度看，其也有所失：他们没有由抽象的理式而推导出的事物之可知性和可预测性的概念。然而其也有所得：他们对事物运动变化的奇妙有某种高强度的直接的感知、参与和体会。[1]宁稼雨倡导并苦心经营的叙事主题类型研究的"中体"特性，究其实，就是这种对现象世界的全身心感知和参与的求实精神。其根本特点是对问题的整体把握。从总体规划层面看，材料的搜集分类过程也就是类之模型慢慢生长成型、分析工作的目的方向愈加清晰、基本论点逐渐形成的过程。从操作层面看，为了确定一个故事类型是否能真正成为个案研究有分量的研究对象，宁稼雨提出了三个相互关联的入选标准，即文本流传的时间跨度、文本流传的体裁覆盖面和个案故事类型的文化意蕴构成。在具体操作中，特别留心部分与整体、部分与部分之间的关系，强调综合、关联和流动，避免拆分、片面和固定。硬性条件在某些情况下当属必要，而综合考虑权衡却是更高的原则。[2]凡此种种，无一不是在强调整体关系。

二、故事主题类型研究的有机整体观——对大结构大关系的系统把握

正是这种有机整体感，使得主题类型研究可以突破和超越文体和单篇作品范围的界限，把因为文体不同而各自独立的文本视为一个系列整体。再回头细看"孟姜女"，一个单元故事类型，有几千年的时间跨度，有精神实质相近而表现形式不同的多层次文化意蕴，更重要的是，它有历史、有哲学、有诗歌。正因其有着跨学科、跨体裁的生动存在，所以若想摸清与此单元有关的全部情况，便不得不跨越。这不是选择，是必然。而被跨越

① 参见安乐哲（Roger T. Ames）为其著作《孙子兵法：包括新近发现的银雀山竹简之首个英译本》（*Sun-Tzu: The Art of Warfare:The First English Translation Incorporating the Recently Discovered Yin-ch'üeh-shan Texts*）所写的长篇导言（Roger T. Ames, *Sun-Tzu, The Art of Warfare: The First English Translation Incorporating the Recently Discovered Yin-ch'üe-shan Texts*,New York: Ballantine Books, 1993, p.54）。

② 宁稼雨：《关于个案故事类型研究的入选标准与把握原则——中国叙事文化学研究丛谈之六》，《天中学刊》2015年第4期。

的，不只是个体故事之间，更是体裁之间，甚至于学科之间一条条人为的分界线。

谓其"人为"，只因其自然本无。这就牵涉到了一个讨论中国叙事主题类型学研究时不能不较真的问题。或许并非巧合，那篇把孟姜女单元故事来龙去脉辨析得一清二楚的力作的作者是顾颉刚，学贯文史哲的史学与民俗学大家、中国现代学术史上一个重要符号，而其出现的时间——1924年，正是西方学术理念和方法在中国攻城略地，进而"登堂入室"，反客为主的年代。顾颉刚以其对传统中国学术融会贯通精神的坚持，为"中体"学术传统在一个世纪后的重新调整振作埋下了一个坚实的伏笔。说到此处，笔者要扯一段闲话，90年前，西班牙哲学家何塞·奥尔特加·加塞特（José Ortegay Gasset，1883—1955）给狭窄的专门家下了个定义："他并不博学，因为他对任何不进入其专业领域的事物都一无所知；可他也非无知，因为他是个'科学家'，对自己在宇宙中所处的那个小角落了如指掌。我们只好说，他是一个渊博的无知者。"①2007年，当深陷伊拉克战争的美国对正与之缠斗的敌手"失去感觉"之时，著名战略学者和地缘政治评论家罗伯特·卡普兰（Robert Kaplan）敏锐地感觉到了一种认识论危机：西方思维自以为可以用数学般的精准来对待历史人文信息之模糊与复杂，习惯于从巨大的丰富之中抽取出干净利落的原则、公式和数据，从而将纷繁的时空现实有条不紊地安置于专门化学科分门别类的硬性框架中。而今，在面对一个非西方的陌生对手的时候，这种惯常的自信突然感到无力。专门但碎片化的"科学"测量规定和"客观"却专断的分解剖析钝化了人们对事物整体的感知，眼前的世界突然测不准了。专门家可以从政治、经济、外交、军事诸多方面把伊拉克局势分析得头头是道，却看不清路边炸弹从何而来，因何而来。感慨之下，卡普兰想起了加塞特当年的言说，他告诫人们，不要再任由狭窄的专门化"科学"思维把自己变成一个"渊博的无知者"了。②

---

① José Ortegay Gasset, *The Revolt of the Masses*, New York: W. W. Norton & Company, 1955, p.112.

② 参见 Robert Kaplan, "A Historian for Our Time." *The Atlantic*, Vol. 299, Issue 1, 2007, p.80。

是伊拉克战争的残酷现实让卡普兰认识到了专门化认知方法的缺陷。其实，在此之前，从20世纪末开始，当中国知识界的先觉者们一步步认识到自五四运动以来全盘西化文化思潮对传统文化造成的严重伤害之后，就把审视的目光投向在文学研究领域占领了至少半壁江山的西方学术范式的负面影响。正是这一契机触发的反思运动，促使当时已经意识到古典文学研究工作所处窘境的学者开始检讨文体史研究和作家作品研究这种专门化研究方法对叙事文学研究的制约掣肘。因缺少西方"呐喊者"的坦率与极端，中国的谦谦君子们没有使用"渊博的无知者"的说法，但他们对带碎片化倾向的专门化研究方法之认识的痛切，必定更甚于加塞特与卡普兰。原因无他：在这个问题上，西方人问的是"何种认识论偏差让我们选择了那条'专门细化'歧途"，追查的是自家遗传病的根源；而中国人要反省的，不是"为何误入歧途"，而是"为何舍弃自己的正路，而选择他人之歧途"。

　　"渊博的无知者"的问题就是"见木不见林"。对于这种思维方式上的"近视病"，中华文化有一种天生的免疫力。凡事先见林，并倾向于将一切"木"作为"林"来处理。文史哲不分家，也是开天辟地以来一直如此的故事。再看语言，中国人选择了具有独一无二的"观念整合性"的汉字。[①]汉字系统不是"音""意"或什么其他计量单位可以衡量把握的。因其不仅仅是"语言"，所以无法单用与"语言"相关的概念来框住。现下"再汉字化"论者认为"中国古代的语言观具有'世界观'的本体论的意义，古代语文学家必定循着人对自然、人文世界观察与理解的逻辑顺序与轨迹去把握汉语的语法规律"，此说十分精辟，似已窥到汉字系统的本质。[②]不过，用我们所理解的"语言"这一概念——即使已经将其提高至世界观和本体论的高度——还是不足以揭示汉字系统的实质意义。

　　在某种意义上，可以说汉字系统其实是华夏人为了构建一个与现实世界相互观照的"虚拟现实"而发明的一个系统。它不记录现实，而是直比

---

① 参见申小龙、孟华：《汉字文化研究的新视角：再汉字化》，《西部学刊》2014年第2期。
② 参见申小龙：《语言文字学志》，上海人民出版社1998年版，第312页。

现实。这样一个广大融通的本体论意义上的"编码"系统是不可以被"分"，被"围"，被"粗细"这样的概念来专门化地规定的。《马氏文通》之前，词只有虚实，并无"词类"一说，一按西人之法分类，问题就来了。虽说有了条分缕析的方便，可遇上"春风又绿江南岸"，便不知所措。本来王荆公只是想在汉字的虚拟世界中对一个生命现象作尽可能接近的把握，并不知道有"形容词作动词用"这回事。"绿"并非只是一个词，是个生命现实。而"红了樱桃绿了芭蕉"中的颜色，究竟是"动词"还是"形容词"？根本说不清楚，其实，为什么只提动词、形容词？这五彩缤纷之中说不定还有什么"动"与"形容"之外，无法被"分"被"围"，因而至今尚无法被归类的什么属性。

一旦问题可作如是观，那么，中国叙事不容专门化研究随意使之碎片化的道理也就不难理解了。古人之叙事，不只是叙述记录，而是企图在一个"虚拟现实"中回味、揣摩、体验、体会、想象、再（创）造，在此意义上，叙事与史录异曲同工。史之所以可"鉴"，就是因其并非简单机械的记录，而是一个与"实"同时存在的虚拟实在"镜像"。西方学者看中国史觉得像小说，看小说又觉得像史，大惑不解。他们不知道对中国古人来说这并不是个问题。古人不去计较什么是最高真实，只要对现实有整体的把握，便无须担心事实与虚拟之间的界限被模糊。中国叙事不是在事实背后追赶的一种表述工具，而是一个直指事实、直比生活的"虚拟现实"。一旦因对其"混沌"状态不满足，企图将其门类化，"日凿一窍"，结果很可能是"七日而混沌死"。事实死于"凿"的暴力，而凿者还自以为得计，沾沾自喜。我们今天在"社会科学"的一些部门看到的许多怪现象，便属此类。结果是，琐细的表象昭昭，整体的实质昏昏。门类科系的分类并非事物本来的属性，而是人根据自己的主观判断强加给事物的规定，即使这种规定在某些情况下（比如能通过实验手段检验的"硬科学"）符合"客观"事实，也绝对不可能是事实的全部。"在学术界，专业化在成为必需品的同时，也成了诅咒。一方面，有太多的狭隘的专业知识已走到了智慧的对立面，而另一方面，爆炸性增长的信息材料又要求人们在每一个知识领域进行更为狭隘的细分"。于是，才有卡普兰呼吁我们抛弃无知的狭隘型"渊博"，回归事实——通过"原初的情感"（Raw Emotions），亦即没有被"科学"专门化加工、污染、歪曲的对事物本真本初的整体直觉。①

这就解释了为什么宁稼雨要大力提倡在研究工作中突破和超越文体和单篇作品范围的界限，并将这一做法视为故事主题类型研究的最大特点。其实，只要我们仔细考察中国主题类型个案研究的实践，就可以看出，其所致力的，并不只是机械地突破和超越文体之间和作品之间的"物理"界限，而是要突破近一个世纪以来在西方学术理念与范式影响之下形成的某些成规，超越那些妨碍我们将研究对象视为有机整体的近视性做法和封闭式思维。其目的只有一个，要恢复被专门化、门类化教条割裂破坏了的，被机械简单的封闭式思维模糊了的事物中原初的有机联系。为了说明这一点，我们不妨举个例子。在谈到故事主题类型研究中必然会遇到的材料取舍问题时，宁氏指出：

> ……任何个案故事的材料本身都具有文化实践和文化认识的价值。它本身是否存在，是个案故事的文化发生史上两种不同的文化信号。有些材料尽管只是承袭或是用典，但这承袭和用典本身就是文化发生过程的符号。如同孔子的言论，有的时代整体受宠，有的时代整体遭贬，有的时代部分言论受宠，有的时代部分言论遭贬。这其中起决定和制约作用的是每个时代的价值观念，而这宠贬的历史就是文化自身内涵的发展历史。②

是故，在主题类型材料的选取上，即使是"基本上沿袭前人的文字或者只是作为典故出现的诗文"也"不能放弃"，因为"这些承袭或用典的个案故事材料也是其整体故事文化链条中的有机部分，剔除它们则意味着个案故事材料文化链条的断裂"。③我们可以用比喻来解读这问题：西方故事分类系统问的是"何种"鱼，注重的是"类"，而中国叙事主题研究之"竭

---

① 参见 Robert Kaplan，"A Historian for Our Time，"The Atlantic，Vol.299，Issue l，2007，p.80。
② 宁稼雨：《对〈关于叙事文化学研究的若干思考〉的回应意见》，《天中学刊》2017年第1期。
③ 参见宁稼雨：《对〈关于叙事文化学研究的若干思考〉的回应意见》，《天中学刊》2017年第1期。

泽而渔"却企图将与一类型"单元鱼"有关的一切信息一网打尽，即便是两条个体的鱼看起来一模一样，也要收入网中，因其不只在意鱼之"类"，而更关心每一条具体生动的鱼"因何"而出，活动于"何时""何地"，"如何"自处，与其他鱼又"有何"互动。由此可见，宁氏以上这一番言论的意义已远远超出了材料取舍（叙事文化学研究的第一个层面）的范围。因其考虑到如何"从潜在文化因子的角度来系统观照和整合历史文化"①，这便点到了主题类型个案研究的实质内容，而以主题类型研究为着力点的中国叙事文化学的理论研究的大用和意义，亦已不言自明。

宁氏的论述，让人想到了艾略特在《传统与个人才能》一文中提出的一个理论：

> 一件新作品问世之日，也就是此前所有作品同时受到触动之时。经典作品本已构成一个自在的理想的体系，一旦有新（真正新）作品进入，现存体系就得进行相应的调整。若还想在新事物进入之后继续生存，原本已经完备的整个体系就都必须随之变动，即使这种变动可能是细微的。这样，每一个作品与体系整体之间的关系和比例，以及由此而呈现的价值都得到调整，新与旧因此得以相互适应。②

艾略特这段话的实质与宁稼雨的观点若合符节。不过，必须指出的是，一如其对"旧"的偏爱与强调，在文化问题上多持保守立场的艾略特对"新"有一种近乎苛刻的怀疑。新事物倘不是"真正新"，便不入其法眼。而对宁氏而言，与原生主题有关的任何后出材料都有新意，不可轻易放过。即便是"沿袭"与"用典"，也不会只是对主题的简单重复，而必然是别有一番滋味的新经验与再演绎。尽管其给现有体系带来的"改动"可能是"细微"的，但毕竟也是改动，体系中的每一个分子"和体系整体之间的关系和比例，以及由此而呈现的价值"都因这种改动而"得到调整"。

---

① 宁稼雨：《对〈关于叙事文化学研究的若干思考〉的回应意见》，《天中学刊》2017年第1期。

② Thomas S. Eliot, "Tradition and Individual Talent." *Selected Essays*, New York: Harcourt, Brace & World, Inc., 1964, p.5.

如此看来，宁氏念兹在兹的"主题类型"，其实就是艾略特所说的"传统"，因为每一个故事主题类型个案都是由或旧或新、或大或小、或重或轻的多个作品组成的一个即使不完全"理想"，亦已自足自适的，在新分子加入之前就已相对完整的体系，同时又是一个因为有新事物的参与而不断生长变化不断自我调整的活的有机整体。要之，每一个故事主题类型，都是一个小传统。

三、故事主题类型研究开启了诸多新可能

如果以上关于传统的有机整体性的说法言之成理，那么，只认识到每一个主题类型都是一个小传统还不够，因为，从更高的视点看，每一个小传统又在另一个层次上成为一个更大的传统的有机组成部分。换言之，没有哪个主题类型个案可以独立存在，而总要被纳入一个传统关系网。这是否就意味着，以单位故事为核心的主题类型研究在叙事学研究的其他方面，甚至在整个中国文学研究的大格局中可以起到更大的作用。在这里笔者想通过对一个或几个个案的还不成熟的思考来谈谈对这一设想的看法。[①]

一百年前，眼见国人在"铁屋"中酣睡不醒，面临着"从昏睡入死灭"而不自知的巨大危险，鲁迅奋起"呐喊"，喊出来的第一声就是《狂人日记》。这部作品如今尽人皆知，但在当年，却很有可能无人理会，这是因为，能将中国四千年文明总结为"吃人"的，其狂也无疑，而狂人的话是不会被当真的。狂人越是企图证明自己正常，在正常人眼里的他就越不正常。如果价值判断只能在一个维度里进行，那么狂人就永远摆脱不了这个两难困境。于是鲁迅在狂人的日记文本之外，造出另一个文本，另一个维度：即带出日记的引言。

这引言其实得当"后记"看：日记中的所有狂乱在这里都得到了理性的解释。读者被告知，"救救孩子"并不是故事的最终结局，狂人在病愈之后不但幡然悔悟，把自己病中日记定性为"狂人"文字，而且如今已"赴

---

① 此处看法部分取自拙文《再梦蝴蝶》（"Redreaming the Butterfly Dream"），见《现代中文文学学报》1999第1期。

某地候补矣",将要成为其曾痛批的"吃人"机器上的一个部件。经历了日记中的谵妄躁动之后再回头读引言,顿觉一切都平静了下来。价值观完全对立的两个世界之间的巨大差异迫使读者在感情和理智上必须做一个判断选择:一为引言之"正常人"世界,一为日记正文之"不正常人"世界,哪一个"正常"?

鲁迅没有告诉读者如何选择,因为作者的强力介入只会跟狂人的自证和呼吁一样苍白,但他使了个引导手段:读者在反复比照体会之下,会发现"正常"世界使用的文言,居然与平常话语格格不入。而"不正常"狂人的大白话,"错杂无伦次"的"荒唐之言"却与自己每日生活不可或缺的言谈息息相关。当年的读者最后如何抉择,如今已无探究的必要,百年后翻天覆地的中国已经告诉我们,虽然日记中的狂人失败了,历史上的狂人鲁迅却获得了成功。

这故事似曾相识?两个世界的二元对立结构让人们想到了另一段千古奇文:

> 昔者庄周梦为胡蝶,栩栩然胡蝶也。自喻适志与!不知周也。俄然觉,则蘧蘧然周也。不知周之梦为胡蝶与?胡蝶之梦为周与?周与胡蝶则必有分矣。此之谓物化。[①]

原本也就一庄周,却生出"栩栩然胡蝶"和"蘧蘧然周"的两相。蝴蝶梦中隐含的二元对立结构与前述《狂人日记》中的两难何其相似乃尔。不同的只是,一旦打破"一受其成形"带来的"我"的迷思,庄子忽然一身轻,可以声称不知自身究竟是周还是蝶。狂人却无法享受哲学家才有的奢侈,"梦"(病)中是栩栩然的狂人,"醒"(痊愈)后却须蘧蘧然觉悟,刻意用言语否定自己曾经的不正常,并以实际行动证明现在的已经完全正常。他只能要么被人叫作狂人,要么被自己叫作狂人。旧制度的顽与"癫"在鲁迅笔下得到最充分的揭露,效果极其震撼。

---

① 郭庆藩:《庄子集释》第1册,中华书局1961年版,第112页。

《狂人日记》所达至的这种效果是不是得益于蝴蝶梦，鲁迅写作时是否真的想到庄子，在作者对自己作品的解读亦不能置一喙的"作者已死"文学批评后现代已无多大意义。我们可以指出的是，《狂人日记》引言中"荒唐之言"一词确为庄子所造，鲁迅沿用的也是庄子的原意（而非此词现时的贬"意"）："以谬悠之说，荒唐之言，无端崖之辞，时恣纵而不傥，不以觭见之也。以天下为沈浊，不可与庄语。"（《天下》）不禁由此联想到，拒绝与时代之浑浊合流的狂人母题在《庄子》中多次出现，最典型的有"楚狂接舆"。《列子·周穆王》中也有个狂人："秦人逢氏有子，少而惠，及壮而有迷罔之疾。……视白以为黑"与正常人比，其价值观完全倒错，症状与鲁迅笔下狂人无异。听说"鲁之君子"能治他儿子的病，逢氏便"之鲁"，路遇老聃。老聃听其告诉之后说，谁说你儿子病了？"今天下之人皆惑于是非，昏于利害，同疾者多，固莫有觉者。……天下尽迷，孰倾之哉？向使天下之人其心尽如汝子，汝则反迷矣！"天下人都病了，反诬没病的少数为狂人。这形势与《狂人日记》几乎完全一致。有趣的是，老聃意犹未尽，又加了一句："且吾之此言未必非迷。"[1]连我自己都不知自己有没有昏病！这口气听起来很熟悉，原来是庄子的话。《齐物论》中，就在"蝴蝶梦"出现之前，庄子感慨道，天下人都在大梦中而不自知，都自以为"觉"。为了自证其说，庄子又大大方方承认"予谓女梦亦梦也。"我说你们都在做梦，其实说这话时，我庄子自己也在梦中，我的判断亦为梦话。而一说到梦，就不能不再提到蝴蝶梦！问题开始变得复杂且有意思起来。从鲁迅《狂人》之二元对立联想到蝴蝶梦，再想到楚狂接舆，以及《列子》中的狂人，又因列子言语中泄漏的信息立刻回溯到了庄子，反证蝴蝶梦与狂人的微妙联系。中国人——尤其是对中国"文史哲"有所浸染的中国人——的想象在这一层应该是能够如此跃进的。

　　当然，必须指出，蝴蝶梦的二元对立结构并非为狂人而设，庄子关心的是认识论的问题。假如醒觉的庄周不比梦中的蝴蝶更真切，那么实与虚

---

[1] 杨伯峻：《列子集释》，中华书局1979年版，第111—112页。

也就无差别了。①但以此"正—反"结构来考察正常与不正常、狂与觉的关系，不能再合适了。亦即说，虽然"蝴蝶"与"狂人"明显分属不同主题类型，但若从审美问意的角度看，这两个类型之间某些方面的实质意义关系却有可能比各自营垒中同类因子之间的同类关系还重要。"狂人"的说服力不能不借助于"蝴蝶"，而"蝴蝶"的意义又可因"狂人"的佐证而更显深厚。

然而故事还没完，"蝴蝶"之后，还有"黄粱"。作为"蝴蝶梦"的主题类型远（近？）亲，"黄粱梦"在寓言象征意义上与其高度近似。此梦源远流长，家喻户晓，在此无需赘言。但可以指出的是，无论是"黄粱""邯郸""南柯"甚至"烂柯"，是志怪、传奇、话本、元杂剧，还是日本古代、现代小说和能剧的"黄粱梦"变体，均属狭义的故事主题类型之第一层次。待到曹雪芹将其活用在《红楼梦》的"引言"，即第一回女娲补天之类"荒唐之言"之后（作者自况"满纸荒唐言"，庄子所造"荒唐"一词在《红楼梦》第一回出现了三次，在结尾两次，不可不留意），"黄粱梦"单元故事顿时获得了更高一层的意义。太虚幻境入口处大牌坊上的对联"假作真时真亦假，无为有处有还无"，不但有"黄粱梦"之现世体验得出的认识，更有"蝴蝶梦"于认识论高度上的大彻大悟，甚至作为文学理论尤其是叙事学理论，也十分贴切。这两个不同的梦，好像有割不断的联系。

纵览"全局"，似乎还是鲁迅对一切"梦"的深刻认识与真正消化，才有《狂人日记》中对梦结构的不留斧凿之痕的最巧妙运用。如果说《红楼梦》的"引言"（还得加上全书结尾处对引言的呼应）是"黄粱梦"之"3.0 版"的话（在其与《红楼梦》之间还有《牡丹亭》之类的"2.0 版"），那么，《狂人日记》结构框架的神来之笔便是"蝴蝶梦"之"4.0 版"无疑。其体现的已经不是文学类型，而是思维方式。

以上"联想"，实起于单元故事，但又不囿于单元故事。以单元故事为基础的主题类型研究为包括小说戏曲等叙事文体在内的文学研究打开了一

---

① 参见 Augus C. Graham, *The Book of Lie-tzu: A Classic of Tao*, New York: Columbia University Press, 1960, p.59。

扇新窗户，提供了一个新领域。在此新领域的实践已经取得了阶段性成果。在此基础上更进一步，主题类型研究的最大好处就是让我们从整体看问题，从大结构上理关系。一个类型个案自身内部的情况弄清楚之后，似可留心此个案与他个案的关系，进而看出个案作为一个有生命力的传统因子在整个叙事学研究中，乃至在整个中国文学、文化研究中的地位与意义。

由于围绕着单元故事的所有同类型因子在内容上的高度重叠与近似，在表现形式特点方面却有互相关联的多样与不同，而同一类型中所有因素又在时间与空间的维度上纵横交错地进行有机的聚合与纠缠，故类型中的每一个作品都是这个三维网状结构上的一个纽结，互为原因结果。这些个"竭"五湖四海而得来的大大小小的强力集成构造所产生和聚集的多层次、多维度意义，不可能自我消化在各自封闭的"类型躯壳"之中，而必定要从各个方向往外溢出放射。这种外向意义放射不是单向的，而是多向的、相互的，由此产生的结构性意义交集又在更高的层次上形成一个更宽广的三维网状意义系统。许多原本不容易被发现的现象之间的联系，以及能启发新思维的作品中有意义的细节，有可能在对主题类型这种文化因子纽结的观察中被揭示出来。以单元故事为出发点的研究方法为文学、文化多方面研究工作的进一步深入提供了令人兴奋的新可能。诸如民族文化心理、价值取向、审美习惯、思维方式等，都可以成为主题类型研究的关注热点。诚如前引宁稼雨所言，主题类型研究应有"从潜在文化因子的角度来系统观照和整合历史文化"的抱负。①而既然"类型"也是一种"模式"，期望通过对主题类型的整体性研究来揭示中国文化的深层结构和民族思维特性的想法，或许也不为过。

与历史一样，文学、文化史也充满了诡异。上面提到的艾略特那篇保守意识浓重、但又是以新锐的形式表达出来的对传统的真知灼见发表于1917年。一年之后，激进的新文化提倡者鲁迅以《狂人日记》的呐喊将中国传统作为一盆脏水全数泼出。吊诡的是，这篇反传统的文字却生动地体现了艾略特与传统有关的又一言简意赅的论断：真正的诗人（文学家）必

---

① 参见宁稼雨：《对〈关于叙事文化学研究的若干思考〉的回应意见》，《天中学刊》2017年第1期。

须"不仅活在此刻的当下，而且也活在过去的（一个个具体的）当下"；（就整个文学传统而言）他所感知和意识到的"不是已死的东西，而是早就活生生地存在过的东西"①。痛恨传统的鲁迅应该最懂传统，否则便不会有对"蝴蝶梦"的创造性活用，或在《故事新编》中演绎的深刻与机智。能用自己的创作来生动体现中国古老传统中的"现代性"，却看不出或拒绝看出中国传统中的精华，这种因爱恨交加而产生的悖论，令人感慨万千。而宁稼雨所致力的中国叙事主题类型研究，某种意义上正是对鲁迅等知识精英在向西方学习问题上某些病急乱投医的做法的反思和纠正，反映了当代学人对中国学术乃至中国文化之前途的忧虑、思考和关怀，从一个侧面亦可看出，21世纪的中国学人可以较为从容地认清道路、思考民族文化的发展方向和学术话语权的问题了。

原载《南开学报》2020年第3期

---

① Thomas S. Eliot, "Tradition and Individual Talent." *Selected Essays*, p.5.

叙事文化学文献搜集的覆盖范围与文化属性

宁稼雨

摘要： 本文在梳理和论证叙事文化学文献搜集工作学术
理路和价值意义的基础上，分别从经史子部、集部、通俗文
学及实物材料四个方面论述其文献搜集覆盖范围，并从帝王
文化、士人文化、市民文化三个方面对应解读分析经史子部
文献、集部文献、通俗文学文献的文化属性，借以明确叙事
文化学研究文献搜集工作的理论依据和实践意义。

关键词： 叙事文化学；文献搜集；覆盖范围；文化属性

一种新的学术研究方法从草创到成熟，需要经过漫长的实践摸索和理
论总结。中国叙事文化学（以下简称"叙事文化学"）作为中国古代叙事
文学研究的一种新方法，从20世纪90年代开始思考摸索，经过三十多年的
研究实践和理论摸索，已经基本形成一种有完整理论体系和具体操作程序
的研究方法，并且在学界产生一定积极影响。即便如此，无论是操作实践
还是理论探索，都还有进一步挖掘深化的空间和必要。这里主要就叙事文
化学研究文献搜集工作的覆盖范围和文化属性做些思考探研，期待学界对
此进一步予以关注并批评指正。

一、文献搜集在叙事文化学研究工作中的地位作用

提出采用叙事文化学方法研究中国古代叙事文学，是基于这样的事实：
20世纪以来受西方学术范式影响成为中国叙事文学研究主流方法的文体史和

作家作品研究，经过一百多年的实践，在取得重大成就的同时也暴露出不合榫的问题。其不合榫的主要问题在于，作为中国古代叙事文学主要形态的故事类型，本身往往跨越诸多文体和作家作品，但因文体史和作家作品研究的方法限制而遭到割裂。叙事文化学研究的主要初衷就是从文体史和作家作品研究画地为牢式的研究中解放出来，回到包括诸多文体和作家作品的故事类型研究中来，从而为中国古代叙事文学研究的困境寻找新路。①

叙事文化学研究包括综合研究和个案研究两个部分，综合研究包括故事类型索引编制和基础理论建设两个部分，而个案研究的任务则是对个案故事进行全方位的系统研究，主要环节包括：确定个案故事类型，对该个案故事类型进行系统文献挖掘，在梳理相关文献材料的基础上对该故事类型的发展演变状况进行文化意蕴分析。其中，对个案故事类型进行系统文献挖掘是该方法下研究工作的重要和关键环节，也是该方法研究整个进程中的基础工作。

从科学研究探索事物规律、发现真理的路径程序看，无论是自然科学还是社会科学，都需要以对研究对象的大量调查研究、掌握充分材料数据为基础。这是科学研究工作的认识论基础。但各个学科领域，乃至学科领域内不同的研究方向视角，在材料搜集掌握的角度和程度约定上仍然具有差异性。区别辨析这些差异，既有助于各研究方向视角研究工作的自身定位，同时也对学科领域同类工作的整体认知观照具有宏观意义。

叙事文化学研究方法受到了西方主题学研究方法的影响，是将西方主题学研究方法移用于中国文学研究的尝试之一。目前中国学术界采用西方主题学方法进行中国文学研究主要表现在三个方向：一是民间文学研究领域继续采用主题学研究方法进行民间故事研究；二是把主题学方法应用于包括诗文和叙事文学作品在内的意象主题研究；三是在中国叙事文学领域中用主题学方法进行故事类型主题研究，即叙事文化学的研究方法。

以上三个方向研究视角不同，对研究对象原始文献资源的获取方式和程度要求也有明显区别。

① 参见宁稼雨：《主题学与中国叙事文化学的构建》，《中州学刊》2007年第1期。

采用主题学方法进行个案民间故事研究的文献材料搜集，主要有两个渠道：一是文字记录的民间故事材料，二是正在民间流传的口头传说故事。日本民俗学者柳田国男认为：

> 文字的记录，是当时情况真实的写照，一经成书，便既不能添，也不能减，但口头传诵则永远地不管什么时候都表现出成长变化的状态。文册，虽有被撕扯、虫蛀、日益难以辨认等不可抗御的缺点，但除了这个却很少受到后来的影响。传说则不然，它像草木一样，根子在古代，却繁茂滋长，有时枝丫枯竭，或又扭偏了。又像海滩渚水，既有沉沙，又有潮涨潮落。仔细地观察时，从这当中可以窥见时间的进展给予人类社会巨大变革的某些痕迹。①

柳田说的两个方面，正是民间故事的书面记载和口头流传这两个方面。从他的介绍和其他关于民间故事文献搜集的论著中，均未发现对民间故事文献搜集掌握程度有量化要求的内容。不过有一点作者没有谈到：从中国古代民间故事的存在状态来看，所谓书面记载和口头流传也有动态转化的可能性。很多古代民间故事的文字记录，正是源于记录者当时的口头传承。干宝《搜神记》、洪迈《夷坚志》、蒲松龄《聊斋志异》中都有部分根据口述者陈述进行文字记录的内容。这有可能是民间故事的材料搜集难以完全贯彻量化标准的原因之一。②

可能因为这个缘故，刘魁立先生提出：

> 一篇作品的每一种异文都会给我们提供许多可贵的材料。我们记

---

① ［日］柳田国男：《传说论》，连湘译，中国民间文艺出版社1985年版，第9页。
② 干宝《进搜神记表》："臣前聊欲撰记古今怪异非常之事，会聚散逸，使同一贯，博访知之者，片纸残行，事事各异。"（中华书局1979年版，第3页）洪迈《夷坚志·夷坚支乙》卷第一末作者注："此卷朱从龙说。"（中华书局1981年版，第803页）蒲松龄《聊斋自志》："才非干宝，雅爱搜神，情类黄州，喜人谈鬼。闻则命笔，遂以成编。久之，四方同人，又以邮筒相寄。因而物以好聚，所积甚伙。"（张友鹤辑校：《聊斋志异会校会注会评本》，上海古籍出版社1962年版，第1页）

录的异文越多，我们就越容易抓住作品的真精神。①

刘魁立先生提出的主张，正是民间文学从口头形态转入书面形态的操作要求。这个要求应该是民间文学工作中需要奉为圭臬的原则，但也正是这个缘故，造成了民间文学动态与静态的不确定性，因而也就容易造成民间文学整体材料搜集难以确定量化指标的困难。从"AT分类法"到依据它编撰的《中国民间故事类型索引》的内容看，其所谓"故事类型"的最小单元实际上是"上天入地""生死之交""旅客变驴"这类故事类型群。②这些群的下面具体含有多少具体个案故事，还是未知数，所以也就无法预测和确定材料搜集的量化指标。

采用主题学方法进行中国书面文学研究的重要方面是中国文学的意象主题研究。

从柳田国男到刘魁立，尽管难以实现标准的材料量化，但他们对于民间故事背景下主题学研究的共同要求还是力求材料丰厚。20世纪70年代开始，主题学研究在中国产生较大影响，并发生研究方向和方法的重要转折。其主要表现是：在研究对象上，由以往的纯民间文学研究，扩展到书面形态的诗文和叙事文学的意象主题研究。随着这个转变，在文献搜集工作上也出现淡化模糊和难以操作掌握的情况。这个转变的重要标志，是学者陈鹏翔主编的《主题学研究论文集》。从该论文集所收文章篇目和编者的编纂主旨来看，主题学研究发生的明显变化有：其一，除了传统主题学的民间故事研究之外，又增加了用主题学方法研究古代诗歌作品的案例。其二，从论文集编者的宗旨陈述中明显看出，新派主题学研究要把传统主题学在搜集神话传说故事材料基础上的神话主题研究变异为在以往神话传说材料基础上增补抒情诗的材料，并将其融入比较文学的研究范畴中。其三，编者还认为，主题学研究不是一个封闭和固定的研究模式，而应该具有开放性和延展性，是有待发展完善的动态系统。③随着这些研究视角的转移，主

---

① 刘魁立：《刘魁立民俗学论集》，上海文艺出版社1998年版，第160页。

② 参见［美］丁乃通：《中国民间故事类型索引》，中国民间文艺出版社1986年版。

③ 参见陈鹏翔主编：《主题学研究论文集》，东大图书有限公司1983年版，前言。

题学研究在文献搜集方面的力度和操控范围也受到一些影响而产生变异。因为，对于某个意象的抒情诗来说，要把同一意象中所有作品材料完全搜集穷尽，不但难以实现，也并非完全必要。

叙事文化学的问世应该是陈鹏翔先生提出主题学研究具有潜在延展空间的一次尝试实践。它主要把主题学研究用于中国古代叙事文学个案故事类型研究。它与前面两种采用主题学方法研究民间故事和中国文学抒情诗意象主题在研究对象上的最大不同，是研究层级的变化。民间故事类型中的"生死之交""上天入地"，意象主题研究中的"复仇主题""黄昏主题"，都不是以一个具体个案故事为研究单位的，而是关注具体个案故事的上一层级的主题群和意象群。而叙事文化学则把研究对象的层级延伸至下一个层级的具体个案故事，如"孟姜女故事""王昭君故事"等。如果说"吴保安弃家赎友"故事是一个具体个案故事类型的话，那么民间故事类型中的"生死之交"则是若干同类个案故事类型的集合；同样，如果"眉间尺"故事是一个具体个案故事类型的话，那么意象研究主题中的"复仇主题"则是若干不同复仇故事的集合。

既然故事类型研究与民间故事和意象研究体量规模上存在差别，那么由于这种差别在文献搜集方面则应采取不同策略。根据这个原则，叙事文化学在文献材料搜集方面提出的目标和理念是"竭泽而渔"和"一网打尽"。

提出"竭泽而渔"和"一网打尽"的理念，是基于以下几方面学理因素：

第一，与民间故事主题和抒情诗意象主题研究对象文献材料的量化标准模糊相比，叙事文化学的研究对象故事类型文献具有相对明确的量化范围，即某个故事类型本身。故事类型文献量化标准相对明确的主要标志为明确的故事主人公姓名和故事情节结构。这两点为故事类型研究文献搜集工作的"竭泽而渔"和"一网打尽"目标奠定了客观的逻辑基础。

第二，"竭泽而渔"和"一网打尽"理念是乾嘉考据学派和西方实证主义研究方法的刚性条件。在详尽占有充足史料的基础上进行研究，是乾嘉考据学派和西方实证主义研究的共同圭臬。梁启超在总结乾嘉考据学派对史料的重视程度时说：

> 史学所以至今未能完成一科学者，盖其得资料之道视他学为独难。史料为史之组织细胞，史料不具或不确，则无复史之可言。①

在特别强调史料重要性之后，梁氏又特别强调全面充分掌握史料的重要性：

> 然此种史料散在各处，非用精密明敏的方法以搜集之，则不能得。……大抵史料之为物，往往有单举一事，觉其无足重轻，及汇集同类之若干事比而观之，则一时代之状况可以跳活表现。此如治庭园者孤植草花一本，无足观也。若集千万本，莳以成畦，则绚烂炫目矣。②

而"竭泽而渔"与"一网打尽"则正是"集千万本，莳以成畦"的文献材料汇集工作。

第三，"竭泽而渔"与"一网打尽"是故事类型文化分析的必要前提。主题学研究的核心灵魂就是对研究对象不同时间和空间范围中诸多形态变化做出历史文化动因解读分析。这一主旨工作在民间故事研究和抒情诗意象主题研究中因其各自属性而无法从根本上落实。但故事类型研究则具备了这个条件，所以它的文化分析工作就要求先期的文献搜集尽可能锱铢无遗，从而为文化分析奠定坚实充分的文献材料基础。

二、故事类型研究文献"集千万本"的覆盖范围与价值分析

作为叙事文学同题材故事的跨体裁研究，并非始于叙事文化学的故事类型研究。基于中国古代以小说戏曲为主体的叙事文学自身基本同步发展

---

① 梁启超：《中国历史研究法》，上海古籍出版社1987年版，第40页。
② 梁启超：《中国历史研究法》，上海古籍出版社1987年版，第69页。

的事实，20世纪以来迅猛发展的通俗小说戏曲研究的重要实绩就是小说与戏曲同源关系的研究。其中既包括大量个案戏曲小说故事同源关系的研究，也包括很多这类同源关系研究的汇集成果，如钱静方《小说丛考》、孔另境《中国小说史料》、蒋瑞藻《小说考证》、谭正璧《三言两拍资料》，以及朱一玄关于中国古代小说的系列资料汇编等。这些成果为叙事文化学的故事类型研究尤其是文献搜集工作积累了丰富经验，奠定了重要基础，但距离梁启超提出的"集千万本"的完美程度还有相当距离。这些距离给叙事文化学故事类型研究的文献搜集工作留下了广阔的空间范围。从以下故事类型文献搜集"集千万本"的覆盖范围与以往戏曲小说同源关系文献搜集工作的对比中，可以看到二者差别和前者价值所在。

故事类型文献搜集分两个部分：一是总体故事类型数字摸底统计，二是具体个案故事类型的地毯式文献搜集。

1. 数字摸底统计

所谓摸底就是明确研究对象文献搜集工作的总体目标范围。这里的"研究对象"是指上文所述具备独有明确主人公和故事情节的个案故事单元，如"西厢记故事""王昭君故事""柳毅传书故事"等。从这个层级定位来看，以往的相关研究有一定基础，但相对比较零散，不够完整和系统。像钱静方《小说丛考》和孔另境《中国小说史料》所涉作品和故事各约60篇，《三言两拍资料》只涉及近200篇故事作品，涉及故事作品稍多者为蒋瑞藻《小说考证》，共约470种故事作品。以上诸书所收或有交叉，但去其重复，总体相加也不会超1000种。这些研究成果的共同局限就是所收故事类型文献材料缺乏统一的入选标准和通盘策划，而只是根据研究者的喜好和机会，带有较大的随意性，因而这个数字无法反映出中国古代故事类型的总数量。

目前中国古代叙事文学故事类型的总数尚未有具体统计数量，但可以推测出大体数字。朱一玄、宁稼雨、陈桂声编撰《中国古代小说总目提要》收文言小说2192种，白话小说1389种，共计3581种。但这个数字单位是书名，每部书下面还有相当数量的个案故事类型。像"三言二拍"共5种书，每部书下含约40篇个案故事。一些长篇章回小说中含有的个案故事类型也数量可观。如《三国演义》中含有"曹操故事""关羽故事""张飞故事"等诸多个案故事，《水浒传》中含有"武松故事""林冲故事""鲁智深故事"等诸多个案故事。而文言小说一部书中所含有的个案故事目前也难以尽数。根据这个情况，按保守推测，如果一部书中含有10个个案故事类型的话，那么与小说有关的个案故事类型至少有30000种。加上戏曲、史传、民间故事等其他方面文献与小说文献相加，去其重复，保守数字也应该不少于50000种。

根据这个情况，叙事文化学的故事类型研究在文献搜集方面与前人的不同，首先就在于从全局着眼，搜集统计出中国古代叙事文学作品中个案故事类型的总数，做到对于研究对象的全局全貌胸中有数。

这一工作的实践操作程序就是编制"中国叙事文学故事主题类型索引"。①该索引计划分6编（唐前、隋唐五代、宋代、金元、明代、清代）。其中第一编《先唐叙事文学故事主题类型索引》已经完成出版，该编共收唐前叙事文学个案故事类型2499个②。从中国叙事文学产生发展历程看，唐前还只是处于起步和萌芽时期，唐代以后才逐渐进入繁荣和高潮阶段。按照这样的认知，该索引唐代以后各编的总数，应该远远在唐前编之上。如果按平均每编5000个故事类型计算，那么从唐前到清代的故事类型总数应该约有30000个。这30000个故事类型应该是叙事文化学研究对象的全部家底，梁启超所谓"集千万本"的总数所在。这个数字尽管已经非常保守，但与前贤所统计出来的大约1000种相比，已经有了巨大飞跃。

前贤在个案故事戏曲小说同源关系研究中所使用的文献材料主要是以戏曲小说为主的叙事文学故事文本，而中国叙事文化学个案故事类型研究的地毯式文献搜集将其扩大为四个部分——经史子部文献、集部文献、通俗文学文献、文物材料，力求达到"集千万本""竭泽而渔"的目标。这

---

① 这一工作参照借鉴了主题学关于民间故事研究中世界通用的"AT分类法"，即阿尔奈和汤普森编制的《世界民间故事类型索引》，以及美籍华人学者丁乃通教授依据"AT分类法"体例编制的《中国民间故事类型索引》（丁乃通：《中国民间故事类型索引》，中国民间文艺出版社1986年版）。

② 参见宁稼雨：《先唐叙事文学故事主题类型索引》，南开大学出版社2011年版。

大致是四种文献时间产生发展的顺序，但从构成叙事文学故事类型的条件看，通俗文学文献又是其主体部分。

2.通俗文学文献

通俗文学文献包括以叙述故事为主的戏曲、小说和各种讲唱文学形式。

中国叙事文学形式的成熟和繁荣晚于西方，大约从魏晋南北朝时开始萌发，唐宋才进入成熟和繁荣时段。而且，其中各种体裁样式不断变更和繁衍，使文献搜集工作需要掌握充足的体裁发展演变知识。通俗文学文献中，戏曲文献文本包括南戏、诸宫调、杂剧、传奇，以及各种地方戏等；小说包括文言小说和白话小说两部分。文言小说题材上大致包括志怪、传奇、志人三种，体裁上大致包括"世说体"和杂记体小说①；白话小说大致包括长篇章回体小说和短篇话本体小说。讲唱文学形式主要包括弹词、宝卷、鼓词、影词、子弟书等。

因为叙事文学类型本身的缘故，以上提到的叙事文学各种文献文本形式中，通俗文学文献最为重要。一个故事类型何以能够确定成为个案研究对象，其关键要素在于其中叙事故事文本数量的多少。②然而在以往的研究中，很多故事类型研究（尤其是源头较早的故事，如神话故事）往往忽略了后代新生的戏曲小说等故事文本，仅就唐前史传和神话故事文献来进行研究，从而使很多神话故事类型的文献整体出现断裂而难以把握其全貌。如关于大禹神话故事的研究，前人所用文献材料基本为唐代之前神话材料和史传相关文献，唐代以后戏曲小说中衍生的大禹故事基本没有涉及使用。③通俗叙事故事文本的缺失，必然导致相关故事类型的整体认知和整体评估的空缺。如先贤关于女娲补天神话的研究，主要征引秦汉时期典籍文献，对唐代之前散见的女娲神话进行历史学、宗教学、文化人类学的考察

---

① 文言杂记体小说与子部和史部中部分笔记体作品形态相似，有些甚至难以入类。其掌握标准参见宁稼雨：《中国文言小说总目提要·前言》，齐鲁书社1996年版。

② 参见宁稼雨：《关于个案故事类型研究的入选标准与操作方法》，《天中学刊》2015年第4期。

③ 参见杨栋：《神话与历史：大禹传说研究》，东北师范大学博士学位论文，2010年；孙国江：《大禹神话传说的文学移位》，宁稼雨：《诸神的复活——中国神话的文学移位》，中华书局2020年版。

分析，几乎完全忽略元明清时期戏曲小说文献的价值和作用。①而我们通过爬梳搜索发现，明清时期戏曲小说作品中把女娲补天神话作为叙述典故使用者近20处，而把女娲补天神话作为叙事故事文本的原型，或者直接作为整个作品的结构框架者竟然有5部小说，其中《女娲石》和《红楼梦》更是直接把女娲补天神话作为结构全书的构思依据。②这些叙事故事文本的缺失与否，很显然会直接影响到对整个女娲神话故事体系的全方位文献挖掘和意蕴分析。

3.经史子部文献

经史子部文献貌似距离叙事文学故事较远，但因为它是中国古代主流文化的中坚载体，所以实际上是制约和影响包括集部文献和叙事文学故事文本在内的整个中国历史文化典籍产生发展的重要杠杆。它作为文本文献在叙事文学故事文本中通常是以故事渊源典故的形式出现。因为这个缘故，前贤相关研究对这方面文献也能给予足够的关注，但角度和力度与叙事文化学则不尽相同。

经部文献在中国古代典籍中具有特殊地位。从其内容本身看，如果说史部、子部、集部代表了文史哲三类基本文献的话，那么经部则属于从文史哲典籍中优选出来的经典和精粹③。这种经典性使它在叙事文学文本中的地位属于终极的标准诠释和价值准绳。虽然它在叙事文学文本中出现的机会不多，但具有举足轻重的地位。

史部文献与叙事文学关联甚为密切和直接。其史传文学部分本身就是叙事文学的组成部分，与其他叙事故事文本共同构成叙事文学文献的主体部分④；其正史部分往往与后代叙事文学故事文本互为表里，或者成为后代叙事文学的故事题材渊薮，或者与很多以真实历史人物为题材的叙事故事

---

① 参见丁山：《中国古代宗教与神话考·尧与舜·启母女娲与娥英》，上海书店出版社2011年版。

② 参见宁稼雨：《女娲神话的文学移位》，《诸神的复活——中国神话的文学移位》，中华书局2020年版。

③ 如《诗经》属于文学，《左传》属于历史，《易经》《论语》属于哲学。

④ 如《左传》《史记》中大量内容本身具有叙事文学属性和价值（如《将相和》《鸿门宴》《垓下之围》）。还有很多历史叙述成为后代故事类型文献系统中的源头或重要文献要素。

文本形成互文参照，成为后代叙事文学发展兴盛的强大推手；其野史杂史部分有很多生动形象的故事，往往与部分文言笔记小说相互杂糅，难分彼此。其陈述的委婉详尽和某些虚构因素成为很多正统史学家从史学角度诟病的对象，但却为历史文献向叙事文学的转变提供了巨大的动力和潜力。①以上史部三个部分中，前贤比较关注的是前两部分的人物传记部分，而对第三部分（野史和杂史）关注不够。

子部文献与叙事文学的关联也是错综复杂，千丝万缕，非常密切。前贤或有关注不够处。首先，文言小说中有相当一部分作品被历代公私书目中子部小说家类著录，本身就属于子部文献；其次，先秦两汉子部文献中的大量寓言故事不仅本身就是重要的叙事文学故事资源，而且是催生中国小说生成的重要推动力②；第三，除了小说家之外，子部杂家、杂学、杂考等门类文献中也或有与叙事文学故事文本相关者；第四，子部类书文献也是包括叙事文学故事文献在内的历代很多典籍的重要辑佚和校勘资源③。

对于以上四部分子部文献，前贤虽不无关注采用，但往往是从不同角度切断分别使用，未能将其视为一个整体宏观进而汇集采用到一个既定对象当中。叙事文化学故事类型研究则将其汇总，综合搜集，贯通使用。

4.集部文献

集部文献主要是指与叙事文学故事类型相关的以诗歌、散文、词曲等抒情性文学作品为主的文献。对于这类文献应重点关注其中两种形式，一是对神话故事或历史人物和事件，以及叙事文学故事直接进行吟咏评价；二是以典故等形式对叙事文学故事进行共鸣和回应。这两种形式除了自身的文学价值之外，它们也与以上所有与叙事文学故事类型相关的文献构成一个文献体系，成为叙事文学故事类型文献的重要组成部

---

① 参见宁稼雨：《论史书的"凭虚"流向对六朝小说生成的刺激作用》，《天津师范大学学报（社会科学版）》1999年第3期。

② 参见宁稼雨：《诸子文章流变与六朝小说的生成》，《南开学报》1998年第4期。

③ 历代类书中摘录保存大量古代文献材料，对于已经亡佚的文献来说，这些文献材料具有辑佚作用；对于有现存版本的文献来说，又具有重要校勘价值。

分。这部分文献与叙事文学故事文本情况相似，也是前贤对叙事文学故事进行源流研究时文献搜集中被忽略、近乎空白的一个盲区。如关于女娲、精卫、嫦娥、大禹、西王母等神话故事的集部诗文作品，每个神话故事类型中的诗文文献材料都在百条以上，但这些材料在前贤研究中几乎均未被采集使用。

以上三种纸质文献主要是就现存版本文献而言，除此之外，还有一个共同问题，就是辑佚补缺。因为各种缘故，所有的纸本文献都存在亡佚的可能，而亡佚的文献一般又不可能完全消亡。那么，把这些残存文献钩沉辑佚，是保证叙事文学故事文本能够最大程度完整，实现"集千万本"目标的重要措施。

5.文物材料

文物材料与以上三种文献有所不同，但又有所关联。实物文献大约分两部分，一为纸质文献记载者，二为真实实物者。纸质文献记载实物中，史部（含方志）所记实物多为各地文物遗址，而子部史部各类笔记中所记实物则包罗万象，堪称取之不尽的实物文献渊薮。真实实物为现存历史文物，既包括建筑遗址，也包括各类器物。这些实物文物与叙事文学故事的关联主要在于，它们是很多叙事文学故事文本的重要参考佐证材料。如很多真实历史人物的庙宇、塔寺，居住或使用过的建筑器物等。这些实物文物本来是相关故事类型完整材料体系中的重要组成部分，但前贤用来与叙事文学故事类型连接汇总、作为故事类型研究材料者却较少见到。

三、叙事文学故事文献的社会文化属性

就叙事文化学研究程序目标而言，文献搜集本身不是研究的最终目的。它的最终目的是对采集文献进行考证梳理后，对其文献形态异同变化进行文化动因的解读分析。那么，在进行这项终极工作之前，对各类文献本身的文化价值属性进行探索评估，乃是应有之义。

叙事文学故事文本分为"经史子部文献""集部文献""叙事故事文献""文物材料"四个部分，不是偶然形成的，而是具有内在社会历史文化动

因，因而不同方面对其认知判断会产生某些共性。①除了文物作为实物与其他三种纸本文献各有关联外，其他三种纸本文献代表了中国历史上三种不同的社会文化阶层属性。这一点，与笔者提出的中国古代文化"三段说"恰好完全吻合。②用此"三段说"解读叙事文学故事文献，堪称合榫。

从叙事文化学角度来看，其故事类型纸本文献的三种类型（经史子部、集部、叙事故事）的形成和分布，并非偶然形成，其内在制约和动力恰恰就是笔者提出的中国传统文化"三段说"。

1. "经史子部文献"与帝王文化精神

"经史子部文献"对应的是先秦两汉时期的中国帝王文化。这个时期中国文化的主旋律就是帝王文化精神，而经史子部文献则是构建帝王文化精神的主体工程。帝王文化的基本内涵、基本规则、基本概念和范畴，在经史子部文献中得到全面的反映和陈述。就其与叙事文学故事关联的文化属性而言，几种类型文献分别从不同方面体现出帝王文化精神对叙事文学故事类型的制约。

经部文献是帝王文化精神的核心。从文体特征上看，经部文献似乎与叙事文学故事形式距离遥远，但在精神内涵上却是从整体上制约包括叙事文学故事在内的几乎所有文学形态的掣肘力量。帝王文化的系统构建应是得力于西周时期从社会制度到文化思想全面形成的以等级制度为基础、以宗法观念为理念、以天子为社会至尊的系统封建社会形态。在这个社会背景下，首先确立了明确的"普天之下，莫非王土，率土之滨，莫非王臣"的帝王至尊观念。为了维护这种观念的长久，他们又从文化建设的高度，强调社会教化的重要意义：

---

① 陈维昭教授在《三大文化生态圈与中国叙事文化学》一文中，提出用"经史古文生态""书场文化生态"和"科举文化生态"来形容指代中国叙事文化学的文本形态和文化背景，与我们提出的四种文献资源形式尽管表述不尽相同，内涵也略有歧异，但就总体内涵而言，可谓异曲同工（参见陈维昭：《三大文化生态圈与中国叙事文化学》，《文学与文化》2021年第2期）。

② 笔者认为，中国文化按时间顺序和内涵不同，可以分为三个类型时段：先秦两汉时期的帝王文化、魏晋南北朝至唐宋时期的士人文化、元明清时期的市民文化。参见宁稼雨：《中国传统文化"三段说"刍论》，《求索》2017年第3期。

刚柔交错，天文也；文明以止，人文也。观乎天文，以察时变，观乎人文，以化成天下。①

从西周时期开始人们就已经清楚认识到，了解、掌握社会规律的目的就是为了教化天下民众。这一理念到了汉代就更加明确和具体了。《诗经》原本通过采风以"讽谏""刺上"的目的，到了汉代被补充修正为更加偏重天子对于民众的教化：

风，风也，教也；风以动之，教以化之。……先王以是经夫妇，成孝敬，厚人伦，美教化，移风俗。②

因为这个观念的强大影响力，包括叙事文学故事类型在内，整个中国古代叙事文学都深深烙上了"教化"的烙印。这是经部帝王文化精神对叙事文学故事制约影响的最强力度所在。

除此之外，经部文献还作为儒家经典的权威解读，成为包括叙事文学故事类型在内的大部分古代文化典籍涉及先秦时段各种知识词汇的权威标准。

史部文献作为经部文献的附庸，是按帝王文化的价值标准描述帝王文化背景下社会历史发展过程的标准叙述典范。早在经部文献中，《左传》《公羊》《谷梁》对于《春秋》从不同角度的解读和翻写，已经成为史部典籍的泛帝王观念的范例。到了汉代，纪传体史书的确立更是从制度上为帝王树碑立传铺平了道路。以帝王为中心的纪传体书写叙述模式不但成为史书的正宗，而且直接规定和影响了叙事文学故事的题材选择和叙事偏好。以帝王为主人公的历史题材在古代戏曲小说中占有很大比重，以此为基础，叙事文化学故事类型中形成一个帝王主题系列。在帝王系列故事类型中，史部文献起到了所有文献材料中的原典和坐标作用。即史部文献中的帝王

---

① 《周易正义》卷三，《十三经注疏》，中华书局1980年版，第37页。
② 《毛诗正义》卷一，《十三经注疏》，中华书局1980年版，第1—2页。

记载是各帝王故事类型中的原始记录，其他文献材料需要以它为坐标进行梳理比较，分析帝王故事所发生的演变线索轨迹。因而，其成为帝王题材故事类型的聚焦核心。

子部文献起源于春秋战国时期诸子各陈其说，而百家争鸣的初衷则是殊途同归，均在为帝王建言献策，贡献自己认为最佳的"君人南面之术"。与之密切相关，为达此论说目的而附带的大量寓言故事也往往与帝王大业关联。因此，就子部文献对于叙事文学故事类型的影响来说，这种帝王文化中心观念作用下对国家政治问题的关注意识成为历代叙事文学故事类型传承过程中的重要制约力量。

因此，经部、史部、子部三种文献从不同角度向全社会灌输了非常强烈的帝王文化精神，这一精神在叙事文学故事文本中产生了极为深远的影响。

2. "集部文献"与士人文化精神

中国士人文化起自魏晋，经隋唐而至宋代。无独有偶，这个时段也正是中国集部文献从无到有、蔚为大观的过程。集部文献产生发展的过程，也是士人文化精神孕育、产生、成熟的过程，并且它也成为叙事文学故事类型传承文献的重要组成部分。

六朝之前，中国尚未形成"文学自觉"和"文学独立"的局面，反映在目录学著作中，《汉书·艺文志》中列有"诗赋略"①，尚未出现"集部"名称和类目。汉魏以降，随着门阀士族崛起，士族文人群体人格独立，文学从各种实用性文体中解放出来，出现更大数量的纯文学性质的诗赋作品。为了全面反映这一文学盛况，在王俭《七志》和荀勖《中经新簿》各种尝试的基础上，《隋书·经籍志》正式将《汉志》的"诗赋略"改造提升为"集部"，并成为历代公私书目用来全面记载著录文学类文献典籍的重要目录学分类类目。这个情况也是士人文化取代帝王文化，掀开中国士人文化舞台大幕的一个重要标志。②

---

① 《汉志·诗赋略》收诗二十八家，三百一十四篇，赋百六家，千三百一十八篇（中华书局缩印本，1997年）。

② 参见宁稼雨：《中国文化"三段说"背景下的中国文学嬗变》，《中原文化研究》2019年第2期。

"集部文献"定名定类使士人文化的规模表述有了集中的园地和阵营，同时也成为士人文化参与叙事文学故事类型表述实践的重要渠道。集部文献作为士人文化参与叙事文学故事文本的渠道，主要形式表现为诗歌、词曲和散文。它们被用来参与叙事文学故事类型文本写作的主要形式又有两种：一种是直接进行诗词散文形式的叙事文学故事类型写作，如《长恨歌》《圆圆曲》等；二是大量把叙事文学故事原型作为诗词散文典故使用。这两种形式都是非常典型的以士人文化的视角，参与叙事文学故事书写的内涵与载体。第一种情况属于直接用抒情诗方式书写的叙事文学故事，只是与戏曲小说载体各异而已，其文献价值意义自不待言。第二种情况即用诗词散文方式把叙事文学故事作为典故使用，是否能够成为叙事文化学故事类型研究的文献材料来进行研究使用，学界有不同看法。我们从"集千万本"的原则出发，认为每条典故材料的使用有其不同的创作背景和文学意象所指，是故事类型文化分析的重要组成部分，故不可忽略。①

　　除了以上集部文献所含诗词散文外，体现士人文化精神的文体形式还包括文言小说。文言小说虽然一般被收录在子部小说家类，但却是作为诸子文章中"不入流"的另类，一直受到贬抑。就其社会文化属性看，从作者到读者，再到其内容，堪称是三位一体的"士人文学"样式。以《世说新语》为代表的"世说体"小说是其典范②，唐传奇则更是萌生于知识分子用来展示自己在科举考试过程中文学才华的"文备众体"的文体样式③。文言小说与诗词散文从两个不同的角度（叙事与抒情）表现出士人文化对于叙事文学故事类型的参与和影响，同时文言小说又与通俗小说戏曲形成叙事文学形式关联，成为士人文学连接市民文学的纽带。

---

　　① 参见张培锋：《关于叙事文化学研究的若干思考——以"高祖还乡"叙事演化为例》，《天中学刊》2016年第6期；宁稼雨：《对〈关于叙事文化学研究的若干思考〉的回应意见》，《天中学刊》2017年第1期。

　　② 参见宁稼雨：《〈世说新语〉是志人小说观念成熟的标志》，《天津师范大学学报》1988年第5期。

　　③ 参见程千帆：《唐代进士行卷与文学》第八节"行卷风尚的盛行与唐代传奇小说的勃兴"，上海古籍出版社1980年版。

3.通俗文学文献与市民文化精神

从宋代开始，随着中国城市经济繁荣而出现的市民文化需求，以迅猛的态势高速发展，到元明清时期取代士人文化成为中国社会文化舞台的主角。以通俗小说戏曲为代表的大量俗文学作品，成为体现市民文化精神的重要载体，这主要表现在以下几个方面：

其一，受到社会各界高度关注。面对如同山洪暴发一样倾泻而出的通俗文学迅猛发展态势，无论对它持何种态度，元明清时期全社会的人都从不同角度给予极大关注。帝王阶层对于通俗文学中有碍其专制统治的部分要大加禁毁，但同时也无法抗拒那些引人入胜的故事诱惑，自己也偷偷阅读起来。①有识之士却慧眼看出通俗文学的历史文化价值，给予高度肯定：

> 诗何必古《选》，文何必先秦，降而为六朝，变而为近体，又变而为传奇，变而为院本，为杂剧，为《西厢曲》，为《水浒传》，为今之举子业，皆古今至文，不可得而时势先后论也。②

在李贽看来，一代有一代之文学，元明清以来主流文学形式就是通俗戏曲小说。这个看法代表了明代以来思想界对于通俗文学作为市民文化精神主流代表的肯定。

其二，以商品形式进入社会消费层面，更加扩大其影响力。此前的经史子部文献和集部文献，要么是官方刻印，要么是私人自费刻印，基本不属于流通的商品。通俗文学则完全改变了这一传统，明代开始出现大量书坊和出版家，其出版的印刷物中有大量通俗文学作品被作为商品进行营销。这一情况大大开拓了通俗文学的市场范围和读者层面，使通俗文学产生了巨大的社会影响力。

其三，通俗文学文献是构成一个故事类型文献系统的核心和主体要件。从上文可知，从"集千万本"的标准来衡量要求，一个故事类型需要覆盖

---

① 参见王利器：《元明清三代禁毁小说戏曲史料》，上海古籍出版社1981年版，第12页。

② ［明］李贽：《童心说》，载《焚书》卷三，中华书局1975年版，第99页。

经史子部文献、集部文献，通俗文学文献、文物材料等四个方面。但在这四个方面中，代表市民文化精神的通俗文学文献又是重中之重，是核心和主体要件。因为叙事文学是一种时间艺术，以叙事时间进程为核心要旨。相比之下，从故事的完整系统程度来说，除史部文献中史传文学部分和集部文献中叙事诗部分外，其他经史子部文献的隐性影响和集部文献的典故使用均只涉及个案故事类型整体文献系统中的局部和个别部分。而以戏曲和小说为主的通俗文学文献（加上史部史传文学和集部叙事诗）才是构成叙事文学故事类型的文献核心。①了解这一情况，不仅有助于把握通俗文学文献本身的文化属性，而且对于叙事文学故事类型文献各部分权重比的认知把握也至关重要。

从"集千万本"的求全理念出发，全面梳理叙事文学文献各个部分的性质和作用价值，进而从社会历史文化属性认知的角度审视观照各种类型叙事文学文献的文化价值，这是我们对叙事文化学故事类型研究文献搜集问题的最新认识，敬祈学界方家指正。

原载《文学与文化》2021年第2期

---

① 参见宁稼雨：《关于个案故事类型研究的入选标准与操作方法》，《天中学刊》2015年第4期。

三大文化生态与中国叙事文化学

陈维昭

摘要： 中国叙事文本曾生存于三种文化生态之中：经史古文生态、书场文化生态和科举文化生态。这三种文化生态不仅是前后承接的关系，而且是层层叠加积淀的关系。中国叙事文化学研究应该首先让叙事文本回归到它们原初所生存的文化生态中，在生态关联中考察其性质、形态、功能及其变异，获取真实的知识。把叙事学研究建立在这种考察结果的基础上，这样的叙事文化学或许能够更接近中国文化本身。

关键词： 文化生态；经史古文传统；书场文化；科举文化；叙事学

引 言

自20世纪90年代以来，宁稼雨教授即致力于中国叙事文化学的探索，尤其是新世纪以来，更是提出了该学的诸多构想并付诸实践，发表了一系列论著，在学术界产生了广泛的影响。他借鉴西方民间故事主题学、原型理论的方法，提出中国叙事文化学的建设构想，变西体中用为中体西用，在故事类型学、主题学方面有颇为成功的实践，突破了以往那种以作家作品为单位的封闭式研究模式。"引导我们将目光从文本上拉回，而将研究对象还原为故事……将文本作为故事演化过程中参与主题形成与表达的一系列坐标点……在一个更高的维度上重新整合既有的文本系统，从更高品位的互文视野来从事相关研究。"①

宁教授把"叙事"分为狭义与广义两种，狭义的"叙事"指叙事文学，广义的"叙事"指"一般的叙述事情"，他选择狭义的"叙事"，即叙事就是指叙事文学，其"中国叙事文化学"指的是叙事文学的文化学研究。故其"中国叙事文化学"是"作为叙事文学乃至叙事学研究的一个组成部分"。②

新时期以来的中国叙事学研究基本上是在讨论"叙事文学"之学，陈平原先生的《中国小说叙事模式的转变》（1988）选择几组西方叙事学的重要范畴，要解决的是中国小说讲述故事方式的转变。该书对其后的中国叙事学研究具有重要的示范意义。从研究视野来看，杨义先生的《中国叙事学》（1997）采用了文化的视角，他将叙事行为上溯至商代卜辞，再由史传、史论而下，最后回到文学。该书在更具学理形态的意义上产生深远影响。值得指出的是，该书视野开阔，从前小说时代（即从先秦至小说成熟之前）的经史文献中梳爬出"序事""叙事"，由此去考察"叙事"内涵与外延的演变。这种从可征文献中析出"叙事"的做法，一方面使得对于"叙事"的讨论更加集中，也更具学理形态；但另一方面，这种析出也使"叙事"从其母体中剥离出来，游离于"叙事"所赖以产生的文化生态之外。比如该书也提到宋代真德秀《文章正宗》的"辞命、议论、叙事、诗赋"的文章四目，但它仅仅从四目中析出"叙事"，而把辞命、议论、诗赋悬置一旁，终于与真正的文化生态研究失之交臂。杨著把叙事分为历史形式、戏剧形式和小说形式三大系统，实际上，其与陈著一样，出发点与立足点都是文学，他们的叙事学都是"叙事文学"之学。

把"叙事"理解为"文学"，或者说，以"文学"为起点去考察"叙事"，这实际上是受20世纪之前西方文体分类观念的影响，也体现了研究者知识范型的特点。在这种观念中，"叙事"相对于"抒情""议论"而言，浦安迪先生的《中国叙事学》（1996）便附录了高友工先生的《中国叙事传

---

① 胡胜：《尝试与创获——中国叙事文化学的理论建构》，《天中学刊》2015年第3期。

② 宁稼雨：《叙事·叙事文学·叙事文化——中国叙事文化学与叙事学的关联与特质》，《天中学刊》2014年第3期。

415

统中的抒情境界》。以"叙事"论文学，可以打破小说、戏剧、诗歌、散文之间的文体壁垒，捕捉这四大文体之间的内在关联，总结其规律性。

宁稼雨教授的中国叙事文化学研究已经大大地拓宽了学界的视野，尤其是在中国上古神话和《世说新语》的研究上，为"中国叙事文化学"研究确立了范式。如今，当本人试图在这一范式下略事效颦的时候，竟有"眼前有景道不得"之叹，宁教授的一系列论著已使此题略无剩义。本文只好剑走偏锋，以一位叙事文化学旁观者的身份做一次尝试：当我们立足于广义的"叙事"、立足于中国文化生态的时候，将会得到一种什么样的叙事文化学。

广义的"叙事"包括神话、寓言、史书、史诗、小说、戏剧、新闻、闲谈，其载体甚至包括绘画、音乐，叙事文学只是叙事学的一个组成部分。限于本人的知识积累，本文所举例证不涉及绘画、音乐。

一、叙事与古文谱系

所谓"叙事文的文化生态"指的是叙事文本赖以产生、传播的文化环境。这种研究所要关注的是叙事文本与共生环境中其他文化形态之间的有机关联，在生态系统中考察叙事文的本质、规则和功能。

让叙事文回归到其文化生态中，我们首先看到的是叙事文之间的普遍规律。金圣叹说："圣叹本有才子书六部，《西厢记》乃是其一。然其实六部书，圣叹只是用一副手眼读得。如读《西厢记》，实是用读《庄子》《史记》手眼读得；便读《庄子》《史记》，亦只用读《西厢记》手眼读得。如信仆此语时，便可将《西厢记》与子弟作《庄子》《史记》读。"[①]如果以今天的文体观视之，《庄子》是散文，《离骚》是楚辞，《史记》是史传，《杜工部集》是诗歌，《西厢记》是戏曲，《水浒传》是小说。对这六部书，金圣叹统称之为"才子书"，并且以"一副手眼"读得。因为金圣叹在这分别属于不同文体的六部书里看到了统一性，这个统一性就是"文"。他之以

---

① ［清］金圣叹著，陆林辑校：《读第六才子书西厢记法》，《金圣叹全集》，凤凰出版社2008年版，第855页。

"一副手眼"读之，旨在揭示这六种文相同的文章理念、文章笔法与深层结构。

杨义先生指出，作为一种叙述行为，商代卜辞就出现了叙事；作为文体意义上的叙事，则始于唐宋时期。让我们首先回到"叙事"的原初谱系上。

当我们翻开南宋真德秀《文章正宗》的时候，我们会发现，真德秀把文章分为辞命、议论、叙事、诗歌四类，明代杜浚的《杜氏文谱》也大致做此分类。而最具文章理论体系意味的，则是元代陈绎曾的《古文谱》，其作文理论由式、制、体、格、律五部分组成。其中的"式"即文章体式，包括三类：叙事、议论、辞令。①这里向我们提出一个问题，早在宋代之前，《文心雕龙》《昭明文选》所述文体已有数十种之多，何止区区三四种？而且把"叙事"与"议论"并提还好理解，将"叙事"与"辞令"并列，则又何据？以20世纪以来的文学视点看，这一分类原则无法理解。但如果从中国传统文章谱系视之，我们可以发现，"叙事""议论""辞令""诗赋"四大类实是共存于一个相同的文化生态中，这个文化生态就是颜之推所说的："夫文章者，原出五经。"②五经为文章的文化生态，而叙事则为文章之一体式。在五经这个文化生态系统中，叙事的本质、规则与功能得到了规定。

真德秀的四分类与陈绎曾的三分类实是对应于五经。颜之推说："诏、命、策、檄，生于《书》者也；序、述、论、议，生于《易》者也；歌、咏、赋、颂，生于《诗》者也；祭、祀、哀、诔，生于《礼》者也；书、奏、箴、铭，生于《春秋》者也。"③真德秀所说的"辞令"即对应于诏、命、策、檄等文体，其源在于《尚书》；"议论"即对应于序、述、论、议等，其源在于《易》；"诗歌"则对应于歌、咏、赋、颂，其源在于《诗》；而"叙事"则对应于书、奏、箴、铭，其源在于《春秋》。关于"叙事"之

　　①［元］陈绎曾：《文章欧冶》，王水照《历代文话》，复旦大学出版社2007年版，第1241—1242页。

　　②［北齐］颜之推撰，王利器集解：《颜氏家训集解》，中华书局2002年版，第237页。

　　③［北齐］颜之推撰，王利器集解：《颜氏家训集解》，中华书局2002年版，第237页。

源流，明代黄佐的《〈六艺流别〉序》说得最为具体："《春秋》以治正志者也，其源名分也。其流之别，为纪，为志，为年表，为世家，为列传，为行状，为谱碟，为符命。其大概也，则为叙事，为论赞。叙事之流，其别为序，为记，为述，为题辞，为杂志。论赞之流，其别为论，为说，为辨，为解，为对问，为考评。"①当然，随着中国文化史的历史演进，五经谱系各序列之间也出现交叉挪用的现象，文化生态更呈纷繁复杂的局面。事实上，《尚书》也是"叙事"的源头之一，唐代刘知几说：

> 昔圣人之述作也，上自《尧典》，下终获麟，是为属词比事之言，疏通知远之旨。子夏曰："《书》之论事也，昭昭然若日月之代明。"扬雄有云："说事者莫辨乎《书》，说理者莫辨乎《春秋》。"然则意指深奥，诰训成义，微显阐幽，婉而成章，虽殊途异辙，亦各有差焉。谅以师范亿载，规模万古，为述者之冠冕，实后来之龟镜。既而马迁《史记》，班固《汉书》，继圣而作，抑其次也。故世之学者，皆先曰《五经》，次云《三史》，经史之目，于此分焉。

身处五经谱系之中，叙事文的原则（如"实录"）与修辞法则（如"意指深奥，诰训成义，微显阐幽，婉而成章"）都与以《尚书》《春秋》为代表的经史传统有直接的关联，也对后世的叙事文产生制约作用。

五经的文化生态，尤其是《尚书》《春秋》的直接谱系，制约着后世叙事文的价值取向与写作成规。后世读者把干宝的《搜神记》称为"志怪小说"，把《世说新语》称为"志人小说"，已然把这两部叙事文从其文化生态中剥离出来，在看到两部叙事文的文学色彩的同时，也迷失了它们的史学旨趣，模糊了它们的写作成规，也即迷失了它们的叙事个性。

我们今天以无神论的立场而称史书中的灵异叙事为"超验"，但史书的作者是为了"明神道之不诬"。司马迁《史记·项羽本纪》记载，范增对项

---

① ［明］黄佐：《〈六艺流别〉序》，曾枣庄《中国古代文体学·附卷二·明代文体资料集成》，上海人民出版社2012年版，第186—187页。

羽说起刘邦："吾令人望其气，皆为龙虎，成五采，此天子气也。"①又在《高祖本纪》叙述道："秦始皇帝常曰'东南有天子气'，于是因东游以厌之。高祖即自疑，亡匿，隐于芒、砀山泽岩石之间。吕后与人俱求，常得之。高祖怪问之。吕后曰：'季所居上常有云气，故从往常得季。'"②倘若把这视为叙述者的烘云托月艺术手法，司马迁一定不会同意——君权神授的观念支配着司马迁的历史叙事。

在唐代房玄龄看来，东晋干宝的《搜神记》是一部"集古今神祇灵异人物变化"③之书，他认为"宝既博采异同，遂混虚实"④。但干宝自己却说此书"足以明神道之不诬也"⑤。这种"实录"的信念鼓舞着干宝运用史书的叙事模式去营造"拟真"效果。《搜神记》每则都是以真实确切的朝代年号开头，为其后的灵异故事架设一个史学实录的框架，如《人生角》篇，干宝以"汉景帝元年九月""晋武帝泰始五年"把人生角的怪异故事嵌入了史学实录的叙事框架中。

如果说干宝《搜神记》是早期志怪叙事文，那么，蒲松龄的《聊斋志异》则是成熟期的文言小说。但蒲松龄依然继承着杂史传统的"实录"旨趣。《画壁》中朱孝廉因对画壁上一拈花微笑之垂髫天女动情，入壁中与其同床共枕，于是女孩的发型由垂髫而转为髻云高簇、鬟凤低垂，由少女而成了妇人；一番历险，朱孝廉自壁而下，回到现实。刚才壁中的一番经历，本如僧人所言"幻由人生"，但蒲松龄却给出令人震撼的一笔："共视拈花人，螺髻翘然，不复垂髫矣。"如果把这一笔理解为蒲松龄的"浪漫主义手法"，理解为"理之所必无，情之所必有"，蒲松龄一定会大失所望。这"不复垂髫矣"的叙述承接的是史传传统的"实录"旨趣，它颠覆了现实时空的维度。一旦把《搜神记》《聊斋志异》从杂史的文化生态中剥离出来，我们将会失去对"拟真"叙事的高峰体验。

① ［汉］司马迁：《史记》，中华书局2013年版，第311页。
② ［汉］司马迁：《史记》，中华书局2013年版，第348页。
③ ［唐］房玄龄等：《晋书·干宝传》，中华书局2012年版，第2150页。
④ ［唐］房玄龄等：《晋书·干宝传》，中华书局2012年版，第2150页。
⑤ ［唐］房玄龄等：《晋书·干宝传》，中华书局2012年版，第2151页。

刘义庆并未在《世说新语》中留下任何序跋，但他应该不会有当"小说家"或"文学家"的宏愿。从该书所用文体来看，该书有过《世说新书》与《世说新语》的不同书名，但不管是"书"还是"语"，都属于史书之别体。南宋董弅说："晋人雅尚清谈，唐初史臣修书，率意窜定，多非旧语，尚赖此书以传后世。"①指出此书是对晋人清谈风尚的记录，比一些正史还要真实。南宋刘应登说此书"虽典雅不如左氏、《国语》，驰骛不如诸《国策》，而清微简远，居然玄胜"②。刘应登同样是把此书放在史书谱系中进行比较的。至于后人从文学的角度于《世说新语》中汲取文学的养分，那自是这部书的文化延伸的一种形态。从史传角度看，《世说新语》为一代风尚之真实而生动的记录；从文学的角度看，则难免会觉得它所讲述的故事情节不够曲折多变，人物性格不够复杂多面。

今天的文学史、小说史著述自然要给《搜神记》《世说新语》留下一席之地，但在以今天的文学理念评估它们之前，是否应该首先考察它们与其所处文化生态之间的有机关联，对它们的叙事形态有了"同情之理解"之后，再给出我们今天的文学性评析？

二、叙事与书场文化

随着中国文化与外来文化的交汇，文化生态也是波澜激荡，日新月异。由于佛教文化的传入，出现了唐代说变相与宋代的讲史，佛经叙事与历史叙事的通俗化催生了书场文化，衍生了说唱文艺系列和白话小说系列，它们都以说唱的形式传播，尤其是在中下层的民众中传播。不管是唐代的"转变"形式（其文本为"变文"）还是宋代的"说话"形式（其文本为"平话""词话"），都属于书场文化。这种传播空间制约着变文与话本的叙事方式。如果说文言小说从属于杂史谱系，那么，白话小说的叙事理念则与书场文化有直接关系。在书场文化中，白话叙事文的一些叙事原则与成

---

① ［南朝宋］刘义庆著，［南朝梁］刘孝标注，余嘉锡笺疏：《世说新语笺疏》，中华书局2011年版，第803—804页。

② ［南朝宋］刘义庆著，［南朝梁］刘孝标注，余嘉锡笺疏：《世说新语笺疏》，中华书局2011年版，第801页。

规可以得到合理的解释。书场文化虽然与正宗的经史文化有着不同的传播场阈，但它的讲史系列是以历史（正史与野史）为讲述内容，所以书场文化中的历史叙事往往要声明对正史那种宏大叙事的继承。罗贯中的《三国志通俗演义》是对《三国志》这部史书的通俗化。庸愚子说："然史之文，理微义奥……不通乎众人。"①他称此书"文不甚深，言不甚俗，事纪其实，亦庶几乎史"②。自明至清，一直有人持这种以"演义"体为正史之通俗版的观念。一旦忽略这类"庶几乎史"的通俗演义体的特点，我们便会自觉不自觉地使用"文学虚构性"尺度去评判它。

书场文化的听众大多为下层民众，因果报应、色空虚无等观念容易为他们所接受，这类观念也影响了书场叙事文的形态。《金瓶梅》故事一开始或许是讲说于书场之中，故书名为《金瓶梅词话》。其卷首的《四贪词》，分别对酒、色、财、气四种需求进行警诫。酒指适性、放纵；色指女色，包括情欲、婚姻；财指物质需求；气指争强斗胜之心。戒绝酒色财气的箴言曾经成为元代神仙道化剧普遍存在的戏剧框架：主人公逐一勘破酒、色、财、气，从而进入绝对逍遥的神仙极境。这种神仙道化剧用酒、色、财、气去指称人人皆有的感性需求，这种需要给人带来感性快乐，同时也带来灾难。要极乐就必须彻底抛弃人的感性需求，进入无欲的状态。元代以来，在戏曲、说唱、小说领域中出现了一批以警世、劝世为主题（或者为故事框架）的作品，形成一个警劝的文化传统。那些以"色空"（佛教）、"幻化"（道教）作为故事的开头与结尾的作品，均可归入这一叙事传统之中。这一警劝箴言曾被归结为"冷热金针"。崇祯本《金瓶梅》虽未提出"冷热金针"的叙事策略，但它已运用"冷热"警劝的文化意识对《金瓶梅》的结构进行调整，把词话本第一回的《景阳冈武松打虎，潘金莲嫌夫卖风月》改为《西门庆热结十兄弟，武二郎冷遇亲哥嫂》，并以两首诗代替词话本的《四贪词》，其二曰："二八佳人体似酥，腰间仗剑斩愚夫。虽然不见人头

---

① ［明］庸愚子：《三国志通俗演义序》，黄霖、韩同文《中国历代小说论著选》，江西人民出版社2000年版，第108页。

② ［明］庸愚子：《三国志通俗演义序》，黄霖、韩同文《中国历代小说论著选》，江西人民出版社2000年版，第108页。

落，暗里教君骨髓枯。"其后随着故事的展开，又时以诗句慨叹，说是："一朝马死黄金尽，亲者如同陌路人。""三杯花作合，两盏色媒人。""三寸气在千般用，一日无常万事休。"张竹坡评本则明确地把这一"冷热"警劝的文化意识落实到这部小说的叙事策略上，具体说来就是所谓的"冷热金针"。他说："'二八佳人'一绝，色也。借色说人，则色的利害比财更甚。下文'一朝马死'二句，财也！'三杯茶作合'二句，酒也；'三寸气在'二句，气也。然而酒、气俱串入财、色内讲，故诗亦串入。小小一诗句，亦章法井井如此，其文章为何如？"①"冷热金针"不仅仅是一种文化观念，而且具体化为小说的叙事结构。

张竹坡认为，小说中两个小人物在全书的叙事结构上极为重要，这就是温秀才和韩伙计。温秀才叫温必古，韩伙计叫韩道国。因为"韩者冷之别名，温者热之余气"②，通过谐音、近义而实现语义转换，从而把该书的叙事策略纳入"冷热"警劝的文化生态之中。那么，为什么韩道国至第三十回才出现，温秀才到第五十八回才出现？张竹坡解释道："故韩伙计于'加官'后即来，是热中之冷信。而温秀才自'磨镜'后方出，是冷字之先声。是知祸福倚伏，寒暑盗气，天道有然也。虽然，热与寒为匹，冷与温为匹，盖热者温之极，寒者冷之极也。故韩道国不出于冷局之后，而出热局之先，见热未极而冷已极。温秀才不来于热场之中，而来于冷局之首，见冷欲盛而热将尽也。噫嘻，一部言冷言热，何啻如花如火！而其点睛处乃以此二人，而数百年读者，亦不知其所以作韩、温二人之故。"③小说第三十回写的是"西门庆生子加官"，人生之"热"至于极点。而此时韩道国的登场，正是"热中之冷信"。第五十八回写"孟玉楼周贫磨镜"，磨镜周贫，自属"冷"者，温秀才于此时登场，是为"冷字之先声"。张竹坡认

---

① ［明］兰陵笑笑生著，王汝梅校注：《皋鹤堂批评第一奇书》，吉林大学出版社1994年版，第1页。

② ［清］张竹坡：《冷热金针》，［明］兰陵笑笑生著，王汝梅校注：《皋鹤堂批评第一奇书》，吉林大学出版社1994年版，卷首第28页。

③ ［清］张竹坡：《冷热金针》，［明］兰陵笑笑生著，王汝梅校注：《皋鹤堂批评第一奇书》，吉林大学出版社1994年版，卷首第28页。

为，《金瓶梅》的这种人物设置与全书的叙事格局有着深刻的寓意，或者说，在他看来，《金瓶梅》的作者是以"冷热"警劝的文化意识去设置小说叙事结构的。

张竹坡对"温"和"韩"之命名或许有过度阐释之处，但"冷热金针"的结构意识显然存在于《金瓶梅》中。后来的《红楼梦》也采用了这样的叙事策略，其贾府故事迟迟不愿开始，第二回"冷子兴演说荣国府"，脂批说："此回亦非正文本旨，只在冷子兴一人，即俗谓'冷中出热''无中生有'也。"①小说最后以"落了片白茫茫大地真干净"结束，完成了这个"冷热金针"的叙事理念。

叙事文的空间叙事往往喜欢采用移步换形的动态方式，而不是"一览众山小"的统摄式叙述。这种空间叙事方式同样与书场文化的特点有关。书场文化是一种"一次性"的、时间单向度的现场性表演，它不像案头阅读那样可以停下来品味叙事过程，甚至回过头去重温某一叙事过程。这种"进行时"的特点使得"移步换形"成为最有效的书场文化的叙事方式。明清时期的白话长篇小说虽已离开书场文化空间，但书场文化所形成的叙事传统显然已在明清白话长篇小说中扎下了根。《红楼梦》对宁荣二府的介绍并不在一次性的统摄中完成，而是通过林黛玉的脚步之移动，做了一次勾勒。由荣国府而宁国府，再回到荣国府，随着林黛玉脚步的移动，读者对宁荣二府的空间形态便有了一个大致的了解。

书场文化的特点也影响着小说的景物描写和人物的出场描写。明代白话长篇小说的景物描写和人物出场往往由"但见"二字引出，如《水浒传》写史进离开少华山投关西五路，但见"崎岖山岭，寂寞孤村"，然后写史进的所见所闻。这个"但见"并不一定代表"见者"的主观，它有时只是叙述者的第三人称叙述所致。史进见王进时，小说这样写："史进看他时，是个军官模样。怎生结束？但见头裹芝麻万字顶头巾，脑后两个太原府纽丝金环……"以史进的乡间后生的身份当不会知道"太原府纽丝金环"。武松第一次见到潘金莲时，小说写道："武松看那妇人时，但见：眉似初春柳

---

① ［清］曹雪芹：《脂砚斋甲戌抄阅再评石头记》，上海古籍出版社1985年版，第21A页。

叶，常含着雨恨云愁；脸如三月桃花，暗藏着风情月意。纤腰袅娜，拘束的燕懒莺慵；檀口轻盈，勾引得蜂狂蝶乱。玉貌妖娆花解语，芳容窈窕玉生香。"①今天的一些读者因此而陷入冥思：武松是否会爱上潘金莲？被金圣叹许为"天人"的武松怎么心理会这么猥琐阴暗？事实上，武松这位顶天立地的男子汉，不可能用这种眼光看自己的嫂子。所谓"但见"只是书场文化带来的叙事惯例，代表的只是叙述者的观感。

明清白话长篇小说基本上都采用"文备众体"的文体形态，这种形态的形成并不是小说家要显示其具备众体之长，而是因为书场文化本来就是采用说、唱形式进行的。它由"转变"和"说话"的文化源头所塑形。书场文化生态对宋代以来的叙事模式的影响不可低估。

三、叙事与科举文化

前文说，真德秀、陈绎曾的叙事体式对应于五经。但事实上他们只取五经中的四经或三经，这里可以看出其文章学不仅承接着五经的文化生态，同时也嵌入了时代的科举文化生态之中。"辞令"一体正是对应于三场考试中的第二场考试科目，它要考核的是未来官员的公文写作水平。关于明清时期叙事文与科举文化互涵互渗的关系，本文不能全面展开，这里只提一点：一方面是一些游戏八股文以小说戏曲为题，另一方面则是八股文的修辞理念渗透到了小说、戏曲的叙事法中。光绪间杨恩寿认为《红楼梦》"原书断而不断，连而不连，起伏照应，自具草蛇灰线之妙"，但陈钟麟的《红楼梦传奇》却是"强为牵连，每出正文后另插宾白，引起下出；下出开场，又用宾白遥应上出，始及正文"。杨恩寿认为这种做法"颇似时文家作割截题，用意钩联，究非正轨"。②明清章回小说的前后勾连如果从起源上来说，与宋代说书的"上回说到""且听下回分解"的讲说模式有直接关联。但进入明清时期之后，身处于截搭题的科举文化生态之中的读者和评论家有意无意间会把它与截搭题的"照上而不侵上""吸下而不犯下"的修辞法则相

---

① ［明］施耐庵：《水浒传》，人民文学出版社1997年版，第302页。

② ［清］杨恩寿：《词余丛话》，中国戏曲研究院编：《中国古典戏曲论著集成》第9册，中国戏剧出版社1959年版，第271页。

关联，则也是一种自然发生的事情。

中国古代小说创作和戏曲创作成熟于宋代，这与科举学的初步形成差不多同时，它们共同取法于传统文章学、传统叙事学。明清时期出现了八股文的科举考试文体，由于它空前的普及性，八股文理念渗透到文化的方方面面，这导致今人产生错觉，认为小说、戏曲所用之"法"乃"八股文法"。事实上，八股文法是对传统文章理念的继承与凝练。八股文法与小说文法、戏曲文法既是同源的关系，也相互之间产生过影响。

传统文章学把每一篇文章视为一个鲜活的生命体，由此产生了种种文法。比如埋伏照应之法的目的是要使文章各部分形成一个有机整体。这种叙事法在《左传》《史记》里已大量运用。《左传》为了突破编年体对叙事的限制，往往以"初"字带起补叙。从其叙事的角度看，这就是伏笔。有时"初"字并不出现，如《左传》鲁桓公元年记载："宋华父督见孔父之妻于路，目逆而送之。曰：'美而艳。'"而"二年春，宋督攻孔氏。杀孔父而取其妻"，一场偶遇成为一场杀戮的伏笔。

这种埋伏照应的笔法被广泛运用于八股文法中，但有了新的命名。刘熙载《艺概》说："揭全文之旨，或在篇首，或在篇中，或在篇末。在篇首，则后必顾之；在篇末，则前必注之；在篇中，则前注之、后顾之。"[1]"顾"即伏笔，"注"则是照应。而在截搭题的文法中则被概括为"钓、渡、挽"的文章法。八股文中有大量的叙事题，其文法与一般的叙事文法有共通之处。

在晚明、清代，我们常常看到朝野上下的"有识之士""忧患之士"对这样一种文风痛心疾首、口诛笔伐，这种文风盛行于隆庆、万历时期，它的特点是"穿插埋伏之法生，尖巧峭拔，刻削已甚，虽开后无限法门，而浑厚之气渐且衰薄矣"[2]。隆、万固然讲究机局，讲究穿插埋伏、前挑后剔之法，但这一文风不全是心学影响下的产物，它也有科举体制演变的原因。按明代官方规定，乡、会试首场四书文，题目只能出自四书五经，题库的

---

① ［清］刘熙载，袁津琥校注：《艺概注稿》，中华书局2009年版，第182页。

② ［清］李洛：《制艺说》，［清］张钺修、［清］毛如诜纂：《乾隆郑州志》下册，韩富荣校点，中州古籍出版社2005年版，第370页。

有限性不言而喻。由题库危机而导致命题方式的变异，即从冠冕正大之题（即大题）到逐渐出现截搭仄逼之题（即所谓的小题）。对应于小题之题型，只有运用穿插埋伏、前挑后剔之法，题目之义始全。康熙间刘岩（字大山）说："埋伏照应，其源出于古文。自《左氏传》《太史公书》及《欧阳公史》皆以提挈映带为筋脉，此庆、历诸公得之为文章之宝钥。今人不能从古文中变其胎骨，猥以前后字面转相呼喝，索之茫然不得其义理之所在，而世遂以穿插之法为訾謷。是但惩其流失之差，而不究其原本也。"①刘岩的分析是实事求是而且富于建设性的。埋伏照应、前顾后注之笔法普遍存在于史传、小说、戏曲等叙事文中，在长篇白话小说中尤为常见。

从文体性质来看，八股文一般被视为议论文，其中间的分股部分则有骈文的形态。但八股文却有叙事题，像《在陋巷》《乡人饮酒》《子夏之门人一章》都是对《论语》中的一段故事进行评说，于是八股文中便出现叙事文。戴名世有《子华使于一章》题文，题出自《论语·雍也》：

> 子华使于齐，冉子为其母请粟。子曰："与之釜。"请益。曰："与之庾。"冉子与之粟五秉。子曰："赤之适齐也，乘肥马，衣轻裘。吾闻之也：君子周急不继富。"原思为之宰，与之粟九百，辞。子曰："毋！以与尔邻里乡党乎！"②

公西赤为孔子出使齐国，冉有替公西赤的母亲向孔子请求小米。孔子说："给他六斗四升。"冉有觉得太少，请求孔子多加一些，孔子说："再给她加二斗四升。"冉有还是觉得少，便给了公西赤母亲八百斗。孔子不满意了，他说："公西赤出使齐国，乘肥马，衣轻裘。我的原则是周急不继富。"孔子为鲁司寇时，原宪为孔子家的总管，孔子给他九百斗谷子，原宪辞谢。孔子说："不要拒绝，如果你太多了吃不完，可以送给邻里乡亲。"这个题目要讨论的对象是《论语》中孔子对待公西赤（子华）出使齐国与

① ［清］戴名世：《戴田有自定时文全集》，康熙刻本，四川大学图书馆藏，《鲁人为长 全章》文后评。

② ［宋］朱熹：《四书章句集注》，中华书局1983年版，第85页。

原宪为宰的不同处理方式，这里面有两段叙事，由此见出圣人之善于用财。

因题涉及叙事，戴名世便以古文之散体为之。自"原题"开始，叙事便展开了：

> 昔者子华、冉子两人从夫子游也，师弟朋友，缓急相与共之，岂顾问哉！
>
> 子华有母，皆尝子华之粟矣，未尝夫子之粟，子华不以请也，子华之母不以请也。
>
> 一日者，子华使于齐，至是似可以请矣。
>
> 冉子曰："吾为请之。"与之釜，非冉子请之之意也；与之庾，非冉子请教之意也。
>
> 冉子曰："是不可以再请，吾为与之。"其数则五秉云。且夫缓急，人之所时有也；周旋相恤，朋友之义也。意子华者必急、必不富，冉子故以与之者周之云尔。
>
> 虽然，不遑将母，子华独不念乎？
>
> 母曰："嗟，予子行役。"子华之母独无念乎？而不以请，何也？
>
> 子曰："赤之适齐也，乘肥马，衣轻裘。则赤非急者也，而富者也，故可以无请也，则亦可以无与也。求之与，不几近于继富乎哉！亦异乎君子之道矣。"

吴士玉（字荆山，康熙间进士，累官礼部尚书）说此文："叙致生动，得司马子长之神，此有目者即知之。中间斗笋处，忽然接落，使人不知其所自来，非深于《南华》三昧者不能也，吾每咀味三复，不能已已。"黄越（字际飞，康熙间进士）评曰："题本纪事，即以纪事之体行之。章法森严，笔意萧疏可爱，方之古人，六一公之亚也。"他们都指出了这篇八股文之叙事来自先秦汉代之子史的文化生态。不仅如此，《诗经·陟岵》的"予子行役"意象、征人与家人之间的牵挂叮嘱情景也进入了这篇八股文的叙事之中。意象叙事，不妨视为"中国叙事文化学"的一大特色。

前文强调，传统文章学影响了明清科举文法，但我们还必须注意另一方面，即明清的科举文化生态也重塑了传统文章学，重塑了传统的经史典籍。我曾写过《论评点重构叙事》一文①，提出一个概念，叫"新的文学史事实"，即评点并不仅仅是对文本进行批评、鉴赏，评点与原有文本一起，构成了一个新的文学史事实（如果评点的对象是一个历史学文本的话，那么其评点其实是构成了一个新的历史学事实）。与主题学研究方法相比，主题学研究关注的是，面对同一主题（母题），不同的文本是如何加入的；解释学强调的则是，任何一个文本的解释都是开放性的，任何文本的意义都是生成性的。随着一代代读者的加入，文本将在一个新的意义上得到解释，产生新的意义。评点正是以一种凝固的形式赋予原文本以新的意义。从这个意义上说，任何评点本都是一个新的文本。《左传》这部历史书，在明清的科举文化生态中，通过嵌入评点，变成了一部八股文法的教科书，成为"艺林秘籍"②。比如冯李骅不满于历来注释《左传》者仅着眼于词调、故实，他更注重《左传》的篇法、章法、句法、字法，于篇法又特重"提应"的修辞技法。他说："《传》中议论之精、辞令之隽，都经妙手删润，然尚有底本。至叙事，全由自己剪裁。"③这里我们已经看到了陈绎曾《古文谱》以议论、辞令、叙事为古文体式的影子了。除了一口气列出27种叙事法之外，冯李骅又特提《左传》有两大笔法：一是"以牵上为搭下"，如桓公二年所记之曲沃伐翼一事，本来是以建国弱本对上文之成师兆乱，却以惠之二十四年与三十年、四十五年作类叙；另一种大笔法是"以中间贯两头"，如"郊战前后十六转，只以'盟有日矣'一句为关楔"。④这里所说的笔法正是明清时期八股文写作中应付截搭题的常用技法——"钓、渡、挽"，"以牵上为搭下"近乎"钓"与"挽"，"以中间贯两头"则近乎"渡"。经过冯李骅的评点，《左传》变成了《左绣》，成为一个新的文本。

---

① 陈维昭：《论评点重构叙事》，《文艺研究》2019年第11期。

② ［清］周正思：《左绣序》，［清］冯李骅：《增补春秋经传左绣会参》，芸经堂，乾隆三十九年，卷首第1B页。

③ ［清］冯李骅：《读左卮言》，［清］冯李骅：《增补春秋经传左绣会参》，卷首第2B页。

④ ［清］冯李骅：《读左卮言》，［清］冯李骅：《增补春秋经传左绣会参》，卷首第5A页。

结　语

宁稼雨先生的中国叙事文化学的中心任务是捕捉、分析不同时空中形成的故事文本在故事类型上的同一性。[①]这种对跨时空的文本同一性的分析深刻地揭示了由故事范型所积淀的民族文化心理、审美心理，这种研究突破了新中国成立后三十年的文学研究模式，为当下的文学研究拓展提供了卓有成效的尝试。当然，其所指"文本"似是以文学文本为例证。

就文学文本的意义而言，本文提出的三种文化形态能否与中国叙事文化学研究文本搜集工作形成某种关联或提示，笔者只能提出这样的猜想和假设。具体结论可能需要中国叙事文化学研究的实践来验证。比如，中国叙事文化学研究方法在"文本"亦即文献资源方面给自己提出的目标是"竭泽而渔"，要求对研究对象之个案故事类型文献做地毯式搜集，力求全部覆盖。这样庞大的工作目标所涉文献资源非常广泛，其相关文化生态也会包罗万象。参照本文提出的古文谱系、书场文化和科举文化，对相关文献资源进行叙事文献社会文化属性区分，或许有助于宁稼雨教授暨采用该方法研究者区分文献资源社会属性和文化分析视角。比如，从文献资源的社会属性看，古文谱系是否可以对接为先秦诸子与史传文献；书场文化是否可以对接为通俗戏曲小说、讲唱文学形式；科举文化是否可以对接为按照八股格式设定和营造的种种构思方式、结构策略等。如果可行，那么中国叙事文化学研究的文献资源挖掘，或许有可能与本文所述三大文化生态取得打通和衔接；三大文化生态的说法或许能够获得更加具体的研究实践支持。

本人所认为的"中国叙事学"或"中国叙事文化学"所关注的文本不限于文学文本，而是最大限度地考察中国文化中的各种叙事文本形态。这样，古文谱系、书场文化和科举文化就成为本文考察"中国叙事学"的三大场域，这三种文化生态对中国叙事文有一种先在的形塑作用。从历史演进的角度看，以五经为旨归的古文谱系是中国叙事文的最早源头；汉唐以

---

① 参见宁稼雨：《文本研究类型与中国叙事文化学的关联作用》，《天中学刊》2013年第6期。

来佛教文化的引入，于唐宋时期形成书场文化，赋予中国叙事文以新的文化色彩；隋唐开始的科举文化，尤其是南宋以来的文法理论，再一次为中国叙事文傅彩皴染。这三种文化生态既是前后延续的关系，也是层层叠加积淀的关系。将中国叙事文置于这三种文化生态中，我们对其文化意蕴、文化成规乃至文化独创性的考察与评估或许可以更加接近"中国文化"本身。

"文化"一词具有包罗万象的特性，因而"中国叙事文化学"的具体指涉也因使用者的不同意图而出现差异。提出"文化"视野，既可以是对文学自我封闭的突破，也可以是出于与西方文化的对峙。而不管是出于何种目的，首先是要让中国叙事文本回归到它们原初所生存的文化生态中，在生态关联中考察其性质、形态、功能及变异，获取真实的知识。把叙事学研究建立在这种考察结果的基础上，这样的叙事文化学或许能够更接地气。

原载《文学与文化》2021年第2期

《磨尘鉴》传奇对于唐明皇故事研究的新价值

——兼谈中国叙事文化学文献搜集方法的实践意义

李春燕

摘要：《磨尘鉴》传奇是唐明皇故事研究中发现的新材料。剧作以黄幡绰进谱导戏、培训梨园弟子为主线，对唐五代的宫廷梨园故事进行了素材聚合与艺术虚构，塑造了"德艺双馨"的梨园艺人群像，演出了一部艺人眼中的戏曲梨园开创史。该剧充实了唐明皇梨园故事体系，开启了梨园故事的文学与文化研究之门，为梨园文化定位以及梨园文化精神内涵的提炼提供了研究空间。《磨尘鉴》传奇对于唐明皇故事研究的新价值，显示了中国叙事文化学文献搜集方法的实践意义。

关键词：中国叙事文化学；唐明皇故事；《磨尘鉴》；梨园文化

中国叙事文化学是南开大学宁稼雨先生提出的中国古代叙事文学研究方法，以文献、文本、文化研究的有机结合为特色。经过近三十年的摸索实践，在文献搜集、使用方面积累了经验。宁稼雨先生认为："从学界同人的理论批评文章来看，总体上比较偏重对中国叙事文化学研究总体上进行宏观式评价和建议，但比较缺少直接就中国叙事文化学研究某些具体操作方法和步骤进行理论探讨的文章。"①本文从实践者角度，谈谈《磨尘鉴》

---

① 宁稼雨：《学术史视域下中国叙事文化学研究的得与失》，《南开学报（哲学社会科学版）》2020年第3期。

传奇的发现对于唐明皇故事研究的新价值，与学界同人探讨，以期将中国叙事文化学文献研究方面的探讨推向深入。

一

　　唐明皇是中国历史上的传奇帝王，明皇素材故事素来备受文人、画师喜爱，以"明皇"为题的作品，杂剧有《唐明皇秋夜梧桐雨》《唐明皇游月宫》《唐明皇启瘗哭香囊》《唐明皇七夕长生殿》等，绘画有《明皇幸蜀图》《明皇击梧图》《明皇击球图卷》《张果见明皇图》《明皇击鞠图》等，小说有《明皇杂录》《明皇梦游广寒宫》《开元明皇幸广陵》《唐明皇好道集奇人》等。清人胡凤丹专门编辑《马嵬志——唐明皇杨贵妃事迹十六卷，广泛收集与唐明皇杨贵妃有关的资料，收录诗歌作品五百三十余首、绘画作品七十余幅。

　　唐明皇题材故事，作品数量多，质量高，流传范围广，影响遍及世界。白居易长篇叙事诗《长恨歌》是奠定唐明皇故事影响力的经典作品，中日画师曾多次以图画形式表现长恨歌故事，现存日本江户初期著名画师狩野山雪的《长恨歌图》（今藏于爱尔兰切斯特贝蒂图书馆），以三十幅长短不一的画面，立体生动地展现了帝妃之恋的华艳风情。[①]

　　史官、市民大众也乐于传播唐明皇故事。宋乐史的《杨太真外传》正式开启了唐明皇故事艳情化、秘闻化的书写传统，该小说被不断改写，在晚明进入大众色情读物中。新近发现的英国木版基金会所藏《京院秘传洞房春意册》，收有一篇经色情改编的《杨太真外传》，题《京刻唐明皇杨太真外传》，又作《镌图像杨太真外传》，香港大学吴存存教授推测其印制当在1644年至1655年间。[②]这篇小说大肆铺写唐明皇的父夺子媳与杨贵妃的宫廷淫乱，把杨妃塑造成多情、激情的美人形象，影响了京剧《贵妃醉酒》中杨贵妃形象的塑造。帝王故事题材进入市民生活，《京刻唐明皇杨太真外传》是鲜活的证据，其文本发现，对于研究明清时期唐明皇故事的演变具

---

　　① 参见陈尚君：《狩野山雪〈长恨歌图〉解题》，《书城》2020年第5期。
　　② 关于《京刻唐明皇杨太真外传》的介绍与研究，参见吴存存：《春意册中的两篇改写小说》，《中国文化》2020年第2期。

有重要意义。

从经典作品研究到故事题材研究，唐明皇故事一直是古代文学研究中的热门选题。1989 年，杜六石的《〈长生殿〉刍议》列举了从《长恨歌》到《长生殿》表现唐明皇杨贵妃题材的诗歌、小说、戏曲、说唱等作品共二十四种。1994 年，孙永如的《唐明皇传说及其文化意蕴》将唐明皇传说分为图谶符命、崇道封神、度曲游宴和宠幸安禄山杨贵妃四类，所用文献包括《旧唐书》《长恨歌》《开天传信记》《大唐新语》《明皇杂录》以及《太平广记》中所引七种小说在内，共十二种。2008 年，史佳佳的《唐玄宗类型小说的三种模式及其演变特点》把唐玄宗类型小说分成政治事迹、风流轶事和求仙问佛三类，其使用唐宋元明清时期的小说文献共十八种。

中国叙事文化学视域下的唐明皇故事文献检索，以传统文献学与现代电子检索（如"中国基本古籍库""国学宝典"）相结合的方式，搜集以唐明皇为中心或主要人物演绎成篇的叙事文学作品，得小说近五十种，戏曲约六十种。与此前研究比，唐明皇故事研究的文献版图大为拓展。根据这些文献，唐明皇故事内容可分为后妃故事、君臣故事、好道故事、梨园故事四大类。其中，以表现帝妃爱情的李杨故事最为知名，研究成果最多。1994 年，卞孝萱先生的《唐玄宗杨贵妃形魂故事的演进》开启了学界李杨爱情故事研究热潮，至今相关博士、硕士学位论文有十多篇，单篇论文也有数十篇，涉及主题、人物形象演变和文化内涵探求等，其中以曾礼军《情爱与政治：杨贵妃故事的叙述嬗变及其文化成因》最具代表性："杨贵妃故事受到人们的重视是基于杨贵妃与唐玄宗之间的特殊关系……杨贵妃与唐玄宗的结合正处于这种由盛而衰的转折点上，因此他们之间的情爱关系往往就成了人们探讨唐玄宗政治统治得失和鉴古知今的历史总结的前台故事……贯穿其中的政治伦理批判则是由借帝妃情爱悲剧讽喻唐玄宗溺情失政，走向'女色祸国'的政治批判，再到'女人救国'的政治歌颂。"[①]文章从历史的角度探讨杨贵妃故事的文学演变，使用李杨题材小说、戏曲

---

① 曾礼军：《情爱与政治：杨贵妃故事的叙述嬗变及其文化成因》，《明清小说研究》2017 年第 1 期。

文本共十一种文献，但地方戏《贵妃醉酒》未纳入考察范围。关于唐明皇的君臣、好道故事，也有一些单篇论文成果。[①]

比较而言，唐明皇梨园故事研究最为薄弱，研究焦点集中在史学考证方面，如梨园历史考证、唐梨园弟子考辨、老郎神信仰及雷海青信仰研究等，唐明皇梨园故事系统尚未被发现，更遑论梨园文化价值的挖掘。

国家昌盛则文艺繁荣，汉武之治乃有乐府之兴，开天盛世方有梨园传承。唐明皇梨园故事是指唐代以来，以唐明皇创建梨园、培训宫廷艺人为表现内容的诗歌、小说、戏曲作品，其以唐明皇、梨园弟子、教坊艺人为主人公，表现梨园开创、才艺表演及安史之乱背景下艺人的忠贞与沦落等。唐明皇与梨园弟子的故事，在唐五代笔记小说中为散点存在，到明清出现单篇专门演绎的剧本，除邓志谟《唐苑鼓催花》、唐英《女弹词》、杨潮观《凝碧池忠魂再表》（又名《凝碧池力士祭海青》）等单折杂剧外，还有《磨尘鉴》传奇、《斗鸡忏》传奇等长篇梨园史剧。

然而，无论是历史还是文学研究者，都习惯把梨园及梨园弟子当成一种历史存在。李昌集《唐代宫廷乐人考略》考稽"现存史料中唐代乐人籍贯事迹"[②]，虽用到了《大唐新语》《隋唐嘉话》《唐阙史》《酉阳杂俎》《唐语林》等笔记小说材料，但立意仍在历史考证。左汉林《唐梨园弟子考辩》考证梨园弟子的生平事迹，广泛使用《唐书》《全唐诗》《全唐文》《唐国史补》《乐府杂录》《教坊记》《明皇杂录》《东城老父传》《碧鸡漫志》以及《太平广记》《太平御览》等各种文献。而文学研究，如曹静宜《〈长生殿〉、〈桃花扇〉中优人形象刍议》中追溯雷海青故事，所用材料仅有《明皇杂录》。演绎唐明皇梨园故事的明清梨园史剧，尚未进入研究者视野，这导致了唐明皇梨园故事的文学与文化研究之门迟迟未能开启。

[①] 如朱玉麒《戏曲作品中的李白形象研究》（《河南社会科学》2002年第2期），郑珂、刘炜评《论中晚唐笔记小说中明皇叙事的文化心态》（《人文杂志》2015年第6期），张同利《唐明皇游月宫故事内容及其背景考》（《安阳师范学院学报》2016年第1期）等。

[②] 李昌集：《唐代宫廷乐人考略———唐代宫廷华乐、胡乐状况一个角度的考察》，《中国韵文学刊》2004年第3期。

二

《磨尘鉴》传奇是已知存世文献中第一部全面演绎唐明皇梨园故事的作品，它将唐五代的梨园弟子故事素材加以戏剧重构，以二十六出的规模、匠心独运的戏剧结构与人物塑造，传达了"戏曲德化"的理念，敷演了一部戏曲艺人眼中的梨园开创史。这一作品是唐明皇梨园弟子故事演变链条上的重要文本，对于充实唐明皇梨园故事内容、丰富唐明皇故事体系具有极其重要的意义。

《磨尘鉴》传奇问世已四百年，抄本被影印入《古本戏曲丛刊三集》也有六十多年，却无人注意到它的价值。前人多把它当作史料看待，忽视了《磨尘鉴》作为文学作品的虚构性特征。从戏曲音乐角度提及《磨尘鉴》的，多把它当成考证《骷髅格》真伪与来源问题的材料，"唯一一部记载《骷髅格》的书是清代的抄本传奇《磨尘鉴》，这部传奇往往成为学人论证《骷髅格》真实性的论据"[1]。例如，周维培的《古谱〈骷髅格〉考》中四处引用《磨尘鉴》内容，得出《骷髅格》非钮少雅伪作的结论[2]；任荣认为《磨尘鉴》所记"不足为信"[3]；魏洪洲《"汉唐古谱"〈骷髅格〉真伪考》关注到了学者考证《磨尘鉴》乃钮少雅所作，坚持《骷髅格》伪作说[4]，等等。陈志勇也在《老郎神信仰的民间考察》中提及《磨尘鉴》："传奇中提及的人物，唐明皇、黄幡绰、清音童子、执板郎君，皆是戏行老郎庙中主祭和配享的神灵。"[5]可见《磨尘鉴》在戏剧界的影响，以及研究者习惯把《磨尘鉴》所演梨园史当作史实的这一状况。

最早著录《磨尘鉴》的王国维《曲录》，列为无名氏作品[6]。经郑振铎、庄一拂、郭英德、吴书荫等学者考证可知，《磨尘鉴》创作于明万历四十七

---

① 任荣：《〈骷髅格〉真伪问题的考辩》，《中国典籍与文化》2011年第3期。
② 周维培：《古谱〈骷髅格〉考》，《南京大学学报（哲学社会科学版）》1994年第3期。
③ 任荣：《〈骷髅格〉真伪问题的考辩》，《中国典籍与文化》2011年第3期。
④ 魏洪洲：《"汉唐古谱"〈骷髅格〉真伪考》，《文艺评论》2015年第2期。
⑤ 陈志勇：《老郎神信仰的民间考察》，《江西社会科学》2007年第4期。
⑥ 《曲录》卷五录"《磨尘鉴》一本"，郑振铎校补"明桃渡学者"。后第二列注：右四二十二本见庄亲王《九宫大成南北词宫谱》。

年（1619）①，作者是民间艺人——戏曲音乐家钮少雅②，现存的清代梨园传抄本《新编磨尘鉴》出自金匮陈氏的旧藏，经程砚秋的玉霜簃收藏，后被《古本戏曲丛刊三集》影印③。

《磨尘鉴》属艺人创作的民间传奇。从文学角度评价《磨尘鉴》者，或嫌其成就不高，所描写的是小人物④；或斥其上卷"戏中戏"为"串入之本，自第四出起至九出止，占全剧四之一，颇嫌主客不分""以之关合本剧，亦属无谓"⑤"是篇幅处理不当的结果"⑥。研究《长生殿》题材时提及《磨尘鉴》，甚至把作品属性都搞错，当成是冯梦龙的小说。⑦《磨尘鉴》之不被重视，可见一斑。

《磨尘鉴》分上下两卷，共二十六出，目录如下：

上卷一～十三出：戏宗、献格、兴教、戏原、乐道、救父、擅权、诣狱、轮回、颁行、早妆、醉妃⑧、庆月

下卷十四～二十六出：归隐、叛华、西幸、绣甲、献俘、三义、议刺、说虏、破虏⑨、定计、迎驾、幻梦、酬功

以黄幡绰进谱导戏、培训出德艺俱佳的梨园弟子为剧情主线，《磨尘鉴》上卷演开元年间唐明皇、黄幡绰的梨园开创，下卷演天宝危机——安史之乱中郭子仪破贼，以及梨园艺人的报君义举。

戏中演戏是《磨尘鉴》的结构特色。《磨尘鉴》上卷中的两处"戏中

---

① 郭英德：《明清传奇综录》，河北教育出版社1997年版，第218页。

② 1957年《古本戏曲丛刊三集》刊出，目录中列《磨尘鉴》为清钮格撰。庄一拂《古典戏曲存目汇考》将《磨尘鉴》列为明代作品，介绍作者钮格字少雅。

③ 吴书荫：《北京大学图书馆藏程砚秋玉霜簃戏曲珍本丛刊·前言》，《北京大学图书馆藏程砚秋玉霜簃戏曲珍本丛刊》，国家图书馆出版社2014年版，第4页。

④ 曹琳婉：《中国传统戏曲中"李杨"故事的演变》，辽宁大学硕士学位论文，2018年。

⑤ 孙楷第：《戏曲小说书录解题》，人民文学出版社1990年版，第399页。

⑥ 李扬、齐晓晨：《清中期以前"戏中戏"的发展》，《文化遗产》2010年第2期。

⑦ 杜六石：《〈长生殿〉刍议》，《乐府新声（沈阳音乐学院学报）》1989年第1期。

⑧ 抄本《磨尘鉴》目录为《醉酒》，文内出目为《醉妃》，按文内改。

⑨ 抄本《磨尘鉴》目录为《破贼》，文内出目为《破虏》，按文内改。

戏"，在整体戏剧结构安排与剧作主旨表达上富于匠心，承上启下，既是黄幡绰下凡开创梨园的目的——以戏曲教化百姓忠孝节义，又为下卷内容伏笔——梨园弟子忠义出自《磨尘鉴》精神的感化，以此为实例，生动地传达了作者以道德为本位的梨园文艺观。"此剧宗旨在于宣传忠义，前半用汉史、后半用唐事，有以史为鉴的因果关系"①，可谓一语中的。

《磨尘鉴》传奇是唐明皇故事流传链条上发生情节和人物形象突变的作品。就后妃故事系统而言，《磨尘鉴》承袭唐明皇故事艳情化、秘闻化写作态势②，以民间视角，沿着后妃争宠的路子演绎明皇贵妃故事，在第十二出《醉妃》中首次塑造了被皇帝冷落、郁闷独醉的杨贵妃形象，开启了清代时剧、子弟书及地方戏中贵妃醉酒故事的演绎之路，为杨贵妃故事演变研究提供了新的空间。

就唐明皇梨园故事系统而言，《磨尘鉴》传奇的剧情与人物形象突变表现在以下三个方面：

第一，梨园的演变。《磨尘鉴》将唐明皇的乐舞梨园置换为戏曲梨园，说唐明皇自号"梨园弟子"，并将历史上杀死安禄山的太监李猪儿写为梨园弟子。

第二，海清殉节故事的演变。《磨尘鉴》将雷海清改名为雷江澄，并虚构了清音童子、执板郎君两个梨园弟子，将海清骂贼扩写为"三义"骂贼。

第三，黄幡绰故事的演变。《磨尘鉴》传奇将教坊乐人黄幡绰写成下凡开创梨园的神仙。他以道士形象出现，携带宝书《骷髅格》《磨尘鉴》下凡，助唐明皇开创梨园，训练梨园弟子排戏，教导他们忠义，被封为"曲圣仙师""兴教演化真人"。在遭到朝臣弹劾后，黄幡绰归隐玉峰山；安史乱平，黄幡绰在剧末现身演说忠义，最后他带着清音童子、执板郎君的忠魂骑凤鸟十二红离去；唐明皇敕造老郎庵，供奉黄幡绰等三人香火。

在使用历史素材时，或因作者的史学知识有限，《磨尘鉴》传奇第二出叙开元年间王皇后与杨贵妃并存，张九龄、郭元振与国舅杨国忠、养子安

---

① 李修生主编：《古本戏曲剧目提要》，文化艺术出版社1997年版，第300页。
② 拙作《论唐明皇故事传奇书写的秘闻化、艳情化态势》（《殷都学刊》2018年第1期）中有详细论述。

禄山共同诛灭太平公主等，表现出时空与人物、事件的错位。但上述梨园故事与历史的出入，显然出于作者有意识的虚构，其中尤以黄幡绰形象的变异最为突出。

黄幡绰史有其人，是唐明皇身边的乐人，他通音律、善谐谑嘲戏，《因话录》卷四赞"幡绰优人，假戏谑之言警悟时主，解纷救祸之事甚众，真滑稽之雄"[①]。黄幡绰嘲戏故事，散见于笔记小说《因话录》《次柳氏旧闻》《酉阳杂俎》《教坊记》《松窗杂录》《开天传信记》《羯鼓录》中。黄幡绰机智便佞，善以学识化解困境。《羯鼓录》有他知音避祸的故事，《酉阳杂俎》续集卷四记"玄宗尝令左右提优人黄幡绰入池水中"，他出水后说："向见屈原笑臣，尔遭逢圣明，何尔至此？"[②]《次柳氏旧闻》记安史之乱时，黄幡绰为安禄山胁迫，曾曲意逢迎为其解梦。玄宗还朝后，黄幡绰被人揭发。他又重新解梦，引得玄宗大笑，并未追究其失节之过。

钮少雅对黄幡绰嘲戏进言故事弃而不取，又故意忽视他的机智自保与乱中失节。《磨尘鉴》中，黄幡绰不是艺人形象代表，而是开创梨园的灵魂人物。反观《磨尘鉴》对其他梨园艺人的处理，要么是改名（如雷江澄），要么是化名（如清音童子、执板郎君），要么强行拉入（如李猪儿），可见作者的创作意图就是要突出黄幡绰对于戏曲梨园的贡献，强调他与《骷髅格》曲谱的关联。

《南曲九宫正始》钮少雅自序中记录他避雨遇奇人，在王氏翁处得见《骷髅格》之事，而同书的冯旭序则说《骷髅格》乃钮氏得于黄幡绰苗裔所赠。国图藏清抄本《骷髅格》格律谱，卷前有《直述》记《骷髅格》源自黄幡绰，并说《骷髅格》前叙言唐天子"极好歌曲，每每以诗易曲。偶值景物事类，乃即事吟咏，恨不能作曲。长叹曰：'朕当盛世，文士蔚兴，欲作歌曲，惜无有定见者。'时曲师黄幡绰偕二三臣，以《骷髅格》进呈。明皇启阅，厌昬忘疲，逸兴倍常，并建梨园，大兴歌曲……故梨园子弟，名振中外"。唐明皇沉浸于曲乐，不理朝政，引发大臣弹劾黄幡绰。黄幡绰被

---

① ［唐］赵璘：《因话录》，《唐国史补·因话录》，上海古籍出版社1979年版，第97页。

② ［唐］段成式：《酉阳杂俎》，中华书局1981年版，第233页。

迫离宫，潜隐玉峰山，后一病而卒。

进谱、创梨园、被弹劾、归隐等经历均不见于此前的黄幡绰故事，却与《磨尘鉴》中的黄幡绰遭遇一致。《中国文学家大辞典》（明代卷）"钮少雅"条称："黄幡绰为唐时名伶，少雅自比矣……此剧实自彰其整理曲谱、传播昆曲之事。"①将《骷髅格·直述》《南曲九宫正始·序》与《磨尘鉴》中的黄幡绰故事结合起来研究，可以断定《骷髅格》曲谱为钮少雅伪作，而《磨尘鉴》传奇就是附会《骷髅格》为古谱的最大烟幕弹。

《磨尘鉴》传奇虚构了一部戏曲梨园开创史，其题材价值在于重构黄幡绰形象，以之为灵魂最大限度集结唐代梨园弟子，在王朝盛衰的大背景下，演出了一部可歌可泣的艺人榜样故事。它不仅充实了唐明皇梨园故事内容、开启了唐明皇梨园故事的文学研究之门，也有利于解决戏曲界悬而未决的问题。

三

《磨尘鉴》传奇的文学研究，打开了唐明皇故事的梨园文化研究之门，为梨园文化定位、梨园文化精神内涵研究开辟了新路。

20世纪80年代，学者李尤白进行梨园研究，将梨园定义为"我国历史上第一所既培训演员（弟子）又肩负演出的综合的皇家音乐、舞蹈、戏曲学院"②，认为歌舞之外，梨园还包括球类、竞技类运动，代表的是一种宫廷休闲文化③。上述研究使用材料多为《唐书》《全唐文》《教坊记》《全唐诗》等文献，论及影响时用了《扬州画舫录》，但都偏于历史考证。

2004年，何玉人将梨园文化定义为"中华民族最富个性色彩的传统文化"④，分析了梨园文化狭义和广义的两个层面，呼吁振兴梨园文化。然而，梨园文化研究处在一种呼声高、内里空的尴尬状态。长期以来，戏剧界关注梨园文化的广义层面，把其当作一种泛化的戏曲文化景观对待，导

---

① 李时人编著：《中国文学家大辞典》（明代卷），中华书局2018年版，1053页。
② 李尤白：《梨园考论》，《人文杂志》1982年第5期。
③ 参见李尤白：《唐代梨园马球、足球、抛球及拔河等技艺概观》，《运城师专学报》1988年第1期。
④ 何玉人：《梨园文化源远流长》，《中国文化报》2004年9月18日。

致梨园文化内涵空洞、使用较为随意，如李嘉球《论明清时期苏州梨园文化》仅对苏州优伶及其产生背景做了论述①，吴新苗的《私寓制与晚清梨园文化》②和李碧、彭志的《观剧诗与晚清京沪梨园文化的变革》③虽以"梨园文化"为关键词，但均未深究其内涵。

《磨尘鉴》传奇的文化意义首先在于，它把历史上唐明皇的乐舞梨园开创改写为戏曲梨园开创，首次将梨园文化的狭义层面（唐明皇宫廷梨园）与广义层面（元明清戏曲梨园）进行了连接，这为确定梨园文化性质、深化梨园文化内涵的研究提供了开阔的空间。

发源于盛唐的梨园文化，其本质是休闲娱乐文化，从宫廷到民间，梨园文化呈现不断市民化、大众化的发展趋势，其文艺载体也经历了从唐代宫廷乐舞百戏到明清戏曲曲艺的转变。宁稼雨先生在《中国传统文化"三段说"刍论》一文中以帝王文化、士人文化和市民文化概括中国传统文化的发展历程，提出："市民文化是中国传统文化的转型和深化时期，以市民为主体的城市文化氛围的形成，多种以市民阶层为主要服务对象的文化样式，以及相应的意识形态建设，构成了市民文化的主体。"④元明清是市民文化的形成发展期，也是梨园文化的形成发展期。考察历代文献中"梨园"的词频分布，可以验证这一演变过程。在中国基本古籍库中检索"梨园"，可得四千五百余条记录。其中唐五代二百六十多条，宋金元七百三十多条，明代近八百条，清代二千六百多条，民国时期四十多条。分析历代"梨园"词条可知，唐代"梨园"多指唐明皇设立的宫廷音乐机构；宋元则开始指代乐舞、戏曲等文化娱乐；明代以来"梨园"成为戏班的专称；晚清至民国时期"梨园"使用频繁，成为"伶界"（演艺界）代称，由此可确定"梨园"文化娱乐的基本内涵。四千多条文献中，百分之九十以上与唐代宫廷梨园、元明清戏曲梨园有关，也可看出清代梨园文化最为兴盛。

唐明皇精通音律，宫廷上下聚集了很多艺人，形成了浓郁的艺术氛围，

---

① 李嘉球：《论明清时期苏州梨园文化》，《史林》1998年第3期。

② 吴新苗：《私寓制与晚清梨园文化》，《戏曲艺术》2017年第1期。

③ 李碧、彭志：《观剧诗与晚清京沪梨园文化的变革》，《戏曲艺术》2020年第1期。

④ 宁稼雨：《中国传统文化"三段说"刍论》，《求索》2017年第3期。

梨园弟子名角辈出，极负盛名。因有这些历史素材，后世文学作品中艺人的形象才逐渐清晰起来，歌舞的艺术品位、艺人的职业形象逐渐凸显出来，宫廷乐舞和宫廷艺人日渐脱离了政治的附庸，成为一种独立的存在。后来梨园虽被取消，但这种重视艺术、重视艺人的传统却在某种程度上保留了下来。明清戏曲艺人尊奉唐明皇，追念唐代梨园弟子的荣光，因此，唐明皇宫廷梨园与元明清戏曲梨园汇集于梨园曲师创作的《磨尘鉴》传奇中。

《磨尘鉴》的文化意义还在于，通过扩写"海清殉节"故事，塑造"德艺双馨"的梨园艺人群像，彰显了梨园忠义，凸显了梨园教化的正面意义。演进至《磨尘鉴》传奇，唐明皇梨园故事已充分昭示了梨园文化精神内涵，即教化性、艺术性与娱乐性并重，具体表现为舍生忘死的爱国精神、精益求精的艺术精神和"德艺双馨"的艺人人生追求。

梨园文化精神的本质是娱乐，礼乐文化传统力图寓教于乐，甚至走向以教化掩盖娱乐，突出"乐"的实用性。正是唐明皇的热爱、精通与提倡，才为梨园文化精神注入了艺术化追求。由此，娱乐性、教化性与艺术性三足鼎立，共同构筑了中华梨园文化精神。在唐明皇梨园故事的历代演变中，唐五代的散点记录基本是三者并重，宋元则以娱乐性为突破口，多批判唐明皇娱乐祸国；明清时的文本众多，主题纷繁，但《磨尘鉴》所代表的嘉奖梨园忠义、塑造德艺双馨艺人形象表现最为突出，从中可见梨园文化精神与传统礼乐文化的双向互动。

此外，"德艺双馨"作为一种评价语，在现代被频繁使用，但少有学者关注其内涵生成。以"德艺双馨"为关键词，在中国知网做主题检索，可得文章一千一百余篇，仅马洁的《论德艺双馨》[①]、叶梦婷的《试论儒家的德艺观》[②]分析了德艺双馨的含义，后者对德、艺进行释义，阐述了德与艺的辩证关系。《磨尘鉴》传奇是中国最早表现艺人榜样故事的戏剧作品，是进行"德艺双馨"历史、文学渊源研究的最佳文学文献。

唐明皇梨园故事形成了中国历史上影响最大的艺人故事群，几乎涵盖

---

① 马洁：《论德艺双馨》，《大众文艺》2016年第12期。

② 叶梦婷：《试论儒家的德艺观》，《海峡教育研究》2017年第4期。

了整个娱乐文化产业，包括对音乐、舞蹈、戏曲的编创演，对艺人的培训，对大众娱乐方式的态度，以及对艺人的态度等。研究梨园文化，可以为现代大众娱乐化发展提供本土的文化借鉴。追溯"德艺双馨"的历史文学渊源，能为现代艺人提供历史文化参照，使其更好地精进技艺、修养德行，更好地践行"德艺双馨"。

四

在国际交流渠道多元，古籍整理、古籍数字化不断推进的今天，文献搜集的难度大大降低，这为古代文学研究提供了便利，同时也对研究提出了新要求：一方面要搜集得全，另一方面要挖掘得深，这需要研究方法的指导。

20世纪以来以文体史和经典作品研究为中心的研究范式，影响古代文学研究专业格局，多以文体或朝代划分，研究领域泾渭分明，治小说者不熟悉戏曲，研文言者不涉足白话，这固然利于研究的细化，也造成文学研究对象不均衡、研究空间受限等问题。中国叙事文化学个案故事研究，区别于传统的小说戏曲同源研究，最大的不同在于研究重心从作品转移到故事主题、情节单元。在文献收集上，贯彻"全"与"通"的理念，打通文体，贯通朝代，突破经典作品的局限，冲破文人文学藩篱，竭泽而渔式地开展文献搜集，不以知名度作为评判作品研究价值的标准。这对于解决文学研究对象不均衡问题，探寻古代文学研究新领域，寻求学术增长点，是一种有益的尝试。

宁稼雨先生从"中体西用"范式重建的高度，期许中国叙事文化学研究。[①]《磨尘鉴》传奇的发现对于唐明皇故事研究而言，不但提供了新材料，充实了故事类型研究，而且开辟了梨园文化研究的新领域，显示了中国叙事文化学文献搜集方法的实践意义

原载《文学与文化》2021年第2期

---

① 参见宁稼雨：《中国叙事文化学与"中体西用"范式重建》，《南开学报（哲学社会科学版）》2016年第4期。

叙事文化学故事类型研究论纲

宁稼雨

摘要： 在中国叙事文化学研究经历三十年的摸索实践后，现有必要对其进行深入发掘，使之在理论深度和实践操作层面更具科学性。在对中国古代叙事文学存在形态的爬梳中，遴选出跨越年代文体的叙事文学故事类型，说明以之作为研究对象的可能，继而对故事类型的内涵、性质和特征做出归纳概括，在列举传统叙事文学研究方法对于故事类型研究的违和之后，从学理和操作两个层面深入挖掘探索叙事文化学故事类型研究的科学性和可行性。

关键词： 叙事文化学；故事类型；论纲

经过三十年的摸索实践，中国叙事文化学研究作为古代叙事文学研究的一种方法，在学术理念、方法步骤和操作实践体系已经产生数量可观、质量可圈可点的诸多成果。但要进一步提高和发展，就需要在理论层面和实践层面继续向纵深开拓。

故事类型是中国古代叙事文学的重要存在形态，也是中国叙事文化学的唯一研究视角。系统厘清故事类型的外延和内涵，总结其性质特征，归纳其研究经验，认清其研究价值，对于明确故事类型研究本身的规律特征，丰富强化中国叙事文化学研究的理论厚度，乃至于探索中国叙事文学研究的方向，都具有重要价值。

一、中国古代叙事文学的存在形态

故事类型成为中国叙事文化学研究的唯一研究视角，取决于其自身的形态构成。在中国古代叙事文学形态构成中，故事类型独有的形态有别于他者，从而形成其作为叙事文化学研究的学理依据。

与抒情文学的核心要件不同，从一般意义上看，中国古代叙事文学的核心要件是叙事。从艺术分类的角度看，叙事文学应属于"时间艺术"。能够列入这个营垒的文体成员主要应该包括以叙事描述手段为主的小说、戏曲、讲唱文学，以及其他文体系统中与叙事沾边的文体，如史传文学、叙事诗等。但这样的类型划分还不足以充分展示显现叙事文学肌理构成。叙事文学结构组成还可能有更加细密的类型形态。

比如，相同体制和书写风格可以构成"章回体""话本体""杂剧体""传奇体""世说体""虞初体""聊斋体""阅微体"等，相同相似风格流派可以分为"临川派""吴江派""苏州派"等，相同题材风格又可以分为历史演义、英雄传奇、神魔鬼怪、世情小说（又能细分为才子佳人、家庭题材、讽刺小说、才学小说、谴责小说等）。这些类型区分的共同特点就是能够在一定范围之内，从不同的角度，总结归纳某些叙事文学体裁的性质特征和发展脉络，对于揭示叙事文学各种文体和题材内部的规律和特征，都有其独特价值意义。

不过这些类型存在形态的共同特点，或曰局限，就是都没有跳出超越自身所属文体范围，从更高的视野中来审视观照叙事文学可能含有的其他类型特征。

因为中国古代小说、戏曲中演绎同一故事主题的情况比较普遍，所以从民国时期开始，在传统中国古代叙事文学研究中，实际上已经开始尝试跨越某一单一文体，进行相同故事主题的关注研究。民国时期很多学者的研究都能体现出这样的研究风格，如顾颉刚、孙楷第、赵景深、蒋瑞藻、孔另境、钱静方、胡士莹等。①他们的共同研究特点，就是能够将小说和戏曲两种文体中的相同故事主题结合起来进行关注研究。由此形成的戏曲、小说同源关系研究成为超越单个文体进行叙事文学研究的开始。它为跨越文体进行同一故事主题研究做出了先期探索，但这种研究基本仅限于戏曲、小说两种文体。与同一故事主题关系密切的更多跨越文体现象还需要进一步深入挖掘探索。

而超越文体和题材界限的重要类型组合形态，就是跨越众多文体文献的叙事文学故事类型。

二、叙事文学故事类型的内涵、性质与特征

以往我们关注叙事文学的视角主要落在单个文体的作品上，只能关注单篇叙事文学作品的情节和题材意义，却往往忽略掉该情节和题材被其他作者在其他文体作品中的表述和演绎情况。比如以"西厢记"故事为例，最早创作这个故事的作品是唐代元稹用传奇小说写成的《莺莺传》，从此之后，以张生和崔莺莺为主人公的西厢记故事便在各种文体中遍地开花；北宋赵德麟（令畤）用说唱形式写过《商调蝶恋花·鼓子词》，文中还有"至于倡优女子，皆能调说大略"的记录，说明该故事在宋代已经流传很广；秦观和毛滂分别写过《调笑转踏》歌舞词；除了这些现存作品，宋元时期还有不少书目和其他材料散见的西厢故事传播记录；南宋罗烨《醉翁谈录》、周密《武林旧事》分别著录过《莺莺传》话本和《莺莺六幺》杂剧；《永乐大典戏文三种》中也载录过南戏《西厢记》。②而明清以后各种诗词和戏曲小说中以西厢记故事为典故背景出现的情况更是不计其数了。这样也就形成一个故事主题集中的叙事作品群。这样的叙事故事群，姑且可称之为叙事文学故事类型。

---

① 参见顾颉刚：《孟姜女故事研究集》，上海古籍出版社1984年版；赵景深：《中国古代小说戏曲论集》上海古籍出版社1985年版；蒋瑞藻：《小说考证》，古典文学出版社1957年版；孔另境：《中国小说史料》，上海古籍出版社1985年版；钱静方：《小说丛考》，古典文学出版社1957年版；胡士莹：《话本小说概论》，商务印书馆2011年版。

② 参见段启明：《西厢论稿》，四川人民出版社1982年版。

与以往单一文体对某个叙事文学故事的描述相比，从一般情况来看，叙事文学故事类型具有时间跨度长、文体跨度大、参与作者众多的特点。这些都为叙事文学的深入研究提供了新的视角与可能。

　　从时间跨度看，尽管不同的故事类型，其时间跨度不尽相同，但一般来说，故事类型作为一个集合诸多年代和作品的故事群，其时间跨度不会太短，而且往往以长为优。以真实历史故事或神话传说为基本背景的故事类型往往时间跨度很长，像女娲、精卫、嫦娥这些神话原始材料中记载的神话故事形成的故事类型往往有几千年的历史，像孟姜女、王昭君等故事类型也有不下两千年的历史。几千年的中国历史长河，各个方面都发生了巨大变化。所有这些历史沧桑巨变都会以不同途径把所在时代的文化要素注入所在时代文本中，从而体现出不同的主题变化。以王昭君故事为例，昭君故事最早出现在班固《汉书·元帝纪》和《汉书·匈奴传》中。大意略叙匈奴呼韩邪单于来汉示好，元帝遂以良家子王嫱赐为阏氏。故事反映汉代与匈奴关系不定时，元帝寻求以和亲解决外交关系的主题。东汉时期蔡邕将昭君出塞的史实写进文学作品《琴操》中，增加了昭君入宫后五年未见元帝，因匈奴呼韩邪单于求亲于汉，遂自荐嫁给单于。单于死后按匈奴风俗其子要迎娶其母，昭君无法接受吞药而死。这些变化不但使《琴操》的文学性大大加强，而且也把故事主题改变为昭君本人的悲剧命运。西晋石崇的《王明君》又进一步演绎深化《琴操》的这一主题立意。东晋葛洪《西京杂记》又增加毛延寿等画工弃市的情节，又把昭君悲剧命运引向奸人作梗。唐代《王昭君变文》和梁琼《昭君怨》则抛开和亲这些宏大目标，更加注重从个人生活角度书写昭君故事。《昭君变文》通过单于对昭君百般恩爱，但仍然不能消除昭君思念故国亲人的感情；《昭君怨》从女性感受角度出发，倾诉昭君不幸遭遇的痛苦。宋代王安石《明妃曲》则通过吟咏昭君故事，表达内心深处怀才不遇、抱负难以施展、郁郁不得志的感慨。而马致远《汉宫秋》又把昭君故事写成匈奴大兵压境，朝廷文武百官毫无对策，迫使元帝以美女换安全，从而隐含元代中原人对抗元朝统治者的心态。明清两代诗文典故和小说戏曲演绎昭君故事者更是不胜枚举，花样翻新。直到当代，还有曹禺以《王昭君》话剧宣传新社会民族团结的精神等。①

漫长的历史进程，为昭君故事类型积累了丰富的文献材料和主题意蕴。这个规模和体量是该故事类型中任何一部单篇作品都无法望其项背的。由此形成的资源和研究平台优势也就明显突出，超越此前所有与昭君故事相关的单篇作品研究。

从文体角度看，上面的昭君故事类型几乎覆盖了中国古代文学的全部文体。其中既包括叙事文学（如文言小说、白话小说、戏曲、讲唱文学），也包括抒情文学（诗歌、散文等），还有史传文学等。这些文体既有共时性，又有历时性。共时性是指同一时间范围内若干文体同时在搬演该故事类型；历时性又是指随着时间推移，不断涌现新的文体形式来参与同一故事类型的营造叙述。由于各种文体都有其自身的文学语言表述功能和阅读效果，所以昭君故事的各方面内涵分别能够得以展示表达。如《琴操》《昭君怨》《明妃曲》等诗歌形式长于描摹刻画昭君在不同情境下的情感状态和心理活动；《西京杂记·画工弃市》《双凤奇缘》等小说作品则用故事情节的跌宕起伏来推进故事线索，完成叙事职能；而像《昭君变文》《汉宫秋》这类韵散相间的文体又能同时把故事叙述与心理抒情融为一体，二者相互依存，各自相得益彰。可见同一故事类型中多种文体形式的穿插交替使用，的确能最大程度发挥各种文体在故事类型中的叙事功能作用，把故事类型的叙事效能推向极致。

从作者角度看，参与昭君故事类型写作的作者众多，既跨越地域，也跨越时间，而且还有各种不同身份的区分。各种不同作者，所处时代不同，个人经历修养不同，写作文体和风格也不同，由此导致他们在各种作品中的书写目的和寄托也都不同。如蔡邕《琴操》和石崇《王明君》全力创建打造与史书简单记载不同的宏大昭君文学故事；梁琼《昭君怨》则努力去表达一位普通女性对昭君故事的理解和态度；王安石《明妃曲》则借昭君故事表达个人怀才不遇的愤懑；马致远又用《汉宫秋》表达中原人对元朝统治者的仇恨敌视，等等。可见昭君故事类型汇集了众多不同时代作者，

---

① 参见马冀：《王昭君及其昭君文化》，广西师范大学出版社2021年版。

他们带来对昭君故事各种不同的理解和表述，为昭君故事增添诸多有机元素。综上可见，故事类型的重要属性是连接不同文体作品之间的相同主题关联，实现诸多文体中同一故事主题的系统文献整合和文化意蕴贯通，从而在广阔的背景上开拓叙事文学研究的新领域和新方法，推动古代叙事文学研究向纵深发展。

三、传统研究范式在故事类型面前的尴尬

叙事文学研究方法的形成与采用取决于不同文化背景和学术传统下人们对研究对象形态和属性的认知视角与评价方式。

明清时期中国叙事文学主要研究方式是评点式研究。与西方的社会科学研究方法相比，似乎显得缺乏体系性和科学性，但它却自成系统，而且特色鲜明。我个人将其理解为中国传统审美意识背景下"散点透视"原则的体现。这个审美原则抛开西方绘画的"焦点透视"原则，不执着于既定的关注中心视点，而是随心所欲地移动视点，并且随移随驻，点评一二。这种方式没有固定的批评体制，或者随感而发、灵活机动，或者评价作者作品，或者引导读者阅读，是汉魏六朝以来人物品鉴活动中审美性人物品评方式在单篇叙事文学作品中的应用。①但评点方式有两个做法使其处于单一和孤立的境地：一是它只是对作品相关细节作评论，看不到该条评论与全书的整体关联，全书评论也难与其他书寻找关联节点；二是随感式的评论内容很难形成逻辑上具有有机关联的科学体系。这两个缺憾恰好为之后的文体史和作家作品研究所取代。

从20世纪开始，随着西方文化和学术范式对中国的全面输入渗透，叙事文学中评点式研究逐渐被文体史和作家作品研究所取代，并逐渐成为主流范式。文体史研究弥补了评点研究孤立面对单篇作品而失去与其他同类文体关联观照的缺憾，能够把若干相同文体作品进行贯通的体系观照，形成对该文体的系统梳理研究。这种研究在西方已经司空见惯，但在中国还

---

① 参见宁稼雨：《"世说体"初探》，人民文学出版社古典文学编辑室编：《中国古典文学论丛》第6辑，人民文学出版社1987年版，第87—105页。

是草创发轫。

作为受西方研究范式影响的文学史研究的组成部分，小说史、戏曲史等文体史研究从20世纪初开始形成方兴未艾的局面。鲁迅《中国小说史略》、王国维《宋元戏曲史》是这个局面的典范代表。另一方面，对于作家作品的全面深入研究，也在很多方面弥补了评点研究对于作品研究的缺失与不足。胡适的诸多章回小说考证吸收西方实证主义方法，汇入乾嘉学派传统考据方面，把传统章回小说的文献考证提高到一个新水平。王国维的《红楼梦评论》则借用叔本华和尼采的悲剧理论，解读《红楼梦》的悲剧主题，为中国学术史上第一部采用西方学术方法研究中国文学作品的划时代论著。

20世纪以来，中国叙事文学研究在文体史和作家作品研究的引领下，无论是质量还是数量都取得了巨大成就，基本实现了叙事文学研究与国际学界的接轨。然而随着文体史与作家作品研究的繁荣并向纵深推进时，如果把目光投向叙事文学故事类型，却会惊讶地发现，面对由诸多文体和作品组合而成的各种故事类型，文体史和作家作品研究好像自行车骑手进入汽车驾驶室，完全无从下手了。原因在于，文体史和作家作品研究所关心的视角只是自己地盘领域的问题。当自己地盘物品成为其他更大组合成员之一时候，就显得束手无策了。例如，从文体史的角度看，蔡邕《琴操》、梁琼《昭君怨》、王安石《明妃曲》显然要归入诗歌史的范围，《西京杂记》要归入笔记小说史，《汉宫秋》要归入戏曲史，《汉书》又属于史书，等等。这样下来，必然形成那种"铁路警察，各管一段"的情形。这说明，文体史和作家作品研究对于不同文体单篇作品的研究或许是有效和必要的，但对于跨越诸多文体集合而成的叙事文学故事类型，则是捉襟见肘，需要另辟蹊径。①

四、故事类型研究的学理渊源辩证

故事类型研究作为中国叙事文化学研究的基本方法，已经有三十年的

---

① 参见宁稼雨：《中国叙事文化学与"中体西用"范式重建》，《南开学报》2016年第4期。

理论探索和研究实践。但无论是理论探索还是研究实践，都有进一步挖掘深化的必要。故事类型研究的学理渊源大致涉及原型批评、文化批评和主题学研究三个方面。

（一）原型批评与故事类型研究

加拿大学者诺思洛普·弗莱（Northrop Frye，1912—1991）在总结吸收泰勒、弗雷泽和荣格相关学说的基础上，提出著名的"原型批评"理论。其核心要义与中国叙事文学的故事类型关系十分密切。比如，原型批评认为要从整体上把握文学类型的共性及演变规律。而所谓"原型"就是"典型的反复出现的意象"，其基本文学原型就是神话，神话是一种形式结构的母体模型，各种文学类型均为神话的延续和演变。神话原型批评强调对各类文学作品的分析研究，都应着眼于其中互相关联的因素，它们体现了人类集体的文学想象，它们又往往表现为一些相当有限而且不断重复的模式或程式。为此，就不能把每部作品孤立起来看，而要把它置于整个文学关系中，从宏观上把文学视为一体。

因为基本文学原型为神话，所以原型批评的重要研究实践为神话研究。弗莱把《圣经》视为一个为文学提供神话体系的渊薮，并把《圣经》中的神话原型视为整个西方文学的起锚点和母体胚胎，移位并促成后代的文学繁荣。在这个理念引导下，西方的神话文学移位研究蔚然成风并取得重大成果。受此影响，笔者曾于2007年获准承担一项国家社科基金一般项目"中国神话的文学移位研究"，并于2020年出版了结项成果《诸神的复活——中国神话的文学移位研究》（中华书局2020年版）。虽然这是国内采用原型批评方法，用"文学移位"学说阐述中国神话文学移位历程的发轫探索之作，但毕竟筚路蓝缕，粗率之处，恐在所难免。不过在神话移位研究之后，我又就故事类型研究开始思考新的相关问题：从外在形态看，中国叙事文学故事类型是一个庞大的群体，神话主题只是其中一部分。我曾将中国叙事文学故事主题分为六种类型，神话主题隶属于其中"神怪类"，而除了"神怪类"，还有其他五种类型。①那么新的问题就是，同样都是故

---

① 参见宁稼雨：《先唐叙事文学故事主题类型索引》，南开大学出版社2011年版，第1—4页。

事类型，神话主题类型可以使用原型批评的"文学移位"学说来操刀解剖，其他故事类型又该如何处置？原型批评方法对它们是否也同样适用？如果适用，应该如何选用能够对症下药的自洽方法呢？

首先，关于中国叙事文化学的分类体系，与原型批评提出的由神话向写实过渡的顺序环境基本吻合。"弗莱认为，西方文学在过去十五个世纪里，恰好按照神话、传奇、悲剧、喜剧和讽刺这样的顺序，经历了由神话到写实的发展。"[1]中国叙事文化学所分六种故事类型，虽然弗莱所列几项名称不尽一致，但分类思路则完全一致，可谓殊途同归。

其次，关于叙事文化学个案故事类型研究。其实原型批评不仅关注神话本身在后代文学中的移位情况，同样也关注神话原型之外其他各种文学现象的个案原型显现。既然原型就是"典型的即反复出现的意象"，那么它"把一首诗同别的诗联系起来，从而有助于把我们的文学经验统一成一个整体"[2]。所以，"用典型的意象做纽带，各个作品就互相关联，文学总体也突出表现出清晰的轮廓，我们就可以大处着眼，在宏观上把握文学类型的共性及其演变"[3]。弗莱曾用一首诗赞美格雷夫斯（Robert Graves）：

> There is one story and one story only
> That will prove worth your telling.
> （有一个故事而且只有一个故事
> 真正值得你细细地讲述。）[4]

张隆溪先生对此解释道："之所以只有一个故事，是因为各类文学作品不过以不同方式、不同细节讲述这同一个故事，或者讲述这个故事的某一

---

[1] 张隆溪：《诸神的复活：神话与原型批评》，江西人民出版社1985年版，第147页。

[2] 参见弗莱（Northop Frye）：《批评的解剖》（Anatomy of Criticism）。转引自张隆溪：《诸神的复活：神话与原型批评》，江西人民出版社版1985年。

[3] 张隆溪：《诸神的复活：神话与原型批评》，江西人民出版社1985年版，第146页。

[4] 弗莱（Northop Frye）：《受过教育的想象》（The Educated Imagination）。转引自张隆溪：《诸神的复活：神话与原型批评》，江西人民出版社1985年版。

部分、某一阶段。"①这样的陈述，用来形容介绍中国叙事文化学的个案故事类型构成，也完全妥当。从前述昭君故事的构成，正是这种陈述的例证。其他诸多个案故事类型，也大抵如此。

（二）主题学与故事类型研究

主题学是中国叙事文化学的重要理论资源，此前关于中国叙事文化学研究相关论著多有涉及。尽管故事类型是中国叙事文化学的实践方式，二者可谓表里关系，但角度不同，有些表述还应回到故事类型本身还原廓清，尤其需要明确界定主题学的故事类型与叙事文化学的故事类型之间的异同关联。

"AT分类法"是阿尔奈（Aarne）与汤普森（Thompson）根据主题学的基本原理设计建构的关于世界民间故事的类型编制方法，其标志成果是《世界民间故事分类索引》。这个索引不仅是国际通用的世界民间文学故事类型范本，而且也对周边相关研究领域产生辐射影响。

该分类法由五大部分组成：动物故事、普通民间故事、笑话、程式故事、未分类故事。每一部分下再细分子目。子目有两种形式，第一种是简单式，只是简述该条子目的故事梗概，如：

1572J*【骑禽而去】·

快到吃饭的时候，主人说他不能留客吃饭，因为家里没有肉。客人说可以杀了他骑来的马或驴，"那你怎么回家呢？""我可以骑你的鸭或鸡"，客人指着院子里的家禽说（故事出处从略）。

第二种形式是复杂式，梳理同一故事主线的几种变数和细节的若干变数，如：

1568A**【顽童吃甜点心】·

Ⅰ.〔甜点心〕顽童把甜食做得像粪一样，放在（a）教师的桌子

---

① 张隆溪：《诸神的复活：神话与原型批评》，江西人民出版社1985年版，第146—147页。

或椅子上（b）皇帝的御座或大臣们的椅子上（c）宗祠的地上（d）县知事的衙门里被审问时，他说粪是他自己的，他要把它吃下去，当他执行诺言时，他的同学们大笑，或（e）他对他的老师说，那并不是粪，而是甜食。并给老师一些吃，或（f）孩子回家对姐姐说，老师虐待了他，姐姐给了他一瓶看来像粪便一样的甜食，让他在老师面前吃，当老师责备他时，他给了老师一些，老师非常喜欢吃。

Ⅱ.〔粪便〕几天之后，孩子把自己的粪或动物的粪放在同一地方。当他被责问时，他说上次已经认了错，并得到了惩罚，他不可能再犯同样错误了。他说一定是上次看到他受罚的那些人阴谋陷害他，应该由那些人负责。（a）他的同学，（b）一个年轻亲戚（c）皇帝或地方官吏的侍者，于是被迫吃光那些真的粪便或受到惩罚。或（d）当老师在同一地方看到真正的动物粪便时，以为是甜食尝了一点（e）当老师要去旅行时，孩子给了他一个看来像是上次一样，而其实是装满粪便的瓶子，老师上了当。

1568B＊＊【顽童和粪坑里的老师】·

Ⅰ.〔陷害老师的计划〕一个狡猾的学生锯断了（a）老师椅子的一条腿（b）一根桩子（c）老师上毛（茅）厕用来扶手的绳子。椅腿或桩子上写上他的名字然后又放回去，或（d）他把桩子拔出来又轻轻地放回松动的泥土里或（e）在老师的椅子上放上粪便，写了自己的名字。

Ⅱ.〔陷害同学〕（a）老师掉进了粪坑或跌倒地上（b）顽童当时来到现场答应去找同学们来救老师。然后又独自回来。声称别的同学不肯来，他一个人帮了老师。（c）老师自己爬了起来，发现椅腿上或锯断的桩子上写的名字，于是责问这孩子，孩子说他不会自己陷害自己的，一定是别的同学想开老师的玩笑，（d）结果，所有其他同学都得了严厉的责罚（故事出处从略）。①

---

① 〔美〕丁乃通：《中国民间故事类型索引》，中国民间文艺出版社1986年版，第426—428页。

从以上文字中可以看出，1568A 和 1568B 是同一故事主线的两种变数，两个类型下分别归纳两种不同的情节要点（1568A 的"甜点"与"粪便"，1568B 的"陷害老师"和"陷害同学"），而在两个变数各自不同的情节要点下面，又有若干由小写英文符号标识的再下一个层级的故事情节变化。除此之外，文字描述中没有反映出来的信息还有，所有的故事归纳都不含具体人名或时间、地点介绍。这样实际上又给这些故事的多种可能变数预留出空间。换言之，"AT分类法"的分类体系还不是最低层级的故事类型索引。

"AT分类法"自有其道理和原因，作为总结归纳由民间口头传承故事的故事类型索引，需要充分考虑到不同时间和空间领域中口头传承的多种变化可能性。所以难以把故事类型层级设定在最低级别（即含有具体人物、时间、地点的故事级别）。如此操作考虑到民间故事本身属性实情，合理得当。相比之下，中国叙事文化学的故事类型设计还需要有自己的考量规划。

中国叙事文化学从两个方面借鉴吸收了主题学研究的学理资源，其一是关于主题学研究所涉领域的继承和发展[①]；其二则是关于故事主题类型的理念与方法的参考借用。从理念角度看，以往中国学界尽管出现过小说、戏曲同源这样接近于故事类型概念的表述，但尚未形成对于由诸多文体和作品组成的故事类型这种形态的概括和归纳。从这个角度看，是"AT分类法"启发激活了中国叙事文化学关于故事主题类型理念的形成。但是在如何处理分类体系，尤其是在故事类型层级的考量上，不能照搬"AT分类法"的分类层级，而应该根据中国叙事文学自身的性质和形态状况有的放矢来选择确定。理由有二：其一，因民间故事口头传承特点决定，其传播形态和版本必然多样化，难以用最低层级单位来表现。而书面形态的中国叙事文学故事文献总体上看有比较固定的文本形态，有条件按最低级别单位来设定故事类型层级；其二，"AT分类法"所立范式针对世界各国，地

---

① 主题学原本起源于民间故事研究，到 20 世纪 70 年代，海内外部分学者开始运用主题学方法研究中国抒情文学，取得丰硕成果。参见陈鹏翔：《主题学研究论文集》，东大图书有限公司 1983 年版。我本人倡导提出的中国叙事文化学，则把来自民间故事研究的主题学研究移用于以书面文学为主的中国古代叙事文学研究中。参见宁稼雨：《叙事文化学文献搜集的覆盖范围与文化属性》，《文学与文化》2021 年第 2 期。

域跨度大，传播语言与采风记录语言多样化，难以用一个低层级类型来定型；其三，以最低层级设定故事类型单元，以其简明具体，更能直接反映出中国叙事文学故事类型的面貌特征。以历史上著名王祥卧冰求鲤故事为例，在《先唐叙事文学故事主题类型索引》中对其做出如下类型描述：

> C040107（人物—家庭—孝道—王祥—卧冰求鲤）
>
> 王祥卧冰求鲤
>
> 梗概：
>
> ①王祥性至孝，早丧亲，继母朱氏不慈，数谮之；
>
> ②由是失爱于父，每使扫除牛下；
>
> ③父母有疾，衣不解带；
>
> ④母常欲生鱼，祥卧冰求之；
>
> ⑤冰解鲤出，持之而归；
>
> ⑥母又思黄雀炙，复有黄雀数十入其幕，复以供母；
>
> ⑦乡里惊叹，以为孝感所致。
>
> 主题词：
>
> ①王祥；②朱氏；③谮；④卧冰；⑤鲤；⑥黄雀；⑦孝感
>
> 出处：
>
> ①《艺文类聚》卷九引孙盛《杂语》、臧荣绪《晋书》
>
> ②《北堂书钞》卷一四五、《太平御览》卷九二二、九七〇引萧广济《孝子传》
>
> ③《初学记》卷三、《太平御览》卷二六引师觉援《孝子传》
>
> ④《太平御览》卷八六三引《孝子传》《晋书·王祥传》
>
> ⑤《搜神记》卷一一
>
> 相关类型索引：0 [1]

该条故事类型索引文字中，"C040107（人物—家庭—孝道—王祥卧冰

---

① 宁稼雨：《先唐叙事文学故事主题类型索引》，南开大学出版社2011年版，第108页。

求鲤）"是索引标号和对应文字内容。"C"与"人物"对应，表示在《先唐叙事文学故事主题类型索引》这部书中，"人物"排在第一层级的第三位。第一层级与其对应的其他类型分别为"A"—"天地""B"—"怪异""D"—"器物""E"—"动物""F"—"事件"。"04"对应"家庭"，为第二层级，意谓"人物"这一大类下的家庭活动；"01"对应"孝道"，意谓"家庭"这一层级下的"孝道"行为；"07"对应"王祥卧冰求鲤"，意谓"孝道"这一层级下具体的"王祥卧冰求鲤"个案单元类型。后面的"梗概""主题词""出处""相关类型索引"则是该主题类型的核心基本信息，并为对此故事类型的进一步挖掘研究提供基础材料。

从以上二者对比中可以看出，与"AT分类法"相比，叙事文化学的故事类型层级设计比较多。这实际上是从书面文学为主的中国叙事文学实际状况出发，把"AT分类法"复杂式中多种可变头绪，梳理归纳为层级分明的系统隶属关系。这样每一个个案故事类型既有其自身的单元内涵和伸缩可能，又能与其他故事类型形成以类相从的网状逻辑关系。能够体现出中国叙事文学故事类型的固有内涵和源流关联，同时也便于研究者了解掌握各个故事类型的横向和纵向关联，尽快进入个案故事类型的研究状态中。

（三）文化批评与故事类型研究

原型批评和主题学研究都是催生叙事文化学背景下故事类型研究的重要动力，但他们自身也都存在一些问题和偏颇。这些问题和偏颇不仅是它们自身的痼疾，同时也给受其影响对象造成接受过程中的某些负面因素。如果不能消解这些负面因素，那么它们吸收正面营养的努力也有可能功亏一篑。原型批评主要贡献在于能够将若干不同形式要素的文学材料融汇于一个原型主体中，从而把荣格提出的"集体无意识"学说落实到文学原型中。这个宏观格局虽然值得赞许，但操作过程中却容易出现两种偏颇：一是失之粗略。正如张隆溪先生所说："事物的利弊往往相反相成。原型批评从大处着眼，眼界开阔，然而往往因之失于粗略。"①二是偏重形式忽略社会背景。张隆溪先生又指出："弗莱的理论只停留在艺术形式的考察，完

---

① 张隆溪：《诸神的复活：神话与原型批评》，江西人民出版社1985年版，第150页。

全不顾及文学的社会历史条件，所以它虽然勾勒出文学类型演变的轮廓，见出现代文学回到神话的趋势，却不能正确解释这种现象。"①张隆溪先生提出这些问题都值得我们在参考借鉴原型批评进行叙事文化学故事类型分析时加以克服并努力解决。

主题学对故事类型研究的重要启示是关于故事类型理念的萌生，包括相关故事类型索引编制方式和个案故事类型的设计形式等。但因主题学的研究对象是民间故事，民间故事口耳相传为主的传播方式造成大部分原始材料地域属性相对明确，但传播时间很难确定。这样给同一故事类型历时传播过程的历史文化动因诠释带来较大困难。因此我们的叙事文学故事类型研究将此作为重要的攻坚突破方向来解决。

解决以上两个难点的基本方案是用文化学研究的方法来弥补。我曾用"偏正关系"来解析"叙事文化学"这个概念的语法关系。意思就是：所谓"叙事文化学"是关于中国古代各种叙事文学文体的文化学研究。如此表述的意思非常明确，就是把中国古代叙事文学各种材料作为历史文化学研究的对象。这个初衷固然不错，但如果不加辨析诠释，也容易引起误解，甚至误入歧途。

自20世纪90年代起，文化批评（研究）开始在中国大陆学界盛行，并逐渐成为主流。中国叙事文化学本身也是这个潮流作用的产物。但随着文化研究热潮逐渐走向深入，尤其是当文化研究开始受到质疑，作为以文化研究为归依的故事类型研究也就不能不反省其采用文化批评方式的科学性和实用度，并且结合多年实践情况不断对故事类型研究的学理科学性和实践操作方式做出相应调整。

首先，从故事类型自身的属性来看，其漫长的时间年代跨度的可能性，多种文体覆盖的复杂性，众多作者构成的主题寄托多样性，为故事类型的历史文化研究提供了广阔的空间可能。从这个意义上看，故事类型的文化研究视角，不应该怀疑，而应当坚定并发展。

其次，依据上述故事类型的属性特征来进行实践操作，正好可以用来

---

① 张隆溪：《诸神的复活：神话与原型批评》，江西人民出版社1985年版，第150页。

弥补前述原型批评和主题学研究的某些不足。从文献覆盖来说，本着"竭泽而渔"的穷尽原则，叙事文化学故事类型研究的文献覆盖范围涉及经史子集、通俗讲唱文学，以及大量与故事类型相关的物质文献。这些覆盖范围为大量故事类型的文献搜集提供了广袤的文献资源，同时也有足够的底蕴，为参考借鉴原型批评和主题学方法可能面临的大量文献补充工作提供强有力支持，弥补原型批评和主题学批评"粗略"和简略的不足。

再次，原型批评和主题学对于原型故事文化意蕴缺乏深入细致的挖掘和分析。叙事文化学的故事类型研究将此作为该研究工作的重中之重，把解读故事类型的历史文化意蕴作为该研究方法的核心工作。其要点就是从纵横两个方面将这个工作落到实处。纵向是指按照该故事类型所有文献所涉时间历程范围，在考订确认每一条材料历史年代的基础上，深入挖掘该条材料历史年轮背后的社会文化情况，作为诠释该条材料的历史依据；横向是指努力探索该故事类型的每一共时时段社会文化各个方面的梳理分析，并将其与纵向信息贯通，形成对于该故事类型的立体网状结构认知。

最后，鉴于学界关于文化批评与文学批评的论争中文化批评受到用文化批评代替文学批评的指责，故事类型研究意识和理解到这些指责的合理部分，将故事类型演变过程中的文学形式和艺术手法作为历史文化演变的一个组成部分纳入其中。如果说，历史文化意蕴解读完成了故事类型历代演变形态"是什么"的话，那么故事类型的文学形式解读则接过这个接力棒，诠释这个"是什么"是通过何种文学形式和艺术手法，怎样去完成了这些"是什么"。这样也就造就形成故事类型研究的"双桨"，二者相互依存、相互支撑，构筑起故事类型研究的根基。

五、故事类型研究的操作程序

叙事文化学研究一直在理论摸索与研究实践的交替作用中不断发展推进。理论探索为实践操作的方向定位和理念设置，实践操作是理论探索的行动落实和效果检验。经过三十年的摸索实践，故事类型研究大致形成了比较系统完整、操作性强的研究程序。

（一）确定个案故事研究类型

明确研究对象，对其进行内涵外延限定是任何科学研究工作的必要前提。但故事类型研究的对象限定工作却有其自身的特点和规律。

就一般概念定义来看，由一个（或几个）固定故事主人公，一个集中的故事情节为基础，由一个或多个文体和作品组成的主题故事，可以视为故事类型。从文字层面看，这个概念定义应该也没有什么问题。但如果进入实践操作层面，就暴露出必须面对和进一步厘定和廓清的必要性。

笔者所编《先唐叙事文学故事类型索引》共收六类叙事文学故事主题类型2499个。那么首先需要面对的问题就是，这2499个故事类型是否都需要做个案故事类型研究？如果不是，那么应该采用怎样的方式来处理？

研究中发现，这2499个故事类型在规模体量上存在较大差异。多者时间和文体跨度都比较大，少者则二者空间都比较有限，比如：

C040504（人物—家庭—夫妇—张贞妇投江寻夫）

张贞妇投江寻夫

梗概：

①蜀郡张贞行船覆溺死；

②妇黄因投江就之；

③积十四日，执夫手俱浮出。

主题词：

①张贞；②妇黄；③投江

出处与参考文献：

①《异苑》卷十

相关类型索引：0[1]

这个故事虽然情节完整，人物也比较鲜明，但缺少关联故事，无法对其做故事形态变化对比，所以它可以作为一个故事类型存在，但实际上缺

---

① 宁稼雨：《先唐叙事文学故事主题类型索引》，南开大学出版社2011年版，第113页。

少故事类型的研究价值。我们把这种故事类型称之为"简单类型"。而像女娲、精卫、嫦娥一类神话类型故事，孟姜女、王昭君一类人物故事等，无论是流传的时间跨度，还是文体载体覆盖面，都非常复杂，堪称故事类型特征的鲜明体现者。我们将此类故事类型称之为"复杂类型"。可以这样认为：真正能够体现叙事文学故事类型特征，并具有叙事文化学视角研究价值的，是这种"复杂类型"的故事群体。那么"简单类型"与"复杂类型"之间界限何在，如何划定各自范围？在相关理论指导下，我们在研究实践中摸索出确定个案故事类型的大致框架标准：

从时间跨度看，一个故事类型所涉相关文献的时间跨度，如果不少于两个朝代，那么对于该故事类型的时间脉络梳理，乃至进一步考察故事源流变异情况，挖掘其变异背景后的文化意蕴，都会比较有利。所以，我们建议进入具有研究价值的"复杂类型"，以不少于两个朝代为宜。当然这也只是大致情况，有些特殊情况需要特殊考虑。比如有的故事虽然时间不足两代，但材料丰富，就可以破例；也有的故事虽然时间跨度能够达标，但材料比较匮乏，有时甚至中间出现较大断档空缺，如此情况也需要酌情予以考虑。

从文体跨度看，作为一个比较"够格"的"复杂类型"，其文体覆盖应该相对全面。虽然不能要求全部文体都能面面俱到，但作为叙事文学的故事类型，把叙事文学文体的核心要件——小说和戏曲作为一个"复杂类型"的必要条件，应该特别强调出来。这里所讲的小说戏曲两种文体的相关作品，也有一定限定：作为一个"复杂类型"，应该具备含有描写该故事类型主人公或核心情节的独立小说或戏曲作品。比如《莺莺传》之于西厢故事类型，《汉宫秋》之于昭君故事类型等。有些人物虽然多见于小说或戏曲，但往往只是过场附庸角色，则撑不起故事类型核心主体文献的要件。

从文化内涵看，一个比较充足的"复杂类型"，除了时间和文体跨度，其贯穿该故事类型全部文献的历史文化内涵是否丰富充足，也是需要特别考虑的问题。因为历史文化分析是叙事文化学故事类型研究的特殊和强项所在。所有文献材料受其历史和时代社会文化思潮影响，在作品中留下各种深深痕迹。挖掘这些痕迹，寻找故事演变过程中的历史文化演变脉络轨迹，也是故事类型研究的要务之一。同时，一个"复杂类型"的历史文化内涵，又往往不是单一的文化要素，而是多种文化要素主题的集合体。比如昭君故事类型在漫长历史岁月中，逐渐有各种文化主题汇入其中，包括：民族文化主题（和亲抑或对抗）、帝王情感主题、锄奸抑邪主题等。需要把这些历史文化要素在历代不同文本中的表现形态和背景原因分析论述到位，才能实现叙事文化学故事类型研究的预设目标。这样会使故事类型的确定更加稳妥扎实。①

（二）故事类型的文献搜集与梳理

文献搜集是中国叙事文化学故事类型研究的基础重镇，也是故事类型研究区别于其他原型批评、主题学研究和文化研究等相关研究方法的显著标志和强悍优势。原型批评的"粗略"，主题学研究因口耳相传形成对象形态模糊，以及文化批评受到的"空疏"批评，都应在故事类型的文献搜集工作中得到解决。

文献搜集的工作内容包括对已经确定的故事类型进行全方位的文献挖掘搜集，其理念宗旨是"竭泽而渔"，即对所有与该故事类型相关的所有文献材料做"一网打尽"式的捕捞纳入。这种方法继承了乾嘉考据学传统，借鉴吸收西方实证主义研究理念，并充分采纳利用现代古籍数字化成果手段，力争对故事类型相关文献材料做地毯式覆盖采集。

故事类型文献搜集的大致程序包括：明确故事类型的文献覆盖范围及文化属性②；通过古典目录学、索引等相关知识途径，了解故事类型文献覆盖范围所涉文献的基本线索和基本面貌，以及相关故事类型的学界研究动态情况；通过古典版本和现代版本的多种途径搜集掌握已知故事类型相关文献材料和研究成果；通过各种数字手段检索与故事类型相关的所有文献材料。文献搜集工作艰巨、艰苦、复杂，既要有克服困难的雄心，又要有耐心细致的工作态度。故事类型的文献搜集工作至少要占全部工作的半壁江山，它的完美程度直接决定故事类型研究工作的质量结果。文献搜集工

---

① 参见宁稼雨：《关于个案故事类型研究的入选标准与操作方法》，《天中学刊》2015年第4期。

② 参见宁稼雨：《叙事文化学文献搜集的覆盖范围与文化属性》，《文学与文化》2021年第2期。

作如果获得成功，好比该故事类型仓库里堆满了食材。但充足的食材不等于美味佳肴，故事类型研究要取得成功，还有待于把食材转化为按一定菜系设计制作出来的桌上美味。其中重要的一环就是做好材料梳理工作。材料梳理预先要设定好三个指标：一是文献材料纵向历时指标，二是故事类型相关基本文学故事要素指标，三是故事类型相关文化要素指标。

纵向历时指标是指按文体体裁分类和时间年代顺序，对手上所有文献材料一一进行作品（含作者）的年代考证确认和排队。这项工作极其烦琐艰巨，但却是故事类型研究伴随文献搜集工作的又一基础性工程。它不仅需要经过扎实而缜密的考证，来明确该故事类型所有文献材料的先后顺序，更重要的是，它同时还能够为后续的文化意蕴分析奠定坚实的学术基础。没有每一条文献材料的确切时间背景，后续的文化分析便是无源之水、无本之木。

相关基本文学故事要素指标是指该故事类型中基本文学要素在历代相关文献中的异同变化轨迹。例如人物要素、情节要素、语言要素、载体与形式要素等。具体工作内容就是通过阅读和比对，把每一种文献中这几项指标与其他文献的异同变化点找出标明，再把所有这些异同变化点串连起来，就能清晰获得该故事类型所有相关文学故事要素的异同演变轨迹。这是故事类型研究的核心目标主体。

文化要素指标是指基本文学要素中各个指标项在历代文献演变的异同形态中所体现出来的历史文化背景。这些文化背景是历代各种文献通过各种文学载体所折射呈现出来的不同视角不同心态文化背景的内在样貌。虽然这还只是一个大致梳理，但却是故事类型研究文化分析的先期工作，能够为下一步文化分析的深入进行做好准备。

（三）故事类型的文化与文学分析

文化与文学分析是故事类型研究的最终环节和最高阐释形式。如果把此前所有准备工作比作烹制菜肴的确定目标、采购、清洗、切块、备料等环节的话，那么文化与文学分析就相当于最后下锅的烹炒完成环节。经过文化与文学分析，个案故事类型的全部面貌、演变线索、异同变化、文化内涵与文学手法等全部情况得以展示，成为该个案故事类型研究的重要积累。

西方新闻界从19世纪80年代开始将新闻要素归纳为"5W1H"，即何时（When）、何地（Where）、何人（Who）、何事（What）、何故（Why）、如何（How）。梁启超将其加工改造，用五个"W"来解析史学研究需要重点解决攻坚的问题。纵观叙事文化学的故事类型研究，实际上均为这几个"W"的贯彻和落实。如果说故事类型的确定算是"What"，包括文献搜集、文献梳理在内的系统工程是解决"When""Where""Who"的问题的话，那么故事类型的文化和文学分析则进入到最后的"Why"和"How"阶段，即：用文化分析的方法解析故事类型所有那些文献传承轨迹、文学要素异同变化等形态表现，做出何以至此的"Why"结论；用文学分析的方法探索解析那些何以至此的"Why"，又是通过怎样的文学手段形式去完成、去实现的（"How"）。

文化分析在操作层面的核心理念就是"动态意识"，就是从动态观念出发去审视和把握一个故事类型发展演变过程中的各种现象。其中包括：首先，在文化分析角度的遴选上，注意所选文化角度在整个故事类型中的连贯性和相对均衡性。如果一种文化视角在故事类型演变过程中只是昙花一现，难以形成持续链条效应，则应当尽量避免。其次，尽量避免对文化视角的分析做平板、静止的描述和分析。这就需要准确把握单篇文献材料所反映的文化蕴含与该文化蕴含在整个中国文化长河发展中的异同关联作用。一种历史文化现象在其历史发展过程中，不可能是一成不变的。它受各种不同社会文化内容制约，在不同社会环境下会以不同载体方式呈现出不同样貌。而每一篇单篇作品都是这种制约影响的外在表现形态。所以通过文学作品内容的文化描绘去探索挖掘背后的深邃文化蕴含，是文学的文化学研究的基本模式和习用规律。而不同作品所受不同文化背景制约所形成的不同文化演示样貌，则能够构成一组以文学作品形式展示的历史文化演变轨迹图。比如在西厢记这个故事类型中，元稹受到的是唐代文人以科举获得进取机会时代潮流影响，所以把《莺莺传》写成一个张生为科举考试抛弃爱情，浪子回头的故事，连崔莺莺本人也懊悔"自献之羞"；而宋金以来市民文化大潮的冲击，让董解元自觉为市民代言，用市民喜闻乐见的诸宫调形式，把《西厢记》改变为张生和崔莺莺为了爱情，把科举抛到脑后，勇敢地以离家出走的方式自主自己的婚姻和爱情；在市民文化大潮中又保留一定士人文化本色的元代王实甫，希望能够得到各方面满意的圆满结局，故而把杂剧《西厢记》写成爱情和科举"双赢"的结局，体现其"愿天下有情人皆成眷属"的社会理想。一条西厢故事类型演变史，也是男女情爱观念的社会演变史。再次，所谓"动态意识"不能是一刀切的只"动"不"静"。故事类型在演变发展过程中，受社会环境等各方面因素影响，有时情节人物等要素变化幅度会比较大，也有时则相对静止不变。这变与不变、动与静的不同，都受制于背后的文化环境影响。比较常见的研究误区是只注意动态变化部分，忽略静止不变部分。这样的文化分析是不真实和不准确的。在"动态理念"支撑下贯彻落实以上三点，则能比较有效地达到实现文化分析所承担的诠释那些"When""Where""Who"何以至此的回答"Why"的职责任务。

文化分析和文学分析是故事类型研究这条船上的两条桨，相互支撑，维护平衡。文学分析特别需要注意的要点是需要防止与文化分析脱节，自行其是。 文学分析的任务是对文化分析中所给出的那些"Why"进行解读，再继续给出它何以至此的"How"答案。就是具体解答那些文化分析的解释所采用的具体载体的表述方式和途径是什么。这里特别需要强调的是一种文学体裁形式的文体特征对于诠释具体的文化蕴含的可能性和便利性。或者说，是一种文体本身的体裁特征，为诠释一种文化内涵提供了表述可能和载体方便。故事类型中一种文化意蕴的表达，有赖于某些文学载体形式本身在诠释这些意蕴中的可行程度。一般来说，经史子部文献主要以体现诠释中国古代帝王文化精神，集部文献以体现士人文化精神为主，而通俗文学文献则以反映市民文化精神为主。比如最早记录昭君故事的《汉书·元帝纪》和《汉书·南匈奴传》以史书形式描写汉元帝用和亲方式获得国家安全太平，体现出帝王文化痕迹；蔡邕、石崇、梁琼、王安石等描写昭君使用诗歌形式则很好地体现出文人在吟咏昭君故事诗篇中所寄托的个人情怀；而市民阶层则喜欢通过通俗化的文学形式表达对于国家和社会问题的关注和态度理想，如《汉宫秋》以杂剧叙事与抒情兼备的形式表达该剧中大众阶层对元朝统治者的对抗情绪；《双凤奇缘》则又从市民审美趣味出发，增添昭君妹妹赛昭君，并附会神魔等小说形式特有的情节关目，在昭君故事中表达对于皇权的蔑视、揶揄嘲讽心态。不同文体表达优势对于解读故事类型文化分析的手段作用，的确无可替代。将文学分析与文化分析视为故事类型解读分析的"双桨"，将是对于以往文化批评取代文学批评这一重要缺憾的重大纠正和弥补①。

原载《山西大学学报（哲学社会科学版）》2023年第6期

---

① 因篇幅所限，这个问题还有待进一步深入分析展开。

宁稼雨中国叙事文化学研究平议

孟昭毅、梁玥

摘要：宁稼雨在借鉴比较文学主题学的理论与研究、吸收中国主题学研究成果的基础上,结合中国叙事文学文本现状和文化传统,率先提出建构"中国叙事文化学"的学术主张。中国叙事文化学作为一种有中国文化立场的创新型文学理论,具有重要的理论价值和实践意义。

关键词：宁稼雨；叙事文化学；平议

宁稼雨先生在中国古代文学领域研究颇深,其中尤为学界所注目的是其以总结古典小说纲要为基础,在中国叙事学和主题学方面取得的众多综合性研究成果。由于他一直思考如何能更有效地将西方学术思想和中国传统文化进行有机融合,以便生成一种新型的学术范式,所以他才能够借鉴比较文学主题学的理论与研究,率先提出建构中国叙事文化学的学术主张。他努力汲取中国主题学的研究成果,同时结合中国古代文学研究的实际情况,十几年来一直致力于主题学中国化的理论研究与实践,先后发表了大量的著述,以阐述自己中国叙事文化学的观点,并建构其理论大厦。

一、研究成果的积淀

2007年宁稼雨发表了论文《主题学与中国叙事文化学的建构》,提出以主题学视角建构叙事文化学的主张,从此一发不可收：2009年他发表的《女娲神话的文学移位》一文具有母题研究和原型批评的方法论意义,

466

2010 年推出《木斋〈古诗十九首〉研究与古代叙事文学研究的更新思考》一文，2011 年出版了《先唐叙事文学故事主题类型索引》一书，2012 年发表了《故事主题类型研究与学术视角换代——关于构建中国叙事文化学的学术设想》一文，同年他还连续发表了《中国叙事文化学研究为何要"以中为体，以西为用"——中国叙事文化学研究丛谈之一》《中国叙事文化学与西方主题学异同关系何在？——中国叙事文化学研究丛谈之二》两篇丛谈，2013 年又发表了《中国叙事文化学与中国学术体系重建》一文。

宁稼雨专注于中国古代文学研究，几十年来潜心钻研中国叙事文本，因而思之稔熟，筹之有素。他在长时间的学术研究实践中，时常发现西方化的主题学方法不能完全解释与剖析中国本土研究对象的一些实际问题。尤其是在中国古代文学的研究中，他觉得以文体史研究和作家作品研究为主体范式的西方叙事文学研究，面对由若干文体和若干作家作品共同构成的某个故事类型时，分析往往有些偏颇。例如研究《西厢记》故事类型，由于研究者仅限于各自侧重的关注点，势必会造成对故事类型整体认知和研究上的缺失，即忽略了该故事类型的文献材料在故事形态上的异同流变轨迹。笔者曾经和宁稼雨先生沟通过这种研究得失的体会。所以他首倡的中国叙事文化学是借鉴西方主题学但异于主题学的一种新型研究方法，其研究目标既不是主题或母题情节类型，也不是一部完整的作品，而是某些具体的单元叙事。他认为，只有通过研究具体的单元叙事，才能分析并揭示那些超越单一作品且跨越单一问题的个案故事主题类型的发生过程与历史动因。宁稼雨以顾颉刚《孟姜女故事的转变》一文为例，进行了具有当代叙事文化学研究意义的探索。他认为若能将传统考据方法同西方实证主义方法相互结合，使之相辅相成，便能成功地解读中国叙事文学故事主题的演变过程，从而完成一种具体的单元叙事。

二、研究成果的丰富性

宁稼雨提倡的中国叙事文化学研究，从宏观上分析，是将叙事学理论纳入中国传统文化视野运用于文史互证研究的一次尝试。他在撰写的关于中国叙事文化学丛谈的第一篇文章中认为："以中为体，以西为用"，就是从中国文学创作的实践出发，凸显中国文学的主体性和重要的研究价值；同时，也可以借鉴西方的文学理论，拓宽研究视野。此外，以中国文学为主体、融通西方文学的这一研究，具有举足轻重的中西两种文化的对话意义。①中国叙事文化学研究，从微观上分析，是将个案钩稽、分析与整体研究相结合，将文献考据法与要素解析法相沟通，这正如《天中学刊》在开设"中国叙事文化学研究"专题栏目时在"征稿启事"中所提出的要求：投稿主要围绕中国叙事文化学的理论研究或者该理论的故事类型的主题个案分析，即应针对某一要素（如情节或人物）在相应主题类型的不同文本中的形态流变进行细致比较，关注异同，点面结合，力求整体的相关研究更为全面、深入。

宁稼雨提出的中国叙事文化学的理论认为：一方面，中国传统的书面叙事文学与民间故事具有一定的相似性，所以中国叙事文化学可以从主题学中汲取营养；另一方面，由于故事文学和书面文学之间差异性的存在，主题学难以对中国这两种文学的外部因素进行全面地反映和解读。因此，应从主题学的研究角度出发，对其进行适当改造。在撰写的关于中国叙事文化学丛谈的第二篇文章中，他对中国叙事文学和西方主题学研究的相同、相异之处进行了详细论述，例如："同一故事类型多种演绎形态在中国古代叙事文学发展过程中是十分普遍的情况。那么以这种产生流传方式为研究对象的主题学，就不仅适用于民间故事，而且适用于整个中国古代叙事文学。这就是中国叙事文化学可以借鉴吸收主题学方法的主要依据……从异的方面看，尽管中国古代书面叙事文学具有承载民间故事流传的功能，但它毕竟不能与民间故事完全画等号。所以，不能把西方研究民间故事的主题学完全生搬硬套用来研究中国古代叙事文学。"②

2011年，宁稼雨倡导的中国叙事文化学研究集大成之作——《先唐叙事文学故事主题类型索引》一书正式出版。这部著作凝聚了作者十几年的

---

① 参见宁稼雨：《中国叙事文化学研究为何要"以中为体,以西为用"：中国叙事文化学研究丛谈之一》，《天中学刊》2012年第4期。

② 宁稼雨：《中国叙事文化学与西方主题学异同关系何在?：中国叙事文化学研究丛谈之二》，《天中学刊》2012年第6期。

心血，表现出作者努力运用西方主题学理论研究成果、阐释中国古代文学的积极探索精神。全书一百一十多万字，运用主题学方法对中国先唐叙事文学故事主题的流传演变情况进行了一次总结整合研究。作者按照国际民间文学领域通用的"AT分类法"，将先唐叙事文学的故事主题分为天地类、怪异类、人物类、器物类、动物类、事件类六大类。传统的"AT分类法"将所有的故事依据内容、性质、形式，分为"动物故事""一般民间故事""笑话""程式故事""难分类的故事"五大类，这一分类法显然缺乏内在的逻辑性。宁稼雨将故事主题分为六大类的做法，无疑是在前人基础上所做的新探索和大胆尝试。众所周知，任何分类方法都以穷尽性或准确区分世界文学中诸多纷繁复杂的叙述文类主题为研究的主要目的。因此，上述分类也不乏值得推敲商榷的细微之处。六大类中又分为若干小类，例如"天地类"，其中又分为"起源""变异""灵异""纠纷""灾害""征兆""时令"七个小类，只凭名称考察，这样分类是见仁见智、难分轩轾的分法，如果细读内容可能就要更加复杂困难。但这种分类毕竟大致上较为清晰地展现了同一主题在各种文体形态中流变的轨迹。《先唐叙事文学故事主题类型索引》作为以"中学为体"的中国古代叙事文学故事主题类型分类索引编排的开山之作，不同于以往主题学研究主要以民俗文学为编写对象的分析传统，首次将中国叙事文学和文本纳入研究视野。书中既有度人金针的内容，又有大量编好的系统的材料索引，为后继的研究提供了分类原则和备选范围。它不仅方便了后学者的研究，也有利于中国叙事文化学研究的理论建构和实践探索。

三、研究成果的发展前景

宁稼雨倡导的中国叙事文化学研究从目前情况进行分析推断，要经过三个重要的步骤才能真正行稳致远、开花结果。

第一，要在"强调理论架构和文献资料收集"并重的原则下，编制中国叙事文学故事主题类型分类索引。他格外重视调查摸清研究对象的范畴并对其合理分类；注重以特定方法分析各种类型的故事并加以科学、准确的阐释；主张基于文献资料的系统整理，在此基础上，进一步开展理论建构和创新实践。他的《先唐叙事文学故事主题类型索引》一书就是在大量文献资料整理的基础上，经过梳理流程、分清轮廓、辨析真伪、校勘异同之后，才最终完善了全部设想而结构成书的。这不仅为中国叙事文化学研究的理论成熟提供了扎实的范本，也使其理论建设规避了宏大叙事式的理论空谈而落到了实处。

第二，把握故事主题类型分类索引的主线，有针对性地对支线的各个故事主题类型展开探源溯流的梳理和分条析理的考察。在宁稼雨引领下，其弟子做了大量卓有成效的个案研究，如人神恋故事、神话传说故事、恶神故事、东坡故事、济公故事、汉武帝故事、大禹故事、唐明皇故事、武则天故事、隋炀帝故事、张良故事、黄粱梦故事、红线女故事、柳毅传书故事、柳永故事、李慧娘故事、木兰故事、聂隐娘故事、秋胡戏妻故事、苏小小故事、西施故事、卓文君故事等。这些研究都对相关文献资料进行"竭泽而渔"式的爬梳整理，而后选择与之相关的文化现象进行探讨，为宏观整体的中国叙事文化学建构准备好嫁衣。

第三是最难的也是最重要的，即对中国叙事文化学理论进行归纳与总结、提炼与升华，使之谱系化与学理化，以便建构学界期待的具有文化哲学与文化诗学层面的中国叙事文化学研究理论大厦，之后再运用这一理论来研究中国民间文学和古代叙事文学中的叙事主题并产生重要成果，从而完成实践—理论—实践的完整的循环过程，才能真正令人信服。

四、研究成果的重要性

宁稼雨倡导中国叙事文化学研究的理论价值和实践意义主要有以下几点值得关注。

第一，这种研究打破了传统叙事学主要针对一部作品或一种文体内的叙事元素进行探讨的壁垒和偏狭视域，成为"超越单一作品又跨越单一文体"的具有突破性和超越性的综合研究。操作层面就是将小说、戏曲、诗文等一切文体所叙述的相同"个案故事主题类型的发生过程及其动因"以及"多个作品中同一情节和人物的异同轨迹"，重新整合成为一个新的研究个案，进行类比式的跨界研究。这种因学术视野扩大，涉猎比前人更广的研究，使其进行横向的共时性概括与比对成为可能。

第二，这种研究打破了传统的以文体为界限，以作品为基点的文学研究范式。这使过度强调文体异同和作品风格差异的研究倾向转变为"清晰地厘定不同文本故事情节的形态差异"，"为整个该故事主题类型的动态文化分析提供依据和素材"，从而为"故事主题类型的文化分析"研究奠定了坚实的理论与现实基础。正是这种因为研究对象之间所呈现出的异同现象而形成的复杂多样性，才使这样的鉴别与分析能够比传统的研究愈加深入，并进一步导致这种研究能够提升到文化哲学层面，并向纵深开掘。

第三，这种研究弥补了人为分割文学发展史的某些不足。例如，按朝代更迭划分的方法，虽然有对文学与外部环境影响的考量，但是对文学自身发展的规律是否与之同步的问题尚显考虑不周。中国叙事文化学研究则在探讨故事主题发展、演变的线索时，打破了以朝代更迭来观照文学发展的惯例，注重某一故事主题流变的传承性和接受性。

第四，中国叙事文化学注重剖析故事主题类型的各种要素在不同体裁和不同文本之中的形态流变及其在不同历史性的社会环境下的不同表现，以此发现影响该故事主题的时代因素，关注其变异情况，最终提纲挈领并总结出反映故事主题的全部材料及核心要素的灵魂。唯其如此，才能体现文化对文学内涵和审美价值的某些规定性。此时，叙事文学作品才能充分、和谐地彰显其时代意义和文化价值，中国叙事文化学也才能表现出作为一种有中国文化立场的创新型文学理论的真正理论价值和实践意义。

原载《天中学刊》2023年第1期

总结成绩，展望未来

——《中国叙事文化学研究文丛》（第一辑）序

人类社会发展到今天的一个重要原因就是在走路过程中不断回顾自己的行走路线，调整行进策略，择优汰劣，不断提升。这也是中国叙事文化学研究在走过三十年历程之后，需要回顾自身形成演变历史，总结经验教训的重要理由。

这本论文集选取了《天中学刊》"中国叙事文化学研究"专栏前五年的刊出文章，目的在于从《天中学刊》"中国叙事文化学研究"专栏的角度总结成绩经验。这是力争把专栏建设工作引向深入的重要举措，也是中国叙事文化学回顾总结成绩，反省不足和问题，继续向纵深发展的一个重要举措。

一、栏目建设的基本情况回顾

经中国叙事文化学研究倡导者，南开大学教授宁稼雨与《天中学刊》协商，《天中学刊》自2012年开办"中国叙事文化学研究"专栏。

专栏最初的设想初衷是，利用学报平台，为在学界初出茅庐，已经有比较成型的理论框架和实践方法成果的中国叙事文化学研究提供更大的成果展示平台，同时也为《天中学刊》创造更好的业界影响和声誉。

专栏的基本规模体量是，从2012年第6期起，每年四期，每期三篇文章左右。文章主题包括三个方面：中国叙事文化学研究的理论探索、个案分析和研究综述展望。文章作者包括中国古代叙事文学研究领域著名专家学者，高校教师和在读博士、硕士研究生，可谓老中青三代学人汇聚一堂。

经过八年打造培育，《天中学刊》"中国叙事文化学研究"专栏共出过五十期，一百余篇文章，先后有两篇文章被《中国人民大学复印报刊资料·中国古代、近代文学研究》全文转载。该专栏已经在国内高校学报界产生较大影响，也成为中国叙事文化学研究、成果发表和进行学术交流的重要园地。

2019年8月，由南开大学文学院与黄淮学院《天中学刊》编辑部联合举办了"中国古代叙事文献与文化高层论坛"。论坛核心主题之一就是研讨中国叙事文化学研究的学术理念和专栏建设。论坛收到论文六十余篇，其中三十余篇论文主题为中国叙事文化学研究。论坛除了进行论文学术交流之外，还专门安排时间，由我做了"中国叙事文化学研究的原理与实践"专场学术报告。论坛结束后，《中国社会科学报》、中国社会科学网以及国内诸多家新闻媒体报道了论坛信息和主题内容。

二、关于栏目建设创意的思考

《天中学刊》"中国叙事文化学研究"栏目取得成功的关键，在于创意的构想和落实。这次栏目建设的创意也不是开始就十分清楚，而是在栏目建设过程中经过双方不断交流、合作、磨合才慢慢明确清晰起来。

"中国叙事文化学研究"专栏在栏目性质和经营理念上有其自身的内涵特质，这个内涵特质应该是这个栏目得以存在的理由，也是它得以持久运作的动力所在。这个内涵特质的核心要义就是合作双方在需求方面的最大实现，而这个实现的基础条件就是双方的相互依赖关系。

从研究主体方面来看，投入资本是中国叙事文化学研究的理念和方法。虽然这个理念和方法已经有了成形的套路和实践效果，但如果这个方法体系要想扩大影响，继续把研究成果不断推向学界，就必须突破成果规模推出和稳定园地需求的瓶颈。这个瓶颈之所以存在并且难以克服，关键的症结就在于成果作者与一般刊物对作者身份往往苛求。长期以来，由于某些制度性原因掣肘，很多刊物对作者队伍做出明确限定，有的刊物甚至明确规定：非"985""211"院校作者不取，或非高级职称不取，等等。而中国叙事文化学研究是学界新生事物，从对它的接触了解和实践热情的实际情况看，年轻学子和教师对该方法真谛内核的了解程度往往高于高级职称作者。因为一般高级职称作者往往有自己既定的研究领域、研究基础、研究偏好，中国叙事文化学研究对他们来说，是原有知识体系基础上的叠加。从人的一般惰性习惯上来理解，大量高级职称作者抛开自己既定研究基础和偏好，从头开始学习掌握一种新的研究方法并非现实。与之相反，年轻学生和青年教师没有太多的学术研究框架包袱，犹如一张白纸，完全可以把中国叙事文化学研究作为自己进入学术殿堂的钥匙，从而在掌握中国叙事文化学研究理念方法方面表现出充沛的活力和热情。于是，以年轻学子为主体的研究队伍与该主体发表文章困难之间的矛盾便成为研究主体对刊物的需求所在。

从刊物方面来看，由于核心期刊评价制度和"985""211""双一流"等高校学报等级划分的现实情况，重点高校学报之外的普通院校学报在生存方面面临巨大的压力。他们亟须寻找和创建自己的品牌特色，从而在困难境遇下仍然泰然自若，拥有立于不败之地的作者队伍、稿源和发稿渠道。此前，《天中学刊》已经开办过几个特色栏目，在学界产生了良好反响。

所以，当《天中学刊》与我联系征稿时，我谈了关于创建这个栏目的想法，双方很快一拍即合。而且栏目一直坚持了八年。我想能够顺利合作八年的根本原因就在于双方的相互信任和依赖。

三、栏目建设的几点体会

1.磨合与沟通

一个人做好一件事情不容易，不同的人、不同的单位合作做好一件事情更是不容易。"中国叙事文化学研究"栏目走过八年历程，之所以能够坚持不懈，除了共同的愿望需求外，最重要的一点就是在相互信任基础上的磨合和沟通。尽管合作双方具有共同的合作意愿和动力，但因为各自需求和利益诉求的核心点并不完全叠合，所以在合作过程中难免会产生意见分歧，其中最主要的就是关于作者身份的问题。

从刊物的角度看，考虑到刊物与同行的竞争，未来影响因子的实现，文章作者的影响力度等各方面因素，编辑部更希望尽量多发高级职称作者的稿子。而从研究团队的角度看，能够参与中国叙事文化学研究工作的高级职称作者资源比较有限。在目前叙事文化学尚未成为学界普遍采用的研究方法的背景下，高级职称作者对于中国叙事文化学研究的关注，基本是以旁观者的视角在见证一种新方法的问世，或是在相对有限的时间范围中对叙事文化学做出的有限了解，对叙事文化学做出印象式评论。真正深入到叙事文化学研究理论体系和个案研究深层，将其作为一种未来全力投入的研究领域来面对和操作的高级职称作者，还是凤毛麟角。而作为中国叙事文化学研究团队主力军的青年学子，他们大多为硕博研究生，在受过中国叙事文化学研究从理论体系到具体个案研究的严格训练的基础上所完成的硕士或博士论文，受到过学界同行专家的肯定，也经过答辩委员会的审定评价，他们是一批批按照叙事文化学研究范式培养造就的专门生力军。就学力基础和研究能力而言，他们还存在很多提升的空间，但就对叙事文化学研究理论内涵和个案研究操作程序的掌握和实践能力来说，他们应该比大部分高级职称作者有更大的优势。但其中部分硕士作者，由于个人原因，尽管已经基本系统掌握了这种方法，但或因基础薄弱，或因未来志不在此，也的确存在文章质量达不到刊物发表标准的情况。

经过沟通协商之后，双方的愿望诉求都在一定程度上得到实现和满足，我们达成的共识是尽量开发高级职称作者队伍，严格把关硕士作者的论文质量，并适当压缩硕士作者的规模比例。从实践情况看，这样的共识能够得到贯彻落实，既会提升叙事文化学研究本身的研究质量，也会提升刊物和专栏的质量和影响力。这就是磨合和沟通所产生的积极效应。

2.动态调整把握栏目设定

一个栏目要想办好，不能一成不变，需要根据学界和社会变化情况，及时调整栏目的走向和呈现效果。这也是我们合作办此刊物的一个重要心得。

比如，最初设计的稿件栏目类型有两种，分别为理论探索和个案研究。经过几年实践探索后，我们发现，经过数年努力耕耘，中国叙事文化学研究不但理论方法初具规模，而且研究成果也形成一定规模。而且，由于中国叙事文化学研究是中国古代叙事文学研究的一种新方法探索，它与传统的叙事文学研究也具有多方面的关联。所以，从学术史的角度，对包括传统叙事文学研究成果在内的叙事文化学个案故事研究的研究综述和前景展望，成为叙事文化学研究的一个必要项目和热点问题。为此，我们从2016年开始，新增添了个案故事类型研究回顾展望的稿件类型，并一直坚持下来，不仅为中国叙事文化学研究打开了一条较为新颖的通道，也为栏目建设增添了新的活力。

又比如，栏目最初设定的批次规模是每年出四期，每期约三篇文章。从2020年开始改为每年三期，每期约三篇文章。这个调整一方面减轻了稿源压力，保证了稿件质量，同时，也是因为从2020年开始，我在《天中学刊》又新增了一个主持栏目"汉魏六朝小说研究"。二者取得平衡和协调，才能同时兼顾，均衡发展。

3.重视专栏经验总结工作

善于总结经验，积累已有成果，这是做好任何工作的重要秘诀之一。《天中学刊》的领导非常重视专栏经验总结工作，除平日经常进行栏目建设工作交流之外，还特别重视进行大规模的总结经验、汇总成果工作。

2019年8月，《天中学刊》主动发起倡议，与南开大学文学院联合举办"中国古代叙事文献与文化高层论坛"。其核心主题就是总结回顾"中国叙事文化学研究"栏目建设的成就，交流栏目建设与中国叙事文化学研究的学术信息。论坛期间，与会代表和嘉宾高度评价中国叙事文化学研究方法在中国古代叙事文学研究方法探索方面所取得的成就，高度评价《天中学刊》开设"中国叙事文化学研究"栏目对于学术事业发展的重要贡献。中国社会科学院文学研究所张国星研究员强调，各国各地地方特色所形成的文学形态差异既是客观事实，也是文学研究实现创新的重要突破关口，同时也是中国叙事文化学研究剥离西方学术范式樊笼，回归"中体西用"主体格局的学理所在。华中师范大学王齐洲教授则从以往小说概念理解的纠缠困扰现象出发，指出中国叙事文化学研究和叙事文献研究回避这些纠缠困扰的积极作用，同时也对中国叙事文化学研究的理论建设提出了提升和加强的建议。河北师范大学前副校长王长华教授则特别强调，以南开大学为代表的学术研究团队与《天中学刊》合作进行的栏目建设工作，实际上为国内高水平大学的学术实力与地方普通院校学报之间紧密合作，共同打造高水平、有特色的学术成果展示平台探索了一条新路。

嗣后，在 2020 年，《天中学刊》又积极策划，准备把自栏目开设以来的学术论文结集出版，从而把本栏目建设中经验总结和成果积累工作提升到更高的层次。

四、本册文丛出版的设想方案和基本情况

考虑到《天中学刊》"中国叙事文化学研究"栏目已有成果规模和未来发展可能规模，计划从今年开始陆续把栏目刊载文章陆续结集出版。初步计划每五年结集出版一次，书名为《中国叙事文化学研究文丛》。本册为该文丛第一辑，共收 2012 年起至 2016 年期间栏目刊载的论文六十一篇，共分"理论视野"和"个案研究"两个部分（因 2016 年"研究综述展望"主题刚刚开始，尚未形成规模，所以这个主题从第二辑文丛开始设立）。

本册所收论文是该栏目前五年的论文，除了我本人的八篇论文之外，国内高校一些著名专家学者如郭英德、陈文新、张国风、齐裕焜等参加了撰稿工作。个案研究部分作者基本是年轻学子，稿件选题和内容基本是他们学习"中国叙事文化学"课程的专题作业，或是以中国叙事文化学研究方法进行博士或硕士学位论文的节选或改写。这些论文的主题涉及神话题材、帝王题材、历史名人题材和文学形象题材等，基本上反映了叙事文化学研究题材所涉题材领域。他们的研究展现了中国叙事文化学研究基本实力的一个缩影。

总体来说，"文丛"第一辑既全面反映了 2012—2016 五年期间栏目建设发展的全面情况，又为"文丛"的未来发展预留了一定空间。

五、本册文丛的价值和展望

如果说 "中国叙事文化学研究"专栏有什么成功秘诀的话，那么我想可以用最简单的一句话来概括："目标加实干。"

"目标"是指做事业的宏远志向目标。对于我们栏目来说，就是充分认清栏目建设的社会意义和学术价值，把栏目建设视为整个学术和文化发展事业的组成部分。"实干"就是把宏远目标落到实处，一步一个脚印地夯实

栏目建设的一砖一瓦。"中国叙事文化学研究"专栏能够坚持十余年，而且还要继续坚持下去，底气和动力就是"目标加实干"这句大实话。

如果"目标加实干"这句话真的能够被十余年的栏目历史所印证，那么就有足够的理由给予这本汇集其中五年内容的文丛充分的价值认定和更大的目标展望。

首先，这本文丛是迄今为止第一部中国叙事文化学研究主题论文集。它是中国学者借鉴西方主题学研究方法，将其移植应用于中国古代叙事文学研究的成功尝试成果，标志着中国叙事文化学研究已经由朦胧零散发展到自觉和拥有完整体系的阶段；

其次，本册文丛的出版，将会为广大中国叙事文化学研究者和爱好者提供比较系统和规模化的研究参考范例，将会极大推动中国叙事文化学研究向纵深发展；

第三，本文丛的出版，也将证明《天中学刊》的特色栏目建设取得了可喜进步和重大成就，将为《天中学刊》本身和高校学报特色栏目建设提供积极的参照。

我们的栏目已经取得了如此可喜的成绩，所以，我们也有足够的理由相信，栏目的未来将有更加广阔的发展提升空间，将会为中国叙事文化学研究，为高校学报特色栏目建设提供更好更多的积极能量，为中国学术文化事业发展做出更加有效和实绩性的贡献。

选自朱占青、刘小兵主编《中国叙事文化学研究文丛》
河南人民出版社2021年版

"中体西用"

——关于中国神话文学移位研究的思考

宁稼雨

神话是文学的母亲，这本来是基本的常识。但回顾中国神话研究的历史，却惊讶地发现：神话与文学的血缘关系并没有得到足够的关注和研究。以往的神话研究的角度多半集中在历史学研究、宗教学研究，以及文化人类学研究方面。由于史前文字材料匮乏，在这些研究中，神话材料起到史料替代作用。换言之，神话的文学价值，尤其是它对后代文学所产生的母体哺乳滋养作用，没有得到足够的关注和研究。鉴于此，本书通过对中国神话研究历史的回顾反省，意在借鉴西方"原型批评"关于神话文学移位学说的理论，以及西方民间文学研究领域主题学的研究方法，从构建中国式神话研究体系的角度出发，提出在神话研究领域以"中体西用"取代"西体中用"的理论设想和具体操作程序，试图扭转中国古代神话研究的角度和视野，把中国神话的历史学、宗教学和文化人类学研究拉回到文学研究的本体中来。

一、中国古代神话研究的回顾

神话研究在中国起步较晚。虽然秦汉以来的各种典籍中不乏与神话相关的材料，但其中多为对各种神话题材的文学演绎，涉及神话研究的部分零散而不系统。现代意义上的中国神话研究是受20世纪以来包括学术研究范式在内的西方文化渗透影响的结果。

这期间有过三种具代表性的神话研究热潮。

一是20世纪20年代以顾颉刚为代表的"古史辨"派的疑古思潮。"古史辨"派疑古工作的重头戏就是推翻主要由神话传说构成的中国上古历史。在他们看来,"盘古开天地""女娲造人""三皇五帝"等所谓中国上古历史记载都是虚诞的神话传说,并非信史,应该将其剔除于中国历史之外。[①]这种研究的学术背景因应胡适以"大胆假设,小心求证"为手段的"整理国故"思潮,而胡适的思潮又来自19世纪以来盛行西方学界的实证主义思潮。因此从根子上说,"古史辨"派的学术根基在西方,是通过中国古史的考证来体现实践实证主义学术思想。它解决的核心问题是中国古代神话能否当作信史的问题,至于神话对于中国文学历史产生的母体功能并未得到关注和解决。

二是20世纪以来,尤其是1949年以来受马克思主义影响的历史唯物主义神话研究。20世纪50年代以后的各种与神话有关的多数文学史、小说史均属这个潮流。虽然这个时期的神话研究在古代神话的系统整理和材料发掘方面有重要收获(如袁珂先生的系统神话研究工作),但总体上看,此说把中国古代神话材料作为历史唯物主义对于人类文明和历史起源产生规律的一个解释侧面。其核心理念就是马克思在《〈政治经济学批判〉导言》中关于神话是"已经通过人民的幻想用一种不自觉的艺术方式加工过的自然和社会形式本身"的说法。也就是通过神话来解释和揭示远古时期人类创造世界和历史的途径之一,并且用来阐明阶级斗争推动人类社会历史发展的意识形态理念。这种研究有其两面性:一方面,作为文学史和小说史,他们的确发现了神话与后代文学之间的关联。如游国恩本《中国文学史》列数了古代神话对于诗赋散文和小说戏曲在文学题材和形象方面的影响轮廓,但这一影响的线索在后面历代文学描述时未能得到系统的勾连和贯通,无法形成一个对早期神话各种题材在后代展衍形态的完整系统印象。但另一方面,该书有关神话内容的核心主线是服务于马克思主义历史唯物主义的基本观点和当时主流社会意识形态的,基本上是对马克思那段神话定义的诠释。如编者认为女娲补天神话在后代"俗说中的解释部分渗入了阶级社会的意识,它把被剥削阶级的'贫贱凡庸'说成是先天注定的,同时为

---

① 参见田旭东:《二十世纪中国古史研究主要思潮概论》第五章、第六章,中华书局2003年版。

剥削阶级的特殊地位找到了理由"。类似的阶级斗争口吻在书中每每可见，这种以意识形态理念统摄古代文学研究的方式显然偏离了学术自身的科学客观精神，不利于准确解读神话所反映的历史文化真实面貌。

三是20世纪80年代改革开放以来，在西方学术文化思潮再次强烈冲击中国的背景下，神话学研究再次呈现热潮。自80年代以来，何新、萧兵等人的神话学研究在继承传统神话学研究的基础上又吸收借鉴了西方人类学的研究方法，在很大程度上开拓了神话学研究的视野，使中国神话学研究呈现出一个崭新的面貌和阶段。近年来，叶舒宪的一系列神话学研究著作又在前者的基础上有较大进展，被称为中国文学人类学的重大创新与突破。

在这个学术背景下起步形成的中国神话研究有两个突出特点：一是其研究范式的体系为"西学为体，中学为用"，即以西方的学术范式为体系框架，以中国神话的内容为材料加以论证分析；二是其研究领域主要集中在历史学、考古学、文化人类学方面，即把神话材料作为还原解析没有文字记载的远古时代的珍贵史料，来复原勾勒那个遥远的时代。尽管他们的切入角度和结论各有差异，但基本上是共同具备这两个特点的。

尽管三个阶段的中国神话研究各自取得了不菲的成就，但总体上可谓殊途同归，都是20世纪以来西方文化和学术范式铸就的产物，而这个结果和过程在很大程度上带有被迫性和盲目性。一个半殖民地半封建的国家，主权方面受到外力干涉和左右，文化学术诸多方面也必然受到波及，成为受制于政治主权的副产品。然而遗憾的是，尽管政治主权得以恢复，文化和学术的话语权与研究范式却没有随之得以复归，而是继续延续被外来文化和学术范式左右的惯性定势。

二、如何寻找构建中国神话研究的体系

自1949年以来，从官方到民间使用频率很高的一个说法就是："中国人民站起来了，重新当家作主了。"人们在欢呼政治主权的恢复的同时，还未及深入反省文化主权和学术主权的恢复与建立问题。从上述关于20世纪以来中国神话研究的回顾管中窥豹，进入21世纪后，中国神话研究的本位复归就是十分必要而且迫切的任务。

因此，在政治主权当家作主已经半个多世纪之后，反思文化价值和学术话语权已经是刻不容缓的重要问题了。在此背景下，关于中国神话研究的深化，应该从两个问题入手寻找突破口：一是要不要变"西学为体，中学为用"为"中学为体，西学为用"，寻找和建立中国自己的学术研究体系；二是要不要跳出以历史学、考古学、文化人类学为研究归宿的神话学研究，回归神话的文学研究本体上来。

平心而论，尽管以往神话研究在诸位先贤的努力下已经成果斐然，但还有巨大的潜力空间需要挖掘和弥补。而中西体用关系的置放顺序和神话的文学本体回归，则是其中的肯綮所在。这两个问题的解决不但关系到中国神话研究本身的创新出路所在，更关系到整个中国学术研究范式的母体血液姓"西"还是姓"中"的问题。

首先，用西方格局的学术研究范式来研究包括神话在内的中国叙事文学作品，存在一些削足适履的困境，需要重新考虑体用关系。

现代意义上的以小说、戏曲为主的中国古代叙事文学研究始自20世纪初，以王国维《宋元戏曲考》和鲁迅《中国小说史略》为两面旗帜，拉开了现代史上中国叙事文学研究的大幕，同时也奠定了中国古代叙事文学研究的现代框架格局。20世纪中国叙事文学研究的学术范式主要集中在作家作品研究和文体史研究两个方面，这两个方面的确取得了历史上无与伦比的成就，但同时也掩盖了其难以克服的矛盾问题。作家作品和文体史的研究，其重心主体分别是作家生平思想和作品思想内容，以及作为文体历程的小说、戏曲的体裁历时发生过程。尽管这两个重心主体的构想和操作范式对于20世纪学术局面的形成功莫大焉，但如果换一个角度，从故事主题类型学的角度看，无论是作家作品研究，还是文体史的研究，都无法全面揭示和解释那种既超越单一作品，又跨越单一文体的个案故事主题类型的发生过程及其动因。以著名的《西厢记》故事类型为例，除了大量与西厢故事有关的诗词散文和通俗讲唱文学之外，最能代表西厢故事类型发展演变阶段特征的作品至少有三种：文言传奇小说《莺莺传》、诸宫调《西厢记》、元杂剧《西厢记》。按照20世纪以来的文体史和作家作品的研究模式，这三部作品分别属于不同的文体体裁阵营，对它们的研究也就自然形成三个不同的营垒。然而，它们相互之间所构成的"西厢"故事类型系统却没有成为研究的重心和主角。这种情况在神话母题研究中表现得更为鲜明。比如女娲、精卫神话均为中国神话的重头戏，但在以往的神话研究中，其在各类文学作品中的演绎再生情况却鲜有涉及。事实上，女娲、精卫神话是中国文学中女娲、精卫两类题材的渊薮，后代不但相关题材的诗词散文不计其数，而且将其作为故事蓝本搬演的叙事文学作品也数量可观。然而，由于受文体研究和作家作品研究的樊笼所限，很少有人能从故事类型的系统角度关注、研究二者各自故事的系统形态流变过程和内在原因。这就有必要从中国叙事文学作品的实际出发，考虑以故事类型作为叙事文学关注切入的研究视角，并以之作为中国叙事文学研究的体制范式。①

其次，包括神话在内，人类早期的文字记载具有多方面的功能价值，应该得到全面地开发。迄今为止，中国神话的研究范围主要集中在历史学、考古学、文化人类学以及民间信仰等方面。比较突出的是"古史辨"派的神话研究。该派参与学者多，且均为学术名家，成果也皇皇可观。但该派关注问题的重心是历史学，所谓"古史辨"的核心目的就是从历史学本位出发，经过充足的考证，证明与上古历史内容相关的神话内容多为虚妄，故应将神话剔除在信史之外。在考古学方面，学者们希望把考古成果作为神话研究的重要源泉："研究神话离不开考古学，考古学家为了解释自己的发掘品，再现历史的本来面貌，也要熟悉神话学，只有把神话研究同历史学、考古学、民族学、宗教学等结合起来，才能达到上述目的。"②毋庸置疑，从这些角度进行神话研究的确非常必要，不能丢弃。但是相比之下，神话的文学属性及其相应研究却没有引起足够关注和研究。这是非常遗憾并迫切需要弥补的。事实上，神话与包括诗词歌赋、小说戏曲在内浩如烟海的中国古代文学之间千丝万缕的联系，尤其是作为个案的神话原型在后代文学宝库中不断演绎再生的盛况，至今尚未得到足够的关注重视和全面系统的深入研究。不仅如此，除了神话题材在后代的不断演绎外，随着中

---

① 参见宁稼雨：《故事主题类型研究与学术视角换代——关于构建中国叙事文化学的学术设想》，《山西大学学报（哲学社会科学版）》2012年第3期。

② 陆思贤：《神话考古》，文物出版社1995年版，第4页。

国文学各种文体的不断成熟和繁荣，不同文体对于同一神话母题的不同阐释和演绎也呈现出繁荣景象，既具有阅读价值，也具有学术研究价值。从这个意义上来说，从文学角度关注与研究中国神话，是一项意义重大而又十分有趣的研究课题。

如果回归以故事类型研究为范式的研究角度，并打通神话与中国文学宝库的关联，回归神话的文学本体研究都是有意义的工作，那么，它的体系建构和操作程序就成了亟待解决的重要问题。

应该澄清的一个问题是，"中体西用"指的是在中国体制格局的前提下适当汲取西方学术营养，并不意味着对西方学术要素的彻底剥离。好比使用那么几块来自西方的装饰琉璃，并不影响和改变一栋四合院建筑的中国风韵，相反会起到相得益彰的作用。

三、"他山之石，可以攻玉"

构建中国体系的文学神话研究来自两块"他山之石"的启发：一是神话原型批判理论的神话"移位"说，二是民间文学领域的主题学研究理论。这两者的结合，就是中国神话的文学移位研究的理论杠杆。

首先，在神话研究的领域，一个重要的问题似乎被人们忽略：当神话结束它的历史使命，转为一种历史的积淀和文学的素材时，神话原型的内蕴怎样在新的历史环境和变异载体中绽放出新的生命活力？按照弗莱的观点，在古代作为宗教信仰的神话，随着其信仰的过时，在近代已经"移位"即变化成文学，并且是各种文学类型的原型模式。①对此，张隆溪先生有过这样的描述：

> 弗莱吸收了人类学和心理学的成果，认为神话是"文学的结构因素，因为文学总的说来是'移位的'神话"。换言之，在古代作为宗教信仰的神话，随着这种信仰的过时，在近代已经"移位"即变化成文学，并且是各种文学类型的原型模式。从神的诞生、历险、胜利、受

---

① 参见［加］诺斯罗普·弗莱：《批评的剖析》，陈慧等译，百花文艺出版社1998年版。

难、死亡直到神的复活，这是一个完整的循环故事，象征着昼夜更替和四季循环的自然节律。弗莱认为，关于神由生而死而复活的神话，已包含了文学的一切故事。……之所以只有一个故事，是因为各类文学作品不过以不同方式、不同细节讲述这同一个故事，或者讲述这个故事的某一部分、某一阶段：喜剧讲的是神的诞生和恋爱的部分，传奇讲的是神的历险和胜利，悲剧讲的是神的受难和死亡，讽刺文学则表现神死而尚未再生那个混乱的阶段。文学不过是神话的赓续，只是神话"移位"为文学，神也相应变成文学中的各类人物。[①]

在西方，《圣经》成为后代各种文学样式的母体和渊薮，其与后代文学的关联也引起历代学者的足够关注。然而在中国文学的研究领域，神话题材怎样在后代各类文学体裁中绽放出新的花蕾，神话如何向文学"移位"？这些涉及中国文学重大发展过程的问题显然没有受到足够的关注，理应成为神话的文学研究（而不仅仅是宗教学、民俗学和人类学）的重要课题。尽管神话已经消失，但神话的母题在文学和各种文化遗产中却获得了无限生机。当然，神话文学移位的走向和轨迹也要受到各种社会条件的制约。神话题材和意象在文学移位过程中的盛衰消长正是后代社会各种价值观念取向的投影。搜索神话在后代文学作品中的身影，咀嚼其主题变异中的文化变迁意蕴，对于把握人类文化主题的走向，寻找中国文学深层的血脉根源，都具有十分重要的意义。本书的宗旨也就在于尽力突破神话的宗教学、人类学和民俗学研究，将其还原为以神话为起始，以文学为主体的文学研究。因而，它的价值也就在于通过神话的文学"移位"描述为神话的文学研究，与宗教学，民俗学、人类学的研究打通一座连接的桥梁，进而把握和认识中国民族文化的共同底蕴。

如果说原型批评的"移位说"为我们提供了一个宏观把握中国神话研究的路径、视野的话，那么西方的主题学研究则为中国式文学意义上的神话研究提供了可资借鉴的具体操作程序。主题学研究是近年来比较文学研

---

① 张隆溪：《诸神的复活——神话与原型批评》，《读书》1983年第6期。

485

究的一个分支。它强调从某一主题入手，打破时空界限，探索同一主题、题材、情节、人物类型等叙事文学单元在不同历史时期不同民族作家笔下的不同处理。这个术语的提出虽然是由19世纪德国学者F·史雷格尔和格林兄弟对民俗学的研究而肇始，20世纪70年代末才传入中国港台地区，80年代初才传入中国大陆，但实际上20世纪20年代钟敬文、顾颉刚等人所发表的部分民俗学研究论文，如钟敬文《中国与欧洲民间故事之相似》（1916）、顾颉刚《孟姜女故事的转变》（1924）等已经与主题学研究不谋而合。自顾颉刚先生之后，中国的主题学研究基本上处于中断状态。自20世纪80年代以来，大陆学者在顾颉刚等人开创的研究基础上，又吸收了西方学者对于主题学研究的方法思路，出现了许多可喜成果。尤其是王立的主题学系列研究，在中国文学主题学的系统性方面取得了卓有成效的突破和进展。

不过，主题学研究尽管对中国神话的文学移位研究很有参考、借鉴价值，但不能完全照搬。其主要理由是，主题学的理论主要是依据和针对西方民间故事，对神话部分和东方中国涉及较少，难以涵盖和揭示中国民间故事和神话。同时，国内的主题学研究也在一定程度上表现出对西学体系的依赖性和归属感。目前国内和西方关于中国民间故事主题学的研究基本上还是在西方主题学体系的樊笼之内来运行操作的。主要表现为在民间故事类型索引的编制上完全照搬西方的"AT分类法"，如丁乃通的《中国民间故事类型索引》，在民间故事个案的研究上也主要集中在民间口头文学领域。鉴于此，主题学在中国叙事文学领域的应用需要另起炉灶，从头做起。

另一方面，目前国内文学领域的神话研究主要偏重于民俗学和民间文学的角度。这方面的神话研究著作往往和民间文学，传说风俗相贯通，而缺少与规模浩大的中国古代书面文学的联系贯通。这正是中国神话文学移位研究需要解决的重心问题。

四、故事类型研究的属性意义

中国神话文学移位研究正是基于对以上各种问题的解决和调整，试图从中国学术体系重建的高度来审视、把握这种研究角度和方法。具体设想如下：

如前所述，以"西体"为主导的20世纪中国叙事文学研究的重心是以小说戏曲为中心的文体史研究和大量的作家作品研究。它所忽略和难以解决的比较集中和普遍的问题是跨越各种文体和跨越若干作家作品的故事类型研究。因此，作为"中体"的核心构建就应该是对以故事类型为中心的中国叙事文学主流现象予以全面的关注。为此，我们计划对包括神话研究在内的中国叙事文学研究做一次较为彻底的改革。其核心主线是围绕故事类型来构想中国叙事文化学的研究体系和范式。

故事主题类型作为叙事文学作品的一种集结方式，具有单篇作品和文体研究所无法涵盖和包容的属性和特点。

故事主题类型的核心构成要素是情节和人物及其相关意象。但与单一的相应范畴所指有所不同，它更需要注意的是同一要素不同阶段形态变异的动态走势。故事主题类型中的情节更多需要关注的是在同一主题类型中不同文本在情节形态方面的异同对比。只有清晰地厘定不同文本故事情节的形态差异，才能为故事主题类型的文化分析提供可能。与之相类，故事主题类型中的人物既要关注同一人物在该类型故事演变过程中的流变轨迹，也要注意该故事流变过程中各个人物形象的出没消长线索，从而为文化分析寻找契机。显而易见，它与单篇作品和文体研究所关注的情节人物的最大区别就是离开了单一情节和人物，去关注多个作品中同一情节和人物的异同轨迹。正是这些情节和人物在不同作品中的变异轨迹，为整个该故事主题类型的动态文化分析提供了依据和素材。

在故事主题类型中与情节人物同步相连的，还有以该故事主题类型内容为意象，出现在诗文等非叙事文体中的典故等材料。以王昭君故事为例，像《明妃曲》等吟咏王昭君的诗文作品，与《汉宫秋》等有关昭君故事的叙事文学作品在题材上本属同一类型，但在以往的研究中，它们被分割在诗歌研究和戏曲研究两个不同的领域。诗文和戏曲研究者一般不会去关注对方的文本中与自己的研究对象在题材和文化内涵上会有什么关联。然而，如果我们打破文体和单篇作品的壁垒，从故事主题类型的角度来观照与昭君故事相关的文献材料，就会理所当然地把《明妃曲》和《汉宫秋》等文体不同、各自独立的文本视为一个系列整体，梳理和把握其中的相关连接点。尤其是把《明妃曲》等诗文材料中的相关内容意象与《汉宫秋》等叙事文本的相关内容对照比勘，从中发现和挖掘诗文方面的相关意象与叙事故事文本之间的异同和关联，为该故事主题类型的整体把握提供有效素材。

故事主题类型属性的最大特点就是对于文体和单篇作品范围界限的突破和超越。它的视野不再仅仅局限于小说、戏曲、诗歌、散文这些文体樊笼和单个作品的单元壁垒，而是把故事主题相关的各种文体、各样作品中的相关要素重新整合成为一个新的研究个案。同时，以故事类型为核心，牵连各种相关文学材料的集结方式具有明显的中国叙事文学呈现特征，所以以故事类型为研究视角本身就是"以中为体"学术理念的明确体现。这样，也就为小说、戏曲等叙事文体文学的研究打开了一扇新窗户，提供了一个新领域。

五、中国神话文学移位研究的具体构想

根据以上思路和设想，我们把以中为体的中国叙事文化学分为两个互有关联的组成部分：第一，编制"中国叙事文学故事主题类型索引"；第二，对各个故事主题类型进行个案梳理和研究。

对于具备条件的故事主题类型，其个案研究操作程序大致有以下几个步骤：

首先，调动一切文献考据手段，对该故事主题类型进行地毯式的材料搜索。就其文体分布状况来说，应该以小说、戏曲为主，同时兼顾史传、诗文、方志、通俗讲唱文学等一切与该故事主题类型相关的材料。在这个方面，"竭泽而渔"也许只是理论上的奢望，但应该是此项工作的坚定目标。因为这是个案的故事主题类型研究的全部基础，好比厨师把需要烹饪的原材料采购到家。

其次，在对已经掌握的所有材料进行充分阅读的基础上，对该个案故事主题类型进行要素解析。其中分为外显的结构层面和内在的意蕴层面。

结构层面是指那些通过文字阅读可以直接了解认知的外部可见的结构要素，包括情节、人物、背景与环境，等等。所谓要素解析工作主要是就某一要素（如情节或人物）在该主题类型不同文本中的形态流变进行细致比勘。具体梳理出在同一要素线索中，相同者有哪些，相异者有哪些。比如在情节和人物的演变中，哪些成分为一成不变，哪些为前后相异，等等，

均须细致比勘清楚。这一步骤是对材料挖掘搜集工作的清理，也是为内隐层面的清理铺路奠基。

意蕴层面是指在对结构层面诸要素的观照把握和细致分析的基础上，对该个案故事主题类型中所蕴含的文化意义进行爬梳厘定。一般来说，一个故事主题类型在其演变过程中，往往涉及几个方面的文化要素。这些文化要素往往要随着文本形态在不同时代和作家手中的变化而呈现出动态的演进。研究者一方面要对该文化侧面的全貌有基本的了解，另一方面更需要对其在该故事主题发展中的呈现有清晰的辨认。到了这一步骤，个案故事主题类型研究基本上已经呈水到渠成之势了。

再次，对该故事主题类型的特色和价值做全局的归纳和提炼，并进入到具体成文的收尾阶段。其中最重要的就是在此前工作的基础上，对该故事主题类型演进过程中所蕴含的核心意蕴进行归纳概括，提炼出能够贯通该故事全部材料和要素的核心灵魂，用以统摄全部研究过程，把握全部材料。

以上构想已经分别得到不同程度的落实。其中作为"中国叙事文学故事主题类型索引"第一部分的《先唐叙事文学故事主题类型索引》已经编制出版，大量个案故事主题类型研究也已经完成或正在进行当中。

作为这个整体构想的组成部分，中国神话的文学移位研究是中国叙事文化学的系列个案研究组群中的一个。它以重建中国叙事文学研究体系为使命，以中国叙事文化学研究为方法依托，旨在对中国神话各主要原型与中国古代文学的密切关联进行全面彻底地梳理和研究，为中国神话乃至整个中国叙事文学研究摸索一点创新做法。

依据西方原型批评的代表人物弗莱有关神话"移位"为文学题材的观点，以及主题学研究关注同一故事主题在不同时期和地域流传变异的方法，以个案故事类型为单位，拟对中国古代神话中的若干经典原型由神话传说逐渐转变为文学作品题材的过程进行挖掘梳理和分析研究。其中包括材料挖掘和文化分析两个部分。材料挖掘部分包括各神话故事在后代小说、戏曲等叙事文学中的题材表现和形态变异，在后代诗文作品中作为典故出现的情况，以及在后代的风物遗址及其相关传说等。文化分析部分包括对该神话故事在后代叙事文学作品中的形态变异状况，诗文典故使用的意向所指和风物遗址中的具体时代的文化蕴涵进行深入研究和分析，尤其是挖掘分析神话移位为文学的过程中民族文化精神形成的内在轨迹。

在具体操作的程序上，首先坚持运用传统的文献考据学方法，将散见于浩如烟海的古籍中的该神话原型和主题故事材料以"竭泽而渔"的方式网罗殆尽；其次则是将该个案故事的丰富材料进行缕析梳理，寻找出其中各种故事要素的异同点，并从历史文化和文学嬗变的角度进行高屋建瓴的深入分析，为流传过程中的变异现象寻找出合理的历史文化和文学自身的解释。以往的中国神话研究和主题学研究尽管成果可喜，但因为研究视角的不同，从文学和文化角度来研究神话有两个遗憾是需要解决和弥补的：一是材料的匮乏和缺失。无论是从广度上，还是从深度上，中国神话研究乃至中国文学主题学研究在材料发现和使用上都存在很多疏漏甚至硬伤。其中最为突出的问题就是某一神话原型在后代的文学"移位"过程中，各种体裁再现其题材原型的准确数字，没有人做过精确或接近精确的统计，因而有必要下硬功夫、苦功夫对此予以最大可能的解决。二是有的放矢的思想文化意蕴和文学嬗变分析薄弱。人类学的神话研究注重的是神话原型中的原始文化因子的内涵，有些包括神话研究在内的中国文学主题学研究则比较关注某种文学意象自身的文学特性。相比之下，神话原型在后代逐渐走入文学殿堂之后的轨迹的描述，以及形成和造成这种轨迹的横向的社会文化和文学氛围的原因则没有受到应有的关注。以女娲为例，本书与以往的人类学和主题学神话研究的根本区别就在于，不是立足于神话原型的"溯源"工作，而是把重心放在"探流"上。也就是主要探索女娲神话在后来不同时代的文学发展过程中，有哪些作家使用，哪些文体再次搬演了这个题材，这种搬演受到了哪些社会文化和时代文学氛围的制约，它对于文学的进步发展起到了怎样的作用，等等。这些问题也正是本课题希望予以解决和突破的难点，并以此作为为之努力的创新之处。

神话移位为神话带来了无限生机，希望中国神话文学移位研究也能为中国神话乃至整个叙事文学研究带来新的生机。

选自宁稼雨《诸神的复活——中国神话的文学移位》
中华书局 2020 年版

后记

从中国叙事文化学的发展前景来看，它还有比较广阔的发展空间和较大的提升潜力。但是我们这份年度跟踪报告又需要一个具体的年份作为起止断限。这样，我们就以2018—2023年作为本套年代跟踪报告的最后一个时段。因为这一时段的中国叙事文化学的确显示出再次腾飞的态势。

本时段中国叙事文化学研究的最大亮点就是与《天中学刊》联合召开的首次专题学术研讨会。2019年8月，南开大学文学院与《天中学刊》联合召开了"中国古代叙事文献与文化高层论坛"。这次论坛不仅受到学界同行重视，有诸多国内学界名家与会发表高论、交流切磋，而且还引起媒体的高度关注，《中国社会科学报》连续发表两篇专稿，除了汇总大会精华，还对会议所涉中国叙事文化学研究进行专题分析。许多国内重要网站和媒体也都相继报道，极大地扩大了这次学术活动的社会影响力。

该时段另一重要成果是由《天中学刊》原主编朱占青教授、副主编刘小兵教授主编的《中国叙事文化学研究文丛》（三册）。这套书于2021年5月由河南人民出版社出版，第一次以庞大的体量集中展示了中国叙事文化学研究自构想问世以来诸多研究成果的一个整体样貌。文丛问世后在学界产生了较大的影响和反响，它使学界对中国叙事文化学有了一个直观且相对全面的了解。这是中国叙事文化学研究史上的一个重要事件。

除了以上两项，本时段中国叙事文化学还取得一个重要收获。2021年，我们获批了南开大学研究生院的一个教学研究立项，项目名称是"探索科研教学论文推宣四位一体研究生培养模式"。该项目的主体内容就是从研究生教学和培养模式角度，总结近三十年来中国叙事文化学以学术研究为龙头带动研究生教学和学业指导培养的基本模式。该项目的主体成果《探索科研教学论文推宣四位一体研究生培养模式》一文发表于《中国大学教学》2021年第5期。这个项目的立项和成果发表，证明中国叙事文化学不仅有了系统的理论研究体系，而且对于该研究方法的人才培养，也有了非常系统的理论资源和具体的培养模式。培养模式的定型机制是中国叙事文化学研究人才培养的基础工程，是培养后备研究队伍、研究力量得到质量保证的重要环节，也标志着叙事文化学从理论学说到操作环节的成熟。

按照本系列图书的整体部署，本册为中国叙事文化学第四时段的年代跟踪报告。

从时间上看，第四时段的时间节点是2018—2023年。该时段中国叙事文化学研究的基本走势就是提高层次，从更高起点上继续深入探索。这是中国叙事文化学研究生命力的再次证明。

按照本系列图书的统一结构部署，除全书总论外，本册报告依然分为"学术背景""课堂教学""学位论文""理论建设"四个部分。每一部分包括专题报告和附录两个部分。专题报告为该部分在该时段发展运行情况的总结分析，附录则是与该时段该主题相关的原始文献目录和部分成果节选。

参加本册报告编写的人员全部为中国叙事文化学研究团队成员，具体成员和分工情况如下：

宁稼雨，主编，撰写前言、后记，提供最初讲稿教案，负责本册全书的设计、分工协调和统稿；

赵红，副主编，撰写专题报告第一部分（学术背景），部分编务工作；

梁晓萍，副主编，撰写专题报告第二部分（课堂教学），部分编务工作；

李春燕，副主编，撰写专题报告第三部分（学位论文），部分编务工作，提供原始课堂笔记；

孙国江，副主编，撰写专题报告第四部分（理论建设），部分编务工作，提供原始课堂笔记；

韩林，成员，提供原始课堂笔记；

李彦敏，成员，提供叙事文化学研究相关学术信息（学位论文、学术论文）；

张慧，成员，负责本书资料查找搜集、录入和整理工作；

张莹莹，成员，负责本书资料查找搜集、录入和整理工作；

任卫洁，成员，负责本书资料查找搜集、录入和整理工作；

陆倩，成员，负责本书资料查找搜集、录入和整理工作。

徐竹雅筠，成员，负责本书资料查找搜集、录入和整理工作；

杨沫南，成员，负责本书资料查找搜集、录入和整理工作；

祖琦，成员，负责本书资料查找搜集、录入和整理工作；

蔺坤，成员，负责本书全书的资料核查和格式调整工作。

依照本系列图书的安排，本册所对应第四时段内容是最后一册，但从本册内容所反映的实际情况来看，中国叙事文化学研究不但没有强弩之末的迹象，相反倒是大有方兴未艾之势。我们希望，并且也相信，本系列跟踪报告的出版，将在更大程度和更广范围上，推动和促进中国叙事文化学研究向纵深发展，将为中国古代叙事文学研究继续提供新的方法、角度和学术理念。

如果说20世纪以来的中国学术研究，其基本理念和范式来自西方，其基本格局是"西体中用"，我们只是用中国的学术研究对象材料去填充和证实西方研究范式的话，那么中国叙事文化学研究的三十年实践，已经充分证明西方的某些学术范式未必完全适用于中国的某些学术研究对象。从这个意义上看，中国叙事文化学研究除了其自身的研究方法更新探索意义外，在中国学术从"西体中用"转向"中体西用"的过程中，或许还有一定的现身说法作用。

主编：宁稼雨

2022年12月28日于津门雅雨书屋